顧宏義 黄純艷 張劍光 主編

王圻全集

王侍御類稿

【明】王圻 撰 張超人 點校

上海書店出版社
SHANGHAI BOOKSTORE PUBLISHING HOUSE

《王圻全集》編纂出版工作委員會

主　任　祝學軍　闞寧輝　曹　婕　温澤遠

副主任　周勝春　孫　瑜

委　員　李　斌　趙　錚　郁　青　楊英姿　史雪霏　解永健　李　晴　俞芝悦

《王圻全集》編纂委員會

主　編　顧宏義　黄純艷　張劍光

編　委　（以姓氏筆畫爲序）

王嘉煒　包詩卿　朱學博　任莉莉　李　園　李慧玲　姜　浩　袁　方

原　康　高紀春　黄阿明　黄純艷　張　文　張超人　張劍光　張衛健

張　麗　彭　婷　雷　震　蘇　賢　顧宏義

中共上海市閔行區華漕鎮委員會、上海市閔行區華漕鎮人民政府資助出版，謹致謝忱

華東師範大學文化傳承創新研究專項專案（批准號 2022ECNU—WHCCYJ-14）

前言

習近平總書記在黨的二十大報告中指出：『推進文化自信自强，鑄就社會主義文化新輝煌。』守正創新，以敬畏之心守護好地方歷史文脉、鄉村文化肌理，推動優秀傳統文化創造性轉化和創新性發展，『活』起來更『火』起來，這正是我們與上海書店出版社合作出版《王圻全集》的初心。

王圻的故鄉，今屬閔行區華漕鎮。華漕鎮因水而名、伴水而興，它因吴淞江支流『華漕浦』而得名，人文底藴深厚，悠悠歷史讓人流連。這裏政通人和，元代，紫隄村、紀王廟兩個集市初具規模；明代，華漕、諸翟、紀王三大集鎮相繼形成，漕運的繁盛帶動了經濟的發展，百姓安居，百藝俱興；清代，此地設立『二界司』衙門，轄上海、嘉定、青浦三個縣，更是成了商賈雲集、名士風流的樞紐要津。這裏文運燦爛，王圻在吴淞江畔所建『梅花源』勝景、所著《三才圖會》等鴻篇巨製傳世至今；侯艮旸、陶南望、侯孔鶴等書畫高手迭出，流派紛呈；汪永安、汪宜耀、沈葵等名家匯聚，詩文蔚然，孚譽江南。這裏武衛壯烈，前有紫隄村侯峒曾家族一門忠烈，風骨棱棱，廣爲傳頌；後有抗日游擊戰保家衛國，愛國鄉民甘灑熱血譜寫一曲曲慷慨壯歌……

古往今來，歷史風雲變幻，但不變的是吴淞江滋養孕育的這方水土、這方精神，對開放和發展的追求始終刻在華漕的基因中。今天的華漕，迎來了前所未有的歷史機遇，有虹橋國際開放樞紐建設、中國國際進口博覽會、長江三角洲區域一體化發展三大國家戰略支撐；西鄰虹橋綜合交通樞紐，有四條軌道交通賦能；有高度符合閔行『4＋4』產業導向的生物醫藥、總部經濟、數字智創三大支柱產業布局；更有多元教育資源、完備醫療養老機構體系、時尚活力商業服務配套爲國際化未來之城的騰飛插上羽翼。

文化是一個國家、一個民族的靈魂。在奮力建設高質量發展、高品質生活、高效能治理的國際化未來之城進程中，我們不忘過往歷史，深入挖掘和整理鄉土歷史中的文化名人資源。通過利用好前賢留下的古籍文獻，讓古籍活起來、傳下去，傳承好中華優秀傳統文化，爲虹橋前灣地區城市品質再提升營造濃厚的文化氛圍。

在閔行區委、區政府的正確領導下，在閔行區政協、區委宣傳部等部門的大力支持下，二〇二一年，我們與上海書店出版社簽約《王圻全集》新書出版專案；二〇二三年，『王圻故里·蘇州河第一村』展陳館在吳淞江畔的趙家村正式揭幕開館。如今，經由國内相關領域知名專家學者的共同努力，《王圻全集》首批整理成果正式面世；二〇二五年，《全集》將正式與讀者見面。書籍出版過程中，得到了社會各界的持續關注和傾力幫助，使得我們更有信心、智慧與力量，持續推動地方歷史文化的挖掘、傳承和弘揚，以期爲上海文化建設提供新樣本。

『文化興則國運興，文化强則民族强』。讓我們不懈努力，以高度的文化自覺、堅定的文化自信、强烈的文化擔當，聚焦推動文化繁榮、建設文化强國、建設中華民族現代文明這一新的文化使命，以時代精神啓動中華傳統文化生命力，彰顯城市品格，擦亮城市名片，全面提升城市軟實力，爲城市高質量發展注入强勁動力。

中共上海市閔行區華漕鎮委員會
上海市閔行區華漕鎮人民政府
二〇二三年十一月

序

王圻是明代中後期著述宏富、影響深遠的著名文獻學家、歷史學家，是德才出衆、頗有作爲的廉明官員，是對總結與弘揚中華優秀傳統文化作出重要貢獻的傑出士紳。

一、家世・求學・仕途

王圻（一五三〇—一六一五），初名堰，字公石，後改名圻，字元翰，號洪洲，明松江府上海縣（今上海市閔行區）人，嘉靖九年（一五三〇）正月二十一日生。

王氏在上海一族始祖本姓陳，爲嘉定巨族。元代嘉定爲州，陳氏有『半州公』之稱，言其家産居全州之半，可見氣象非凡。元滅明興，定鼎金陵，朱元璋强遷蘇州、松江一帶富民，充實雲貴地區，陳氏一族被迫遠徙。其中名士衡者，以幼子抱養於母族王仲華氏，得免於行，遂從王姓，占籍於上海西北境。不料王仲華此後竟絶嗣，士衡遂襲王氏一脉，再未復陳姓。士衡五傳至王圻，或耕或讀，家境略有起伏，但總體上相當殷實。

王圻天資穎異，四歲開始讀書，七歲學習《禮記》，由父親自課讀。十歲，遵父命負笈百里，拜同郡盛如川先生爲師。十四歲補邑庠生，成爲秀才。十六歲，廪於官學，獲得資助入官學内讀書。此後，多次參加鄉試，均名落孫山[1]。直到嘉靖四十三年（一五六四），考中舉人，年已三十五歲。幸運的是，第二年聯捷考中進士。中舉以前，王圻曾應聘到松江府同知潘仲驂家裏擔任塾師。①

中進士後，王圻踏上仕途。嘉靖四十四年（一五六五），授江西清江（今江西樟樹市）知縣。隆慶元年（一五六七），調任同省萬安（今屬江西）縣令；二年，擢雲南道監察御史；四年三月，任福建按察使，同年十月，因官場傾軋，貶爲四川邛州判官；六年，遷江西進賢（今屬江西）縣令，同年，丁母憂，回籍守制三年。萬曆三年（一五七五），擢補曹縣（今屬山東）縣令，翌年擢開州（今河南濮陽市）知州；五年，任山東青州同知；八年，擢遷湖廣按察司兵備道，翌年改任湖廣按察司僉事；十年，改任提督湖廣學政；十三年，遷陝西布政司參議。王圻以父親年老爲名，上疏請辭，乞求回鄉奉養父親。萬曆十四年（一五八六），王圻致仕，回到上海。

王圻在嘉靖二十九年（一五五〇），娶妻陳氏（一五三三—一六〇七）②，其爲同知茶陵州南田公長女，後封贈宜人。王、陳生有四子、二女：長子思忠，南京鴻臚寺鳴贊；次子思義，太學生；三子思孝；四子早夭。有孫男七人，孫女十二人。據記載，王圻對待親人，『視從父如父，視從兄弟如兄弟，視從子如子』，悉心撫育無父母的族子，敬重寡嫂，行孝悌之道，熱愛鄉里

① 潘仲驂，字時乘，號天泉，烏程（今浙江湖州市）人。嘉靖二十年（一五四一）進士，授翰林院編修，歷任松江府同知、安慶知府等。

② 陳氏生於嘉靖壬辰十二月初七日，西曆爲一五三三年初。

父老，受到鄉人普遍敬重①。

王圻爲官首尾二十年，無論職司何事，身處何地，他均恪盡職守，盡心盡力，有上佳表現。他爲官行政有四個鮮明的特點：

一是公，忠心爲國，體恤民情。在監察御史任上，他恪盡職守，多次上疏，彈劾不法官員。所上疏奏有：《劾總兵官馬芳疏》，彈劾總兵官馬芳恃功黨私，無人臣禮。隆慶三年正月石州失事，總兵申維岳、副總兵田世威、參將劉寶等戰不利，將獲罪於朝廷。總兵馬芳上疏，請以軍功爲田、劉二人贖罪，以求戴罪立功。王圻上疏彈劾馬芳，認爲馬芳軍功渺小，不足以贖二人之罪，且朝廷法度不能因人而廢。《劾中官羣昶疏》，彈劾巡街宦官羣昶等違法亂紀、侵蝕錢財、仗勢欺人、打人致死等事。《劾欺蔽邊臣疏》，彈劾邊臣陳其學、李秋等獨報戰功，而隱匿敵方殘破寨堡、殺掠人畜等事，乞求皇上嚴究陳、李等欺國之事，以振國之積弱。王圻稱，他曾親自瞭解陳、李以往情況，知道二人都是尋常之輩，『皆繩趨尺步之才，並乏量敵籌邊之技』，如果委以國防重任，將會給國家帶來意想不到的損失②。

有不少奏疏是給朝廷提積極建議或改進措施的。其中：《薦舉邊材疏》，薦舉楊巍、石茂華等堪當邊疆大任；《覆編商人事宜疏》，條陳六項措施，緩解商人困苦；《請宥言官公疏》，

① （明）何爾復：《明故朝列大夫陝西布政使司右參議洪洲王公暨配誥封宜人陳氏行實》（以下簡稱《行實》），（明）王圻：《王侍御類稿》卷十六。

② （明）王圻：《劾欺蔽邊臣疏》，《王侍御類稿》卷一，頁二九。

鑒於朝廷對某些言官的處分，王圻上疏爲言官辯誣，指出言官爲朝廷耳目，負有巡視地方之責，其位置相當重要，建議朝廷對言官的處分務必慎重，要善待言官；《留楊太宰疏》，建議留用老臣，以示朝廷愛惜人才之心。

有些奏疏是直接給皇帝提建議的。其中：《請止廠衛暗訪公疏》，建議朝廷通過廷臣公開、正常的管道瞭解下情，瞭解社會情況，而不是通過廠衛這類秘密系統，因爲那樣做恐怕難免以是爲非，以無爲有，反而瞭解不到真實情況。再者，重用廠衛系統，則部院之地位名望日輕，這必然給國家政治帶來不利影響。他奏請皇上停止廠衛暗訪活動，以防天下妄生事端。《修政弭災疏》，因順天、直隸、湖廣、山東等地頻發地震、蝗災、水災等災害，他認爲這是天意示警，請求皇帝遵舊典、修實政，求直言以盡群情，商時政以圖興革，清囚繫以消陰沴，謹防禦以杜陰萌，『崇實念以答天心，幹實事以回神意』①，從而消弭災異。

王圻以敢言著稱，不避權貴，不懼宦官。在惡濁的官場氛圍中，體現了一股正氣。當時，文淵閣大學士趙貞吉執掌都察院，見王圻敢於直言上疏，極爲看重，曾對衆人説『臺中有王御史，方成衙門』②。

二是明，深入實際，親政廉政。任清江知縣時，有臨縣居民侵占清江之田地，兩縣民衆相爭

① （明）王圻：《修政弭災疏》，《王侍御類稿》卷一。
② （明）何爾復：《行實》，《王侍御類稿》卷十六。

不下，歷年未決。王圻親到現場，據理力争，盡奪被侵之田，歸還其民。清江民衆由是多感激王圻，贊爲『吾父母也』，並爲其立生祠祭祀①。任萬安令時，有兩件疑難獄訟案件：一爲殺人投尸垣外，而疑犯不服。王圻以矮几下方血迹宛若兩手，使其認罪服法。二爲徽商財物被盜，疑犯是一婦人一孩童，亦不服。王圻搜其家，得一銅權藏於爨下積土中，乃商人之物，案遂破。邑人皆以爲奇。王圻由此獲得『循良第一』的贊譽②。他對當地一些有傷風化的風俗，用力整頓改良，效果明顯，受到上級表彰，被認爲此事可『比於西門豹之投巫』③。任開州知州，他一到任，便深入瞭解民間疾苦，然後對症施策，施行一條鞭法，減輕賦税，大力興學，設法資助貧困士子，深得民心。當地人也爲他建立生祠。

三是能，面對複雜的環境與事件，他不避艱險，處變不驚，沉著果斷。在清江縣，朝廷下令丈量田地，其事相當煩瑣複雜。他深入田間，瞭解實情，率領百姓行朝廷之法。他對丈量知識與技巧熟諳於心，具體丈量時，尺寸盈虧，瞭然於目。因此，縉紳里胥皆不敢有所隱瞞，王圻因而受到當地人民的一致好評。任職福建期間，所轄汀州之連城縣有村民聚衆數千焚劫鄉里，爲害百姓，歷時已久，難以剿滅。王圻先設法賑濟一些貧弱無助之人，對强盜進行分化，然後分兵

① （明）何爾復：《行實》，《王侍御類稿》卷十六。
② （明）顧秉謙：《明故朝列大夫陝西布政使司右參議洪洲王公暨配誥封宜人陳氏合葬墓志銘》，《王侍御類稿》卷十六。
③ （明）何爾復：《行實》，《王侍御類稿》卷十六。

四襲，殲滅首惡，擒獲千餘人。按照國家法令，這些被擒之人，皆當斬首。但是，王圻没有那麽做，而是區别對待，對脅從者從寬處理，『念赤子無知，偶淪反側』，而放歸於田間，使其復爲良民①。此舉受到當地人普遍贊譽，也得到朝廷的嘉獎。督學湖廣時，他制定制度，以身作則，當地文風日起，培育人才甚多。

四是耿，爲人處世一秉清朗正直之氣，不阿附權貴，不降志辱身。在監察御史任上，王圻曾因其議事剴切而爲趙貞吉所薦。後來，首輔張居正與趙貞吉交惡，想讓王圻上奏彈劾趙貞吉，王圻不應，這引起張居正不滿。文淵閣大學士高拱爲王圻會試座師，關係非同尋常，其時高拱與前一任首輔徐階有怨，按照當時官場權争潛規則，王圻自應站在高拱一邊。但是，王圻愣是不願選邊站隊，反而特意上《上座師高中玄相公》，勸説恩師高拱與徐階修好。這也使高拱大爲不悦，稱王圻『私其鄉人』②，因爲王圻與徐階爲同鄉。王圻堅持了自己做人底綫，但在那權臣相互争鬥不已的政治生態中，自然不會有很大的上升空間，時常左右不討好。

王圻爲官儘管不算暢達，但也不算過分蹇滯。他在被授陝西布政司參議以後，毅然急流勇退。他不願見風使舵，不屑於蠅營狗苟，行有底綫，心有堅守。朝中權臣之争鬥，他無法左右，但任地方官時，還可以在一定程度上選擇做什麽與怎麽做。飽讀聖賢之書，嚴格要求自己，這

① （明）何爾復：《行實》，《王侍御類稿》卷十六。
② （明）何爾復：《行實》，《王侍御類稿》卷十六。

樣的學養與操守，使得他爲官一地，頌歌一方。他在清江、開州等地，都獲得建立生祠的隆重紀念。所謂建立生祠，就是地方官員離任以後，百姓自發爲其建立祠堂，以志感念，對其公德予以表彰。這是民衆對官員行政績效的最高評價，也是當時國家允許的。因爲百姓報答離任官員的恩德，實質上也是在報答國家恩德，同時，這也是對繼任官員的無聲期待。王圻在離開州、調青州以後，開、青兩州人對王圻的評價，開州人爲王圻建立生祠的情景，尤其感人。史料記載：

上海王公之爲開州守也，蓋堇堇一年所，而擢拜青州丞以去。命下，開父老子弟皇皇奔走相告曰：『吾父母也，獨奈何驟得之而驟失之哉？』謀所以枳其車者，而是時青州民已迎之界上矣。則聚訟界上，爲開者曰：『還我王公！』爲青者曰：『天子業以王公予青州，我王公也。』於是開父老子弟惘然而失，愀然而思，群然而爲尸祝計。其小人躬埏瓦畚土，負木曳石，其君子競造酒饌以食役人，不旬日而祠成。祠成若干月而告於今守新添丘君，願有以詔來者，世世尸祝勿變也。①

二、藏書・著書・編書

王圻辭官回鄉以後，隱居吴淞江之濱。朝廷賜建十進九院府第及『文宗柱史』牌坊。他

①（明）莊履豐：《開州知州上海王公生祠記》，《王侍御類稿》卷十六。『枳其車』，原文如此。『謀所以枳其車者』，當指開州人曾想通過特別的辦法，阻止王圻的車子駛離開州。

從此以讀書著述爲娱。他在家鄉植梅萬株，謂之『梅花源』，自號『梅源居士』。

王圻世代富庶，藏書極多。他又愛書成癖，每到一處，總留意搜羅書籍，日積月累，終成藏書大家。萬曆年間，他與宋懋澄、施大經、俞汝楫並稱『松江府四大藏書家』。他學識淵博，撰述宏富，與蘇州王鏊、太倉王錫爵並稱『蘇南三傑』。

在仲子王思義等人襄助下，王圻肆力著書，整理古籍。《明史》稱他『年逾耄耋，猶篝燈帳中，丙夜不輟』①。

王圻自嘉靖四十五年（一五六六）編輯《精選繩尺論》，開始著述生涯，直到萬曆四十三年（一六一五）去世前一個月，都在撰寫、編輯、刊刻書籍，一生共編刻書籍二十四種，八百餘卷，包括奏疏詩文合集《王侍御類稿》；獨立編纂的《洗冤集覽》《謚法通考》《續文獻通考》《雲間海防志》《稗史彙編》《東吴水利考》《吴淞江議》《吾從録》《古今詩話》；與他人合編的《精選繩尺論》《新刊禮記哀言》《萬曆青浦縣志》《三才圖會》；刊刻《精選詩林廣記》《武學經傳句解》《讀書全録》《四書粹意》《黄庭内外景經洎五臟圖説》《古今考》《重修輟耕録》《王氏家乘》《續定周禮全經集注》《重修兩浙鹺志》。②其中特别有價值和影響的是《續

① （清）張廷玉等：《明史》卷六六《陸深傳》附，中華書局一九七四年版。

② 關於王圻著述，參見向燕南《王圻纂著考》，《文獻》一九九一年第四期；張玉婷《王圻著述出版活動研究》，山東大學二〇一七年碩士論文。

文獻通考》《三才圖會》與《稗史彙編》。

《續文獻通考》,二百五十四卷,體例略仿宋元之際著名歷史學家馬端臨(一二五四—一三四〇)的史學名著《文獻通考》,兼取鄭樵《通志》之長,收及人物。全書分三十考,較之《文獻通考》之分二十四考,新增『節義』『謚法』『六書』『道統』『氏族』『方外』六考。之所以要增此六考,在於王圻對『文獻通考』四字含義的理解與馬端臨有所不同。古時,『文』指的是典籍文字的記載,『獻』指聖賢的見聞和言論。馬端臨一方面明瞭『文』與『獻』的區別,另一方面仍將二者均視爲『載籍』之一環。與此不同,王圻遵從鄭玄(一二七—二〇〇)到朱熹(一一三〇—一二〇〇)的解釋,將『文』視爲『典籍』,『獻』則是『賢才』。王圻重視人物的活動,視其爲考察歷代禮制變化的重要部分,亦所謂『人能弘道,非道弘人』。在王圻看來,馬《考》詳於文而略於獻,爲了彌補此一缺憾,遂增此六考。這才是『續』的真正用意①。在一些考下,王圻還增加了一些新的子目,如:《田賦考》中增加了『黄河』『太湖』『三江』『河渠』四目;《國用考》中增加了『海運』的子目;《學校考》中增加了『書院』『義學』的子目。這些都體現了他在編書時努力展現新的時代内涵的自覺追求。此書記事年代與馬氏《文獻通考》相銜接,上起南宋嘉定年間,下至明萬曆初年。明代以前部分,多取材於宋、遼、

① 黄聖修:《道出於歧——王圻〈續文獻通考·道統考〉的多元道統論述》,第十八届明史國際學術研討會暨首届陽明文化國際論壇論文集(上),二〇一七年。

金、元四朝正史；明代部分輯録史料甚多，特别是經濟、社會、典章制度等方面，不少史料爲他書所不載。王圻對於明朝史料的搜集，有後代人所不具備的獨特優勢。他是一些歷史事件的參與者，如隆慶四年對於黄河的治理。書中有些内容得自他的實地考察，如一批地方官員關於治理黄河的討論；書中有些内容是他在訪問了一些親歷者或知情者以後寫下的，如使用福建船隻加强海防利弊的問題。他還從一些達官貴人後代那裏獲得數量可觀的明代官方檔案材料①。此類親歷、親見、親聞的資料，使得此書具有不可替代的價值。王圻自稱爲撰寫此書，搜集材料便花去四十年時間，可見其態度之嚴謹。此書體現了王圻經世致用的編纂思想。他對南宋以後典章制度有選擇地進行梳理、編纂，在以相當大篇幅記述明代典章的同時，敏鋭地注意到元明時期在水利、運輸、教育等方面出現的新情况，及時地將這些新情况補入《田賦》《學校》諸考中②。尤其值得指出的是，元代以前海運在南北交通中作用相當有限，但進入元朝後，隨著南北的統一，首都定在大都（今北京），經濟的發展，使得海運的作用日漸突出，與漕運並駕齊驅。到了明代，海運仍然在南北交通運輸中占有重要地位。王圻將此内容列入書中，進行系統考察，很有現實意義③。該書是馬端臨之後至近代以前唯一一部私人撰述的典制通史，

① 李峰：《王圻〈續文獻通考〉史學成就探析》，《中國文化研究》二〇〇七年秋之卷。
② 李峰：《王圻〈續文獻通考〉史學成就探析》，《中國文化研究》二〇〇七年秋之卷。
③ 李峰：《王圻〈續文獻通考〉史學成就探析》，《中國文化研究》二〇〇七年秋之卷。

開創了續『三通』之先河。乾隆十二年（一七四七）官修的《續文獻通考》多取材於該書。對於王圻《續文獻通考》的學術地位，史學史學者評價：『王圻是一位知識淵博、興趣廣泛，而又有明確的治史目的的史學家。他的《續文獻通考》，以搜羅宏富，經世致用，成爲《通典》《通志》《文獻通考》諸多續作中的傑構佳制，代表了明代史學家在典制史撰述上的最高成就。』①

《三才圖會》，又名《三才圖説》，王圻與其子思義合編，在王圻去世以後才編定出版。此書以圖爲主，一〇六卷（實際應爲一〇七卷），分天文、地理、人物、時令、宫室、器用、身體、衣服、人事、儀制、珍寶、文史、鳥獸、草木十四門。左圖右書，圖書並重，本爲中國文化傳統，畫圖與文字處於同等重要地位。然至明代，書可汗牛充棟，而圖則寥寥無幾，特别是關於日常器物的圖畫，遠不足備。王圻清楚地認識到圖的重要性，認爲圖有益於成造化、助人倫、窮萬變、測幽微，不可以不存之，遂致力於編撰含圖書籍。他説：『余少年從事鉛槧，即艷慕圖史之學。凡璣衡、地域、人物諸象繪，靡不兼收。而季兒思義頗亦栖心往牒，廣加搜輯，圖益大備。』②父子二人齊心協力，采摭群書，成此巨著，共載各類圖表六一二五幅，可謂明代圖譜百科全書，内容包羅萬象。③其書『上自天文，下至地理，中及人物，精而禮樂經史，粗而宫室舟車，幻而神仙鬼

---

① 韓進廉：《丹心碧玉——歷史學家的奉獻》，東方出版社一九九八年版，第二七四頁。
② （明）王圻：《三才圖會引》，《三才圖會》卷首。
③ 何立民：《王圻父子〈三才圖會〉的特點與價值》，《史林》二〇一四年第三期。

怪，遠而卉服鳥章，重而珍奇玩好，細而飛潛動植，悉假虎頭之手，效神姦之象，卷帙盈百，號爲『圖海』。①各卷先以圖繪，次論説，間有編者按語，圖文互證，考核詳備。列於《地理》卷首的《山海興地全圖》，是一張世界地圖，系傳教士利瑪竇所傳入中國的世界地圖《萬國輿圖》的中文標注版，成於萬曆十二年（一五八四）。此書出版後，影響深遠。清代陳夢雷等纂《古今圖書集成》一書，多采擷《三才圖會》。其中，《明倫》《博物》《理學》《方輿》《經濟》等彙編中『人事』『藝術』『山川』『邊裔』『神異』『禽蟲』『草木』『考工』『曆法』『歲功』『禮儀』『樂律』『戎政』『經籍』各典，多照録《三才圖會》原文、影寫《圖會》之圖。其借鑒部分，集中於《三才圖會》之《地理》《人物》《鳥獸》《草木》《身體》《儀制》《器用》《衣服》《人事》《時令》等。經初步統計，《古今圖書集成》引介《三才圖會》圖文部分，有近七百處。此書還遠播日本、朝鮮等地。日本寺島良安仿照王圻此書，使用古代漢語編纂《和漢三才圖會》一書，增入日本社會文化元素並輔以日文注解，在日本流傳廣泛，影響深遠。②

《三才圖會》所收圖畫有鮮明的民間取向。書中游戲圖譜，對於民間百戲，無所不收，如投壺、雙陸、擊壤、傀儡、角觝、高絙、鬥牛、鬥雞、鬥草、打彈、蹴踘、吞劍、走火、緣竿、鞦韆等，皆有插圖可觀，且勾描細緻逼真。所記捕魚捉蟹之法多達二十餘種，如塘網、注網、撒網、綽網、趕

① （明）周孔教：《三才圖會序》，《三才圖會》卷首。

② 何立民：《王圻父子〈三才圖會〉的特點與價值》，《史林》二〇一四年第三期。

網、艙網、扳罾、坐罾、提罾等，又有釣蟹、釣鱔、釣鱉、蟹簖等，皆有圖。既有圖能明其意，則省去文字説明；不能，則附加説明。兵器類雜器圖録，每件兵器都有精細圖畫，圖後附總括説明：『已上器用共二十四種，亦武備之不可缺者，如鈎鐮爲徐寧所用，鑒爲秦叔寶所用，龍吒爲馬操所用，梅吒爲黄山岳所用，鋼鞭爲尉遲敬德所用，混天戳爲李存孝所用，俱不可考，姑存之以爲留心於武事者之采擇云。』秦叔寶、尉遲敬德、徐寧、李存孝等英雄好漢，及其所使用的特殊兵器，見於小説、戲曲、傳説，小説中人物綉像也能見到。這些曾被批評爲無稽之談，不足爲據。其實，這恰恰説明《三才圖會》受通俗日用類書影響，重視從民間吸取新鮮素材。①世界著名中國科技史研究專家李約瑟在其主編的《中國科學技術史》中，把《三才圖會》稱爲『最有趣』的常用參考書，並在第四卷引用了《三才圖會・儀制》卷七中的《喪舉舊圖》來説明問題。②

《稗史彙編》，一百七十五卷，又名《稗史類編》，完成於萬曆三十五年（一六〇七）。本書以元代仇遠《稗史》、陶宗儀《説郛》等書爲本，删其繁蕪與詭異，兼采類書及典制體史書之體，彙編各類稗官野史小説，共分二十八綱，三百二十目，一萬一千八百條。王氏博獵群書，分類匯總，引書即達八百餘部。此書保存了許多民間傳説、故事資料，譬如，方外門道教

① 夏咸淳：《明代學術思潮與文學流變》，上海社會科學院出版社二〇一九年版，第二〇〇頁。
② 李秋芳：《〈三才圖會〉及其科技史價值》，《淮南師範學院學報》二〇〇九年第一期。

類的《老父賣藥》，仙類的《三老語年》《天台二女》《錢寶遇仙》，女仙類的《董永妻》，釋教雜紀類的《骨中如來》《六祖道場》《拙生感神》，奸僧類的《徐州村寺僧》《鹿苑寺僧》《野僧縛婦》，比丘尼類的《尼寺之禍》等。又如，祠祭門百神類的《屈原》《橋成神助》《著餌石人》《天妃救厄》，鬼物類的《鬼代試卷》《放生見録》《髑髏怪》《鬼不足畏》，巫覡類的《投巫》《巫祝殺人》等。此書所收條目，雖有一些標明出處，但大多未標出處，這使其史料價值大打折扣①。

王圻之所以搜集那麽多野史資料，悉心編撰《稗史彙編》，在於他對此類資料的史學價值、社會意義有獨到的理解。他説：『讀羅《水滸傳》，從空中放出許多罡煞，又從夢裏收拾一場怪誕；其與王實甫《西廂記》始以蒲東邂會，終以草橋揚靈，是二夢語，殆同機局。總之，惟虚故活耳。』② 文學評論界認爲，王圻的『惟虚故活』是個很重要的命題③。誠如謝肇淛所論：『小説野俚諸書，稗官所不載者，雖極幻妄無當，然亦有至理存焉。』④ 事可不真，然理必不謬。小説家以真爲正，以幻爲奇，將真與幻、正與奇作爲一對辯證關係，從而爲主題表達提供了廣闊的空間。《稗史彙編》呈現的是道聽途説的鬼怪故事，表達的或隱含的是禮義廉耻、彰善癉惡

① 祁連休：《中國民間文學史》故事卷，河北教育出版社二〇一九年版，第七二七頁。
② （明）王圻：《稗史彙編》卷一〇三。
③ 陳望衡：《中國古典美學史》下卷，江蘇人民出版社二〇一九年版，第九〇一頁。
④ （明）謝肇淛：《五雜組》卷十五，遼寧教育出版社二〇〇一年版，第三一三頁。

的大道。

王圻著述内容如此廣博，卷數之多，古來少有。這些著作多爲經世致用之學，涉及政治、刑獄、海防、水利、農桑、民俗、縣志等方面。《四庫全書總目》云：『圻所著述，如《續文獻通考》《三才圖會》《稗史類編》諸書，皆篇帙浩繁，動至一二百卷。雖龐雜割裂，利鈍互陳，其采輯編排，用力亦云勤篤。計其平日，殆無時不考古研今。』①

王圻雖飽讀儒家經典，但他並不株守儒家一派，而是胸襟開闊，廣收博覽，對於佛教、道教均有涉獵。這從他所編《稗史彙編》等書中便可看出。他曾從佛、道等典籍中汲取營養。他編過《長生寶籙》一書，自稱曾讀佛教、道教書籍，對於六境之説，即人境、神境、鬼境、仙境、夢境、佛境，有所知曉。他認爲六境之説中，道教仙境之説頗有可取之處，『滌除塵累，澡雪心神，積行樹功，乃至長生久視。斯於吾儒所謂存心養性、樂天知命之説，頗相表裏』，故『遠稽仙傳，近考丹書，取其有益於養生者别爲一帙，名曰《長生寶籙》，令後之有志學道者焚香展誦，或足爲却疾延年之一助』②。還不到六十歲，他便從官場淡出，息影林泉，一邊著述，一邊養生，活到八十多歲高齡，當與他善於養生有關。進而爲儒，退而爲道，心靈與生活的天地都廣袤無涯。這也是王圻的大智大慧之處。

---

① （清）永瑢等：《四庫全書總目》卷一七八《洪洲類稿提要》。

② （明）王圻：《長生寶籙序》，《王侍御類稿》卷四。

三、關心鄉里，服務桑梓

王圻十分熱愛自己的家鄉，爲家鄉人文薈萃而倍感自豪，曾説：『吾松襟江帶海，匯以重湖，九峰跨峙，靈異天啓。雖幅員延廣不及吴郡之半，而人文挺秀，自二陸以來，賢良科甲之盛，略亦相埒。』① 他熱情關心家鄉經濟、社會與文化事業，並努力奉獻自己的才華。他編撰的書籍中，有相當部分與家鄉直接有關，包括《雲間海防志》《東吴水利考》與《萬曆青浦縣志》。

《雲間海防志》，凡八卷，約於萬曆三十五年（一六〇七）成書。松江府瀕臨東南沿海地區，海防一事最爲切要。王圻纂輯此書，是受地方官員的委託，也是他爲地方政府謀劃抵禦倭寇之策的積極舉動。儘管此書今未見有傳，但從傳世的相關資訊，還是可以看出王圻的一片赤誠之心。

《東吴水利考》研究的是太湖地區水利問題，尤詳於蘇、松、常、鎮四郡，共十卷，前九卷爲圖並附説，後一卷爲歷代名臣奏議。這是王圻生前所編撰衆多書籍中的最後一部。他在自序中痛切地指出：東南地區在全國經濟生活中至關重要，貢獻極大，皇朝定鼎燕雲，一切供億仰給東南，每年所征漕糧，一半來自蘇、松、常、鎮、嘉、湖六郡。國家每年用於治理黄河的經費，動輒數百萬金，但是對於東南水利却關心不夠，『東南水利最巨者，齒及修濬，輒以帑藏空虚爲辭。若論田間水道，則益以爲不入耳之談。是經國者但知貢賦之所由入，而竟忘貢賦之所由

① （明）王圻：《雲間獻略序》，《王侍御類稿》卷五。

出，坐令浦港日漸湮淺，旱澇無由瀦泄，遂致霖雨數日，膏腴悉成巨浸；萬一經旬不雨，田疇立見龜坼。自萬曆戊子以來，災侵疊奏，逋課歲積，杼軸既空，催科愈急，無惑乎人愁鬼泣，禍亂之萌，將有不可勝言者』。他對東南人民所受水旱災害有切膚之痛，故有此著。書中對於疏通河道、蓄水泄洪的重要性以及具體措施，有詳細記述，堪稱東南地區的治水指南。誠如張宗衡在此書叙言中所云：『王公生長水鄉，目擊艱苦，故纂集斯編。膚絡源委，分合出入，無不賅具，而挈其大綱，責成守土。偉哉！經國之遠猷，寧直一隅之考鏡耶！』①

《萬曆青浦縣志》，萬曆二十五年（一五九七）成書，王圻總纂，署縣事華亭縣儒學教授李官校刊。青浦縣在歷史上曾兩次建撤，王圻與青浦縣的關係也比較特殊。王圻出生於嘉靖九年（一五三〇），那時青浦縣還没有建立，王圻出生地爲上海縣。嘉靖二十一年（一五四二），析華亭縣西北二鄉、上海縣西三鄉，置青浦縣，這是青浦建縣之始。王圻家鄉歸青浦縣（青浦縣境在歷史上屢有變動，據考，王圻家鄉在今閔行區境華漕一帶）。嘉靖三十二年（一五五三）廢青浦縣，王圻家鄉復歸上海縣。萬曆元年（一五七三）復置青浦縣，王圻家鄉又歸青浦縣。王圻在萬曆十三年（一五八五）致仕還鄉，其鄉已屬青浦縣。古代中國多有聘請在籍著名士紳撰修方志的傳統，這是王圻受聘主纂第一部《青浦縣志》的重要緣由。志凡八卷，包括圖、志、表、傳等，分沿革、分野、疆域、形勝、風俗、山川、土産、公署、學校、城池等目。在修志思想

① （明）張宗衡：《東吴水利考叙》，王圻：《東吴水利考》卷首。

方面，王圻也有貢獻。他認爲，志書應繁略得當，征名核實，『搜羅放失，期於必盡，剔抉顯幽，期於必真，始稱爲志』①，過簡過繁，都不合適，褒貶不當，更不可取。《萬曆青浦縣志》正是秉持這一原則修成的。

王圻關心家鄉發展，也表現在他盡力爲家鄉人文集作序，爲地方品行高潔之人立傳、寫行狀、墓志銘等。包括：爲華亭人劉伯忠《雲間百咏》作序，爲唐純宇所編《唐氏族譜》、高文學所編《華亭高氏重修族譜》作序，爲松江人李芳洲所編《雲間獻略》作序，爲松江府學義田作記；爲華亭人陸從平、張近松作行狀，爲嘉定人嚴有威、李超然、華亭人金大遜、上海人張子雍、高伯慎等人作墓志銘。這些作品，記述了上海地區衆多人物的生平事迹、懿行美德，豐富了上海地區的文化内涵。

其中，王圻向官府介紹余采生平，具有特别的意義。余采是明初方孝孺的後裔。方孝孺因拒絶爲燕王朱棣（後爲明成祖）推翻建文帝、奪取皇位起草詔書，被處以極刑，誅滅十族（親屬九族加學生一族）八百餘人。其一子得友人藏匿，流落到松江府，隱名埋姓，衍傳不絶。時過一百多年，萬曆年間，方孝孺案獲平反昭雪，其後裔申請復姓歸宗，朝廷要求核實上報。松江府同知毛一鷺詢問王圻此事原委。恰巧，方孝孺後裔余采曾與王圻同窗，於是，王圻據實以報。華亭庠生余内稱：『正學（即方孝孺）幼子避居華亭，八傳而至教諭采（余采），實居上海。

① （明）王圻：《青浦縣志序》，《萬曆青浦縣志》卷首。

繼儒乃采之嗣孫。』① 當時，關於方孝孺有無後裔、誰是真正後裔，有不同說法，王圻的證詞爲方孝孺後裔的確定提供了重要依據。王圻還應余采後人之請，爲余采夫婦寫了墓志銘，介紹余采生平，歷述方孝孺後裔流落松江府的曲折經歷。這些資料，對於研究方孝孺後裔衍傳上海地區的歷史，具有不可替代的價值。

王圻的著述活動，得到了地方官紳的大力支持。王圻還鄉以後，所編撰著作動輒一二百卷，累計超過八百卷。如此大部頭著作絶非一人一家之力所能刊刻。據研究，王圻這些著述，僅《三才圖會》由南京書坊刊刻，其餘主要由兩浙鹽運司、松江府、華亭縣等地方官府、官員資助刊刻。其中，《謚法通考》由應天府巡撫趙可懷主持刊刻；《萬曆青浦縣志》由華亭縣教諭、代理青浦縣事李官主持刊刻；《續文獻通考》《雲間海防志》均由松江府刊刻；《續定周禮全經集注》《重修兩浙鹺志》均由兩浙鹽運使楊鶴主持刊刻；《東吴水利考》由松江知府張宗衡刊刻。②

王圻的著述活動，歸納起來，有四個鮮明的特點：一是宏，視野極其宏闊，上自天文，下至地理，中到人世，政治、海防、經濟、文化、民情、風俗、刑獄、武術，地上萬物，飛禽走獸，民間傳說，無所不涉。二是巨，品種之多，體量之大，當世無人可及。三是實，内容實在，特別是農學、

① （明）王圻：《答毛孺初》，《王侍御類稿》卷十。
② 張玉婷：《王圻著述出版活動研究》，山東大學二〇一七年碩士論文。

水利、醫學等民生日用的知識；來源切實，很多知識來自他的親歷、親見、親聞；作風踏實，考訂細實。四是特，眼光獨到，人無我有，人棄我取，人弱我强。重視圖册，編《三才圖會》，重視社會基層知識，搜集民間故事，均不同凡響。

王圻的著述活動，是明代上海地區重視實學、文風昌盛的重要表現。上海地區自唐代建立華亭縣以後，經濟、社會、文化穩定發展。南宋與元代，朝廷重視發展海運，上海地區發展更快。元末明初，戰事不斷，内地避難文人相繼涌入相對平静的松江府，如吴興趙孟頫、常熟黄公望、無錫倪瓚、天台陶宗儀、宣城貢師泰、會稽楊維楨等。松江地區由此文氣大盛。及至明代，松江已與蘇州並稱『蘇松』，爲全國經濟文化最爲發達的地區。據統計，弘治、正德的三十四年間，上海縣中進士者共四十六名，平均每次科考都有四五人得中。至嘉靖、萬曆年間，上海地區文風更盛，科考成績再創新高，士紳眼界更顯開闊，風氣更加開明。隨著財富的積累，文人的匯聚，元末明初上海地區就開始出現彙編、刊刻大型圖書的現象，陶宗儀《南村輟耕録》三十卷和《説郛》一百卷，開其先河。此後，漸成風氣。嘉靖二十三年（一五四四），上海人陸楫彙編《古今説海》由儼山書院刻印，一百四十二卷，這是中國歷史上第一部小説彙編叢書；嘉靖三十五年（一五五六）之前，上海人張之象已編就《唐詩類苑》二百卷和《古詩類苑》一百三十卷，其後陸續刻行，這是現存最早、規模最大的分類唐詩總集與古詩總集。①王圻的著述、彙

① 賈雪飛：《明中後期上海地區的四次大型圖書編纂活動》，《中國出版史研究》二〇一八年第二期。

編、刊刻活動，便出現在張之象之後。再往後，則有徐光啓編撰的《農政全書》六十卷，陳子龍等人編輯的《皇明經世文編》五百零四卷。

包括王圻在内的上述衆多士紳搜集、彙編、刊刻大型文化典籍，是中華文化發展到一定階段的某種文化自覺。這種文化自覺，既是對以往文化成就的彙集、梳理與總結，也是對以後文化發展的推動與指引。參與此項活動的，並不只有上海地區的士紳，蘇州、杭州等地也所在多有，但是，上海地區士紳顯然起了至關重要的作用。在這個意義上，王圻彙集、編撰、刊刻的《續文獻通考》《三才圖會》《稗史彙編》等典籍，在中華文明傳承史上，具有無可替代的價值。

王圻是古代上海地區出現的一位具有全國性影響的文化巨匠，重德崇文，關心民瘼，重視民本，廉明公正，每個方面都有非凡表現。他是上海地區，也是整個江南文化的傑出代表。深入發掘、整理、研究王圻的著述與史迹，有助於將江南文化名片擦得更加亮麗，讓江南文化更加熠熠生輝，對於全面、深入、系統總結中華優秀傳統文化，推動中華優秀傳統文化創造性轉化與創新性發展，也有一定意義。

熊月之

二〇二三年九月

整理説明

一

王圻（一五三〇—一六一五），初名堰，字公石，後改名圻，字元翰，號洪洲，爲明代著名文獻學家、史學家。王圻祖上原籍蘇州嘉定縣，明初其始祖士衡因避難於上海縣，遂爲上海縣人。《嘉慶松江府志》卷五三稱王圻居上海縣諸翟。

據載王圻四歲『輒善讀書，七歲受戴氏《禮》。十歲，負笈百里，從郡（盛）如川先生學。十四舉秀才，十六廪於庠』。①在學中考試『輒冠其伍』，然科場屢舉不第。至嘉靖四十四年（一五六五）始進士登第，釋褐除清江縣知縣。清江『邑田糧多欺隱，歲久弊積。圻躬歷阡陌，素精勾股法，丈量圖册既成，胥吏無敢作姦者。尤鋭意右文，置學田，增號舍，鑄祭器，刻《繩尺

①（明）顧秉謙：《明故朝列大夫陝西布政司右參議洪洲王公暨配誥封宜人陳氏合葬墓志銘》，（明）王圻：《王侍御類稿》卷十六。

論》以訓士，爲時所稱』。①隆慶元年（一五六七），調萬安縣知縣。在縣嘗勘察屠夫殺人及徽商失竊兩案，邑民『驚其神』。又重修雲興書院，革除民間不良習俗。據《雲間志略》卷十八載，萬安『俗故多婦女入市中，往往借汲泉爲東門之會』，王圻『下令嚴禁，而自是男女别於途矣』。由此上司稱譽其爲『循良第一』。隆慶二年九月，以『治行高等』、政績昭著，擢爲雲南道監察御史，以敢於直言聞名，彈劾不避權倖。起初王圻『以奏議爲趙貞吉所推』，時相張居正『與貞吉交惡，諷圻攻之，不應。高拱爲圻坐主，時方修隙徐階，又以圻爲私其鄉人不助己，不能無恚，遂摭拾之』，②於隆慶四年三月出爲福建按察僉事，隨即又於九月謫爲邛州判官。隆慶六年復爲進賢縣知縣，未及赴任，丁母憂。萬曆三年（一五七五）服闋，除曹縣知縣，『盡心勤職，爱民如子，定條鞭法，著爲令甲，賦役不擾，官民稱便』。③萬曆四年遷開州知州，『首變兩稅爲四季條鞭，至冬季，積前三季所餘者，省一季十分之一，民大稱便』，並於開州城中重建明道書院，祀宋理學家程顥。④萬曆五年，遷爲青州同知，因知州有疾，不能視事，遂暫行太守之職。萬曆七年，提典己卯科山東武舉。萬曆八年，擢任湖廣按察司僉事。萬曆九年，『備武昌兵』，即改官湖廣武昌兵備僉事。據《明神宗實録》卷一二八，萬曆十年九月王圻改任湖廣提督學政。

① （清）謝旻等：《雍正江西通志》卷六十一，上海古籍出版社影印《文淵閣四庫全書》本。
② （清）張廷玉等：《明史》卷二八六《陸深傳》附，中華書局一九七四年版。
③ （清）敕纂：《大清一統志》卷一四五，上海古籍出版社影印《文淵閣四庫全書》本。
④ （清）李衛等：《雍正畿輔通志》卷二十九、卷七十，上海古籍出版社影印《文淵閣四庫全書》本。

萬曆十三年十月，陞爲陝西布政司參議。王圻因父年邁，遂引年『乞歸養』，於萬曆十四年致仕，歸居故里。是年王圻五十七歲，築室於吴淞江畔，『種梅萬樹，目曰「梅花源」』，著書其中。因自號『梅源居士』。萬曆四十三年閏八月十四日卒，享年八十六歲。①其事迹附《明史》卷二八六《陸深傳》。

王圻生平無他嗜好，獨嗜圖書，家中藏書甚富，爲其讀書、鈎輯史料提供莫大便利。其早年爲廪生時，已『讀書務根柢，經傳、子史、百家之言及《性理》《綱目》諸書，經生學士白首未嘗竟者，無所不淹貫』②。晚年退老鄉居以後，雖『年逾耄耋，猶篝燈帳中，丙夜不輟』，且『無時不考古研今』，故學識淵博，著述宏富，『世人皆服其博洽』，以學識廣博稱譽海内。

二

王圻一生筆耕不輟，著述宏富，據顧秉謙所撰《墓志銘》、清初黄虞稷《千頃堂書目》及《明史·藝文志》著録，其所編纂之書有屬經部之《續定周禮全經集注》十五卷、《新刊禮記

① 有關王圻行年事迹，參見常振鈺：《王圻年譜》，遼寧大學二〇一八年碩士論文。按，（清）李文耀修，（清）葉承纂：《乾隆上海縣志》（清乾隆十五年刻本）稱王圻『卒年八十五』。

② （明）顧秉謙：《明故朝列大夫陝西布政司右參議洪洲王公暨配誥封宜人陳氏合葬墓誌銘》，《王侍御類稿》卷十六。

裒言》十六卷；史部有《續文獻通考》二五四卷、《謚法通考》十八卷、《東吴水利考》十卷、《吴淞江議》一卷、《重修兩浙鹺志》二十四卷、《萬曆青浦縣志》八卷，以及《海防志》《洗冤集覽》等；子部有《三才圖會》一〇六卷、《武學經傳句解》十卷、《稗史彙編》一七五卷；集部爲王圻之詩文集《王侍御類稿》十六卷。其中以《續文獻通考》《三才圖會》二書最爲著名。此下即據編撰時間爲序簡介王圻之著述。

《精選繩尺論》二卷，王圻選編，據其自序云：『丙寅叨令清江，適吴内文宗巖泉徐老先生以名御史督學江藩，士經一校第，文輒入彀，然猶謂論之稍外于繩尺也。命余選是編，以課所進諸生。余乃乘案牘之暇，與學博吴君坤、唐君寵，選其文之易於模效、格之近於時製者若干篇，謀廣其傳，事未竟而改置萬安之報至矣。既又攜之行笥，以屬司教沈君鰲、蔣君聞禮、雄君濂重加校正，遂命諸梓。』按，丙寅乃嘉靖四十五年，王圻正在知清江縣任上，其改知萬安縣在隆慶元年，則知此書乃屬指導士子作文之書，撰成、刊印於隆慶初年。

《武經經傳句解》，十卷。是書纂刊於隆慶六年，王圻任邛州判官，以爲士子應武科考試之用書。王圻於凡例中云：『舊刻卷序，先孫、吴，次司馬、李衛，又次《六韜》《三略》，而《素書》不與焉。余謂用兵之法，當以道德仁義爲本，而以權謀術數佐之。《韜》《略》二書，雖未必果出於太公與否，而其間議論多根於道德仁義。至司馬、黄石二書所述，固不皆醇然，蕪雜之語，而亦非專事縱横者比。故是解者，首《師卦》，次《六韜》《三略》，先孫、吴、司馬，又次尉繚、黄、李，雖先後仿乎世代，而亦有微意存焉，讀者詳之。』萬曆六年又有修訂刊印，據石星之序稱『而注比前愈益加詳』。①

《黄庭内外景經洎五臟圖説》，王圻自序云當時與《黄庭内外景經》『並行於世者，有《二景内譜》《中景經》《五臟圖》《五臟六腑圖》，凡三十部五十七卷，今皆不可得見。惟梁丘注尚存，而《五臟圖》又雜見於養生書中，余因表而出之，已備一家之言。至於導引、補瀉諸法，固亦三十部中之一，然茹吸吐納易以惑人，往往害性而傷生，余則絀而不録』。按，此書乃王圻編纂於萬曆二年，由玉山程應魁書版刊印。《黄庭内外景經》題名梁丘子所注，《五臟圖説》乃『唐胡悟撰，於二經多所發明，故附梓以備參考』。

《洗冤集覽》，王圻彙編各類案例以爲州縣官員斷案勘獄之用。其自序云：『余筮仕一十六載，爲邑者四，爲州者二，爲御史、爲臬僉者各一，然皆有刑章之寄焉。故嘗搜輯古今圖説及當代令甲，凡有裨於檢勘者，次第筆之。久而成帙，因標其端曰《洗冤集覽》。』按，王圻於嘉靖四十四年入仕，後十六年即爲萬曆八年，又因云其嘗『爲御史、爲臬僉者各一』，則此書當撰於是年改任湖廣按察僉事之前。又自序云其『嘗搜輯古今圖説』，則此書可能有圖有説，然因久佚，未得其詳。

《洪洲類稿》，王圻於萬曆十年至十三年爲湖廣提學時所編之詩文集，有郭正域、吴國倫二

① 參見林介宇：《文武兼備：王圻的科舉學——基於〈王侍御類稿〉的初步文本分析》，載上海市歷史學會、嘉定區文化和旅游局、嘉定區江橋鎮人民政府編：《明代思想家王圻學術研討會論文集》，第一六二至一六四頁。

序。吴序撰於萬曆十三年。郭序云及『王先生來督楚學……於是二三子從諸縉紳先生以請曰：「夫子之文章可得而聞也。」』故王圻始自編其詩文成一編。《四庫全書總目》卷一七八著録《洪洲類稿》四卷，云：『凡詩一卷、文三卷，乃其提學湖廣時所自編，其孫譔又爲重刻……計其平日殆無時不考古研今，其於詩文殆以餘事視之，故寥寥如此，存而不論可矣。』其説不確，此四卷乃王圻彙編其提學之前所撰詩文，並非其一生之創作皆在此編。

《禮記裒言》，十六卷。王圻自序云：『余起家固專業《禮》，第於諸經傳尤樂窺一斑也……甲申秋杪，余奉新命校衡、永士，道出長沙。會臬副李冲涵公亦以《戴禮》成進士，往欲裒集群言，發明宗旨，未有屬也。間與余語，欣然當心，遂出所貯時説數十種，臚列示余；且屬之芟繁證謬，成一家言，俾學者定厥嚮往。余因選取學官博士弟子員，分卷編輯，參互考訂，稿凡數易，始克成編。而課督校讎，則西蜀古見吾氏獨任之。尋冲涵公以參知去蜀，余乃間爲裁定，付之梓氏，用廣其傳。』並欲『業是經者，無事搜羅群説，而諸家指意灼然盈目，則是書不無小補。因名之曰《禮記裒言》云』。按，甲申乃萬曆十二年。

《道統考》，據王圻《魏水洲先生集序》云其『自楚歸里，以蕘牧之暇輯《道統考》一書』。王圻於萬曆十四年致仕歸里，則此書當撰於是年稍後。按，《續文獻通考》中有《道統考》，當即此書經修訂後收録。

《吾從録》，王圻自序云：『歸農之暇，搜檢故篋，得先哲遺文二百餘首。不矜于古雅，而讀之有蒼然之色；不蘄爲雋永，而玩之有淵然之味。雖近代經生學士或視之爲陳編，而余獨視之爲商彝周鼎、太羹玄酒。既彙之以課子若孫，又授之梓，以公四方，而名之曰《吾從録》……今余之刻是編，夫亦竊比于孔子從先進之遺意。此「吾從」之所由名也。』按，此屬課子孫及初學者讀書之詩文選本，王圻致仕以後所編撰。今佚。

《古今詩話》，王圻自序云：『余自楚歸農，鎡基之暇，搜集纍朝著述，爲之删繁就簡。凡有關于世道之升降、詩教之針砭者，别成一帙，名曰《古今詩話》，即黄萬頃所著《筆苑》遺意也。編摩既就，因付之剞劂氏，以貽同志。』按，黄萬頃，福建同安人，南宋初紹興中進士及第，歷知雷、瓊二州，『著有詩文數百篇，又集古今詩話爲《筆苑》五卷』。①王圻此書編撰於歸里以後，嘗刊印，今佚。

《續文獻通考》二百五十四卷，乃王圻續元初馬端臨《文獻通考》而撰成。其書『凡例』云：『余嘗從臺臣之後，凡六曹文牒暨諸先賢奏牘，咸口誦手録，得什一於千百。』温純萬曆三十一年撰序有云：『元翰故同余舉進士，又同應召。余給事禁中，元翰爲西臺御史，日相與聚談今昔典故。乃元翰則慨仲尼説禮，憂杞宋無徵，由文獻不足，以不大用於世。益肆力搜羅且四十年，遂成此考。』按，王圻於隆慶二年應召任御史，至此三十一年，實三十四年有餘，温序稱『且四十年』者，乃舉其成數。則王圻於此年已爲撰作此書搜集資料。又趙可懷《謚法通考序》稱王圻『歸田後，日杜門著述，輯有《續文獻通考》凡若干卷，就其中抽《謚法》一種另

①（清）郝玉麟等：《乾隆福建通志》卷五十一，上海古籍出版社影印《文淵閣四庫全書》本。

梓』。趙序撰於萬曆二十四年，則是年此書已初成，此後又經多年修訂完善；又《續文獻通考》有周家棟序，題曰『萬曆三十年』，則至此已定稿，至萬曆三十一年付梓刊行，並再請温純撰序。《續文獻通考》體例乃仿馬端臨《文獻通考》，兼采南宋鄭樵《通志》之長，全書三十考，較《文獻通考》二十四考增多《節義》《謚法》《氏族》《六書》《道統》《方外》六考；各考下設子目，其子目設置也視史料、史實等情況而較《文獻通考》有所增加。不少史料爲他書所不載，具有頗高之文獻價值。

《謚法通考》，十八卷。此書乃從《續文獻通考》初編本中抽出《謚法考》，增補明代内容，於萬曆二十四年刊印别行。故王圻所撰『凡例』云：『余《續文獻通考》嘗益《謚法》一目，以補馬貴與之缺，例仍舊貫，未及皇朝。今據《實録》所書、野史所記，輯附其後，别爲一種，庶不至遠希上古，近遺昭代。』按，檢核《續文獻通考·謚法考》，較《謚法通考》多出一卷，且兩書於明代以前小目大略相同，明代部分則小有異同，則知《續文獻通考·謚法考》此後又曾據《謚法通考》再行修訂補充。

《青浦縣志》，八卷。王圻《青浦縣志序》撰於萬曆二十五年，云此志『爲圖、爲志、爲表、爲傳，凡八卷三十二目』。又云：『是役也，提調總裁，則榮麓先生實司之，商榷質訂，則學博錫山陳君文龍、吴陵楊君廷芳，分類讎校，則文學諸君子；而削牘抽毫，則不佞圻與有一日之勞云。』按，榮麓乃卓鈿之號，時爲青浦知縣。

《稗史彙編》，一百七十五卷。周孔教《稗史彙編序》稱：『上海王公元翰雅意著述，嘗續

《文獻通考》……殺青甫畢，又泛濫諸家小説，簸揚淘汰，裒其可傳者，分門析目，彙爲成書，凡可百卷。』據王圻自序云：『元儒仇遠博采群書，著爲《稗史》，而陶九成氏又從而增益之，作爲《説郛》。二先生用心良亦苦矣。然覽者猶病其繁蕪穢雜，故迄今三百餘年，互相抄録，未有能付梓以傳示四方。余嘗讀而好之，至惓惓不能釋手，然猶懼其終於湮没也。遂即明農之暇，重加讎校。凡繁蕪之厭人耳目，詭異之蕩人心者，悉皆芟去勿録。若我朝諸君子所著小史諸書，有足闡發經傳、總領風教者，雖片言隻語，兼收並蓄。總之爲綱二十有八，列之爲目三百有二十，而命之曰《稗史彙編》。』署時『萬曆歲次丁未孟春朔日』，丁未即萬曆三十五年，知此書殺青於是年。此書乃因仇遠《稗史》、陶宗儀《説郛》及增補明人小史雜書，並加增删潤改而成，然因存有好奇誇博之傾向，故其引録文字時見駁雜之處。

《海防志》，亦名《雲間海防志》，八卷。王圻《與徐撫臺》有云『圻衰颯無聊，纂述防海遺事彙成一編，不過消磨長日。乃海防朱二府命鋟之木，以備輶軒使者便覽。然不肖所集者皆三十五年前事，恐新舊條款不同，敢具一帙上之記室，乞賜删改擲下，以便遵守』。按，朱指松江府同知朱勳，於萬曆三十五年蒞任。此書當撰並刊印於其間。今佚。

《三才圖會》，又名《三才圖説》，一〇六卷（實際應爲一〇七卷）。王圻自述：『余少年從事鉛槧，即艷慕圖史之學，凡璣衡、地域、人物諸象繪，靡不兼收。而李兒思義頗亦栖心往牒，廣加搜輯，圖益大備。友人李聞斯、何振之皆博雅君子也，相與校讎成帙，交口請梓，而余因引其端。』顧秉謙撰序亦有云『前三圖皆出御史公手裁，而後則允明氏之所續』。則此書乃王圻、王思義父子合撰而成。因周孔教撰序在萬曆三十七年，故推知此書當刊行於是年或稍後。《三才圖會》全書分天文、地理、人物、時令、宫室、器用、身體、衣服、人事、儀制、珍寶、文史、鳥獸、草木十四門，每門之下分卷，條記事物，取材廣泛，包羅萬象，細大畢載。所記事物，先有繪圖，後有論説，圖文並茂，相爲印證。《四庫全書總目》卷一三八雖批評其書有『務廣貪多，冗雜特甚』缺點，然亦稱之曰『采摭浩博，亦有足資考核者』。

《王氏家乘》，乃王圻之家譜，卷帙未詳。今佚。王圻自序云：『余今春秋八十懸弧之旦，在王正二十有一日……故即洪宇二弟所常手録，授之吾兒思忠、思義、思孝，重加訪葺，補其遺漏，正其謬訛，以付梓人。』按，此書撰於萬曆三十七年王圻八十歲時。

《長生寶籙》，王圻自序云：『（道教之術）於滌除塵累、澡雪心神、積行樹功，乃至長生久視，斯於吾儒所謂存心養性、樂天知命之説頗相表裏。余故遠稽仙傳，近考丹書，取其有益於養生者，别爲一帙，名曰《長生寶籙》，令後之有志學道者焚香展誦，或足爲却疾延年之一助』。又曰『余八十餘年升沉榮辱』云云。則此書當撰於萬曆三十八年其八十一歲以後。今佚。

《續定周禮全經集注》，十五卷。清初黄虞稷《千頃堂書目》著録此書，云：『用柯尚遷之書而重爲更定，凡五官所載有關於工者四十有二則，擷而彙之爲冬官上卷，而《考工記》三十一條，皆造作營繕不係，仍附於冬官之後列爲下卷。』《行狀》載：『夫公注周禮官，序依注疏，章句仍本經訓，釋宗鄭、賈，且折衷諸儒，多所發明。復擷五官所載有關邦土者，彙爲冬官，列《考工記》于其後。六典罔缺，此經始完。』故題曰『全經』。按，柯尚遷字喬可，明嘉靖時長樂人，所撰書曰《周禮全經釋原》。又據王圻《與何崑柱》云及『不肖虚度八十有五，他無足道，尚能篝燈搜閲殘編。邇來妄效王次仲諸君子，輯補《周禮》司空之闕，稍加注釋，以使後學誦讀。值臺使者楊弱水災之梨棗，并求正於有道』。則此書當撰成於萬曆四十一年。

《重修兩浙鹺志》，亦稱《兩浙鹽志》，二十四卷。王圻自序云：『兩浙舊有志，然創於嘉靖戊戌，至今七十餘禩。』序作萬曆四十二年。《四庫全書總目》卷八十四云其書『前有自序，謂武陵楊鶴巡按浙江，以《鹽規類略》《西戍沿革》《行鹽事宜》三書並舊志授圻增訂』。

《東吴水利考》，亦稱《三吴水利考》，十卷。王圻自序署時『萬曆乙卯八月朔旦』，按《墓志銘》云其卒於是年閏八月十四日，則王圻著成此書並撰序後，僅一月有餘即逝世。故《墓志銘》稱《水利考》《明農稿》二書『藏於家』，即王圻生前未曾刊行。

《王侍御類稿》，十六卷。王思義《續刻先侍御類稿引》云：『（王圻）故楚中所梓有《洪洲類稿》，先奏議，次詩若文，業已膾炙人口矣。林居廿餘年，徵文之客踵至。風晨月夕，又與社中諸公更相倡和，故詩若文特多。往昔先侍御嘗自裒其稿彙爲帙，題曰《明農》，蓋四倍於前刻云，未付殺青，屬罹大故，竟爲無賴者匿，不得。義恐久益散佚，先侍御奚囊之業遂至漫漶，因搜故簏，尚存殘剩，命小史録出，鋟諸梨棗，併前《類稿》共爲一集，題曰《王侍御類稿》，爲卷凡十有六，比前稿多志狀、尺牘及雜著，十有六卷而末復附倡和集及志狀、行實。』按，《明農稿》乃王圻晚年所編纂，因『爲無賴者匿』，未及刊行，故其子王思義將王圻歸里以後所作詩文與《洪洲類稿》合編，名曰《王侍御類稿》。王圻詩文，明代『後七子』之一吴國倫評曰『不落筌蹄，不涉蹊徑，惟意所適，一無所猥襲』。郭正域《王侍御類稿序》稱其詩文質樸無華，『大抵黜其佻巧者而本之自然，謝其夸毗者而歸之實際』。而清人以爲『其於詩文，殆以餘事視之』，故存詩文不多。①

王圻尚有數種著作，未詳其撰述年月，有：

《吴淞江議》，《千頃堂書目》卷八著録一卷。今佚。

《彝好録》，王圻自序云此書記録福州陳仲子妻林萊女之『獨行』，其『哀者輓，慨者歌，艷慕者頌遍寓内，如出一口，則是所爲彝好也……而萊女之懿德烈行，僅僅騰播于謳吟諷記之間，君子有遺憾焉。余故叙其大略，以備它日太史氏之采擇云』。按，今佚。

此外，王圻尚有校勘、考訂、整理前人著述，並刊行於世者。

《詩林廣記》，王圻《重刻詩林廣記序》云：『戊辰春，余以計事覲新天子。奉璽諭，令之復任……凡兩越月。暇則坐風櫺下，展《韻林》一卷而讀焉。訛者訂之，失次者序之，入治境而繙閲周矣。博士弟子劉君子田多聞强記，蜚聲於時，畀之重加檢括。蓋至是而魯魚亥豕可十剗八九矣。劉君造而請曰：「舊刻仍訛踵陋，今兩經校正，庶幾其爲善本矣。弗寄諸木，悉普其傳？」余因鳩工梓之，而序次其始末如右云。』按，戊辰爲隆慶二年九月，王圻改任雲南道御史。此書校正於其赴任雲南途中，至雲南以後又屬劉子田再校，然後付梓刊行。《詩林廣記》，由宋末蔡正孫（自號蒙齋）編撰，前、後集各十卷；又《千頃堂書目》卷十五著録明人單宇撰《詩林廣記》；《雍正福建

① （清）永瑢等：《四庫全書總目》卷一七八《洪洲類稿》，中華書局一九六五年版，第一六〇三頁。

通志》卷六十八著録有明代程實《詩林廣記》。王圻所校刊者疑爲蔡正孫之著。

《讀書全録》，二十三卷，明薛瑄撰。萬曆七年，青州同知王圻主持山東武舉，受山東巡撫趙賢之命編刊薛瑄此書。

《四書粹意》，明賈肖泉編撰。萬曆九年，王圻於督楚學政時校刊此書，以便學子閱讀。

《古今考》，三十八卷，其中宋魏了翁撰一卷，元初方回續三十七卷。王圻撰序云：『顧其書自婺傳吴，自泰定以及今日，越兩朝三百祀，竟莫有爲廣其傳者。則此書不偶時好，固可概見。乃予固授之梓，寧徒災木乎哉？』然泰定刊本今已不見。明萬曆間，王圻據泰定刊本，刻之楚中。而明刊諸本，以王圻校勘本最善，『王氏之於是編，功不可没也』。按，此書刊印於萬曆十二年，王圻湖廣提舉學政任上。

《輟耕録》，元陶宗儀纂。王圻《重修輟耕録引》云此書『蓋自元至正之丙午，迄皇明萬曆之甲辰，幾二百五十餘祀。歲月既深，木受蠹而字磨滅者十蓋八九。余因訪求善本，重加考訂，新其蠹而補其缺，復爲全書』。據潘承弼、顧廷龍《明代版本圖録》卷八云明嘉靖中玉蘭草堂嘗據元版重刊，王圻於萬曆三十二年亦取版重刻，並附《秋江送别圖》、贈詩及序，故亦稱《增圖本輟耕録》。①

---

① 有關王圻著述考證，參見向燕南：《王圻纂著考》，《文獻》一九九一年第四期；張玉婷：《王圻著述出版活動研究》，山東大學二〇一七年碩士論文；常振鈺：《王圻年譜》，遼寧大學二〇一八年碩士論文。

王圻雖壯年宦四方，以學識廣博而稱譽海内，然其著述則大多成於萬曆十四年致仕鄉居以後，即其雖『年逾耄耋，猶篝燈帳中，丙夜不輟』，而惟以『著書爲事』，故其撰書之多、卷帙之富，當時罕有其匹。

三

世稱明代學風空疏，但至明晚期，陽明之學漸趨式微，風靡一時之束書不觀之學風亦稍得回轉。對於紫陽學與陽明學之異同，王圻之觀點則頗爲融通。其於《四書證義筆記合編序》中指出：『吾道之正脉，自羲、軒、孔、孟而下，無過宋室諸儒。而析毫剖芒，集諸儒之大成，又無過紫陽朱子，乃鵝湖辨論紛然，不能相下。至姚江王文成倡道東南，復與紫陽相水火，而排姚江者又或詆爲虚談飾行。彼亦一是非，此亦一是非，令學者終身顛倒於溟涬之中而靡所折衷，無爲貴言矣。然道本無二，惟其入門不同，故其見解亦異，猶之百川赴海，支分派别，而要其歸則一也。彼謂紫陽不必俱失也者，其見固未廣；謂姚江不必俱得也者，其心亦未融。蓋訓詁非溺於支離，超悟非淪於枯寂，均之足以證道。而淺學寡識之士，摩揣失真，恣行胸臆，不能爲二氏排難解紛，而反互相掊擊。吁！可慨已。』故王圻爲學頗重視文獻，一生筆耕不輟，著述宏豐，『如《續文獻通考》《三才圖會》《稗史類編》諸書，皆篇帙浩繁，動至一二百卷。雖麗雜割裂，利鈍互陳，其采輯編排，用力亦云勤篤。計其平日，殆無時不考古研今』，①而成就卓然。

王圻學問淵博，讀書渾融，不主一家，故其所采摭編纂之書涉及經史子集四部而又頗能體現其爲學特色。

其一，留心有用之學，以濟世用。與當時崇尚空談、好發議論之士風不同，王圻『留心有用之學』，以濟世用爲其治學、纂述之主旨。王圻以爲『先正云：「律爲法銓。」夫銓之言，量也。用量度情罪而致其平也。故國中無法，胡以懼暴止争？法具而銓量弗審，則橈枉滋豐，其弊又甚於無法』。而王圻爲宦十餘年，『爲邑者四，爲州者二，爲御史、爲臬僉者各一』，而『皆有刑章之寄焉』。因刑獄判决之『重辟出入全由檢驗，檢驗明則情罪當，情罪當則刑一人而千萬人懼』，且有鑒於相關『檢驗程式，其於《洗冤》《平冤》《無冤》諸録備矣，率多沿襲前代公規，而國朝憲典闕焉未載，且文義冗雜，字畫訛謬，讀者良或病之』，故『搜輯古今圖説，及當代令甲，凡有裨於檢勘者，次第筆之』，即彙編各類刑獄案例纂成《洗冤集覽》，以爲州縣官員斷案勘獄之用。

王圻生活於江南水鄉，河網縱横，地勢低平，故水利建設事關重大。王圻晚年退居家鄉，尤爲關注水利事宜。萬曆二十六年，王圻撰成之《萬曆青浦縣志》，便以特重水利爲其書之特色。

① 《四庫全書總目》卷一七八《洪洲類稿》，第一六〇三頁。

清人重修《青浦縣志》之『凡例』稱譽曰：『王公洪洲于《山川》之水亦只載其大者，其餘皆入《水利》卷中，可謂詳略得宜。』約同時或稍後，王圻又撰有《吴淞江議》。此後又傾力撰作《東吴水利考》。王圻自序云：『自漢迄元，英君察相何嘗頃刻忘東南水利哉。皇朝定鼎燕雲，一切供億仰給東南，歲漕天下四百萬石以充禄餉，而蘇、松、常、鎮、嘉、湖六郡，彈丸之地，所出殆居其半。然一顆一粒，何者不産于地，何者不資于水？而廟堂籌畫，嵦嵦於修治漕河，動費數百萬金，而東南水利棄焉若置，即如吴淞一江之通塞，係東南水利最巨者，齒及修濬，輒以帑藏空虚爲辭。若論田間水道，則益以爲不入耳之談。是經國者但知貢賦之所由入，而竟忘貢賦之所由出，坐令浦港日漸湮淺，旱潦無由瀦泄，遂致霖雨數日，膏腴悉成巨浸；萬一經旬不雨，田疇立見龜坼。自萬曆戊子以來，災浸疊奏，逋課歲積，杼軸既空，催課愈急，無惑乎人愁鬼泣，禍亂之萌，將有不可胜言者。』王圻撰成《東吴水利考》以後不久即逝世，可見其始終關注東南水利之事。王圻撰作此書，實欲爲東南地區官府興修水利提供歷史經驗，以獲其利而避其害。

包括江浙在内之東南沿海，古來即多鹽利，王圻所撰《兩浙鹺志》，乃『武陵楊鶴巡按浙江，以《鹽規類略》《酉戌沿革》《行鹽事宜》三書並舊志授圻增訂，遂采其要約，綴入各款，令引票之損益，價值之低昂，課額之盈縮，徵解之緩急，商竈之疾苦，犂然具載，於浙中鹺務紀録頗詳』。①又明代中期以後，東南沿海地區『倭寇』之禍嚴重，王圻遂『纂述防海遺事』成《海防

① 《四庫全書總目》卷八十四《重修兩浙鹺志》，第七二三頁。

志》八卷，據其《與徐撫臺》云『以備輶軒使者便覽』。於此可見王圻學術之特色之一，即結合時政進行歷史研究、撰述，以『有用之學』濟世利民。

其二，研治典制，以通今古之變。通觀王圻著作，以史部撰述爲多，而以歷代典制之研討知名於世，如吴國倫《洪洲類稿序》稱其『嗤剽剥而尚探討，薄藻繪而崇典章』。其中尤以續元代馬端臨《文獻通考》而撰成之《續文獻通考》爲最著名。王圻此書體例仿《文獻通考》，而又兼采鄭樵《通志》之長，記事上起南宋嘉定年間，至明萬曆初年，明代以前内容多取材宋、遼、金、元正史，明代輯録各類文獻甚多，史料甚爲豐富。清代乾隆年間官修《續文獻通考》，多取材於此書。

温純《續文獻通考序》言王圻平生留意典故制度，『益肆力搜羅且四十年，遂成此考』。而顧秉謙《墓志銘》稱其『七歲受戴氏《禮》』，王圻又自云其應科舉『以《戴禮》成進士』，而『於諸經傳尤樂窺一斑也』，尤用功於禮學，撰有《禮記衷言》《續定周禮全經集注》二書。諸經中，《禮記》《周禮》與典制關係最爲密切。王圻所撰其他史部諸書如《兩浙鹺志》《東吴水利考》《海防志》《萬曆青浦縣志》等，皆有涉及典制之篇章。至於王圻所撰之《道統考》，此後經修訂收録於《續文獻通考》。而《續文獻通考·謚法考》，被抽出單行並增補明代内容，成《謚法通考》，此後又據《謚法通考》修訂補充《續文獻通考·謚法考》。由此，王圻《續文獻通考》遂成爲馬端臨《文獻通考》後又一部私人所撰修之貫通歷代典制史籍，具有甚高的文獻價值。

其三，注重圖文相輔。古人讀書向有『左圖右書』之説，甚爲重視圖譜之獨特價值。時人即稱之曰『圖者，書之精神也』，『書與言之所不能盡者，不假之圖，將何以自見哉』，故王圻以爲『圖畫所以成造化，助人倫，窮萬變，測幽微，蓋甚哉』。其又自述：『余少年從事鉛槧，即艷慕圖史之學，凡璣衡、地域、人物諸象繪，靡不兼收。而季兒思義頗亦栖心往牒，廣加蒐輯，圖益大備。』因此，王圻所編輯書中多配録圖像，如《洗冤集覽》，王圻稱『嘗搜輯古今圖説』；《東吴水利考》十卷，『前九卷爲圖考，圖各繫以説』；①《兩浙鹾志》二十四卷，其中有圖説二卷。而以王圻與其子王思義合撰之《三才圖會》爲最著名。

明代尤其是明代中後期，因爲社會生産、生活需要，編纂出版不少注重通俗性與實用性之百科全書式圖書，其中著名者當爲宋應星《天工開物》、徐光啓《農政全書》以及王圻《三才圖會》。隨著版畫技藝發展，大量帶有插圖乃至圖譜書籍得以編纂、刊刻印行。有學者統計，現存歷代插畫古籍有四千餘種，明本即占其半。②清人評論曰：『明人圖譜之學，惟此編（章潢《圖書編》）與王圻《三才圖會》號爲巨帙。』③然《圖書編》僅收圖九百四十九幅，而《三才圖會》收圖達六千餘幅，④其體量遠非《圖書編》所能比擬。在王圻以前，亦有士人編撰了不少圖文文獻，但其圖像僅作爲相關文字資料之補充或佐證，直至王圻編撰《三才圖

①《四庫全書總目》卷七十五《東吴水利考》，第六五二頁。
②見江豐：《〈武林插圖選集〉代序》，載曹之：《中國古籍版本學》，武漢大學出版社一九九二年版，第三六六頁。
③《四庫全書總目》卷一三六《圖書編》，第一一五六頁。
④參見何立民：《王圻父子〈三才圖會〉的特點與價值》，《史林》二〇一四年第三期。

會》，圖像方得以成爲其書之主體。因此，《三才圖會》不僅以圖像繁富、内容浩博而包羅萬象，版刻精美而實用性强等特點爲世人所熟知，其編纂主旨、體例、結構等亦影響後代圖書編纂頗深且遠，甚至流傳海外，日本醫生寺島良安即於一七一二年仿效王圻此書體例編纂《和漢三才圖會》，增入日本社會文化元素並輔以日文注解，成爲古代日本著名百科全書式類書。

縱觀王圻著述，可見其大多以内容廣博取勝。明代後期，世人鑒於陽明後學束書不觀之弊，學術風氣有所回轉。明人李果《事物紀原序》云：『予惟醉經飫史，士子恒業，多聞多見，儒家所尚。然非格物致知以窮其理，廣求博采以資其學，將見聞見孤寡，遇事執迷，接談有及，未免左右言他，束手忸怩，不能爲世之有無也。』① 然其學風又趨向一端，出現好奇炫博之時尚，『以講章爲經學，以類書爲博聞』。② 王圻所撰諸書亦不免此病。如清人嘗批評《稗史彙編》書前『所載引用書目凡八百八種，而輾轉稗販、虛列其名者居多』，③ 又云『圻所著述如《續文獻通考》《三才圖會》《稗史類編》諸書，皆篇帙浩繁，動至一二百卷』，而『龐雜割裂，利鈍互陳』，即其書『采摭浩博，亦有足資考核者，而務廣貪多，冗雜特甚』。④ 清朝四庫館臣因清人亦編成《續文獻通考》，由此將王圻之書『改隸類書』，且以爲『圻之舊笈竟以覆瓿可也』，則實非公允之論。

---

① （宋）高承撰，（明）李果訂：《事物紀原》卷首李果序，中華書局一九八九年版，第一頁。
② （清）江藩：《漢學師承記》，上海書店出版社一九八三年版，第二頁。
③ 《四庫全書總目》卷一三二《稗史彙編》，第一一二四至一一二五頁。
④ 《四庫全書總目》卷一七八《洪洲類稿》，第一六〇三頁；卷一三八《三才圖會》，第一一七〇頁。

四

世稱明代學風空疏，而王圻著述中亦多有冗雜舛誤之處，但其學問廣博，重視文獻而著述宏豐，其成就爲世人所知。然因多種原因，迄今對王圻之研究頗不充分，王圻著述亦未得全面系統之整理。爲此，編纂《王圻全集》，將對有關王圻及其著述、學術思想之研究，王圻家鄉上海乃至江南學術、文化風尚傳承，以及明代學術、制度等研究之深入，發揮積極作用。

《王圻全集》編纂整理之相關事項，説明如下。

一、《王圻全集》收録現存王圻所編撰之全部著述，計十三種，六百五十四卷（另有一種不分卷），其中經部《新刊禮記裒言》十六卷，《續定周禮全經集注》十五卷；史部《續文獻通考》二百五十四卷，《謚法通考》十八卷，《重修兩浙鹺志》二十四卷，《東吴水利考》十卷，《萬曆青浦縣志》八卷；子部《三才圖會》一百零六卷，《稗史彙編》一百七十五卷，《武學經傳句解》十卷，《黄庭内外景經洎五臟圖説》不分卷；集部《精選繩尺論》二卷，《王侍御類稿》十六卷。王圻所校勘刊印之他人著作如《詩林廣記》《古今考》《輟耕録》等則不予收入。

二、《王圻全集》所收諸書，乃按四部分類法，以經、史、子、集之序編次。

三、《王圻全集》編纂、整理，所依據底本，一般選擇刊印時間較早、校刊較精善者，著眼於文字内容之正確與完整性，並選用若干版本用於對校與參校。諸書之具體版本情況，詳見該書之『點校説明』。

四、因王圻諸書多屬編撰性質，引用史籍資料甚多，故校勘時於對校、本校外，頗重他校，一般不采用理校。用於他校之書籍，注意版本之選擇。

五、校改原則：其一，底本文字可確定其爲訛、脱、衍、倒者，則改（補、删）字出校。改字掌握從嚴。其二，底本文字與他本有異，然文義俱通者，則出異同校。底本文字不誤而他本誤者，則不出異同校。其三，於傳抄刊印過程中出現之避諱字，如避清諱所改字，一律回改，並於首次校改時出校記説明。若著者避明代之諱，則一般不予更改，而於首次出現時出校記説明。其四，古今字、通假字一般不改，俗體字、版别字則徑改作通行之正體字，皆不出校記。

六、附録有兩種：其一爲各書之附録，包括該書歷代版本之序跋、書目題記等。其二爲全集之附録，包括王圻之各種傳記資料如傳記、年譜等。

七、因王圻諸書之著述體例差異頗大，故《王圻全集》所收諸書除需遵循編纂、整理總則外，尚視各書具體情况而擬其相關補充體例。其具體内容詳見各書之『點校説明』。

《王圻全集》之編纂、整理，獲上海市閔行區華漕鎮委、華東師範大學文化傳承創新研究專項項目資助。

顧宏義

二〇二三年十月

總目

王侍御類稿

點校説明

《王侍御類稿》是王圻的詩文集，共十六卷。萬曆十三年（一五八五），王圻提學湖廣時，曾將自己的部分文章刊行，題名《洪洲類稿》，共四卷，並請『後七子』之一的吴國倫爲之作序。晚年，王圻又整理自己生平所作詩文，卷帙大約是《洪洲類稿》的四倍，並更名爲《明農稿》，即將梓印時，『爲無賴者匿』，後不知所踪。王圻去世之後，其子王思義重新搜集王圻詩文，與之前的《洪洲類稿》合併編輯在一起，題名爲《王侍御類稿》，共十六卷。同時，王思義將當年郭正域、吴國倫爲《洪洲類稿》寫的兩篇序，更名爲《王侍御類稿序》，以及自己寫的《續刻先侍御類稿引》，一併放在本書正文之前。由此可知，《洪洲類稿》其實包含在《王侍御類稿》之内，後者是前者的重編增訂本。需要注意的是，在《王侍御類稿》問世相當長時間之後，《洪洲類稿》仍與之並行。直到清乾隆後期修《四庫全書》時，四庫館臣僅見到《洪洲類稿》，將其列爲存目。可知《王侍御類稿》在當時較爲罕見。《洪洲類稿》後來失傳，《王侍御類稿》反而流傳至今。現在能見的《王侍御類稿》係萬曆四十八年（一六二〇）王思義所刻。該本原藏於北平圖書館，現藏於中國臺灣圖書館，《四庫全書存目叢書》《明别集叢刊》皆據以影印。

王圻一生雖然著作等身，但他奉行的顯然是傳統儒家的『述而不作』原則，把主要精力用在了史學編纂方面。因此，無論是與王圻自己的其他著作相比，還是與同時代其他人的詩文集相比，僅僅十六卷的《王侍御類稿》多少顯得有些單薄。內容方面，《類稿》的第一卷爲奏議類文章，第二、三卷爲贈序，第四、五卷爲書序，第六卷爲壽序，第七卷爲壽序、書序、傳記，第八卷爲記，第九卷爲題跋、像贊、雜著，第十卷爲書信和程論，第十一卷爲程策、賦、行狀、墓志銘，第十二卷爲墓志銘，第十三卷爲祭文，第十四、十五卷爲詩詞。以上十五卷是《王侍御類稿》主體部分，皆爲王圻本人所作，對於我們研究王圻，以及明代嘉靖、隆慶、萬曆三朝的歷史有一定的參考意義。

最後的第十六卷比較特殊，王思義稱之爲『附刻』，其内容類似於今人爲各類文集所編的附録，主要是王圻的祠記、碑記、行狀、墓志銘等傳記資料。此外，打頭的一篇《葺城倡和集》是王圻與朋友和門人子弟唱和的詩集，大部分是七言律。這個集子原本大概是單行的，被王思義附刻在這裏，爲後人了解王圻的交游情況提供了有用的信息。在第十六卷的最後兩篇文章《五學公呈并兩院薦疏》《鄉賢公移》之前，有『王侍御類稿卷之十六終』的字樣，也就是説，王思義其實並没有把這兩篇文章算在《王侍御類稿》裏面。究其原因，應該是由於這兩篇文章是純粹的公文，主要交代了王圻被列入鄉賢的流程，在今天看來，仍有一定的史料價值。

如前所述，《王侍御類稿》現存的唯一版本就是萬曆四十八年由王圻次子王思義主持刊刻的本子，本次點校即以此爲底本。此本校刊不夠精審，再加上某些篇章文字漫漶不清，又無其他版本可作參考，爲此次點校工作增添了不少困難。對此，本次點校主要做了以下四個方面的工作：第一，將底本中的異體字統一改成規範的繁體字；第二，對於底本缺失或模糊不清的字，用□代替，部分能根據殘留字形和上下文推斷出來的字，出校勘記説明；第三，對底本中明顯的錯字，根據上下文意修改並出校；第四，部分文章在王圻和其他人著作中轉載的，作爲他校的依據出異同校。這四項工作，都是爲了讓現代讀者獲得更好的閲讀體驗，儘管可能因此收到『妄改古書』的指責，但『知我罪我，其惟《春秋》』，我們相信這樣做是值得的。

在本書的點校過程中，友人許起山副教授給與了切實的幫助，在此向許教授致以誠摯的感謝！在本書的審稿階段，編輯趙婧女士也提供了很多極有價值的建議和意見，向她一併表以感謝！由於本人水平有限，加上此書版本單一，點校工作難免出現失誤，請博雅君子不吝指教。

目録

王侍御類稿　卷之三……………………九八

王侍御類稿　卷之四

王侍御類稿　卷之五

王侍御類稿　卷之六

王侍御類稿　卷之七……二三九

王侍御類稿　卷之十

王侍御類稿　卷之十一……三七二

王侍御類稿　卷之十二……四〇五

王侍御類稿　卷之十三

王侍御類稿　卷之十四

五言古詩

五言律

五言排律

碑記

墓誌銘

附

附録　書目著録

王侍御類稿序

郭正域

王先生來督楚學，不浹旬而序蔡、林二先生訓故語梓之，曰：『吾不欲刺經者之務卮言而不務理解也。』已又梓魏秦國所爲《古今考》，曰：『吾不欲綴文者之進孰而無所揚榷也。』蓋楚之人士彬彬矣。於是二三子從諸縉紳先生以請曰：『夫子之文章可得而聞也。日思孜孜，爲不可幾及。』乃謀梓先生所爲詩若文若干篇。蓋不佞讀先生所論馬芳疏，而深有慨於嘉、隆之際，先生故坐是落言官，罷閩臺，不勝其坎壈者幾二十年。嗚呼！奈何以一武功爵傷賢者意乎？且微聞時有所諷，而先生不應也。先生大節凜凜在人耳目，所爲詩若文亦酷似其爲人。夫誠不欲以文自見，終日言而近道，則理道資焉，教化興焉。由今之道，凡爲詩若文者，靡非七國而下、西京而上，建安而下、大曆而上。顧其所由入以爲解，而所信以爲獨造；所黨以爲同，而所自喜以爲已有者，則遠之北地、信陽，近之海内所稱七先生。此亦一是非，彼亦一是非，諸君子爲的，而後進之士射聲焉，未有能中者也。畫脂鏤冰，落其華而質則鮮矣。嗚呼！今其爲繁聲矣乎！

凡先生所爲詩若文，大抵黜其佻巧者而本之自然，謝其夸毗者而歸之實際，去其叫噪者而由乎沖虛。蓋抱璞而玄覽，矯志而獨行，悃愊而姱節，不俟文章而無行不與矣。昔者桓譚善鼓琴，漢世祖悦其繁聲。鄭司空召而訶責之，不欲以鄭聲進也。它日司空在坐，而譚色沮神喪，失其故常。偉哉！大雅之令人愧也。讀先生之文，而二三子之興起者，其不復爲桓譚之琴矣乎。

江夏郭正域撰。

王侍御類稿序

吴國倫

督學大夫上海王公，蓋在先朝爲名御史，直聲動天下。予竊心壯之，屬抱牒海濱，不及遽見。諸章疏已得之，則凛然骨鯁之風，即正色立朝如孔父，通達國體如賈生，面折廷争、不畏强禦如汲黯，未之遠過。蓋令予竦意變色，願爲公執鞭。乃公非久，坐直道忤權貴人，去國而服州郡矣。頃遇朝政清明，公稍遷按察僉事，入楚視學政。予在田間，聞之大喜，曰：『正人登用，楚上先得師，世運文物，其相待而興乎！』已又得公所爲《古今考叙》讀之，大旨嗤剽剥而尚探討，薄藻繪而崇典章。知公直言敢諫，陳古諷今，非獨以氣節勝，而得之博學明辨者深也。古之儒者類能修先聖之術，明習當世務，以待論辨，爲天子使，而今也不必盡然。以公當之，予知其不忝矣。孔子曰：『學所以益才也。』不亦信乎！故以爲人臣，必正必直；以爲人師，必公必明。學之不可以已也如是。

今公居楚且四年，所樹士多上國所材，亦既有成教矣。始出其《類稿》若干卷，以示内翰郭美命。美命大稱善，以爲可傳傳之，因寓書屬予序。予受而卒業焉。則往時所見諸章疏，裒然列在首袠，而文若詩纍纍其後，有如編貝貫玉。夫章疏無容贊矣，即文成一家，詩具三體，率多取材於腹笥，而脱迹於風斤，不落筌蹄，不涉蹊徑，惟意所適，一無所猥襲，皆足以罔倫物而抒性情。蓋所謂博古而不盭於今，綜今而不倍於古也。不朽之業，其在茲乎！夫章疏見公經世之大略，而高風勁節先之，文若詩其緒餘也。

昔者穆叔論三不朽，而以立言次功、德，公實兼有焉，必傳何疑？第予無幸，未嘗一日從公游，然海内士多知公，而予亦不敢自後矣。張子高不云乎：『心之精微，口不能言也；言之微眇，書不能文也。』予之托於公也亦然。善觀公者，其毋以立言盡公哉！

時萬曆十有三年，歲在乙酉，甋甎洞叟吴國倫撰。

續刻王侍御先生類稿序

陸應陽

我雲間雅稱才藪，諸先達以學術事功著者，豈不彪炳乎？肩背相望，然嫻文章者或闊略於應世，抱經濟者或漫漶于操觚。舉文章、經濟兼擅其長者，自陽不佞耳目所習，則王侍御洪洲先生其選矣。先生自萬安令推治行高等，徵拜侍御史，視鹺長蘆，忤權相，出僉閩臬，復左遷州邑，歷四五任而晋督楚學政，所至見德，所去見思。楚大夫士蓋迄今誦王先生風節矯矯，而深惜其壯歲懸車，不及大用于世。然讀先生所條上封事，侃侃批鱗，皆關繫社稷要領，則先生經濟已露一斑矣。

方先生承命分陜，春秋甫艾耳，念尊人奉政公年且老，遂乞終養。自定省外，日惟究心竹素，上下千百家，窮寒暑，不少倦。識者羨先生擁書萬卷，有李永和之樂；遺榮勇退，有丙曼容之達；陶情詩酒間，有彭澤之致；飲人以龢不覺醉，有公瑾之懷；澄不清，淆不濁，有叔度之量。故其中廓然泰然，超於塵埃之外；而後發之著作，形之歌咏，直攄其胸次之所自得。不礱琢而工，不捃拾而贍，不抗激而高。文則粹雅類曾南豐，藻潔類王臨川。其正大和平，要不失歐陽公矩矱。詩在大曆、貞元之際。晚所感托，一寓之咏述，夷曠冲遠，入陶、韋門奧。祛近代綺靡浮誕之習，而還先正之典刑，不在兹乎！然世直以文章名先生者，非知先生之大也。而間惜先生以亢節忤時，不盡究其經濟之用，則又非知先生之文章也者。

先生識深而養邃，出處寵辱，無幾微芥蒂于衷，而自壯至老，編摹删述，幾至充棟，無一非博古綜今，有裨問學政事，關世教而淑人心者。今所行世如《續文獻通考》《稗史彙編》《兩浙鹺志》《洗冤録》《海防誌》《青浦誌》《三吴水利考》，凡若干卷，種種皆著鑒石畫。語先生經濟，孰有大於此者？則又安問先生用不用也？余故曰：文章、經濟兼擅其長者，先生乎！

先生仲子允明君，克世其家學；而孫昌會方以孝廉步武先生而起業，且光大先生之緒，繩繩未艾也。是集以『類稿』名，第詩若文耳。謂陽辱知先生深，不可辭校讎之役，乃受而卒業，僭爲之序，竊自愧其不知量矣。

萬曆庚申秋日，通家後學陸應陽頓首撰。

續刻先侍御類稿引

王思義

先侍御自爲經生時，即好爲古文詞，所著史論，有學有識，每以是試諸生高等。既登仕版，一切酬應，多托之于墨客。鄉在西臺，復有袖中之彈。故楚中所梓有《洪洲類稿》，先奏議，次詩若文，業已膾炙人口矣。林居廿餘年，徵文之客踵至，風晨月夕，又與社中諸公更相倡和，故詩若文特多。

往昔先侍御嘗自裒其稿，彙爲帙，題曰《明農》，蓋四倍於前刻云。未付殺青，屬罹大故，竟爲無賴者匿，不得。義恐久益散佚，先侍御奚囊之業遂至漫漶，因搜故篋，尚存殘剩，命小史録出，鋟諸梨棗，併前《類稿》共爲一集，題曰《王侍御類稿》，爲卷凡十有六，比前稿多誌、狀、尺牘及雜著。十有六卷而末，復附《倡和集》及誌、狀、行實。《倡和集》雖不盡出先侍御，然亦一時風雅之會，故特存之耳。

刻既成，既謁同社伯生公爲之序，而義復僭□一言。先侍御少時，嘗爲《敵樓賦》，每向兒曹云：『可比吾家文考《魯靈光》。』惜其稿失傳，不得令子孫一窺作者之奧，特爲悵怏，此是編所繇輯也。若曰『良治之子，必學爲裘』，則有愧斯言矣。

男思義謹識。

原本各卷卷首目録

王侍御類稿目録卷之一

奏疏

王侍御類稿目録卷之二

序

王侍御類稿目録卷之三

序

王侍御類稿目録卷之四

序

王侍御類稿目録卷之五

序

王侍御類稿目録卷之六

序

王侍御類稿目録卷之七

序

引

傳

王侍御類稿目録卷之八

碑記

王侍御類稿目録卷之九

王侍御類稿目録卷之十

王侍御類稿目録卷之十一

王侍御類稿目録卷之十二

王侍御類稿目録卷之十三

祭文

王侍御類稿目録卷之十四

五言古詩

五言排律

五言絶句

王侍御類稿目録卷之十五

七言律詩

王侍御類稿目録卷之十六

王侍御類稿　卷之一

太原王圻元翰父著
男思義校刻

薦舉邊材疏

爲薦舉邊材以備擢用事。近經吏科都給事中鄭大經、兵科都給事中張鹵各具題要行九卿科道等衙門，薦舉堪任邊方官員，吏部議覆，奉旨允行。

臣等仰見陛下憂念邊陲、拊髀思賢至意，然竊謂川嶽鍾靈，人材遞出，自足以周一世之用。而今邊境缺官，移東補西，動稱乏才者，非天下果無才也，非臣下果未薦也。隱蔽之弊，十焉一二；拘攣之害，十居八九也。臣嘗見夫植楊者，横而栽之即發，倒而栽之亦發，斷而栽之亦無不發，生何易也！然十人植之而一人搖之，其不爲枯楊者無幾。植人亦類乎是。一才一藝，縱横顛倒，靡用弗適，然懼其植之難而搖之易也。

夫天下人品大約有二：有矩矱之才，有跅弛之士。矩矱之才，動循繩墨，或少指摘；跅弛之士，罕修廉隅，類多瑕訾。孟明不免于崤函之短，而秦莫之搖，故破晋之功復成；武侯不免于街亭之闕，而漢莫之搖，故摧魏之績更著。使當時以三北而訐孟明，以一詘而攻武侯，則二人殆秦廷、漢室之枯楊也。是以齊桓定相于檻車，管子取人于盜賊，皆欲破拘攣之見，以求濟時之略耳。即今海内矩矱之才，見膺職任者如雲如雨。皇上自有鑒照，銓部自有權衡，何容置喙？惟才堪大受，而或以微眚落職；行與衆違，而或以小議解官。歲月已深，懲創已久，投老丘園，不無可惜。此等人才，容有遺于耳目之外者。臣敢謬舉一二，用備采擇。

如原任巡撫山西右副都御使今養病楊巍，耆德夙望，久厭縉紳；量敵籌邊，悉中機會；年力正强，遽以疾告，所當亟用，以備總督本兵之簡者也。

原任巡撫甘肅等處右僉都御史今丁憂石茂華，嚴明之政，敏達之猷，摧堅撫順，具有成績。此一臣者，催取起復，仍置甘肅、寧夏，拊循經略，西陲可長無事也。

原任順天巡撫今爲民徐紳，韜略夙閑，風裁懋著，昔年詿誤，已荷寬仁。此一臣者，皇上假之再生，彼當效以萬死，復其原職，付厥戎機，前愆諒可蓋也。

原任兵部侍郎山西巡撫今閒住萬恭，久歷疆埸，備諳戎務，才能出衆，人所共服。設蒙召置方陲，久任責成，未必非屹然長城也。

原任福建巡撫右僉都御史今聽用汪道昆，文事與武備兼修，膽氣與才猷並茂，閩中起侮，智者一失，終使淪降木石，良可嗟也。

原任山西按察司副使今養病廖逢節，才高識遠，素熟邊情，令之開府擁旄，獨當一面，綽有餘也。

見任陝西按察司副使張守中，修守雄略，已試密雲，雖經改調，公論已白。如若移置劇邊，破格擢用，其效可歲月計也。

已上諸臣，乃亦得之風聞，未必一一目睹，而平生履歷詳記於吏、兵二部者，尤有的據。然此外或有才兼文武而高卧山林如楊巍等之類，或有揮霍之才一經指摘終身廢弃如汪道昆等之類，出於臣見聞之外者，尤未可數計，則固不可謂天下無才也。伏望皇上弘使過之仁，擴兼收之量，將楊巍等敕下該部，再加查核，如果可用，一體甄録，勿以纖瑕而掩其大善，勿以小過而弃其全才，則邊境得人，安攘有賴。

隆慶二年八月初二日具題。奉聖旨：吏部知道。

論中官孟冲罪狀疏

爲懇乞聖明亟斥奸宦，以遵祖憲，以正刑章事。

臣等接見邸報，該科道等官劉繼文、蕭廩等各以海户王印等所犯事情具奏，已蒙仁慈采納。臣等有以仰見陛下處懲刁惡、法在必行之盛心。但劉儒等罪狀多端，尚有爲孟冲欺蔽而未明者。臣等待罪言官，又不得不縷鳴于君父之前也。

臣等以爲奸人竊柄，恒起于微；諫士輸忠，每防其漸。何者？閹宦思預朝權，非假傳奉以爲欺罔之階，則請中批以爲壅蔽之地，自古及今，前車可鑒。故宋之慶曆内降初頒，而杜衍冒死封還。仁宗和顔開納，無非爲防微杜漸計耳。

今據王印等所奏，固未必皆實，而盧潭等之侵漁構怨，劉儒等之撥置爲奸，藉藉傳聞，已非一日。太監孟冲身爲提督，既不能發覺於先，又復爲黨護於後，熒惑聖德，紊亂朝章，怨歸人主，權入私門。此其竊弄之罪，豈能逃於聖鑒？

且臣等伏考熙朝設置三法司，專理刑名，而十三子部帶管在京衙門，凡内官、御用、司禮、尚膳等監隸焉，則事無内外，皆屬法司審問甚明。而鎮撫司職主鞫審强盜妖言，亦必參送法司擬罪。則鎮撫司不宜問理他事又明矣。自正德年間劉瑾、錢寧擅作威福，一有睚眦小嫌，輒付該司鍛煉成獄。祖宗之法于焉少變。

先皇繼統，洗滌一新。皇上踐祚，三年于兹，未嘗有一犯輕下該司。而孟冲明知此例，乃敢朦朧奏請，甘蹈劉瑾、錢寧覆轍，一罪也。又按王印等奏稱革役寫字人劉儒等串同苑官盧潭等，侵用新户折工銀兩，盜賣草束，私開草地，徵收花利，盜伐官樹，蓋造莊房，私立抽分，詐財動以萬計。一詞一事，具有指實。而孟冲乃敢勢脅該司，不行拘對，止將自己摭拾之詞含糊成招，以致上干霆怒，二罪也。臣等又睹先帝初年，勛戚大獄，前後蝟興，俱皆縶送法司究問，間不當意，亦止會同多官讞審，未聞定擬罪狀徑出内批。今海户之事未甚重大，而孟冲乃敢仰勤宸斷，借九重之聽決，遂一己之陳乞，三罪也。

三者之罪，關係匪輕。罔主上之聰明，蔑國家之綱紀，叢細民之怨毒，撓官府之職司。冲之自爲封殖計得矣，其如祖宗法度何哉！其如朝廷大體何哉！然孟冲之所以敢于爲此者，鞏昶一事啓其端也。

曩者鞏昶打死人命，既不付之刑曹，而付之司禮監。今者王印奏訴，又不付之刑曹，而付之鎮撫司。布令不信，操法不一，似與祖宗建官分職之意少不相侔。而天下臣民將謂陛下以内臣之故，致移刑名于別署。所謂『法』摇動，人心靡所適從』，臣等誠懼之也。

昔漢文帝欲重處犯蹕者，而張釋之免冠固争；唐太宗欲殺冒選者，而戴胄犯顔堅執。何也？刑法稍有顛倒，則聖德因而虧損故也。

今以《大明律》條例考之，劉儒等所犯果真，則下剥民脂，上干國紀，其罪殆浮於王印。王印等所犯果實，亦不過躲避差役，侵漁財物，其罪差薄於劉儒。今王印既罹重法，而劉儒等置而不問，真所謂舍豺狼而問狐狸也。假令釋之與胄復生今日，必當頓顙闕廷，懇求釐正。此諸臣所以仰天祈請，奮不顧身，誠不忍負陛下與負祖宗之法也。

伏願皇上仰體列聖立法之意，俯察言官忠懇之情，謹履霜冰堅之戒，防陰邪壅蔽之萌。亟將孟冲重加究治，仍行罷斥，别選廉幹中官督理海務。其王印、劉儒、盧潭等不法事情，再下法司，從公鞫究，明正刑章。以後内外刑名等項，務祈聖明敕下閣臣計議，上請定奪，慎重内批，以防壅遏。中官有犯，仍乞查照憲典，與外官一體送問。則上全成憲，下厭群情，刁惡可懲，奸欺永杜。臣等幸甚。

請復召問午朝舊典疏

爲聖孝吉除，請稽祖制。修召對之曠儀，復午朝之舊典。上光帝業，下釋群疑事。

臣念皇上踐膺寶祚，節宣財費，整飭帷廧，勤御講筵，日虔朝奏。含齒戴髮之民，靡不喜見眉端，謂太平可立致矣。惟召對之儀虧缺未行，午朝之典因循未正，遂令遠近臣民傳相疑畏，咸稱咫尺之間，君臣隔絶；殿堂之上，泰象未彰。前者科道等官交章疏請，皇上軫端憂辛楚之懷，遵往古諒闇之義，姑且沿用近規，未遑修復祖憲。即今禮制已終，事當更始，乘改復之期，舉維新之政，良又千載一時，無容再誤。

臣竊按堯舜至聖，猶咨四岳；唐虞極治，尚總萬幾。豈不以宰輔時接，政事日親，則聞見由兹而廣，壅蔽無自而生。雍熙悠久，實從此出。是以祖宗列聖，靡不率由，以召問言，則殿閣寢門，罔非其地；公孤卿貳，罔非其人。或以咨訪賢才，或以宣謀時政，故能身居九重而明見萬里也。以朝事言，則常朝之時，親渙綸音；退食之後，再勞臨御。或對衆親裁乎奏章，或當廷處決乎疑獄，故能權不去主而威不離身也。

夫召問之儀，累朝修舉，即如先皇穆清高拱，一遇大事，時宣輔弼，從容賜對，此又衆目所睹，班班可質者。今皇上視朝三載，尚未與卿輔交一談；日講千朝，尚未於經史發一問。朝内大臣，賢否何由畢照？目下軍民，利病何由盡知？臣故曰，召對之曠儀不可不修者，此也。

至於午朝之禮，自太祖、成祖、仁宗、宣宗四聖咸修，未之或怠。英廟臨御，年甫九齡。三楊諸臣念幼冲之弱體，懼請讞之煩勞，權創朝儀通司奏事，内臣傳旨，鳴鞭即退，不復御門。遂致朝是結於直舌，天憲出於讒唇，威福下移，滔天禍作。至今忠肝之士，未嘗不追恨三楊，欲起之九原而是正之也。

我皇上春秋鼎盛，睿知神弘，少費指麾，旋成練習。而乃狃是故常，膠兹簡便。廷臣見之，尚生怠玩；夷衆窺之，寧免嗤非？臣故曰，午朝之舊典不可不復者，此也。

再惟君臣之分，等於天地。天氣下降，地氣上騰，則陰陽交而爲泰；天氣上騰，地氣下降，則陰陽不交而爲否。故人君和顔色以下問，人臣披肝膽以上陳，接遇滋久，情意玄通，謀之密勿，施之海宇，相時成務，悉中機宜。太平之治，斯焉可俟。反是則情由分隔，蔽以疏生，縱有召對，志意銷阻。欲其謀猷得展而功業荐臻，烏可得哉？

臣願自今以後，章奏不能篇篇親覽，惟取其一二有關緊要者，每日于文華殿商榷〔二〕批行；機務不能事事躬裁，惟即其一二有干軍國者，每日于早朝時親傳德旨。俟其行之既便，然後盡復古初。更望皇上敕下禮部，令將宣德以前召問臣下與御門親政儀節，逐一查明，開列具呈，取自上裁，刻日舉行，勿摇浮議，則明良喜起復見于今。遠之步武哲皇，近之增明烈考。帝業永光，群疑洞釋。

隆慶三年正月日具題。奉聖旨：禮部知道。

劾總兵官馬芳疏

爲將臣蔑視典法，妄意干請。乞賜究治，以肅國紀，以振邊功事。

臣念自昔將帥臨衝，應機迎刃，殞身弗惜者，非貪重賞，則畏顯戮。二者之用，稍失其宜，雖聖君弗能使其臣矣。故斬獲必奬，失誤必刑，凛然祖宗憲度，著爲令甲，二百年來，未之有易。

邇者遵行既久，法例漸弛，或有瀝血之勛而抑遏不報，或有敗衄之迹而百計求全，或假立功之虛名以逃誅殛，或掩被掠之遺黎以蓋愆尤。朝覆軍於北鄙，夕調任於西陲，前作後踵，沿習成風。遂致邊事日非，虜患日熾，釀成石州之慘，皆賞罰失格基之也。

恭惟皇上御極之初，洞知積弊，大奮乾綱，將石州失事副總兵田世威、參將劉寶、總兵申維岳等各置大辟。邊臣聞之，靡不惕然震恐，恥於退縮。近因總兵官馬芳禦敵有功，賞以銀幣，廕以千户。邊臣聞之，又靡不欣然作率，思赴敵場。一誅一賞，不濫不僭，中外大小臣工，咸謂皇上此舉足爲聖子神孫世世法矣。

今按馬芳疏，意欲辭幼子廕官，求脱田世威、劉寶二犯重獄。舉朝聞之，甚爲驚駭。夫莊賈獲罪，穰苴按法行誅；馬謖失律，孔明垂涕立斬。此豈莊賈、馬謖之才不及二犯，而穰苴、孔明之愛才不若馬芳哉？良以所重在法，則所輕在人也。况馬芳功猶渺小，賞獲世延，識者尚謂逾涯。至欲以一己逾涯之賞，易他人不宥之誅，玩國典於股掌之上，恣肆不已太哉！

據稱二犯忠勇可用，臣又詳閲招案始末。一則曰畏怯逗遛，一則曰不行救援。夫李陵遇敵，徒手轉鬥，直至糧盡矢窮，然後陷虜，漢法猶然不必假借。馬遷救之，竟受腐刑。今二犯見敵遲延，隻矢不發，闔城受禍，名爲忠勇，又誰欺乎？原其按兵不舉之意，將必曰進而迎戰，恐罹危機；退而就械，終有生路。馬芳之請，適中二犯之初計矣。堂堂天朝，奚少二犯，而顧欲屈法以徇之耶？設二犯情誠可憫，才誠可用，亦宜斷自宸衷，特恩原宥，决不當使威福之權爲人所窺也。

今矜釋之條不出於皇上，而出於將官之干請；讞審之法不由於廟堂，而由於遠塞之要求。

以武夫而輕議大政，以邊臣而遥預朝權。此端一啓，漸不可長。唐世跋扈之階，恐自此始耳。況田世威、劉寶、申維岳三人，同爲分守之將，同爲僨事之臣。在申維岳，已奉旨處决；在田世威、劉寶，獨貪緣倖免。罪狀同而行法異，何以服天下、示後世也！

夫廕子之命既出而復反，謂之賞不信；失事之獄既成而復改，謂之罰不必。賞不信，罰不必，是進戰者有萬死之虞，退怯者無必誅之禍。王法漸以不行，士心因而益怠，臣誠不知其可也。

參照總兵官馬芳身爲大將，驟荷殊恩，不思奮身以酬明主，輒敢恃功而黨私人，徇昔年同事之微情，撓累世不刊之大典。事或由於冒昧，尚有可原；情若本於商通，豈容輕縱？伏願皇上敕下該部，嚴加察訪，如果本官不諳事體，直肆請求，姑且量行警飭，以爲輕舉妄動之戒。設有囑托私情，故相拯援，即當如律究治，永杜倖門。仍列榜示諭邊臣，今後守邊將帥，守備不設，爲賊所掩襲，因而失陷城寨者，即如田世威、劉寶、申維岳等依律處斬；决不許假以戴罪立功名色，希圖倖免。則賞罰大明，人心讋服，知進之可生，知退之必死，而軍政可期修復矣。

隆慶三年正月日具題。奉聖旨：兵部知道。

修政弭災疏

爲遵舊典、崇實政以弭群異事。臣歷按邸報，本年六月内不等日期，順天巡撫劉應節一本爲地震事，又直隸巡按房楠一本目擊地方災異事；閏六月内不等日期，湖廣巡按雷稽古一本地方異常災患事，又宣府巡撫王遴一本再報地方重大災異事，又山東撫按官姜廷頤等一本地方蝗災水患事，又山東巡按周咏一本地方蝗災水患事。俱奉聖旨：禮部知道。欽此。

臣竊惟異不自兆，兆異由人；災不自弭，弭災在德。王者父事天，母〔二〕事地，而中統人群。則天之責成乎君，猶父之責成乎子也。子雖鉅賢，嚴父不因其賢而廢戒辭；君雖元聖，上天不因其聖而弛譴告。故災非爲禍，遇災而不修，斯之爲禍；瑞非爲福，見瑞而克懼，斯之爲福。穀桑未嘗不産于太戊之庭，而伊陟之言一用，則祥枝立槁；彗星未嘗不耀于宋景之世，而晏子之説一行，則妖芒坐滅。此隆古盛時，上偕靈契之感，下萃熙平之應，鮮不由茲道也。

我皇上寶祚初基，淵默馭世，虔禮郊廟，祗薦百靈，精意所嚮，宜中和驟至，禎祥荐臻矣。然乾異坤災，屢形尺牘；人妖物怪，疊見封章。而朝宁之間，未有同心恐懼者，罪在臣下不能稽舊典以上聞也。

屬者畿郡之間，大水成川，禾草腐爛；京師之内，陰雨連月，垣屋傾頹。且計旬止于四五，告災至于六七，而元旦日食之變，又已形于監官之疏。即此仰見皇穹仁愛有加無已，而今之所以應之者，庸可漠然而弗留意乎？又庸可務虚文而遺實政乎？往帝前王之矩未足論列，請即祖宗列聖所以修德弭災者歷歷陳之：

太祖因六月不雨而減膳素食，免民田租；成祖因三殿遇災而詔求直言，敕尚書給事中循行天下，安撫軍民；仁宗因畿内、河南等處春夏不雨，而大赦天下，戒勉群臣；英宗因京師雨潦，而分遣部府大臣存問被災軍民；憲宗因地震星變而屢敷恤典；孝宗因大雨水溢而詔審録重因，百官各陳時政闕失。至于南京守臣奏報災變，而敕諭修省遣官巡視賑恤者，則嘉靖元年之事也；因災異疊見而敕令部院科道各陳興革者，則嘉靖六年之事也；因雷火入殿而令各衙門大小官人各陳國家大計者，則嘉靖十五年之事也；因風霾大作而諭兵部會官集議邊防者，則嘉靖十九年之事也。其他避殿徹樂，祈天告廟，徽美良多，不可殫述。

夫遠而列祖之訏謨，近而先皇之貽憲，載在典册，彰彰可考，而當事諸臣未遑稽請。每遇中外奏聞大小災異，皇上不過付之該部，該部不過形之類奏，未嘗下一求直言、商時政之詔，未嘗頒一清囚繫、謹防禦之令。邇于祈禳小數，飭戒辭章，亦且停格不講，則又并彌文而盡去之，而欲求轉災爲祥，焉可得哉？況以今日之勢觀之，災祲所見，非止一方，事急民窮，且憂不測。若但以修省之故事爲弭災之良策，臣恐上不足以慰蒼旻，下不足以解怨咨也。

伏願皇上俯采一得之議，仰稽奕世之規，惕然警悟于淵默〔三〕沉思之際，肅然戒省丁深宮獨處之中，密與宰執大臣計議衆異之來，將何消弭，多方之困，將何賑蘇。或求直言以盡群情，或商時政以圖興革，或清囚繫以消陰沴，或謹防禦以杜陰萌。或勤請問于日講之終，以究天人之徵應；或廣咨詢于召對之際，以知四海之庶休。崇實念以答天心，幹實事以回神意。則百司庶府，望風飭勵。多孽化爲繁祉，鴻禧軼乎往初。範後光前，端在此舉。

再惟在廷大小臣工，群然束手受縻，咸謂治且太平，優游燕喜。臣愚以爲謬也。夫未形而先兆者，乃所以爲已形之徵；無事而勤修者，乃所以爲有事之備。猶之人焉，四體未憊，五内中邪，庸醫診之，且謂之康。當此之時，雖有倉公進劑，盧扁獻方，靡不掩口稱迂。迨其發也，不可復療。覽思時變，幾或類此。近而殿陛之間，君臣隔絶，泰道未彰；遠而閭閻之下，十室九空，逋負無算。司農無逾年之積，齒及則曰『計將安出』；障塞有剥膚之憂，談至則曰『勢莫誰何』。闕皇上之盛規，孤神人之歆望，而官方漸廢，泄泄滔滔。班行崇坐鎮之風，耆舊懷敢爲之懼。歲月虚捐，事功弗振。夫事之未至，既不能思患預防；事之方來，將必至倉皇失措。自古及今，具有明鑒，而固曰『太平無事』，臣實惑之。

更望皇上敕下大小臣工，各宜洗衷滌慮，易轍改弦，乘天心震動之幾，布人事更新之化。如司國計者，務求所以空虚之故，而悉心綜理；職本兵者，務求所以削弱之原，而鋭志圖維。推及六曹，更相戒勉，勿以無爲爲持重，勿以鉗結爲老成；勿以府寺爲投閒之地，勿以參輔爲養望之階。則群屬畢舉，朝政克修，而百異可銷，珍符亦至。保邦長策，疑無出此。

隆慶三年七月初四日具題。初九日，奉聖旨：該部知道。

劾中官鞏祀疏

爲請核罪狀，以昭憲典事。

臣於本月十四日接見邸報，巡街内官鞏祀等題爲禁地倒卧醉人攙扶出外身死。今蒙法司參提，懇乞天恩，辯明虧枉，亟救生命，以圖後效事。奉聖旨，鞏祀、李進着司禮監查明具奏，欽此。又本月十九日，右少監李璋等一本爲遵旨查明具奏事。奉聖旨：鞏祀等既審無干，免提問。

王政等法司問明發落。欽此。欽遵。

外臣竊按祖宗成憲，内臣有犯，許法司奏請提問，蓋恐閹寺有所黨護，而以公道付之有司也。陛下新旨令司禮監查明具奏，蓋恐昶奏有所欺蔽，而以耳目寄之監官也。在内在外，均有深意。爲監官者，正宜查考祖宗提問事例，訪究各犯打死緣由，從實上陳，聽候處斷，庶幾仰稱宸旨，俯慰輿情。今據鞏昶所辯、李璋所問，與臣所參送法司情詞大相背馳。臣既待罪言官，又且職叨巡視，知之頗悉，敢不條具罪狀，爲陛下陳之？

臣伏讀《宫衛律》内有云：『凡擅入皇城午門、東華、西華、玄武門及禁苑者，各杖一百。』智貴所犯，正合此律。昶等既係巡街，則當禁止喧嘩，關防出入。設有誤犯，報請送問，便爲稱職。在陛下必不欲其虐殺赤子，以顯職業也。今始焉稽察無方，縱令深入；繼焉違制詰打，致隕非辜。而本内乃謬云：『不惟此時虧枉，日〔四〕後遇有此事，孰肯用力攙扶？』肆爲悖詞，以脅聖主，其罪當究，一也。

本内又云：『智貴生前醉酒，行走不動。』爲此説者，蓋欲見智貴未入，先有他故，而欲嫁殺人之禍于外人也。殊不知智貴飲酒在于門外，醉卧在于門内。既係行走不動之人，當時焉能步入乾光殿後？其罪當究，二也。

本内又云：『檢驗色有青紅尸傷，接連經過數門，豈無跌磕所致？』今查本尸頭顱、手足、腹背，傷痕遍體，夫豈盡由跌磕？況跌磕之傷，血流皮破，痕迹漫衍，與棍棒之傷絶不相同。今其尸骨尚在，誠一覆檢，冤迹昭然。乃敢造捏虚詞，妄干天聽，其罪當究，三也。

本内又云：『總甲王政將本門軍人方洪等四人捉解到院拶打，只憑王政一面之詞。』夫相視傷痕，則有該司兵馬；戌時身死，則有方洪證佐；尸親執命，則有智貴的弟智進。至於相畢覆審，則小張兒、張平、劉大學、楊保、焦鑾子、王英、陳雲、秦保等數十人同聲稱係出門之時受毆，氣息將絶，方始抄供送問，刑部覆勘相同，何謂一面之詞？且王政不過原呈人役而挾讎濫及，迹同面謾，其罪當究，四也。

夫鞏昶罪狀，大略如此。而李璋奏内又稱鞏昶、李進並無毆打情由，已蒙陛下批免提問。外廷諸臣，非敢不遵。但傷人抵罪，律有明條。刑官執憲，法難遷就。下手之人，終于不出，則死者之冤，終于不泄。都城咫尺，法且不行，又何以示四方哉？且是獄之興，當以鞏昶等爲元釁，而王政等爲干連。元釁已屬免提，而干連獨經查問，揆之法體，尤覺未安。臣謂昶等自歸司寇，俯首聽理，而理官罪之不當，則不法之官，陛下從而斥之，宜亦未晚。此則上不廢祖宗之令，下不撓法臣之守。政體官聯，似爲兩得。

伏望陛下大奮乾剛，弘昭天罰，將鞏昶等押送法司，與方洪等面質。果無擅殺情由，即與虚心問結；設有關礙刑書，許令依律問擬，奏請定奪。則宫府俱爲一體，内外無復驚猜，而憲令大明，人心允愜矣。

隆慶三年七月日具題。奉聖旨：已有旨了。

覆編商人事宜疏

爲議處僉商未盡事宜，以弘德意，以垂久遠事。

臣等伏讀聖諭：『近聞京城百姓爲僉報商人負累困苦，朕甚憫之。户、工二部便議處來説，欽此。』欽遵。蓋指合城商人困苦而言，非止謂黑豆商人一項也。隨該户部題奉聖旨：『這所議都准行。商人名數既已裁省，着五城御史悉心查審殷實人户僉當，不許勢豪阻撓影射，以致累及貧民，欽此。』臣竊念商人受困至此已極，必須加意改釐，方可稱塞明詔。今據部臣題覆，一一切中時艱。除臣等欽奉遵行外，至於商人所以致困之由，條列稍有未盡；陛下所以憫商之意，遵承或有未周。臣等待罪言官，職司編審，苟事或徇於目前，則法難垂於永久。爲此將應行覆議事宜，開坐具陳。伏乞敕下户部，虛心酌處。惟祈仰副宸慈，俯攄民力。言有異同，不嫌牴牾，則臣等幸甚，商人幸甚。

一、今日畿内商販之徒，半出豪門貴族。而商人所以漸困者，凡以富室求閑而孤寒受累也。今若舉監生員之家并免，餘丁納級官校之數亦免本身，則上户俱得影射詭逃，而下户不免仍前濫及，商困猶初，覆編奚益？臣等欲將舉監生員查照歷年優免事例，止免本身；其納級買充校官人等，一概編僉，庶殷實之家無計脱免，而單弱之户少得息肩。伏乞聖裁。

一、竊念自來編審商人所以責成五城御史者，蓋欲以公道付之臺官，而臺官亦不敢避怨以徇人也。若該城編送户部，户部從而放免，是任怨屬之該城，而市恩歸之該部矣。假如京倉黑豆商人，總計各城先後編送一百五十餘名，今止存應役者四十八名，其餘則俱係部司審放。舉黑豆商人一處，而餘之放免者又可知矣。使其所放皆公，則商人自當輸服；若使所放而少有阿徇，則商人之偏累者，安得不相率告擾也？臣請自今編審商人，則選殷實上户，而冗費又革，估價又優，給發又早，則商人必樂於永遠應役，似不必拘一年一僉、三年一僉之例。但中間萬一偶有上納貧難，該部逐名移咨都察院行令原報城分巡視御史，審果貧難，方行僉換；如有詐僞請托，另行劾奏。如此，則編僉之擾可以少蘇，而京民永得安生矣。伏乞聖裁。

一、方今商人之所以告困，勞逸不均，此其首弊。今御馬倉、天師庵并各處商人咸稱省易，省易之差，皆勢豪有力者謀克盤據；其京倉黑豆等商人號曰繁難，繁難之役，上户巧于規避，下户因而累及，傾家蕩産，市民告乏，實由于此。今欲蘇商，必量輕重均搭，勞逸相兼，庶可少濟艱難。假如御馬倉等處商人不下百名，悉係殷實巨富之家，而御馬等倉買辦草豆銀兩，比之在外各處買辦草豆銀兩多寡亦略相當，爲今之計，莫若將今各城見審黑豆商人，與隆慶二年審過御馬倉等處商人相兼搭派買辦，或將二項從公開撥，每歲輪換充當。如此，則勞逸均而夤緣自絶矣。伏乞聖裁。

一、查得户部編商事例，一年兩估，商人猶苦其少。蓋緣商人買料，料完然後時估，時估然後給值。固有時估逾年而不給值者，况并兩估而更減，商人之心，豈能帖服？臣請查照光禄寺鋪行近例，價色一月一估，銀兩一月一發。每月定以十九日爲期，不許任意遲速，則户部商人猶之光禄鋪行，將人人争趨之矣。如再不然，通將各處應買草豆等料均爲四分，分作四季上納，仍於每季二十九日該部會同科道等官時估一次，就將已完物料扣算明白，即日當堂給發銀兩，則商人亦不苦於守候之艱，而該司亦可免於扣除之議矣。今據該部題稱納過通關三日，即給銀兩。夫物料之輸納無時，通關之出給不齊，三日一發，似爲太數；一年一估，似爲太疏。惟按季按月，刻期估給，誠爲蘇商急務。伏乞聖裁。

一、國家差遣科道等官巡視，專以稽察弊端，故挂號之設非虛文也。錢糧之完欠，給發之遲速，皆可考而知也。今據該部題稱，將科道部司點卯、挂號盡行革去。夫點卯一節，似爲繁文，革之固當。至欲并挂號而盡革之，則通關之給與不給，該部之既給通關而不發銀兩，科道等官何由與知而劾奏之耶？此於法體少有未當，似應別議。伏乞聖裁。

一、輦轂之下，紀綱之地，輒千百成群，喧嘩叫哨，大乖政體。況商人一役，非人情所樂從。貧難者含情嗚訴，情尚可矜；富豪者逞肆阻撓，法當懲戒。近因商人得志，馬户乘之，遂爲故事，沿襲成風，漸不可長。臣請自今以後，如豪强勢要之家，仍前率衆號呼，希圖倖免者，許即拿送法司，從重究遣，庶刁頑有警而法守無虧。伏乞聖裁。

隆慶三年閏六月日具題。奉聖旨：户部一併看議來説。

劾欺蔽邊臣疏

爲懇乞聖明，嚴究欺罔大弊，以振積弱，以圖永安事。

臣竊考自古邊政不修，禍連宗社，皆由疆場之官互相欺蔽，以致功罪不明，紀綱頹廢，日積月累，竟不可救。今日之患，大率坐此，不可不懲。

臣按本月十五日，宣大總督陳其學題爲虜賊大舉，官軍奮勇拒堵、驅逐出境事。十八日，大同巡撫李秋題爲大勢虜情，分道並侵，仰仗天威，官軍協力迎敵，退遁出邊，地方幸保無虞事。據二臣所奏，咸稱堵截有功，至于殘破寨堡及殺掠人畜，全然隱匿不報。二十五日，宣大巡按燕儒宦題爲大虜入境，殘害地方，乞賜究治失事官員，以飭邊防事。内開攻毁官民堡一百二十餘處，殺傷人民三千餘名口，擄去頭畜以數萬計。舉朝驚駭，咸謂達虜入侵，所獲至此，在彼已志得意滿，在我亦損威傷重。較所失亡，蓋不在石州下矣。二臣絶不上聞，何其欺蔽朝廷，一至于此哉！前此稱功，則張一而爲十者有之；今則隻矢不交，而曰奮勇拒堵矣。前此遇敗，則斂千而爲百者有之；今則殺擄至千至萬，而曰俱賴保全矣。塗主上之耳目而不顧，塗滿朝人之耳目而不顧，九邊皆若二臣，則他日鴟踪獍迹，掩至郊畿，陛下亦何從而知之？

夫喪敗之慘，止于一方；欺罔之禍，關係不小。宋室遺事，可爲明鑒。以臣論之，則欺罔之罪，殆不可與逗遛者同條也。近使儒宦之奏不至，則本兵又將議賞格，而二臣者方將策勛上第，揚揚冒首功而自得矣。有罪者賞，則出命捐身之士又孰肯甘心自奮哉？夫趙岢一悍夫耳，握兵觀望，滔滔皆是，又何責焉？許經以下不必言矣，惟其學與秋，位三品之崇階，荷一方之重寄，且當警報初傳，聖諭馳戒，不許沿習故套，正慮諸臣猶坐前弊耳。而二臣親捧綸音，視如故紙，始焉虚張虜衆，摇動九重；終焉誑陳功伐，覬覦恩榮，更溢故套之外萬萬焉。使三尺之法尚在，二臣豈宜免于士師之誅哉？此又釋而不問。

臣念廟堂之上，今日宥失事者，明日宥欺蔽者，寬仁之布信已得矣，其如法度之陵夷何哉！況宣大邊防，較之他鎮，十壞八九，及時振刷，猶可挽回；因而循之，大事去矣。

臣又嘗訪二臣素行止，皆繩趨尺步之才，並乏量敵籌邊之技。一旦畀以邊方重負，是猶資燕裘而走越市，用將焉適？醫經有言：『治已病，不若治未病。』今勢非特已病，病且深錮，尚可付之庸醫如其學輩哉？臣念趙岢等失事諸臣，或待覆勘定奪。至于二臣之欺蔽與否，則皇上參詳三疏，自當畢照，亦不必假查勘之説，以稽延歲月，倖逃天罰也。

伏望陛下振獨斷之威，行必誅之令，將欺蔽重臣亟賜處分，特敕吏、兵二部速推才望素隆者，乘傳往代。其餘失事官員，候勘明之日，如律擬罪，庶故套可革，邊務可舉。若曰『某也戴罪，某也策勵』，此乃姑息之故事，間一行之則可；輒犯輒用，恐邊境因而解體矣。

隆慶三年十月日。奉聖旨：該部看了來説。

請止廠衛暗訪公疏

爲懇乞聖明慎政令，以崇國體，以安人心事。

臣等於隆慶三年十二月初一日，伏見都察院等衙門接到内閣傳奉聖諭：『近來災異頻仍，多因部院政事不調，假公營私，濫受詞訟，誣害平民，致傷和氣，着廠衛暗訪來奏，欽此。』欽遵。

臣等仰見陛下遇災知慎、保安圖治之盛心，但臣等待罪臺端，於諸臣政事不調、上干災沴不能糾正，致煩九重嚴命，儆惕有位，臣等愧死無地，尚復何言？但廠衛暗訪一節，實係國體安危，不敢不爲陛下陳之。

竊念天下之政，猶之一身：天子元首也，輔臣腹心也，部院股肱也，科道耳目也。祖宗立法，以機務付腹心之臣，以幹理付股肱之臣，以糾劾付耳目之臣。用即弗疑，疑即弗用。而人主從容高拱，鏡鑒自得，上焉推赤以御下，而下不懼；下焉輸赤以奉上，而上不猜，一體相成，泰象斯舉。比時廠衛之設，止令盤詰奸宄，譏察非常，而官員之賢否，政事之得失，毫髮不得干預。祖宗之制，蓋甚善也。後因奸佞肆權，創置西廠，潛移威福，流毒縉紳。先帝即位，首鑒此弊，一洗更新，四十五年以來，百司庶府，莫有敢欺，亦莫有忍欺者。其相孚相與之情，真可以媲都俞吁咈之盛矣。

設令部院有不能盡職之臣，而科道等官不能糾舉，在三四輔弼日侍左右，自足備顧問、資鏡照，奚必以咨訪之權畀之廠衛哉？且訪曰暗訪，則事必宜秘，恐以是爲非、以無爲有，何不可爲？往日西廠之事可鑒也。況廠衛既得以訪部院，則部院之位望日輕，而輔臣之忠悃難達。陛下不惟疑股肱，疑耳目，且疑腹心矣。數者皆疑，則所信者獨廠衛耳。疑既多，則上下之情沮；信既獨，則壅蔽之患生。此端一萌，可爲寒膽。

方今聖明在上，如太陽當中，群陰退伏。即廠衛諸臣固未必敢私作喜怒，仰負任使。然履霜堅冰，勢以漸至。陛下以耳目寄之廠衛，廠衛以耳目寄之群小。群小之中，萬一有韋瑛、王英者鼓煽其間，雖使吕强復生，能保其不蹈前轍乎？此中外諸臣所以改觀易聽，而不能自安其職業也。

伏願皇上推至誠以體群臣，本大〔五〕公以弘聽納。部院政事不調，明加譴責，或令科道等官指實參奏，下閣臣計議，恭俟宸斷。其暗訪一事，尚冀陛下酌議可否施行。如廠衛諸臣有乘機收置奸徒、妄生事端、希張氣焰者，仍許臣等訪實參究，則群疑自釋，群職畢修，明良交泰，實在於斯。

請宥言官公疏

爲懇乞天恩，涵宥言官，以彰聖度事。

本月十六日接見邸報，尚衣監少監黄雄一本爲辯明誣枉，乞賜究治，以正法紀事。奉聖旨：『楊松奏事不實，降三級外用，兵馬着爲民。黄雄私出禁門，致惹事端，降三級發南京當差。欽此。』職等咸謂楊松歷任方新，政多未諳，混奏前事，仰干天怒，荷蒙聖慈，不加重譴，職等又復何辭？但御史爲朝廷耳目之官，而巡視有地方法守之責，言官之去留，國體之輕重攸係；法紀之正否，四方之觀望所關。誠不容不慎且重也。

恭惟陛下英武聖神，臨御三年，虚心聽納，縱涉狂戇，不即擯斥。是以言官得以持法盡職，輦轂之下，無復敢有怙勢以阻撓者，皆陛下優容所致也。今黄雄既係内使人員，法當奏請，而傅景元手執紙票，口稱駕帖，事屬詐僞。松司巡視，在職掌有不得不奏請者。今所論之事未荷施行，而論事之臣遽膺斥逐，職等恐中外傳聞，將謂陛下事涉近習，並罪法官，則言路自此而塞，法守自此而弛矣。

况邇者給事中駱問禮方以建言獲罪，不浹旬間，又復有此處分。禮與松不足深惜，所可惜者，國家之大體耳。且士氣長養甚難，摧抑甚易。今以一小故而即行降罰，恐中外望風希旨，相率以言爲諱。凡陛下耳目之任，類多全軀保禄之臣，而他日有大利害、大奸異，又孰敢爲陛下言之者哉？昔人有言：『山有猛獸，藜藿不采。』今有爲陛下張虞羅以驅猛獸者，非愛山也，且將持柯斧而睥睨於松柏之旁矣，况藜藿乎？職等故不得不披瀝愚忠，以仰瀆天聽。

伏願陛下廓乾坤之量，弘使過之仁，將楊松或仍令復其原職，薄示戒懲。則九重納諫之誠，益光於始；臺端敢諫之氣，愈作於今。太平盛事，傳之無量。職等幸甚，宗社幸甚。

隆慶三年十一月日具題。奉聖旨：已有旨了。

留楊太宰疏

爲慎用舍以光聖德事。

臣等嘗聞朝有老成，典刑斯在；國無君子，誰與共功？是以老成之榮謝，君子之去留，世運所關，良非細故。今吏部尚書楊博奏處屯鹽都御史龐尚鵬，仰忤宸衷，不加重譴，特令致仕。陛下優崇耆碩之念，至深至厚，更復何言？但端揆重地，未易荐更；舊齒凋殘，不無可惜。博之賢，邊境聞之，中外縉紳知之。先帝培養四十餘年，而留之以貽今日。陛下亦嘗推誠而委信之，此何俟臣等緩頰也？昔也以其賢而加于百寮之上，今也因其失而置之丘壑之間，奚不可者？臣等則以爲照乘之珠，不能無纇；連城之璧，不能無瑕。一涉瑕纇，永遭弃擲，似非所以待大臣也。

進退大臣，孟軻論之備矣。謀之左右，謀之國人，謀之諸大夫，而又驗之親見，然後不得已而用之舍之。待大臣之道，固如此耳。且人臣輸忠，各以其職。職會計者，當爲陛下惜耗費；職銓衡者，當爲陛下惜人材。博之心，無非愛惜人材之心，詎有他哉？况夫天曹一司，怨謗易聚；大賢獲戾，十多八九。使其偶罹過差，驟加疏廢，則兼材以小眚而見遺，前功以一跌而盡掩矣。博之去，博固甘之。竊恐老成延頸而思歸，君子聞風而解體，其如國勢何哉！

伏願敕下輔臣，再加咨議。如果臣言可采，睿旨雖頒，不嫌反汗。則去者感皇上之眷留，而益加淬勵；留者感皇上之重去，而愈篤忠貞。野無白首之賢，朝多黃髮之士。師師濟濟，千載一時。臣等無任隕越竦望之至。

隆慶三年十二月日具題。奉聖旨：已有旨了。

請釋羈臣疏

爲懇乞聖明，崇世賞、宥狂臣，以弘獻納事。

臣聞古者聖王咨諏理道，采及芻蕘；紀録臣勞，宥延十世。何者？所以廣聰明而存激勸也。陛下登極至今，垂寬容之聽，啓狂直之途，極諫危言，聽受無厭。在位百寮，殫忠畢議，稍有一得，競願布陳。蓋不惟厠名臺省之臣爲然。是以原任尚寶司司丞鄭履淳發攄胸臆，吐獻平生，意氣過於激昂，言詞不識避忌，誠爲有罪。然按其所指，罔非國家表裏大計。區區之忠，良可哀鑒。陛下薄加譴責，納之圜土。天寬地厚之恩，無以甚此。

伏睹先臣解縉越職上封事於大庖西，已而太祖高皇帝遣令歸田進學，以俟才氣老成，然後録用。今陛下優處履淳，不即削籍爲民，止令羈縻省咎。斯心也，即太祖高皇帝之心。臣等固已仰窺而贊服之。但履淳本郎署之微階，蒙清華之超擢，而其父曉歷莞卿曹，懋揚勛伐，朝廷加以恤典，海内稱爲名臣。履淳之意，豈不謂兩朝再世，横受國恩，正宜捐軀圖報之日，而徒以官居閑散，職典璽符，鮮能自見，故假披瀝之端，展忠赤之悃，而不自知其罹冒越之誅。此情此犯，殆有可原。

夫欒、郤之後，夷于隸類，乃其不肖自取。萬世觀者，尚或悲之。今履淳以陳言之故，而頓隳閥閱之舊，在陛下必有往來于中而不能安者。矧聞履淳在縶，夙夜憂惶，痛自刻責，滌愆洗過，蓋三月于兹。陛下誠矜憫而曲宥之，則昔日之狂子，安知不爲今日之忠臣哉？

臣又思之，在廷大小臣工，捐桑梓，携妻孥，而争依日月、捨身納諫者，思欲效毫毛以垂竹帛，志靡他也。假令齒頰一摇，便觸法網，身被錮廢，妻子流移，進不得叫閶闔，退無由聽棘墀。則他日雖有剖心析肝之意，亦且懷危内懼而不敢前矣。

伏願陛下憐草茅芹曝之念，隆縉紳帷蓋之施，拔犯顔披逆之臣于朝創夕懲之際。特敕刑曹，别加優處。則忠憤之氣愈養愈倡，而寬仁盛德超越千古。臣愚何幸！宗社何幸！

隆慶四年二月二十日具題。留中不下。

擬馬政疏 院試實授

竊惟法之立也，其初未始不良；而法之行也，其終不能無弊。惟良于初也，必率而循之，乃可以臻久長之治；惟弊于終也，能變而通之，亦可以裨軍國之謀。譬之服恒衣者必至于垢，器恒操者必至于缺。浣垢補缺，用斯不匱。故曰善爲政者，必取其極弊大壞者而更張之，然後治理可圖也。

謹按國之大事莫大于戎，而戎之急務莫急于馬。故周人以六典建官，而司馬一職，下至圉人獸醫，處置至詳且密，則馬政爲國家之至要。而馬政之在今日，誠又極弊大壞而不可不講者。試以國初之政言之，有營馬焉，而營馬則養之于内者也；有苑馬焉，而苑馬則養之于外者也；有鹽馬焉，而鹽馬則資之于商者也；有茶馬焉，而茶馬則資之于番者也。四者之政不同，而藉之供邊用、壯軍容，則一也。

然養于内者，官軍十萬，養馬三萬，内壯京師，外備邊徼，營馬之法何善也。養于外者，地無乾没，可供牧放；軍無空乏，可給喂飼，苑馬之法何善也。資于商者，引直必平，撈辦必時，上無奏討，下無守支，鹽馬之法何善也。資于番者，互市有期，金牌有額，私通既革，良騎自來，茶馬之法何善也。

夫國初立法之善如此，故以内則蕃息無窮，以外則毛力畢致。東征西伐，曾無寧歲，而未聞有缺用之憂如今日者。以法立未幾而百弊未滋也。厥後遵行既久，積蠹漸生，芻草掊尅于軍士，月糧侵漁于衛官，而法之爲營馬者弊矣。尺籍淪于豪右，行伍役于私門，而法之爲苑馬者弊矣。引直漸高，上有厚征，撈辦不時，下無厚利，而法之爲鹽馬者弊矣。金牌既廢，私買公行，此以僞茶，彼以羸馬，而法之爲茶馬者弊矣。夫國家之馬取足四者，四法俱弊，而欲太僕無告困之時，邊塞無請求之日，焉可得哉？

爲今之計，必也量折銀以復逃亡之業，清掊尅以裕牧養之資，而京營之法復其初焉，則馬之出于太僕者不可勝用矣。查牧地於豪强之家，以杜侵占，禁私役於武弁之門，以補行伍，而官牧之法復其初焉，則馬之出于苑監者不可勝用矣。平價值以開中納之途，督撈辦以省守支之苦，而召商之法復其初焉，則馬之出于鹽者不可勝用矣。仿金牌之舊制以絶私通，嚴僞茶之新禁以服夷心，而互市之法復其初焉，則馬之出於茶者不可勝用矣。四弊既除，馬政自舉，雖世無韓非子，而汧渭三千可立俟也；雖時無張萬歲，而雲錦成群可坐待也。又何患邊用之不足而戰備之有缺哉？

舍此之外，而欲求救時之策，則上焉有悖於已行之制，下焉有病於既困之民，言之未必可行，行之未必可久。萬一事出不虞，必致倉皇失措。見兔而顧犬，亡羊而補牢，職誠懼其晚也。

伏惟留神采擇焉。

先上分營議

按營操之制，洪武間爲五軍，永樂間爲三大營，景泰、成化間别置團營，正德間增置兩官廳，嘉靖庚戌并爲戎政廳，而三大營俱如故。是三大營者，祖宗二百年來之定制；而團營、官廳、戎政者，一時之權也。

考其設官，在五府則各有左右都督，在三大營則有六提督，在團營、官廳又增二提督，而戎政則統於一人。蓋分營管操者，祖宗二百年來之定制；而鑄將印、設總兵者，亦一時之權也。

夫前此掌營者不握符，領兵者不名總，實有防微杜漸之意，如閣臣所議。但團營、官廳等制委屬繁瑣，故先帝因庚戌之變鋭意革之。當時伏讀聖諭，有曰『朕復祖制』，三營修武，先帝所革者，乃景泰以來增設之名目，而未廢三大營也。何也？分而爲三，與分而爲五，均之可以奪將權，故先帝因之而不易也。特其頒戎政之印，設總兵之官，想一時臣子憚懾威靈，莫能建白。遂至循襲至今，未經釐正。即今營務廢弛，聖君賢相欲一舉而更張之，則銷戎政印與革總兵官，事理至當，無容别議。

至於營兵原自有分屬，營官原自有分統，一概改革，竊恐人心狃於故常，未必遽然帖服。合無查照永樂年間三大營事例，每營設一提督，仍以勛臣有才望者充之。而先帝所定副、參、游以下等員，與分撥營兵制度，悉如其舊。如此，則既不悖乎祖宗創立之規，又不盡失乎先帝更新之意。而兵權可收，戎機亦振。惟執事者裁之。

後上分營議

謹按京軍之設，分營隸掌，分營教習，振古如斯，豈特我朝爲然哉！以我朝言之，分而爲五爲三者，藝祖神孫之所定也；合而爲一者，權臣奸將之所更也。以藝祖神孫之所定，行且百年，而權臣奸將易之如反掌；以權臣奸將之所更，行未二十餘年，而明君賢相爭之如拔山。此其故殆不可知也。

請以古今京軍制度言之：周制，天子六軍，每軍以一卿將之，是在周未始不分也。漢制，京師有南北軍，而南軍衛尉主之，北軍太尉主之，是在漢未始不分也。唐制，畿内有府兵十六衛，每衛各有折衝、果毅、都尉主其事；而京軍復有南北之分，南衙領諸衛兵，北衙領禁兵，是在唐未始不分也。宋制，禁軍分隸殿前、侍衛、馬步三司，而更戍出邊，又以文臣爲經略使者統之，是在宋未嘗不分也。

夫成周以來，有分無合，載在史籍，人人可得而考者。迨太祖立國之初，雖嘗置大都督府節制中外諸軍，尋即改爲中、左、右、前、後五軍都督府分領之，所以爲萬世慮至深遠矣。永樂中，分立五軍營以教馬步，神機營以習火器，三千營以備宿衛，名曰『三大營』，而每營設二提督，是永樂時亦未嘗不分也。

景泰三年，于謙建議於三大營中選其精銳，立爲十營，每營萬人，别爲操演，名曰「團營」。即於六提督内揀二人充提督，團營總兵官仍就五府莅事，而三大營提督如故。是景泰時亦未嘗不分也。

天順年間，團營兵仍散歸三大營。成化三年，各營軍馬號令混淆，一遇有警，撥調艱難，於是言官建議復立團營，選取内軍八萬與班軍四萬增爲十二營，而内外揀存號『老家兒留備』營，造差役者不與焉。每營仍以侯、伯、都督等官爲坐營官，是成化時亦未嘗不分也。

厥後承平既久，團營浸失操練之舊，又於團營中摘選官軍分東西廳操習，名曰『聽征』，且内官監督，多所掣肘。先帝鋭意革去，止以文臣一人協理，是嘉靖初亦未嘗不分也。

迨庚戌之歲，猾虜内窺，權奸攬柄，遂議罷團營，而三營共設總督戎政一人，以昌國公故宅開府，給戎政印，因循至於今日，而戎兵之虚弱、營政之廢弛甚矣。

夫五軍變而爲三營，三營變而爲團營，團營變而爲東西廳，又東西聽變而爲戎政，是設戎政而革團營者，乃權奸之誤，今日所當議也。革監督而用協理者，乃先帝之明，萬世不可易也。

夫營操官止管操練，不爲開設衙門，不爲增置印信；五府、三營、十二營不得互相侵越；出征必選三四將同行，不得專制軍務；臨行挂印，必由兵部題請，不得擅自干預；事寧之日，將還府，兵還營，印還朝，不復有昔年信、越、産、禄之虞。故營分則勢輕而易制，營合則權重而難圖；營分則事簡而中才可稱，營合則任大而上將難勝；營分則競相砥礪而兵威可振，營合則疑畏因循而軍紀日弛；營分則有事而調發易行，營合則遇警而抽取難就。此今日分合利害之大略也。

或以爲兵之强弱不在分合，則又以往事驗之。祖宗分閲之時，南叛北侵，間出京軍一二枝，卒收底定之功。何今日分營已十二年，而將卒無一人可用哉？此又事體彰彰較著不待辨者。惟夫審時度勢，酌古准今，或盡復五府之規，而分統各府；或稍增三營之制，而各主一營；或查正統、宣德故事，每歲調遣一二枝巡邊，以習軍容，以省邊費；或考先臣于謙查理京營遺迹，以實行伍，以杜虛冒。此在議定後，方可條例上請，亦非尺幅所能具述。惟執事者擇之。

【校勘記】

〔一〕每日于文華殿商榷批行　「榷」原爲「確」，據上下文意改。

〔二〕母事地　「母」原爲「毋」，底本「母」「毋」字形混用，據上下文意改，後文同此類徑改，不再出校。

〔三〕惕然警悟于淵默沉思之際　「默」原爲「漠」，據上下文意改。

〔四〕日後遇有此事　「日」原爲「月」，疑誤，據上下文意改。

〔五〕本大公以弘聽納　「大」原爲「太」，據上下文意改。

王侍御類稿　卷之二

太原王圻元翰父著
男思義校刻

賀定宇馬公擢豫章藩伯序

國家建侯樹屏，以子元元，必立觀察以糾繩秕慝，俾官之邪者、赤氓之嘯號莫控者，有所彈壓而平反。諸稱强幹不骫法，得叙爲牧伯，當一面寄，俾登降錢穀，調劑而節汰之，毋竭瘠乃衆。然其道率以廉能勝也。彼嵬瑣者，鶩武以峻法，則汩民；脂韋以徇民，則汩法。縉紳編萌，交嘖之矣。

我定宇馬公之臬楚也，持三尺，接六條，其所綱紀群吏，不斤斤爲耀斧張麾，解舍若水，扃鍵峻嚴，即飛鳥不度山藪，鷙蝮不寒而栗，曾莫敢怙勢而雄行。日中之市，按堵如故，絶不聞有爪牙之使繹囂于闤闠。其桁楊犴狴，少有湮鬱，輒得宣泄，即驛馳之牘，無壅滯焉。蓋泱不汩而民滋見德，楚人方神明公政，喃喃願借公秉節鉞也。

歲當鄉薦，公以長憲當監試，則憮然執余手嘆曰：『天下事更有重於此者乎？而顧令踣弊若是，可慨也！將與若共圖之。』既入簾，矢公矢毖，數年頹規伏蠹，剗剔殆盡，楚士吐舌，以爲奇觀。會公率計吏入，聖天子嘉乃丕績，擢拜豫章藩伯。而豫章之民欣沐膏流者，跂踵在望，獨奈楚氓何哉！夫甸宣之任，鉅任也。民之膏血，悉蹲于斯。一念而鮮肥，即塗下腴上，民有沸爛之虞；一念而節汰，即視經度紀，民有嘻蘇之慶。當事者非廉且能，溺其職矣。

公起家御史，爲二千石，政主伸窶弱、抑豪右，漢東之民，口碑迄今如一日。已鎮江陵，適多事旁午之會，籌應方略，纚纚若流，毫不爲薰灼者撓；比總憲，則所稱神明，政益張楚矣。夫豫章界楚南服，風壤不甚相遠，以政楚者政豫章，猶莫邪發新硎，陸剸水斷，靡用弗周，寧不大副新命所以惠元元意哉！

頃報至楚，楚之士民恍然如有所失墜；而諸寮寀謂奪我型範，莫不嗟呀動色，謀所以識不忘，則揖余而進之曰：『而嘗官青齊，受公知有日，暨今移楚，復旦夕侍步武，不可謂非習知公者。可無言以識之？』

余逡巡應曰：『公之去，乃所以爲留也。夫何識哉？公介行强幹，嵬然爲一時稱首。自今已往，詎容累次進如庸衆人耶？即今奉檄在道，天曹復以公名陪卿寺，意當蚤暮登青冥，位管樞，以霖煦九有，肯令績效竟豫章也？由斯以觀，非但楚不得私公，豫章亦莫之能私。而公之識楚者終殷殷厚也。乃楚方日困，楚事日不聊，萑葦箐篁之民鼠首伺釁，識者爲楚抱隱憂，公能一日不在懷哉！然居楚，則不能以爲楚者爲天下；居中握鏡，則能以憂天下者先全楚。此非特吾儕不能忘公，公自不能忘楚也。余安能識也？』

贈沈文室擢山東憲長叙

參伯文室沈公，余同籍中之表表者。一時並游楚中，類以要腹爲稠密，非但追趨逐耆相浮慕者。今年冬，公由武昌分守晋陟山東憲使，諸寮友例當贈之言。方伯賈公謂余知公最悉，屬爲辭。余方校士長沙，持書者入，則長至日也。比發函，不覺慨然嘆曰：『陽剛初長，君子彙登，公之勛名可量耶？』

公浙西世裔，少負藻思，大能沾丐作者。爲人城府坦夷，絶無畛鬬。筮仕蜀之内江，時趙文肅先生家居，器公才略，相與倡明道術，蜀士子蒸蒸向風。爲政不務鷙擊毛舉，惟持大體，一切有所興除，脱若承蜩，民甚便之。未幾召入諫垣，凡國家利害休戚，知無不言，直聲動海内。已而參蜀之川南，再爲江右憲副，旬宣明允，譽命四馳。文肅公復貽之言，稱其道情與世法交參，外游合内觀同照，真知公哉！嗣陟分守武昌，簡要束，省期會，三郡稱宣平矣。

當事者謂公才望宜置畿輔，以備緩急，疏請補山東按察使。余竊謂當今所需，信無有急于才者。然精英跌宕、俶儻瑰琦之士豈少哉？乃沉機内照、端重持平者，斯才也。頃廟堂厭操切，返惇大，爲寰宇挽和平之治，則公非方今注意者耶？

余嘗與公同事武昌，侵尋歲月，自謂才不逮公遠甚。公負盈若虚，抱巧若拙，廉不矯世，貞不盭俗，乃其中則恢恢大也。要非近世所稱晶英跌宕、俶儻瑰琦已。余願公爲觀察，毫髮無有加于今日。即以所治武昌者治齊魯，彼氣磊才豪之子，能與公絜長度大哉？顧東土土瘠俗薾，大不類于蜀、楚。海右之民，詐諼而多訟，岱東之民，椎剽而多盗。往往莅兹土者，以灼爍摘抉之政臨之，而盗者訟者益纍纍起，則治之者非所當也。

公之往也，式孔孟之幽宫，履周召之故墟。其尊親遺教、章甫芳聲，至今猶有存者。以公端重持平之器、武昌已試之績，復取孔孟、周召之遺，參酌而舉之，計有餘矣。盍姑試之乎哉？

送副憲梁静齋擢山西大參序

馳傳之典，自《皇華》始經見。《皇華》也者，古天子所以勞使臣，且有『六轡濡沃』之咏，他可知矣。迨《周禮》載候人、遺人懷方士，要皆令治送將，頓舍委積之設甚具。故四方賓旅、六服侯伯以會同聘覲至縣次，續食如家，未聞以侈費故裁之者，重朝宗也。

我朝仿古十道置承宣觀察使，實有大賓之重，而其職儼然古諸侯也。往或假之符驗，以資調遣，詎有身勤王事而顧令倩輿僕、僦廬舍，如今日所云？殆不然矣。

衛郡梁公以進士起家爲健令，召入瑣闥，侃侃多所論別，尋以都諫擢外藩。主爵者猶然絀公，亟加遷次，歷官右岳，會有妒者言，則自山西調關中憲使。時方奉新令，禁馳傳，而公先帥計吏行，蓋未聞禁也。復爲希指者所摭，左遷湖廣少參，兼領荆岳江防事。居頃之，科官建議謂：『天子隆禮，屏翰尊臣，不宜毛舉苛細，凡前所絀者，例得超資叙録。』首陟公山西大參，甫期歲而辭楚矣。

山西古稱『三晋』，地北通馬邑，密邇雁門，爲紫荆翼蔽。而公駐節冀南，實神京之保障。居是職者，即開府階，授脤秉鉞，可張睫待耳。夫天子之寵靈與造物之篤眷，常不可測。假公曩時馳驟康莊，或假他途速化，則世之重才未必若是，曾以彼而易此哉？

三晋，公所莅也。漢史稱郭細侯再爲并州，老幼相携數百，騎竹馬拜謁道次。公素以恩信得民，今之奉迎者又不知幾千萬人，并冀榮觀，古今奚少讓耶？且晋與衛壤地相接，公再游其鄉，非獨諳歷土風，而駟馬錦衣，輝耀閭里。類古不越疆而仕，此則細侯所未有者，其司馬長卿建節邛蜀時耶？

先是，公以入賀萬壽趣行，中途聞遷報，同寅諸大夫弗獲張祖申餞事，而屬余爲序。公居楚不久，政績已籍籍在人耳。比余有事荆岳，履公所駐地，口碑猶旦夕也。益知大賢所至，無論遥近，均有惠澤及人，矧三晋姚姒遺風在焉。公行踐皋夔之列，即舉二典，弼成聖治；又將霖霡天下，其波及楚者，則公之餘也。毋謂公有遐心哉！

贈少參馬奉麓擢滇南憲副序

余觀西蜀山川秀拔，其鍾于人也，闊達而足智。乃鳳麓馬公者，蜀人士之翹楚哉！公少抱卓犖，蜀之縉紳多奇之。辛未舉進士，爲部郎，名已籍籍重海内，蓋非特末見也者。居數年，奉命來僉楚臬，實備兵河北云。下車浹歲，大能振滯理冤，鋤豪繩梗，故令有不便民者，一切報罷。維時郡縣百職，亦罔不秖肅，禀奉指使，以祈當公心。部使者奏事言：『臣按南中，察吏治無若馬臬僉最。』遂擢少參，仍守楚之湖南。公即以治湖北者治湖南，境内益帖然稱乂安，衡湘父老，無一之乎不願久借公者。

時滇南莽酋弗順，騷動境上，宰執大寮，計唯公可屬大事。銓曹以名聞，天子察言者非阿，遂有是命。報至楚，藩、臬、閫諸大夫既喜且愕，爲楚方倚公爲長城，奈何遽令遷之滇，將方隅安所憑藉，寮寀安所倚恃也？王子逡巡而進曰：『諸大夫奚隆楚，楚曾足以盡公之才哉？而亦睹夫神庖者乎？依大理，批大郤，割然游刃有餘地，族庖弗能也。公始爲郎，知職在勾校，即文采英英動人；繼守兵備，知職在訓簡，即以兵略靖西陲；已爲少參，知職在撫綏，即引大體，不拘文法，殆非世所稱方節士已。藉令得當滇南一面，固知枝經肯綮，所向無前。公信非楚才，楚亦安能私公也！』諸大夫謝曰：『王子知人乎！』

先是，公與余同爲楚僉，不期年而之永，又不期年而之滇。獨余煢煢守舊業，搦管走四方，蹤迹落莫如晨星。然氣相投，心相許，固自有交歡者在兹。公將奉簡書而南矣。余復以職事行湘岳間，不及同諸大夫祖餞於鄂渚。昔人言『黯然銷魂』，誠然哉！

岳伯賈公走使屬余序，余既叙其事，而復申之詞曰：公之才，神庖也。滇南之役，枝經肯綮也。古稱歲割而刀無缺折者，非獨其器犀利，亦善操故耳。公今得所當矣。無亦淬風斤，養霜鍔，紆徐四顧，一揮而劓酋首，再揮而六宣慰傾心向化，然後善刀而櫜之，以復我明天子，俾廟堂永銷南顧之憂。余于公有厚望哉！

送少參田芸野擢臨清兵憲序

國朝藩、〔一〕臬並建，陳殷置輔，徙易唯天子命。雖四海九州之人，一旦承虎符而至，相與爲寮宷者，握手如平生歡。顧守巡棋布散處，公謙後輒各莅所轄，僅僅以文移往返，奈之何聯藩並臬，勢不得久親依也。楚地方數千里，復易曠隔，無論謦欬足音，即騎檄郵筒，彌月始達，曾未幾何，而除目下矣，詎能忘情哉？

蘭陽田公以四川僉憲擢湖廣少參，分守南境，駐節寶慶。甫期年，政聲熻赫，膺山東憲副命，備兵清源。共事者喜公擢之迅而又惜别之亟，然烏能挽公轍哉？夫銓司總核流品，必視其才可肩巨，而以衝煩歷試之。

古稱强大，非楚即齊。顧今日之齊，大勢較楚稍異。蓋齊地密邇京輦，兵馬河漕之策，謀臣畫士交口而議，其法寖備；而臨清復當孔道，居然天下一大都會。水則通溝洞河，陸則摩肩擊轂，巷則九市百廛，室則青臒[二]赭堊，聚則豪商猾估，行則連軒接騎，漕則蜚芻輓粟，貨則緤組筒綺，聲則吹竽彈笙，兵則材官健武，馬則絶塵驚飈，器則牙機鋭戟：誠奥區也。獨兵憲者，以控扼之官而當百責之寄，灑泄渠堰，郊勞騶騑，流通貿販，整肅闕隘，無一之乎能解去者。欲令耀兵振武，儋讋威信，戎馬不窺而枹鼓輟響，白非偉才雄幹，疇克勝此？公真其選哉！

矧齊魯弦歌，漸被尤遠。《詩》稱文武爲憲，公實有之。由是綏帶以臨鐏俎，揮麈而廓詩書。天子且將移鎮三輔，受脤賜鉞，齊亦安能久淹公哉？

公自釋褐爲令，有製錦之稱；擢司諫，有持囊之譽；居蜀憲，有祥刑之頌。楚藩雖倚公未久，而衡岳荆湘、洞庭雲夢之間，聲已隆隆起。挾此以臨齊右，崇施厚樹，將與海岱論高深，此又可燭照數計已。乃其醇德爽度，遭者飲和，則尤諸寮所繾綣不能忘，余安能黯然無言也？

贈管憲副慕雲擢廣右大參序

今天子御極之十有一祀，更置賢相，慎簡銓宰，赫然綜核群吏之治，程能振淹，師師在事，尤加意甸宣大吏，非望碩並茂，靳不録。楚臬副慕雲管公建節衡、永間，越二年，所譽命上逮，晋參大政于廣右。楚三司諸同官謂余不佞辱與公同舉進士，復濫叨鉛槧之役，宜有言。余謂藩司故中書行省，諸軍國大計一切倚辦；而參藩分麾畫境，翊贊岳伯，布宣主上德惠，政用和而澤不闕，蓋其所居要也。

公德器淵宏，雅抱雋才，覃于載籍，爲學靡所不窺。早歲通籍詞垣，已珥筆禁闥，諤諤譚當世務，巍然負公輔望。無何翱翔郡臬，無慮數歲，閲煉益深。爲政崇尚廉平，不欲爲可喜事，以收聲名，而一切險夷淹速，率置不問。君子以爲難。乃兹茂轉，作捍蒼梧。蒼梧，古百粤地，距中州稍遼邈，人因爲公少之，余竊以爲未然。

夫廣右非所稱羈縻域哉？黠夷怙恃阻邈，累世所不能馴擾。然非治之難，而得其人之難。溯今二百年來，士人以功名奮起其間，如韓永熙輩豈少哉！第考其治，多疏節闊目，不爲汶汶，不爲察察也者。此其故何？廣右襟帶三江，諸夷蠻巢穴在焉。急則投竄林莽，緩則四出剽掠，其習染大較也。顧其性狡悍，故可以威名鎮；其土貧瘠，故可以廉仁結；其法守漫涣，故又當寓要約於寛假，庶能塞其觖望恣睢之念，而釁可弭。以是吏兹土者，非老成持重之士，有不誨慢納侮者能與有幾？余故曰：難在得人。

公以鉅儒宗工，揚歷中外，當機應猝，剸剖如飛；屢官奥區，志行皭然不染，所至號能其官。蓋儒、吏非二道也。昔人言文章緣飾吏治，誠然哉！夫蜚景之劍，水截陸斷，指顧如意，其素所淬礪也；騄駬之駿，朝燕晡越，所向無蹶，其素所剪剔也。公之才足以戢奸，守足以撫衆，寬仁温厚之度，足以鎮土俗而諧物情。所謂迎解絶塵，兼而有之。余是以知公之易廣右也。且公之往也，適當注意之朝，恢拓宏籍，掃除繆政，即攘凶祅，方隅愓息，無論也，且將大有惠于黔萌。異時以藩大夫治行高第，推轂當軸，需次列卿，入參樞管，究竟洪勛當如永熙諸先達，自此蒸蒸起。遼逖之謂何？第輒行，余且書之爲操左券矣。

贈伯岳賈春容榮遷光禄卿序

古今所稱儲官材者，豈不猶樹木哉！樹萑柳者，朝培而暮取，乃豫章不然也。庇之窮岩，植之絶谷，歷數十歲莫爲顧，令之受風露，耐霜雪，浸至扶疏輪囷，上干青雲，下可蔭千百人，人亦莫知材之。一旦匠石過其下，踟躇四顧，咨嗟欣艶，斧尋而登將作之堂。無論本幹，即杪顛鮮不中繩墨。固知豫章之材之大夫，亦儲之者有歲月焉。楚方岳賈公非豫章材耶？其所揚歷，其所受耐，先後無慮二十稔，儲之可旦夕既耶？

今上踐祚午久，益明習朝事，時時飭丰爵大臣謀所以儲官材，曰『毋信藻飭』，曰『毋崇標末』，曰『毋長銜轡』。諸所瑰瑋若淑、克肩鉅重者，庇之培之，遠必致之。彼奇舉者，跅弛者，博名高而調當世者，亟芟薙蘊崇，勿使滋蔓。大臣懔懔奉德旨，每按簿檢鏡中外流品，而公夙負瑰琦若淑望。臺省亦交章薦公宜邊鎮，遂疏請爲南京光禄卿。客顧有爲公少之者，大抵言留都地重務簡，光禄所掌，廑廑理上方一匕箸，尤南中諸曹局之閑適者，胡以使焉？

余應之曰：『自昔官任大臣法，不得與庸衆者伍。中外洊更，勞逸遞轉，此所謂儲養者也。公起家戊辰進士，爲縣令、爲省闥者一，爲郡太守者二，爲藩臬大寮者五。非衝劇旁午之區，則邊鄙煩勞之任。向所言風露霜雪，有一之不備嘗耶？乃今以留寺使，要亦庇愛葆息，全扶疏輪菌〔三〕之奇，俾將作需次，而取用則猶在蚤暮也。胡少哉！我高皇定鼎秣陵，迄今二百年。所置曹寺諸卿佐，旋罷旋復，爲根本計耳。頃之搜訪巖穴，注意耆宿，二三修正伏佚之士，繩繩起補南曹，藉以鎮壓，亦爲根本計耳。奈之何獨少公哉！』

史稱孫湛爲光禄勛，清介有聲，時論以配周澤，儼然稱二雅。公爲政尚體要，動有古大臣風，格屏一切緣飾夸浮之習，與人必副要腹，絶不與貌昵面恭者伍。余往爲部民，即今周旋漢上，復兩越稔，殆非但耳而目之也者。籍令二雅復生白下，能與公較伯仲哉？漢荀爽嘗爲光禄，視光禄事才三日，輒拜司空。乃公挺然之姿，皭然之操，不在荀爽下。國家豈誠愛尊官厚秩，而不以優瑰琦若淑者哉！余又以儲官材之道卜之也。

贈大參湯鳳麓擢廣東憲使序

今天子更新國是，嚮意樹人。主爵大臣殷殷成德，拔幽振滯，靡格于浮議。蓋一時縉紳士稱奇遘云。新都湯公官湖廣大參，明年晋廣東憲使。憲使昉古提刑、觀察，制實兼國使、監司，位榮矣，公寧薄此哉？嗟乎！公先是憲使雲南矣，兹復官憲使耶？先是業由憲使陟廣東岳伯矣，兹復以憲使往耶？夫以公所挾之奇，辟畫奚有不當？諸所展錯，奚有不斤斤循檢柙？乃或者略大美而抉細瑕，附華要而中騫污，横施論責。此能吏抱膈臆不信，而惜才者所爲扼腕也。

仲由、孟軻氏兩賢者，當其時不列官職，咸得結駟傳食，不爲泰上計，至重禮也。岳伯號持節，使秩較尊，顧以馳傳故論左遷，謂何？天子寬仁明聖，用言者弛新命，亟録論責諸才臣。公調少參才三閲月，而轉楚臬憲；已爲大參，已爲今憲使，率轉不逾時，不二年所，凡三遷，需次岳伯，公可翹足待耳。顧迤邐閲歷良久，乃反故吾。藉令當時御史中丞置不問，公駸駸八座矣。夫綆之汲也，不降則不升；鷹之擊也，不揚則不擲。由斯以談，公之通顯，殆繩繩未艾哉。

廣東即古百粤地。漢制，交州部刺史即今岳伯，公旬宣之績在焉。故習土風民隱，撫綏填壓，有概于中素矣。兹公之南也，如履故土，攫故物，何憂乎難治哉？嶺南耄稚偵公至，則扶携伏謁，忻忻相告曰：『湯使君再來，吾生矣。』即并州於郭細侯，東郡於耿伯山，奚過焉？公居官飭廉平之守，而明慎于訊讞，先聲所被，即虎飽鷙搏之吏，亡敢魚肉其民。民冤於文致者，立見平反。公其大有造于嶺南也。

楚同事諸大夫屬不佞序其事。往公之莅楚也，實代余不佞。日征逐冠蓋，奉晤語。無何轉藩參，踪迹稍落莫。乃兹交廣行，益不免日隔之疏。顧不佞何心哉！獨謂公襟度愷懌，所挾復宏肆演迤如彼，逌然忘寵辱，齊淹速，蓋鼎鉉才也。在昔李文饒身居廉鎮，猶馳獻《丹扆六箴》。公方受特達之知，可計日入侍丹扆，綴輔弼之列。即嶺南無能久借公，不佞且如之何？諸大夫且如之何？

贈少川許吉庵擢滇南憲副序

職方分道曰安普者，古所稱梁州裔境也。其地遼阻，其民夷漢雜錯而居，其填馭之法不可爲典要，故諸藩中最號難治。邇者緬甸驕桀，糾我屬酋，恣睢哀牢、騰越之間，僰土因而騷動。守臣竭力扞蔽牧圉，至莫能枝梧。料丁壯不足，則驅市中老弱乘障。乃飛輓供億者肩摩轂擊，罷于道路。其方内震讋蹂蹈，禍蓋孔亟哉！

天子南顧憂惶，易置藩臬，諸大寮中外文武才足當一面如漢寇恂氏者，亟移徙滇中，俾之弭兵批難，以紓一路危急。乃許大夫分部荆西，積有勞勩，銓司多其才，疏名以請，得當上心，遂有備兵安普之命。而石城、興固諸郡縣隸焉。我國家承平日久，民間罕睹干戈，猝然有儆，緦緦不能伸一喙、展一籌。彼守土者，牧民禦衆之略向置弗講，衹令張空談，博横草功，匪徒罔績，適啓侮耳。

大夫美秀多文，强執有守，所至揚芳奮采。初仕爲縣，以健令稱；選在辟臺，以名御史著；

已而出僉越臬，益有嘉聞；超徙守楚之荆西，瑰意琦行，發爲政譽，籍籍頌宣平矣。

客有自滇南至者曰：『徼外民俗與漢郢殊，大夫而填郢，毛舉耳。若彼羈縻國，可以填郢者填之耶？』余竊以爲未然。夫騏驥異于凡騎，謂可以騁康莊，亦能馳峻坂也。莫邪别于鉛刀，謂可以斷輭泥，亦能剸犀兕也。籍大夫能文而詘武，長于撫循而怯于兵策，則亦凡蹄、鉛刀已耳，何以稱才？

余辱在寮寀末，然未得侍昕夕。往校士郢中，始克交大夫歡。大夫説禮樂，敦《詩》《書》，類古修正士；而老成質重，曉暢軍事，又類古倜儻才。兹奉簡書至部，以所爲荆西者爲安普用。昔人臣出疆之法，一切便宜從事。向化，則爲懷來；不則芟薙藴崇，奮臂張膽，繫强酋頸顡，俘之闕廷。是騏驥獲展足而莫邪利用銛也。彼跛扈小醜，方群然款心歸晝之不暇；而戈戟樵蘇赤子，復荷耰鋤，安田里。《板》之詩所歌『維屏』『維翰』者，大夫誠足以當之。即無問封功錫爵如往代李恢、韋仁壽，乃安邊靖土之烈，亦足銘彝鼎，垂旂常。較彼委瑣葳蕤輩，徒以文墨、吏治片長都通顯者，不啻霄壤。且南人方引領矯目，望大夫來生我。即大夫之勛名功業，固知蒸蒸自南中起。大夫第速往慰之哉！毋令荆西人士相率謁天子所，更有借寇之請，因書以勸焉。

贈大參馮崑峰擢浙江憲使序

今歲甲申中秋，崑峰馮公以入賀行。行間得新命，擢浙江之按察使。既入賀事竣，兹且發矣。

同官例有贈以張祖道。余又叨桑梓，習知公，遂屬之言。余惟大丈夫蜚英騰茂，詎直鄉之人習哉？即四海九州，瑰意琦行之豪，疇不馳神艷慕，願負弩先驅？蓋鶴鳴鼓鐘，貴實勝也。彼夏屋渠渠，虔衷惓惓，有不采齊肆夏，雍雍來者乎？

公，蘇人傑也。蚤以文鳴宇內，文章、吏治，貫條則同。家居時，余已斂衽矣。歷試諸政，所注厝張設，炳炳煌煌，一從經術，誠善用其文者耶！方今廊廟咨謨量德，爲地擇官，計天下咽喉脊背，勢重難反，莫楚越若；微通才畀之，必壅閼僵仆矣。越若水吴山，浩漾峻拔，厥産英俊珍奇，甲於天下，蓋一大都會也，最難治。楚有洞庭瀟湘之勝，頡頏其中，率潢牒貂當，桀驁莫制，亦一大都會也。其號難治，不減于越。執秩者嘉惠茲土，云非公不可。公嘗由行人入司青瑣，忠貞不避，論事回天，有古諍臣風，其直聲夙著矣。

頃之，以少參守湖南，安輯鋤抑，無敲朴叫囂之音。復轉浙憲副，秉紀肅度，百職以貞。公之德亦覃矣。又頃之，徙鎮楚之郧陽。郧中貴人怙侈，莫之誰何。公毅然持正，罔或撓奪而徇，民不怙危，郧人德焉。公之威亦足憚矣。左右隨施輒效，執秩者又畀以今職。詎不謂通才其人與？辟之歷都過闕，則清奏鳴鑾；抑或臨山坂，追風電，而銜橛靡失，斯稱天下馬也。此通材説也。

公今入越，寧有他策哉？舉其前歷試者一錯綜轉移，不吐剛如郧，不茹柔如湖之南、浙之東西。更念東南民力太詘，與司會諸君子上下論議，寬一分賜惠，直如青瑣時，以造福蒼生。越之德公，詎在郧民下耶？

公今行矣。余且與諸僚友縱一葦，臨萬頃，起黄鶴于寥廓，喚鸚鵡於芳洲，凝眸東望，翩翩然有餘思。夫二邦者，治素稱難，而卒倚公爲重，他曾足以難公哉！異日入奏勛，璽書賜召，覆露寰區，功勒彝鼎，又當爲天下重，匪直楚與越已也。楚越士若民，將津津喜相告語曰：『吾明公爲天子卿相，寵恩鴻涌，必先我一邦人。』余斯時益習有用之文，庸操觚大書之。

贈憲長沈玉陽擢山西岳伯序

余嘗讀《離居慇志篇》，而深有慨於玉陽公之行也。先是，藩臬大夫以遷行繩繩，獨於今乎有感，云何？蓋契分綢疏，聚散悲喜繫焉。此人情大較也。

公萬曆辛巳歲官參政，總楚糧儲。余適來治武漢兵巡事，它分道之四方者，率至更代，廑倉皇一聚首。其在省署即久，不逾歲輒徙去。獨余二人守官如舊，落落然有參辰之感矣。已余改視學政，公由大參擢觀察使。連戺而居，藉宵燭光，情視昔益綢密。諸所向往，輒摳衣稟命。公亦手足視余，左提右挈，交甚歡也。

無何，山西缺右使。銓曹謂三晋戎馬之區，而右使職董尺伍，較它藩尤重。是宜以良觀察往，遂疏公名上之。上方注意西陲，不欲以耆碩私楚方，特俞所請。報至，公且諏邊趣裝。余倚公方殷，一旦舍而之晋，胡能爲情哉！乃藩臬諸僚長睠睠不舍公，猶之余胥，屬余言以祖之鄂水之上。謂余從公久，稔知公也。

余惟公之始至也，楚中主藏多豪猾，往往挾貪墨爲姦利，急則以賠抵，逮累單弱，軍吏朘削，漕卒至不堪命。公廉知其狀，一歲中剗釐殆盡，軍民津津稱便焉。洎爲觀察使，則又雅持宏要，耻以鉤鉅威名賈能聲。故堂下畏威食德，弗忍越憲，以觸仁者。讞訟雖輕繫，必覆刺後決；版辭悉手裁，主吏無得因緣自便，庭中稱平。又公爲人冲夷粹美，力持古道，遇崇卑人，禮如一；而引賢援能，孜孜若不及。至道舊故，理要腹，一切出悃款。茂哉，古君子乎！

夫公以純雅古心，樹鴻勛，策鉅伐，業無難于楚，於三晋何有？直三晋與楚少異者，楚僻居南服，鮮鼓鈞聲；而三晋介在障徼，邇歲狃狎市貢，戍守僅存空籍，庀賦清尺伍，非今日事耶？夫挾全才者不擇地，敷實政者不易民。晋人心知不異楚，而組甲材士，晋視楚且百倍。公以爲楚者爲晋，將左畫方，右畫圓，無施不可，而又奚悖嫠之憂？

公往矣。中外望公如歲，清朝方虛樞衡以待。公之嘉庸懿迹，髣髴燁在日月。三晋之不能私公，猶楚也。矧余二三寮友，又豈敢以區區覬公留哉？特序一時綢繆聚散之迹，以識遐思云。

贈鄖陽撫治小山毛公擢亞卿序

楚地數千里而遥，獨西北徼最稱阻塞。撫綏者一弗中窾理，即翦艾之，靡帖也。比歲馮夷爲虐，亦惟西北劇甚。金、房、鄖、穀間嚻然如不樂生。聖天子治穆象緯，志寧遐逖，昕夕睠睠兹土，遴簡所保釐者。謂公昔撫遼左，丕著嘉績，遂即拜公於里第。公至則周諮四履，愀然疚懷曰：『政之多粃，民是用艱。其奄以疲也，皆將誰傳？夫不擾之爲撫，而即安之爲治，簡書所載云何？』于是翼宣化條，崇特體要；剗宿蠹，敷温猷；招携者，戢逋者，懷遠者，綏邇者；諸不在禁例者，一切弛之。曾不數月，愛利川流，仳離堵安，恬不知錣厭之警、暵溢之傷。且閭比隱幽，纖芥靡弗上達，又若不知和門之嚴邃。汪濊哉湛恩，朗瞯哉玄鑒，非挾全長、黜纖瑕者，其注措惡能爾爾？

嘗聞之，公孫瑕願爲火，黄平生願爲土。公之秉節而南，虹旌甫卷，氛燧肅清，功何烈也！至亭泰萬品，隆施不言，殆囊收二子而神運者哉。旂常策勛，羽儀超拜，無足異者。會留都少司馬缺，廷推首公。天子親簡畀焉。公方候代，適大司農苦詘乏，難其佐僉，謂非公不可。又自南而徙北，朝野手額相慶得人。奈之何荆襄父老方私覬衮衣，信宿末繇也，則慘慘憂悒爾已。

藩臬長貳，辱在末僚，竊偕斯民徼恩渥于公者，亟呼而慰之曰：『氓來！若毋以公之行爲戚哉！公之庇我者固不在淺末也。公英搴雄斷，懸曜日月，所至吐奇舉善，中外是毗。往時要害軫念，謂北洽而南暢，惟公也，故有遼與鄖之拜。既而根本是計，謂幄籌而廟算者，惟公也，則又有司馬之擢。頃念國計盈縮，任非渺少，謂調度而主計者，惟公也，則又有司徒之陟。繇今疇咨弼佐，延登管樞，儼然秉鈞而宅揆者，又非公之屬而誰屬耶？當知公方以其道經營天下，而以其土苴庇我今之人。若輩固宜欣欣次面焉。奚戚之爲？』聞者奉首退。諸僚友命余更紀其盛，以爲公慶，要非獨爲荆襄慶也，將慶楚人以及天下云。

送觀察喬純所擢廣西藩伯序

萬曆癸未秋，觀察喬公以參知俸與恩典會，得加封三代，壽太夫人於臬邸。世以爲榮，諸大夫以文屬余，嘗爲之侈其事矣。未幾有詔，擢公爲廣西右藩。譚者以公憲楚不三時，遽舍楚氓以行，如攀轅卧轍何？余則曰：『天子加惠元元，若雨暘靡弗被也者，寧私一楚哉？』譚者又以廣西爲百奥地，傜獞所窟，往時時竊發，懼爲政梗。余則曰：『公之才若吴干，靡弗利也者。即椎髻鴃音，獨不可使被華風哉？』

顧余所爲公踟蹰者，念太夫人春秋高，公平日未嘗違親而仕。今奉版輿，崎嶇萬里，似非所以寧慈度。雖然，太夫人既安楚矣，楚與粤故鄰界也。梧州以東，慶遠以北，非如風馬牛不相及者。太夫人之官，執旌麾前導，相送數千里，盡楚人也。川浮陸馳，可計日而達。在粤猶在楚，公其無患焉。吾鄉范文穆公嘗稱湘南江山奇勝，爲天下第一。時公帥廣右，已而移鎮之蜀，睠睠不忍去。公今巋然岳牧之尊，携母夫人選勝並游。母夫人親見其子敷政宣化，聲教訖于西南夷，不尤愈於近周家園者哉。

且今制，藩帥之職爲外臺極品，必中朝有重望者始膺是簡。不欲使之久滯，往往驟遷數徙，自右轄而左，一瞬爾；自左轄而部院，又一瞬爾。去歲東齊馬公亦以楚憲長入覲，尋再陟江右左藩，駸駸乎内拜矣。公即踵之，固知粤之不能久稽公也。

夫以公之爲憲，夙夜勤毖，綜理微密，人擬之陶士行；吏胥震讋，莫敢骫法，人擬之柳子寬；廉仁著聲，成母夫人志，則又擬之李畬、鄭善果云。天子嘉公偉績，銓部上公異能，當有不次之擢。保安畿輔，方倚公爲重，奚論楚與粵哉？

諸大夫聞之喜，遂相率爲公勸駕。

贈牛承庵兵備徽寧諸郡序

牛使君分轄楚藩之二載，循次展慶闕下。行河南道中，被新命，憲徽、寧，實以武衛從南都之政。夫今四海一家，天戈斂耀，豈猶有所重圖於湯沐地，乃亟以使君臨之哉？譬之神臂之弩，百發百應，用之輕重，惟人所使，非無選事而授之者。

國家並建兩京，臨制寰宇，形勝相維，以爲磐石。據事雖總隸郡縣，而控扼要害，保釐疆土，督校佽飛之士，以備叵測，視他藩省則不啻十百重，蓋天邑也。矧姑孰、新安諸境，天門、牛渚諸險，密邇京畿；石城鳥道，地狹土騂，頗有嶲豪悍激之風焉。更浸以秋浦，屹以皖城，其鴻洞揚舉之士，撫摩則馴，綦節則就，約束非其人，孰理哉！

方今平恬歲久，兵事漸弛，懸衡之勢，必有間者。以楚兵觀畿輔之兵，奚啻驅市傭尙梃？皆非能日就幕府，夜執刁斗，習武而投距者；令之左而不左，右而不右，則兵之謂何而以厲農夫之粟爲？第茲熙造隆赫，飼而弗用，姑無煩碩畫耳。設如宇内有警，大搜卒乘，俾擐衣適四方，其將能乎？羸弱者百不當一，而驍從亦獷不可使，驟而馭制之，且有旁睨偶語若創聞者。是安得不厪使君哉！

余與使君共事兹土，使君治楚之政，耳而目之，已非一日。畿輔兵民，寧不可以楚治治之乎？夫楚多崇山大川，而湖爲巨浸。剽勁輕心者多怙恃爲不靖，而狡猾猜忍，未易以鞭箠使。自非使君服柔訓習、威命董正之素，安能使藪澤林麓之民，無問苗漢，罔弗欣欣沾被哉！故奪此以與彼，非輕楚也，將重畿輔而俾爲四國式也，奚獨於兵焉寄之？

《周禮》《司馬法》之治民也，與司徒共；而振旅茇舍，治兵大閲，雖以一簡軍實，而實示之教尊卑有序，比伍率睦，則豈徒戎旅之治而已？文武二術，妙在並運。使君惟能用此典也，故晋此秩也。

昔尹吉甫董太原之役，而詩人誦之曰：『文武吉甫，萬邦爲憲。』昔之治兵者獨武也哉？今有司以驕脆視天下之兵，而以秦士視天下之士。武實弱而似强，文雖强而實弱。强而弱之，弱而强之，治天下之道，猶治兵也。使君固自楚往矣。《詩》曰：『共武之服，以定王國。』殆庶幾吉甫之烈也夫！

贈許觀察益齋擢赴晋陽序

古之所謂渠黄、緑耳者，何以稱哉？渠黄，馬也；緑耳，亦馬也。緤之幽閑，寄之淺棧，弭耳而栖，垂尾而長嘶，埒凡馬耳。及乎陸重較，騁莊衢，控引鞭策之，不事一息而致千里，然後知渠黄、緑耳之果異乎凡馬。若益齋許公者，非當世之華騮、緑耳哉！

公纔弱歲，與余同舉進士。丰儀爽朗，有節概，中負匡勷之猷。間與語經略大計，輒掀髯鼓掌，劈肌分理，語亹亹不能休。蓋無待轉采錯事，而識者占知非凡調矣。既從汴理爲民部郎，爲浙、晋分臬，所至孤操自將，風格稜稜動人，注措安閑而事自辦，時莫不以才多之。然公之才，萬不酬一，以未有所當耳。已而調岢嵐，復補大同，再調陽和。歷三官，皆不能積有歲月，而遇事當機立斷，捷若運斤，即才名隱隱動公卿矣。

會隕襄奏裁督撫，當事者念軍民重地，必得聲望茂著者使爲守巡，以督撫之寄寄之。衆咸推公，公于是乎有下荆南之命。于時督撫方行，人情汹汹，且虞多故。公至自陽和，則北嚮修防以固商、陝，南嚮修備以扼荆、蜀。期月之間，百政具舉，而汹汹者堵安，則猶督撫在也。無何，以修邊功晋湖省觀察使分守。隕陽方倚公爲長城，而岢嵐以缺請于朝。朝議咸以爲非公莫可使，復更山東秩理其事。是舉也，疏未上，而海内已屈指首公；疏既下，而復交口慶公。公蓋得所當哉！重較康莊，一息千里，始于是矣。

余嘗按諸邊圖籍，三關實太原門户，雁寧猶在大同邊以内，而偏頭孤懸外境，藩籬單薄，地勢衍平，虜騎馳騁甚便。兹岢嵐所以難乎！自講市來，虜鮮貳心。第寬之則重費帑藏，苛之則孤納款意，調停而劑量焉，西北可長無慮也。

抑又有説也。夫三關者，非北虜出入孔道哉？乃岢嵐當其西北，倚狼居胥山，而東勝與三受降城相唇齒。正統間，東勝失守，河套始非我有。壯士扼腕，有遺恨焉。且今日市馬固大利，然亦不可不早爲計。往歲虜人初入市，邏夫執戟，吏人辨符，酋長靡敢仰視，凛凛惟約束是聽。迨其久也，器械不設，出入罔敢詰符券；要求禁物，莫敢誰何。至有諜細入京師而莫覺者，慎之哉！慎之哉！

雖然，備邊者，公之重較，故所服也；三關者，公之莊衢，故所習也。由此展倜儻之志，奮權奇之精，涉流沙而逝崑崙，躡浮雲而游閶闔，則亦公之故步耳。余誠偃伏楚櫪者，又安能翕偉而論蹇眇也？姑識之，以塞諸君子徵言之意。

賀大郡伯曙海張老公祖榮擢徽寧兵憲序

周官以十連總率屬國，而唐、宋之有觀察，皇朝之有分臬，皆昉于此。其職專掌讞決刑章，訓齊戎旅，按刺群吏之不法，所關係豈渺小哉？矧宣、歙、池、陽一路，江山襟帶，控馭百城，實留都之保障，而淮右之名區也。且租賦浩穰，甌駱雜揉，而腹心爪牙之任，一日不可缺人。適吾郡伯曙海張公三載課最，兩臺交章，奏留久任。聖天子以爲賢，驟畀璽書，移鎮兹土。蓋聽聲察實，知公足提憲寄。故主爵大臣疏朝上，而命夕下，亦異數也。

吾松士民聞之，既喜其遷轉之在梓里，而又悲其行之迅速。農謳于野，賈頌于途，子衿游咏于宫墻。而馮廣文徵靈宇下，瞻戀尤切，乃偕僚友徵言于余，以爲賀。余惟公之治吾松，鴻猷駿烈，皆治天下之政也，又何有于宣、歙？

初，公以比部郎恤録江藩，大著才名，循資出守，人人自謂得公之晚。而公之襟量穆如温如，公之器宇亭如矯如，望而知爲黄潁川、龔渤海也者。秣馬之始，稽天大浸，百萬元元，莫必旦夕之命。公即露冕郊行，議蠲議賑；又檄下諸令長平糶設糜，雖飢饉荐臻，而十二荒政須臾畢舉。窮檐蔀屋之下，旋且慶安瀾而厭菽粟，即召父、杜母，無少讓也。

飾治之暇，嘉惠章縫，季試月課，悉展二酉，以開美後進。又按堪輿言，拓天藻亭而新之。一時飛翀霄漢者，皆公所薪槱士也。他如浚渠築堤，興利祛害，諸夤緣城社爲姦者，不事鈲距而發摘靡遺。又所部徵發動以萬計，而出納寬平，隨時盈縮，一意與民節養。自五馬建節，以迄展覲回翔，無一不爲閤郡禔福，而雙岐、五袴之謡，歷四載如一日矣。

今天子徵公爲觀察，非但以資望深而揚歷久，夫亦謂寒泉之操、朱弦之韻、彈壓紀綱之度，直躡龔、黄而上之。持此以整飾畿方，糾繩白屬，當使士皆干城，吏皆鸞鳳，劃右臂爲長城，化戈矛爲俎豆，何止擁霜旄、理儲峙、繕板幹、固封疆而已哉！

余嘗讀唐史，見路公應爲宣、歙、池觀察。歲值飢饉，出庾窖之積，下其半估，以活流移；而萑苻竊發，復置義勇萬餘爲左右軍，地方賴以奠安。宰相權德輿聞而善之，令有司鑱其政于響山之石，以標示將來。今考其治行，皆公之所嘗試于吾松者。舉此加彼，誠何適而弗宜？

公今往矣，第將訪昭明之故館，吊太白之幽宮，然後泝宛溪而陟響山，尋路公之遺事，次第設施，則琬琰之傳，並與天壤同不朽，而猶未也。自是握樞秉軸，霖雨八紘，又將繪祈常，銘鐘鼎，以垂範於無窮。響山片石，曾足爲公重哉！

贈大郡理孺初毛老公祖榮膺内召序

不佞圻自關南歸，以改衣授粲，獲奉教於郡司理公祖者凡四，蓋浦城檢吾徐公及太丘中石李公、淄川白陽畢公、陽城玉陽孫公云。李公仕爲名御史，畢公參大藩，孫公署尚書郎，而徐公則開府江南矣。四公皆以惠政，爲雲間庚桑尸祝于別宇；又皆以内召行，行皆扳卧河橋，前旌爲軔，所過綴彩爇名香，輶軒從錦綉氤氳中過，古稱登仙，非漫語也。追思此景，猶在目前，而今復於遂安毛公見之。

公以甲辰進士，筮仕吾松爲李官，固一郡之爽鳩氏也。其道在衷之以法，法一不衷，無論麗於辟者將有鵠亭之呼，即白粲、鬼薪，亦不勝冤憤矣。公爲人開敏博大，嫻于法比，而又不事朘削，諸所讞刺，必兢兢酌于情與法之中。故强鷙者莫能扞文罔，而單弱無不揚眉吐氣。與縉紳交，秉禮無失，間有關説，亦未嘗婞阿骫骳。以是莅松幾六載，大小擊斷，不知凡幾，而人人自謂得情，無拊心棘木之下者。

歲往大侵，公爲條議荒政，靡不犁然中窾，民用全活無算，而口不言功。兩署邑篆，自簿書期會之外，毫無染指，故士庶畏之如神明，而親之若父母。方倚公爲廣厦大裘，而徵書驟至，一時黄童白叟，真若乍離襁褓，莫不舉手加額曰：『安得有持平如衡者司三尺，爲吾民解疏屬乎？』又莫不曰：『安得有字民猶子者臨百屬，爲吾民解倒懸乎？』然不獨矩正民俗，又善淘汰士類。聽斷之暇，時與青衿談説藝文，至執耳詞壇，動稱得士。故爲士者又莫不曰：『安得旦暮秉南國之鐸，以發吾新鉶乎？』」蓋公丙午分校禮闈，己酉復分校留闈，故云。而不佞謂今日之所以用公者，未盡是也。

邇年以來，朝政多闕，疆場生心，國是壽張，人情捏杌，而臺省之選幾於廢格。識者方抱杞憂，乃主上惕然易慮，驟聽銓臣條上，大徵中外資望名賢，而公名實俱首列。固知是行不在瑣闥，則在蘭臺，而要之皆有言責也。

夫言官簪筆承明，與天子争是非，其所關係天下理亂，豈渺小哉！而公以官吾松者官之朝，凡國計廟謨，匪止言所欲言，且爲所欲爲，則何負廟廊側席璽徵之意邪？

抑余又有請焉。松固江南劇郡，而今之松非昔之松矣。物力凋敝，甚于二東，此公所目擊而疚心者。萬一明主虚前席，問東南利病，公必縷數以對，以究今日未竟之澤。則公之所大造于松人者，殆不在去留間也。願公無忘，不佞與二三父老拭目俟之矣。

賀明翁李老公祖加銜久任序

皇朝兩都並建，千里之内，分布郡邑，不統于藩臬，重畿輔也。惟要害阨塞之區，獨簡憲大夫以節鎮一方，而兵戎、錢穀、刑名、水利諸大政咸隸焉。信管轄之崇階，而保釐之重寄也。矧蘇、松襟江負海，直擄閩、越上游。島夷窺伺，萑苻竊發，暨南北供需，水衡、少府金錢十倍它郡。憲大夫調劑其間，有一息晏坐鈴閣，不爲左支右顧者耶？是非深沉恢擴之才，胡能有濟？誠才矣，非令久任責成，朝奉檄而夕徙官，猶之傳遽臣，無爲貴才矣。

我明鰲公祖沉思博度，得於天授，而先尊人以正直忠厚流聲瑣掖，故家學材名，甲于江右。尋登己丑第，筮仕新安，晋擢春官，一時同舍稱望郎。推守吴閶，譽問四馳，不減黄山、白鶴間。瓜期甫及，蘇之黄童白叟，日夕走繞車前，惟恐賢刺史不能久留；而備兵之擢適下，百姓又皆歡呼若更生。公益自淬礪，以求無負于簡用。區别堅瑕，差次興革，計圖兵民所便、所不便，不俟焚溺之及，而預爲苴緥曲突計。自是法益尊，事益集，黎庶益倚信，而百城庶寀兢兢受矩矱。雖履值災沴，而群不逞之徒又皆抱首鼠伏，而罔敢恣睢捍文罔者，則預之道勝也。

蓋自公備兵吴中，而民和物阜。己酉始穰，庚戌再穰，四境殷殷露積矣。且申飭要束，慎固封守。在事五年，戢生耳，犬生氂，操戈之士幾與田夫桑婦相倡和，而刁斗寂寂無聲矣。其抱功修職如是。復當報滿，吾松士民舉旁皇，虞其他轉，殆有甚于昔日蘇郡人心。而兩臺加銜久任之奏驟聞于朝，今天子恭默踐圖，慮周萬國，而尤軫念東南，特可其奏。俾熊軾袞衣，儼然再轄三吴，詎非海畔蒼生一大愉快事哉！

吾松薦紳叨沐大芘，乞余一言，走慶宇下。以余爲嘉定編氓，嘗執鞭弭趨侍下風，而得以窺公之愫也。夫公本體國之亮，而攄經世之猷。有所酬應也，必拊襟相示，温然若素昵，罔有纖芥留肺腑，而入被款過，不覺鄙吝融消。此其弘度，良有大過人者。故發之政事，惟務敦崇風教，剗削煩苛，耻爲一切秋荼凝脂之法，而和風甘雨，在在蒙福。無論藩臬遞移，即不日建牙開府，綰樞提衡，亦不過舉此以轉移劑量之。勢若承蜩，何所弗辦？第念揚歷日深，勛勞日盛，旌功懋賞，國典具在。蘇、松彈丸，惡得久私之哉？

昔韓魏公履歷大鎮，所至恩威並著，人人繪公像事之。余老且耄，無能當鉛槧之役。或效魏人圖繪，朝夕瞻禮。此余深心所不能已已。敢以是復諸薦紳之請，且爲典謁者獻。

贈鵬翁韓老父母榮轉長洲序

國家推擇長吏，凡治有異等效者，必召補瑣垣及御史臺之缺。間未及奏最之期，則移於盤錯，以需後舉。此功令也。我父母鵬翁韓侯實符斯典，因自青浦更蘇之茂苑。是歲大計，侯當覲闕下，而以水儉留，士民皆加額相慶。無何，忽奉檄書改鄰邑，則又不勝駭且疑，咸謂方恃侯卵翼我，何遽奪吾侯以與茂苑？茂苑奚獨德焉？縉紳暨父老子弟争上書監司及中丞府，謀尼侯行。然業已有成命，不可得。因競釃酒爇名香，祖侯行。而王觀察、陸孝廉諸公意猶不能已已，復以筆劄之役役不佞圻。圻亦嘗爲清江令，移宰萬安，雖自謂疲竭駑力，然何敢一二仰望侯？侯真方今第一循良也。顧今之長民者，大都精明與渾厚不能時沛其用，而振刷與噢咻鮮能兼試其長。蓋比比然也。

侯自丁未冬下車，凡邑中賦役、兵戎、農桑、水利、催科，其間事無鉅細，靡不經紀中肯綮。邑故好訟，訟者率多讕詞。侯片言立折，庭無冤滯。新造之邑，吏胥皆四方流徙，多舞文自便。侯干六曹利弊洞若觀火，視事彌月，輒慄慄相戒，莫敢犯。歲當編審，弊孔百出，役者往往嘆不均。侯精意綜核，勘災所至，默識物力低昂；臨審之日，呼名定等，無不俯首帖服。侯之精明，大率類是。

二税故事，官民分甲而輸者，三十年相安矣。乃姦民鼓吻，欲令官甲盡輸金花，而存留輕省者悉歸民户，以爲鼠窟。侯燭其欺，不動聲色，晝坐堂皇，把珠墨，夜則手自握算，劑量輕重，均攤二甲。于是縉紳驚服，而鼓吻者亦無所抵其郤，〔四〕一縣以爲神。至借支，乃一時權宜，而積猾遂因緣爲利。侯曉暢勾股，明注簿籍，隨借隨補，數十年積蠹一旦剗除。

吾青漕粟歲不下十餘萬，往時軍民派充，名曰掾房，交關之費，動至千計。公廉知端倪，親自標判，絶無假手，而又正身潔己，嚴拒贄饋，因與其長約曰：『軍民一體，誰敢阿徇？壹禀漕規從事。米不中程者罪有司。米中程矣，而喧嘩無狀，罪衛所。』遂皆懍懍奉要束，罔肆咆哮。遠近聞之，莫不驚詫，以爲二百年來所僅見，請著爲令。侯之振刷，又大率類是。

然侯置法甚嚴，宅心甚恕，豈弟樂易，不欲效發褥遺席，令人呼爲淵中察。以故姦止惠流，地方蒙悶悶醇醇之福。戊申大浸，民幾魚鱉。侯當沐而吁，臨食而噎，孤艇巡行，所至灑泪，曰：『奈此數萬生靈何！』緩征平糴，發廩勸分，百計思起焚溺。其它扶顛持危，鋤强翼懦，更不能殫述。侯之爲政，真所謂精明渾厚、振刷噢咻兼備，而時出之也者。且風流儒雅，奕世濟美，而澡身浴德，嬌嬌乎騰飲冰茹檗之頌。《記》稱『廉生威，公生明』，又侯之所以攝伏群邪、表儀百職者耶！

侯今行矣，茂苑故壯縣，與青溪胥壤。吏民將執功令之説以爲侯賀，余獨愀然曰：『侯豈擇地而官哉？侯豈能一日忘并州哉？頃之，較功程能，徵補臺諫，恐茂苑亦不得長有侯也。異日者，侯垂紳簪筆，給事螭頭，相與論奏天下郡邑利病，必以青溪凋瘵爲稱首。是不特都里殘氓徼大惠于方來，而不佞山林癯叟，亦得藉二天之庇，含飴弄孫，咏歌皇澤于無疆，而又胡以兹行爲欣戚也？』

贈學博望冶洪先生擢尹宣平序

世之稱説善教者，咸首蘇、湖；善治者，咸首卓、魯。然獨惜蘇、湖不剖符，卓、魯不振鐸，遂使薪槱與製錦不獲兼見。其長兼之者，惟望冶洪先生乎！先生慷慨負氣，見義必爲，事無細大，能立剖。雖在逢掖時，已祭酒諸生矣。既以制舉需次選人，得司華庠訓。朝見諸生，即明示要束曰：『分署爲約禮。請以禮爲諸生約。』由是人人自好，鮮軼矩矱。春秋俎豆，少年青衿以駿奔走爲耻，多不赴祼將之會。先生以爲此國家大禮，士以與國家大禮爲耻乎？嚴爲之罰，自是鮮不奉璋矣。

已改署博文，先生申飭如初。往時月試、季試，壹切視爲虚文。大都掇拾豆飣，以塗耳目。先生督課惟勤，始無敢以虚文應者。先生有熱腸，自爲諸生時，即爲人排難解紛；即署廣文，學宫弟子以急抵者，鮮不立赴；廉知有冤抑者，不俟赴訴，先力爲湔洗。其趨義類如此。蓋先生之於教，固不啻蘇、湖矣。

今晋爲令，令分竹而居一方，非若一文學掌故而已。豈無以武犯禁、扞我文網者乎？豈無蔑弃仁義、好爲飲章者乎？有之，將何以詰也？豈無鰥寡孤獨之可憐者乎？豈無下户吞聲而側目者乎？有之，將何以拯也？先生雅意德化，殆將以弦誦爲文，三物六德爲慶賞，刑威爲博約，此其必然矣。無告者有養，戴盆者有申；以休息爲膏澤，寬恤爲肺石，此其必然矣。是先生之於治，又居然一卓、魯也。有其薪櫝，而不獨以教名；有其循良，而不獨以治顯。蘇湖、卓魯，合爲一人。《詩》云：『左之左之，無不宜之。右之右之，無不有之。』真先生之謂也。

先生兩轉，遂爲今官。初，直指武林楊公既剡薦於前，大中丞臨川周公復疏聞於後。一廣文末究厥施，尚推轂不置；况令爬搔利弊，爲天子牧養元元。異時課治行第一，用卓異入司耳目，又不問可知也。

然余有説焉。方今榷使爲政，如虎而冠。先生故骯髒，得無難爲中涓下乎？余雅知先生能柔道致治，即中涓且望風心折，又何足難先生？或謂宣平故括蒼地，多高山，藪礦盜，以是爲先生難。余則謂礦盜孰與閹豎？先生不難閹豎，而難礦盜哉！先生謝不敏，曰：『此非不穀之所能也。』然請事斯語，以爲韋弦。遂書以爲贈。

贈後岡牟先生擢教静海序

後岡牟君，齊文學也。起家賓薦，筮仕開庠。凡五載而教化大洽，于是有静海之擢。夫静海，登之戎部也。學雖以文教設，而諸生拔自行伍，宜未即彬彬章逢。若乃以爾雅都穆如牟君者辱臨之，寧非銛刃而小割乎？

客有求多于牟君者，間爲余言之。余曰：『是不然。我國朝綏猷底績，衛所棋布；建學育才，厥制並懋。顧介胄之士不必皆出于跅弛，尤當畀之悦禮樂，敦詩書，以作其貞亮勇敢之氣。而所爲典教者，信非宏博沉毅藴有大抱者，不可往。浸尋已久，眇爲閑秩，而秉銓衡者又從而低昂其間。縱令群之泮澤之中，系之冠組之列，亦祇具文飾、備名教而已。肆今聖天子在上，考文振武，恢理重熙，遵祖宗舊制而章明之，務臻實效。如長吏計久，近破常格，以待超異之材。至於教化基本，造士作人，立之模楷，以收全士，顧獨漫焉循習故調已乎？矧静海控扼東陲，吞吐溟渤，屹爲登、萊重鎮，尤不可不擇人以畀之。則牟君是拜也，有遘會中機責成之意，而非徒授以閑秩爾也。余方爲牟君重，客顧可以静海少之耶？』

牟君行且有期，余輩忝有一日之知，歔欷不能爲别，而復有感于客語，因書之以爲牟君贈。

贈李少峰擢慶陽照府序

少峰李君倅開甫逾年，開人頌之，謂君故儒家子，年最少，而明習吏事，周知民隱，敷之政事，不兢不絿，動中肯綮，何穎而夙也。乃君幼從其家大人佐仙居，則視有成法。初筮爲開封，尋爲吉州，三署而後即開。其得諸諳練素矣。何疑于得民之易且深也。

今擢慶陽當行，開人不忍舍君。吾寮寀亦雅宜君，共惜於君之去也。乃君若不欲就道然者，則以太孺人春秋高，而慶陽邊郡苦寒，不足奉板輿以往，將歸終養焉。余曰：『吾屬從王事，我身當不爲吾有。矧建名樹節，亦吾所爲顯揚以明孝者。君方壯而請老，謂王事何？伯子家食，善事太孺人，宜無君以也。苟以慶陽之不足輟其宦業，謂顯揚何？余昔從臺中有邛州之謫，邛視慶陽，尤荒服。二親齒且艾，初亦憚往。察吾家大人有蒂芥意，輒促裝就道。籍令不往，無論宦轍隳，亦何以圖補報而塞家大人責？今銓部掄才授事，每以繁劇畀卓異。君固卓異才也。往之慶陽，必且以殊能蒙顯秩。所以爲太孺人慰者，顧不尤大與！國朝相業標表，宜莫如楊文貞公，亦起家州幕。以君材措注，當無施不可。借功能不得著廟廊，而王事有托，則慶陽固君伸志地，遐邇何足計也。且令仙居公未究之業，將自君恢之。太孺人未必無厚望者，顧可以慶陽少哉！』

乃酌酒爲君祖餞，而壯之行。君亦軒軒動眉宇，先歸省太孺人于家，而後之慶陽。于是乎序以爲贈。

賀太醫張君序

夫古之所謂豪傑士者，豈必皆懷鉛握槧，置身青雲之上，而後爲得哉？其在於古，或以從事宣勞郡國，或以輸財上佐軍實。苟得其時，往往博金紫，席寵禄，榮施一世，表于鄉閭，謂豪傑士，非耶？

漢之卜式，起家田畜，當是時，深山一巨室耳。不習仕宦，無聞於當代。獨其性好貸人貧，因以施於有司，遂及其國。武帝嘉之，拜爲郎，薄示尊顯，以風百姓。後又拜緱氏、成皋令，又遷齊王太傅，轉爲相。此其所遭遇，非止卑卑隨行列者比。即薄青雲、致通顯之輩，良不是過。豪傑際時者之所爲，類若此矣。

張君力善好施，行誼著於里中，蚤歲爲有司從事。已而思曰：『從事一刀筆役爾，豪傑士弗爲也。』乃輸粟爲藩臺承掾。已而又思曰：『承掾一奔走役爾，豪傑士弗爲也。』乃弃職業，來游京師。適聖天子鋭志疆邊，令天下義士皆得入貲爲助。於是又輸粟爲太醫院吏目。夫太醫所掌，在明診視，保王躬。君故未嘗業是，而朝廷以此授之，夫亦漢天子以式爲郎之意也。君殆際時之豪傑士哉！

按式亦河南人。君貲或不逮式，其雅意則固聞式之風而興起者。余故因同臺紫山劉君之請，而以式之事告之。庶以廣君之志，而益令慕義無窮云爾。

【校勘記】

〔一〕國朝藩、臬並建　『藩』原爲『蕃』，據上下文意改。

〔二〕室則青臒赭堊　『臒』原爲『臒』，據上下文意改。

〔三〕全扶疏輪菌之奇　『菌』原爲『囷』，據上下文意改。

〔四〕而鼓吻者亦無所抵其郤　『郤』原爲『却』，據上下文意改。

王侍御類稿　卷之三

太原王圻元翰父著
男思義校刻

賀念山羅臺丈榮滿序

昔有論考績之法云：『録長補短，則天下無弃人；摘瑕舍瑜，則舉世無材士。』竊以爲此但可以泛語百職，而未可以概臺臣。乃臺臣非挾全長、黜纖瑕者，弗稱也。彼臺臣者，内之伏閤拜章，發攄純悃；外之持斧揚威，表正一方。其事較他曹局特異，故秉觚稜者，或矯亢太過；修瓦合者，或廉隅盡弛；崇大體者，或巨細都捐；工委折者，或兢兢尺寸。吾見稱職之難其人也。即是以計廩程能，其不爲大庾之碩鼠無幾爾。

念山羅君負犀利之奇，而又渾然天成，不事淬削，誠所謂天下士非獨冀方以賢聞也。早歲筮仕邑庠，尋遷大學，並有異聲，簡授清近之班，其平生節概可睹已。已而遣視城務，視漕河，雄才種種懋著。識者不待輶軒四出，而占知紀綱風俗，終必賴之。

今天子即位之元年，治穆三象，志寧八荒，思遣直指之使案藩垣，肅侯度，削除陵暴，輯綏軍民。而東岳又古時巡首地，界南北兩道之衝，非老成持重煉達者弗可遣，遂以君行。君至，則鏟大猾，剗宿蠹；進廉者，黜墨者；獎恬者，抑競者。穢德之吏，皇皇竄避。惠利川流，東郊允釐。丁卯監省試，君以龍飛首選，宜輔真才，裨新政，率百執事，殫精覃思，較昔加虔萬萬。徹棘之日，東人喁喁，稱是科所進爲得人。君爲御史，持大體多類是。是歲任滿，例當報政，會按部未果。又逾年，竣事還臺，因而聽考闕下。臺部大臣咸署其績曰上上。列狀以聞，竟得報如大臣署。夫上之受知明主，下之見器大臣若此，豈彼矜米鹽之幹，躐須臾之華者，所可倫哉！

蓋君才本經邦緯俗，而識能際時達變。其義氣激揚，足以起懦士；其城府洞豁，足以伏悍夫。故能轍迹所至，具有表見，謂非挾全長、黜纖瑕而百效者耶？異日肩鉅重，揭鴻駿之業，策非常之庸，顯聲名於當代，夫然後知明土、大臣懸鏡鑒以甄別流品，若券合燭照，靡毫髮爽也。語云：『世患無璞，不患無卞和；患無驥，不患無九方皋。』以君觀之，誠信。

賀侍御古崖楊先生秩滿序

皇朝之制，上自公孤，下迨内外百執事，咸三年一奏最，以聽天子考，惟御史稱職爲難。蓋司曹諸臣事簡，職亦易稱，坐廩食，銷歲月，厘無過舉，稱署上考。若御史府員，入則共論庶政，糾官邪，作輔弼耳目臣；出則一方利弊，賢否人才，凡事之係蒼生、關四海者，悉叢焉。得其人，則利是務興，弊是務去；賢者進，不肖者屏伏；人才彙征，一方禔福，職用大稱。否則紀綱且蔑屑無餘，又奚蒼生四海爲也？御史之職之繁且重如此。矧今之人工華標而厭沉篤，崇虛聲而鮮實効。〔二〕稱厥職，不又難哉！

古崖楊先生，禀冲和貞静之資，而生于多君子之鄉。其貌古雅，其德淵涵。平居端綏璧立，口不爲譊譊語，至與談國家利害，則抵掌識別，動中竅理。縉紳以此籍籍譽之。初舉進士，爲大行人，即四方信所如，罔弗以修絜寧静流譽于朝，以故擢爲御史。居無何，持節按遼左。正己率屬，風猷騰著，期年得代。會江藩請監察使，先皇念巨鎮俗浮民儇，非公明廉重弗宜，遂以先生行。先生至，簡約束，减供億，省期會，憲度次第畢舉。已而興大利，革大弊，民僕群作。既則獎淑勸良，策駑磨鈍，吏治亦蒸蒸起。

歲甲子，例當開鄉闈，録計偕士。先生矢公殫勤，搜頎碩以裨世用。前是，省解得中春官第，僅五六輩。乙丑，與廷試者幾三倍。戊辰再試，亦如之。是科得人，稱絶盛焉。先生爲政持大體，類若是。頃之，以憂去。鉅今歲又四更，士民誦説不休。今年秋服闋，至京師。御史三載秩適滿，臺部大臣署諸善狀上之。天子嘉其勞，錫以寵章，令復職。尋奉簡命監畿輔郡。諸同游者榮之，謂宜有言，以彰厥懿。

余謂先生之榮，豈斤斤在秩滿哉？先生輶軒方兩出，迹所揚歷，計所表樹，乃能爾爾。雖他人數十年勞勣，莫或過。嗣此登再考，躋華要，勛名其可量哉！傳稱『懸黎匿耀，干將含鍔』，先生道蓋是也。彼閒居負奇好露，更相張詡，一當事權，乃寂寂寥寥，靡有表見，惟計廩食歲月以爲滿，其能與先生方駕争驅也夫！

賀劉紫山侍御秩滿序

余謂懷鉛之士，遠引古先，高談禮樂，則班班著矣。至耳戎旗之務，齒匡攘之籌，即膠唇束舌，莫能當。間綏頗出數言，又若聾叟辨音，跛夫競步，言之弗可行也。故嘗曰：『壁壘四周，未足爲懼；烽火百耀，未足爲憂。惟士人蓬心蒿目，從中牽制，天下事始十去八九。』戈夫胄子，可但譏乎！乃紫山劉先生以制科顯，裒然爲當代文人。迨策敵情，商戰略，獨昂首信眉，無一不當人意。謂之兼才，非耶？

先生舉嘉靖丙辰進士，試爲理官，薦歷姑蘇、上黨二劇郡。瑰意琦行，所至輒多表見。晋擢御史，聲譽益九鼎重矣。轂下民苦僉商弗均，董之憲臣囂華如故。先生量資分等，立法明良，實加於往。又奉敕監視盾築，大稱先皇指使，特令視臺秩進二級，蓋隆遇也。尋受命出按雲南。

雲南古梁州境，民夷雜處，叛帖靡常。經略者弗中窾理，率類養癰長疽。省下六衛，尺籍空虛，弱形大見。武定酋鳳繼祖因而狂易，謀據新城，鹵掠囷奪，驛傳阻絕。實倚建昌、東川諸夷爲保納。緩則擾境，急則亡抵，經時弗能殲。先生至，愀然疚懷者久之，具悉事狀，飛騎以聞。大都主殄滅之便，抑招安之誤；以朋心矢力之忠責之莫府與臺大臣，而以安災共患之誼責之蜀省諸臣。烈然雄斷，毫髮皆周。末又請核衛兵虚實，爲固本計。疏上，先皇韙厥論，亟報可。已而諸夷塞心銷志，鳳酋旋亦束手就梟，一符疏中所指。識者謂叙勛當首先生，猶之漢室論功不以被創者，而先發縱者。其然乎！其然乎！

先生按部時，食御史禄已三越載。故事，臺臣在外秩滿，不得書列。先生抗言于朝，或爲助請，竟得即任所考。考更最，綸音賞錫，如在内廷。士大夫舉稱先生吐奇決勝，功將不次超擢；朝廷固亦破凡格寵異之，宜哉！夫先生温夷粹美如良玉，芳潔明爽似秋宇，中外踐揚，徽懿萬狀，不能具紀。紀其大略，以見先生遘奇逢、被異數，酬不浮德，非他人藉摽末之功輒博慶典，或無勞被遇者可屈指並數爾。

奉賀大中丞寧宇趙公考績序代

古稱天子立三階之上，南面而受百官之要，不貴矜己勞人以養佼，而惟清静寧一之是寵。故大臣奉璽畫而撫四方也，咸率是道。内忘機智，外泯張弛，官府若甚暇，功令若甚省，而寓内靡弗仰上指，則中丞趙公之治江南是已。

夫江南，固高皇輦轂下地也。所稱大府若而郡，巖邑若而縣，文武大吏若而人，錢穀若而萬，蒼頭奮擊若而指，名爲東南一隅，實足當中原半壁。公之至也，機務甚繁，而執術甚簡。嘗按牒而講，規畫曰：『某所爲要，某所爲害；某所當急，某所當緩；某所粟有幾以備餉，某所槁有幾以備芻。其兵勇之罷羸者汰，亡缺者補。可因而因，不爲謀府；可革而革，不爲智主。』日夜務拊循，以期副任使。而一切操切東濕之令，弃去弗用。然治官綏民，轉餉防海，不須時而整列無瑕漏。

人或諷之曰：『盍少有所興革，以自見？』公謝曰：『太上養化，其次正法。法者，弗獲已而飭之，始不爲累。今江南幸無警，諸屯戍芻餉，區置甚設。猝有所更始，於民未習不便。天下有治人耳，苟郡國師帥守職無廢，足以自治，胡用屑屑建豎偷、博謏聞哉？且邇來旱潦頻仍，民幾不保，又何能數煩注措，以易一方視聽也！』蓋公之所最軫念者，不在利鈍毀譽，而在國脉民命。

丙申、丁酉，洊遇災侵，立亟條上曰：『是損嘆者，是損潦者；是當賑，是當貸，而是當蠲者。』大司農難之，以爲：『中丞不見國家孔棘乎哉？遼左未獲息甲，所爲士馬費者日無算。大工驟興，所爲將作費者日又無算。它諸供億，姑未易持籌而數。中丞知有民，亦知有國乎？』公聞而嘆曰：『焚林而狩，必多得獸，後必無獸。江南即所仰給地，有如取之太勤，一旦皮去，而毛無所傅。亦曰不江南不給也。必江南乎？』持初議，卒不少貶。

夫歆之而有所不爲，沮之而有所必爲，惟其不爲，斯能有爲。此雖不事赫赫炫人耳目，而月程歲計，蒼赤殆有陰受其賜者。謂清静寧一之政，非耶？方今帑藏詘乏，采金之使相望四出，惜無以公之鎮静爲朝廷言者。公食三品俸，期當奏績。皇上知公撫輯功高，媲于忠靖、文襄諸君子。旌書且旦暮下，特加褒典，爲在位勸。彼矜曲政而忽上理者，惡足與公較殿最哉！

王、盛二臬使以公同年生，偕諸縉紳乞余言爲賀。余惟家弟、中丞同乙丑榜，則余與公亦辱通家。故摘公之所以治江南者爲文，以授二臬使。二臬使因請書之，以諗於百執事。

賀贊宇許公祖榮滿序

嘗讀《尚書·禹貢》，至『地平天成』，『府事允治』，而一時『厥貢鹽、絺』『厥篚織文』之利莫不並興，每嘆古今治水，美哉禹功，明德之遠，千秋爲烈。而子輿氏則一言蔽之曰：『行所無事已耳。』夫灑沉澹災，非可坐策，而名無事云何？曰：『善治民者不激民，善治水者不争水。此無事之説乎！』今於吾郡别駕許公見之矣。

吾郡地居下流，洞庭、三江之水日夜奔騰震蕩，下注而壑之。小民耕蛇龍之窟，歲供大司農，漕粟無算。司事者非吴越視之，則紛更益之擾耳。民何賴焉？乃公以江右鉅賢來佐吾郡，天賦沖和，政崇惇大，律己廉以恭，事上敬以密，而恢恢游刃，綽有餘地，名世之望，重三吴矣。下車未幾，遭戊申水變，亟令諸裔邑毋輕徇好事口，驅吾飢民與此滔天者鬥。惟浚畎澮，固圩防，俟其定而圖之。親往來相勞其間，民是以不勞而有備。今夏水復暴作，勢幾陸沉，浸不及堤，且得有秋，而公之治水效。

海濱廣斥，故饒漁鹽，陽侯爲災，熬波利息；又猾商狙賈闌出，浮額之孔多，法必核之郡始得行。乃艨艟鱗次，易於稽緩；而椎肌剥髓者又好爲淵魚之察，故多口易騰於道路；至盗販出没，尤爲法梗，皆未易理。公驗不逾時，案不束濕，上完法，下完貲，三四年來，鹾賈無不以松爲樂郊，而走爲鶩矣。治盗計，殲巨魁，薄遣災眚，即鬼薪、城旦之獄，不屢興也。刑清民肅，盗賊解散，而公之治鹽效。

天子山龍華衮之供，督以兩中官。中官方横鶩，魚肉下吏，不恤上供；别索羡賦，溪壑未充，於是益挑其怒，而民遂重足。公操厲冰霜，姑臧無染，革胥吏之奸，飽工藝之腹，輸納以時，繭絲必算。中官始無所肆其毒，而公之治篚又效。

夫河渠底績，澤國賴奏平成；而鹽策、織文，尚方不乏貢篚。神禹所爲相因而成者，公亦次第修舉。孰謂古今人果不相及哉！宜督撫、直指以下，無不人人賢公。且覘簿書多暇，檄公攝理旁郡繁劇，如滸墅之榷税、長吴六州縣之兑運，輒借公往彈壓之。公所至，事治民和，無不歸心，一如吾郡也。噫！公治水、治民，誠如傳旨，取效亦博，子輿氏之論，豈不千古大驗哉！往年忠介海公開府東南，講水利縷縷明悉。其治吴淞及諸浦港，僅三越月耳，民俎豆迄今罔替。嗣此溝洫絶譚，而吴淞且爲平陸，旱潦相仍，率由此矣。公往報政闕下，天子知公熟於東南也，異日者以尺一命公修忠介遺迹，東南其永無魚鱉乎！此則兩郡士民所拭目翹足、計時而待者也。敢書以爲今日慶，因以爲他日券。

賀大中丞檢翁徐老公祖榮滿序

今天子倚毗重臣，經理方隅，則惟鎮撫之任職綦重矣。江以南隸在留都，實爲開基定鼎之奥區。矧財賦當天下半，爲西北邊圉所仰給。撫兹土者，其職爲尤重云。我皇上英明獨斷，眷念根本，重任不輕簡畀。比者督撫遷去，廷推大臣多不報。獨公以忠忱駿烈夙葵帝衷，且又以公揚歷仕路久於南中，不特公習吴，吴亦習公。遂授公以撫吴之節。我南國人之得公報也，爭抃舞歡呼曰：『是昔司理兹土，代持斧以霜肅列郡者也。是昔專城兹土，樹甘棠以露覆吾民者也。是昔典衡南國，溥薪槱之化以造我士者也。是昔鳴珂陪署，游歷九列清華，以冰壺風百職者也。』兹且開大府，建大纛，以全撫畿。圻固知公之所以終造我吴，而天之所以終惠東南者乎！

不兩載，而治化翔洽，方内乂安。民慰福星之望，上亦以紓南顧隱憂。然而公之拜是職也，實由佐納言，貳冏寺；通之前秩，例得滿四品考，奏最於天曹。闔郡縉紳大夫僉謂依公宇下，先後荷公卵翼深，既幸睹公之政成也。相與屬不佞一言，效編氓之頌。

竊觀自設撫臣以來，功無若文襄高，任亦無若文襄久。今輿誦藉藉，靡不以公之才猷德望趾美於文襄。文襄自右史陟司農，身不離吴者二十有二年。公自佐郡歷至中丞，身不離吴者亦不下三十載。况由此借撫方殷，而仁覃豐芑得民之深且久者，不既與之後先接武邪？顧處章皇帝時，以公爲文襄易，而以文襄居今日則難；居今日而欲爲文襄，則又難。文襄當熙、治時物力全盛，江南久離湯火而安鋤鎛，遂得以其充盈之運，主輕徭減税之説，并從事於溝渠甽澮間，循圖籍以議因革。時蓋上不虞掣肘，下不虞蹙額，事勢參合而澤易流。何異登高而招、順風而呼也！

若今之江南，視昔徑庭矣。財賦竭于屯膏，瘡痍起于奔命；征繕至困也，軍儲至耗蠹也。胥儈逋亡、椎埋作奸者窟穴根株，甚至嘯谷號澤、思亂不逞之徒至閃爍狡獪也。夫以波靡之俗尚，當無藝之征求；以剽悍之人心，際竭澤之景象。所謂極敝難支，莫有甚于今日者。乃公甫下車，横襟而攬蒼赤，緦緦焉圖迴數千里於掌上。歷察其土地風謡，則三吴患賦，沿江諸郡患寇，宣、徽之間患民澆譁而易爲亂。惟是隨方按俗，規畫便宜，進諸父老與賢士大夫參稽得失。

若何而蘇凋瘵，若何而省繁苛，若何而清逋負，若何而謹干掫，若何而飭保伍。日注其精神，以流通於百屬之單赤。凡所不便于下者，悉罷之；所有利于民者，則舉之；抑或不便者寡而利民者多，則調劑緩急而通融之。息則振，廢則更，蠹則祛，竇則塞。緣所縱以爲操，而一一取衷於法。法之所是，飈激山屹，怨可任而繩不撓。其美政之犂然具備，固難以摟指數者，試舉其大。如慮在策軍實，則申嚴將校，毋以恬嬉忘武備；慮在策吏治，則明敕有司，毋以撫字後催科。爲之策釐俗也，則作新《棫樸》，興舉孝廉，而戔戔束帛賁相望於岩阿；爲之遏亂萌也，則條禁僭奢，毋令奸富之溢，尤法嚴汰革，毋容狐鼠之憑倚。如是而保障金湯之至計，約束官方之窳政，里巷痌瘝之隱瘼，靡所不洞燭矣。顧又矍然念曰：『督撫者，庸詎惟疆理四封、統轄萬紀爲國家壯神氣哉？設國課不清理，役法不調停，將累世百姓其何以供億，得毋令根本空虛乎？則元氣縮而均役爲今日之第一義也。』於是下檄道府行諸邑長，酌復役之則，核應役之田，定編役之等，規條辨晰，不啻列眉指掌焉。

公之於吴，其撫之之心良苦，撫之之術亦周而要；其一腔湛恩，三尺凛法，灌注綰攝于四履之内，若家置一中丞者。故自撫吴以來，拳拳爲民，體國之精誠，業已貫天日而格幽祇。去歲雨暘愆候，歲幾不登，公實默感玄穹，甘澍沾足。嚮之剜囟不登額者，今輓艘正供，惟恐後期；嚮之揭竿思□□□□食向方，恬熙田里；嚮之游冶成風、逾紀玩法者，今輒布素相安，歸問菽粟。此疇非天祚名德，不殄蔑我吴人，而禔福永永哉！

昔吾公以祥刑起頌，襦袴興歌，猶謂澤及一隅。今出生平所未竟之德意而闓施之，炳炳鑿鑿，誠有軼文襄而駕焉者。且也公爲人博大正直，天與忠貞，居然具調鼎握霖、扶斗杓、奠金甌之鉅量。江南數郡，又曷足以盡公之用？方今聖主明習政事，循久任之法，必且進秩加資，勉留節鉞，使我吴庇德徼福無已時。則登揆之年，仍是祐吴之日，不洵乎始終爲東南之司命哉！敬拭目以俟。

贈陽華朱公祖考績序

甬東陽華朱公先剖符毘陵之靖江。靖江去雲間僅一水，循良舄奕。不佞圻固已耳熟之矣。居亡何，以雲間防海事鉅，擢公防雲間海。可三年，於功令滿考，將上績考功氏。惟時郡伯劉公暨汝南方公、上谷楊公、關西馬公、豫章吴公與公有僚寀歡，樂觀德政之成，擬薦一觴於公，而以侑言屬不佞圻。圻耄矣，含哺鼓腹，忘帝力於何有，安所置一詞？顧公於職防海，請言公之所以防海者。

雲間所轄三大縣，而華與上俱邊海；青去海稍遠，然特多大澤。其所虞者，非鯨鯢即萑苻，自非精神足綰攝，而恩威之素著者，能俾數百里之間安若覆盂耶？則於公見之。公所坐而鎮者曰雲間，而春秋耀吾軍士者曰金山。金山當浙、直之衝，故高皇於此置衛，宿重兵。其間以堡名者凡若而城，以所名者凡若而署，以官名者凡若而員，靡不伺公呼吸爲動静。而自公下車來，壁壘有不磐石者乎？公府有不肅清者乎？職事有不靖共者乎？公以和衷風而行陳皆輯睦，未聞以蛾眉妒者；公以廉靖率而將校皆知自愛，未聞以債帥議者。每時巡海上，豫詰部曲犀渠、大黄、繁弱；又夙戒幕府鋭頭，申約束，明示賞罰。軍中儲胥往多諸介爲政，公獨以時親給，士皆宿飽，人人願盡死力，小試小捷，大試大捷。

初，倭奴嘗駕艅皇犯海上。公馳一裨將執其酋，倭奴望紅旗膽落。海上姦民往嘗爲商舶梗，自公莅政，而人重犯法。劇盗數十輩嘗僞爲商，伺客裝厚者投以瘖藥，胠篋去；及濱湖逋寇探丸無忌，俱莫敢誰何。公悉擒置之理，故三年間盗賊遠遁，海波如掌，張皇不用。第於自公之暇，評賞古法書名畫，及周秦鼎彝耳。至公字氓，則又懷内溝之耻。嘗謂養莠者害嘉穀，豪猾有犯，必罰無赦；聽訟必期得情，未嘗因士大夫關説高下其手。

有揮使之冢嫡曰馬昌祚者，於次應襲；而其叔某妄生覬覦，誣昌祚以殺人罪。公以片言昭雪。而愛惜人才，尤公夙心。頃嘗校士，上有負時名不克選者，皆藉公獲雋。一時士大夫俱多公藻鑒，且能薪槱。他若戢鹽徒，法不湜，禁倡優，罰游惰，通水利，却例金，諸如此類，更僕難數。至攝郡縣篆，官吏洗手而治，人尤以爲難云。以此上考功氏，考功氏上之天子，必曰：『俞！惟爾功！命主爵進秩，命司農出寶鏹，命太史草褒綸，一日而集于郡堂。』於《易》有之曰：『在師中，吉。王三錫命。』公奉簡命，用戒戎作，隱然爲我東南保障，何吉如之！『德懋懋官』，匪久寵以藩臬，假以節鉞，即三命不啻矣。

公之先有爲槐里令者，嘗攀殿廷之檻，直聲凛凛至今。今天子畀公以股肱郡，即一旦改股肱而喉舌，其或執憲，司邦之直，不茹不吐，於槐里非奕世象賢哉！不佞且拭目以俟。

賀大司理兹翁吴老公祖奏最序

郡司理兹勉吴侯莅松三載，方載牘聽天官尚書考。兩臺廉侯治行爲南國第一，文章懇留，以風示有位。郡之縉紳大夫製錦爲賀。不佞以蕪詞首先揚言，而五庠博士唐君嘉禮等復踵門以請。顧不佞頽齡拙筆，不腆之詞，何足爲侯重？惟是侯養吾郡以博大寬平之福，不佞沾被有年，即再操觚，未罄揄揚，其又何敢辭？

蓋國家仿漢制，郡縣設二千石長吏，復置司理司爽鳩，專奉天子三尺；而監司部使者又倚以爲耳目。無論治刑章，甄吏治，俱於司理是賴；即學教興替，士習美惡，亦藉其維持振作，任至重也。

歲在庚戌，侯實奉命司理吾松。侯金相玉質，文章經濟，俱以當世自任。方奏對公車，不僅僅以帖括見奇，必原本於六經，而熔鑄以百家諸子。時侯之才名已走，海内士人無不願奉指南；而吾松諸生尤想望風采，顧士習奔趨，競效詭御。當侯下車之始，即有私執羔雉款門者。侯直計曰：『此以陽鱎嘗我者。』一任其旅進旅退，泯然不露喜愠。久之，陶鎔嚮化，門無私謁。雅欲以文章飾吏治，簿領少間，即手一編。自司空城旦，以至汲冢孔壁諸傳記，靡不泛濫記誦。每一爰書成，多出經入史。待諸生嚴而有體，常分題學宫，使博士奏其課，親爲程第甲乙，以引誘後進，由是愈知奮勵。頻年學校清夷，無復跅弛，以煩博士憂，皆我侯鎮静力也。其他設張，大要以清静簡重爲根柢，以平易恬愉爲運用。諸凡粉飾震耀之迹，一切屏絶。

雖懲奸戢暴，不稍假貸，而讞審聽刺，穆如和風。至兩視邑篆，壹意與民休息；代部巡歷百縣，又無不愛其温恭，欽其操履。蓋我侯之政績，所謂上下交孚，始終一致者矣。今制，外僚由徵召備臺諫者，大抵十之七八。邇年言路鍥刻，剥擊成風，當事者正思引用寬厚持體要之臣，以培化脉。循聲采實，捨我侯其誰哉！

嘗考宋錢若水爲同州推，能雪冤獄，不二年入爲樞密；梁顥爲大名推，善論邊事，未幾入掌制誥。此皆以文章、政事爲當代名臣，而皆由李官始。我侯清風亮節，標著雲間。它日由乘驄執簡爲霖爲楫，固于今日覘其概矣。

諸博士寂寞寒氊，素叨君侯盼睞，皆冀侯旦晚當路，得列名夾袋中。故敢敷言以爲同州、大名左券。

贈郡侯蔡晴符入覲序代

今天子在宥三十有四年，嘉平之月，天下計吏遵故事入覲，而松郡侯晴符蔡公緋駕將發。鄉薦紳大夫思所以重公行也，乃屬友人陸伯生氏走百里謁余言以贈，豈謂余不佞諗公者素耶？憶昔公以度支使者督儲胥於吴，余嘗詹對丰采，蓋已竊窺其宏材雅操，宜民宜人，爲令德君子也。會雲間守闕，上軫念東南根本地，詔銓曹推擇其可者；而海若乞靈，得借公臨治。余則色喜曰：『松父老子弟何徼有厚幸哉！』

嘗讀漢詔，太守，吏民之本；二千石賢，則政平訟理，時和年豐，而民有甌滿家穰之樂；不者魴赬鼠竄，螽降穡痒，黔首且不得膢臘。此西京循良吏班班載籍，而大要在謹身率先，居以廉平，上不煩而民不擾。夫廉者多刻激，而難於平；平者多寬大，而短於廉。故破觚圜通之吏，一切弛文罔，戒苛責，而從容飲醇，一時見謂博大；然其究使人玩法舞文，漏吞舟而莫覺。彼禔身清白者，或孤立行一意，懔懔操下如束濕，一時見謂風裁；然其究使人股弁而脅息，弛張掣肘，每兢兢救過之不暇。嘻！斯二者，均於循吏之指未當也。

余習蔡公冰蘗之操，率先諸屬吏者三載猶一日，而孜孜問民疾苦，務以寬大噢咻薄海。嘗曰：『吾聞澤庳衆潤，馬駭輿危，乃標異者好煩其令。石壕横行，騷及鷄犬，安用褰帷露冕哉！』於是悉去煩苛，禁胥吏不得持牒四出。俗故善訟，日抱牘而進者蝟如也。公片言亭决，一一坐照微曖，即蔀屋向隅，並見雪於肺石，以故人無隱情，庭無滯牒。

邇者青襟佻達，至污白簡。公誠心造士，旦暮接諸子弟員，披襟降色，喻以禮讓，而簡拔其俊延譽之；即一二詿誤觸文罔者，亦曲爲調劑，示以矜全。暇則從鄉薦紳咨訪利弊興革，雍雍都雅，飲人以和，絶不樹城府；而諸薦紳皆退而誦義，曾未聞以陽鱎溷公者。余嘗一再過公部中，問之諸父老，問之都人士，問之薦紳大夫，莫不宜公廉，宜公平，宜公以廉平愷悌，噓春風而沐膏雨，刑清訟簡，時和年豐，而登薄海於大造。嘻！至是而驗余疇昔所謂宜民宜人、令德君子，不若左券也耶！

説者習公廉静類龔渤海，寬和類黄潁川，教化類文西蜀，亦庶幾概公之大矣。乃嚴延年之守河南，發奸擿伏，驚若鬼神。海内大者守，小者令，咸内遜居下風；而潁川守霸第平訟息争，利用不擾耳。而黄金璽書，乃不之河南而之潁川，此漢庭循吏所由盛歟！公今者上計甘泉，天子加意二千石，修元康、神爵之典，黄金璽書，歌《湛露》而貺《彤弓》，行且以不次起拜如潁川守，捨公其誰哉！

奉贈曙海張太公祖入覲序

余嘗讀兩漢循吏傳，往往政績卓犖者，輒蒙褒寵；其所最著，清約莫如羊興祖，撫字莫如黄次公，教化莫如文翁。輝映史策，班班可考。來歲庚戌，皇上負扆而朝岳牧，吾郡張公祖率屬聽考闕下。先是，郡中諸大夫業以徵余言爲公祖道。越旬日，華亭聶令公、上海李令公、清溪韓令公復儼然造余，欲乞一言致負弩前驅之意。余惟今之郡守，即古之侯伯，而三令公則附庸也。其分有君臣之誼，其情有父兄子弟之親。今之奏計王庭，職守靡二，慶賞辨均。藉令上之非開誠布公，下之非虚懷受領，安能協恭和衷以共成懿美，如羊、如黄、如文翁乎哉？

然聶令公與郡公同城而治，朝夕步趨。郡公之一政一令，靡不象指而望鵠。李、韓兩令公又踵聶令公而禀法程焉。若郡公之待三令公，又衎衎乎聲應氣求，每有質對，必出肺肝相示，不啻尚父登壇而穰苴司馬共建旗鼓，而效勇於和門。故雲間縉紳三老居常私相語曰：『以三茂宰相、一良二千石，預知它日課最，必爲江以南第一流矣。』

蓋郡公嚮以經術著四明，從辛丑高第累晋秋官大夫。主上念東南重地，廉公有聲郎署，簡守吾郡。郡方大侵，赤子敖敖待哺，斗粟百錢，流移載道。郡公甫下車，亟請臺使者捐帑啓囷爲賑，復檄四郊炊糜以供老稚。市肆朝踴夕騰，爲之首平物價，遠近量衡如出一軌。越歲再遭霪雨，穀幾不遺種，爲之露冕賽禱，歲始大穰。復與三令公矢心啜水而治，務養和平之福，而杜紛更之患，致卧戟生耳，卧犬生氂，士庶安枕，而厚卹其匱乏。乃今獲雋南都者，大半出公鑪鑄。此之爲政，奚啻仿佛興祖、次公、文翁諸循吏乎？

方春上御東朝，按五花册牘，差次萬國長吏，必將曰：『松郡，朕畿輔也。比年患水，今飢凍遺黎還定安集，果何由而得全活？方沃壤已化堉土，今國課度支猶然罔缺，果何由而得均停？千里爲壑，民苦魚鱉，今雨暘時若，萬寶告成，果何由而不至污萊？士習澆漓，奏牘踵至，今松序斤斤奉令甲，無復有躍冶之金、敗群之馬，果何由而得轉移？夫非爾刺史一手一足之烈，而又率三縣令忠勤勞勩，以贊襄之者哉！在唐虞有車服之庸，在成周有加地進律之賞，在西漢有選補公卿之典。有臣若此，亟宜詔太宰循掌故，以三事九列超等擢用，風勸有位。』

夫郡公既以奏計受知，固知吾松之不能久借郡公，而郡公不有其勞，將必推轂三令公，而需之同升爲名給諫，爲名侍御，此又必得之數也。三令公起而謝曰：『某等遭遇郡公，無異駑足入孫陽之圉，社櫟長匠石之林；而子大夫能以數言輸寫深心，是剪剔斧裁，實有賴焉。足爲我郡公前茅矣！請書之以爲左券。』

贈曙海張太公祖入覲序

夫自有虞輯瑞以朝諸侯，以彰明試，而《周官》祖之。春王覲岳牧于明堂，圖事獻功，迄於兩漢，徵列郡上計，亦往往庭詰臧否。明興，倣古三載，藩臬長吏各率其屬詣長安，聽天子考。因命太宰、御史中丞核舉茂伐，驟加燕賚，蓋昭代令甲也。我郡侯曙海張公莅官兩期月，政阜人和。來歲庚戌，復當輯瑞之期，遵制戒行。同官諸大夫念以王事獨勞，無由負弩矢，先五馬，造不佞徵辭，以重其別。不佞避席曰：『公以入計行，非自爲計也。蓋合一郡三邑僚寀之績，而獻之大庭。諸大夫所以程功績事者，具在此行，不佞願聞其概。』

于是朱大夫曰：『某代匱戎防，睢鳩氏之職也。自島夷殄没，萑苻時乘，即今刁斗無聞，海波安瀾，使某不得罪于睢鳩氏者，皆公教也。某何功焉？』馬大夫、楊大夫曰：『某某代匱租漕，祝鳩氏之職也。頻歲大侵，度支不繼，即今飢民粒食，歲穰課盈，使某某不得罪于祝鳩氏者，皆公教也。某何功焉？』許大夫曰：『某代匱水衡，鳲鳩氏之職也。潮汐既入，旱澇爲殃，即今河流順軌，鹾政疏通，商民稱便，使某不得罪于鳲鳩氏者，皆公教也。某何功焉？』毛大夫曰：『某代匱士師，爽鳩氏之職也。松民善訟，獄多留滯，即今讕詞屏息，棘木風清，使某不得罪于爽鳩氏者，皆公教也。某何功焉？』

不佞聞之，曰：『旨哉言乎！諸大夫咸以庶績讓之公，公亦推赤心而置諸大夫之腹。怡怡不啻昆季友于，固知異政所由來矣。而未足以盡公也。郡俗夸靡，民鮮蓋藏；徵調百出，久疲奔命。公能滌去煩苛，刻意培養。程課所入，管庫司之，不一問羨；贖鍰所輸，守藏職之，不一染指；筐篚所入，閽人麾之，不一及門。廩廩足稱守矣，而猶未也。士風不競，請謁公行。公能謝絶竿牘，獨行一意。訐訟者待命嘉石，程藝者待命宫墻，即有神姦，莫之爲蜮，恢恢足稱才矣，而猶未也。方公之始至也，或憚其過嚴，而公且務與民休息；久之，平易益可近。已又虞其稍寬，而公且務秉三尺，不吐不茹，一禀于莊嚴正直。其他惠利及物，猶之泰華溟渤，高深不可數計。是又皆出于諸大夫職守之外，而當宁所樂聞者。諸大夫何以賢勞爲戚哉！』

諸大夫驩然喜曰：『信哉！學憲之知公也。今公奏計東朝，下之天部。天部評騭茂品，置列上考，必仿虞周、西漢故事，賜金增秩，留補公卿之缺。某等備僚宇下，祇受成事，以倖逃于吏議足矣。而又目睹非常之慶典，天澤餘滋，潤及庶寀，萬不有餘〔二〕榮哉！請即書之，以醻公于祖道。』

送邑侯鵬翁韓老父母入計序

今上御皇圖之三十有七祀，坐明堂而弊群吏，蓋十有二舉矣。歲庚戌，復當萬國輯瑞之期，青浦邑侯韓公例當行。士民愀然相語，謂：『吾邑值災沴之後，周黎羸憊，尚未蘇息。方藉吾侯撫摩嫗伏，何可一日去？』相與匍匐詣院臬乞留。直指使者憐而許之，馳奏闕下。四境欣欣若更生，而不虞奏之不果行也。

仲冬之朔，侯且脂車從郡長吏北上，于是鄉紳三老群子弟復惶惶驚悸，若赤子乍離慈母；而瞻恩奉德之意不能自達於齒頰間，乃謁余言以祖餞之郊。余惟侯莅青浦逾期月，而懿美種種多端，殆非更僕所能盡；而余又不能如班、馬之傳循良，以鋪張其萬一。則今日之欲頌侯也，不幾于執短綆而汲修囦，持寸筳而擊巨鍾乎？無亦第言余之所以知侯，與大侯之所彰灼于耳目者已耳。

侯鍾龍山、溟海之秀，崛起三輔，登丁未上第，筮仕青邑。視篆之日，即逢歲侵。先是，霪雨害稼，百里無秋，民以子女易衣食者十之五六，以骸骨踣溝壑者十之三四。侯至，惻然憫之，發帑藏，遣寮寀從他郡市米穀菽麥，歸平其價，以轉市老弱，故市價閤郡縣不翔貴焉。壯水蝕岸，陂田無限，民不能從波浪中耕耨也。侯又憫之，量地計工，築土增圩，庳者高之，缺者補之，不逾旬而四顧始有南東畝矣。方春，民將有事田疇，而瓶儲懸磬。侯又憫之，設糜飼飢，令之且飽且耕。而倉廪不繼，復捐禄入以易青鈇，手散諸老稚之不能赴。其所撫循又如此其勤也。爲政務從寬厚，不設銗筩，以眩察察，而奸蠹亦自屏迹。其所持衡又如此其平也。少承家學，擅博雅名。簿書之暇，每進諸生講藝不怠。其敦風教又如此其切也。夫是以期月之間，政通人和，雖不要赫赫名，而所至禔福，大都與漢之何武同。而其推誠待下，輸寫胸臆，黠吏頑民，靡不傾心向化，樂爲之用，又大略與潁川之韓韶、荀淑、鍾浩、陳寔四長類也。大何武與四長，豈不誠東漢良吏哉？史稱其所在無異，所去見思。今邑中父老提稚携幼，攀號不忍捨，與漢諸吏何以異？假令長卿、〔三〕孟堅在今日，寧不大書特書，以詔將來哉！

雖然，吾輩所不忍于侯者，一邑之私也。侯之上計于朝以聽考績者，天下之公也。矧侯文章足以潤色皇猷，政事足以經綸邦國。四海蒼生所屬望者，蓋升平之粱肉而寒年之纖纊也。兹行也，銓曹差等百縣治行，必爲天下第一。行將錫燕賜賚，不次超擢，爲名給諫，爲名侍御。固知吾侯不能以天下忘一邑，九里之潤，行將先及，是不必借寇而宛若户置一侯矣。

贈淵泉何君膺旌典叙

頃者島夷弗戢，憑陵我屬國。天子怒，興兵誅之，于是有遼左之師。大司馬因檄東南瀕海諸郡邑，俱繕城邦以備非常。諸郡邑各下教所部如檄。而吾郡何君淵泉，固義士中翹楚也。始得基命，即慷慨趨赴，爲諸慕義者先。日詣工所，量事期，慮財用，揣低昂，度厚薄，察勤惰。甫半載，而遥望赤城如霞舉矣。長吏無勞民傷財之名，而闔郡有泰山四維之慶。即今夷已請官帶，受約束，計必無警；雖有之，可爲墨守矣。何君之功甚鉅，當事者上之臺司。臺司覽牘，沾沾喜，謂所部有若人耶？即卜大夫奚先之？遂承制賜一命之服。嗟乎！何君之所效于上，與上之所以報何君，不足相當乎？

吾觀今之饒于貲者，往往叨竊寵靈，煊赫閭里；然至公家一旦小有徵發，非藉請托以希免，則有跳而匿他所耳。此與何君度長挈短，寧可同日語哉？何君恂恂有醇雅風，而遇事勃發，若弩之赴機。版築一役，特以義重，無所見長。假令左執鞭弭，右屬櫜鞬，一從大將軍，吾豈憂薩摩種哉！是知兩臺褒賞，意正在此。雖然，此猶遠言之也。

屬者吴淞塵揚，瀕江之地，悉化爲斥鹵。夫國家歲仰東南粟，有如此者，憂獨在城哉？更得好義如何君者數輩，吾又何虞江也！何君有子美秀，而文足當郗氏一枝。有何君，宜有此子乎！余故因某之請，書以爲慕義者勸。

贈郡功曹施克甫再考績序

夫國家之用人，與人之自效於國家，豈必途轍之盡同乎哉？余經怪夫當世之人，率右明經而左吏道，然及其當官莅事，則往往有明經之士趨其下風而不敢望者。故漢世如蕭文終之爲相，于西平之爲理，張子高之爲京兆，至今談者猶云未易逾之，無暇遠引。明興，俊乂雲蒸，所弓旌者若而人，所奏對者若而人，然如萬常伯之敏達，况吴郡之嚴肅，不以弓旌奏對，而其勛業行誼，卒更相伯仲，則吏道何遽不賢于明經哉！往者南北多梗，需材甚急，余從田間嘗竊自云云，而今於克甫益見之。

克甫，余姨子也。大王父八峰公起家瑞州别駕，父龍岩公仕東昌從事，奕世以儒顯。克甫少攻帖括，已更念：『我與朝而經，夕而史，兀兀窮年，白首北面廣文先生，而無所短長，何如鉛刀一割之爲用乎哉！且丈夫何所不可？』遂弃去，受郡署爲功曹，主郡中計吏。已獲考，再受署，再得主計吏。此異數也。克甫年少白皙，又故衣冠子弟，前後二千石如常山詹公、今蘭溪柳公，皆視之異等。自府從事而下，争持謁造門，舍中履恒滿。所饋遺，克甫一切謝去。諸從事益賢之。郡中諸公以吏事受牒者，自旃檀而外，即綃帕亦不敢闌受。故郡中諸公亦翕然稱曰：『施功曹廉，真施氏家兒。』

克甫曹事甚簡，間攝他曹，事事稱辦；又一以廉平處之，又人人多克甫亡害。即諸曹，亦亡不人人厭服也。以故先後皆課最，得再考滿。滿之日，使君立克甫堂下，勞之曰：『功曹事事三年矣。曹無留牘，以徵功曹之敏也。且事事三年矣，無一人能言功曹也者，又無一人不言功曹也者，以徵功曹之賢也。仲尼有云：「舉善而教不能，則勸。」太守職在勸善。其予之滿，以勸功曹，而併爲諸曹勸也。』吁！克甫何以得此于使君哉！余是知克甫之才誠有大過人，異日國家所藉克甫以爲用，如萬、況兩君子，其卜於今日矣。書之以爲蔡。

贈鹾大使山西堯化張君疏渠榮獎序

漢時循吏多以穿渠溉田，致民尸祝，如鄭國、白渠，往往形於歌頌，至因以名渠。而上之人頗亦重其事，疏瀹有殊效者，嘗賜爵及金，金多至百斤。豈非泉流灌浸，所以育五穀乎？海上素稱澤國，東南又阻海。然或去海遠者，不苦污而苦萊，水旱稍不時，高印之田立見龜拆。往時觀察豫章許公初令上海，適旱魃爲虐，嘗野服親履其地，集畚臿治之，所浚支川無算。是歲旱不爲災。今去許公厪一紀而遥，昔所稱仰灌溉者，幾揚東海之塵。邑侯李公聞之，晨夕軫念，安得白公其人一二輩，無慮東南塵矣。因計鹾大使張君敏且才，檄君領東南畚臿，如觀察公故事。君曰：『不穀鹽官也。其令徒衆無恣睢於牢盆之間，則惟職；無貶額，無詘課，以復治鹺使者之命，則惟職。此固有都水在也。不腆鹽官，不嫌於越尸祝而代之庖乎？』雖然，則固有使君命在，即如檄受任。往時受任者，於水工輩不無苞苴之嫌。則惟稍鋤其故土，聚如蟻壤，錯落兩涯間，而其中不啻坳堂之上，不容芥舟。君集其衆，誓曰：『倘以杯水累若者，有如日！』且損貲雇募，鍬钁雲集。兩年間，南北所浚八十里，東西二十餘里，皆河水清漣，足資禾黍。夏秋適又亢旱，並海百里，幾於不毛。惟君所浚，東西南北頗皆稱稔。東人上其事於侯。侯因旌之以額。君之功固不減鄭國、白渠，而侯之旌，倘亦賜爵、賜金遺意乎！

君潔廉爲政，不事催科，而鹺課大辦。聞主爵者欲移君一尉，余謂以君之才，即畀之數里民社，不足難君，而何以尉爲？君徐之，主爵者必爲君剖河陽之符矣。君先後所事上官，如喬中丞、錢太僕、許光禄、柳直指諸公，皆見推獎；乃知君左右無所不宜，而侯於君非獨私也。

孝廉來陽王君、太初陳君，皆家東南，以稻田受君溉。而余姻中翰敏齋喬公伯仲，亦君所波及者也。爲余縷陳君事甚悉，因跧次其語，爲之序。聞大中丞周公欲疏治吴淞，君即未行，復以水衡相煩。余當繼班史爲君裁《溝洫志》矣。

賀文學見崖高君以世孝膺獎叙

文學見崖高君者，吾郡故孝子旭崖公丈夫子也。旭崖公生嘉隆之際，其行誼多所可稱。無論爲高氏祭酒，即郡中無兩矣。然尤以孝顯，事父南坡公，志、體之養俱備。往余嘗爲誌其墓，詳可睹也。而文學君實克世之。戀戀膝下，蓋修其色，無不媮也；致其養，無不虔也；稟其出入，無不告也；謹其起居，無不如在側也。至没，而哀若不勝其喪；俎豆，而思若不勝其慕。凡文學君之所以事旭崖，不必其侍，亦不必其不侍；不必其生，亦不必其不生。總之，若常見之者，此所繇爲見崖也。

王子曰，《傳》曰：『孝者，善繼人之志。』夫旭崖之所以事南坡公，備矣。其志豈不欲我子之親其親，猶我之親其親哉？假令文學君之所以事旭崖，視旭崖少有遜焉，即無以慰旭崖，而又何以云繼乎？以今觀於文學君，抑何纖至而曲全也。縱無論事事肖諸旭崖，顧一念之羹墻，箎不繼矣。武王，至聖也。而《下武》之頌武，不過曰：『永言孝思，昭哉嗣服。』然則繼豈易言哉！故旭崖公難，文學君益又難矣。

漢時以孝弟制科，馴至勝國，代更百世，而往往選舉以此得士，至有旌其廬而賜之粟帛者。豈非是難能也，而欲假是勸天下乎？乃文學君之父子，則不待勸矣。然用勸，則又上之典也。余謂若旭崖公者，當請於天子，表其里居。文學君固行以明經，致身雲霄，無用以孝弟起家。籍第令以此制科，又何能先文學君哉？

文學君與余子思孝爲兒女姻，借藉文學君爲弦爲韋，幸不愧其名矣。頃者兩臺暨刺史守相俱下教褒寵，有『聖朝曾、閔』與『儒門世孝』之語，皆實語也。友人爾復何君欲奏觴於文學君，而徵余言以比於《南陔》。余謂其足以風世之爲子者，於是乎言。

賀封文林郎思筠姚先生序

永嘉君筮令金華之東陽可二歲所，兩臺上其治狀于闕下，以爲天下循良第一。未報政而調令〔四〕永嘉。歲壬寅春，已滿虞廷考，則賫閥閱上考功氏，考功氏疏以聞。天子益心嘉之，復賜璽書，階文林郎，所以褒寵者備至，而遂以其官官先生暨配陳氏爲孺人。恩綸舃奕，光耀閭里。於是鄉之人皆艷慕，以爲先生起布素，一旦而被章服，非所謂山中宰相乎？而先生澹如也。

先生故名家子，擁高貲，因族有不逞者，遽掃而立長卿之壁。鄉之人習見先生之美衣媮食，以爲此故長者家兒，何能遂甘藜藿而躬裋褐？而先生殊安之，不知身之貧困也。先生嘗不給甚，有丐先生緼若干者。翁謂此阿堵烏足恩姚生？且義不欲當人之惠，固謝不受。里有夸毗氏，貲不逾中産，而沾沾自以爲倚頓，輒黔婁先生。嘗睨金錢謂先生：『此不足爲若一餐辦〔五〕乎？』先生笑曰：『余以先君之有微禄，少生長膏粱，誠不自意貧錢。然即千金散盡，何遽不若漢乎？昔楊子雲家無甔石之儲，然蜀富人賫千金餉之，卒不顧。豈謂乃公不足於兹也！』

先生嘗設絳帳教授里中，諸生受經者户外屨常滿，即以課永嘉君。永嘉君甫成童，而已跳梁藝苑，負不貲之望。先生家庭樞械間，輒欣欣色忭，自謂乃公不貧也。永嘉君十六而舉秀才，二十而既縣官稟，三十餘而成進士。方永嘉君之初上公車而不獲待詔，夸毗氏即嘻笑，以爲：『青衫稜稜，伊吾老牖下者，不知幾百輩，安得人盡雲霄？固不如我坐擁素封，居然王長鄉曲。終不學窮措大捫休文之帶，徒詑腹便便耳。』無何而永嘉君陡貴，則夸毗氏輒又扶服事之，如子弟行，而輒又假以驕人。先生夷然不屑也。出而曳屣徒行，僅一蒼頭自隨。縉紳輩或謂先生進士父，不日朝命且下，何惜一笋輿而輕身若此？先生笑曰：『吾自便之。手足輕適，可攀可躋，憑高可眺，過親朋可留。青山傲骨，何能齷齪肩輿中也。』

永嘉君任東陽時，先生操一輕舠往覘所爲卧治狀，輒又心喜自語曰：『兒庶其視官如家，吾何憂？』即趣棹遄歸，不欲以厨傳傷君之廉。此所以成永嘉君名，而璽書交美，殆有自乎！固知非是父不能生是子耳。謂今日之章服，即先生身致之可也。嗟乎！當先生之貧賤也，而心則不知富貴；及先生之富貴也，而迹則仍如貧賤。蓋先生能生境，非境能生先生，此所以爲先生乎！

余憶家封公兩叨王命，而又獲躋上壽。朱衣鶴髮三十年，人皆以爲盛事。以余觀于永嘉君，名位既未艾，而先生之德又配之，其福祚益不可量矣。因不揆固陋，書之以爲先生賀。

送費懷石赴南都序

七月之朔，金風肅途，江右費懷石君以西臺幕僚擢領留都督府。濱發，臺中諸同游出餞於郊，因謂王生圻曰：『子，南州人也。懷石君將徙節而南，宜必有以語之。』

余乃逡巡而告曰：『懷石非先正文通公之胤子哉？公正色立朝凡三十年，崇功偉績，輝赫先後。故耳聞臺閣之故，目熟朝廷之章，則君之所素具也。自典符璽至陟儀曹，夷猶秣陵者歲殆十有二，迨今長老有甘棠之思，則留都山川風物之佳，戎馬機宜之務，又君之所稔聞也。余復何言？嘗讀史，見晉之貴介、唐之公卿子弟、宋之慶曹，姓名不可勝記。其間以功能自顯，濟美象賢，如古詩書所稱，屈指屢幾何人。乃懷石君獨屏去貴游之習，斤斤自修，居官淳謹，不示瑕瑜；與衆謙和，莫窺畦畛。展事之暇，讀書賦詩，餘無所預，一若起自布素，而非復今之以地望相矜衒者。詎不謂賢哉？昔宋江州夏子喬以父承皓蔭補官，自謂未忝科第，上書請待詔公車。真宗嘉之，後竟烈烈自樹，爲時名臣。而承皓之聲益重彝鼎。今公之文采風流豈在承皓下？而懷石君藴負瑰瓌，又非卑卑與庸瑣者伍。他日建鴻策茂，以不墜先人令聞；而朝野稱文通爲有子如夏承皓，其不在君乎！然則君之行，余固當語之以四方之事與廟堂之略。而區區策府間計歲月廩糜爲勞勩，豈吾儕之所以望君者哉？」

諸同游驩然色喜，曰：『王子之語惠而義，是足以言别矣。』遂授簡，命爲識之。

送中翰水心喬丈乞假南還序

余故爲諸生時，與水心喬君翱翔藝苑二十餘年。至余舉進士入西臺，而君適拜新命，登内翰，則又同朝，踪迹幸不落莫，豈偶哉？君之學博贍古雅，弗遘其所挾，固自在也。已而入太學，赫然有聲，選詣中秘校閲《大典》，因受知館閣諸元老。《大典》成，新天子甄獎勞勩，授君内閣中舍。

時天潢蕃衍，圖籍散逸，諸元老謂纂修之任，捨君莫稱，遂屬焉。舊譜視今帙不逮十之二三，董是役者，往往積歲月，鮮克就緒。君矢志編摩，精敏若神。居無何，輒告竣事。諸元老益大奇之，而君之才名顯闕下矣。語云：『玉剖知貴，馬服見良。』君實有焉。然竟以修輯過勞，幾成羸疾。章一再上，乞假調攝于家。諸元老慰留不得，姑聽之還。令少間，輒赴職，將别有任使。于是君戒僕治裝，而諸同游餞之郊。

適有繪圖以爲贈者，余轉視，不覺脉脉情動，把袂相顧曰：『余與君游燕以甲子歲時，則鄉之人並馬長安者凡若干人。至戊辰之秋，蓋去者半矣。迨今則去者又半焉。其擎杯執手，欷歔祖道傍者，一歲之間不知有幾，殆不啻圖中所寫也。君今行矣。明年當復來，而余則以職事走天涯。其遇于京師，與邂逅於途，與相從于桑丘梓里間，皆未可知。三者既不可知，或即尋君故事，暫解塵羈。第未知余之行，牽衣送别于都門之外者，尚有幾人在也。』

君愀容答曰：『清時罕遇，短晷易消。願吾子勉之。』言迄而策馬揚塵去矣。

贈少陽李君榮歸序

世有多藏而善守者，如蟦蟻終日盤旋，不能越堂皇尺寸，此其人何足算哉？乃豪傑士則不然，非藉盛雲濃霧之勢，而自能乘游八表，王長人群，則何以故？蓋其孝友忠誠，素孚衆志，故不脛而遍歷九有，無言而慴服群情，則古所稱豪傑也者，而吾今于少陽李君見之。

少陽，晉澮洲篤行君子也。鍾烏嶺欒泉之秀，生有令德。時方稚齒，即負壯氣。家故以冠裳顯，而君獨有志四方，嘗曰：『小夫挾數金，櫝而藏諸家，扃鍵不出户，錮守之。猶之桑蠶作藹，僅自纏裹。吾不願爲也。』于是遴集里中同志，翩然賈游于雲間。余始獲交于君，而雲間縉紳亦多樂與之交。凡晋人之商于兹者，靡不禀受約束，且藉以爲緩急，而少陽之名大噪于吴中，蓋不獨以貲雄長也。居家以孝友著，居鄉以孝義聞，有司亦加尚齒德，奉明詔褒給冠服，以風厲一方。是豈沾沾爲蝜蝂、桑蠶者哉？

君游吴無慮三十年，行將以業付之嗣君，而束身歸故里，以畢餘景。其姻友常君、姜君徵余言以華其行。夫君樸素纖嗇，得于天授，儼然陶唐氏之遺俗；而孝友信義，豪爽不群，表見一時，則又超然出于山川風氣之外。其嗣君又能領受廷旨，濟美象賢，則君將坐享豐腴之祉，黄髮童顔，朱衣象服，逍遥容與，以靈承玄貺，又可燭照計數也。

兹歸也，三晋山河舉將生色，奚必假片言之華爲行李重？第余與君交三十年，歡好如一日；又重以兩君之請，宜有言以識不忘。且令知虞夏治迹之所經，信有豪傑薰而善，陶而化，如史乘所紀哉。

賀山西仰誠李君序

余養痾山中，適一日，晋客某某以幣謁余而言曰：『敝邑李君客於上國，不幸與駔儈之子某以詞相連，五年所矣。賴天之靈、郡大夫之明，某伏其辜。某等不勝私喜，欲人致一觴，而乞一言以爲寵。敢以累下執事。』

余曰：『是何足觴乎？夫訟，非得已也。不得已而訟，則必有不得已之情，更僕難數者，是何足觴乎？且客誠直，孰與骫之？某誠曲，孰與直之？曲直形而勝負分也，又何觴哉！』

客曰：『子大夫之言，甚辯而理。某無以辭。第傷李君之志，敢籍子大夫一言以慰李君，幸終惠我。夫人情孰不愛其父母妻子？此子大夫所知也。割其所愛，而以一身客萬里，至陸輕車馬，水狎蛟龍，則何以故？豈非爲財用耶！太史公曰：農工商賈畜長，固求富益貨也。夫李君者猶之乎是。而某亡賴甚，逋君訾半，復怒君索也，而戕君傭；甚者更殺人以誣君，投之以牘。自中執法以至郡縣，幾不可枚數。以符攝對者日旁午而至，左顧則失右，右顧則失左；五年之中，十九在官，十一在賈，而又不盡賈也。玆豈李君弃父母，遠妻子，客萬里意耶？』

余曰：『然。雖如上客言，不愈于行剽者乎？既盡攫人物，而又戕人生。今即逋李君貲，直半耳；戕其傭，而李君亡害也。老子曰：「既以與人，己愈有。」即所逋李君者，安知冥冥中不陰有以益之乎？上客以天之靈，李君事得直。余謂天之報施李君，未盡是也。』

于是客喜而曰：『惟子大夫其善喻也。信身之不訾也，能善解也，言失而又徵之得也。《易》曰：「訟，有孚，窒惕，中吉。」李君以之。《詩》曰：「吉甫作誦，穆如清風。」子大夫以之。請遂授簡，爲李君觴。』

又

仰誠李君，晋人也。挾策游吴之雲間，主余家。往嘗舍某所，會某乾没其訾，嗚之官。官爲直之，胥靡某。諸同賈者喜，共詣余，徵文爲賀。嗟乎！李君誠可賀也。即毋論勝，顧于訟，不甚難哉！

且夫訟之難三，而其勝不易一。訟者稍出片牘，便日伺候於行馬之間。近者月計，遠者歲計，更多諸不經費，往往有破其業者。即欲竟之，難矣。上官之威命侔於鬼神，而喜怒轉於呼吸，稍不如意，小則桁揚，大則罪譴。欲脱然無事，又難矣。所訟即直也，欲骫之，輒與曲傳。所見訟即短也，欲庇之，輒與長傳。爰書一具，賁育莫挽。是不高下其手，又難矣。何謂不易勝也？夫訟，猶兵也。用兵者先謀後戰，然我能謀，敵不能謀乎？以智遇智，智將何施？即訟亦然。則勝何容易哉！勝何容易哉！

以我聞李君之所與角勝負者，固桀黠人也。李君操其三難，而與桀黠者抗，卒能獲其全勝，是遵何術哉？則於理優也。夫訟者即無情，不能誣於理之外；聽訟者即鮮公，亦不能屈於理之外。某既朘李君以生，而又漁其財物，而又訟之，而又殺人以陷之。此其於理何如？即微李君謀，寧能不勝也？况李君又饒心計者，不與某角智，而猶之弄一丸於掌中矣。其何不濟？雖然，濟則幸矣。然爲李君者亦難矣。

師久爲老，李君訟可五年所，則其中伺候於行馬之間而費不經者，何可一二數也。所遇上官皆賢明，即無有輕肆其威而妄出入法者。然脱有一焉，李君將如之何？且余又聞李君言，當某殺人以誣時，集亡賴惡少百餘人，將劫之以術。即有天幸脱虎吻，然亦危哉！則可賀李君者，又何止勝爲也。

【校勘記】

〔一〕崇虛聲而鮮實効　疑應爲「効」，形近而誤。

〔二〕萬不有餘榮哉　「餘」原爲「余」，據上下文意改。

〔三〕假令長卿、孟堅在今日　「長卿」疑應爲「子長」，司馬遷字，與孟堅並稱。

〔四〕未報政而調令永嘉　「令」原爲「今」，據上下文意改。

〔五〕此不足爲若一餐辦乎　「辦」原爲「辨」，據上下文意改。

王侍御類稿　卷之四

太原王圻元翰父著
男思義校刻

湖廣武舉鄉試録後序

萬曆壬午，例當大比文武士于鄉。侍御錢公既推選秀異，録獻闕下。無何，以内艱行少司馬。督撫陳公祗奉會典，舉楚材官士。圻督學吏，濫典監試之役。録成，司馬授簡，令綴言于末。夫自昔以文爲武，入相而出將，所謂兼才，非耶？近世顓右文，諱言介胄，至所稱弢鈐者，世且目之爲駢枝。即兹舉上騎射，要皆諳權略，嫻文辭，匪是輒絀不録。是所推轂士，寧直以椎魯趫健稱雄長哉！

諸士，楚産也，亦習楚故乎？吉甫薄伐，則文武爲憲；子文治兵，則社稷紓難。兩人者，不當爲天下士耶？乃今微獨武弁之胄思世其業，即良家子津津喜譚兵，鳴劍抵掌，矜石畫而圖形，便毅然有請纓封狼居胥之志，蓋翩翩盛矣。邇者溪洞内訌，蠻酋稱梗，司馬不費半鏃，款民伏辜。其英聲偉伐，足爲諸士枹鼓。又按令甲，侍御實司監臨，上所録於司馬而程品之，兹諸士得由司馬進，蓋所遭異矣。

試期率用十月，兹以十有二月，待報也。是時弓勁馬縮，觀者髮磔，乃諸生引强命中，據鞍驍捷，又何壯哉！校文之日，搦管如林，持論炎炎中肯綮。主司以其艱，嘗之應無難色。竊計所稱得士，視昔相去遠甚。圻聞之，騰蛇乘于霧，大鵬乘于風，國士乘于時。諸士所自挾者如是其豪，今主上五材並用，即海堧邊場，往往厪拊髀長思。國家需才又如是其亟，稍一得志，輒弁故業而盭資言，壯夫爲之耶？倘由此行制閫外，登壇秉羽，俘名王而築京觀，屹然任社稷之重，庶哉不負于時，且不負司馬公所策忠貞，將非厚幸歟！

語曰：『春樹桃李，夏受其廕。』語速效也。『勤者種之，墮者釜之。』語稱報也。諸士乘時奮迹，策勛于國，其受報不後矣。夫楚自屈、宋言風雅，而鴻材麗藻，至今海内無與競；乃武功則百不一二見。爾今繹前修之緒，感慕下之遭，躍然而起，裒然爲時稱首。俾軒輊古今者，不獨以文張楚。則爾固幸逭于周朴之訿，而主司者亦將以鄭賈多之矣。

青浦縣誌序〔一〕

自《禹貢》記山川風物壤賦，而誌蓋權輿矣。嗣是，周職方，漢地里，唐宋州郡若邑，靡弗有記，以辯疆域，〔二〕稽建設，存鏡戒，誌可一日闕哉！青浦爲華、上二邑析地，其始而爲縣也，在嘉靖；其既廢而復爲縣也，在萬曆。縣之初復，爲〔三〕石侯岱宇先生相攸徙治，築城浚隍，設學造士，制大備矣；而誌獨闕者，束于時也。繼石而至，如彭，如屠，如羅，如鄧，非不蔚然稱循良；而誌尚闕者，狃于故也。暨卓侯犖麓先生以八閩大魁來莅兹土，博識雄才，鋭意興革。首詢山川風物壤賦始末，左右口噤，莫能對。動稱掌故漫漶，無考證，則撫掌太息曰：『誌可一日闕哉！』而誌猶不果輯〔四〕者，百冗劻勷，未暇也。

迨視篆逾期，案無留牘，庭無滯獄，四郊之内，政通人和，於是始請修誌于當路諸公祖，而以筆札之役屬不佞圻，〔五〕且爲加幣授餐焉。不佞既拜受而竊思之。青浦者，九州之一撮，《青浦誌》者，鄧林之一葉。誌惡可繁也？然上下數千百祀之人物政迹之在境内，若鉅若細，無一可置，猶其在九州也。誌又惡可略也？繁失之穢，略失之遺，直舉胸臆，奚以信後？是〔六〕所爲大懼也。乃再請于侯曰：『搜羅放失，期于必盡；剔抉顯幽，期于必真，始稱爲誌。不則猶無誌耳。』於是徵文獻於庠序，徵簿牒于六曹，徵殘碑斷碣諸佚事于鄉老；隨至隨發，不逾時而畢集。不佞始得以殫智畢力，摭拾差次，爲圖爲誌，爲表爲傳，凡八卷、三十二目。再脱稿而成帙，遂以請正於陸宗伯先生。幸成一邑完書，雖不敢自附于作者，而紉衆腋以成裘，鳩群材以構厦；往躅遺踪，庶幾可藉以不泯。我侯之嘉惠青邑也，功不在千百祀哉！

是役也，提調總裁，則滎麓先生實司之；商榷質訂，則學博錫山陳君文龍、吴陵楊君廷芳；分類讎校，則文學諸君子；而削牘抽毫，則不佞圻與有一日之勞云。

龍陽誌序

余奉命視楚學政，輪蹄凡再歷諸郡邑。大都崇巒疊翠，巨浸泓碧，風氣顓蒙，俗習頗慤，猶有天地淳灝之餘釀焉。頃之，溯黄鵠，亂長江，登岳陽，南望衡、霍，訪軒帝丹鼎所在，而問桃源故墟，則蒼莽蓊蔚。介鼎城星沙間，有邑曰龍陽者，尤爲佳麗。因按轡集常，武士較之人文，乃復炳炳，歎曰：『固地靈人傑哉！』居數日，邑令黄君持其所爲乘，請曰：『邑故奥區，稱多獻，顧非文安所徵信？諏諸鄉大夫士，謀所以載籍，俾典而則，該而正，以垂遠久，然卒未能當古法也。今公車駐轂，拔藝之雋，將登比籲之書，而志適成，謂非天幸取衷耶？』余受之，爲次第簡閱，則體裁備，論議核，采摭無遺，庶幾信而傳乎！

又嘗論之：志，志也。志，心之所之也。故天道地理，人紀物則，裒然輯者，志之所志也。順天道，經地理，協人紀，和物則，燦然化而裁者，心之所之也。繇文以章志，章志以貞教。居鄉者知土之所自生，我與有賴焉，則不淫；居官者知土之所由重，我與有責焉，則不曠。不淫且曠，地且因人增重矣。志不有裨于邑乎！夫龍陽，據河山上游，而鍾天地淳灝居多。余既臨而觀，又按志而攬擷之，乃知禮樂可興，彬彬將風全楚矣。化而裁之，存乎其人。余重有望於寄百里者。

禮記裒言序〔七〕

余起家固專業《禮》，第於諸經傳尤樂窺一斑也。嘗讀考亭氏《易》《詩》傳，九峰氏《書》傳，安定氏《春秋》傳，各極章明較著，裒然理解。獨《戴禮》在六籍中稱浩瀚，往陳氏著有《集説》羽翼之，較他傳猶然避一舍，於時説又何有哉？誇多者寡要，尚約者漏萬；臆見紛拏，互相有同異，詎能開來學以垂不朽？

甲申秋，〔八〕余奉新命校衡、永士，道出長沙，會臬副李冲涵公亦以《戴禮》成進士，往欲裒集群言，發明宗旨，未有屬也。間與余語，欣然當心，遂出所貯時説數十種，臚列示余；且屬之芟繁證謬，成一家言，俾學者定厥嚮往。余因選取學官博士弟子員，分卷編輯，參互考訂，稿凡數易，始克成編。而課督校讎，則西蜀古見吾氏獨〔九〕任之。尋冲涵公以參知去蜀，余乃間爲裁定，付之梓氏，用廣其傳。即無能追迹先哲所注訓，庶或免寡要漏萬哉！業是經者，無事搜羅群説，而諸家旨〔一〇〕意灼然盈目，則是書不無小補。因名之曰《禮記裒言》云。

黄安誌小序〔一一〕

籍家有言，誌猶史也。志體肇於經，〔一二〕則《禹貢》《周職方》是已。〔一三〕漢以降不可殫舉，〔一四〕譚者謂常璩之志華陽，盛弘之記荆州，格古而辭簡。要之，言有枝葉，先民所不貴也。明興，輿圖開拓，視古百倍。自統志外，郡邑載乘，在在有之。顧多繁蕪不根，所紀山川風俗，壤則民數，無裨省方實政。乃今睹耿師楚侗公所著《黄安初乘》，則彬彬乎文獻矣。黄故楚疆，在春秋爲江黄地。國初置縣，所屬于黄郡者爲州一，爲縣七，而黄安之建則創自肅廟，蓋黄岡、麻城、黄陂之析壤也。

時我耿師爲侍御，力主其議。先是，兹土去三邑遼遡，率多萑苻之警；逮今永戢，爲桑梓利，猶懼載乘缺略，無以信今傳後，故我師〔一五〕特身任之。圻讀公所自叙卷目，次第條理，血脉貫穿，〔一六〕言言關國計，切民務。蓋昉〔一七〕《禹貢》《周職方》，而體裁則良史矣。即使常、盛二家視之，退避三舍，而况繁蕪不根者乎！

或謂我師道德功言，並垂不朽；乃兹總肅百僚，洊登八座，凡四方要害，九土綱維，皆所規畫，奚限梓里？圻謂〔一八〕不然。昔尼父操筆削之權，以我魯而準列國，故曰：『舍魯何適？』我師〔一九〕之黄安，獨非孔氏之魯乎？我師〔二〇〕將以一邑風天下，俾有志作述者仿而爲之，文如其簡，事如其核，義例如其嚴且詳，此豈徒以邑乘名哉！間又讀我師所志往迹，〔二一〕謂『以有盡觀無盡』，公之爲心遠矣哉！〔二二〕卷凡二，目僅十有三。有道者之言，信不贅云。

吾從録序

按取士以明經帖括，其來舊矣。趙宋崇尚理學，易帖括爲明義。謂之明義者，欲士之闡明四書六籍之理義，以模範後學也。

逮我皇明，沿襲不改，然文章與時高下。自洪、永以及今日，體裁凡經幾變，至嘉、隆而浮華極矣。瞿唐諸君子起而力反之，裒然歸于正。萬曆以來，士子稍厭庸弱，鋭意規復先秦、兩漢，體裁又一變矣。浸淫日久，騁奇者或流於軋茁，誇博者或涉于駢枝。余嘗視學楚中，欲稍挽頽風，而未能也。歸農之暇，搜檢故篋，得先哲遺文二百餘首。不矜于古雅，而讀之有蒼然之色；不蘄爲雋永，而玩之有淵然之味。雖近代經生學士或視之爲陳編，而余獨視之爲商彝周鼎、太羹玄酒。既彙之以課子若孫，又授之梓，以公四方，而名之曰《吾從録》。

夫『吾從』者何？昔孔子斟酌三代之文，而獨曰：『吾從周。』至其從周也，又斟酌于本朝先進、後進之間，而曰：『如用之，則吾從先進。』非以周末文勝，流于不慙，不若文質得中之爲愈？故不敢避野人之稱，而寧先進之從。今余之刻是編，夫亦竊比于孔子從先進之遺意。此『吾從』之所由名也。

精選繩尺論序

傳稱『大匠誨人，必以規矩』。夫繩尺者，大匠之規矩也。論而以繩尺名，庸非古今文囿宗工慮典雅之失〔二三〕傳，姑存此以模範後學耶？是書舊刻所載，無慮數百篇，大抵詞意深婉，體格該備。當代以論名家者，類多得諸此也。然詞意清婉，非熟玩沉潛，不能驟窺其要領；而體格該備，讀者往往有苦難之思。以故士競浮談，人工俗體，將使是編等於覆瓿，而論學之規矩幾廢焉。余嘗懼之。

丙寅，叨令清江，適吴内文宗巖泉徐老先生以名御史督學江藩。士經一校第，文輒入彀，然猶謂論之稍外于繩尺也。命余選是編，以課所進諸生。余乃乘案牘之暇，與學博吴君坤、唐君寵，選其文之易於模效、格之近於時製者若干篇，謀廣其傳。事未竟，而改置萬安之報至矣。既又携之行笥，以屬司教沈君鼇、蔣君聞禮、熊君濂，重加校正，遂命諸梓。

梓既成，余又懼而言曰：『是刻也，格之存者十有一二，篇之存者十有二三，而聞人作者僅數十輩。非敢曰選之中取其尤勝也。亦非敢曰選之外舉無足法也。譬之游五都之市，百貨千珍，罔不羅列，而所售則有限者，以其適于用而已。君子肆力于是編，俟其有得，而又以閑暇及乎其餘，則固余惓惓屬望之初意也。讀者其諗之。』

道統考總序〔二四〕

天下不可一日〔二五〕無此道，則斯道之統，不可一日而無傳。統之絶續，道之存亡係焉。然上無表章之主，則無以綱羅放失；下無師承之士，則無以闡發幽秘。是人又統之所賴以不墜也者。故羲、農、軒轅、堯、舜相繼御宇，而萬世道學之統始開；見而知此者，爲禹、皋陶，爲伊、萊、吕、散；聞而知此者，爲成、康、〔二六〕文、武、周公。維時斯道大明，如日中天，而統系之傳，莫或有奸之者。

自姬室陵夷，諸侯竊命，邪説横流，統之不絶者僅如綫耳。孔子憫王政之廢缺，論次《詩》《書》，修明禮樂，作《春秋》，垂萬世，而統歸洙泗矣。七十子之徒遵其教以游列國，如子思之居衛，子張之居陳，子游之居吴，子夏之居西河；而田子方、段干木之屬皆受業於子夏。雖其人賢不肖殊科，而其衍洙泗之統，則一也。

威、顯之際，孫、吴、蘇、張各立門户，聖代遺言，幾於絶響。孟軻氏接曾子、子思之傳，潤色孔子之業，以表于戰國。然淹中稷下，八儒三墨，漆園黍谷，名法兵農之流争鳴輩出，而道統幾爲天下裂。迨至嬴秦，焚坑並作，而六藝始蕩然矣。猶幸斯文未喪于天，而山岩壁屋〔二七〕之藏尚存十一也。

漢惠帝除挾書律，而後殘編斷簡，稍稍間出。武帝表章于前，學士景從風嚮；及〔二八〕昭、宣、元繼之，增置博士，設甲乙丙三科，以招延弟子，業一經，〔二九〕位皆至通顯，而儒術始大行于世。更始以降，典籍散亡，又道統之一厄也。光武中興，首訪儒雅，采求闕逸，而後四方學士抱負墳策，雲集京師，立五經博士，各以家法教授。明帝臨雍，執經問難。建初中，大會諸儒於白虎觀。肅宗稱制，裁决如石渠故事。靈之不君，猶能詔諸儒正定經書，刻石學門。逮董卓移都，而辟雍、東觀、蘭臺、石室、宣明、鴻都所藏，散佚幾半。王允收其餘剩，載之以西，猶盈七十餘車。尋遭長安之亂，殘缺殆盡，特少嬴秦之焰耳。

三國分〔三〇〕争，詩書絶講，雖有王肅、孫叔然輩剿獵陳言，互相論駁，第少延漢儒之一脉耳。魏晋六朝，風斯頹矣。背闕里之典章，逐玄虚之陋習，運否道消，可爲長歎。時則有范平、文立、徐邈、范宣諸賢並崇經學，差强人意。全南北分裂之日，君臣習於戰鬥，士庶怠于横經。雖魏文、梁武頗號知儒，黄初、建安、天監中開館設學，射策明經，崔儼、何伏之徒前後互見，斯亦爝火之餘光也。

隋文受禪，嚮意儒林，所辟元善、何妥、劉炫、劉焯、房暉遠輩，争鳴於朝；王仲淹輩教授於鄉。質疑受業，後進亦有賴焉。

晉陽啓祚，文治蔚興。太宗偃武修文，開館招延惇師，秀艾負素畢至。讎正五經，創立義疏，貞觀、開元之盛，庶幾有功於教化。禄山之亂，官緗私楮，喪脱良多。文宗用張參等是正訛漏，然去貞、開遠矣。後之談〔三一〕道統者，惟知漢人羽翼聖經，而不知隋唐以來，如陸元朗、顔師古、孔穎達、褚無量諸人恪守師門，討析經義，闡明聖藴，俾斯文之統不遂斬絶，以俟宋室諸君子，其功不可盡泯也。〔三二〕唐末五代，藻翰之士非不間作，于吾道之絶續奚賴焉？

宋朝中葉，文運肇興。舂陵周敦頤氏得聖賢傳心之秘，而河南二程兄弟及門受業，益擴充〔三三〕其所未發。迄于南渡，新安朱考亭氏者出，接程氏之正傳；而二氏門人各以其學互相發明，然後孔孟遺言焕然復明於斯世。

元以蒙古〔三四〕入主華夏，猶知崇重聖道，而吴澄、許衡諸賢力排異議。其源流並有端緒，固不得以出處之際〔三五〕概少之也。

皇明御極，變夷爲華。太祖投戈講藝，朝夕不倦，設科取士，一以程朱爲正的。成祖輯《五經性理大全》，以開群蒙。宣宗著《五倫全書》，以詔來學。世宗闡敬一微言，以上接乎堯舜之傳。蓋自列聖以及今上，靡非〔三六〕尊儒重道，幸學開筵；而黜百家，崇六典，詔重修《十三經注疏》及《二十一史》，以收《菁莪》《棫樸》〔三七〕之效。一時雲蒸霧合之士，非周公、孔子之道不道，非濂、洛、關、閩之學弗學。如薛文清、陳白沙、陳剩夫、胡敬齋、羅一峰、陳克庵諸先生，其著述、講論、經濟，〔三八〕皆粹然一出于正。千百年斯道之統，非斯人，吾誰與歸！

先達諸公嘗著《道學傳》及《理學名臣録》，庶幾備矣，而源委未詳，姓氏脱略，觀者不能無遺恨。故裒其世次之略，采其統緒之全，别爲『道統考』，〔三九〕以少補理學名臣之缺。〔四〇〕庶後之學者〔四一〕咸有所證據，而不致〔四二〕泯没無稽云。

重刻詩林廣記序

《詩》之爲教也，發乎性情，止乎禮義焉耳矣。聖人存《詩》三百，篇章不計長短，音韻不必押合，措注不論美刺，一切箴規憂喜、叫笑怒駡之詞，舉録而不置，何耶？取其性情之發而禮義之止也。

蒙齋蔡公集晋、唐、宋以來名公吟咏，附以歷代詞人墨士所評騭，彙爲若干帙，廣諸梓，以嘉惠後學。余少讀而喜之，曰：『是編所録者，雖長短不同章，音韻不同調，美刺不同體，箴規憂喜、叫笑怒駡不同意，而其抒性情之真，得義禮之正，則一也。惜乎校正未工，不免魯魚亥豕之疑，誦之者至或不能以句。』

戊辰春，余以計事覲新天子。奉璽諭，令之復任。于是辭燕山，溯汶、濟，涉清淮，經吴會、武林而之江藩。上下數千餘里，歷覽江山之勝，凡兩越月。暇則坐風檣下，展《韻林》一卷而讀焉。訛者訂之，失次者序之，入治境而繙閲周矣。博士弟子劉君子田多聞强記，蜚聲於時，畀之重加檢括。蓋至是而魯魚亥豕可十剗八九矣。

劉君造而請曰：『舊刻仍訛踵陋，今兩經校正，庶幾其爲善本矣。弗寄諸木，奚普其傳？』

余因鳩工梓之，而序次其始末如右云。

黄庭内外景經洎五臟圖説序〔四三〕

夫道家宗旨，類多主於恬静冲虚，眇萬境而無留。而方士羽人遞祖其説，則又爲煉化昇舉之謬論。愈傳愈訛，浸以誕漫，儒者固弗道也。獨《黄庭内外景經》本自然之理，修自有之真；返視内守，却立浮埃之表，殆庶幾于道之正哉！雖作之未必真扶桑太帝，傳之未必真暘谷神王，受之未必真南岳魏夫人，而上世高真如務成子、梁丘子、白履忠、李子乘、尹真人、蔣慎脩輩咸爲注釋，以傳人間。宋歐陽文忠稱一代博雅大君子，亦决其爲晋魏道士養生之書，遂删定永〔四四〕石本，而手自爲序。是詎可以窈惚玄談例之哉？惜當時並行于世者，有《二景内譜》《中景經》《五臟圖》《五臟六腑圖》，凡三十部，五十七卷。今皆不可得見，惟梁丘注尚存。而《五臟圖》又雜見于養生書中。余因表而出之，以備一家言。至于導〔四五〕引補瀉諸法，固亦三十部中之一。然茹吸吐納，易以惑人，往往害性而傷生，余則絀而不録。學道者其審諸。

長生寶籙序

余嘗讀内典諸書，知世有六境，曰人境、神境、鬼境、仙境、夢境、佛境。夫飲食男女，叙倫昭則，余既得托身人境；而神境則聰明正直，福善禍淫，余八十餘年升沉榮辱，莫能逃之。若無古無今，以天地爲春秋者，則鬼境也。吾弗知也。彼夢境者，魂歸魄藏，緣舊習心，毋但晝夜之間有此景界，雖生平一動一静，皆是境也。其佛境，則優游西土，不生不滅，不墮六道死生。此西方之曲説，好事者往往尊信之，而非吾儒之正論也。

惟仙境，則謂入水不濡，入火不焦，走岩石無礙，步日月無影。其言雖杳冥遷幻，而其源出于老氏。厥後授軒轅于峨眉，教帝嚳于牧德；大禹聞長年之訣，尹喜受道德之旨。事雖多不經見，然其爲教，主於滌除塵累，澡雪心神，積行樹功，乃至長生久視。斯於吾儒所謂存心養性、樂天知命之説，頗相表裏。余故遠稽仙傳，近考丹書，取其有益於養生者别爲一帙，名曰《長生寶籙》，令後之有志學道者焚香展誦，或足爲却疾延年之一助。若裴休溺空門鄙穢之術，李德裕修房中服食之功，不惟點污名教，且至促景戕生，則智士所宜深戒也。

香雪園集序〔四六〕

夫名花奇卉，品類無慮百千計，而皆不見經傳。獨和羹載在《商書》，標實紀於《周什》，雖大聖删述不廢，則梅豈凡卉可例耶？

余先王父石泉公性嗜梅，嘗栽數本於庭除，娱弄朝夕。先大夫怡朴公復承先志，於居第後闢園數畝，栽可二三百本。不數年，蔚然成林。時余方宦游東西，未暇抱甕其間。〔四七〕兒子思義能以誦讀之暇，稍加培護。而騷人韻侣徜徉吟嘯，且搜集古今聞家題咏，若詩若歌，若賦若圖譜，漸次成帙，因壽〔四八〕之梓，以永其傳，庶幾先人手澤藉以不墜。

刻既成，余復爲校讎數四，訂金根之謬，劗魯亥之訛；始彙而聚，復類而分。雖長篇短句，皆海内所共聞睹，無足爲異；然以一編置之几頭，驚時撫節，茂對拈枝，朗吟數首，暢我幽襟，寧非賞心之一助哉！

數奇録序

《數奇録》者，宛平少府上海陸汝晦梓其歷官之功次，暨贈行之詩文若傳，蓋孟堅《賓戲》之流也。

汝晦少與余同硯席，而風流儒雅，復世其家，竟以數奇，不克博一第。筮仕袁之宜春，再晋京兆之宛平，三晋參大寧軍事。亡何而中中山之篋，則汝晦正守太夫人制也。

王子曰：功名之際，不難言哉！昔漢武不愛通侯之賞，風勵將士，下至裨校，無不繫斗大印，而李將军卒不佩半通之銅，然猶曰將軍故有恨耳。以汝晦之博大長者，雖專制一城，不足爲侈，奈何以一丞老也。當其丞時，例不得薦舉；及得薦舉矣，又例不及京丞。夫丞一耳，京與否，又何擇焉？且人政才難。其才誠足舉，雖管庫不可遺，况丞乎？奈何卒以一丞老也。

君子所患者無知己，故王彦深嘗撫心於龍泉、泰阿，以爲相知。今所稱汝晦相知，如它人忘論，即王竹陽、張桐江、賀文南三公，皆稱慎許可，而於汝晦推轂不置。可不謂汝晦管鮑耶？奈何卒以一丞老也。

當官無效，而或苞苴自潤，猶曰：「吾自有以致之。」汝晦歷官一十二載，即卷握不私，豈不謂皭然無滓者？今其所録考詞具在，前後臺察諸公不下三十餘輩，然不曰奉公，則曰守白。奈何又以奸利事相螫，而卒不免於文致也。功名之際，不難言乎哉！

昔梅侍讀以跛不得兩府，嘗摩其足，詫謂：『是中有鬼！』汝晦之不宦達，殆猶是耶？此《數奇》所繇録也。雖然，以宦達，曷若以不宦達？吾誠不負官，則雖綰銅墨，猶之銀艾。今觀汝晦之爲丞者二，假爲令長者五。凡其捐詭穀，清積牘，疏滯獄，隨所至而見奇。此於宦不宦何如？又何論宦也。公孫丞相不云乎：『有功者上，無功者下。』有功而下，則官負人；無功而上，則人負官。今亦官負汝晦，汝晦又何尤哉！

蓋吾黨通塞，政不在官。假令必朝脱羊裘，夕紆金紫，則仇陳留不將曰竇武笑人乎？且王中書之椎車壁，蕭南郡之剗花草，古今之不宦達者，又何止一汝晦也。余所爲汝晦慰者以此。

古今詩話序

上古陳詩考俗，皆采之蕘夫村媪，矢口成詞。無非寫性靈之湮鬱，發造化之秘藏，不知其然而然者，而又安知其依聲合節與否？迨宣聖删述，且亦兼收並蓄，何嘗詮次其韻語之不中程、才情之不應度者，而少有評騭也？

自四始變而爲騷，爲樂府，爲五言、六言、七言，爲古風、排律等體，鏤心劘骨，格調愈嚴，雌黄愈盛，遂至今昔品題，競弄唇吻。沈存中、陸游、陳德固、高若虚、諸仁傑、毛直方、魏道明，各以詩話倡於前；而王景昌之《詩考》，方醇道之《詩史》《詩評》，近世蔡持正之《廣記》，皇甫汸之《解頤新語》，聞見疊出，而騷人墨士、山臞野叟，譏訶牴牾，又不可以數計。識者病於甲乙人殊，燕郢代變，倀倀乎莫可折衷。

余自楚歸農，鎡基之暇，搜集纍朝著述，爲之删繁就簡。凡有關于世道之升降、詩教之針砭者，别成一帙，名曰《古今詩話》，即黄萬頃所著《筆苑》遺意也。編摩既就，因付之剞劂氏，以貽同志。明窗之下，倘能置之案頭，或就朝旭舒光，或乘青藜吐焰，展閲數則，不費揣摩探索，而古人操觚握管之精藴，具在目前。昔人有謂，求聖賢之言，不若求聖賢之心。余則曰：『因言以會意，因意以求心。心融而意自釋，意釋而言詮或可弃去。』則是刻也，可以解頤，亦可以覆醯，讀者其自得之。

劉氏紹文集序

夫奕世象賢，立言不朽，自古並重之矣。然不朽之業，尤藉有象賢之後，而始能施聲於無盡，斯又往牒之蓍鑒也。余甥劉景錫名永祚，爲彭城郡十世孫。誦讀之暇，彙集其先人著述詩章無慮數百首，托之梨棗，以垂來葉。非積慶之久，挺生賢嗣，以襄此不朽之盛美者乎！

嘗考彭城世裔，自御龍氏以來，散處四方，莫可殫記；而占籍海上者，實自黄州統領子通公始。子通傳明經用和公、萬石東野公、誥贈水月公，至建寧郡伯坦齋公，而以科第顯。又傳而爲訓術頤拙公、九江幕府松山公、益府舍人筆峰公，雖顯晦異迹，而皆以能詩著聲藝苑。九傳而爲文學晴原公，與其弟雲萊、熙峰二公，又皆與余□□膠庠，以詩文相切劘者。且晴原又爲余妹婿，故其纍代著述，嘗得朝夕諷咏。每惜荆璧隋珠，漸以散逸，而未能被之金石，作我後程。余甥本寒儉儒生，不惜餼廩餘貲，手録校讎，勉付良梓，以圖不朽，且欲附之譜乘之後，其用心良勤且苦矣。

昔宋戴碩有子能書嗜學，同時陳戴家富三十萬，而箕裘弗稱。人或爲之語曰：『戴碩兒子，可敵陳君三十萬。』余甥早失怙恃，伶仃孤苦，强自成立。行將需次入對彤廷，非徒纘修前業，他日必能大振家聲，而鄉國寵光，又豈止敵三十萬哉！余故喜而書之，以慶劉氏之有後也。

大東輿誦序

江南之有開府也，自永樂以迄今日，莅兹土者，非不皆琅琅有聲；而鎸勒紀功，烝嘗食報，士庶孺慕，越二百年如一日，則惟忠靖、文襄二公。夫何以得此於民哉！蓋忠靖治水，文襄賑飢，皆以實心行實政，而毫髮不假緣飾也者。猶之蹈湯火者之呼號求救也，途之人非不惻然思援手，而或諉於力之不能；若其父母兄弟遇之，則不憚糜手濡足，務圖置之生全而後已。此其情真，故其心專；心專，而力自副也。

頃歲大浸，百萬黔黎束手待斃，奚啻一二蹈水火哉？幸遇撫臺懷魯周公目擊心悽，視民之瘼，真有若父母禦子弟之難者。故各屬災報未至，而檢勘之檄旁午於道；及得受災分數，即具疏星馳入奏，懇蠲懇賑；既得所請，喜動顏色，而民亦脉脉有生氣。尋又搜括公帑，簡任廉勤幹吏，分投鄰省，轉販穀粟以廣市糴，米價賴不高翔。而禁哨聚，裁冗濫，敦風勸，緩徵令，《周官》十二荒政，旦夕畢舉。又念給散無法，終爲厲階，當發廩勸分之後，復督郡縣長吏躬巡阡陌。銀錢必手給，饘粥必親嘗，一令一動，皆根抵肝膈，非但以聲音色澤指使群下。故百職稟奉惟謹，而飢氓餓隸無弗軒眉攘腕，籲天呼地，以爲賢中丞活我，而踴躍抃舞。于是山謡野誦，彌滿四境。鄉紳墨士因采而文之，爲長言，爲短什，一倡百和，以揚扢休美。中翰敏齋喬君復彙而付之梓人，俾垂範于無窮，非昭代一盛事哉！

余年荏苒八旬，中遭大浸凡五。雖良有司悉心經畫，亦未見救患分災、綜理周密如今日者。今日之政，不禁市而市自平，不親賑而賑自溥，不詰盜而盜自戢，不戒屬而屬自喻。聖澤既以均沾，仳離由之團復。公之有大造于東人，蓋亦心忠靖、文襄之心者也。上以心感，下以心應，東人能不以頌夏周者頌公乎？余當此時，亦自分不能爲朝夕計。今幸免翳桑之厄，爲造化剩物，則沾濡闓澤之尤深者。故有概于《輿頌》之作，而叙其大端於諸什先，爲將來告。

鴻飛録序

按古岳牧侯伯甸宣四國，其湛恩瀸澤，足以固結齊民者，必重繫人去後之思；思之而莫可慰藉，則往往形之歌咏。近者或用情於改衣授餐，遠者或悲愴於所芟所憩，如《甘棠》《緇衣》之什，至今讀者猶能緣歌詩以得人情，緣人情以徵吏治。彼區區碑峴首者，不足數也。若我士庶之思大中丞臨川周公，則實類是。

方公以治河得請言歸也，人情皇皇，百計謀以挽之。所部數十郡縣，若薦紳，若耆庶，不知走幾千人；若具揭，若具疏，不知掃幾千楮，而竟不能如願。於是小人灑泣，君子摛詞；德政有記，大東有頌；言別有記，而猶未已。又相與搜輯公遺事、遺言，勒之貞石，而命之曰《鴻飛録》。

夫中丞節鎮一方，勢至尊貴，去民遠，非若郡縣近民，易於見德；乃獨戀戀公行，如赤子之去慈母。此非湛恩瀸澤固結齊民，惡能有是哉？公之撫吴可五年，惠政摟指無算，而最彰明較著者，莫如蠲横徵，鋤劇寇，詰奸宄，除妖黨，伸冤抑，賑孤寡，獎節義，禮遺逸，風學校，戢貪暴，與公旦分陜之政何以異？而最淪肌浹髓，使人謳吟思慕不能已已者，無逾於救荒之二十三事。事詳《三吴荒政》中，兹不具。蓋戊申值罕睹之災，公亦竭多方之救，其最關民疾痛疴癢者，又無逾於請蠲與緩徵；而言者遂借以中公。然人之中公者愈巧，民之德公者愈深。此《鴻飛録》所爲刻也。

公旦避禍居東，東人勉留不得，賦『鴻飛』之什以見志，卒之成王悔悟迎歸。衮衣綉裳，徘徊廊廟，終成夾輔之勛。我吴民所屬望於明天子者，更有切於東人。然而非公心也。夫公所繫念者，惟國與民。假令三吴無水患，畿輔安於覆盂，公鞾冠芒屩，久逍遥於臨汝之間，何待今日始言蜚遁乎？南華子有言：『鴻飛冥冥，弋人何慕焉？』夫彼以『鴻飛』望公之復，則民之所以爲心；此以『鴻飛』行己之志，則又公之所自爲心。而不欲輕以語人者，余故并序諸卷首，以爲知公者告。

四書指南序

皇明仿古設科，首試書義，大要以程朱傳注爲標準。嘉、隆以降，文氣積弱。好古博雅真儒出焉，爲之改弦易調，期復古初，文體裒然一變矣。沿習既久，後進承訛，以棘螯爲格韻，以險怪爲奇警；率又剽〔四九〕竊佛、老、莊、楊唾餘，以文飾淺陋，遂自謂能爲博士家言。而有司亦有售其欺者，遂令鼓篋升堂之士，藐程朱爲糟粕，而傳注幾束之高閣矣。吁！可慨也。

清源黄先生簪纓世學，署教海邑，談經講藝，悉根洙泗濂洛淵源，而發爲古今文詞，並臻淹中、稷下矩矱，信哉文囿之宗匠也。會華亭李允功氏以《尚書》教授于吴淞之陰，尤能潛心理學，究極指歸。《學》《庸》《語》《孟》諸書，靡不天游神解。嘗手録其所自得者，與余孫昌會互爲印證，更五六寒暑，彙而成帙，乃以就正于黄先生。先生復加考訂，芟削繁蕪，是正訛謬，宛乎成一家語，遂命之曰《四書指南》。

一日，持稿示余，則見其文約而義該，詞淺而意暢，真足啓學士之迷途，貽臨文之捷徑；上下四旁幽隱，無適弗通，殆不特越裳人之僅藉南征而已。余因念昔視學楚中，見諸士所爲文，脱然自詭於功令，而恣憑其胸臆；乃梓蔡虚齋、林次崖二先生《四書粹意》，頒之庠序，爲後學楷模。今觀是書，大旨殆又會百家之精粹，而附以獨見，若與林、蔡著述實相表裏；間亦有發二氏之所未發者，而總之于孔、曾、思、孟正脉，無少牴牾。第令持是書懸之咸陽市門，果有能增損片言隻字否乎？固知其收名定價，當不在文信遺書下矣。

四書證義筆記合編序

夫理道之奥，備載典籍，茫茫昧昧，非言莫闡，而尼父乃謂『予欲無言』者何？蓋學由心悟，一落言筌，即生蹊徑。蹊徑既别，遂至分門聚訟，言愈繁而理愈晦。八公目爲小學大迷，所從來久矣，他勿具論。吾道之正脉，自羲、軒、孔、孟而下，無過宋室諸儒；而析毫剖芒，集諸儒之大成，又無過紫陽朱子。乃鵝湖辯論，紛然不能相下；至姚江王文成倡道東南，復與紫陽相水火；而排姚江者，又或詆爲虚談飾行。彼亦一是非，此亦一是非，令學者終身顛倒於溟涬之中，而靡所折衷，無爲貴言矣。

然道本無二，惟其入門不同，故其見解亦異。猶之百川赴海，支分派别，而要其歸則一也。

彼謂紫陽不必俱失也者，其見固未廣；謂姚江不必俱得也者，其心亦未融。蓋訓詁非溺於支離，超悟非淪於枯寂，均之足以證道。而淺學寡識之士，摩揣失真，恣行胸臆，不能爲二氏排難解紛，而反互相掊擊。吁！可慨已。

肇陽先生資稟甚高，聞道甚蚤，雖舉制科，而雅厭功利之習。嘗剖符蓬萊，甫報成，即挂冠歸。歸益潛心大業，創日新書院，偕四方從游者講肄其間，日無怠晷；而又抒其所獨見，著爲《證義》諸書。既發傳注所未盡，又推演良知之教，大有功于後學。是直羽翼群聖，鼓吹六籍，豈止爲二氏忠臣哉？

夫閉離朱於暗室，倀倀乎一瞽子耳。偶穿隙霤，見天光，則爽然而快；況開户發牖，從耿耿見昭昭乎！又況啓扃鐍，適泲浪，凌日月而覲天都乎！余白首窮經，未領先生指示，何異兀坐暗室？既從杖履，譚道通意，猶然一隙之明也。已而縱觀先生所刻講義，抽引經傳，探測窈冥，不啻日月天都，開我聾聵，而自恨摳衣趨隅之不早矣。

夫紫陽當宋季，而力遏僞學之瀾；陽明際盛朝，而獨啓不傳之秘；肇陽崛起千載之後，而毅然以斯文爲己任。異時譚理學者，號爲『古今三陽』，庸非鄉國之盛事哉！

是編初刻於金臺，再廣於曹中丞，兹又益以師弟子所論辯，總而題曰《證義筆記合編》。大要印證紫陽，而又不悖乎姚江，宛然吾道正脉，令人讀之，寢食幾廢。昔魯人有南策疇者，耻聖道之無聞，跋涉山川，百舍重跰，而南見老子，北面受教，欣然七日不食，如饗太牢。是編已爲里中家傳户誦，而尤未廣也。設有好古博洽君子，取而獻之朝宁，副在史館，頒布輿内，俾經生學士舉得以嚅嚌道腴，則太牢之饗，豈一魯人能私之哉！

筮徵録序

夫占繇、符架、緯候、鈐决之書，用以參驗人寰，信非一端；終不若神蔡靈蓍，歷無窮時，應無窮事，玩造化于掌上。故帝王必建占人，以司九筮；而儒者多精于其理。漢儒分門剖類，歧而爲七十二家。其説汪洋浩渺，歷代星正罔能覘其端倪。至于擲錢剖瓦之徒，往往賈奇聲于宇内，而象占遂視爲餘伎矣。

章川王先生少攻記誦，長而講授吴中，於書無所不究，而尤嗜三聖之微言。乃以其暇裒集古今象占休咎之徵，卦列而爻繫之，積久成帙，名曰《筮徵録》。余嘗取而讀之，上自春秋戰國以來數千年，近之皇朝二百四十餘祀，凡后王君公，以及士庶所揲災祥事應，靡不具載。其間吉者凶者，先吉而後凶者，先凶而後吉者，或甲占以吉應，而乙占以凶應者，炯然著于各卦各爻之下。始知繇兆所設，神理攸存；名言之外，别有窺測。非廣探巫石之旨，博覽酉陽之藏者，惡能窮玄奥而通象數哉！

夫求遺物于暗室，懷夜鑒者得之。是録也，信稽疑之夜鑒也。昔王無功不喜讀他書，日惟以《周易》置床頭。乃懸解如章川者，將不得爲昭代之無功耶？

洗冤集覽序

先正云：『律爲法銓。』夫銓之言量也。用量度情罪而致其平也。故國中無法，胡以懼暴止争？法具而銓量弗審，則橈枉滋豐，其弊又甚於無法。是以仁辟聖理，雖鞭笞居宅之施，猶兢兢明允是戒。矧蔽大獄也哉？夫人肖貌乾坤，禀靈川岳，一髮一膚，何者弗保且愛？即蚊咋蠅嘬，猶爾攢眉動色，况銛刃刳斫，動隕軀命。師聽者少涉頗類，〔五〇〕即上干天沴，下虧王度；以此静民，民無戾乎！

然重辟出入，全由檢驗。檢驗明則情罪當，情罪當則刑一人而千萬人懼，奚秋荼〔五一〕凝脂爲也？第檢驗程式，其於《洗冤》《平冤》《無冤》諸録備矣。率多沿襲前代公規，而國朝憲典闕焉未載。且文義冗雜，字畫訛謬，讀者良或病之。

余筮仕一十六載，爲邑者四，爲州者二，爲御史、爲臯僉者各一，然皆有刑章之寄焉。故嘗搜輯古今圖説，及當代令甲，凡有裨於檢勘者，次第筆之。久而成帙，因摽其端曰《洗冤集覽》。每遇量移，輒納諸行笥，與圖史俱用作參聽之龜鑒，守官司訊，實有賴焉。筮仕者誠得此編而讀之，乃更察彼辭色，悉我聰明，以破偏聽之姦，以廣覆盆之照，將使赭衣屏議，犴狴息詞；而淑問之遺風，庶幾可仿佛萬一矣。毋曰牛溲馬〔五二〕渤，非齊法之大准也。

龍江草堂遺稿序

《龍江草堂遺稿》者，大參復吾侯先生所著詩也。先生與余生同里閈，長同硯席，雖科第互有先後，然復官同臺，宦同地，出處不甚相遠。獨先生置言立行，足爲世程。其所撰述，無論短章大篇，得之者如商敦周鼎，即不常爲人用，而咸知貴重。

先生既捐賓客，其叔子孔鶴爲予孫婿，持先生遺稿一帙示予。篝燈讀之，泫然下涕，追思齠齔時，以文字相印證，凡經承口畫指示，不啻如土之就型，金之就範。俯仰數十年，予已老，而先生亦厭世，恨不能起先生一爲商榷。今驟得此稿，從容諷誦，不覺心悚神依。

予昔視學楚中，門生故吏嘗爲梓詩文數卷；雖出先生指畫之遺，然如吐果之核，竟無當於人用。昔夏侯湛著《魏書》，後觀陳壽《三國志》，已書悉就毀裂。讀先生之詩，則予所災木者，皆夏侯氏所弃置者也。因令授之梨棗，爲序其大都。先生著作甚富，惜多散失，兹所梓者，十之一二也。

熬波明農二集序

《熬波》《明農》二集者，余友同年都使陸公所爲詩若文也。陸氏自平原振藻，代有雕龍。毋論往昔，即我明肅皇之際，自京兆儀部侍御後先建標藝苑，暨隆、萬間公及公之猶子君策，暨四丈夫子復翩翩赤幟詞壇。夫世壓三朝，而父子、兄弟、叔侄繼起，即余家青箱，亦遜不敢望。豈雲間山川之秀，獨於陸氏有私鍾與？

公與余同登甲子榜，戊辰成進士，仕宦至金紫，所到爲天子布德意，稱循良。年甫指使，竟中中山之篋。公在事，嘗於督撫諸公小有題跋。諸公見而奇之，以爲陸邦伯不獨爲才吏，且稱文雄，不意木天祭酒近在魚鹽。由是名大噪諸公間，以詩文謁者履滿户外。留之笥中，時作光怪，因傾其所藏，公諸同好。在董鹾時作者，命曰《熬波》；歸田時作者，命曰《明農》。刻成，問序於不佞圻。圻才謝公遠甚，信如小巫之見大巫，安能執筆爲公役哉？雖然，李密見賓僚文章奇絶者，必付雪兒協律歌之。余不佞請以枯管爲雪兒，可乎？

蓋平原有言：『會意尚巧，遺言貴妍。』而婁江氏亦云：『意百煉而成字，字百煉而成句。』故心牢落而無偶，則意之累也；詞寡情而鮮愛，則言之累也。明興，作者不乏，然總不能舍筏而竞津。余間嘗與公商榷風雅，以此相質。公笑謂食肉不食馬肝，豈爲不知味哉？因泛論古今作者，大致文取司馬子長，而昌黎、柳州亦許其足鼓吹詞場；詩取中、盛，而於儲、錢更多賞心。今試讀公文，博大亢爽，恍如腐令，而時出入於韓、柳；詩真率清贍，不啻儲、錢；而樂府更駸駸逼元名家。即不屑屑求合於意言之間，而程才司契，咸知其浚發於巧心矣。

月旦之家，嚴於斧鉞。蘭亭逸筆，膾炙千載，而竟遺於蕭統；襄陽佳句，足配古人，而論者猶以爲句不出五字外，篇不出四十字外。讀《履素集》者，即令申、韓彈射，當亦謂無擇言矣。人恒謂文如其人，公浮沉朱墨幾三十年，於宦甚拙，而會意顧巧；獨立行一意似鐵石人，而遺言顧妍。豈文章、德行固不可一途限與？人知文於公，而余知公於文，因序公集而并及之，且令天下知雕蟲不足以既公也。

魏水洲先生集序〔五三〕

子雲有言：『世無尼父，則西山之餓夫，東國之黜〔五四〕臣，惡乎聞？』余初未敢以爲然，今讀《魏水洲先生集》，始信〔五五〕其不我欺哉！

水洲先生者，江右新建人也。在肅皇朝爲名給諫，在南國爲賢薦紳，在王文成公之門爲傳心高足。往余令清江，去新建僅百里而遥。先生之高節清風，亦既耳而目之矣。自楚歸里，以蕘牧之暇輯《道統考》一書，嘗纂先生行略，繼國朝理學名臣後，而猶恨不獲見先生著述之全。歲丁未，豐城熊際華公來令我華亭，偶以南雍劉司成雲嶠公、溧水徐令君岩谷公所裒輯先生遺言示余，不覺欣欣動色，蓋嚮往於四十年之前者，一旦快睹於四十年之後，不啻異代珍奇，復出今日。

夫文之爲道，陸平原論之詳矣，而其大旨要辭達而理舉，歷觀自古握珠璣，工組織，如東西兩漢作者，雕蟲之彦，競推爲藝林孔孟，而於斯文之正印，則高謝未遑。非以徒侈於言，而遺其所以言乎？今先生集具在，其所結撰，不煩繩削而辭達理舉，動合典則。始知先生之文，非鼓吹詞林之文，而羽翼聖真之文也。

先生嗜道，不汲汲於啖名，故其集俱散漫，幾同秦火。自南雍、溧水、華亭三公闡揚閟奧，收叢殘於沉埋剥蝕之餘，先生之集始賁若揭日月而行。即後之談道者，亦得沾其餘溉。則先生固西山、東國之流亞，而三公者又先生之尼父也。適熊侯以先生集綉之木，而余爲引其端。若先生之立朝〔五六〕事業，載在史乘，余可無言矣。

皇明世説新語序〔五七〕

夫自典謨遞布，孔策昭垂，若二曜懸穹，百瀆注海，作者〔五八〕之致，難爲儷矣。嗣自〔五九〕百家競起，純駁殊方，稷下侈於談天，建武誇其重席，是人所非，非人所是。海内亦同聲而共和，莫不抽羽陵之殘蠹，續嵩山之斷簡。故《世説新語》纂於宋代，垂百千年，亦稱文教之宗焉。厥後丘旭之《宴語》，張汝明之《卮言》，黄鑑之《談苑》，陳中行之《管窺》，胡以遜之《補劓》，許元弱〔六〇〕之《新對》，皆得勒之琬琰，副在名山。

逮我皇明，五緯聚奎，文詞輩出，負笈懷鉛之品，靡匪吐辭爲經，盈山笥而充河籍。惜無有裒聚而表見之，如劉義慶、丘旭諸君子者。余姻友李節之氏，少承家學，奮志窮經，策〔六一〕闈屢躓，探討益勤，上自廟朝耆俊，下及山澤隱淪，片言隻字，舉皆冥搜廣蓄；至欲捐世業以授梓人，嘉惠後學，甚盛意也。

余嘗考之《世説》所〔六二〕語，册府新〔六三〕載尚矣；或因絶筆魏晋，而病其失之隘。吾淞何元朗作《語林》，搜抉亦云精矣；或因華夷〔六四〕兼收，而病其失之濫。今節之氏之所采摭，有一之非腴詞飛彩、逸句驚人者乎？或窮探性奥，或援引道真，而又皆取必於熙朝碩彦之齒牙餘論。一切説怪談妖、恍誕溟涬之語，悉置勿録。較之《宴語》《卮言》《補劓》《新對》諸帙，似亦未易齊驅並駕，它可知已。是編一出，豈惟騷人韻客寓目解頤，將使經生學士口誦而藻思泉涌，心惟而逸氣雲蒸，其平日景仰先哲之念，不藉此少酬哉！

刻成，名之曰《皇明世説新語》。既非掠美於異代，〔六五〕無用擷英於非族。隘耶？濫耶？夫誰得而病之？

雙劍稿序

夫今之爲制科家言者，誰不期秦漢乎哉？然刓方破觚，倏忽變换，終難入室者何？蓋思鮮杳渺，則意不玄；詞寡藻繢，則體不妍；肉不配骨，則神不王；骨浮于肉，則氣不昌；響不中聲，則調不諧；目之黯然，則色不澤；索之汩然，則味不永；乏袁生之學，則識不廣；工宋人之楮，則天不足。數者既怯，徒竊莊、列弃唾，綴合爲文，鏤肺雕肝，務工險怪，至不能句，因以秦漢自命，此猶頭陀學佛，終是小乘，入室不難乎哉？

余觀許文學、喬孝廉所著《雙劍稿》，意玄而言妍，神王而氣昌，調諧而色澤；味永矣，識廣矣，天足矣；融百家而爲儒，化史傳而爲經；紛披揮霍，惟所陶鑄，而一字靡可增損。昔人謂鶴頸難爲短，鳧脛難爲長，殆兹集也夫！龍泉、太阿，非古雙神劍耶？舉世不識，則駕風掣電，超忽化去，埋藏上邑；一朝芒彩射斗牛，遇博物如張華，遂出人間，爲希世寶，則是編所繇名也。

余昔爲諸生時，嘗以《禮經》從孝廉先憲副公相切劘，而憲副遂爲我明高堂、后蒼。今孝廉復世其家學，以與許君唱和成帙。睎秦而秦，睎漢而漢，雄奇橫發，古意自存，蓋文之入室也者；而晶瑩蓄極，光且燭天，博物君子不將争致之哉？許文學，姚江人，與孝廉同研席。不知其人，視其友矣。

董與叔稿題辭

國家以文取士，士匪文，即人稷、契而略伊、呂，末由自進。然談者率多申命而詘文，劉孝標至著爲論，而扼腕於園令縣長。然包胥不云乎：人定勝天。故維翰鑄研以見志，而卒以故所業成名。然則文與命，其詘申竟誰居乎？

余友董與叔氏，才情天縱，弱冠憑陵藝苑，無論博士家言，即兩司馬之語暨少陵、青蓮之逸響，靡不纚纚毫端。余孫昌會嘗北面事爲弟子。時君猶未游鄉校，余固以國士期之，謂是當一日千里，寧獨以蟻封逞技者？亡何而舉甲午秀才，凡十餘年，爲今丙午而舉南國。

先是，君數試數不利，以目皮相者，輒評之曰：『董生善用深。』暨其應它試，則恒先多士，輒又曰：『董生善用淺。』君皆置弗省，獨捧腹大笑曰：『以爲董生善用深者，不知董生淺者也；以爲董生善用淺者，不知董生深者也。不深不淺之間，有神存焉。此即董生，有不自知者。吾惟蘄神合，而安蘄人合哉？』鼓筴播精，其業益進，而君亦遂得意去，無留行。

嗟乎董君！此豈徒委蛇於不可必得之造化小兒者？假令造化小兒可以爲政，則一董君，何利不利徑庭如此？且寧有利於大而不利於小者乎？挾此以赴公車，對大廷，冠天下士，則猶掇之也。余蓋以君之文爲左券也。

君爲人爽朗宏博，謔浪笑敖，旁若無人。其爲文亦頗似之，又不當專在淺深間求矣。君與伯氏汾水君皆少有才名，後先皆起家於午。然則士信有文，安得獨詘爲也。

君歸自秣陵，其群弟子請梓君文，因裒麓中藏，綉諸梨棗，而問序於余。余惟君先江都著書，推本事應，各以類從，不減箕疇；而弟子呂步舒不知，大相見詆。君文辟之米家書畫，見者爭賞，又何問知不知也。

古今考序〔六六〕

今天下鴻裁麗藻之士豈少哉？然多略探討而事剽摹，脱能涉獵《左》《國》《莊》《列》，剿片言隻字以賈奇，操觚者即群然趨之，命曰才人；間與商古今典度禮數，〔六七〕則舌舉而不能下。斯今之所謂士，而非可語於古也。余亦自恧其弗類於古，而思挽〔六八〕之久矣。

茲所刻《古今考》者，宋魏鶴山氏所述，而紫陽方氏續成之。其學主於井離經制，極研理道，即文詞工拙弗計也。諸所考摭，非遷、固二史之牴牾，則《三禮》傳注之駢駁。大自郊廟儀章，細及魚蟲名義，刊訛訂謬，旁引曲證，靡厭繁複，慨然有復古之思；至辨《尚書》《周禮》之真贗，揭《王制》《月令》之非聖經，類多發前聖[六九]所未發。二先生游思竹素，良亦勤且苦矣。較叔季剽摹爲工、涉獵爲能者，惡足與度長絜大哉！

顧其書自婺傳吴，自泰定以及今日，越兩朝三百祀，竟莫有爲廣其傳者。則此書不遇[七〇]時好，因可概見。乃予固授之梓，寧徒災木乎哉？竊欲俾前賢著述，不至與長物同[七一]朽腐；且期海内同志，盡洗剽摹涉獵故習，而相漸磨以探討實學。異日者挾此經世務，備顧問，入爲真儒，出爲上佐，寧不登今士而隆古之哉！倘令今所稱才人者目之，必將曰：『是學究家譚，姑以炷燈焉可也。』余則所爲大恩也。若其纂述始末，則二先生所自叙，洎郭内翰[七二]明龍氏首引已詳之矣。

【校勘記】

〔一〕萬曆《青浦縣誌》八卷，明萬曆二十六年（一五九八）刻本，日本公文書館内閣文庫藏。刻本卷首有王圻《青浦縣誌序》，落款題云：『時萬曆歲次丁酉冬十一月朔旦，賜進士、朝列大夫、陝西布政司右參議、前雲南道監察御史奉敕提督湖廣學政上海王圻撰。』鈐印『文宗柱史』『洪洲居士』『乙丑進士』。以下以内閣文庫藏刻本爲校本（以下簡稱『刻本』），不同處出校説明。

〔二〕以辯疆域　『以』字刻本前有『言記事之書』，『辯』爲『辨』。

〔三〕爲石侯岱宇先生相攸徙治　『爲』字刻本前有『今』字。

〔四〕而誌猶不果輯者　『輯』刻本爲『葺』。

〔五〕而以筆札之役屬不佞圻　刻本無『圻』字。
〔六〕是所爲大懼也　刻本『是』字前有『則』字。
〔七〕《新刊禮記哀言》十六卷，明萬曆十三年（一五八五）刻本，中國國家圖書館藏。刻本卷首有王圻《禮記哀言序》，落款題云：『萬曆歲次乙酉春三月朔旦，湖廣提督學校吴人王圻書。』以下以國圖藏刻本爲校本（以下簡稱『刻本』），不同處出校説明。
〔八〕甲申秋　刻本『秋』字後有『秒』字。
〔九〕則西蜀古見吾氏獨任之　『獨』原爲『斁』，據上下文意改。
〔一〇〕而諸家旨意灼然盈目　『旨』刻本爲『指』。
〔一一〕《黄安初乘》二卷，清康熙四年（一六六五）刻本，中國國家圖書館藏。刻本卷首有王圻序，該篇名爲『黄安初乘序』，落款題云：『萬曆歲次乙酉夏五月朔，賜進士、奉政大夫、湖廣提督學校上海王圻撰。』以下以國圖藏刻本爲校本（以下簡稱『刻本』），不同處出校説明。
〔一二〕志體肇於經　『肇於經』刻本爲『經見』。
〔一三〕則《禹貢》《周職方》是已　刻本『則』字後有『自』，『是已』爲『始』。
〔一四〕漢以降不可殫舉　『不可殫舉』刻本爲『殆濫觴矣』。
〔一五〕故我師特身任之　『我師』刻本爲『公』。
〔一六〕血脉貫穿　『穿』刻本爲『串』。
〔一七〕蓋昉《禹貢》《周職方》　刻本『昉』字前有『意』字。
〔一八〕圻謂不然　『謂』刻本爲『曰』。

〔一九〕我師之黄安　『我師』刻本爲『公』。

〔二〇〕我師將以一邑風天下　『我師』刻本爲『公』。

〔二一〕間又讀我師所志往迹　『我師』刻本爲『公』，『迹』爲『績』。

〔二二〕公之爲心遠矣哉　刻本『心』字後有『亦』，『哉』字刻本無。

〔二三〕庸非古今文囿宗工慮典雅之失傳　『失』字底本似『先』。

〔二四〕《續文獻通考》卷一九八有王圻《道統考總序》，《四庫全書存目叢書》據中國科學院藏明萬曆三十一年（一六〇三）刻本影印。以下以《存目》影印刻本爲校本（以下簡稱『刻本』），不同處出校説明。

〔二五〕天下不可一日無此道　刻本『日』字後有『而』字。

〔二六〕爲成、康、文、武、周公　『康』刻本爲『湯』。

〔二七〕而山岩壁屋之藏尚存十一也　『壁屋』刻本倒爲『屋壁』。

〔二八〕及昭、宣、元繼之　『及』刻本爲『而』。

〔二九〕業一經　刻本『經』字後有『者』字。

〔三〇〕三國分争　『分』刻本爲『紛』。

〔三一〕後之談道統者　『談』刻本爲『譚』。

〔三二〕其功不可盡泯也　刻本爲『其功可盡泯哉』。

〔三三〕益擴充其所未發　『擴充』刻本倒爲『充擴』。

〔三四〕元以蒙古入主華夏　刻本『蒙古』後有『部』字。

〔三五〕固不得以出處之際概少之也　刻本「際」字後有「而」字。

〔三六〕靡非尊儒重道　「非」刻本爲「匪」。

〔三七〕以收《菁莪》《棫樸》之效　「《棫樸》」刻本倒爲「《樸棫》」，應以《類稿》爲是。

〔三八〕其著述、講論、經濟　刻本「講論」「經濟」前皆有「其」字。

〔三九〕別爲「道統考」　刻本「考」字前有「一」字。

〔四〇〕以少補理學名臣之缺　刻本爲「附「帝系考」之後」。

〔四一〕庶後之學者咸有所證據　「後之學者」刻本爲「治教二統」。

〔四二〕而不致泯没無稽云　「致」刻本爲「至」。

〔四三〕《太上黄庭内景經》附《太上黄庭外景經》《黄庭内景五臟六腑圖説》，明萬曆十一年（一五八三）程應魁刻本，日本公文書館内閣文庫藏。《太上黄庭外景經》前有王圻跋，該篇名爲「跋新刻黄庭内外景經洎五臟圖説」，落款題云：「萬曆癸未十有一載秋八月既望日，吴人王圻書。」以下以内閣文庫藏刻本爲校本（以下簡稱「刻本」），不同處出校説明。

〔四四〕遂删定永石本　刻本「永」字後有「和」字。

〔四五〕至于導引補瀉諸法　「導」刻本爲「道」。

〔四六〕《香雪林集》二十六卷，《四庫全書存目叢書》據北京圖書館藏明萬曆三十三年（一六〇五）刻本影印。刻本卷首有王圻序，該篇名爲「香雪林集序」，落款題云：「時皇明萬曆歲在乙巳春正月既望，洪洲散人王圻撰。」鈐印「文宗柱史」「洪洲居士」「乙丑進士」。以下以《存目》影印刻本爲校本（以下簡稱「刻本」），不同處出校説明。

〔四七〕未暇抱甕其間　刻本「未暇」前有「恨」字，「其間」前有「日涉」。

〔四八〕因壽之梓　「壽」刻本爲「授」。

〔四九〕率又剽竊佛、老、莊、楊唾餘　「剽」原爲「標」，據上下文意改。

〔五〇〕師聽者少涉頗纇　「纇」原爲「類」，據上下文意改。

〔五一〕奚秋荼凝脂爲也　「荼」原爲「茶」，據上下文意改。

〔五二〕毋曰牛溲馬渤　「馬」原爲「焉」，據上下文意改。

〔五三〕《太常少卿魏水洲先生文集》六卷，明萬曆三十五年（一六〇七）刻本，中國國家圖書館藏。刻本卷首有王圻叙，該篇名爲「魏水洲先生集叙」，署云：「雲間後學王圻撰，同郡後學王三省書。」鈐印「文宗柱史」。每卷首題云：「雲間王圻校閲。」以下以國圖藏刻本爲校本（以下簡稱「刻本」），不同處出校説明。

〔五四〕東國之黜臣　「黜」刻本爲「絀」。

〔五五〕始信其不我欺哉　刻本「始信」前有「而」字。

〔五六〕若先生之立朝事業　刻本「立朝」後有「風采，師受真詮，則前三序已悉之，余何庸贅」十七字。

〔五七〕《皇明世説新語》八卷，明萬曆三十八年（一六一〇）刻本，中國國家圖書館藏。刻本卷首有王圻序，該篇名爲「刻皇明世説新語序」，署云：「上海王圻書。」鈐印「筵經柱史」「洪洲居士」。以下以國圖藏刻本爲校本（以下簡稱「刻本」），不同處出校説明。

〔五八〕作者之致　「者」刻本字形似「耇」。

〔五九〕嗣自百家競起　「自」刻本爲「是」。

〔六〇〕許元弼之《新對》　「弼」刻本爲「弻」，應以刻本爲是。
〔六一〕策闈屢蹪　「策」刻本爲「棘」。
〔六二〕余嘗考之《世説》所語　「所」刻本爲「新」。
〔六三〕册府新載尚矣　「新」刻本爲「所」。
〔六四〕或因華夷兼收　「夷」原爲「夏」，刻本亦爲「夏」，據上下文意改。
〔六五〕既非掠美於異代　「代」原爲「伐」，據上下文意改。
〔六六〕《古今考》三十八卷，明萬曆十二年（一五八四）上海王圻校刊本，中國臺灣圖書館藏。刻本卷首有王圻跋，該篇名爲「跋古今考」，落款題云：「萬曆歲次甲申冬十一月朔，吴人王圻撰。」鈐印「經筵柱史」「洪洲之章」「乙丑進士」。以下以臺灣藏刻本爲校本（以下簡稱「刻本」），不同處出校説明。
〔六七〕典度禮數　刻本爲「典禮度數」。
〔六八〕而思挽之久矣　「挽」刻本爲「挩」。
〔六九〕類多發前聖所未發　「聖」刻本爲「賢」。
〔七〇〕則此書不遇時好　「遇」刻本爲「偶」。
〔七一〕不至與長物同朽腐　「同」刻本爲「偕」。
〔七二〕洎郭内翰明龍氏首引已詳之矣　刻本「郭内翰」後有「史」字。

王侍御類稿　卷之五

太原王圻元翰父著
男思義校刻

蔡林二先生四書粹意序

今之治博士家言者，類采浮華，弃本實。當其討論書義時，朱傳率置不問，它如諸家語，益貿貿焉迷謬於蒼素；一旦握管爲文章，匪剿則鑿，詞雖工，無當也。猶之畫馬者，毛蹄非不髣髴肖似，而丰神骨格，超于毛蹄之外者，未能傳什一也。執此以羔雁主司，奚售耶？即幸而售，奚以寫古人之神而楷模後學？壯夫羞爲之矣。

國家以明經舉士，士亦以明經應。一時理學儒臣，各有專門論著以表章書義，行世無慮數十種。然能羽翼朱傳，繼斯文之正印者，惟蔡虛齋氏之《蒙引》、林次崖氏之《存疑》，在在家傳人誦，何啻布帛菽粟也。迄今文治漸新，士尚稍異二書者，或詆爲學究家談，且弁髦之，等覆瓿焉。吁！可慨矣。

侍御徐先生按部閱多士，文才高者過于閎肆，學博者近于纖穠，乃揆之理道，往往炙轂而不經，則考索疏而二氏之學不講也。乃出賈侍御肖泉公所刻《四書粹意》授之不佞，令校證付梓，用廣其傳，俾後之學者有持循以端趨向。其嘉惠之心，何諄切哉！然爲吾徒者，得是編而熟誦之，聖賢道術，由膚入膈，直窺肯綮。由是發之爲文章，必能根極要領，枝葉亦自華茂，所謂寫古人之神而垂後學之楷，端在是矣，慎毋藉口斫輪而糟粕之也。

劉伯忠雲間百咏序

余寡兄弟，有妹四，長歸劉伯忠氏。伯忠，奇士也。負才氣，耻事家人生産作業。吾妹于歸未幾，伯忠遭外艱，七喪相踵，復厄兵火，家故稍落，然伯忠昂藏弗顧也。一切烝嘗粃糈之費，妹能拮据佐之。未幾而吾妹去帷，伯忠愈不自聊，顧其負氣昂藏如故，屢試於鄉，弗售，則笑曰：『此何足困壯夫哉！』乃弃博士業，專工詩，意所憂思感憤，輒形諸篇什，終不能爲牢騷語，讀之者但見氣英英耳。

伯忠尤喜適於山巔木涯，有志四方，慕子長、禽向爲人，每酒酣耳熱，雄談高嘯，坐客盡傾。余嘗拉之游巴蜀間，伯忠覽峨眉、華嶽，所至爲之紀勝。既而嘆曰：『丈夫好奇，歷遠而目不識枌榆，奚貴哉？』乃吊古雲間郡乘所載名迹，眺矚殆遍。所至輒有題咏，得七言絶句百首，貽余楚中。余方衹役鄖、襄，徘徊峴山、習池，亦訪古遺躅；繼陟太和，神區仙府，目所未睹，飄飄然有凌雲之思。第探咏囊中，曾無一二焉，愧伯忠百咏多矣。始恨不邀伯忠共賞，俾盡吐胸中之奇也。

伯忠爲詩，初不襲前人語，然以窮也而工，浸淫乎之唐已。余視伯忠平生孝友俠義，真有烈丈夫風。其瑰意琦行，所爲不朽者在是，又不徒以詩者。伯忠嘗兩娶婦，自失吾妹，不欲娶，每云：『我家二婦，可比虞卿雙白璧。』其篤于人倫如此。

重刻丹溪金匱鈎玄序

《金匱鈎玄》者，世所傳丹溪先生《原病論》及治療諸方之粹者。言其秘也，若探囊發匱；其試而輒驗，詞理深且奥也，如索之混玄而難窮，此《金匱鈎玄》所由名也。是編傳而未廣，梓而多訛。雲門魏先生司理之暇，游心方外諸家，偶閱是帙，則曰：『曩軒皇、岐伯相與論説者，非即此耶？曷今之訛且罕睹也。』遂命官校正，再鋟諸木，而屬余序。

余謂古今稱神醫者，必秦越人、太倉公已。乃秦越人之以醫名也，長桑君授之禁方書也；太倉公之以醫名也，陽慶授之脉書、藥論也。後二人復不私其有，授之子陽、子豹、宋邑、高期、王禹、杜信輩，然終不能有聞于時，與秦越人、太倉公並著。何者？彼以神解，此以方用也。然則方書可盡廢哉！曰：傳醫以書，售醫以方，猶致鳥以媒，致魚以筌也。抱筌持媒，將人人能矣。良工用之，十發十中，拙工百不獲一，蓋器用同而神巧異耳。故得魚鳥而釋筌媒，則可；舍筌媒而窺魚鳥，鮮克有濟。是書也，何可廢也？

誌有之：長桑君既與越人書，復飲以上池水，始視見垣一方人五臟癥結，以此遂能死生人，要不專在切脉望色、聽聲察形間。今之執伎者，究此理于方書之内，悟此理于方書之外，然後可以已人疾，寄人死生。慎毋曰：『吾能讀方書。』遂嘗試而漫用之。

彝好録序

余嘗讀大中丞幼溪陳公所誌陳仲子人婦事，而知林萊女之行，蓋獨行也。行獨矣，或弗偶于時好，乃兹哀者輓，慨者歌，艷慕者頌遍寓内，如出一口，則是所爲彝好也。好以彝稱者何？瓠巴之鼓，能出游鱗；伯牙之奏，能仰秣馬。夫音以瓠巴、伯牙爲極，理以天綱、人紀爲至。極至之感，物情鍾焉；誰謂人也，乃不常厥好哉！

懿之爲言，常耳。然萊女固女士也，節義激發，信由天植，顧豈無所本乎？彼照乘之珠，必産於重淵；耀夜之璧，必生于荆岑。言有本也。八閩故多世族，而長樂之陳若林，尤爲著姓。科第繩繩，代有聞人。其立朝以正直，而刑家以孝友，蓋節義之淵岑也。彼萊女者，牛乎林，聘乎陳，則朝漸而夕染之矣。又竊怪焉。萊女耳不聆保傅之訓，目不識詩書之箴，而從容就義，勛與道俱。世所稱髯丈夫者，類不能以正自裁，纍纍得罪於名教，則謂之何？蓋彼遷于化，而化獨完其真也。

若南陽荀媛，書户以待斃；弘農吕姬，墜樓以捐生。二氏者，較萊女孰少多哉！顧南陽、弘農，事紀乎玉勒，名重乎金鏤，將與天壤争不朽；而萊女之懿德烈行，僅僅騰播于謳吟諷記之間，君子有遺憾焉。余故叙其大略，以備它日太史氏之采擇云。

重刻兩城靳公文集序〔一〕

今之品藻人倫者言有二難，政事、文學是已。兩者非卓犖士，必鮮〔二〕兼長；即兼之，代亦不數也。兩城靳公，固薦紳〔三〕之卓犖者哉！

公少以明經起家，累官至尚書郎。〔四〕其讞獄良規在宛、洛，其賑貸遺愛在雲間，其牧養宏猷在吉郡，〔五〕其底慎〔六〕財賦在巴蜀，其張皇兵旅在邊徼；若其文追秦漢，詩軼晋唐，上攄忠悃，下籌民物，暢叙游觀，炳炳琅琅，照耀耳目者，〔七〕固賢良文學之所莫窺，鞅掌王事者之所不嫻，而公蓋〔八〕兼之矣。

憶公在事時，馳驅南北，閲〔九〕歷中外，固弗爲鉛槧意。〔一〇〕由今觀之，〔一一〕何者非訏謨石畫、微言抗議，所宜藏名山而垂永久者？〔一二〕假令墓木未拱，輒以湮滅，而知公者又晏然不〔一三〕爲計，其〔一四〕不朽之義謂何？乃藩伯竹陽王公從其仲子雷〔一五〕攟拾遺逸，得若干卷，〔一六〕委之剞劂。謂不佞爲公舊治民，習公爲人，且嘗讀公所爲文，因屬之辭，遂記其大都如右云。〔一七〕

夫文之材質，貴中于理道，而其竅則〔一八〕禀于神明；稍稍滑之以人，即其竅閼滯而不開，越裂而不寧，雖皇質唐文，舉無當於作者。公方兒時，工聲偶，日呫嗶〔一九〕數千言，翩翩稱爲綉虎；乃又操行孤介，不以人滑天。其較著若道〔二〇〕不拾金、仕不自點者，不可抵掌而〔二一〕盡。以故其神王，〔二二〕其積也益厚；其理瑩，其發也自妍。文章大雅，一時士人以爲名家而推轂之。其與赫赫政迹並垂竹帛，〔二三〕無惑也。

東國有邊廷實、李于鱗，〔二四〕俱〔二五〕以著述起家。厥後操觚之士雲蒸龍變，〔二六〕莫可籍記。〔二七〕乃其中亦有不可知者，而嘐〔二八〕然以名家自命，不識其文視公何如也。後之品藻者，亦或左券于斯矣。〔二九〕

北運便民始末序

余嘗讀司農奏草，至阜南陸公爲都諫時所上《民運兼責漕臣疏》，知公注心桑梓甚殷，特以未睹全文爲恨。乃公既卒之明年，胄子彦楨君手録遺稿，及部院咨劄示余。余亦爽然自失曰：『公以一言造東南無窮惠利，而又絶口不稱功。六郡民席庇幾廿載，而竟莫知誰之所使。公于是乎君子矣。』

按國初輓政，自軍儲四百萬石外，更于杭、嘉、湖、蘇、松、常六郡派輸府部各衙門白、糙、粳、糯諸米，名曰民運，實大江南一重役也。其夫船耗贈既視漕運稍殺，而軍伍之欺虐，洪閘之留難，官司之抑勒，船户之侵盗，較漕卒困苦不啻十倍。要無他故，徒以軍民二運不相關統，經略之政獨詳于軍，故軍運偷可支，而民日簕然疲矣。

公在諫垣，謇諤素著，目擊時艱，志切拯援。朝上奏而夕報可，大司徒疏庵王公亟爲題覆，具見施行；且以其事載之議單，永爲遵守。由隆慶壬申以迄今日，民不破産，官不煩刑，且有操其贏以佐公家費者。余嘗概論公此舉有十利焉。

先是，府僚督部啓行嘗緩，勢必守凍；今過江領之藩寮，過閘總之漕司，數月竣事，所省不貲，利一。壬申已前，民執幫貼，莫敢挨入軍隊；自漕規一定，方艘並進，同軌畢至，利二。往歲有司惟急軍運白糧，多派對支，卒有守候月日插和糠秕者；兹奉漕運儹運一體催督，水次兑給，前患頓祛，利三。船户本皆江淮積黠，目無部官，賺盗百出，解人吞聲；頃屬漕司總轄，威令得行，此輩凛凛奉法，罕敢肆其故智，利四。民運勢弱，所過洪閘抑勒萬狀；近照漕規給發印簿，遇有需索，登記送查，奸竇既塞，牽拽有資，利五。舟行既滯，往必違限，經所司官，故多罪罰，群小因緣爲奸，不可勝數；邇既程期不爽，止赴各衙門投遞結狀，絶無他費，利六。留城以下，清淮而上，遇值夏中黄水泛溢，漕船遂多漂失；即今二運俱照議單，五月過淮，全免風濤之驚，利七。漕河一帶，乞人娼子挾白糧船爲奇貨，幸彼守凍，繹騷檣下，輕浮子弟一爲所中，蕩無遺粒，至有鑿板沉河以欺官司者；數年以來，絶不聞此，利八。額派水脚車脚，本以資飛輓之用，然或逾時不發，間有運回而挂欠如故者；兹奉漕司督促，先期而徵，依期而給，民克有濟，利九。民船漫怠，不能相攝，尾幫孤弱，易召外侮；近照漕規編次保甲，心力既齊，氣勢自振，群盗莫能窺伺，悍戍無敢陵轢，利十。此皆表表在人耳目者，若他纖嗇利便，不可殫述。非公卓識玄覽，素熟天下國家大計，何以有此？真仁人之言哉！

鄉達中江莫公暨諸縉紳咸謂公有大造于六郡，法宜家尸祝也者，顧可令湮没無傳歟？余故即所睹記，詮叙于簡端。蓋公豐功偉烈，固不盡此；而此獨詳其利害始末，俾吾鄉司若役、受若惠者世世無忘所自云。

三祀公移序

我國家崇祀典以彰激勸，凡中外臣寮非有法施勤事定國、禦災捍患大功，與條例相合者，不得預俎豆之列。故或有尸祝於編萌而月旦未協，則弗以鄉賢祀；或鄉人好之而政績寥寂，則弗以名宦祀。甚哉！是典之隆重不苟也。

余姻友顧受命以從事任楚傳遞官，因得嘉魚令龐有台公所刻其先人弼唐公《三祀公移》録寄余。余始讀西寧、南海諸牘，不覺斂襟歎曰：『賢哉！鄉大夫也。』既又讀白下、滇南士民請祀諸牘，則又掩卷太息曰：『賢哉！良二千石也。』

夫譚道羅浮，築場天蠶，創易會，結詩社，種種足爲後學楷模，非法於民哉？闢土墾田，開民之利，非以勞定國哉？浚鑿滇池，澤被一方；救荒畿輔，全活萬衆，非禦災捍患哉？至孝事繼母，友待昆季，恤孤埋胔，西寧式化，築城倡義，乃其厚施於鄉國者，又未易更僕數也。

余昔視學荆楚，每郡邑以鄉賢名宦請見，有一事可當條例，即欣然操筆，檄所司崇祀。矧弼唐公豐功偉行，無一非祀典所宜載。其祀於滇，祀於留都，祀於南海、西寧，而門人又私祀於西樵，於羅浮，于新泉，血食世世，顧不宜哉！

昔考亭先生在官則立祠建寧，在鄉則立祠新安；而浦城，而晋江，而南安，而尤溪，而仙游、同安，靡弗以春秋報禮。視弼唐公差相頡頏，則人品因可概也已。矧其後有有台昆仲並爲賢守令，清聲嘉問方蒸蒸起。要之，皆弼唐公所貽，而奕世濟美，又當今海内所希覯也。《詩》有之曰：『高山仰止，景行行止。』余於弼唐公亦云。

樞臺留澤序

江以南，留都重地也。歲在甲午，公以少司馬假節開府句曲。越五年，復以少司空還理部事。公之晋爲少司空，以國有大興作，非公不可執度也。諸縉紳先生華其行，賡爲詩歌，而復邀不腆之言於余。余憶往歲公奏績書上考，嘗有一言獻諸鈐下。今公行矣，顧獨可無言乎？於是爲之叙。叙曰：

大臣之以天下爲己任，亦難矣。當其無事，上不煩征發，而下不苦輸將；爲人臣者，俯仰自得也。一旦有故，上多必不得已之求，下有必不得已之應。當斯際，將竭民力以紓國家之急，則虞民之爲碩鼠也；即全民力以緩國家之課，又虞太倉之爲魚罶也。此非有因應，善用抱忠修職之臣，未有不至公私交困者；則惟中丞趙公爲得之。

夫江南在昔號稱沃衍，頃自轉輸不時，而又加之以旱澇，百物凋耗，昔所稱沃衍者，十不存五矣。公至，度其所緩急，申縮其可不。其訓民嘗曰：『供上職耳。幕府非不知民之倒懸，第國事孔棘，爾衆庶亦罔弗聞，宜勉力以辦。』而每當會計時，輒又拜疏以水旱爲請。大都憂在竭澤，而冀有以少蘇。於是國不至甚匱，民亦不至甚貧。夫民不至甚貧，此澤誰留之？公留之也。

無論民，即國不至甚匱，亦誰非公所留者？而公且不自有，曰：『吾獨不得使十四郡復爲昔之江南，行且疚心焉。』余竊以爲不然。

公之在江南，雖江以南利賴之，然亦止江以南耳。今入爲少司空，少司空亞太卿，以毗輔天子。少有興除，天下舉利賴焉，而又何以江南爲也。夫江南亦欲私公矣。第公不以少司馬召，而以少司空召，則國家所重，固自有在，何者？方今國火以來，管簟未安，此臣子所日夜急者。公誠急江南，獨不急朝廷乎？公往耳。江以南有公之甘棠遺政在，當世世蔭之無慮也。

綉斧蜚聲叙

《綉斧蜚聲》者，吾松人士咏玉陽孫公之德之才之美，而漆校師彙之以寄遐思者也。公鍾河嶽精純之秀，完天然不涅之資；英風發乎正氣，貞志皎于日星；信晋中之翹楚，寓内之文人也。少與長君洪陽公以理學淵源，自相師友，蔚成名世大儒。長君以壬辰進士守南臺。先生亦弱冠登朝，筮仕松理。吾儕不徼有天幸哉！

先生之始至也，粹抱冲襟，色温而語和，望之者靡弗推爲麟之祥、鳳之瑞，曰：『此非中石李使君之偉度耶？』居歲餘，飲冰囓蘗，苞苴絶門；志行並勵，足貫金石而薄雲天。咸指而稱之曰：『此非白陽畢使君之雅操耶？』時而鞫大政，決大疑，類皆據經執典，毫髮不逾程品。蓋既以其身爲谷爲溪，善能下人；而又以國憲爲繩爲削，稟奉鮮有骩骳。故劈畫郡棼，可以驚宿猾；創建宏議，可以詘盈廷；而抱牘胥吏罔敢弄狐鼠技于萬一。諸所考詰，非但鬼薪、城旦以上不欲輕置曹對；即疻痏、鞭笞之細，亦皆期于辭窮情得而後已。是以庭下無煩言，而上官亦唯唯受成，曰：『此庭堅之明允，陳寵之持法，良不是過。』則又非二十年來所僅睹者耶？乃其酬應接遇，一遵禮度，自鄉大夫以及樸簌眇秩，靡匪降色而交，披衷而譚，假手而培，用是枯木朽株，舉荷生全之賜，無不鏤銘而入之骨也。

兹及瓜而報政，兩臺聯章奏留之，縉紳暨經生學士復皆爲詩爲歌以頌美之；而漆校師感恩思奮，又心神淪浹之獨異衆僚。于是裒前册所未盡，及前册既載而疊出者再彙成帙，凡若干篇，名曰《綉斧蜚聲》，而乞余叙其大略如此。至於振藻攄英，懸衡鑒士，操觚家總總慕之若暍，以爲方今藝苑九方皋，則又先生餘事耳。

循政風謡序

夫自昔吏侯置守，列郡之以良二千石稱者豈少哉？乃太史氏傳循吏，惟取楚、鄭、魯、晋之爲相爲理者五人，而河南、成都、潁川有治理效者寥寥無聞，何耶？蓋傳之言傳也，將以標獨行而詔來許，是必有非常之人，建非常之業，而後可傳，斯可傳也。故一言而復郢市，則書；爲治五年而田器不歸，士無尺籍，則書；見布逐婦，以身徇法則書；而煦嫗塗飾者不預也。

頃若吴中大浸稽天，稻麥不遺種，百姓倀倀待斃，變且叵測，信二百年來所未見之異災也。

幸四明曙海張公奉璽書來守吾郡，秣馬之朝，百務未遑，首詢救荒良策；飛章上請於督撫，叩闕乞命，果得蠲租發賑，民始脉脉有生氣。公爲經紀方略，廣市糴，平物價，緩徵逋，疏禁罔，《周官》十二荒政次第悉舉；而又倡率僚吏，躬行阡陌，櫛沐風露；冬而散賑，春而設糜；屏去服御厨傳，親嘗旨否，藹然不啻家人父子。公帑既竭，輒又捐俸易錢，計口手授，窮檐蔀屋，老弱靡遺；而復加意青衿，周知緩急，存恤之典視昔倍益隆厚，信二百年來所未見之異政也。

賑事甫竣，霖雨浹旬，幾復懷襄之舊。我公目擊心楚，慘形於色，徹堂静事，齋心虔禱惟是；懇詞籲天，端居謝過，一切縱閉虚儀，絶不施用。俄而精志所積，上格三靈，陰沴潛消，乾坤開朗，菜麥畢登，耒耜之役遍于四境，兹又二百年來所未見之異舉也。

然此特救荒大略耳。若其守正疾邪，好賢樂士，鋤梗扶弱，所稱奉職循理之條，莫可殫紀。斯不謂非常之人，而建非常之業者耶？一令之布，一政之出，有目者咸稱創見。不當與楚、鄭、魯、晋諸君子並足而馳耶？于是縉紳大夫、博士弟子、山臞野叟，相與謳吟咏贊，揚德美而樂餘年。雖村歈俗唱，無足以預太師陳詩之選；顧不當存之方策，與慷慨之歌楚相，輿人之誦鄭大夫者共垂不朽耶？

文學邢、顧兩子，蓋瞻恩奉德之尤深者。講讀之暇，搜録頌言，漸盈緗帙。遂捐資壽之貞珉，以傳永久。而余因直述所睹記，弁諸簡端，俟秉筆螭頭者采入琅函，以續《循吏傳》之後，俾世世莅兹土者，得以按迹而圖理焉。若風謡俚什散在四方，一時剞劂氏所不能盡者，則更有待也。

甘澍來蘇序

昔人談天行者曰：『陰陽遞運，沖和爲雨。』天，常數也。而管子論徵應之理，則又曰：『五政苟時，時雨乃來。』大有關于人事之休咎。此其說之齟齬而難通者，以今觀于匡大夫祈天之事，而知管子所云，蓋信然哉！

歲在丁亥，愁霖害稼，民鮮生氣。戊子之春，農田甫播，旱魃爲殃。穜稑百種，焦仆如焚，眡祲者有隱憂焉。適大夫署篆行部，道經百里，如履炎風之野，爲之悽然疚懷，仰而嘆，俯而思，曰：『天地之運，無過陰陽。二氣乖行，雨暘愆候，咎在有位。仲舒不云乎：「德，陽也。」出居大夏，生育長養。刑，陰也。退居大冬，積空虛不用之地。故任德而不任刑，語調燮者當本諸此。某方莅雲漢之災，是謂譴見于天，惡用祈禱小數爲？第惟竭吾誠，辨我陰陽之大分，以和二氣，庶可弭災沴于萬一。』于是弛庸調，簡郵罰，省簿書，廣賑恤，諸凡任德緩刑之政，一朝畢舉。而又率諸官屬徒步登壇，爇香籲天，爲民祈禱甚哀。雖西華令之積薪自誓，荆南帥之躬親襘解，莫或過之。精誠所格，百靈效順。禱未三日，霮䨴沾足，是甘是宜。闤闠之民咸戟手而呼曰：『此匡大夫雨也。』澍澤既周，槁[三〇]枯立起，祥禾熾茂，荒艾回榮。郊垧之民又戟手而呼曰：『此匡大夫穀也。』尪夫餓隸欣欣若更生，又各扶老携幼，指而號于人曰：『此匡大夫所活遺黎也。』由是邑之縉紳暨經生學士，靡不爲詩爲歌，式謳且頌，共鳴登秋之盛；而太學生吳爲寶復繪爲圖，彙爲卷，以彰厥懿美。此可以觀人心矣。此可以觀天人之徵應矣。

夫西華令、荆州帥兩事，漢、唐史居然侈之。矧邑當飢饉之餘，復遭旱暵之虐，我大夫修德回天，即所全活無量，乃功德不在封升平、段文昌下，詎可令記牒無傳耶？余故因吴生之請而叙之，以備他日太史氏采擇。

學博洪君鱣堂遺愛詩卷序

皖城望治洪先生司鐸華亭可六年，擢括之宣平尹。脂車有日，僚友某某暨門下士不勝黯然，各爲詩歌以當渭城之什。尋積成帙，復題其卷曰《鱣堂遺愛》，而問叙于余。余雖以老謝筆研，然雅承先生愛，又何能無一言？第請言愛之道以復。

夫人非有所甚德，必不能生甚好，故慈氏之言曰：『觸緣受，受緣愛。』夫德主其受，愛主其好，而乃曰『皆由於所觸』，此不獨談説因緣，古今之言愛者實本諸此。是以《風》有《甘棠》，《雅》有《隰桑》，二詩可謂用愛之極；而宣聖論次賢大夫，獨稱子産爲『古之遺愛』，愛誠未易言矣。先生何遽得此於鱣堂方丈間乎？

先生少工經生言，又能爲古文章，凡騷賦詞頌，咸斐亹有致，蓋藝林苞鳳而學海靈蛇也。居鄉則談經問字者履滿户外，居官即郡國守相無不借重文通五花管。儻以是有遺愛乎？此固懷鉛握槧者之常，而未盡也。

先生禔躬儉素，顧好施捨。廣文齋前，苜蓿僅長闌干。執經之徒往往謝脩脯，不輕受。歲值大祲，不吝捐俸，以貸士之不能舉火者。儻以是有遺愛乎？此亦抱功修職者之常，而未盡也。先生薪槱以來，一經甄品，無不成佳桃李。即有躍冶之金，亦徐徐誨令洗滌，不忍借管城以行斧鉞。又善誘引後進，孜孜忘倦，不特鼓篋升堂者彬彬日就繩削，即四方侈袂方屨之儒負笈而至者，莫不北面願爲子弟。此之爲愛，何止聲音笑貌？蓋愛之所獨深也。善哉！《隰桑》之詩曰：『心乎愛矣，遐不謂矣。』假於詩歌，其愛猶淺。然獨不曰『中心藏之』乎？言以宣愛，愛從心生。諸士所愛於先生者，良非淺鮮。今之視《棫樸》爲《甘棠》，假歌頌爲『蔽芾』『永矢弗諼』，固有自哉！且先生剖符爲令尹，令尹奉天子命寄牧一方，有父母之責焉。知先生之所以師帥吾庠者，即知其所以父母斯民者。宣平黎庶，不俟積有歲月，又將以五袴之歌、兩岐之咏頌先生。先生爲當世子産無疑矣。

於是諸僚友作而謝曰：『某等與二三子之愛洪君，不啻闗西夫子；洪君之見愛於學憲公，視某等與二三子，更有進焉。請遂書而弁之簡首，以昭我宫墻一時之盛事。且令後之來者展而讀之，將欣欣慕誼興起焉。』

仁聲揚最詩册序

古稱親民之吏，宣上德而達下情者，莫如令。令以父母稱，謂其勢孔邇而情易通也。其考最或以三等，或以四善，或以七十二條，舍是則爲李詳談笑之最。所係顧不重哉！

辛亥季夏，我華亭聶侯將報政於朝。吾黨二三耆舊徵文惇史，揭諸罘罳，亦既美且愛，愛且傳已。復以文主紀述，僅可備異日《循吏傳》采擇；而頌聲則仿古來先生、榮陽令諸樂府，使人聽之洋洋，懷棠仰德，咏念不忘也者。遂聯綴詩歌，裒成緗帙，題曰《仁聲揚最》。而以齒先不佞，乞弁諸首。不佞環誦數四，起而謝曰：『令公真父母也。字吾氓若乳赤子，而我士氓戴之，亦不啻久在襁褓。其實茂，故其聲閎。册名《揚最》，非溢美也。』

夫乾坤磅礴之氣，不宣揚則壅鬱而不能通。而《易》之《繫》曰：『天地定位，山澤通氣。』又曰：『撓萬物者，莫疾於風；澤萬物者，莫潤於水。』無非以宣暢條達運化工。而凡炳爲日星，絢爲雲霞，震爲雷霆，濡爲雨露，皆是物也。爲人牧而俾閭閻疾苦上徹九重，則下之情無不揚，而又胡患乎仁聲之弗揚？

公自下車迄今，矢公矢慎，表裏瑩徹，接公丰度，若披烟霧而睹〔三一〕瑶天，日星炳矣。聽斷不事威稜，直本經術，飾吏事。事暇，延進髦士，評賞時藝，往往根柢六籍。蓋公以文章旗鼓，大噪錦江，故吐詞譚道，軼其儕偶，雲霞絢矣。公庭剖決，必命兩造各聲其情，而徐以片語折伏群囂，即宿吏不敢上下手。且爬奸剔蠹，武斷屏迹，雷霆震矣。比歲不苦潦，輒苦旱，公爲露冕賽禱，轉凶爲豐，歲奏九登，萬口嘻嘻粒食。亟新創役法，里中方嗃嗃驚擾，公獨勞心焦思，陰爲調劑，既不咈上官指，而衆志翕然稱平，雨露濡矣。茲數者，皆出公方寸仁慈，與民休息。民心無壅而不揚之弊，而公之聲日揚，公之最績日著。方今賢路清夷，四門啓鑰，正尚功需才之會，以是揚之兩臺。兩臺曰：『聲最江南，是可走傳題留。』以是揚之太宰。太宰曰：『聲最百縣，是可疏請褒嘉。』揚之聖天子。天子曰：『有臣如是，是可簪筆螭頭，供補闕拾遺之選。』公之仁聲，將籍籍動朝野。詎直揚〔三二〕於峰泖間哉？

余又思之：聲者，實之賓也。不有大音希聲者乎？最者，仁之成也。不有至仁無恩者乎？今竊窺公劈畫措置，恂恂依于悃愊，大抵不欲以鷹擊毛鷙自賈其能，自有其功，信治古之希聲而保民之至仁也。器局蓋遠且大矣。是録固將以遠且大者爲公揚不朽之聲，俾得與太史之貢俗者並勒之景鐘，〔三三〕垂之竹帛，以風勸我後之人。若光化、穀城之謡，山陰、長葛之頌，又寥寥無足比數矣。

贈司理吴公祖考滿詩册序

昔公孫僑執政于鄭，誨化子弟與刑書並行，竟收輿人之誦。非以弘奬風化，道固自學校始乎！我國家創設賢科，視昔隆盛，培養甚周，而檢亦甚嚴密，士故斤斤奉法惟謹。邇來習尚豪舉，人自爲政，未免躍冶詭銜，至煩督學使者操之如束濕；而邦伯庶尹亦往往法外過防，桃李培而荆棘視矣。

我臨川兹勉吴公則不然。公以名進士司理雲間，職雖專屬爽鳩氏，而一切錢穀、農桑、水利暨學校之事，舉得奉三尺吏其間，又得不時監察江南諸郡。乃智刃所游，隨事隨應，輒中桑林之舞，非止訟獄平允，肺石無冤；而尤屬意青衿，曲加樌棫，諸所褒彈，輒隨其分量投以針砭，無不人人厭服。有單寒不給于膏火者，至割田爲廣文世業，曰：『儻苦桂玉，於此取裁。』夫士風淳澆，古猶之今；而公之誨化優恤，更過於僑。仁人用心，固如此哉！

昔漢吴公爲河南，能薦士。公爲雲間，兼能養士。先後一轍，豈其淵源有自耶？今之長民者，愛士盡如吾公，士有不化躍冶詭銜爲敦詩説禮者，非夫矣。夫人情喜斯陶，陶斯咏。今公以三載報政，士民方切感頌，翩然相率爲攀挽計；而兩臺交章奏留，喜可知已。於是縉紳咏于朝，咏于丘壑；士咏于宫墻；農咏于畎畝；商賈咏于途。夫孰非借片言以寫欣喜歡愛之情，而文學黄生麟、金生聲揚、張生士雅輩素以文學行誼受知於公最深，復爲裒集成帙，將壽之梨棗，以垂永久，因丐不佞一言弁諸首，乃爲叙所以得士之由如此。若公之清操惠政，足以羽儀百職者，則又具述於鄉紳與五庠博士所乞言，可概也。

吴歙紀美序

昔古人臣有德善勛勞慶賞，足以範今而傳後者，必舐筆和鉛以贊咏之。是雖山謳野唱，大聖删述有所不能盡廢。嗣後鄭人之歌國僑，魯人之歌尼父，當其時雖未得預太史陳詞之列，而猶然采入樂府，傳至今日；所以示風勸，垂榮聲，顧不在兹耶？迨宋劉道産〔三四〕守雍州，有惠政，百姓興歌，名爲《襄陽樂》。繇陳逮隋，尚得與《白苧》《巴渝》共采入清商府，播之金石。昔人稱談叢散馥，信然哉！

我郡侯曙海公以比部名大夫出守吴淞，時值玄溟肆虐，民弗堪命。公爲焦勞拯救，賴以全活者無慮數百萬計，而謳吟之聲遂徹四境。自是歲奏九登，千里熙熙，如陟春臺。間有秋荼、夏日之令自上下下，公必委曲調劑，口不言功。蓋公之所匡救者大，而惠利之被于士民者何宏也。三載以内，碩畫鴻猷，莫可殫述。凡膏雨我桑土，襦袴我子民，陶冶我宫墻子弟，諸所興除劈劃，一切依于悃愊。若其垂簾按治，必先德禮化誨，輔爰書以行，不專以瑕抉毛舉賈能聲；至當機獨斷，則又若怒猊脱兔，不爲旁阿濡懦態。故輶軒使者剡列治行，輒爲南國第一。乃今遵制報政，臺臬諸公祖上體九重南顧之憂，下切萬姓孔懷之念，相與會疏奏留；而士民服德頌誼，更有翹翹瞿瞿，不能已於贊嘆形容者。于是農歌于野，工歌于市，商旅歌于途；縉紳子衿靡不操觚搦管，爲詩爲頌，爲長行，爲短章，以揚扢休美。體裁雖人人殊，總名之曰《吴歈紀美》，殆與古昔鄭、魯輿人之誦並銘彝鼎，勒旂常；又不止如雍州赤子咏贊道產，僅僅比于《襄陽樂》收入清商府者可相伯仲矣。

昔趙宣子爲政於晋國，制其事典，正其法罪，薰其逋逃，本其秩禮，出其淹滯，政成以授陽子、賈佗，使頒行晋國以爲常法。乃今吴歈所揚扢，纍纍數十萬言，皆記公實心實政。何者非儉歲之菽粟，寒年之絲縷，足以準儀當世者。門墻之士將彙而壽之梨棗，以昭示來許，則公之所覆露吾松也，又且繩繩乎萬世，子孫沾被無窮期矣。豈惟借聲譽于多士之口哉！

任齋陳老先生榮壽詩册序

往不佞承乏漳南，獲從八閩諸縉紳游講，聞合浦令陳君世德，而惜未獲禮于其廬也。又三十年，而四游令君以辛丑高第補官練川，則合浦君弟任齋先生之令子也。令君愷悌神明，頌聲蔚起，蓋簪紱蟬聯，淵源固有自哉！不佞方謂向所歆艷而未果者，庶幾得傾蓋以相從。而晚苦肺疾，伏枕雲間，未獲修編氓之禮于明廷，此中耿耿猶昔也。

又一年，而先生挾策游長安，取道於吳，來次令君邸第。士庶樂于瞻承，猶景星鳳凰争先快睹而不可得，而懸弧佳節適與時會。于是邑中鄉大夫暨文學弟子咸推本篤生布爲篇章，咏贊盛美，而孝廉陳君陳屬不佞序首簡。乃作而嘆曰：『《書》侈象賢，《詩》咏式穀，以今觀於任齋先生，不信然哉！』

夫先生少嫻經業，與仲合浦君藻思翩翩，自相切劘。甲子，仲舉於鄉，而先生再副棘闈，一魁廷試，居然爲鄉國羽儀。則令君之搦管流雲，摛詞散馥，片言隻字，皭爲世程，非先生其孰貽之？先生早柄政，資計差温，合浦君無内顧憂；俸入悉以婚嫁諸弟妹，不效世俗沾沾爲私槖謀。則令君之居官苦志，冰蘗自持，孤高雅操，矢同秋霜烈日，非先生又孰貽之？先生横經講藝，條約肅毖。一時大雅之徒，惟以不得入師門爲恨。則令君之訓迪青衿，嚴程課會，品題甲乙，錙銖不爽，非先生又孰貽之？先生正直不阿，遇貴游罔事纖趨；即鬼物妖麗，亦憚不敢溷。則令君之拊循單弱，狙擊豪宗；黠吏宿胥，斂手受戒，非先生又孰貽之？

至平居訓令君以俯仰無怍，廉潔不苟，以上報國家，下不愧父若仲，則令君之經承指授，奉爲箴規，操斷不問細大，悉有矩矱可觀，夫孰非先生之教之所貽哉！

即《詩》《書》所稱，先生蓋兼有之矣。先生雖滯公車乎，而令君之膏澤吾土，襦袴吾民，弦頌之聲傳播萬口，以及鄰封，皆令君推先生之所未試者，以大試乎天下。天下亦將舉令君之所壽吾民者，還壽於先生。天之介爾景福，穰穰簡簡，享無量之算，可不燭照計數哉！

乃令君猶以未獲即拜封章爲歉，嘗按計績褒旌，朝典具在。令君洊歷三劇邑，祥風甘雨，在在蒙潤。聖天子將目之爲端人瑰士，朗出天外，不與尋常奉法循理者埒。錫之隆恩異數，不在旦暮哉！即一世二世以及三世，遠光玉軒公，近慰合浦君，固可翹足需也。

且先生是行也，以博大之才，膺清華之選，猶之鸞和在御，觸即有聲，又將出所以貽令君者，身試之一方喬梓，並爲天下造福壽。又惡可量哉？顧不佞老且耄，無能目接清暉，以酬夙志。姑即君陳之所述者以叙諸册首，爲先生祝。

介壽芻言序

《介壽芻言》者，余社中諸君子爲後陽王先生七袠誕辰作也。

嘗考社飲之禮，創自枌榆，盛於洛下。至耆英之集，有二人齒皆逾八，而王拱辰以七十參其間；厥後享年獨永，巋然爲魯靈光，且恩榮終始，爲天下後世所艷慕。今先生閲春秋與拱辰等，而甫申初度，復當孟秋七日。諸君子歡忭，皆説爲希覯，相與繪爲圖，咏爲詩若歌，以介無疆之算；而余復贅一言於簡首，以紀社中勝事。

夫社之有會也，商山以四，睢陽以五，東都以七，至道以九，而耆英獨以十二。玆五茸之數，與耆英數略相當，似亦奇矣。耆英之有拱辰，五茸之有先生，並皆稀齡入座，望之不啻群仙月集琳宫，斯又奇之奇者。且懸弧之旦，適逢天孫河鼓聚香筵而張粉席。蓋天上之靈辰與人間之令節，偶相符契，豈不稱大奇也歟哉！

在昔東都之會，樂天嘗賦七言六韻，以侈其盛。今余輩芻蕘俚語，誠不足以當函谷之圖、南飛之祝。然獨不觀上古之爲社者乎？彼春祈秋社，雖山農野叟，猶然歌《豳風》，擊土鼓，以樂桑麻而息老物。況先生令節靈辰，天人交慶，而先生耽幽嗜寂，不以世味汩其天和。計所享受，殆永永未有窮期。其視樂天所稱『除却三山五天竺，人間此會更應無』，在今日亦庶幾焉，無謂芻言之獻爲無當也。侑觴之日，請遞歌一韻，爲先生加進一巵，以仿佛乎《豳風》土鼓之奏，令七言六韻不得專美於香山，諸君子以爲何如？

觀成録序

今上御寓之𥛭黙歲，郡伯張公守松，遵例報政。吾黨薦紳偕耆老、子弟酹公於堂，且稱述先後政績爲詩若文，以爲公慶。纚纚洋洋，美盛備矣。文學張某雁行聯翩，屬公器賞尤深。乃裒集篇章，幾成緗帙，授之剞劂氏，而題曰《觀成録》，因乞不佞弁諸首。

不佞唯唯謝曰：『夫政之成也，詎易言乎哉？虞廷考績，期於咸熙，熙斯可以言成；而究之必六府修，三事和，乃爲成之之極。《周官》所稱八柄詔王馭群臣，亦恃有此成耳。今之郡大夫，即古四岳群后，三歲上最闕下，聽天子考。其職任等于岳牧，而庶績未熙，六府三事有缺，烏乎言成？《易》不云乎：「觀人文以化成天下。」而尼父自觀其成，亦必需三年之久。信乎成之之難也。』

乃今習睹公之政績，班班可紀。以旱澇，則精誠所格，天沴潛銷，屢奏豐稔，均停新役，不峻不阿，〔三五〕而上下兩便，帑無餘逋，是可考其成於大司農。以聽獄，則片言立剖，桁楊之下，口不稱冤，棘室幾空，是可考其成于大司寇。以備兵，則謹干掫，嚴訓練，海上萑苻無警，刁斗寂然，是可考其成于大司馬。以河渠則浚治，以鹺課染局則肅辧，以城堡傾圮則完葺，是可考其成于大司空。以膠庠，則月課歲試，品題甲乙，諸士嚮風；而且以身帥僚佐邑大夫及武弁，咸斤斤稟奉法程唯謹，是可考其成于大宗伯及冢宰。以兹庶政，合諸録中所紀，夫豈繁稱諛詞，徒侈聲律已耶？是即古形容盛德之章，而太史陳之以觀民風者也。故《詩》頌西伯而曰：『遹觀厥成。』至有聲之亂，復推本于辟雍作人。蓋不特觀其成于民，而且觀其成於士也。

我公敷政優游，所在蒙福，閭閻庠序，有一之不傾心佩服者耶？佩服不已，遂咏贊之；咏贊不足，因圖殺青，以志不朽。庶幾乎九成之歌再睹於熙朝，而吾公異日勛名，亦與謨訓雅頌並垂天壤矣。

昔袁滋守華州，召拜異秩將行。耆老遮道泣留，車軹不得進。揚於陵代滋適至，宣言於衆曰：『於陵不敢易袁公之政。』衆乃逡巡釋去。則斯録也，夫猶寫華州之實政以準儀當代者也。

後之莅兹土者，寧無於陵其人者乎？敬書之以爲將來告。

閱弄珠樓圖

□□□當湖得名，而當湖實華亭南境之舊勝也。余□□□□□□□□□爽然飛動，幾欲訪展武之故墟，吊白沃之玄宫，而終限此一衣帶水，未暇及也。

歲戊申冬，姻友李節之以《弄珠圖記》示余。余展而閱之，右連百雉，左帶滄溟，圓止叢林，巍然而特峙者，則湖中之樓所稱弄珠者也。天光雲影，照耀軒楹，四顧一碧，澄然而無際者，則樓外之湖所稱當湖者也。朝暾夕霏，倏忽變幻，漁檣釣艇出没于凫澄雁渚間者，則升樓望湖之佳致也。捐俸創建，嘗以鳴琴之暇，招携騷人墨士登臨歷覽，徜徉乎兹樓之上者，則漢陽蕭大令也。

余昔視學楚藩，與漢冲昆季有傾蓋之好，而大令又其從子也。大令治行冠百邑，乃能以餘閑選勝標奇，俾余得於尺幅中睹昔日所未睹，則又鄰封野老之私幸也。因書之卷末以識喜。

唐氏族譜序

唐之姓，實肇於伊耆云。伊耆者，唐之始氏也。析而爲上唐氏、高唐氏，已又省而從單，則唐之所從來久遠矣。其在吾郡,唐之望無慮三四族,而參知純宇公世號爲金匯唐,以所居里名也。無論閥閱爲一時右,即子姓視他族特甚蕃衍。參知懼其綿邈散逸,乃裒其指而爲之譜。

夫子孫千百,千百斯出,不尋其源,其流將失,故譜世系。一傳再傳,揭日而走,再傳以往,迨同射覆,故譜世表。手口遺澤,孝者靡忘,委蜕所托,可述其藏,故譜墓圖。家有世寶,什襲藏之,代被璽書,敢俾其遺,故譜王言。逝者不作,音容莫望,碑版如存,猶寄羹墻,故譜誌表。陳詩觀風,聽樂知德,輿言非私,懿行可識,故譜贈言。

譜成,付之剞劂氏。參知與孟熙以如椽序之,復以一帙示余,而問序焉。孟熙與參知之論備矣,余復何言?然再讀是譜,而知其指有出先民表者。夫譜之言屬也,屬可聯而不可絶,雖豐嗇榮瘁,猶將共之。而眉山之譜其族,乃曰:『服盡則親盡,親盡則途人,然而喜不慶,憂不吊。』嗟乎!由盡而溯諸未盡之始,竟何人乎?譜之作,欲求不盡於盡之中,以别於途之人。將合是務,而顧推而遠之譜,何爲耶?參知所譜,自將仕公而下,不知其幾世。世各支而分之,又不知其幾派,派又不知其幾人,而人各譜之,譜且詳焉。服未盡者詳,即盡而若途人者亦詳,即盡而散之他里者亦詳,即散之他里而别於族者亦詳。凡眉山所亟欲捨而參知所亟欲書者何?彼以盡與散而思别其屬,此以盡與散而思統吾宗,兩公設心正自異耳。

然參知之意未已也。上承韋室公屬稿之初心,下啓曾城公贊成之雅志,則自將仕至今十六傳,子若孫猶然一體也。一體而甘苦同恤,好惡同情,寧直不以途之人視?蓋真若手足之被創而亟痛之也。痛之,則思所以撫摩安保之。有家者推餘補匱,有位者分華割榮,勿令甘苦好惡相視如秦越人，以自謝於傲族薄倫之誚。此雖譜之所未及，而實作譜第一義也。亦即參知所謂可起叔虞而質之者，敢以是復參知而諗於宗人。

重修龔氏家譜序

有國者不可以無牒，有家者不可以無譜。譜牒之尚，蓋自司馬氏創編年，以迄于今，而家修户輯矣。夫世代彌遠，雲仍彌盛，宗派日益繁衍，苟非考信於載籍，則族系何所收合，昭穆因之失次，有不斁倫背祖幾希，此《龔氏世譜》所自修也。

龔氏發源邵武，析派臨川，十有三世，子姓繁興。四民叢具，弗聚則離，弗誌則逸，譜可一日闕耶？鄉進士挺霄公集群彦討論之，都憲沙溪公訂證之，臬幕徵庵公梓成之，爲千百代宗祊計，至深遠矣。往余令清江，沙溪公持譜屬余序。適余膺内召，倉皇未有應也。已而簡在西臺，沙溪公以壽終。徵庵君思成先志，走書爲請。余讀徵庵書戚然，重違泉下意，遂勉爲之言。

昔史稱龔氏即古恭國，籀書易而爲龔，後遂因焉，龔氏得姓名始此。第江右多鉅族，非不光光然大，間有一再傳而陵夷，或至削籍，此何以故？宗法疏而家訓隳也。余嘗就謁沙溪公於永泰里，則布衣蔬食，簡淡儼寒素風，其子若姪率恂雅若窶家兒。余退而嘆曰：『龔氏盛而能久，有以哉！』既而縱觀家乘，有例有圖，有傳有録有志，世次朗如，法戒具在，匪直視舊加詳，信可以匹歐、蘇二氏之藏矣。言訖，復手書遺徵庵君，令爲我語而宗人。

記有之：『鑒不於物，於其人。』龔之先多聞人，余弗及見。今所見沙溪公者，國之柱石，鄉之典刑，家之矩矱也。若曹慕之效之，居則爲孝子，爲弟弟，出爲名臣。斯無愧于龔氏，譜殆非長世物也已。

喬氏族譜序

喬之先，蓋始於喬山云。至後遂易橋而喬，如湘州、高郵、東陽、晋寧諸派，班班史乘。而樞密公執中即高郵派也，是爲公家始祖。自樞密公至今，奕葉遞盛，聞人代興，而更廓於竹溪公，盛於贈中憲大夫春山公，至於今憲副玄洲公稱極大矣。

憲副起家名進士，官大藩，子姓俱頡頏郡邑校。季子復舉公車，將對大庭，每四時之會，群從咸集，青紫相映，鄉人咄咄咤咤，謂昔所稱王謝，當如是耶？遂以是望於東海。先民有言曰：『子孫才，族將大。』不信然哉！大而無統則離，是譜所繇作也。

公嘗語余：『余日者備刺上黨，行縣至義陵，想韓、李之高風；已治兵恒山，於元氏企李知本之盛軌，安平慕崔光州之芳躅。李氏在隋大業末，即東陵之徒稱爲義門，相戒無犯。韓若李，則皆以同居受旌憲廟。何至如吾鄉鑿齒其心，大風其行，一挂金門之籍，軒軒自命爲貴人，挾頭上進賢以嚇族，而族有布衣，欲齒之而不得。不然家擅銅山，鮮衣怒馬，第自豪舉，而族有結原生之鶉、决東郭之履者，欲齒之而不得。不然輕薄少年，拾淵、雲之唾餘，翩翩以文士自命，大冠博帶，曰龍鬚吾所友，而族有手黛耜而服葱犗者，欲齒之而不得。夫族固不敢自前，此三輩者卒亦無肯前之，至再世而不能名其序，三世而不能名其出，五世而不能名其人矣。嗟乎！五世而上，何人哉？余實恧焉。』

言未既，余獵纓而嘆曰：『善乎公之言！□然其有隱情也，翹然其有遐思也。其仁人也，其知大也。其孝子也，其□□也。如韓，如崔，如二李，其在茲乎！其在茲乎！』

公謝曰：『烏敢？是余志也。請書以無忘，可乎？』遂筆之爲《喬氏族譜叙》。譜始於竹溪公，而成於公。公名木，宦轍所至有聲，又不獨爲宗人祭酒矣。

曹南王氏家乘序

余昔以遷待罪曹南，稔曹南之王氏，望族也。勝國以前，遥不可知。自左丞而降，簪裾輻輳。蓋有左丞，而復有國子祭酒麒與翰林應奉麟也；有四世孫御史大夫珣，珣復有御史大夫崇文、御史大夫崇獻與觀察崇仁也。此皆用科目起家，相繼爲大官。它如以孝廉、以封君、以胄子、以貲選、以武功登青衿而爲諸生者，又未易枚數。昔晋世衣冠之族，惟始興公爲最大。郭景純嘗爲筮之，當與淮水相終始。君家豈其苗裔耶？抑又聞之，左丞入明興，欲用爲大司寇，竟不屈。嘗自褫其官閥，稱東村老人，以比於柴桑翁。然則其所可貴者，又不止冠冕蟬連矣。

王子曰：文獻之家，不難言乎哉？李之有陵也，而隴西之言李氏者羞稱焉。無論李，琅邪而有處仲也，始興不捫心乎？善乎子輿氏有言：『所謂故國者，非爲有喬木之謂也。』嗚呼！誠然與！誠然與！余今觀王氏，抑何與子輿氏之説不符而契也。

夫以高皇之聖武，天下莫不願爲臣妾，而卒不能絀左丞明爵一級。此寧可與身爲降虜者同日道哉？至其孫德潤輩，又率所至爲德，俎豆於賢人之間，又何前後相蔭映如是？宜曹南之稱望族，必王氏爲首也。蓋是乃所爲望耳。

譜始於德潤，而維翰復加修輯，釐爲若干卷。書成，走使雲間，問序於不佞，故序其所爲望者復維翰，而更諗於維翰曰：『天下有父子，而後有兄弟；有兄弟，而後有宗族。其末雖九，其始則一耳。故敦睦之道，常始於兄弟。不宜於兄弟，而能敦於九族，余未之前聞也。』雖然，善言兄弟者，莫如《常棣》。《常棣》乃周公之詩，而曹之先固振鐸之所封，與周公兄弟也。必將聞其遺風者，余又何贅？德潤，珣字；維翰，其四世孫也。爲名諸生，將復繩其武，王氏益未艾矣。

家乘序

余家自嘉定遷上海，蓋九世矣。始祖士衡公之父姓陳，以資稱雄嘉定。嘉定在勝國時，尚爲州，故邑人呼爲『半州公』，言其産居州之半也。高皇帝定鼎金陵，籍富民以實雲貴，而半州名在籍中。全家遠徙，獨士衡以幼子抱養於母族王仲華氏，得免於行，遂從王姓，而占籍於上海邑西之三十保。自始祖承王之後，而仲華竟絕嗣，豈天將借王氏以啓予族耶？

始祖生高祖孟璇府君，家漸充拓，人咸稱其有半州風。孟璇生曾祖守忠府君，則又倜儻好修，信義表于鄉邑，然孟璇之業稍衰矣。守忠生祖石泉府君，業儒不就，則以勤苦恢復舊業，且又以詩書課子若孫，而余得面受祖訓；既兼怡朴府君朝夕督課，始克從科第起家，固先世積累忠厚之徵，而祖父貽謀燕翼之功惡可忘也。顧余揚歷中外，兢業守官，僅徼褒典，以榮二親；而王父母竟不沾一命之榮，此恨與天無極。欲藉以勉成吾志，貽美盛於方來者，後之人不得逭其責也。

余今春秋八十，懸弧之旦在王正二十有一日，合族尊卑，皆來觴祝。自吾兄弟而下，遂有能貌而不能名者，亦有并其貌而未嘗接目者。余恐歷世滋久，子姓繩繩漸衆，將有散軼不收之患，故即洪宇二弟所常手録，授之吾兒思忠、思義、思孝，重加訪葺，補其遺漏，正其謬訛，以付梓人。刻完，人給一册，傳之綿遠，俾知世代徙遷之故，祖宗創守之艱。賢者教之誦法孔孟，忠君顯親；次之教以孝弟力田，全身保家。總能不墜先聲，天地祖宗將陰庇之。設有險健不類，遺親篾族，爲宗人所厭弃，鄉里所不齒者，幽有鬼殛，明有刑章，可懼也哉！可監也哉！是爲序。

五賢濟美序

余嘗讀天下姓望郡譜，而知關中氏族之盛甲於天下。若韓城，尤其著者。韓城即古少梁，左襟龍門，右帶濠水，靈淑所鍾，挺生哲士，類多奇偉特達，有先王之遺風，余平生所想慕而神游者。隆慶季年，左官邛蜀，路經潼關、渭南、岐陽、寶鷄、褒中，以出閣道，則龍門、濠水儼然在望；而迫于王程，足迹未暇及也。又十五年，而從楚臬量移關南分守，自謂可償夙願。忽以計事歸農，竟不得踐神禹之遺迹，吊太史之玄宫，以寫胸中未盡之湮鬱，至今耿耿有餘恨焉。

未幾，而興寰馬公祖以丁酉鄉進士來倅吾松，則韓城人也。始接之，儀觀偉然；既就之，詞氣温然；居久之，而操履凛然，茹冰飲蘗，常俸外毫靡染指。猾胥或有以往例嘗之者，則厲聲面叱曰：『爾何敢以例污吾耳！』于是狐鼠輩咋舌屏迹，而公之清聲振動三吴。秣馬未幾，即有部運之委。

我皇朝漕東南粟，以佐供億，有軍、民二運。軍運居有月餉，行有口糧，遞息更番，猶稱繁苦。民運則歲選良家子以充，不煩官庾升斗，出己力以供牽輓，充者鮮不傾家。公獨洞悉利弊，祛奸剔蠹，且潔己愛民，民不擾而官無負。事竣回翔，席不暇暖，而署篆青溪之檄至矣。

時青邑吏胥中上以墨，習爲詆欺，幾無國法。公至而宿猾引避，垢穢爲之一洗。士民方幸天日再朗，而民曹查參舊逋，檄公赴部簡用。松之白叟童牙，褰裳輓留不得，於是縉紳父老群然爲詩爲歌，爲引爲傳，以頌盛美，而名之曰《五賢濟美》。五賢者，韓庠所祀司馬公遷、胡公鼎臣、張公昇、王公勝與公之尊人龍門先生也。曰『濟美』者，蓋紀公之清修惠政，克纘龍川令緒，而奕世載德，將來復與五賢同垂不朽，此又吾松士民矢歌之微意也。

雲間獻略序

按成周春官之屬，有小史以掌邦國之志，而又有外史以掌四方之志。志非他也，鄭康成以爲若《國語》《梼杌》《春秋》諸傳紀，舉得達之外史，上之王朝，俾得以信今而傳後。則志乘之所係於邦國四方，顧不重哉！

吾松襟江帶海，匯以重湖，九峰跨峙，靈異天啓。雖幅員延廣不及吴郡之半，而人文挺秀，自二陸以來，賢良科甲之盛，略亦相埒，紀載可一日缺與？乃自弘、正迄今，百有餘歲，郡乘久置不講，則徒以人物臧否爲之祟也。幸吾文學李芳洲氏憤典籍之殘闕，懼杞宋之無徵，毅然盡出其先世所貯群書；而又稽之嘉、隆、萬三朝科第碑版，及博訪境内藏書家，搜閱以備揚扢；且復參之耆儒故老所口授，共得人四百有奇。奮管摛詞，據事直書，一人之下，佳言懿行，黎然在睫。凡幾易寒暑，彙而成帙，命之曰《雲間獻略》。

余嘗三復讀之，因掩卷而嘆曰：『近代著述家，務簡要者苦囊括之未周，競詞華者病聲實之鮮副，遂爲史乘一大病。今兹編也，寸長必録，顯晦無遺，苟可以勵風教、存鏡戒者，靡不兼收並采。《周官》所稱四方之志、閭里之史，豈竟是耶？夫當文獻久湮之後，而忽睹記言記事之編，譬猶五都之市，方物具集，搜奇括異，惟人自擇。今郡邑賢有司方有志於稽古禮文之政，將欲舉曠典於既湮，則秉筆者或籍是以爲權輿，非百年一快事哉！』

昔季札聘魯，見魯《春秋》而曰『周禮在是』。是書詳而不濫，核而不浮，觸目感中，令人娓娓焉起見賢思齊之念，信一郡三縣之《春秋》也。世豈無季子其人者與？是爲序。

侯延之七老傳序

夫漢之四晧，唐之九老，古今稱耆英者必以此爲美譚。然商山一出，識者猶然少之；而香山之集雖齒登，指使者亦得序乎其間。信哉！齒德兼全之難也。乃今讀侯延之氏所作《龍江七老傳》，不覺悽然有一朝千古之感。因之以考其居，則皆蟠龍里人，而居同地；考其年，則皆逾耄望期，而年同甲；及考其平生行誼，則又人人恪遵古道，軌儀鄉俗，雖乘車戴笠，顯晦殊途，而要之皆耆英之流亞也。

若復吾先生，又予少時所嚴事，而長同庠，仕同臺，已又同官楚臬，巍然係朝野之望者二十餘年。假先生而生漢唐之世，當與四晧、九老並足而馳。而白村贈公、龍田侯公、守吾沈公，亦與余有姻婭之好。他如小村侯公、蟠溪王公、伯愚侯公，雖未嘗以詩酒笑語相徵逐，而皆習知其言動；恨余以薄游走四方，不得與諸老結商嶺、香山之社。而猶幸得其詳於延之傳中，實慰高山景行之懷，因書□□□司風教者采入志乘，亦鄉國一盛事也。

華亭高氏重修族譜叙

夫人之本乎祖，猶木之本乎根、水之本乎源也。世昧一本之義者，往往附會名賢華閥，以爲光耀，不知自陷于二本矣。松柏蒼蒼，而綴芙蓉于其巔，君子識其非類。泝水入河，渾而爲一，其清濁固自可辨也。人于其祖而可二本乎？二本者亦何益之有哉！故蘇氏之譜，六世而上不復序列。老泉學識絶人，猶且缺所不知，而不敢誣其祖如此。若高文學振聲之作譜也，其深明一本之義，得蘇氏遺意者乎！

華亭高氏自存善以來，文章德行推重于鄉者，蓋餘二百年矣。其先少典氏之裔，少典氏次子爲炎帝神農氏。神農姜姓，數世而下，有伯夷封于吕，後以國氏。商周之間，有吕尚封于齊，八世爲公子高，後以名氏。十六世爲公子析，字子高，亦爲高氏。此高氏之發源也。秦漢以來，世次莫傳。至宋，有仕于朝者，自汴從徙臨安，一支入松江，居上海鎮，此高氏之南遷也。明興，有存善者居谷陽橋，三傳至學正博，以尚書魁南國，族遂顯。長子太學國華嘗譜其族，冢孫節繼而修之。外此而增輯者，亦代不乏人。至其曾孫孝子承順，復作世表十六篇，則燦乎文矣。

公既殁，而公之子文學君以讀禮之暇，參訂諸譜，遍加搜訪，高氏家乘遂爲全書。其立例嚴，其考核精。自存善而上，推本少典氏，系序不紊，溯流而源也。自存善而下，或居或徙，備録無遺，由本而支也。名諱字行，各從其類，所以辨昭穆也。生卒葬娶，統著其詳，所以紀始終也。先之系圖，著承傳之緒也。附之宗法，申立宗之教也。家傳記事，行之實也。則次之婚媾，嚴嫡庶之分也。又次之綴以列聖之敕旨，昭天寵也。繼以名公之傳誌，表卓行也。其先之托體依神者，祠墓也，則祠墓有譜。其後之聯疏萃涣者，宗會也，則宗會有譜。世表、年表，仿之太史；仕進、褒崇，律之志乘。家藏所以存世寶，著述所以顯立言。以考證示有據，以附録識存疑。自癸巳迄庚戌，削數稿而成，凡若干卷。

余讀而嘆曰：『嗟夫！宗譜之亡久矣。郟子以述祖見稱，崇韜以從祖蒙誚，自古已然。矧惟後世文學君當宗法既廢、譜牒失官之後，乃能推本其祖至于百世之遠，而其所譜又斷自存善始致詳焉。蓋賢于崇韜遠甚，而郟子不得專美于前矣。此余所謂深明一本之義，得蘇氏遺意者乎！抑余聞之，根之深者其末茂，源之遠者其流長。高氏之先，奮巍科者若而人，秉介直者若而人；或以德行俎豆瞽宗，或以孝友貤旌廊廟，其根源深且遠矣。而文學君又以純孝世其德，學者推爲熙朝曾、閔，且能以文章淑諸令子，方輝輝羽儀，所謂亢宗顯祖而光啓後人者，非耶？』

叔子汝謀，余孫婿也，將文學之命而屬之序。王子叙竟，進汝謀而勖之曰：『所貴世家子老，非能言其祖之謂，能踐修厥猷之謂也。子之尊人，代修譜牒，兢兢焉篤尊祖睦族之誼。爲子孫者，尚其祇遹。乃祖仕而登朝也，秉忠貞之節；隱而家食也，修孝謹之行。斯無忝其先矣。《詩》曰：「無忝爾祖，聿觀〔三六〕厥德。」子永念哉！』言雖不文，或有合于作譜者之旨，敬書以告凡爲存善公後者。

【校勘記】

〔一〕《蘄兩城先生集》二十卷，明萬曆十七年（一五八九）刻本，哈佛大學哈佛燕京圖書館藏。刻本卷首有王圻序，該篇名爲『刻蘄兩城先生集序』，落款題『萬曆歲次乙酉秋九月朔旦，賜進士、奉政大夫、湖廣提督學校僉事、舊治上海王圻頓首識』。以下以哈佛藏刻本爲校本（以下簡稱『刻本』），不同處出校説明。

〔二〕必鮮　刻本爲『鮮擅』。

〔三〕固薦紳之卓犖者哉　刻本『薦紳』後有『先生』二字。

〔四〕尚書郎　刻本爲『左少宰』。
〔五〕其牧養宏猷在吉郡　刻本此句後有『共覃敷文教在關中』。
〔六〕其底慎財賦在巴蜀　『慎』原爲『窅』，據上下文意改。
〔七〕照耀耳目者　『照耀』刻本爲『厭人』，『者』字刻本無。
〔八〕而公蓋兼之矣　『蓋』刻本爲『已』。
〔九〕閱歷中外　『閱』刻本爲『揚』。
〔一〇〕固弗爲鉛槧意　刻本爲『若弗留連鉛槧也者』。
〔一一〕由今觀之　刻本爲『要者一言一咏』。
〔一二〕所宜藏名山而垂永久者　『者』字刻本無。
〔一三〕而知公者又晏然不爲計　『不』刻本爲『莫』。
〔一四〕其不朽之義謂何　『其』字刻本無。
〔一五〕從其仲子雷　刻本爲『從其子需雷雲』。
〔一六〕得若干卷　『卷』刻本爲『首』。
〔一七〕遂記其人都如右云　刻本爲『遂紀其大歸如右』。
〔一八〕而其竅則稟于神明　『則』字刻本後有『一』字。
〔一九〕日呫嗶數千言　『嗶』刻本爲『僤』。
〔二〇〕乃又操行孤介，不以人滑天。其較著若道不拾金、仕不自點者　從『又操行孤介』到『若道』十五字刻本無。

〔二一〕不可抵掌而盡　「而」字刻本無。

〔二二〕以故其神王　刻本爲「蓋其神正」。

〔二三〕其與赫赫政迹並垂竹帛　「迹」刻本爲「績」，「帛」爲「素」。

〔二四〕東國有邊廷實、李于鱗　刻本爲「東國自邊、李」。

〔二五〕俱以著述起家　「俱」字刻本無。

〔二六〕厥後操觚之士雲蒸龍變　「龍變」刻本爲「霧湧」。

〔二七〕莫可籍記　「記」刻本爲「紀」。

〔二八〕而嘐然以名家自　「嘐」刻本爲「猶」。

〔二九〕亦或左券于斯矣　「矣」刻本爲「云」。

〔三〇〕槁枯立起　「槁」原爲「稿」，據上下文意改。

〔三一〕若披烟霧而睹瑶天　「睹」原爲「賭」，據上下文意改。

〔三二〕詎直揚於峰泖間哉　「揚」原爲「楊」，據上下文意改。

〔三三〕俾得與太史之貢俗者並勒之景鐘　「鐘」原爲「鍾」，據上下文意改。

〔三四〕迨宋劉道産守雍州　「産」原爲「彦」，中華書局本《宋書》有劉道産爲雍州刺史，未詳孰是。

〔三五〕不峻不阿　「阿」原爲「呵」，據上下文意改。

〔三六〕聿觀厥德　「觀」《詩經》原文爲「修」。

王侍御類稿　卷之六

太原王圻元翰父著
男思義校刻

壽太師存翁徐相公八十序

萬曆踐圖之十載，實少師存齋徐公八衮壽辰。海内名卿學士咸歡喜抃舞，交相頌曰：『元宰而享元壽，宜然哉！』閣臣白其事於上。上融融喜見眉睫，賜璽書，走行人官，修存問禮，又聽冢孫符卿君歸壽于堂。年千世百，僅睹斯舉，蓋異數也。

某方濫竽楚臬，恭閲邸報，不覺離次長跽，額手大呼曰：『聖哉！吾皇明眷注耆舊，湛恩汪濊若此。』已知其出閣臣指，則又望上台再拜曰：『賢哉相君！何篤念雅素，靡遐遺若此。』先是，宰臣罷朝請，上下交弃之如遺，至或更相蹂躪。兹少師得此于君若相暨海内人士，何以哉？噫嘻！其知之矣。嘗聞君子德至于天，則天爲定傾；德至于人，則人爲持盈。定傾持盈，福之臻也。

少師起巍科，哀然爲詞臣冠，偶坐微文外補，歷游群臬，愈益習民間事。有頃，賜環爲卿爲相，毗輔社稷，勤毖民物，身當天下鉅重者垂二十餘祀。所圖畫皆祈天安人大政，而潛攄默運，如玉燭均調于宇内，而世莫知，即少師亦有不自知者。

嘉靖之季，分宜不戢，上黷下墨，穢德浸淫靡四海矣。少師在事，履清約，力挽頽波，神運機宜，卒俾天下回風向誼。誰則知之？三殿鼎構，百耗重仍，度支出納，幾告匱矣。少師身憂之，慎選司農司空，裁贏補詘，左手操奇，右手把羨。當是時，南征北伐，禱祀土木之蠹蠡午而起，而帑藏充然，閭閻晏然，誰則知之？穆廟龍潛，儲議未定，欒文入而危疑生矣。少師居中調護，不煩聲色，國本屹然，鞏于泰華，貽億萬葉社稷之安。誰則知之？大誌甫成，復議南狩，密諭至再至三，屬車且駕矣。惟時人心汹懼，事虞不測。某適按楚，借郧襄水災爲疏，請止勞役。少師旁從臾之，又密上封事極論利害。旋奉旨停止，功不在旋乾轉坤下。誰則知之？諸皆有關理道，世顧莫得而指述焉者，若其譽命載鼎彝，勛迹載石室副書，造膝密贊廟謨載《世經堂集》甚設，則人人能稱之矣。

夫少師秉鈞當軸，多歷年所，時艱世難，遭之萬備。忘身以衛主而身全，遺功以酬世而功舉。非有百煉元精，動與道會，焉能有是耶？是謂德至于天而天定之，傾可使平也；德至于人而人持之，盈可長守也。造化獨厚少師哉！厚少師以厚天下也。福履之綏，又可量耶？

今天子思念老臣，使存問者至，當以少師强食耐事言之朝；較然有東山之召，當如古大臣弼亮四世，而後嗣濟美保乂，始足厭人心。寧能與海濱泉石結齊盟，而忘萬曆天子哉！萬曆天子者，穆皇之聖子而世皇之神孫，少師何忍忘也。某固少師所擁護私人也，乃兹大慶吉事，不祝以私而祝以公，無亦一念之不忍忘云。

壽秦憲僉鳳樓七袠序

鳳樓秦先生壽七十，仲秋某日，其初度辰也。新安李敬垣君將游八閩，先三月乞余言，預觴于庭，謂余庶幾知先生者，而余實無能言也。然嘗聞壽之道于君平子矣。君平之言曰：『節性葆和，能爲可壽，而不能使人必壽，壽嘗在我也。』此非以壽畀之天，而實致之我哉？則先生是已。

余往未束髮，偕先生北面事文學官，閉門誦説，耻事奔趨。然歲中校行藝，卓卓者必首推先生，無敢齒，先生之所挾者我，而人弗以也。已而登上第，授大行，簪筆爲天子供奉臣。出按屯政，風采灼灼動中外，干謁絶無所入，先生之所徇者我，而人弗以也。在位負高節，不善爲柔顔曲體，遂遷浙之臬僉。俄復以臺官左秩，浮湛朱墨凡數載，險阻艱難備嘗之矣。猶然據義履方，鮮所馳背，先生之所信者我，而人弗以也。迨中道懸車，飄然改業，年可五十餘耳。爲國惜才者良有餘恨，而公恬愉自得，不苦也。築圃所居，扁曰『鷃適』，日與二三舊故栖遲其中，屏絶一切榮利。惟事關郡邑大計，輒昂首抵掌，談諍如守官時。故人益憐先生才美未究厥施，不知先生之所全者我，而人弗以也。

夫世路險巇，物情遷幻，終難奪其耿亮不隨之操；觸時而動，迷陽却曲，終難滑其蕭散閑曠之真。先生殆人貌而天行者，壽胡不在我哉？壽在我者，非世所稱經伸導引也。先生寄此身于埃霧之中，而超此心於埃霧之外，淺淺乎其世味也，恢恢乎其道量也，陶陶乎其天和完善也。世味淺，則精不汩而壽培；道量恢，則氣不慴而壽裕；天和完，則神寂而凝，壽將川至而日增。君平所爲論壽者，先生蓋得之深矣。嗣令優游燕喜，躋耄期之慶，夫孰非先生所自致也。信哉！壽常在我也。君之往觴也，盍以余所聞于君平者再拜而進之。

賀大宗伯太室徐公七十序

大臣之事君，其道在致身，而亦不必盡出諸其身。盡出諸其身，即其心長，而終阻於身之所不能致。故其要無如爲國多得士。《詩》曰：『藹藹王多吉士。』惟王之使能得多士，以備王之使，而其忠廣矣。

余觀古之能得士者，唐莫如王師旦，宋莫如歐陽文忠，而明則吾大宗伯徐公。凡宗伯公之爲郡而稱名守，爲縣而稱循吏，超龔、黄而凌卓、魯，此無論。即爲宗伯時，其所得士與王、歐兩公度長絜短，何多遜焉？尚書司喉舌，爲天子重臣，然惟冢宰、宗伯之任則猶未易副。何者？冢宰握進退吏之權，而宗伯握進退士之權，士未有不自宗伯始進者。方公爲宗伯時，士正趨於靡，不減所謂采庶子而忘家丞者。公既身操衡鑒，力自矢曰：『天子不以臣不肖，使待罪秩宗，而又董兹役，固望臣亟有以反也。』乃浮華者汰，悃愊者録，歲得人三百，以薦之天子。夫緩急之間得一俠徒，猶然如敵國。況公所得盡天下豪俊哉！

余不佞昔者以公推轂舉士於楚矣，楚人士皆彬彬興起。余所得一鄉，固不敢望公盡得天下士。然其間豈無貢於公，而爲公所舉者乎？則公之所得益何宏也。公今即緑野而歲所得者，或横經木天，或分符郡縣，自靖自獻，雖公在位，何啻乎昔人以桃李歸梁公，而梁公稱爲爲國？嗟乎！大臣之用心，異世同符如此哉！

或曰：『雖然，車之運以軸。即公用人，何如公自用？公盍爲天下少借乎？』余曰：『然。

今北拒胡，南警倭，廟堂日夜急才。公腹中數萬，既隱然樽俎而折衝；又形神俱王，無異少壯時。何知使者迎公不遂已過吴門乎？此固南北之幸，而非公之所以爲心也。』因公之壽，并以爲祝。

壽侯太母張淑人七衮初度序

昔大參復吾侯公年六十，始成進士，仕至金紫，年復八十餘，稱侯氏祭酒矣。既十餘年，公配張淑人壽亦七十。淑人於大參爲繼配，春秋差少，然概其壼德，於大參實好逑云。淑人歸大參雖晚，然猶及以裘褐事公。公既久困公車，家立長卿之壁。淑人攻苦食淡，椎布操作而前，不知其爲孝廉婦也。大參既貴，累封今稱爲三品命婦，然猶緝木綿以佐大參廉。生平無華衣鮮食之好，非上太淑人食，歲時親戚相聚會，未嘗不啜菽曳縞，蓋不知其爲大參婦也。

大參有母童太淑人，年九十餘矣。鞅掌王事，日切白雲之思。而淑人婉轉，獨善承其歡，大參因得以安於宦。既林居，雅有米汁之好，而又喜與故人酬酢，堂前之履無虚日。凡脯脃漿酒，靡不自淑人手指中出者，大參又得以安於家。淑人爲大參舉四子二女，皆躬自乳哺，而長君學博固元配所出也。淑人撫之若己子，且令其子下之，曰：『是供養之日長，吾子安得以雁行進也。』夫伯奇、子騫猶不免掇蜂之讒、衣蘆之苦，而學博終始可四十餘祀，竟無間言。豈獨學博賢於人遠哉？

嗟乎！婦道母儀，義雖同條，事難盡善。故鷄鳴之婦，不聞與斷機之母兼備一人，其道蓋若斯難也。今淑人爲侯氏婦者凡若而年，而稱賢婦；爲侯氏母者凡若而年，又稱賢母。鷄鳴、斷機，盡在淑人一身矣。《既醉》之詩曰：『釐爾女士，從以孫子。』淑人所爲婦若母者，奚啻女士得全全昌？宜其子孫之多賢也。即無論諸子文學君及孫孝廉君，雖曾孫數人，皆美秀而文。髫年游校，每一繞膝，可動太史之占，此殆淑人所啓也。

是月二十有四，爲淑人設帨之辰。昔童太淑人有令德以開大參，年幾百歲，今淑人將又進於是矣。異日者侯氏世世有令妻壽母，豈不爲里黨艷異乎？淑人之子曰孔鶴者，婿余女孫；而石阡守三山陸公亦爲兒女姻，移書屬余一言介壽。故泚筆序其大都，各帥其子姓以爲千秋觴侑。

壽大參伯復吾侯公八袠序

今有木於此，其高干霄，其蔭千畝，而實後於蕭艾；又有木於此，高等也，而實倍之，則二者人將奚取焉？余謂人之於富貴子孫猶是矣。故世之縉紳先生業已腰魚佩黿，而猶欿然延頸謝庭曰：『誰當繩武？』以爲愉快，而大都靳弗能得。甚者神銷於伯道，氣短於子丹。今觀復吾先生，非世所希覯而罕儷哉！

先生少爲諸生有聲，則人人曰：『彼年少而韶，令一日上第，如順風而呼矣。』既成進士，則又人人曰：『吾固謂夫夫不爲後人，目皮相者曩以我爲不信也。』蓋先生成進士時，去舉於鄉，稍隔日月云。則又人人曰：『夥頤！先生之官沉沉者，即台鼎奚疑哉？』而先生果以諸曹郎有聲，徵爲柱下史，鐵冠豸綉，隱然寒當道之膽。踐揚中外，横金曳紫。屬先生倦游，思一返林泉，得當諸故人於騷壇酒壚之間，未遽登台鼎。則又人人曰：『先生殆遺榮也。』

雖然，先生即無意天下，天下能一日忘先生哉？《詩》有之：『維師尚父，時維鷹揚。』方今天下乂安，而東南小醜尚未授首，政師尚父鷹揚日也。先生方以是開茅土，又奚沾沾一台鼎哉？余則謂是浮漚耳。人亦有言：『飲不盡尊，以遺後人。』與其身履之而身竟之，毋寧後之人嗣之而靡竟哉？是在先生之子若孫矣。亡何，子某君果黑頭以次需南宫，孫某以明經舉今甲午，而又適與生甫之期邂逅，則其所願，孰與先生身台鼎哉？雲間與嘉壤相錯，不聞前太師華亭徐公、御史大夫上海潘公乎？二公俱以名德元老躋上壽，而子若孫如今太僕徐君、方伯潘君俱用經術世其家。先生之名位視二公少亞，而春秋則倍。二公將隸首所不能算，子若孫遂與二先生相鼎足，而太僕君又先生所樹桃李。繇斯以譚，先生之所收於後者，又寧獨在家哉？

余不佞少以雕蟲之技受彈射於先生，而先生之季子某又婿余女孫，情至稔也。介兹眉壽，即不佞在下風，能無揚一言佐先生燕喜？故泚筆叙先生之所重輕者爲壽，復系之歌以侑觴歌曰：『印纍纍，綬若若，卓哉治行今逾爍。名位未易齊，勛業更誰博？』先生其爲一舉觴。則又歌曰：『丹穴産威鳳，合浦生明珠。鬱鬱謝家樹，灼灼珊瑚枝。團月照掌上，修羽翔天池。』先生其爲再舉觴。則又歌曰：『徂徠之松，新甫之柏。冬夏青青，曷其有極？徂徠新甫青何極，朱顔閔閔倍有色。』於是先生三舉觴矣。余之子某某某復各壽三觴，是爲萬年卮。

壽大〔一〕司理吴公祖序

今之司理，即古幕府法曹之職也。史稱糾察屬縣，課責下僚，一郡紀綱，藉其提舉，自昔已重之矣。故膺是選者，甫及瓜期，遄登朝宁，含香簪筆，鵠立彤庭。異日揚歷禁近，隆補衮業，蓋十居八九焉。逮我熙朝，尤崇是職，凡新貴釋褐，需次應銓，必予劇郡，尤遴選閎辨通敏兼人之才而不苟授。臨川吴公以進士高等出理雲間，秣馬之日，鄉大夫瞻望眉宇，咸嘖嘖私相慶曰：『是黼黻之資，圭璋之器，宜即簡在承明交戟間，而胡區區以簿領煩公也。』余竊謂士從束髮受書，策名天府，豈惟以坐致尊膴爲愉快？必欲稍稍見所抱負，俾下國黔氓沾恩被澤，始不負幼學初志。彼唱珂紆紫，非不彪炳耳目，然求其一事一令，可朝發而夕致之蔀屋者，其相去何如也。矧百縣之命懸于司理，在昔詔司理者，不得預帑藏而兼他職，惟欲其壹意平反，以稱委任。而五刑之屬，麗斯辟者動以百千萬計，奏牘訊牒，棼至沓來，吾以片言條析而厭伏之，顧不稱難哉！公具爽朗開濟之猷，而才足以立事，惠足以存下，垂簾聽斷，又參之以《詩》《書》六藝之指，而不專决於爰書。即文案有所受成而不能徇僚寀，有所同異而不能隨强有力者，有所要請而不能動。不以一念之喜而輕爲覆露，不以一節之忤而輕爲摧折。文墨刀筆之猾斂手股栗，不得緣隙而起，以蠹吾政而魚肉吾民。故下車未及期月，而筆端膚寸，往往澤及冤抑。輶軒所至，靡弗嚴之若霜雪，愛之若沐膏雨而就陽春。即監司大寮，亦皆傾心慕誼，信之若四時，而人人稱吾郡有咎繇矣。然又不特以吏事擅職業也。朱墨之暇，更進青衿於宇下，執經譚藝，亹亹忘倦。其雕鏤鉤棘故習，一經指授，彬彬然悉還於大雅。蓋公故江左聞家，誌所稱秀雅能文，剛方有執，我公其獨禀之矣。吾松司理自祁陽楚石公、浦城檢吾公以來，無慮數十輩，皆以文學吏治有聲南國，前後纍纍召置管樞。楚石以南亞卿位總漕，檢吾以留卿出鎮畿南。其他布列臺省，爲時名臣，又皆翩翩濟濟，功名未可預計。是皆天植敦龐純固之偉人，以福我一方民者也。

公今季夏二日適初度辰，凡我薦紳衣冠，靡不燕喜雀躍，戟手籲天，私效岡陵之祝。而諸生宋紹臯、唐造國蒙公甄品，感忭尤切，儼然造余丐片言爲公頌。余方幸公之壽吾民，且知公之禄位名壽又必將與楚石、檢吾諸公相徵應也。故論著其概以爲他日左券。

賀滇閫從事守質徐先生六袠序

守質徐先生者，吴郡長洲人也。徐固宦族，先生稱奕世名家子。今年癸巳，屬先生壽六十，而尊人質庵公亦八十餘矣。先生之内子侄周君埴，謀爲先生稱千秋觴，則介其弟址以詞屬王子。

王子曰：『而不聞莊生之言耶？冥靈之春秋千歲，大椿之春秋各八千歲。今先生方六十耳。子謂壽而觴與？』

周君曰：『唯唯。』

余曰：『然先生何以能壽？』

周君曰：『先生代不乏簪纓。先生雖小不得志於司命，然起家從事，不愧祖武。異夫老于布衣，毫毛無自見者。先生以是壽乎？』

曰：『先生位不配德。且先生豈以一官明得意者？壽不在是。』

曰：『先生爲吏潔廉，不隤其家聲。以最移滇，先生薄不往，惟與二三鄉先生日蟬聯花木之場，置一切塵鞅不罥諸慮。先生之神完矣。殆以是壽乎？』

曰：『古之至人，不以天下易吾生。先生誠得其解，然殆有進是者。』

曰：『先生爲人仁，急人之困甚于己。貲不中中豪，而爲德倍之。吾聞天道無親，常與善人。此先生所以壽乎？』

曰：『是誠可以得天，然而非先生之心也。』

曰：『先生挾歲更之技，而不竟其施。先生有子，能成其志，以恢揚中丞公之休烈。中丞者，先生之高王父也。先生以是壽乎？』

曰：『子弟誠與人事，然先生不專以有子爲樂也。』

曰：『先生生六十年矣，而尊人質庵公杖屨尚無恙。先生方日烹鮮擊肥，手匕箸而進質庵公。質庵公怡然曰：「吾老，不意逮爾之孝養。吾願爾壽若我，爾子孝養爾若爾。」此子車氏所稱君子一樂，而先生得之。先生以是壽乎？』

曰：『至矣！此真先生所以壽矣。夫以恬以愉，長生可須。而人之可恬愉者，孰逾於親之逮事乎？上有質庵公，先生克以有今日矣。且卜先生之爲冥靈大椿者在是。先生不睹老萊氏乎？行年七十而猶得爲兒啼，以娱其親。後皆聞其不老，至今傳之列仙家。先生其後身哉！』周君以王子爲知先生，請遂次其語爲先生壽。

賀楊母許太孺人榮壽序

許太孺人者，侍御中峰楊君之母也。侍御君弱冠失怙，迎太孺人養于京。壽屆六袠，會聖天子建元儲，布德中外，寵膺令典，煌焯乎榮哉！諸與侍御君爲同年進士，又同登御史臺者，咸欲介余一言，以表殊眷。侍御君辭曰：『母氏歷春秋方六十，家人初欲觴之。母氏揮手令止，詎以煩諸君耶？』余應之曰：『達人言壽不以齒，顧名永弗永爾。名足以永，壽斯爲上；即名弗彰，雖期頤而進之，祇爲長世物已。第名之傳有二，有身樹勛業，垂千古而不磨者；有有所托而後傳者。托而傳與身自樹立者等，皆壽之所可貴也。太孺人出自名族，作嬪良士，通大義，達宦理，竟能刑家敕子，烈烈有聲，蓋條山河水之秀實鍾之。婦德母儀，昭灼閫内，流聞于外。蒲人久知楊氏有令母，姑無容屈指數。余獨觀侍御君之爲子，與其所以爲令，而太孺人之賢，益有以徵其大焉。侍御君才雄而氣平，外慷朗而中誠慤，究其所蘊，誠有滄海難爲深、雲漢難爲高者。侍御君子爲賢子也，乃太孺人之教哉！初舉進士，試吏成安，不三年，政通人和，雖古循良不能過。天曹廉其治行爲當時最，奉簡召拜今官。侍御君爲令，賢令也。乃太孺人之所貽哉！夫能使其子爲賢子，而又能使爲賢令，渥澤芳聲，由家迨國，此之謂母，豈止閨閣者流？將與齊姜、曹媛相頡頏，而名斯可永。謂有所托而傳者，非耶？侍御君行且持節按四方，周游台鼎，揚歷滋久，勞勩滋深。太孺人之名，抑將傳播靡已。余聞天道遠，人道邇，人定則天可勝。太孺人之賢有是，由今齒介繁釐爲百歲，又若券授燭照而無或爽者。侍御君其何辭？』

于是同游之士舉手屬侍御君曰：『王子言良是。』請于是日潔若堂，奉太孺人以冠帔升。余爾持觴旅拜，祝無疆壽。此在同年同游者，義固當爾等也。

賀大封君慕雲李年伯榮壽序

夫天有熙明炳朗之運，而吾人際之，斯能大昌厥胤；有敦龐渥固之氣，而吾人鍾之，斯能永介繁釐。造物者持此以鼓舞一世，未嘗輕舉以畀之人，而人顧間有獲焉。豈偶然哉？必其大受之器，足以仰當隆眷，而後造物斯無所愛也已。

太史李見亭氏，余所同年進者也。則視其嚴君慕雲，蓋父行矣。慕雲伯以太史君貴，秩未滿，膺封典，又春秋高且强，造物所厘得且兼之，抑增異矣。然豈知獲此有道哉！伯質重少文，條理在内，蚤承奕世詩書之教，肆力究圖。既知弗就，則飭己好修，出入於烟霞水石間，遇至微弗以睢盱貌，人亦罔有纖忿微訴以及之，藹然温温長者之風。造物所以需伯者，不已厚乎。

歲甲子，余與太史君同領鄉書，故往從之游，則色冲心虚，世慮都融，若不知子舉于鄉。已訃偕北上，太史君又同舉南宫，廷對名第二，授館職。而余出知清江，假道於嘉。嘉士民喃喃相顧曰：『李太史聯登上第，驟列清階，寰中以爲希遘。而翁茹苦食貧，無幾微見眉宇，若不知子之舉春官更太史也。』屬者皇上龍德御天，覃恩無際，布推首講幄臣，伯遂得拜，冠服品第如子。間嘗展梓宅，過茸城，無問丈夫女子，咸歡然侈談之。謂吾郡隆貴家，曩固憑力藉氣，偶一得志，即衣冠車馬，美好堅良，進退容與，僕從姣麗，習爲故常。若翁持以退避，矯以靚素，栗栗傴僂，謙退似不勝，若不知寵榮之在躬也。夫起家儒素，旋都顯赫，舉于鄉，不爲動；舉於春官，爲太史，不爲動；身被異數，不爲動。此其中必有非常涵蓄加人遠甚者。太史公由金馬超踐端揆，步夔龍之武，樹伊、傅、周、召之業，固知伯之不移其初，與今日等。庸非大受之器，足以仰當隆眷者耶？然則熙明炳朗之運，以大昌厥胤；鍾敦龐握固之氣，以永介繁釐。造物者誠若縱之，在我者實自致之，而又安所增異乎？

太史君不逮將母，言及數泫然泪，其純孝如此。而今綸渥所及，二親並受，詎非人子至快哉！同鄉薦者數十輩，屬余言以張之。余謂伯之美什百多夥，不能悉數。此獨舉其鉅以風吾鄉可也。李，雲間世族，自雲徙嘉，伯之先大夫可雲始。號曰慕雲，誌念先，且無忘故里爾。

賀瞿孺人七十序

王子曰：夫閨閫之英，不難于節乎哉！然爲文姬易，爲共姜難，爲令女又難。若斷機之慈，卓哉千古，益未易言矣。何則？彼所謂决慷慨於須臾者，不過殉烈一時，未若送往事居，雖間關百折而不回者也。余嘗持此上下古今節烈，而觀於瞿孺人，即斷機奚讓焉。

孺人名家子，其事黃先生爲繼室。當爲繼室時，婉乎一季女耳。未幾而安仁之寡賦矣。孺人泣謂：『吾即不難爲文姬，以身從夫子，如藐焉諸孤何？』于是窀穸既具，撫諸遺孤如撫其女，曰：『俱夫子出也。勿令異時議我愛燕后遂賢於長安君。』蓋孺人僅舉二女，而諸孤皆非所鞠云。至所以督課諸孤，則又不純任慈，晝而考德問業，傅爲政；宵而篝燈熒熒，孺人爲政。雖子夜哉，而猶以機杼佐諸孤讀。諸孤之視其織，不啻青氈之在前也。用是諸孤皆嚴視之，忘黃先生亡。

子炎以文學有聲諸生間，乃者志邑乘獨操班管，而諸季亦斌斌質有其文，此詎非孺人烈與？有如曩者孺人泉壤如飴，即無愧文姬，而不三舍斷機之慈乎！或曰：『然則孺人當旌哉？』余曰：『然。聖主欲崇一二貞姑，以風蔀屋之婦，將不遺文姬，而况如斷機之慈者。孺人固旌哉。』然余又有説焉。昔苻〔二〕秦之世，韋母宋氏年垂八十，以通《周官》，號爲宣文君，就宋家置講堂，立生員百二十人，隔絳紗幔受業。余聞孺人熟子長書，喜爲子弟輩談説。孺人之師於家，與韋母之師於國，又何異焉？異日倘以其事上聞，何知不就孺人家置講堂乎？孺人設帨之辰，劉甥爲索贈言，故序其大者如此。乃其刺綉米鹽之工，與佐吴婿起家事，則其小者，又何贅哉！

壽歸太恭人暨長公參伯明初序

歲庚戌，仲夏七日，爲予告參伯張公六袠懸弧節；又數日，而爲其母歸太恭人八袠設帨之辰。夫參伯之壽與太恭人會，異矣。而兩誕辰同值朱明嘉候，則異之異者也。諸姻友欲先觴參伯，而以次舉太恭人觴。參伯謝不敢當，曰：『禮，親在不稱老。吾母春秋高，方擬帥兒孫舞彩弄雛。敢以犬馬齒累下執事。』於是瞿海澄永山公走書幣徵予言，並觴於瞬城之私第。余念太恭人爲予中表妹，而余女孫又爲參伯長婦，知參伯之世者莫余若，惡敢以不文辭？因聊述其致壽之由。

蓋參伯之王父曰守齋公，而仰雲歸公則參伯之外王父，太恭人之父也。並皆以敦德懿行，表於里中，里中所稱陳太丘也者。而其享春秋又皆逾耄望期，則所以開壽之基也。贈大夫東郊公樸茂孝友，不以貴倨先人。太恭人性賢明，知大義，恪遵贈大夫遺言，事兩尊人以禮，待〔三〕諸姑伯叔暨臧獲以道，皎皎獨行，足爲内矩。仰雲公晚年舉子，與太恭人子之等於己出。次子早世，則又嚴課孤孫，如課參伯。今二孤皆哀然膠序，駸駸將策足天衢。人知爲參伯督誨之功，不知太恭人所托以報二尊人也。

太恭人雖以子貴，念贈大夫不得同御鮮好，嚌腴脆，猶僅僅服食故素，則所以培壽之源也。參伯少有至性，自誦讀外，目不睹非禮事。弱冠能文，意不可一世。庚辰成進士，蜚聲郎署，讞獄兩浙，一稟爰書，行獨意絶，不爲旁阿骫骳，遂以資望出守建昌。才諝大著，自是分臬分藩，所向聲烈彰聞。而參伯執慮甚下，不以能蓋其曹耦，故上下咸切倚重。而又不以高堂一日養易三旌之位，毅然疏請歸侍。今人一被金紫，輒牢繫不可解脱，幾有能爲慈親故拂衣者。而參伯謝紼紫若蓍簪，無少顧。潴灙之暇，灌園課孫，絶不與户外事，曰：『吾以有餘不盡遺後昆，則所以浚壽之流也。』

夫壽非可偷取倖致也。有抑必揚，有冲必盈，天之數也，亦壽之道也。二尊人之所以開先者若此，太恭人與參伯之所以培之浚之者又若此。齯齒在堂，班白在侍，神貺全禧，萃於一室。太夫人之享無量壽，固將以人事卜之。若參伯耽幽玩寂，茹真保泰，養敦龐醇固之休，以需東山大召。出爲耆卿碩輔，佐聖天子昌博靈長之治，則又在旦暮間，而壽又不足言也。矧令子姓曾玄，繩繩濟濟，若仁麟儀鳳並起而爲世瑞。則造物之所以酬世德者，又不專在於雙壽，將令食報於無窮矣。請書之以爲左券。

奉壽誥封吴太恭人徐太君八袠序

自古稱母德者，莫備於《詩》。頌稷、卨則曰姜嫄、有娀，頌文、武則曰太任、太姒。是皆發祥肇胤，爲母道履端。而頌母壽則僅見于《閟宫》之什。蓋母壽若斯之難哉！歷千百祀，而復見於唐興徐太君。蓋不佞圻觀於中丞治狀，而知太君之賢與其所以壽也。中丞起家庚辰進士，爲吾郡司理，約己戢下，不尚赫奕而奸止惠流，元元蒙祉。越五載，擢度支郎以行，士庶扼腕不平。無何，主上復再試於皖城，聲績愈益皎著，遂超陟卿佐。歷銀臺冏寺，晋大中丞。所居非一官，所揚歷非一地，要皆崇功茂烈，傾動耳目。雖龍見豹變，大人作用然乎。而揆厥所自，太君貽籍可勝屈指耶？蓋太君以勤示而中丞奉之，案鮮留牘，獄無滯冤；太君以儉示而中丞奉之，暮夜不欺，簠簋無飾；太君以恭示而中丞奉之，小廉大法，吏畏神明；太君以慈示而中丞奉之，煦保呵護，由筮仕以及擁旄秉鉞，無一不禀受太君懿教。故天下德中丞，因德中丞之所出，而太君遂爲徐氏姜嫄、有娀、任、姒矣。是天爲斯民而啓中丞，復爲中丞而先太君。太君之獨厚于天者，豈偶然哉！

中丞撫吴之明年，月届孟陬，爲太君設帨辰，且稱八十。昔《閟宫》之頌魯公也，獨以壽母侈諸聲歌，而一曰『宜大夫庶士』，再曰『萬民是若』。乃中丞作鎮未幾，孜孜詢民疾苦，首舉均田、平役大政。諸所興革，輪輪井井，次第畢舉，直欲挽回上古淳風，以垂千百年永利。且以其事聞之闕下。大司農韙其議，覆奏報可，因著爲令。於是縉紳士類，洗心祓志；窮檐下里，靡弗謳吟稱快。此與《閟宫》所稱『曰宜曰若』，何少遜焉？

夫太君所以畀于天者，率之而宜其家；中丞以其宜于家者，率之而暢于政事。天下益信太君之有子，中丞之有母。母儀臣勞，並朗宇内。母亦曰其宜與若，即魯之壽母乎！由斯以往，固知太君之志意日益愉快，精神日益矯健。天錫純嘏，又惡得以尋常壽母窺測之哉？

昔宋趙康靖公以母郡太君八十有二，願乞[illegible]封。上嘉其孝，詔以爲例。張文定公方拜平章，母孫夫人八十餘，封晋國，屢賜存問，朝士傳爲一代奇遘。今中丞班聯三事，以柏臺爲萱杝，以豸黼爲象服，以熊轓爲魚軒，以蒼生粒食爲甘毳。行且應枚卜而調鹽梅，其榮寵視趙、張二公更不翅倍之矣。會賢孫進士君受中丞指，拉帑季度括蒼而南戲彩庭下，諸鄉大夫屆余文爲賀。余愧老耄不能文，第聞龍月城有黄中李，花開三影，結實九影。王母惜之過于蟠桃，方朔亦未能以遺漢武。今太君抱黄中之德，提誨中丞，造福東吴，非此何以報稱？願從青鳥使者覓之，以從諸賢孫之後，祝太君無疆壽，并以塞諸鄉大夫之請。

奉壽陸母蔡淑人七衮序

萬曆歲在庚戌，同年陸大參敬齋公元配蔡淑人壽七十。三月之望，實惟帨辰，一時親賓共擬稱觴爲慶，而徵言於余。以余與大參同偕計吏，同登制科，先後選入御史臺，同侍經幄。已余從楚臬懸車，大參亦以江藩得謝。里居相望，又同洛社者數年。蓋生平相企慕，踪迹相鄰次，未有若大參之與余，則知淑人之賢宜莫余若也。胡能以不文辭？

淑人吴中鼎族，家模閫範，所從來籍甚。父蔡公夙擅人倫鑒，識大參于髫稚中，以淑人字焉，而館之副室。時封公玄谷公一意習博士家言，不事生産作業，家用中落。淑人捐簪珥，厚奉二尊人，大得歡心。大參未弱冠，名大噪郡中，賢豪樂與之游。淑人傾囊佐費，靡不事事稱辦，婦德由此益著。既成進士，揚歷中外，儆戒相成，以竪弘卲，不愧鷄鳴、雜珮之咏。大參艱舉子，淑人恒進賢媛之宜子者，且不難以身下之，果獲丈夫子四，字之咸若己出，綽有《小星》《樛木》

之風。

舅氏見背，大參行役四方。淑人承事老姑，尤極孝謹。迨大參見背，四子俱未成立。淑人煢然一身，辦治喪葬，靡不如禮。尤可異者，輓近風漓，閥閱世家，轉眼廢箸。淑人稱未亡人近二十餘年，而大參圖史如新，棐几若沐，堂構不改舊觀，蓋以母道而兼父道。至天植儉素，雖貴顯，猶然攻苦食淡，不忘挽鹿車時。子姓化之，恪守尺寸，則又以道母而進之師道。即彤管所稱，女史所列，胡可多見哉？異日者四君以三錫之光，彰三遷之教，是淑人所未盡於大參者，盡獲於四君；四君不及效之大參者，併效之淑人。成大參之志者四君，相四君之成者淑人。天之所以壽淑人者，意在斯乎！

余又思之，壽者，受也。造物無常，惟其所受。泰華壽矣，而其受也以鎮定。河海壽矣，而其受也以容納。淑人之朗節獨行，與泰華、河海並其崇深。由此自耄介期，仙仙乎長生久視，綿延不可計量。是又以淑人之素卜之也。若夫金母麻姑，靈桃青鳥，事涉虛誕，不足爲淑人壽，余又何以稱焉。

壽都鹺使自齋陸公七袠序

公起家戊辰進士，初試爲清豐長，選司空郎。纍官兩浙都使，遂懸其車，時公春秋僅六十耳。余初與公同舉於鄉，幸前公三年登仕籍。然以拙宦，又前公十年而歸。歸可十餘年，而公亦謝事，因相與聯香山之社。社中凡五六輩，惟犬馬齒則視公加五旬，而公之髭髮若赤須，顔面若昌容，似獨有得，而其術又非熊鳥服咽如象外者流。余幸昕夕侍公文酒，積有歲月，因知内養性靈而外掃萬緣者，公之術也。夫性靈何物？總之在己。己而外，一切可喜可愕、可樂可戚，俱與己涉，非與己來者。人皆攖寧於所以涉，故得則熙熙焉汩其冲龢，不得則頊頊焉侵其平粹，而不知神珠固在己肘腋間。苟其覺悟，未有不悔罔象之爲失者，則公之謂矣。

余嘗觀公之所以自號者，而知公之所以涉世；因公之所以涉世者，而知公之所以養生。公以『自』名其齋，而因以『自』自號。夫自者，己也。公惟求諸自，故束髮登壇，陸梁吾道之中。而公不自名，曰：『佳惡，吾自得之，吾求吾志耳。』揚歷中外，凡可三十年，而獨行一意，雖上官亦不司其顔色，曰：『奈何吾爲金，令它人爲冶？吾自守吾常耳。』所至有能聲，頌神君，歌父母，籍籍然俎豆於賢人之間，而公不自功，曰：『吾自奉吾職耳。』意有所不可，遂拂衣歸。人以爲未足究公之施，未能忘情於公，而因以疑公之歸。公曰：『吾自不能與世浮沉耳。』歸而杜門掃軌，左圖右史，鞅掌蠹魚，而公不以爲疲，曰：『吾自適吾適耳。』造化不仁，至投公以所不堪，每奪公所至愛。人爲公欲問天，而公不改其度，曰：『我我自若耳。』夫言境，則盡乎得失矣；言情，則盡乎忻戚矣。而公之自不以境改，不以情遷，是真能養性靈而掃萬緣者，壽之道也。倘公有一不出於自，則浸而假天下之可喜可樂者爲公之輪，又浸而假天下之可愕可哀者爲公之馬，日馳驟於胸中，精神未有不渫越者也。老子曰：『善攝生者，陸行不避虎兕。』得失忻戚，公之虎兕也。公皆不避。公之得於自者深耳。

公今春秋七十矣，守其自之説而不移，雖與天地同長久可也。昔惠文君因庖丁之言得養生焉，公今得其術於自，余又得其術於公。是不止自壽，且以壽人；又不止壽人，且以壽天下矣。

吴母管孺人七十序

自古閨中之秀以婦德顯著者，無慮數百輩。然境之所之，俱不能有順而無拂。或偕老矣，而乏繞膝之賢；或繞膝矣，而抱《終風》之恨。故孟母以斷機流芳，非不爲女林摽赤，然第以斷機成名，則其所以爲母者，不亦難堪乎？《碩人》之詩，備有其德。而至以《燕燕》矢音，則其所以爲婦者，亦酸鼻矣。蓋凫短鶴長，雖造物故以全靳人，而人亦不得妄冀於天者，乃吴母則獨收其全。

母少婉孌，有倍年之覺，逾笄而歸松泉君。甫廟見，無不宜母也者。既總家政，而鉅自蘋藻，細及鷄豚，無不井然。上自尊章，下逌臧獲，無不秩然。家之人益無不宜母也者。凡所稱吴氏婦可四十餘年，而舉兩郎君。仲君以才游太學，與天下賢俊交。長君亦彬彬質有其文，欲辟尚書虎爪版。而斷機之教母亦不少，所稱爲吴氏母者又可十年，有《碩人》之德，而鮮其《終風》；收斷機之功，而忘其孤寡。天所謂靳諸人，乃獨厚諸母者也。此何以稱焉？或以爲吴氏有世德，松泉雖隱君乎，而修布衣之行，爲閭里師率。天生母以啓吴，凡所謂厚母，乃所以厚吴也。然母實具婦德云。即今年七十矣，而米鹽絲枲，母猶與聞，曰：『自吾爲吴氏婦，劻劻勷勷，靡室勞矣。雖今之柔嘉足以甘食，雍雍垂葳蕤之鑰，兒子輩衣冠而招摇，幸不爲後人。然何敢第諉曰年在桑榆，日惟含飴弄孫而若罔聞知。吾何能一日忘新婦時也。』此殆所謂已富而能儉，稱爲吴氏婦，而天之所以厚母者與！

母閲世既高，耳加聰，目加明，堂下有乳姑之婦，然未聞母曰：『我齳然齒墮也。』步履生塵，不知扶老爲何物。由此以觀，母於百歲何有哉！母家近細林，今月六日爲母設帨之辰，里中某某徵言爲青鳥。余嘗屏居山中，稍稍知母一二，遂采而授諸副墨之子，俾爲母壽。

壽周太君七十序

余世居海上。海上春申浦以東多甲族，而汝南、太原兩家蔚然代興，並著華閥。故繼愚周公以素封委禽於王氏，若周之尹、姞，晉之王、謝，其門第禮法相頡頏，不啻冰玉暉映已也。

繼愚公輟瑟蚤歲，有丈夫子七，可方高陽、朗陵；慧女二，可方班昭、道韞，俱太君所拮據字育以臻成立者也。居恒嘗手一經，誡諸子曰：『汝母不獲隨汝父于九京，以有汝等在。昔柳仲郢、陶士行咸藉母成名。汝等攻苦嗜學，使吾爲韓湛兩母，幸也。』又手《内則》誡二女曰：『母不望汝以孝，能善事舅姑，即稱孝；亦不望汝以榮，能相夫以光宅相，即稱榮。汝其勉乎哉！』故諸子斤斤奉約束，而二女亦無忝於閨房之秀焉。且太君耽幽嗜寂，蚤夜設伊蒲，供焚瓣香于大士前，以祈長生净土。

今年九月日，歷春秋七十誕辰。愛子雲孫拉内外姻黨稱觴堂下，而孫婿傅君徵酌者之辭於不佞，曰：『士有德，惇史書之；婦有德，女史書之。然女史終藉惇史以不朽也。先生以柱下史出視楚學，衡文勵俗，實惟如椽之管是賴。願得一言爲太君百歲寵光。』

余既耄，久厭弃筆研，愳無能揚摧喆美。第君以義《易》起家，儲英藝圃，請即以《易》之說爲太君壽。在《中孚》之九二曰：『鳴鶴在陰，其子和之。』在《歸妹》之六五曰：『月幾望，吉。』在《晉》之六二曰：『受茲介福，於其王母。』夫太君貞白自持，而以慈和操家抦，非所云『鳴鶴在陰』乎？諸兒各建旗鼓，大噪詞場，歲己酉，仲君已樹前茅，而諸昆季將次第鵲起，作賓王家，非所云『其子和之』乎？即今版輿在庭，彩衣在旁，鞶帨在御，泥金花誥在旦夕，元卿、文若之孫在膝前，逸少、叔寶之倩在門楣，慶孫、越石之嘉甥在甲牓，非所云『月之幾望』乎？太君年雖高，神愈王，方瞳炯炯，雙鬢未斑，清齋禮佛，繞膝曾玄。以此上德而躋上壽，即七十僅當一籌耳。『受茲介福』，非然哉！非然哉！

君試以余言祝太君，太君必解頤喜曰：『吾向者願爲柳仲郢、陶士行母，今兒輩不負我，我可藉手報先君已。吾向者願吾女孝若姑，相若夫子。茲得快婿，復得彌甥，宅相光矣。吾恃此以朝鍾暮鼓，虔修净行，安享餘齡，吾願足矣。』于是傅君長揖謝余曰：『世之言壽者，往往稱說神仙冲舉，誕而不經。先生既以《易》之理自壽，且推其說以壽人。《易》之錫類大矣哉！請遂書之以侑觴。』

壽欽授光禄丞清宇顧公六袠序

光禄丞者，即世所稱清宇公也。公懸弧於七月，姻家某某欲以一言薦公千秋觴，則以詞屬不肖圻，以余孫婿於公，稔公也。余惟世之君子，其進則爲德天下，而使福被天下；不然則爲德一鄉，而使福被一鄉。雖所福殊乎，然其被均也。則公其人哉！公其人哉！

公名家子，咳吐足生風雲，而暗然常有以自下者。顧獨負俠骨，事所不可，輒義形于色。性好施予，意氣相當，擲千金敝屣矣。他如突烟寒者，急難而無以自解者，俱視公如府，而公又一一緩急之。門下食客幾平原之半，又人人令得所欲。計公日費千緡，月費萬緡，歲費益不可計矣。然又無他子錢佐之，惟負郭數頃。公嘗呼平頭計曰：『某所産若干，可供諸客；某所産若干，可供諸請。』往者雲間大儉，富室饒積聚，然莫肯出半菽相餉。公於東西關獨日爲糜哺之，所費廩不下數千，活饑民萬萬。事聞承明，璽書拜光禄丞，更敕賜將作錢。豎棹楔於新第，令公徙居焉。此不亦寵異之至哉！

華亭賦甲諸部，役亦如之，往往朝受命而夕報疲。公獨心憐，乃每鄉貿産若干，以授役者。役者各以所充賦次第取給，蓋其産幾十萬。事達前大中丞朱公，朱公益心奇之，欲以上聞。嗟乎！夫人有一錢，捫之汗出，至視宗族子姓不厭鶉鷇食，而靳升斗不與者。公獨貧爲佐，緩急爲解，饑爲糜而役爲田。此之爲德，抑何鉅哉！

或曰：『公性自豪爽，雖公居第亦軒敞洞達，酷似公爲人。所治園池，置制紆曲，入者欲迷。

以公之才，大者使領百城，小亦寄之一郡，當必有可觀，且爲生靈造無窮福。今以其經營疆理者僅見之于居第園池，而以其所福天下者僅施之於一梓里。是何足究公？』余則謂：『馬遷不云乎：「侯之門，仁義存。」仁義在公，何論乎專城？又何論乎天下一鄉哉？夫久大一耳。公所授里人産，傳之世世，是福在世世。福於天下與福于世世，又何異乎？』或曰：『然。即公年亦如是永矣。』遂跧次其語佐公舉觴。

壽封公圖南顧先生七袠序

圖南顧先生與余爲微時交。方其少年盛氣，蜚聲黌校，爲諸士譽髦。余之弟若姪若甥若諸兒，皆從受《易》。先生横經講授，如群飲于河，各充其所欲。余本下走才，幸先一日成進士。先生以荆和之璞長抱中山，神情委蛇，汪汪難量。至遲速虧成，一切委之造物，軒然自若也。

余昔遭内艱，歸故里。先生猶在師席，相與商榷古今，燈下説平生，假吟咏爲觴政，意甚狎也。頃之，兩郎君踵相躡爲鉅儒。伯也塤唱《鹿鳴》，仲也篪吹太學。延津劍氣，兩兩射斗間。以先生宿老善戰，豈不能扼虎命中，攫取一第哉？顧自解曰：『物有至，人有歸，大化有舒卷。與其浮沉研席，争逐於蜉蝣之天地，爲小兒玩戲，毋若息肩於蓺苑，弛其不可必得之幻泡，以啬其無拘限之委和。即此較彼，其得失孰少多哉！』乃奉聖朝例，起家爲儒官。進賢博帶，儼然一命之榮，而優游勝之。時尋邑中耆英結社，彷彿香山，陶然與閑雲化日同其暢適。每遇一佳勝，輒携侣偃仰其中，不啻獲高官豐禄。蓋庶幾伯倫、徵士之致。至庭芝玉樹，交柯競秀，各奉詩書杖屨爲膝下歡，則又陶、劉之所未甚嗛志者也。

今行年且七十，精益顓，神益王。緬惟往與先生同事相歡，宛猶旦暮。夫亦隆施於壯眇而厚發於遲暮，以山原林篦之幽素，易綺紈鍾鼓之繁喧。其趣澹，其意遠，其天全，先生之養，昔已定之矣。大年遐曆，不于此卜哉！

余兒思忠、思義、思孝，甥劉永祚數十輩偕往拜先生壽，因書此以侑觴。

壽梧守趙鳳宇先生七衮序

始余之隸於廣文也，實從先生後云。先生故長余一歲，余恒兄事先生，情甚昵。已與先生後先羈仕鞅，踪迹始落落。余不佞歲在丙戌，蒙上恩獲歸田間，可十餘年，而先生亦用二千石秩謝事歸。歸之年，先生壽七十矣。其名愛先生者，則謂達人不忍以天下之貴，易其尊生之心；先生之輕去金紫，是廣成子之術也。其名惜先生者，則謂先生之神尚王，先生之用未盡試，國家誠詘先生以一路之任，必有以既其施；而今竟懸其車，嘯傲湖山間，即稱能逸先生，而其如蒼生何？余以爲皆非知先生者也。

謂先生能不盡用者，是以不盡用爲自壽也。謂先生必盡用者，是以必盡用爲天下壽也。不知先生不盡用而匪止愛其身，即盡用而亦匪止愛天下，余嘗知之矣。先生一再居承明，兩試爲吏，所至人蒙其福；先生亦自愉快，以爲庶不負吾學。是天下之恬愉，亦先生之恬愉也。暨先生之歸，其精神若與天下不相關；而爲德於己，能使風俗若自薄而厚，人情若自漓而淳。是先生之恬愉，亦天下之恬愉也。蓋先生以天下爲倉廚，以轉移世道爲導引，不必自壽，亦不必不自壽。若第以用不用窺先生，又何以爲先生哉？

或曰：『然。即今南北多故，儻思得老成人，一旦以蒲輪迎先生，先生肯爲强起乎？』余應之曰：『先生固不必自壽者。昔師尚父以八十而建鷹揚之烈，鬻熊以九十而爲文王師。先生視二公，尚在季孟之間，其行事豈後於二公？先生其往矣。然此固先生所能，而非先生之心也。』充庵潘公、永山瞿公擬以先生攬揆之辰獻千秋觴，而授簡不佞圻，曰：『子當有一言以佐洗澳。』余惟二公之年與先生同，而其所以能長年者，亦在用世與不用世之間，與先生又同，故表章其説以復二公。二公行且持以壽先生矣，倘有當於衷，得無曰敬舉君之觴乎！

贈理問瞿養誠暨配陸孺人偕壽序

瞿君養誠起家閩藩司理，〔四〕佐守西江之寧州，所至有能稱。當其司理時，有林甲者以冤繫廿載，歷數政莫之決，君立訊出之。其人德君甚，曰：『纍囚覆盆之餘，自謂必不克望天。今使君實生我，我何以報使君？願使君無恙千秋矣。』

君性孝友，多大節，雅好施予。有壯而不能娶者待君以室，而炊而待君火者又若而人，化而待君掩者又若而人。人加額曰：『安得有瞿君者！願君千秋，常緩急我也。』里有趙溝久淤，無以資灌溉。君倡義浚之，所溉田無算。有貧而弃其産於君者，貧益甚。君心憐之，遂折券，蓋且三矣。故資溉者曰：『瞿君我白公耳。』折券者曰：『瞿君即我蘇眉山耳。願君千秋，常我溉我畝也。』

柱史氏曰：『瞿君之千秋也宜哉！』養生家之言曰：『毋敝爾神，毋摇爾精，以保長生。』故熊鳥倉厨一切枕中之術，皆所以養其生，以庶幾乎長年者，然壽止於一身。即佀浮丘而友洪崖，猶之殤子耳。今君仁心爲質，而令寃者生，壯者室，炊者火，化者掩，耕者溉，窶者田；而其配陸孺人又能脱簪解珮，以成君之志。是不徒養一身，而且養千萬人。千萬人之壽皆君壽也。瞿君之千秋也宜哉！且君所謂以胞與爲熊鳥，以施濟爲倉厨者也。不延而年，乃爲大年。何論千秋？雖與天地同長久可也。或者以爲東海之上，十洲三島在焉，其間有金闕玉田。然以余觀君，廣居爲居而階庭玉樹森然齊列，即金闕玉田在君家耳。

今君春秋七十，孺人六十，杖履俱無恙。每四時金谷之會，子姓御以從。朱衣白髮，望者不知其非神仙也。則雖浮丘、洪崖，又何以逾之？夏六月，爲君夫婦弧帨之晨。文學唐君先期徼余言代觴，故爲書其大都，請俟他年更爲君書非熊之事。

壽分水令汾州唐公七袠序

歲在甲子，不佞圻與公同舉於鄉。余時三十有五，公二十有七。荏苒歲月，犬馬之齒不覺幾耋，公亦老而傳矣。仲冬八日，時維長至，適公縣弧之辰。邑中諸縉紳先生欲以言侑千秋觴，而屬筆不佞圻。圻與公同舉，兒子又與公之伯子爲兒女姻。即非諸縉紳先生言，能無一言之祝乎？則請以天人之際論。

蓋餘慶錫類，往往見於《易》《詩》；而富賞與善，又雜見於盲史、腐令。繇斯以譚，則凡富貴福澤與夫子孫壽考，皆天之所以報施善人者也。而以積善聞於海上，有出公右者乎？海上俗薄，一釋蔬屩，即廣田宅，美輿服，收召豪悍，魚肉單下。公自甲子起家，至今投簪，已四十餘年；公之伯子又起家丙午矣，而不益一椽，南山一頃且都售之子錢家。夏一葛，冬一裘，出一竹兜子。廬兒數輩僅奉傳呼，人若不知所謂唐明府者。此其小者也。

公自少至老，竟不知城府。人有紿公者，公直笑受之，不忍竟其情。床頭常羞澀，一以緩急抵，未嘗以無爲解。此猶其小者也。

公之尊人太學公遭家中落，幾不脱虎口。公背水一戰，上留數世之業，下開無疆之休。即今諸季群從，士安於士，氓安於氓，果誰之功？而公反不自知。一二親故或以爲言，公謝曰：『主臣，此先都事與先太學公之騭。雖不肖尚食其報，而又何能爲？』嗟嗟！此何異《乾》始以美利利天下，而不言所利者哉！此猶其小者也。

公始奉命傳長興，推誠與士相接，士不約束而化。即有貧者，多謝絶其羔雁。暨令分水，一意與民蘇息。其治大都，如何君之去後見思。管子稱爲『善於家，不若爲善於里』，而公且爲善於邑，宜天之貴公，而又貴公之子。全子之子，復負雕龍綉虎聲稱。蓋天人之際，若是其不爽也。然或猶謂似有所未盡，不知天之報施，豈以一途限耶？儉於此者必豐於彼。仲尼謂『仁者壽』，余未暇論仁，即以有餘、不足之道論，知公百歲無疑也。

憶甲子之冬，同公偕計，行至齊魯間，適雙眸作楚，勢既不能前，而投牒之期又迫。余謂：『公幸努力往矣，無煩顧不佞。』公曰：『即君不進，余亦南轅耳。』余奉公言，勉爲公先驅，遂倖冒南宫。公之篤於友類如此。今幸俱老尚健，獨公杜門掃軌，不得常聞齒牙餘論。海上多耆碩，倘公從此結香山勝會，不佞雖老病，請奉杖履以從。因添籌之舉而併及之。

壽唐母金孺人六十序

上海故御史大夫唐先生嘗顯於嘉、隆之際，有子曰自平，用御史大夫秩得任爲胄子。胄子之母曰金孺人。初，御史大夫未有子，既晚而舉胄君，大夫蓋沾沾焉。孺人獨若有感者。時大夫方負兹，孺人竟以是爲念耳。無何而大夫果謝賓客。中外姻黨皆私相謂曰：『夥頤！兒之爲業沉沉者，何不先十年舉？先十年舉，即未勝冠帶，用乃公貴，貴顯矣。今即有功令在，誰爲請之者？』則又以謂孺人曰：『是當請之者邪？惜乎孺人之爲人母，是未易母耳。』而孺人竟能母之。小時即抗胄君以法，既長而益督誨之，雖杯盞從橫間，輒使使立呼之矣。以故胄君嚴事孺人，業日富有，聲華大噪。孺人乃念兒如是，足以不廢若父所藏手函。蓋大夫嘗手書其閥閱以授孺人，孺人至是出其書，拜疏以功令請。天子讀其書，曰：『是有母邪？』制詔考功氏亟予之如功令。

王子曰：『立孤之事，不難言乎哉！程嬰、公孫杵臼非俱世所稱烈丈夫乎？惓惓一孤而卒全趙氏。委之程嬰，則非閨闈之所能辦，亦明矣。乃若孺人之於胄君，抑何能爲烈丈夫之所難也。毋論上疏用考功令成其子，以無廢大夫所藏手函之爲艱。即撫胄君自始以至今，後先幾三十年，其勤勞豈易也？韓子有言：「慈母有敗子，而嚴家無格虜。」方大夫提胄君而屬諸孺人，僅孩抱中物耳。無論微孺人，即孺人姑以爲此藐焉不可知者，而惟胄君之所欲，何能令胄君之視孺人，不知其非爲御史大夫也？又不然而峭塹之勢稍異，如所謂跛羊可牧其上，又何能令臧獲人人視胄君如御史大夫時也？』

文學君曰：『孺人故自有母才云。方御史大夫之謝賓客，孺人無一赤仄贏也。即不腆束脩，悉自機杼中出矣。親自食淡，而日膳皋比不見不鮮，曰：「誰能執熱，逝不以濯？」孺人固見其大者乎！』文學君又爲余言，孺人有異稟，即喜怒，不易徵諸辭色。然則孺人又不止有母才者。

孺人雅嗜西方聖人言，年六十，嗜益甚，日長齋繡佛前。孟夏之日爲孺人設帨之辰，胄君欲擊鮮修膝下歡。孺人顰蹙，以爲無乃非西方聖人意乎？謝不欲當。其宗人之子文學君某聞之，因詣余請曰：『願藉子大夫一言，以當洗澳。』余故不辭而爲之叙。要之，未足以盡孺人，則請以俟七十、八十。

賀文學涵忠高君七袠序

高氏爲雲間甲族，朱紫雲仍，騷雅輩出，孝友節俠，往往有聞，而君固高氏之隱君子也。君初爲上海諸生，意無人於五步之内，而卒困逢掖。人有爲君惜者，君輒稱君牧之言以自慰。君爲人不飭邊幅，不設城府，動止任天，語言率意。此與竊人之喜怒爲己之嚬笑者，何啻鵷雛之與腐鼠也！莊生所謂其天墮其衷，君殆其人乎？

君家貧，又不善治生産，故人昆弟多衣食之。然不喜爲弟子師，曰：『乃公行游，口且厭五侯鯖。安能齪齪以七尺之軀，爲三尺童子所束縛也！』君於兄弟中最年長，而信又足爲人任，故凡兄弟有事，一皆倚辦於君。此豈其才無所試，而姑假此以自見耶？性不喜飲酒，賓客酬酢，衆人皆杯盞淋漓，君獨啗果餌，以笑語當之。然意興復不減如白香山。人家有美酒鳴琴者，靡不過也。君有子，能自食其力，而皆有子咿吾學舍。君間過一家，丸熊課之。至視人情外然，不啻白衣蒼狗矣。

王子曰：『迹君所爲，始似古漢陰丈人。漢陰丈人之言曰：「有機械者必有機事，有機事者必有機心。」君處濁世而與時委蛇，似遠似近，似濁似絜，漫無町畦，機心忘矣。機心忘而純白備，純白備而神生定。此所謂不導引而壽者也。』

兹月某日爲君攬揆之辰。君弟文學見崖君乞余言爲千秋觴侑，曰：『此君志也。』余故不辭而爲之序，俟君進而爲轅固，又進而爲鬻熊。余老無恙，更當爲君歌《抑》之詩矣。

壽封安人姚母陳太夫人八袠序

歲甲寅如月之四日，爲給諫姚君太夫人〔五〕八袠設帨之辰。其姻家别駕潘君、中翰喬君、孝廉顧君擬薦千秋觴，而以侑觴之詞屬余。余惟太夫人天錫難老，所以自壽者小。惟其宏《鷄鳴》之警，福及一家，且開瓜瓞之緜澤及人下，斯其壽大耳。

太夫人之所歸者爲封比部思筠姚公。公家故素封，逮太夫人歸，而立長卿之壁矣。太夫人攻苦食淡，絶無分毫不自得之色。封公嘗授弟子書，太夫人以機杼佐之，未嘗以怠見也。封公性廉潔，雖一介不肯妄取。太夫人獨能成公之志，未嘗於姻黨告緩急，曰：『吾奈何不自愛，以傷公廉乎？』盧兒負義者往往鳥獸散，卒不備使令。太夫人且尸饔矣，而未嘗言勞，蓋隱然有椎布抱甕之風焉。初舉伯子，已舉給諫君。伯子既受室，太夫人猶自操家柄。至給諫君游庠，遂謝不任事，曰：『吾老矣，宜逸我，第含飴弄孫可耳。』給諫君既從旣廩中超乘，無何而連舉西戌。都人競相艷慕，向之負義而鳥獸散者多自歸。太夫人無他言，第笑謂曰：『得無悔前日之去乎？』給諫君既從令移比部，又從比部移給諫，駸駸富厚矣。太夫人猶不改椎布之舊，曰：『吾何能忘吾翁授弟子書時乎？』謝肥甘不食而獨茹素，曰：『挹彼注兹，吾不敢自過也。』蓋太夫人勤，故能善其貧；達，故能遣其貴；損，故能承其益；而又智，故識人情；仁，故能開喆胤。由此而言，太夫人之所成者，不既廣哉！太夫人之懿範與給諫君之德澤無涯，而太夫人之年亦與之俱無涯矣。

余又聞太夫人之孫兩文學俱守繩墨，能文章，絶無紈褲態。是太夫人能開給諫，而給諫又能開文學，總之太夫人所貽也。給諫君方都禮垣，數上疏言天下大計，不克戲彩堂下。將迎太夫人養京邸，悉中朝士大夫之言爲祝。太夫人不欲，曰：『吾方安兩孫養，安能僕僕遠就長安米乎？且吾以西方聖人言當頌，又何事士大夫之譽詞？即士大夫以兒子故念媪，豈無吾鄉一二士大夫一言之及邪？』於是遂掇拾譔次，授侍史讀而侑太夫人觴。

【校勘記】

〔一〕壽大司理吴公祖序　『大』原爲『太』，據上下文意改。

〔二〕昔苻秦之世　『苻』原爲『符』，據上下文意改。

〔三〕待諸姑伯叔暨臧獲以道　『待』原爲『持』，據上下文意改。

〔四〕瞿君養誠起家閩藩司理　『理』原爲『李』，據上下文意改。

〔五〕姚君太夫人　『人』字原脱，據文題及下文補。

王侍御類稿　卷之七

太原王圻元翰父著
男思義校刻

壽太僕穀所金公六袠序

語云：『人心關於世道。』以余觀之，獨世道乎哉？夫年亦係之矣。故至德之世，淳樸不散，人懷嬰兒之心，至與彭籛争算。馴至叔季，踶跂爲智，人遞變而年亦遞卑。漢陰丈人之言曰：『機心存於胸中，則純白不備；純白不備，則神生不定；神生不定，而何問年乎？』若太僕公者，固淳樸不散，所謂懷嬰兒之心者也。

公爲諸生時，嘗擁皋比課弟子，或不給晨夕。然公處之自如，不以機營家也。既第進士，揚歷中外，曳金紫，坐重較，稱尊顯矣，然皆以聲實得之，不以機營官也。既遷太僕，即歸。歸而坐一室，披反百家間，與故所善彈棋把盞。有勸駕者，公笑曰：『若視我於諸生時何如？而猶戀戀一幘爲？』夫世固有以終南爲捷徑者，公獨不以機營進也。處己恬澹寂寞，不知世間有美好事。內不以機營己，與人直披心腹，視人皆如無懷、葛天；而外不以機營人，機忘則純白備，純白備則神生定，神生定而壽且考矣。醉者墮車，雖疾不殊，何者？以其酒也。彼得全於酒，而猶若是，况得全於天乎？

公今甫六十耳，由此而七十、八十以至期頤。蓋公之人，太古之人；故公之壽，亦冥靈、大椿之壽。此理之可必者。乃公顧謝不敏，曰：『吾安敢如君言？吾惟任吾天耳。夫惟任其天，而益能完其天也。』余不佞數奉教於公，然猶恐海鷗有不下之色，以此愧公。故於公壽序公之所以爲人，以侑觴。公得無以不佞之言爲知己之言，釂三觴乎？

贈憶梅錢君六袠序

夫壽考之道稱於《詩》《書》，其來尚矣。迨我熙朝，有賓飲之典以崇德，有束帛冠帶之賜以尚齒，所以尊高年者，何其隆重顯異哉！

吾鄉憶梅錢君，邑所稱樸茂老成人也。少務勤嗇起家，自壯而老，歷試盤錯糾棼，屹然不爲動，鄉人以此多君能自樹。是歲清和七日，爲君懸弧辰。里閈姻婭數十輩將奉觴稱賀，先期乞言於余以爲壽。余謂富壽康寧，皆造化所以厚吾人者；而獨於壽考，則若有所甚愛而不輕畀。此何以故？蓋吾人必有醇龢粹美之質，而天始以敦龐純固之禀應之，是謂德福兼隆。而否德者胡然有此也。

君幼失所怙，事母至孝，雖不獲厠名縉紳，而野隱林栖，期足自適。言不尚藻飾，行不逾防表；與童兒處，具有畛域，不爲戲狎。其得天地醇和粹美之氣居多，故其體敦龐，其精純固。春秋歷六十而神愈王，如少壯時。非天心所獨厚哉！昔丹溪有黄初平者，爲人良謹外絶無他善。

有道士見之，曰：『此仙籙中人。』引至金華山石室中，風飧雲卧，竟得長生久視之術，易名爲赤松子。君之樸茂老成，不當與初平相伯仲耶？安知異日不有偓佺、容成輩授以清岑之醴、沆瀣之糧，令君壽考如初平耶？嗣此而登賓筵，膺朝廷束帛冠帶之榮，又不可燭照數計耶？《詩》稱『壽考維祺』，《書》稱『天壽平格』，皆本其作德自躬者頌之。而余之所以壽君，亦謂君之素履足以動天，非溟涬于不可必之數也。賀客唯唯，以爲然，遂請書之以侑觴。

賀文學晉陽唐先生七十壽序

晉陽唐先生與余比屋而居，謦欬相聞，知先生甚習。先生歷春秋七十所矣，而其興不減少壯時。昔魏肇稱徐君房年隨情少，先生殆似之。先生玩世如《簡兮》之詩人，諧謔如郭舍人、東方曼倩。里中居人揉雜錯處，先生由由與偕，工與言工，商與言商，人人得其歡心，而雅好從兒童游。先生一出，争挽其裾，從先生索果餌。先生一一應之，不少靳。以故人人皆知有唐先生，如洛中之於司馬君實、邵端明云。

先生少穎異，甫期歲，即能辨四方，百試之百不失。七歲工屬文，往往有奇語。垂髫補博士弟子員，時先生年少負盛名，意氣勃發，視一第可芥拾，而竟偃蹇宫牆可四十年。先生自循其髮，笑曰：『頭顱如許，堪復著仄注，與新進英少旅進旅退於廣文先生之前？即廣文先生不嗤我，以爲鷄肋戀戀乎哉？已矣！我以任吾子矣。』

先生之子四，其三皆已游鄉校，擅綉虎之名。先生既謝去故所服青衿，而課其子益力，又以餘教及其孫，亦補弟子高等。先生曰：『此不足稱唐氏雕龍哉！』而先生則更托於秦越人，以舒濟世之志。凡經先生診視，無不立起，而又不責其讎，曰：『吾第以爲僚之丸、秋之弈耳，又安能如賈豎，貿貿焉覓蠅頭之利爲？』雅善音律，嘗度爲新聲，優伶傳唱。性不善飲酒，而極喜與高陽徒侶倡酬，終日夕不倦。

今年五月十有七日，值先生懸弧辰，客有謂余：『禮稱七十曰老。今先生神明不衰，飲啖步履如昔，當必有異術，如淮南鴻寶。盍就先生求之，以爲吐故納新助可乎？』

余應之曰：『是窺先生之外，而遺先生之内者也。夫人内不足者，始有待於外。試言先生自幼至今，其人無貴賤，無不由由與偕，有待於外者乎？調宫商而協律吕，有待於外者乎？入乎儒，旋出乎儒，有待於外者乎？芝蘭玉樹，蔭映庭除，有待於外者乎？無所待於外而其神完，始壽且孳。老子曰：「聖人爲腹不爲目。」此其爲先生之術矣。』

余齒視先生稍進，而其興則不逮先生遠甚。方欲賈餘勇於先生，適文學李君節之、冑子林君仁甫謁余言爲壽，遂爲先生序其大都，且并以諗先生，曰：『此道倘可相授，請以廣成之禮禮先生。』

壽述岩馬君六袠初度序

述岩馬君者，乃先太宜人之猶子，而舅氏雲岩公之季子也，於不佞爲外兄弟云。馬氏自舅氏南塘翁以《尚書》教授諸生有聲，於是以經術重於鄉里，則君之世父也。或以書不讎，弃而之農。君亦從諸兄弟受田，且得田間之樂。有二子，君亦任之耕，嘗謂：『吾不諳書，不能使兒子弄筆墨，名能文章，誇耀鄉里，俾兒子欺我，我又欺人；然亦不能使兒子鼓唇吻，習詐僞，操無形之戈矛以戕人。但力田逢年，衣食裁足，鄉里稱善人，於我足矣。』故君童而治田，白首而不釋耒耜，將以是世其家。余笑謂君：『「庖人雖不治庖，尸祝不越樽俎而代之矣。」盍繩祖武？』故君子謂馬氏之經術，不如弓冶之箕裘。於是君子之子復誨之學。然君猶愀然曰：『勿第以塗人耳目。不然，人且以爲三寸枯管不如丈二耰鋤也。』

君初贅里人楊氏，已携妻子歸，稍築室闢旁畝，蓋皆力本所獲也。君爲人多質少文，與人不欺。嘗爲余經紀錢穀，雖淩雜米鹽，毫不自潤。於兄弟友愛，嘗爲伯兄償子錢家之逋。親故以私謁者，未嘗令以愧去。司馬德操有云：『奈何以財物令人慚？』君蓋有司馬氏之風焉。杜史氏曰：『語不云乎：「忠信之人，可以學禮。」使君少習綿蕝，不彬彬乎禮樂之士哉！』然猶龍公有言：『禮者，忠信之薄也。』其論至於欲絶聖弃智。君之不欲任其子學者，倘亦猶龍公意乎？然即令君嫻於禮，又何至薄於忠信？則吾於君生平決之矣。而君之子又復象賢，自耕獲之外，竟不知所謂機械變詐事，以莫不曰述岩君有子。君固曰：『使鄉里稱爲善人。』其言信矣。夫子曰：『仁者壽。』凡此皆壽道也。即由是而耋而耄，至於期頤，未足以盡君年，何云六十？六十者，大椿之始也。

今月十有七日爲君懸弧之辰，欲得余一言爲壽，曰：『不可當吾世而失子言。』余思君不欲行乖於言，而沾沾以余一言爲重，豈以余言有當於君乎？故遂叙其梗概，俾副墨之子書之，以侑君千秋觴。

壽扈遇橋八十序

余謂人所深願而不能驟得諸天，即天亦若故憖之而不能驟與諸人者，莫如壽。間有人獲其願而天不靳其施，則天與人亦嘗相關，何者？壽本天授，而人之憂虞歡樂恒必係之。故世之人孰不欲富厚與夫婦之相保、胤嗣之濟美也。是三者交得則喜，交失則怫。即富厚矣，而不能必相保；相保矣，而不能必濟美，固將媮快其所得，而悒鬱其所未得。誠如是，則外有所撼，内有所摇。縱天有意乎厚之，而人不能善承，其如天何？若兼所有而兼無所憂，余僅僅于遇橋扈君見之。

君自大父、父世居闕中，爲闤人。家故饒裕，君修業而息之，用以自衛。視窮檐蔀屋之夫，終日矻矻而尚不免戚於其中者，略不足虞君。君春秋八十，高矣。配朱碩人少君三齒，肅肅雍雍，歡然白首，殆百年如一日，不聞有賦寡而悽惻者。君僅舉一子而賢，曰西城君。甫弱冠，賈游江淮間，觀百物之所聚，左操其奇，右把其贏，規十一以寬君于餘年，而無忝乎負荷。則世之所謂憂虞歡喜，毫無可嬰君念也。無可嬰君念，則神怡怡，則益王。由斯以觀君，八十正未艾耳。

余又聞君在鄉里，好行其德，與人交，直披心腹，未嘗陽可陰不，以此稱爲長者。自幼而壯而耆而耋，足不嘗一入公府，曰：『「君子懷刑」，吾即未敢。然亦安能玩視法紀，扞當世之文網以獲盭長吏，而跼〔一〕促如轅下駒也。』故年彌高而德益懋，德益懋而年益高矣。異日者天子用高年賜爵，必從扈君里第，無疑也。

余不習君，而君之子西城君與家大人臬憲公游，則知君者當於西城君也。明歲庚寅十一月爲君攬揆之辰，而碩人之生爲八月初八日，蓋齊眉云。西城君以余嘗爲其邑大夫，乞一言爲壽，因次序其語授西城君。西城君行且歸矣，試舉余言爲君祝，當必爲余言進一觴也。

壽光禄丞滎川王君同配某孺人七袠序

滎川王君者，晉之北絳聞家也。君雖生長于晉，乃獨羨子長之壯游，曰：『夫男子生不出闤闠也者，安所稱四方志哉！』遂走四方。凡迎望風采，靡不飲德而傾心。非其人長者，能令人人慕若一乎？先生既善博士家言，爲邑弟子員，已復思曰：『夫走四方而獨不睹京邑之鉅麗，此何異自大其蹄涔，而忘爲北海若也？又何取一鄉之士爲？』因負笈游北雍，與天下豪俊考德問業。諸豪俊皆遜避，謂無能當王先生者，才名遂重闕下矣。

時天子方欲遵顯輸邊疆國如卜式其人，以風示齊民。君因奉例爲光禄大官署署丞，然非其志也。竟一旦起登樓之想，命駕歸田，日寄意清泉白石間，簪紱之榮若無介乎其念者。而元配某孺人又貞淑慈惠，佐門内政，具有典則，以安君心，故能長御六氣而共享希齡，非偶然也。

君有丈夫子九人，咸倜儻不群，克濟世美，雖古稱燕山之竇、潁川之荀，良不多讓。而伯子毅軒君以文學策名于朝，蓋竇氏之白眉而荀氏之慈明也。毅軒挾策游東吴，吴中縉紳大夫樂與之交，猶嚮者君游北雍時云。兹將西歸爲二尊人壽，既各爲詩爲歌，而姻友某某數十輩或繪爲圖以贈之，且乞余言識之上方，以余知毅軒君雅深厚也。

贈前峰汪君夫婦六十序

余觀世人自富而子，與子而才而年，此四者，人情未嘗無兼致之欲。然大都人情所願，不止若語河漢，而要之能無憾於其願，或不逮踦洿，故有不幸不獲一者矣。即幸不長約，能必螽斯之慶繩繩乎？即又幸不長約矣，繩繩矣，能必其必如仲謀，必不如景升乎？益無論年矣。乃若得全全昌，則獨于前峰汪君見之。

君故新安人也。新安之俗，率操徵貴徵賤之術，而以時轉居。君少游吴中，已遂家吴中。化居有無，轉轂齊魯，門下受計出子者恒數十人。人貲相得，子常溢而母常不竭。即無論雄新安，脱程、鄭、卓、瞷之徒遇君，君亦未遽多遜富矣。而君且持之若虚，一屬意氣，擲千金如脱屣。其貧而資鼻息于君者，君又能盡令厭飽去。視世箴箴仳仳，一錢捫之汗出者大相徑庭，則又余之所未及道者也。而繼君者又有二人，君爲貽謀，君之子爲燕翼。不然即挈程、鄭、卓、瞷之貲，授之於不可知之人，假令汪君如此，樂乎有子矣。而君又以其餘貲廓而衣冠之，成均之中濟濟如也。即不廢計然之書乎，而彬彬然潤以儒術。兄弟皆雍容守矩矱，無六博、蹴鞠、鬥鷄、走狗諸少年之戲。此與他人纖嗇作之竟泥沙蕩之者，何啻雲泥？子而才矣。是三者皆無憾于汪君，而又夫無奉倩之戚，婦鮮安仁之賦，白首相莊，俱躋指使。君冠進賢，與某孺人儼乎堂上。子姓俱儒衣冠羅列堂下，以次上壽。君夫婦臨觀之，曰：『二老人幸强飯，以睹爾歲歲稱千秋觴。』則又何計于年哉！

夫造物者若或一之慭諸人，君獨以全收之。君以全收諸造物，復以挹損承之，則後之何涯更于君可卜也。玄月三日爲君夫婦弧帨之辰，祝君者當履滿户外，而不可無余一言。故即君之所備者詳著于篇，授兒子思忠輩，持爲春酒之侑。汪君張之壁，覽而笑曰：『王先生善頌哉！』則又當爲余言加一觴矣。

壽鶴溪張公七十序

歲庚子，望後二日爲鶴溪張公懸弧之辰。春秋七旬，筋力步武勝于健少年。縉紳鄉老繽紛稱觴于庭，余弟姪數十輩屬一言爲祝。余女弟歸公，實惟姻婕。習公者無如余，其能以文辭。

公本名家子，倜儻自負，少攻經生言，英奇勃發，輒祭酒同儕矣。既數奇弗獲售，退而以舍人給事兩臺，然非其好也。特以在事無怠，見器上官。比考竣，謁選得長傳遽，公復屈志就之。

其地往來旁午，當事者輒挂吏議。公才諝出衆，操履不群而勤慎過之，故能迎送惟時，脯資餼牽不戒而辦，賓至無不嘖嘖才公。前後直指使者咨訪以大事，輒中肯綮，將特加薦拔，會官者齮齕公。公夷然不屑曰：『父爲九州牧，子作五湖長，昔人耻之。夫夫鬚眉落落男子也。伯氏王家祈父，司鎖鑰北門，而夫夫么麼一官，壯志之謂何？家有負郭可耕，園池可涉，畦可蔬，青山白雲可領略，奚戀戀鷄肋，爲人眼中沙乎？』遂拂衣徑歸。歸而子姓濟濟，頭角早露，輒又津津喜，昕夕營書課之。無何，諸子相繼補弟子員，試輒高等，視青紫如拾芥也。公則厭薄塵冗，卜築于邑之別墅。竹石環雜，山川映帶，日與親知輩婆娑樂之。或觥籌，或嘯咏，或撫諸孫，或伴瘦筇，自托於膏肓泉石間。

王子曰：『善乎！公之全于天也。夫《易》道戒盈，老氏貴嗇。彼其之子，隆隆炎炎，朝榮華而夕衰謝者，何可縷指？公才器煒煜有如干將，而詘于一試。業儒則躓儒，爲吏則困吏，似儌天者薄矣。比今逍遥容與，而頤其真于晚節；扶疏輪囷，而挺其秀於餘支。他人食實，公食虛乎？公昔食虛，今食實乎？公湛如冰壺，圓朗如秋月，杜德機如槁木，忘攖薄如虛舟。孰非所以固精神而養壽命之原也者？然則公之甲子，殆將揖彭喬而侶赤松，未有艾也。』敬叙公之概而拜手以爲祝。

贈九華王隱君六衮序

余按往牒所稱九華山者，即青陽之九子山也。其山峰巖聳秀如九芙蓉，森羅星象，吞吐日月，真神仙之窟宅乎！王隱君，海右里中仁人也。蓋樂山而獨有契於是者，故托以自呼，而里人遂呼爲九華山人。隱君之壽已胚胎於此已。乃兹閼逢執徐歲，歷甲子方一周，適以例授冠服。小春良月，實爲懸弧辰。諸姻友馬華墅數十輩乞余言以侑觴。

余謂之曰：『諸君欲爲隱君壽，抑知九華之義乎？知九華之義，則可以壽隱矣。』夫九華，非古丹陽郡之名山耶？高聳璇霄，俯連地軸，凌嶒瘦骨，鼎峙百千萬載。其鎮定也如是。衿帶嚴城，作鎮畿輔，造物瑰詭，永護皇輿。其裕國也如是。風雲霧雨，斯焉是出；巨幹蒸薪，斯焉是取；羽毛蹄角，斯焉是資。其利民如是。且中峰蹲踞，遥瞻如在天上，而以次八子若拱若揖，森然羅列于左右。其尊卑倫序又如是。是則兹山之大觀也。隱君之以兹山自命也，蓋犂然有當於心，而非徒寄傲於心目登眺之間者。

余見隱君少習庭訓，長服男事，履艱遭蹶，百撼不回。彼機深穽巧者，且將望塵而避舍，則兹山之鎮定也。長賦庀徒，不激不隨，供輸以時，有司才之，里閈德焉，則兹山之裕國也。賑窮恤匱，如在其身，割腴贍族，無間疏戚，差次咸適，則兹山之利民也。禔躬訓後，勤樸是圖，晷不遑蹇，疲不暇憩，有子濟美，肅然禀命，罔敢逾越，則兹山之倫序也。夫是鎮定也者，裕國也者，利民也者，倫序也者，九華得此爲一隅之鎮，而隱君亦以是係一鄉之望。

信哉！峭拔孤特之士，外之雖不偶於俗，内之實是全其天者也。其天既全，則心冥冥而無所眩，神怡怡而無所摇，氣熙熙而無所戕。由斯以往，可與羨門比壽，王喬争年。長生久視之道，不在隱君哉？舍此而吐納呼吸，煉形服氣，以竊附於采真之徒，曰：『吾能室宅清都，吾能賓友松喬。』是猶處培塿以卑岱華，曾不得與隱君論歲月矣。隱君之壽，胡可量也。昔詩人之祝尊上而必曰如崗、如陵、如南山。今諸君欲舉觴以祈遐齡也，無亦即余言以書之，庶其可以代南山之祝乎！

賀淞南姚公伉儷八衮序

淞南姚公者，吴淞之隱君子也。少以俠聞里中，里中有不平者，輒之公廬。公掀髯爲剖曲直，人皆厭服。無論直者德公，即曲者亦自引咎去。昔吾家彦方能使人望廬而返，公其儔矣。邑大夫嘗選人充賦長，公爲里中大中正，差次甲乙，若持衡然，雖親故靡可私。即以苞苴規免者，公瞋目大咤：『何污乃公！』故人益以此多公。

公性伉直不阿，所稱豪長者，公務凌之；即不如公，反爲之下。以故德者半，忌者亦半。嘗以詷爲忌者所中，公笑曰：『若欲與乃公角乎？』閉目營營，而已决勝於行馬之間矣。蓋公胸中自具五兵云，顧又時能審彼己。邑某嘗藉父兄富貴，凌轢閭里，而以干公。公私念雖鞭之長不及馬腹，奈何與較一日短長？人各有邂逅〔二〕耳。乃陽行成，而陰伺其瑕，卒報。

會稽王子曰：『蕭南郡有云：「人生不得行胸懷，雖壽百歲猶爲夭。」由此以觀，人在行其志也。』公能平里中之不平，間以不平加公，公輒自平之。爲邑大夫報賦，賦又平，何不行其志乎？大而效於天下，小而效於一鄉，俱之爲所欲爲耳。鬥智智勝，即忌者無以中公。至度所不可，輒又逡逡遵養時晦。彼其志固自有在也。且惟大丈夫能自爲詘信耳。

公丈夫子一人，孫人，〔三〕皆有公風，每顧諸孫輒沾沾喜。未既之壽，復於後可卜矣。配朱令人與公白首相莊。公之得行其志，多令人左右之功。公壽八十，嘉平四日爲公攬揆之辰。孺人僅少公一歲。子若孫以次上二老人壽，龐眉皓首，臨乎其上，何異神仙哉！

公善語議，如下坂丸，雖布衣，常談天下大計，以此益見公志。間及稗官野史，聽者如堵。余坐菟裘，嘗思折松枝爲麈尾，聆公微論，不可恒得，故於公壽拾其大者叙以爲祝，并詢公復能言不。

賀郁悟初尊太翁先生八袠暨配陸孺人偕壽序

悟初郁先生者，余姻家見崖高公之外父，而孫婿彦周之外王父也。少明經爲諸生，籍籍有聲。嘗受知於郡伯雙江方公及郡佐悟齋吴公，謂當一日千里，而數奇不售，竟絶意進取。惟耽玩于四聲之間，興至輒側弁而哦，以爲峨冠方屨，與秀艾逐逐班行中，何如與二三騷墨撚鬚擊鉢之爲快乎？齋前有隙地，多蒔名株異卉，藉以適志。即金谷平泉，不啻近在眉睫。客至啜茗論心，終日不倦。或風日晴暖，一詣親友，譚時理舊。餘惟探幽嗜寂，詩酒陶情而已。

先生外温中勁，即之恂恂無忤；少不當意，即義形于色。充其剛腸毅氣，自謂王公大人無能難之，而檢押實若處子。晚尤喜集古方書，以濟貧窶。人皆謂先生慈惠長者。性尤孝友，敦崇大節，事尊人少府公備極色養。寢苫之日，戚而有禮。少府公稍有所遺，悉推與兩弟，而身任喪葬，一毫無所推遜。其厚於親而及其昆季若此，俱人情所難也。

又負郭若干畝，相傳已四世，族有貧不能自振者，先生捐其半資之。夫世所稱善封殖，即一錢捫之汗出。或甌脱弃地，猶不免爲虞芮之争。而先生獨揮之無靳色，此即薛孟嘗、范希文何以逾之？而配陸孺人實能成先生之志。

孺人爲沈太僕鳳峰外孫女，素極憐愛，其字先生，實太僕公意也。相先生勤儉莊敬，有孟光風。先生短襴寬袖，孺人椎布操作，肅肅雍雍，自少至老如一日。先生既謝去青衫，遂一意督課。嗣君綺歲負異才，當丙午秋，部使者檄四郡英隽，彙考于鞠場，簡拔奇士。吾郡得四五人，而嗣君首被遴選，名噪藝林。竟先生未究之業，其在嗣君乎！近歲連舉二孫，又皆岐嶷，不類凡兒。天之所以厚先生者尚繩繩未艾也。

先生春秋方八十，孺人少先生二歲，稱偕老。子若婿暨中外孫可數十輩，羅列膝下，此亦桑榆最樂事。且先生顔如渥丹，神王若少壯，從此而爲耄爲期，正未可量。倘皇朝尋古帝王遺矩，令郡國延見國老庶老，躬親饋食，以風厲四方。如先生躬行孝弟，訓化薄俗，庶無忝于惇史，將憲老乞言之命旦夕至矣。

余犬馬齒稍長于先生，又辱在葭莩末，願追隨暮景，效端明同甲之會。適見崖喬梓屬一言以侑霞觴，余遂詮次耳目所睹聽者，托之中書君作期頤左券云。

新安李氏族譜序

新安之俗率善賈，挾策而游者幾遍天下。齊魯、江淮、吴楚之間，往往徙家家焉，至長子孫。其脱身游者，遠或數十年，近亦不下數年。有生子孩而出，至冠而不相識者。嗟乎！父子且然，益毋論族矣。此《李氏譜》所繇作也。曰：『俾百世而後，知某爲某裔、某爲某裔也。即有徙而之他鄉者，溯其流亦可以窮其源也。』

然余以爲譜亦文耳。何者？譜第紀其世，而其某之富貴貧賤靡能悉也；詳其人，而其人之賢不肖靡能悉也。故必孤有恤，寡有養，死喪疾病有助，而不善者有教，如疾痛疴癢之在身，務必去之。若此者，雖無譜可也。不然持衡揣纊，以其人之長短爲我長短。名雖宗族，實則燕粤。若此者，又焉用文之？余嘗觀人聚族之指以爲譜，曰：『吾篤我行葦也。』然至急難，罕肯落其一毛。甚而小有利害，雲雨輒在翻手間。此又余所謂持衡揣纊之不如者。嗟乎！李君吾知其免矣。

李之先婺源人，有十一氏者始徙休寧。其居休寧也，蓋已九傳。九傳而後，恐遂混於塗之人，故爲《李氏譜》，而余序其大都如此。李生名某，爲李氏九世孫。

九如同祝引賀唐純宇

蓋嘗謂古今稱善頌者無若《詩·天保》。《天保》之頌其君曰：『受天百禄。』未既也。曰如山，曰如阜，曰如岡，曰如陵，曰如川，曰如月，曰如日，曰如南山，曰如松柏。夫山阜岡陵，言其安也；川，言其流也；日月，言其明也；松柏，言其貞也。故善頌者莫《天保》若也。而唐參伯實兼有之。

公起家名進士，在内爲名執法，在外爲名方岳，所至持重引大體。其所刺舉，若别黑白；其所興除，若列眉目。非徒務塗耳目，而可游移骫骳於其間者，則山阜岡陵之説也。聰明天授，目無全牛。凡臺省藩臬事，無問纖鉅，人所凝滯而不能引決者，公以片言立剖如流，而又無不中其窾肯，則如川之説也。堂上百里，堂下千里，故肝膽可成胡越，誰能不惑於朱紫？而公澄思朗照，一切政務之得失，品格之賢不肖，條分縷析，若燭照而龜卜。即有欲掩瑕爲瑜，又輒摘發如神，則日月之明不逾於此矣。持方枘者，不可以入圜穿；餔糟楊醨，世鮮有特操。公耿耿大節，自立朝以至田居，兢兢守尺寸如一日，曰：『吾寧骯髒負俗累耳。藉欲令刓方破觚，喔咿嚅唲以偶時好，吾弗能爲。』則蒼松喬柏，孰貞於此乎？是《詩》之言『九如』者，古以頌尊上，而今以頌耆臣，非溢美也。

夫《詩》言『九如』矣，而又終之曰『無不爾或承』者何？承者，繩也，言其繩繩而不已也。公之尊人起家甲第，爲先朝侍御，未幾而公復嗣之。公嗣之矣，而公之子若孫又皆翱翔藝苑，有時名，旦暮間且將增嗣之，是不帶礪而世盟也。夫人兀兀窮經，欲博一青衫不可得。而公則朱紫蟬聯，前者未已，後者復續。此之爲承，何啻圖中所稱九如哉！

公今壽屆八袠，孟秋七月九日爲懸弧辰。社友數十輩謀所以祝將來無疆之算，既授簡於都運陸公，繪《九如》以張之，而又命余引其大端如右云。

游吴百咏小引

《游吴百咏》者，余同年進士醇庵盛先生遍游吴中形勝而作也。先生蚤歲嗜書，六經、百氏靡弗總覽。以該博之學而發爲古文詞，雖海内名家，誰不逡巡避三舍？乃今返初服，杜私門，弈飲嘯歌，絶無它嗜，益肆志於長林豐草間。如吴門之獅山、支硎、天平、石湖、笏嶺、上方、胥山諸靈異，晝游夜息，彌旬弗返。所至輒有題咏，以攄恬愉爽朗之懷。不蘄模擬漢魏，而語意自蒼；不喜剿獵李杜，而格調自迥。搜奇吊古之士誠得是編而讀之，將足不逾棖闑，而吴中山川勝概盡在眉睫間矣。第連城瘞影于荆岑，夜光潜耀于鬱海，有美弗傳，後則何觀？請鏤之板，以貽同好。

儲胥奏最册引

大郡丞肖魯李公佐松幾四年，凡攝郡署縣上計者各一，董漕入賀者各二，而皆潔己奉公，隨事效職。方具最績上奏以聽天子考，而士民皇皇焉，惟恐及瓜而驟遷也，咸謀所以挽留之。兩臺廉知衆指，亟疏請以本秩調海防，蓋假歲月以畢成勞耳。命下之日，童叟懽欣抃舞，若稚子乍還慈保，塗歌巷相，喧傳四境。其戴縰垂纓之士，則爲詩爲頌，稱説希闊，漸次成帙，具足鏤玄石而表膚功。矧褒崇勛勩，國家定典。龍章鸞誥，曄奕方來。非一時盛事哉！噫嘻！公何以得此於松人士，而松人士亦豈有昵于公也。

公志節論議，夸邁流俗。其才左劃右刷，張弛不窮。其守茹蘗飲冰，超然有抗浮雲之意。故案無留牘而事易集，吏胥莫敢夤緣爲奸而法易行。且禔躬理物，一依悃愊；圭芒崖角，泯焉不露。故又能推赤置人襟腹，而遭者若飲醇醪，盎然皆醉。以此數者居官，即所向無劇壞，何有于松。松人士之瞻依彌切而頌聲四作，固其所也。

先是，公令廣右，雅操能聲，震耀百粤。銓曹以是知公，而人亦以是信公，遂擢貳吾郡。秣馬未幾，科條措置爛然可觀，不事蕩滌而積蠹潛消。攝郡逾時，稱廉平者萬口如一。一切浮冗節縮幾盡，公帑大裕。已署海邑，益屏繁苛，與民更始。暇則進諸生父老談文藝，詢理道，有便于民者次第舉行。不浹旬而易視改聽，境内大服。上官奇其能，檄董京儲。却例遺，屏羸羡，役人感悦。時淮、黄流斷，水大涸。公心患之，督諸漕舟并力星馳，得亡僨事。往返彌年，苦節愈勵，役不告困。迨事竣回翔，席未暇暖，聞命再行，亦不告勞。余于是而知公之所以得民心與當上心，蓋自有道也。

若海防之職，尤與漕政異。夷情之向背，將校之更置，戈檝之利鈍，海氛之紛息，千里保障，于焉是係。以公之恩厚素洽，信約素明，而文經武緯之才，百煉不渝之守，又皆輿情素所攝服者。兹且得以分符行事，數十年之頹綱弊目，必能旦夕振舉。俾江之南、海之西，頭飛鼻飲之民，靡弗回首内嚮。則兩臺推轂之意，朝廷南顧之托，兩無負焉。斯固即今日之所已試，而卜他日之樹立者如此。若其陳歌謡，獻當宁，以備旂常彝鼎之勒，將自有輶軒使者披圖而采之，余姑叙之以俟。

三才圖會引〔四〕

嘗讀韓琴臺書有云：『圖畫所以成造化，助人倫，窮萬變，測幽微。』蓋甚哉！圖之不可以已也。自蟲魚鳥獸之篆興，而圖幾〔五〕絀。暨經生學士争衡于射策帖括之間，而圖幾絀。嗟乎！鑄鼎象物，尚知神姦。況圖固泄天地之秘者哉！

余少年從事鉛槧，即艷慕圖史之學。凡璣衡、地域、人物諸象繪，靡不兼收。而季兒思義頗亦栖心往牒，廣加搜輯，圖益大備。友人李聞斯、何振之皆博雅君子也。相與讎校〔六〕成帙，交口請梓，而余因引其端。夫玄黄初剖，未有文字，先有圖書。今書可汗牛，而圖不堪飽蠹。即欲『測微』『窮變』，其道何由？〔七〕語云：『六合之外，聖人存而不論。』此皆六合内事，而可置弗講哉？是編也，圖繪以勒之于先，論辨以綴于後，〔八〕圖與書相爲印證。陳之棐几，如管中窺豹，雖略見一斑，於學士不無小補矣。若曰揮纖毫而萬類由心，展方寸而千里在掌，余殆未敢以爲然。

曆府鈎玄引

結繩邈矣，六經、諸史尚焉。降而讖緯術數之籍，無異百家。而陰陽一書，尤不能一日廢者。第泛濫多歧，猶舍筏而涉瀚海，不免向若之嘆。王君皥如即搜討掌故，晚益博綜漁獵，而最嗜陰陽家言。乃旨會諸家，增削訂正，剋定歲月日時，備載吉凶趨避，若貫珠懸鏡。羅浩繁於簡約之中，定千載於一覽之頃。足以印證前聞，標程後學，真曆家指南矣。是編也，特豹文一斑。王君所重者，獨識緯乎哉！

續文獻通考引〔九〕

余之續《通考》也，蓋有感於孔〔一〇〕聖之説禮也。夫孔〔一一〕聖生知，而其説二代之禮，猶以文獻不足爲歉。則文與獻皆歷朝典章所寄，可缺一也與哉？貴與氏之作《通考》，窮搜典籍，以言乎文則備矣。而上下數千年忠臣、孝子、節義之流，及理學名儒類皆不載，則詳于文而略於獻。〔一二〕後之説禮者，能無杞宋之悲哉！

余既輯遼、金、元暨國朝典故以續其後，而又增《節義》《書院》《氏族》《六書》《謚法》《道統》《方外》諸考以補其遺。俾往昔賢哲舉得因事以見姓名，而援古據今之士不至溟涬無稽，故總名之曰《續文獻通考》，而其詳則備誌於凡例云。

重修輟耕録引

夫自尼父敷文，六籍大備，而百家衆技難爲言矣。世代漸遠，諸子各出己意勒成一家言，如馬遷以紀，班固以志，蔡邕以斷，華嶠以典，而張勃之録、劉向之略、何法盛之説，雖格意人殊，要不失爲六經之羽翼也。嗣後稗詞野記無慮數十百家，則又册府所不收，校讎所不及者。然流通人世，亦足資談笑而廣見聞，此陶九成氏之《輟耕録》所由作也。

九成生於閩之長溪，長而徙于浙之天台。平生所師事皆海内名儒，故能得中原文獻正傳。少舉進士，一不得志，輒絶意科試，杜門著述。如《説郛》《諸史會要》《四書備遺》，咸得與東方曼倩、張司空諸書並傳。晚年僑居吾松，卜築于泗水之南，躬耕受徒，窮晝徹夜，不廢伊吾。而高人韻士日夕往還，咨詢今古，一有當意，輒書之墮葉，儲之敝盎，積久成帙，自名之曰《輟耕録》。『輟耕』云者，以得之耰耰之餘閑耳。

書既成，吴中好事君子寶而鋟諸梓。蓋自元至正之丙午，迄皇明萬曆之甲辰，幾二百五十餘祀。歲月既深，木受蠹而字磨滅者十蓋八九。余因訪求善本，重加考訂，新其蠹而補其缺，復爲全書。雖不敢有所損益於其間，然使將來博雅之士便于翻閲，不可謂此録之□□□□□矣。

魏水洲先生小傳

先生諱良弼，字師説，别號水洲先生，江西南昌之新建人。起家癸未進士，累官禮科都給事中、太常寺少卿。先生學宗良知，爲王文成高足。文成嘗謂：『擔當世道，力行所知，將在此子。』既令松陽，以學爲治，民謳思之。

世廟初，先生居諫垣，嘗攖其所不可，下詔獄，廷杖者四。彗孛之變，上疏指斥時宰，妖躔退舍。居家孝友，與鄉人處，禮恭而言厲。鄉人見先生有所告誡，退輒稱其説以教家。至今其偶然者流爲方語，深切者垂爲法言。父子兄弟有過，則竦然自悔曰：『幸不使魏水洲聞之。』其爲鄉里所嚴憚如此。

先生嘗謂：『自明而誠，知微以顯。天地萬物之情，與我之情自相照應。故能使天回象，君父易慮，士民謳思云。』先生嘗與鄒東郭、羅念庵、歐陽南野諸公相與倡和於道德。年八十四卒，特祀豫章先賢祠。劉大司成嘗徵其集以傳，而雲間令熊侯神阿父爲之序。

羅大尹小傳

侯名朝國，字維楨，别號苧嶼，豫章之新建人。起家萬曆癸未進士，以是年來令邑。侯中朗而外潤，治尚寬仁。顧其所以禁奸止暴，則又凛凛若懷冰霜矣。事不便民，輒與更始。嘗苦伍伯爲漁，有所攝對，即屬之質成者，村中鷄犬於是獲寧。

青故澤國，屬又水爲之災，而使者悉索敝賦。侯謂：『無歲且當無民，而又何賦焉？縣官即急賦，獨奈何不急民？令爲民父母，不忍其溝壑而迫之以箠楚。』卒爲緩之，更爲粥以食餓者。有田沮洳，積歲逋賦。前政執故事取盈，民皆逃徙。侯白兩臺此故甌脱地，所收不能當腴十之一，賦何可與腴等？請損其逋，更令得以錢代粟。民始歡若更生，户皆復箸，而逋亦稍稍有所償矣。

夫以新造之邑，當薦侵之會，而閭閻得亡恙，所噢咻於侯者實宏。在縣三載，皭然不滓，曰：『若爲民利也者，令請得爲民從事。若爲令利也者，則令義不忍以一介自巇。請毋溷令。』以故庭如止水。即諸曹掾亦相誡無犯墨，墨愧見使君。監司干旄所過，尤不喜飭厨傳，所饋遺財令不乏而已。監司不以此少侯，更善侯邑無胠篋之小人。鄰有之而或移爲青者，侯力脱其誣曰：『吾不保奸，亦不誣奸。』民皆感泣侯之所爲，尸祝於邑也。

蓋侯之智可以鉤距出没，而不屑爲察；威可以雷厲風行，而不忍爲暴；仁可以父天母地，而不私爲恩。其守如張漁陽，其介如汲長孺，其長者如建、慶，其文雅則又兩司馬之所方軌而並駕也。以治行高第徵守銓曹，一時所選士人與官相得也，令不足以見侯矣。

屠大尹小傳

侯名隆，字長卿，赤水其别號也。浙之鄞人。成萬曆丁丑進士，釋褐頴上令，以才能調青浦。侯善屬文，下車之日，諸父老喜爲邑得神君，諸文學喜爲文得騷客。一時詞賦之士争造侯堂上，武可接也。侯亦傾心下之，至結爲布衣交。人人意自得以青浦爲臨邛矣。侯聞之亦沾沾喜，移文監司，手自削牘。牘多古文詞語，監司咄咄，以爲漢長卿復生邪？水旱疾疫，輒以文禱亡不應。古人有愈疾之檄，侯則有禦災之文云。邑事旁午，不廢咏歌，而事又辦。嘗創二陸先生祠，祠二陸，非第爲邑之人，亦以翰藻與侯異代足相友耳。政成，入給事大宗伯。屬有言者，遂免歸鄉里。

鄭存吾先生傳

鄭侯自池陽移令華亭，多善政。會三年奏績，考功氏課治行第一，因貤恩贈侯尊人如其官。吾華士民德侯深，思所以頌揚贈公。不佞圻業屬巴辭，附之輿頌矣。既而三復綸音及侯所爲狀，多大節偉行，宜垂不朽。竊不自揣，以野史從事更爲小傳，俾世世有述焉。

公諱舉，字時達，别號存吾。其先世顯于唐，有諱畋者，以宰相鎮鳳翔，世居建昌之新城里。其孫通嘗辭唐莊宗徵辟，因游青泥，遂家焉。至十傳而爲伯舜十五公；有九傳而爲魁二公，即小宗不遷之祖；又三傳而至安山公，則侯大父也。安山公諱旭，配曾氏，生三子，贈公其仲也。髫年穎秀，能讀書。逾弱冠，補博士弟子員。公故精攻帖括，暇則綜覽古文辭，旁及方伎諸傳記，無不該博。性孝友，安山公遭粤寇之難，公冒刃間關，求得遺骸，歸殯焉。伯兄拘於寇，索厚賄贖之，公無吝惜。有少弟，爲擇婚名族，又入貲爲省功曹。已而議析箸，第令恣取其所欲，而已享其餘，不屑屑計也。

公倜儻多方略，里中有土寇，袁貳守從公問策，公爲出奇殲之。賊黨計窮，夜懷金乞哀。公拒不納，第説其解散。亡何戎首就戮，袁公欲假章服相報。公謝曰：『梓里無恙，爲福已多。其敢竊餘光以自炫乎？』袁公益多公爲長者。公久困諸生間，又好施與，家漸中落，因熟籌亢宗之道，喟然曰：『貨殖近駔儈，明農難逢年。吾固世服儒業者也，其以宛詩之三章起家乎！』公時有丈夫子四人，皆負異才，因廣延師友，朝夕督課，脡脯不給，至鬻負郭以佐之。未幾而孟、叔、季先後選茂才高等，又未幾而仲舉于鄉。或問其有先兆？公曰：『書譬之農，穮蓘勿輟，定得歲耳。』因書于門曰：『恪遵祖訓，不敢演劇爲賀。』人以是卜公大耐官爵云。

公賦性耿介，不務卑疵纖趨，而遇販夫田畯，則油油然不以等威自異。雖絶迹公府，而喜爲人解紛。高下在心，片言立決，靡不心折而去。安山公嘗操子母術，後多不讎。自侯策名，遺券悉付之火，曰：『吾先世皆以清白遺子孫，無以此緇筐篋也。』公之貽穀如此。迹公生平，排難如魯仲連，廉介如楊伯起，孝友如楊延壽，教子如萬石君，行誼洵可風矣。昔孔北海爲公家康成特立一鄉，號曰鄭公鄉，廣開門衢，令容高車，名通德里。余于公亦云。

公當啓手足之日，惟勉諸子以孝順。已而呼侯語曰：『吾心甚了，若有得于化人之教者。』然公歿三年，而侯成進士。又四年，而侯以循吏推恩贈公如子官，制辭稱述公懿行甚備。四子俱以文學名，侯更以政事顯。它日崇階異數，增增未艾，公之食報于天者未限也。

外史氏曰，嘗聞之昔人云：『鄭多君子。』以今觀于鄭公，信矣。當父兄之難，萬死不顧一生，非所謂不爲威惕者耶？談笑却寇而卒逃賞，非所謂不爲利疚者耶？易簀不亂，抑何了然于生死之際也。是殆幾于得道者乎！夫先生一言一行，舉足登簡册，垂法戒，一代能有幾人？可使之湮没無聞？故摭取其大者著之篇帙，以考信于無窮。

敕封高太孺人周氏傳

周孺人者，先哲侍御適齋公女孫也。生而温惠明朗，師心率己，動協禮規。父鑑湖公不欲字凡兒，幼時見贈檢討南泉公開美，遂字焉。逾笄而歸贈公。贈公故儒生，雍雍掃筆墨，訾算日詘。孺人茹荼嚼苦，商功分銖，訾稍稍拓矣。逮事封吏部公，奉帚承顔，常得其歡心。故在諸子舍，獨稱孺人爲婦中曾、閔，它日必亢吾宗云。已而孺人果舉男女皆三，課諸子以經學，習諸女以内事。且戒之曰：『士庶之職，明而動，晦而休，無時可怠，奈何懷居？』自是闔教肅然。子女各廪廪修德業，有聲中外。而仲子成進士，官史局，功豈在孟母下哉！

贈公性喜客，客至輒留。孺人時飭其具，以慰贈公，未嘗以煩數示懈。且鞅掌拮据，佐贈公施舍，人益難之。孺人父故清白吏，子偶坐寃繫，生計凋落。孺人傾筐倒庋，脱父於戹，輒復時時共其匱乏，至歿身不衰。諸弟稍有不給，不難割田以贍，雖自異母出者，視之如一，曰：『均吾父遺體也，何容置輕重於懷抱？』孺人儀度峻整，終日矜莊無惰容，與贈公雖伉儷，相敬儼若朝典。諸婢妾不敢以跛倚見，非常在左右者，往往尋聲避之。又勤敏天植，質明呼諸婢前，各受事去；夕而獻功，罔敢廢命。能身先操作，白首如一日。子弟或諷曰：『太夫人春秋高，幸朝夕不乏。胡不少休暇，而徒自苦爲？』孺人憮然命之曰：『孺子知學乎？一日不學，便覺舌本間强。夫治家亦猶是也。吾幸無恙，爲諸婢子倡，貽汝後程。汝遂欲我溺婦職耶？孺子休矣。吾自用吾法。』孺人劑量日用，具有憲章，至四序薦享，尤加精腆，不爲限也。

孺人事贈公可四十年，則爲處士婦。歲辛丑，以上慈聖徽號，覃恩乍被，副笄六珈，貴矣。孺人獨歔欷曰：『乃翁尚布衣地下，我何忍獨持章服？』爲泣數行下，其篤於倫綱如此。贈公爲吏部南州公仲弟。吏部公以獨行聞，而贈公不愧難弟，孺人實不愧賢配云。

君子曰：『淳于女，士女也，而母道則無聞。伯宗妻，賢婦也，而女德則無見。文伯母，令母也，而女儀婦則則無徵。信三美者之難兼也。』孺人捐貲以脱父戹，能爲女矣；相夫子以事四尊人，各以孝著，能爲婦矣；晚課子若孫，翩翩成鉅儒，是不能爲母乎？兼三美而悉有于身，即往牒所稱淑媛，奚少讓焉？且子貴爲太史，一旦不諱，在丈夫猶難自割，而孺人第等之浮雲飛霞。此其識度已臻懸解，何止閨房之秀哉！

孺人婿尚書郎徐虹洲嘗爲余道其詳。虹洲操履方嚴，夙慎許可，其言故足信也。余因述其説爲之傳，俾後之執箕杼者式焉。

劉先生小傳

今少司農節齋劉公前用大中丞節鎮兩廣，治軍稍暇，以書加筐篚，走使數千里抵圻所而言曰：『傷哉！先大夫之孤也，實伯大父撫之。非伯大父也者，則幾不有先大夫，又何有不佞繼文哉？不佞幸蒙聖明爵上卿，推恩再世，而伯大父無一命之及。即先大夫其何寧於夜臺？是不佞大有罪焉。不佞之第也少，不知伯大父于先人有恩。所進御甲乙録，即伯大父之名弗及備矣。

吁嗟乎！今何逮也。』圻讀而悲之，乃作《劉先生傳》。

劉先生者諱鐸，字某，先世靈壁定陵里人。高王父某始徙邑西郭，生曾王父通，爲邑增廣生，辟授潭州倅。生二男，子畏即先生。次贈大中丞公鎔，是爲少司農大父。生贈大中丞公貞。貞生兩歲，父蚤見背。先生抱子之時，先生已生子三矣。或謂：『商瞿膝下繩繩，豈不足君所乎？且孤自有母，公何爲者？』先生泣曰：『不穀有子，幸諸君知之，第其孤何依？以吾弟之不禄，不穀且怦怦焉，懼莫慰其嫠，而更遺之以藐然諸孤，則何以慰存者而瞑亡者？』撫之愈篤。間歸自酒所，或携諸果餌，兒女争相覓，先生摘其佳者藏之手腕中，以待公，曰：『是兒可憫，他兒女豈敢望也。』贈公年甫出就，即延塾師授書；既壯，聘名家子爲之妻。時人爲之語曰：『維季有子，公則鞠之。前有僧虔，公則方之。』

先生家世孝弟，至先生益得之天性。事父潭州公，事母某孺人，每先二大人意。蓋不佞觀贈公之孝，而知得諸先生者深矣。公丁母張太夫人喪，適流寇劉六訌甚，靈壁且殲焉。人皆逃死不暇，公獨管太夫人葬而後去。甚矣，贈公之孝得諸先生者深也。待昆弟極友愛，自次公蚤世，諸凡内外事無細大，咸以身肩之，一不煩嫠婦。先生性不能忍人困，故家無餘貲。居恒砥礪，修布衣之行，自謂作人須如河上、漢陰丈人，不者海鷗有不下之色，爲二君子所嗤。嗚呼！是可以觀先生矣。

先生娶某氏女，有淑德，克稱先生。妻生子三，曰元、亨、利。孫某某。曰繼文者，於先生爲從孫，即所稱司農公也，與余好。

外史氏曰：往余與司農，蓋後先爲萬安云。時朱司空鎮山公用推恩例，贈其祖若父。復念伯祖有養父功，請於天子，贈伯祖如其祖，至建坊以彰厥寵。今劉先生之撫孤愈於朱公，獨未膺帝命，視朱公有異。此司農汲汲欲以功令、請成贈公志也。

上虞丞周君繼配董烈婦小傳

董烈婦者，吴郡金閶産也。父大化，以能詩聞。今孝廉君中立、文學君中行，烈婦從兄弟也。兩君常爲余言烈婦機鋒特穎，所刺綉輒以意出之，無不詣精妙。頗讀書，更自了了。生十六年而歸周君時武。方媒氏之議也，父母辭以齒不相偶。周君聞董氏女賢，則固以請，遂許委禽焉。時周君方爲博興簿，烈婦從之博興。已徙上虞丞，又從之上虞。周君爲丞廉，尹獨不善也，以他事中丞。民爲遮道訴上官，得免。亡何尹罷去，烈婦謂周君：『可歸矣。與前去以尹，毋寧今去以己耶？且尹歸，君何能獨留？』居亡何，果左遷王官。烈婦賢明大都類此。

周君以遷歸，貧益甚。烈婦乃勉之授里中弟子書，亦足取糈以食。周君遂授里中弟子書。三年而疾作，不可起，乃執烈婦手訣曰：『吾死矣夫！第念爾少，又貧，奈爾何？爾善事後人矣。』烈婦泣謂生：『幸侍巾櫛，死即弃之，即犬豕寧食吾餘？君無憂。脱不諱，遲吾于夜臺耳。』然家人猶謂婦言非衷，獨以寬夫了憂，未之信。居三月，果投繯而死。死之時，書『冰清玉潔』字於所御箑，〔一三〕蓋自志也。

王子曰：嗟乎！死生不亦大哉！夫人始皆爲所欲爲，而卒至爲所不爲，政重死耳，何如烈婦之死爲烈也。或猶疑爲激，激起於須臾，居三月而死，斯所謂從容就義者矣。或又疑爲勉，勉出於不得已，彼烈婦惡有不得已者？且居三月而死，其於死生之際豈不已審？雖烈婦亦言：『吾豈不自憐？第吾事死可了耳。』嗟乎！此寧勉也。或又謂死特慷慨於一決，未若身形影而心金石者之尤難，則烈婦亦自言矣。烈婦謂：『即不死而老，即老而博一旌。然知爲白璧，知爲青蠅？吾固欲一決，冀爽然能自明耳。』嗟乎！此非獨于大義明，抑亦於隱微灼矣。夫君臣、父子、夫婦俱爲大倫，然試觀古今之臣死忠、子死孝者有幾？而謂於夫婦不難哉！睹世之重死者，而信死之爲重也。余閑居，嘗拾忠孝節義大者著爲書，未就。若烈婦者，亟欲書之矣。

贊曰：人實有生，肯捐其軀。卓哉烈婦，惡甚而趨。輕者紅顔，甘者黄壚。耿耿不磨，光於三吴。嗚呼烈婦，女中丈夫。

上虞陳節婦傳

陳節婦倪氏，上虞名家女也。父環川君，母曹氏。節婦性凝静，不苟言笑，長歸陳君某。婦道甚備，事姑孝，時修色而進甘旨。亡何陳君病死，死時以其老母及二歲之孤爲托，曰：『使孤亡恙，母老得終天年，雖死不恨。』節婦飲泣受命。陳君既易簀，欲以身殉，念業已受治命於陳君，死而背之，是欺死夫。雖殉，陳君勿喜也。遂日夕謀所以治生者。家赤貧，屬又歲儉，竟日不能舉火。族人風更嫁之，節婦灑泣，指姑與孤誓曰：『苟不如陳君治命者，有如皦日！』已度不能兩全，以姑委諸季，而獨携其孤歸環川君。蓋家於環川者幾十年，經歲掩扉，雖戚黨子弟亦罕覿節婦面。節婦雖家於環川君乎，然居恒以織紝自給，又間易肥甘饋其姑。姑歿，喪之如禮。孤長能任讀，雖外有嚴師傅，所以督課之者無少怠。節婦稱婦凡若而年，稱未亡人凡若而年，卒成其志，以環川君能爲父也。子志孟，邑諸生，負能文名，以節婦能爲母也。

杜史氏曰：節婦之兄子胤昌與余習，故備知節婦之賢。節婦少時，環川君嘗爲説節義事，節婦輒心嘉之。則節婦之爲節，殆天性也。且又孝於姑，喪之如禮，則又閨帷中丈夫矣。世有須眉男子，動言無財不可爲悦，是不足辱節婦巾幗也。

觀察秋崖李公小傳

公諱希顔，字原復，別號秋崖，東蒙先生三世孫。弘治癸丑，以《春秋》魁天下，累官雲南按察使。公在比部，多平反；在廣藩，有平寇功；督學雲南，能譽髦斯士，遂晋其省按察使。公祥於刑，嘗兩脱死囚。及在滇，決難獄三十餘事，獨不能以非義撓公憲。土官鳳朝鳴犯法當死，饋公以寶環，可直千金，公竟論如法。不顧骫骳，不畏强禦。嘗以賀入京，時逆瑾勢焰立生死人。公不少屈，人目爲『鐵腰李』。

孝友仁厚，父患疽，親爲吮血；母不嗜餺飥，亦終身不御；與弟希曾同居。族有飢寒者衣食之，死者葬之，孤者字之。至待親故，猶有不遺簪履之情。居鄉絶迹公府，郡守劉公琬嘗欲爲公地，公若弗解也者。内行淳備，鄰媪欲以女侍公，公峻拒，遂寢其事。古有不入季女之室者，公真無愧云。居官祀于名宦，既卒祀于鄉賢，此可以概公矣。

侍御雲亭李公小傳

公諱人龍，字子乾，别號雲亭。起家嘉靖乙未進士，歷任南北兩臺御史，終廉州守。公爲人慷忼坦夷，不設城府，而風節嚴峻如夏日秋霜。居官廉直，爲司理持平。在臺中封章九上，彈駁不避權貴。權貴銜之，遂左官粵藩幕，遷守袁州。袁州爲分宜梓里，公至郡，矻矻持法，無少徇。有藉奥援齮齕里中者，捕治勿貸。禁擴城，止遷學，浚李將順渠，復黄子澄宇，大忤分宜意，復摘佐閩鹺。商人感德建祠，當道表其署曰：『百折不回，一塵不染。』量移廉州，尋謝病歸。居家克敦孝友，治大野園，奉封翁夷猶其間。二十餘年，無尺蹏關白公府。今皇帝登極，進公階亞中大夫。有司重公齒德，造請爲鄉飲大賓，亦不時赴。年七十有九，沐浴整衣冠而逝。是日即其生辰也。生平著述有《方田略》《九蘭道統》諸集暨《寶敕樓稿》，行于世。

【校勘記】

〔一〕而跼促如轅下駒也　『跼』原爲『局』，據上下文意改。

〔二〕人各有邂逅耳　『逅』原爲『后』，據上下文意改。

〔三〕孫人　據上下文義，『人』上當有脱字。

〔四〕《三才圖會》一百零六卷，《續修四庫全書》據明萬曆三十七年（一六〇九）刻本影印。刻本卷首有王圻《三才圖會引》，落款題云：『萬曆丁未仲春洪洲王圻撰，孫婿蕲州侯孔鶴書。』以下以《續修》影印刻本爲校本（以下簡稱『刻本』），不同處出校説明。

〔五〕而圖幾絀　『幾』刻本爲『大』。

〔六〕相與讎校成帙　『讎校』刻本倒爲『校讎』。

〔七〕其道何由　『由』刻本爲『繇』。

〔八〕論辨以綴于後　『辨』刻本爲『説』，『綴』字後有『之』字。

〔九〕《續文獻通考》二百五十四卷，《四庫全書存目叢書》據中國科學院藏明萬曆三十一年（一六〇三）刻本影印。刻本卷首有王圻《續文獻通考引》，署云：『王圻謹識。』以下以《存目》影印刻本爲校本（以下簡稱『刻本』），不同處出校説明。

〔一〇〕蓋有感於孔聖之説禮也　『孔』刻本爲『宣』。

〔一一〕夫孔聖生知　『孔』刻本爲『宣』。

〔一二〕則詳于文而略於獻　『略於獻』刻本爲『獻則略』。

〔一三〕書『冰清玉潔』字於所御箑　『箑』原爲『箑』，同『扇』。

王侍御類稿　卷之八

太原王圻元翰父著
男思義校刻

雲南道題名碑記

國初仿古置御史臺，自御史大夫、御史中丞而下，有侍御史、治書、殿中侍御史諸員，尋皆革去，改爲監察御史。而分道按事，則自洪武十三年始。然有北平而無雲、貴也。迨永樂十九年，則去北平而雲南、貴州兩道並設矣。事由始創，百制未備，故自永樂季世以及洪、宣三朝，入自道者，姓名既逸，琬琰不傳，惜哉！

弘治中，太和蕭君祥曜乃搜括成化以後諸君子登之石，以示厥後。然歲久迹堙，缺訛相半，而下方復盡，續者病焉。已兩河劉君、肖崖劉君與余相繼登臺，每俯視摩挲，慨然興嗟者久之。遂各捐貲，命工別加鐫治，缺者補，訛者正，而虛其後幾半，以俟將來。勒既成，二公顧余曰：『姓氏具矣，歲月可無徵乎？』授簡屬余識之。

余按壁記始于唐，間見于宋，今則在在有之，謂歲月、姓氏托石以永固矣。余竊以爲去留者人，不朽者迹，榮悴者名，與石乎何與？其人去，其迹存，其名榮，雖靡所托焉可也。非是則玉勒金書，亦蒼蘚中一殘碣耳。矧御史之官，上應執法，職故難稱。豸服綉衣，屢進屢退，禄食未捐，聲華已歇，寧足爲是石重哉？

嗚呼！世改而公論方明，身殞而典刑猶在。後之人從而指其人，口其迹，曰：『某某以文章顯者，某某以政事稱者，某某直指不阿、孤標特立者，某某柔顔媚世、仕路優穩者，某某火烈霜凄、傾朝震慄者，某某春陽醴酒、愷悌流聲者，某某抗志明忠、甘投丘壑者，某某秋蟬寒鳥、循取顯赫者。如此則賢，如此則不肖。賢者取以爲式，不肖者反諸吾心，兢兢焉惟恐似之。』此今日立石之意也。書歲月，載姓氏，不其末與！

言既，質之二君。二君以爲然，遂命并勒珉首以諗夫同志者。

日新書院碑記

夫自《子衿》興咏，庠序廢缺，士人誦説孔孟者，悵悵乎無所寄托；而山澤真儒或就枌榆，或選名勝，創立静宇以聚徒講藝，此書院所權輿也。嗣是白鹿、嵩陽、應天、嶽麓相繼代作，而右文之主且爲頒《九經》，給廪田，賜坊額，置山長，古今遂稱爲『四大書院』。其造士育才之功，視芹宫、壁水奚讓哉！

吾松舊有青龍書院，盛麗甲于天下。兵燹之後，蕩然無遺。然在郡城，尚存九峰、西湖、鶴城二三精舍。褒衣方履之士于内朝夕藏修，討證疑義，二百年如一日。沿襲既久，詞章之學日炎月熾，以攻帖括者爲通儒，以譚性命者爲迂流。書院鞠爲茂草，有識疚心。

余友漸庵錢先生應期而出，毅然以修明正學爲己任。蓋自爲諸生時，而崇論宏議，根極理要，先達名公即皆別目視之。已而領鄉書令蓬萊，聽斷閑暇，横經問難，海濱多士咸倚先生爲關西夫子。會先生仲子機山君登制科，讀書中秘，遂拂衣歸里，益肆志于濂洛關閩之傳，以倡道東南。四方從游者日益衆，户内屝屨幾不能容。遂即居第之東闢地陶甓，陳圭置臬，别創二十餘楹，神厨講舍，次第畢舉。大中丞臨川懷魯周公因扁爲『日新書院』，欲學者洗滌舊聞，以臻日益，甚盛心也。

先生猶謂皇朝明經登俊，不宜專讓浮譚，復以暇日課試博士家言，以需世用。斯又近世講學所未有，故射策秀義、摳衣北面者群然畢至。一時邦伯、令尹喜孔鐸之再振，先後臨視，揮毫立石，升堂鼓篋之遺矩幾再見于今日。余亦嘗與黄髮、青衿數十輩踵諸大夫之後，共躋斯堂，援引六籍，互相駁證，靡不虚往實歸，充然各足。則先生之所肄習，信皆明體適用之實，益非止區區摭拾良知之唾餘也。

《傳》亦有言：『人以地勝，地以人靈。』白鹿之勝也以李渤，嵩陽之勝也以王曾，應天之勝也以戚同文，岳麓之勝也以周式。諸賢籍書院以明道淑人，而書院亦籍諸賢以垂聲稱于不朽。人與地不兩相重哉！乃兹日新書院有先生以倡之，有郡邑諸大夫以風厲之，而令子復以所聞於金閨玉署者開拓之。行見群迷霧釋，髦俊雲蒸，不特宋室諸君子繼絶響，而且國家收《菁莪》《棫樸》之效。地靈人傑，兩無負矣。觀風大吏或仿古陳詩鉅典，采實以聞之朝宁，賜額、頒經、給田、置長，寧不與四大書院争雄千古哉！

昔嵩陽建而甘露降，講堂啓而三鱣集。方今日新祗告成事，而瑶光瑞靄烟爍庭除，豈天將開百代文明之運，而朕兆爲之先見耶？於是邑之縉紳、三老、子弟快睹盛美，屬余差次始末，鑱諸貞珉，以昭示後人。遂不辭而爲之記。

大中丞懷魯周公德政碑記

大中丞臨川懷魯周公撫吴之五年，會行河使者缺，天子詔晋官一秩，仍以中丞節移鎮任城，以河事鉅且亟也。命甫下，吴中士庶皆蹙額聚族而謀曰：『吴民何能一日去公也。永、宣間，忠靖夏公、文襄周公嘗以治水撫吴矣。遠者幾二十年，近亦不下數年。今東南諸受水處皆壅淤，而吴淞猶甚。往歲大潦，千里襄陵，賦無從出，江與河殆不可以緩急論也。東南百萬户雖賴公補苴，稍復完盛。然獨不可須臾留，以終忠靖、文襄之業乎？』數郡州邑因各走數千人叩闕上書借恂，而臺使者亦爲具疏。民方忻忻焉自相慶，以爲公當復照臨我。乃以拮据荒事，積勞成瘁，竟移疾不果留。于是數郡州邑皆建祠，肖像爲公祝釐，而雲間之祠猶先落成，則公德政之入人於雲間尤深也。

公自臨海令召爲御史，嘗一按中州，再督北畿學政，已晋納言，擢大中丞。立朝事業更僕難數，而最大者莫如畫建儲、争東封二事。然不具録，録公功在東南者。

公爲人博大正直，不能婐阿取容，至憂國憂民，輒雪賈生之涕。此公之節概也。公身都榮顯，性甘澹泊，居恒食蔬糲，衣澣濯，蕭然不異寒畯，每戒鈴下無通問遺。自秣馬以至受代，郡縣主藏吏未嘗識公。掌大一牒，移鎮松陵，僅圖書數卷。《羔羊》『素絲』之風，真足懔層冰而勸百職。此公之清操也，然不具録，録公功在生民者。

公崇獎節義，尊禮遺逸，高人韻士式廬表裏者責相望于道。是功在廉頑立懦而未也。

公究心名理，嘗師友耆碩，尋討微奥。尤善獎拔士類，品騭輒多名雋。宫墻有頹圮，弗稱觀美，往往捐俸葺新之。若虞山、東林諸書院，皆加意作興，而雲間之群玉、陽羨之明道，則公所倡助成之者。是功在表章儒術而未也。

公初下車，時值大旱，徒步往禱山川。戊申夏霪雨，庚戌春又霪雨，禱皆如之，而精白能格玄穹，有祈輒應。是功在斡旋造化而未也。

公心存泣罪，庭鮮冤獄。每遇冬夏，必檄郡邑隨時寬恤，犴狴幾虚。是功在勝殘去殺而未也。

東南力詘，機杼幾空。先是海寇竊發，當事者履畝加税以充軍興，因循遂爲故額。公斟酌劑量，應徵應汰，公私俱賴。邇年大工繁費，中使奉旨征権，幾欲竭澤。公得祈免三之一，又稱民困，罷織作内使。復奏留其半以蘇民，而上供正派又減。鋪墊扛價，不下萬計。河决妨漕，塞費至百萬而猶不給。河臣因請加賦江南，公曰：『是爲江南作俑，民將何堪？』抗疏力争，因括羨税以充，得不爲例。至傳造皇磚，費復萬計，計浮歲額者三，民益大困。公移牘將作，留三歲部銀以足之，始獲少蘇。歲災，奏蠲停諸歲額逾二三百萬，所免徵積逋更無算。語具《三吴荒政》中。是功在惜民財而未也。

民運白粲，專供六宮百官，最稱艱鉅。公踵文襄成法行之，先儘本户米粟，數不足者補以鄰區大户，令得從冬月春辦獻歲齊發。復限運船無過五百石，使與漕艘並進，而頓舒隔歲守膠之苦。遼陽告急，漕折徵解不前。計臣怏怏，建議令所司徑解遼鎮。公疏言不便，遂得如往例，弭江南將來無窮之害。是功在惜民力而未也。

金花係上供首賦，而豪猾以出入爲利藪，每先放協濟、貼役諸不急之輸，以盈溪壑，而金花顧後，至令考成者往往被譴。公因定爲程式，徵斂有限，解散有期，刻晝日月，罔敢愆貳。由是里役得以暇日力田，而有司考成舉得以逃嚴譴。且比限必屬掌篆，而佐貳不得以庖代；比簿注於官，而科總不得出入；長單給于里排，而徵納不得那移；易知票散于細户，而額派不得增損；羡餘火耗禁於櫃收，而錙銖不得漁獵。又酌時盈詘，爲追科遲速。即主計大臣督賦甚迫，有『拚死向江南』之文，屹然不爲摇動。是功在蘇官民而未也。

東南右江左海，而衷之以三江五湖，内虞盜，外虞倭，武備寢弛，識者抱杞憂。公因大閱，知其堅瑕，遂謀練兵。精簡別，則有三試之法；辨藝力，則有挾石舞稍之法；稽勤惰，則有飛箭驗簽之法；課殿最，則有計功之法；明賞罰，則有準盜於倭及舉刺之法。而又既廩以時，庚癸不呼也；支給以文吏，債帥不與也。戈船下瀨之卒，編册給幟，刊號艅尾，不得托游徼以爲盜；汛則歸伍，畢則歸營，不得稱勞逸以作姦。八月團操，九月分布内地，畫疆而守，不得相影射以隳事。而最難者，吴兵輕慓，易相煽惑，乃終公之任，無一弁一卒敢譁者。蓋既懾公之威，而又豢公之恩，以故五年間將士必盡其用，東西數千里枹鼓不聞。是功在保障而未也。

公之所最苦心、最關民之疴癢者，尤在荒政。方淫潦初作，穀粟在境外者既不能猝至，而在境内者又厚閉以牟大利。民鮮生計，皇皇然莫必其命。乃爲發廪丐貸，閉糴有禁，生殖有禁。又搜括公帑餘鏹，遣幹吏四出貿諸饒米之地，曰：『吾能置諸方之粟盡入吴矣。』及米至，果如公言。市價頓平，民忘其飢者十室而四。又諷諸慕義者各以意多寡爲啼號贍，公先割俸爲倡。由是人人趨義，或煮糜，或捐廪，民忘其飢者十室而六。又念積逋不蠲，奇窮不賑，百萬生靈將誰倚賴？上疏爲三吴痛哭。遂折漕輓百五十萬，内帑數十萬，留榷税十萬事例，税契漁課復不下數十萬。于是民咸歡呼曰：『公實生我。』忘其飢者不止十室而九矣。

公所條荒政二十三事，一在緩征，一在緩解，一在弛榷。方歲之霖淫爲災也，公即下令無急吾民賦。故自戊申五月至己酉八月，民不識追呼之吏者歲餘。則歲額之應輸者尚得藏富于民，不至皮盡而毛無傅也。已征者雖不能還之民間，然尚可爲民間權宜借給官商貿米，銀出米入，米入銀出，而不致灌輸不繼。故事，例不榷米薪粟麥，税使縱横，算及口食。公上言應、寧六郡爲上湯沐邑，蘇、松四郡内供繁重，俱不宜更困以税。得旨減榷關吏歲額四萬兩。米商固已便之，至是復給牒四出而商舶輻輳，歲之所以儉而不飢也。諸所設施，不能殫述，靡不經公劈畫，亦靡不本公精誠。蓋焦勞萬狀而公貌癯，公貌癯而吴民膚革充矣。

初，雨不數日，公憂及歲；又數日，公憂及民；又數日，公憂及國。然部内浮慕反風之事，有災而不以聞者，有災疏已拜發而始以災聞者。公恚甚，因與長民者誓，約能體悉民艱，懋著勤勞以循良特薦；不則以白簡從事。故自監司至十郡州邑，無不人人富青州，皆公德所啓也。嗟乎！被災之始，人情洶洶，斬竿揭木之事已在呼吸指顧間。其究農安于耕，商安于賈，女安于紅，若不知有災。則公之威靈誠足懾服凶人，雖倡莫應。假令非公，一旦弄潢池而探赤白，破斧缺斨，不知煩主上幾番宵旰，費國家幾萬緡錢矣。此又關係宗社，厥功最大。故雖言者亦不能爲公諱，而曰江南功之首，非然哉！非然哉！

公雖領重鎮，養尊處高，然吏治民隱無不諏知洞悉。即救荒一事，孜孜與百屬申飭，常恐荒不及派，派者非荒；飢不及賑，賑者非飢。而居恒搜奸剔蠹，有十款以約軍民，則公之神明可概也。款具《撫吴公移》，兹不著。公即神明不可欺乎！然又不事淵察，雖下吏有故，必務掩護，而於墨者獨不恕，曰：『此朘吾民之膏者也。』

平生神閑識定，卒然臨之不驚。己酉，海上俄傳倭警，鄰國驛騷，倉卒避寇相失者無算。公第敕諸將申管鑰，絶不張皇。倭亦竟無他。公之鎮静類如此。卒能晏清河海，應變瞬睫，非無自也。大抵公能爲國家任事，不憚勞，不避怨。早作夜思，丙夜始就枕，及稍辨色，又肅衣冠坐堂皇矣。苟利君民，攖鱗不顧。讀公西臺諸奏議可睹也。以故受知聖主，一時端人正士，亦罔不信公能肩鴻任鉅。古大臣有以一身係天下安危、社稷重輕者，公真其人哉！

公歷官所至爲畏壘，而吴人思慕愛戀特甚。節鉞離蘇之日，萬姓號呼，至閉關擁馬。此可以觀人心矣。公雖拂衣歸，然東山之席未暖，萬姓復有霖雨舟楫之思。昔人云：『安石不起，當如蒼生何？』則東南輿情之謂乎！祠既成，郡中父老數十輩款余門，語以前事。余俯首聽之，心怦怦不能悉記，姑識其大端鐫之壁石，以詔來許。

松江府學義田記

皇明養士之典至隆渥也。廩餼以供昕夕，學舍以便藏脩，齋膳以資薪水。其爲士計何悉哉！承平既久，人文日盛。吾松廩士之外，爲增爲附，鼓篋升堂者動以千計。士子讀書談道，拙于生事，遂有蛙甑不黔、螢案不膏者，鶉衣不煥、鰥居不伉、露櫬不封者。雖挾百喙以號于人，而人莫之應。及仁人義士捐田以濟廩餼之所不繼。蓋下以周士困，而上以通制額之窮，其意甚善。郡庠自相國徐文貞公蠲俸葺學，廟貌鍾簴，視舊如新。而次公司寇復割腴田陸百有奇，歲徵租九百以備賑恤。又捐學舍傍屋數十區，以待寒士之不能僦居者。至嗣公楚雄守，復捐田三百畝分贍兩學，一如司寇指。說者謂徐氏好施，奕世不倦，津津侈爲美談。今司丞肇惠君又遵其父尚寶述齋公遺命，割腴田三百以助郡學。司丞蓋文貞之孫，而楚雄之從子。一家先後凡捐田千有二百，而其收又皆畝一鍾，號稱沃壤。嗟乎！人情寸基尺土，視如金埒，即骨肉相争植不顧。乃不靳數百畝，挈而授之素不盡識之曹士。如司寇者，可不謂難哉！以是文學董君傳善，其友徐君昌貽、王君元亮、張君復本、李君元白數十輩謀伐石記其事，而徵言于余。余按有虞氏始立學，名曰米廩，而成周易之曰庠。庠亦以養爲義，則造士必先于養士也明甚。自養士之典束于額制，而後徐氏倡爲義舉，四方響應。俾不黔、不膏、不煥、不伉、不封諸貧士咸有所賴藉，而長卿壁立之徒得以曳方履，習矩步，優游肄業于黌序。于以習先聖之術，明當世之務，以需大用。是舉之有關于天下國家，豈其微哉！昔人爲善，自家而鄉而國，冀皆有以被其澤，然罕有及於士類者。士之獲被大澤，自司農一家始。語云：『世禄之家，鮮克由禮。』司丞祖文貞而父尚璽，富貴其所固有，乃不以資鮮衣怒馬，而以資《子衿》《棫樸》，寧可概與長者家兒同日道耶？司丞少爲諸生，又補太學上舍，皆負一時聲稱。今且起家甲第，通籍華膴，凡可以廣其澤而畢其志者，何可量哉！余于捐田之舉得之，因書其事以勸來裔。

游鶴霧二山總記

霧中開化寺者，古大光明山普照寺也。山脉發于崑崙，其上常有紫霧氤氳，故曰霧中寺。創于西漢之永平，唐宋以降，旋圮旋葺。迨我國家宣宗時，番僧普達舍耶釋噶叭重建，請于朝，始更今額。山距大邑治四十里而遥，鶴鳴舊不著，自漢張道陵、明張三丰俱由此昇真，而此山遂與霧中並顯。然鶴鳴以入溪隧窈冥，游人罕至。至者輒侈其所得，以爲寰中諸勝地弗若也。

歲隆慶壬申之夏，會余以公事入其邑。邑侯胡心谷君知余素有登臨之興，乃預戒僧徒爲薙荆榛、塞坑坎以俟，且延鄉貢士李鶴野君與之偕。余遂以清和望前三日出拱極門，溯山石堰以北逾五里，陟馬台山坡，坡上新建一坊曰天台，坡之盡爲望仙坊，坊後遠見北山烟雲掩靄，孤懸碧漢。左右曰：『此老君臺也。』出此則新篁緑樹，交蔭馬首，翛然有桃花流水之想。去馬台十有五里，至鶴鳴觀，觀即古延祥也，中有黄冠三四人守之。觀前有蓬萊、閬苑、玄都三坊。入門有亭，扁曰『聖壽天齊』，曰『天子萬年』；亭内有四聖殿，扁曰『鶴鳴仙境』，皆世宗所遣使祝鼇處也。殿後有室，曰『白雲深處』。室後稍東，躡石以登，遠可四十餘武，有張三丰祠。祠上爲玉皇閣，祠後有三丰卧榻一，後爲中貴挾以去。先是，我文皇帝聞三丰名，遣道士吴伯理馳書即鶴鳴山招之，遂赴後山岩下隱焉。今名其處爲訪仙岩。岩中舊有石床竹杖，其所留以示伯理者。觀之左有院司行臺，右有州縣廳事，皆辛酉歲鼎建以棲諸寮之摺香者。觀負太坪山，山勢曼衍如鶴背。觀前有小山兀立，少偏而左，林木挺秀，撩人幽意。頂建太清宫，居老子像，故又謂之老君臺。是山後廣而高，前鋭而卑，絶類鳥喙，人遂以爲鶴頂觀。址頗隆隆起似項，左天柱峰，右柱腰崖，似兩翼張爲羽。太坪山之陰接冠子山，峰凡三，中峰少突似尾，遂總名爲鶴鳴山。或云是中舊有石鶴、羊、馬，張道陵得道于此，鶴及羊、馬皆飛鳴，山遂以名。今邑南有飛羊鋪，豈竟是耶？老君臺之左澗曰龍洞，受紅岩池一帶諸水。二澗環瀉而前，匯成一川，衝激之聲喧括人耳。邑景有鶴鳴雙澗，即此。柱腰崖下有李陽冰篆『龜鶴齊壽』及陳希夷草『福』『壽』字。余讀《張渼崖碑》，言此中有龜、琴、劍三山，顧問道流，噤莫能對。意陽冰所篆或見鶴山、龜山而偶題之者，非與？太坪之巔有二十四洞，洞口廣可二尺，深莫能測。中有雲氣時時吞吐，或以爲應二十四候。一候至則一洞竅開，餘皆弗應。張三丰修煉之所曰天谷洞，即其一也。別有洞名雪消，今皆迷其故處矣。《一統志》又謂山上有七十二穴，主七十二候，更詳之。

余與李君歷覽既周，日亦告晡。于時風雨交作，遂宿于撫治行臺。詰旦屏去騶從，僅與數十人俱出行臺，渡龍洞澗而東。入徑穿籬，漸北漸窄，懸藤挂刺時牽裾蓋者十里許。有橋横于溪上曰兩河口，橋之陰爲接引寺。寺依鉢盂山足，楊升庵、趙大州扁曰『九關護浄』。蓋自青霞嶂以上，兩崖斗夾如關隘者凡九；而此寺居霧山之麓，若爲内地拱護云。兩河以北、龍窩以南方數十里内，棟宇錯落，皆緇舍，絶無民居雜之。僧人植茶樹棕，坐而待值，藉以富饒，真净域哉！然過此則鳥道盤屈，輿騎不復可用矣。

余乃少憩寺中，易藍輿，令僧徒舁之以走。走入鉢盂、冠子夾山之中，大溪之側纔一里，有僧詣而前曰：『此青霞嶂也。棧廣不盈尺，宜步不宜舁，越此乃可復舁。』是中舊有『青霞嶂』三字碑，歲久没于澗。余爲補書，令心谷君勒石識之。入嶂里許，有峭壁居澗之西，高幾五十丈，其上隱隱有蹄鬌文曰：『此冠子山崖海馬石也。』凝眸視之，果爾。又里許，經石磴，左崖右瀑，僅可置履，曰：『此碧玉潭也。』潭故泠[一]然清，淵然深。聽其流，其聲瑽琤，頗艱于涉。嘉靖癸酉歲，一夕風雷大作，潭失其故。今善侣法强輩伐石爲梁，行者便之。自青霞嶂至此，以里計者凡三。兩山矗立，崔嵬插天，不可仰視。灌木叢草，附石以榮，葱靚布濩，雲霞之氣時時浮動。余謂霧中諸景，此其最佳。宋高士陸游亦云：『獨恨無好事者相視山石隙地，或構木爲軒，或鑿石爲窩，令游人得以延佇縱目，非欠事歟！』又二里，道者告以橋至。橋之下瓦窑山諸水出焉，曰：『此雲集橋也，爲僧周極所建，又名周極橋。』是橋乃諸僧總會之地。過而北者趨霧中，止通一徑；過而南則四散多歧路，故曰『雲集』。又二里，稍脱溪莽，循石級而上，行者喘息不自勝。如是復一里，達接王庭。其中紺宫叢宇，皆洪武朝修。壯哉！一大祇園也。按碑亦漢永平時所開創，後昭烈帝來游于此，遂有是名。或謂蜀孟昶來游，訛耳。寺外舊無坊，善信徐貞溥斫石成，余因扁曰『霞嶂禪關』，以邇青霞嶂也。接王庭以北，舉武皆石級，如庭南。二里許，見有一徑從平林中折而西，曰：『此仰天窩也。』四面山形如窩，僧舍其中。又百餘步，僧智安新構一橋于迅流上。過之，見石上有胡廬山所書『月池飛瀑』四字，遂名其橋爲飛瀑橋。行復數折，有陡崖南面高尋丈，下有石池，方廣丈餘。清泉漾碧，雨之不溢，汲之不枯。余鐫其額曰『聖泉』。泉之北有石突出道右，上有合抱大樹，曰：『此青岡樹也。』樹下舊有四會亭，傳言風雲雷雨四神常集于此，因以名亭，而今廢矣。亭之北有七行樹，樹皆古松。西曹楊員外作歌記之。辛酉歲，采充三殿材，而歌與地境亦鮮有知者，惜哉！頃之歷浄土橋，橋之北即開化寺也。寺前有坊曰『青霧梵天』，綿州高吏部題，進士楊抱鶴書也。坊後爲天王殿，郭大參扁曰『萬山聳翠』。又其後爲大雄寶殿，殿前有敕賜開化寺扁暨累朝碑碣在焉。墀之左有天牙石，邇緣甃石爲臺，視昔加崇，竟隱土中。大殿之後爲藏經樓。樓之後有堂，差可燕息。若僧除佛宇，鱗次星列于寺之四周，不可勝數。削髮而處者凡五百人。寺之左有八功德水，水從地起。僧覺義爲造小石塔，頂作九龍，令水騰躍而上，從龍口中出，涓涓不絶。稍折而北爲盤佗石。大石盤旋蹲伏，廣逾五六丈，屋其上者三楹。寺之右有雲集堂。堂中列禪榻凡幾，四方衲旅至則留而食之。然眼前皆行乞子，無一可與語者。稍折而北爲海馬石，爲三足樹。石出地丈許，長稱之，北面着海水波紋，下有獸足如馬蹄，故曰海馬石；上槃扁柏，托根如人足者三，跨據石頂，不土而芳，故曰三足樹。由寺後遵石梯而行，無幾何見飛泉從月池流出，上有短橋，胡廬山題爲『流月』。去橋僅一里至明月池。池，古迹也，源通西海阿耨達池。正統甲戌，僧人惠定重甃爲八角形，周以石欄，中員如月。或曰此中時有金光現，舊譜謂此山爲光明山，疑以是耳。池之上有寺，寺後構新樓曰七佛，嘉夾江人毛青城題，余書之。然至此乃霧中絶頂矣。

徘徊四望，因問老僧以山川委絡之源，則曰：『左而高者曰紅岩山。山腰有大鹿池，以昔有群鹿飲其中也。紅岩之麓有壑曰乾五里，月池水流經于此，輒隱入地不見，至五里外乃見，故名。紅岩之南爲天台山，即普達舍耶所開山也。其人坐化，其骸尚存。紅岩之外爲九龍山，山下有千佛寺。又其東連青城山足者爲伏牛山，以狀如牛伏，或呼爲佛游，非也。右而高者曰金剛山。山上有巨人迹，相傳爲金剛佇立之處。是山高與紅岩等。金剛之前曰冠子山，以形如冠也。其南接太坪山爲鶴鳴尾。逾露頂而北有寺在數里外，曰龍窩池。其池舊有龍降，其寺界南岩、金剛二坡之間。龍窩之左稍前曰飛鼠洞，洞廣二丈，中有飛鼠出没，視他所獨多，故名。』按飛鼠即《本草經》所謂伏翼，又名蝙蝠是也。龍池之右稍前有紫柏岡，與飛鼠洞略相對。岡獨産柏，青紫之色，冬夏常敷。龍窩寺之陰有徑可通，六番僧人往來其間爲貿易。隆慶辛未，夷人乘疏而入，寺爲所掠，騷動山南。亟宜下令杜塞之，此有司所當聞也。前有衆山錯峙，于開化寺之南者爲獅王，爲牛心，爲鉢盂，各以形名，而鉢盂山青翠特秀。開化寺之東最近者爲青龍山。寺之西最近者爲瓦窑山，今呼爲白虎山。開山者或取此二丘爲龍虎云。此即鶴、霧二山之大觀也。

至於醒心漱齒、噴玉堆藍者，山間之泉石也。初籠忽散、乍洒旋收者，山間之雲雨也。盤蔬碗茗、清馨脆美者，山間之供奉也。唐碑宋礎、泣鬼驚人者，山間之紀藉也。蒼竿紫榦、鬱鬱陰陰者，山間之蒔植也。啼烟嘯月、影斷傳聲者，山間之鳥獸也。野壁溪堂、依依落落者，山間之構結也。午凍晨暄、倏忽幻易者，山間之寒暑也。定位置，則霧居坎而鶴居離也。析支派，則團標、天台、紅岩、金剛、龍窩、九龍、冠子、牛心、獅王、鉢盂諸山屬之霧，而太坪、天柱、柱腰、老君臺諸山則屬之鶴也。原地脉，則霧乃鶴之北鎮，而鶴乃霧之南關，不可分也。

又按古或稱此中有五關，有九關，有九寺八院，有一百八盤，有七十二峰。以余度之，五關九關者，言其層巒複鎖也；九寺八院者，言其梵刹森羅也；一百八盤者，言其山梯曲折也；七十二峰者，言其疊岫嶙峋也。而今不可指識者過半矣。探幽摘詭，標而出之，不有俟于訪古騷人耶？或曰：『霧中大勢當分三關，鶴鳴山爲第一關；接引寺當改名鉢盂寺，爲第二關；霞嶂禪林爲第三關。』斯其品騭，未必皆當，而意趣曠遠，言固不可廢也。續斯游者，請以質諸山靈。

重修明道書院碑記

開之有明道書院，以祠宋大儒程純公也。公以熙寧二年自邑令召權御史裏行，兩越載，坐議新法出判鎮寧軍。鎮寧即吾開也。公居開有大造于民士，去而思之，殁而俎豆于别宫，宜矣。顧自宋而元而迄我明之嘉靖，歷六百餘祀，而州守龍君大有始毁淫祠，創書院，肖公像而專祀之。此祠之由始，距今三十年傾圮殆盡，至或有撤其餘以他構者。噫！是何成之難而毁之易也。

某假守浹月，過而有感，謀所以舉之而詘于力，遂括公帑遺緡，佐以俸秩，慮材鳩庸，程期命日，繩削並作，黝堊咸施，不十旬而工以成告。計其楹，最後爲祠室者五，室之前講堂稱是。内外左右个居生徒者倍之，庖湢具焉。匝以崇垣，址仍其舊而厰麗有加。三十年之頹廢，一朝盡復舊規，官不告費，役不告勞。噫！是可以徵人心矣。

衅落既畢，經生學士肄習其中者謂宜有文以記之。余謂世無元聖，道將焉存？世無鉅儒，道將焉明？故三才六籍備而顓蒙開，人統天秩修而玄化斡。日月萬古，禮樂百王，羲軒姚姒之遺，尼父實存之矣。尼父既往，百氏争鳴，儒教作使。紛紜澶漫千有餘年，而訓詁于漢；又千有餘年，而詞章于唐。雖明哲輩出，靡不傳會而甘之。揆諸理道，概未聞也。又千有餘年，而宋程純公以中山之裔挺生河洛，筮仕熙寧；入侍諫垣，忤違宰執；左判澶州，築堤捍患；講道淑人，我開氓隸沐德深矣。乃其禀奉濂溪，闡揚洙泗，派衍前覺，學啓後迷，其宗正也。踐更三邑，倅州監酒，不沮不撓，佳興翛然，其養邃也。立朝蹇諤，罔避權貴，新法一疏，幾動人主，其節壯也。臣道克盡，儒理載昌，厥功所既，窮古盡今，固宜烝嘗百世休有烈光也。

爾諸士履靈明之宇，供祝史之役，神竦心儀，蓋亦有年。如將繹其正宗，會其指歸，可以臻我理奥；溯其邃養，樂其夷曠，可以拓我冲襟；仰其壯節，砥其修能，可以保我終譽。兹今日繕修之意也。設若望先生祠而不能入先生之閫域，瞻先生像而不能會先生之精微，則斧藻雖新，人將崩撩折棟視之矣。於是乎記。

雲興書院記

雲興書院何始乎？始于今上踐皇圖之二年也。舊無矣而新建之何？所以萃冠裳，集生徒，講君臣、父子、夫婦、朋友、兄弟之道，闡孔孟、程朱之旨以淑其鄉也。名之曷以雲興？基故爲白雲寺，又邑治號曰五雲；扁今名者，識緇宇化而文教崇，且以昭五雲正學之蔚然起也。書院工甚鉅，費甚煩，議久不決，而今胡遽成之？倡其事者某某，捐資而樂助者某某，而有司各分薄禄以佐焉。慕誼群趨，故工鉅費繁而成且亟也。

夫築舍講學，縉紳事也，而有司亦預焉者何？縉紳講君臣、父子、夫婦、朋友、兄弟之道以淑其鄉，有司講君臣、父子、夫婦、朋友、兄弟之道以淑其治。此理本同源，而利弊相考究，善過相勸規，仕而學固在是也。然則基若干廣而制安昉乎？基南北三十丈，東西二十丈。前爲雲興書院門，爲儀門；中爲講堂，堂之盡有寢樓五楹，堂之兩翼爲廊，爲膳房；後有亭而土垣以周之。此草創大概，而有俟乎其後也。

然則是役之起畢可考乎？鳩工于是年之十月十一日，告成于是年十二月廿七日。而縉紳先生聚于斯，講于斯，燕游歌咏于斯，俾民風日以還淳而邑治日以興起，則又千萬祀之不可量也。告成矣，復爲之記何？邑令懼歲月之延久而始末之無徵，姑勒之珉石，俾後人知所重而時加修葺也。

故陝西提學副使衡齋潘公遺愛碑記

萬曆己丑秋，提學副使衡齋潘公卒。逾時里中父老某某數十輩摭公遺事，相率詣余乞言銘之石。語云：『桃李不言，下自成蹊。』蓋謂公哉！

公諱允哲，別號衡齋。歲甲子以明高堂經魁北闈，連登乙丑進士第，不佞亦獲從公後。時公之尊人恭定公以當世名德爲時大官，仲方伯公亦通籍朝宁。世皆艷慕好稱説之，公獨暗然不以此加人。筮仕新蔡令，邑故淳簡，公才更任劇，居縣無所事事，改浙江之義烏。義烏民素黠桀，號難理。公至，葦杖設弗用，而粹宇沖顔，覿者心折，蓋不下堂而化如新蔡矣。所至勵冰蘖操，略不以奥區置胸間。銓曹擬治行卓絶，徵爲御史。益明習典制，凡建白必中，枝經肯綮，非苟爲市直沽名者。居久之，徙守齊安固，誌所稱江黄地，嚚訟甲宇内。公用寬和撫之，而時摘其奸置于理，不少貸。民嚴之若鬼神而親之如父母，郡以大治。余嘗承乏視學楚中，至公所轄，士民猶能道公曩時績效異狀甚悉。久之遷副，某已奉璽書督關中學。會言事者謂士習浮薄，將來不足爲國家用，數上章請修成、弘之體。公曰：『是固然。夫士在埏，金在鎔，顧所陶鑄若何耳。』下教飭諸所部，不終朝而士輒改玉。

公既夙負人倫鑒，更謝一切請謁。稍出品評，無不人人厭服，亡論置高等。即所録非高等，亦自怍謂『吾負公耳』。行部未畢，忽念恭定公春秋高，思歸。而故事又不得以告請，竟解印綬馳還，還而恭定已捐賓客矣。公哀號幾絶，深以不及訣爲恨云。既服除，杜門謝客，惟作五色蠹魚萬卷中，足迹罕至公庭。事有興除關細民疾苦，間爲郡縣一緩頰，他若以事丐公爲地者，立謝去。

勢家多嗜美田宅，至與齊民争尺寸。公恪守恭定所遺，不益一椽一塍。鄰有貧而鬻其居及負郭業者，公折券稍給之金錢，不令有老婦悲，人盡謂今日復見蘇長公矣。吴俗盛飾僮僕，張聲焰，居則林立，出則雲擁，至有陵轢越紀綱者。公獨加意裁抑，勿使螫里閈。日惟一老蒼頭應門傳刺，〔二〕鄉人以爲難。至孝友天植，視諸從情好有加，所藉公匡翼者十殆八九。居恒恂恂，雖遇單門後進，必接以禮。自束髮至白首，未嘗與人有忿争。至當是非利害之衝，則又獨立行一意，不能與時浮沉。市有專壟斷病商賈者，深絶之。郡縣嘉公行誼，聞之監司，薦剡數上。海内方延頸一出以鎮雅俗，而德星驟隕矣。嗟乎！此豈公之不幸，抑吾鄉之不幸與？

公仕宦至金紫，窘乏特甚。曩歲斗米百五十錢，公猶不給，時從仁祖索食。布衣踏拖，日用僅持一案，則又不腆監門矣。是不足徵公哉？父老之所以没而思、思而欲樹之碑者，夫猶《甘棠》之思召伯、《峴山》之懷羊叔子也。然二公皆以服官有惠政，而公獨得之於里居，則豈惟畏壘之民好善乎？抑又難矣！余故勉爲之言，以塞父老之請，且期後之居鄉者以公爲楷模，則庶幾哉！

司理淄川畢公去思碑記

往余自楚中歸，適今少光禄閩徐公以遷秋官之屬行。通都之人卧轍而不得挽，則相與徵言以爲碑，已又法公容貌以爲祠。未幾而代者至，則爲永城李公。公以遷御史行，所爲挽公送公者一如徐公。未幾而代者至，則實我白陽畢公。公司理可三年，亦以遷秋官之屬行。通都之人咸歔欷曰：『使君其遂舍我乎？』惘惘然若赤子之去於懷。蓋士而士念之曰：『以吾曹之孱焉而青矜也，無左右爲之先容，曾不得當蟠木之用，惟使君其能剪拂我者。』民而民念之曰：『自使君下車以來，伍伯不識我，我亦不識伍伯。惟使君其能袵席我者。』賈而賈念之曰：『使君殆不知有物可市，吾竟歲不見使君之市於市也。惟使君其能藏我者。』『今使君行矣，誰其剪拂我、而袵席我、而藏我也！』

余聞而嘆曰：『此所謂口碑也哉！』公之於士，毋論其氣藉以振。即一時所爲陶冶而涵育者，何減於《菁莪》《棫樸》乎？蓋余嘗讀公所梓《雅奏》，而知公之所以風厲學官，意念深矣。

公職糾虔，所司多憲牘。異時諸掾見謂法紀尊，比他曹掾多自張，嘗竊威福以行其姦。公獨嚴御之曰：『即乃公不敢妄有所云云，鼠輩何爲哉！』於是人人屏息，若懷冰霜矣。以事攝對者，枉直即庭辯。有所關說，立謝去曰：『吾終不忍以吾百姓求悅士大夫矣。』故自公司理，民以爲不冤。

性堅白不緇，毋論苞苴，即二三父老脩贄彼之敬，榛栗棗脩亦未嘗妄取。嘗一視府篆，再視縣篆，俟代者至，急急然去之惟恐不速。至視府篆，不俟代竟去之矣。衙齋日惟蔬食，蕭然如僧厨，曰：『誼不忍以口腹累吾民。』嗟乎！此豈僥倖於一旦，第以溫飽自愉快者乎！

方公之視府篆，小人咸曰：『庶幾其遂爲守，以惠吾儕。』君子曰：『不然。使君不入爲給事，則爲御史。守能悉一方之利害，利在一方；給事、御史能言天下之利害，利在天下。利在天下，而吾郡獨不蒙其福乎？』

於是孝廉某某相與詣王子乞一言勒諸石，曰：『以爲左券，且以志吾思。然未已也。行且復貌公俎豆於徐公之間矣。』公名自嚴，字景曾，山東淄川人，起家壬辰進士。

郡侯繩齋許公德政碑記

繩齋許公治松五載，政通人和，垂髫戴白罔不謳歌。乃以吏行高等遷河南臬憲。松之人始而喜，繼而慼曰：『何天子奪我賢侯以與趙衛乎？即南北奚擇焉？』謀軔其車而不得。因謀所以紀其治松者，而走使之長安索言於不佞。以不佞承乏太史，記事其職也。

按侯之治松，大抵依於悃愊，不效時吏僅塗人耳目。每事務寬大，不喜鷹鷙毛舉。郡治尾閭在河，並河多豪民擴而爲居。而又飛閣浮梁鱗比河上，沮洳不能通，潮汐甚則鬱爲疫癘。經數守莫之誰何。侯一旦按籍疏瀹，浮議洶洶不能奪。以故艅艎相接，人人食其利且忘其勞也。

郡歲輸漕粟數十萬，每漕艘一集，往往交通積猾，魚肉賦長，弊端百出，至不可究詰。侯廉得其狀，因下教曰：『孰蠹事，吾知之；孰蠹人，吾知之。今悉與更始，毋自辟也。』由是百年夙蠹剗除幾盡，人始忘其爲賦長矣。

五伯輩素爲人梟，奉符攝對，橫索金錢，以盈溪壑乃已。侯但下屬邑逮詣，不任一人以尺一紙。故自侯下車以來，四封之内鷄犬不驚，六曹謖謖僅抱案牘，掾史僅供謄寫。每具爰書，必擇文亡害者，即一字不敢巧詆。斷獄以情，即得情，又弗喜。嘗脱死獄某，釋戍者某，他若白粲、鬼薪無慮數百輩。

市多飾價，嬴縮斗衡，至私量浮於公量。侯謂此何以上旌思次？即今天子不輯瑞，設一旦同量衡，太守何以謝？曰：『臣不敏，夫民可以剖斗折衡治也。』下令程之，於是始顤若畫一。郡俗故習侈，人皆鮮衣站躧，婦女好妝飾。纂組刺綉，不辨臧獲；鼓歌飲博，不問晝夜；烹肥擊鮮，不論水陸。侯謂此毁廉弃耻之繇，楮其衣冠而俗一變。

爲人廉直不阿，一切請謁俱寢閣不行，曰：『吾終不以士大夫歡貿民怨矣。』課士一任文以爲去取高下。歲癸卯，侯當行，正值大比。試士咸揣侯此不當爲士人夫地邪？而侯閟益甚。郡頗稱饒，稍有左右槖可果。然侯視事五年，絶不以脂膏自潤。即吾輩欲附於授餐之義，亦不可得。衙厨蕭然，日僅餐餺飥，或數日纔辦一臠，餘惟啖菜鮭已耳。

居恒以節義相砥，上海有許生銘者，故老諸生，設爲取予，頗以介聞。侯廉知之，一日出白鏹相贈曰：『此太守五斗之餘，聞子貧，故以相助。』許生固謝，侯固與之。

太史氏曰：『余聞之：「尺有所長，寸有所短。」胡威湼而不緇，行過西山，然掾一坐私送其子。笞之不足，又罷不署，不傷之苛乎？侯濶然不滓，有投錢渭水之操。然固寛然長者，吏胥特不令其受賕，未嘗以察淵輕下一杖，口：「彼固苦矣。」百姓有過，笞不過十。嘗有所廉，薄懲而遣之，曰：「得令若自新。」冬月行獄，閔盗者而衣之衣。嘗見枯骨，槥而埋焉。此其仁心爲質，豈徒以清操自表見者乎？行之日，老稚遮道，輿不得前。即史所稱「攀轅卧轍」，或不是過。嗟乎！民豈私於侯哉！』

侯能詩與古文詞，詩可稱歷下中興，文出入東西京。退食之暇，嘗側弁而哦。雖與士大夫謝絶竿牘，然挾册造請，不知其膝之前也。侯善政摟指無算，余不佞受札於數千里外，特書其耳食者云爾。侯名維新，東昌之棠邑人，中萬曆己丑進士。

郡侯繩齋許公去思碑記

是碑也，二三商賈所爲侯志去思者也。侯之治行，凡碑者再矣。兹復爲碑者，二三商賈德侯更深，其爲何武之思更切也。

蓋商賈之言曰：『自使君在事，而舟無虞於江干，以滯宿奪吾曹之贏縮也。吏胥無虞以恐喝摇撼染指於吾曹也。日天子方修唐貞元之政，奉行者耽耽焉以吾曹爲陸海，而使君獨是顧，是復使無虞於白望以垂吾橐。方言利者之始議算商車也，使君以去就争之，幾欲問東山之白雲。當路者實强起之，以雨露吾曹迄於今日。吾曹且老於雲水間矣，不幸而值此言利者之日，睨而東濕我。猶幸而值使君以保其不朒之橐也。』

則又言曰：『使君於吾曹實重有私焉。吾曹民而賈者也，使君於吾曹則司征，於民則司牧也。使君之于民蔑不至矣，吾曹小人，烏足窺使君？然試觀使君之他政若廉平，若明允，若剪豪强，若嚴椎埋，若疏久淤，若抑漕伍，若正弊維風。其所爲司牧于父老子弟者，吾曹鮮不沾溉。而以司征之澤澤吾曹，又若父老子弟有所不盡沾。使君于吾曹，實似重有私焉。敢徼惠于子大夫之一言，勒諸永永。』

余乃揖而進之曰：『旨哉！孟氏之善言王政也，「商賈皆欲藏于王之市」。其後二百餘年，而齊之蓋公以其旨授之曹平陽，曰：「慎毋以獄市爲擾。」夫獄所弗論，而市則專言商賈矣。使僅僅貨賄能持其平，則所征榷幾何？當不勝其此賤彼貴之謀而朝秦塵暮燕闉矣。顧能依依於王市也，殆必有湛瀸之澤，裕于關譏津税之外。使人若游于華胥畏壘，斯商之所爲願藏于市耶？而猶未也。其與我父老子弟錯肆而居，脱稍稍客主之異勢，緩急之異施，是猶有秦越視之心。蓋公所以諄諄舉市與獄以示司衡者之慎毋低昂耳。侯固齊産也，素習蓋公言，而益劑以孟氏之訓。德沛其用，又衷其入，民不居先，商不獨後，能不令若曹在則有願藏之思，去則繫無已之戴哉！即伐石從父老子弟後，使天下有以雲水旅人而爲牧守志其去思如許侯者，是此碑有以風之也。』

侯名維新，字周翰，己丑進士，山東之棠邑人。

顧氏義田記

顧氏義田者，華亭光禄顧君所助里中役田也。華田賦役甲於雲間，曰催，曰收，曰解，曰坊廂，曰關廂，種種諸目。而催復有總與分，收復有銀與穀之異，余不具論。即所謂銀收異時，充是役者往往日不能待月，月不能待歲，家即破而若掃。吾黨幸蒙恩得以優假，而庶人義在往役，卒無可若何。以故郡中往往無百年之富家，富家多苦之。雖光禄君異時亦積苦其間，乃慨然嘆曰：『吾獨不得數百萬緡錢，里中何憂徭哉！』乃裒其囊得若干金，遂上書兩臺使者。其畧以爲：『心嘗充賦長，備見徭者之苦。故事例以十年遞相甲乙，有未及踐更，而甲已困不能支。然有司猶循故事追呼不置，往往至流離轉徙，心竊憐之。心幸藉先人遺澤，所有寢丘數百畝，未及牢落，願歲捐金千，十年之中得四萬金，可拓田二萬畝。歲收畝一石，爲粟二萬。除公家之稅十之三四，餘一萬二百餘石。權子母而息之，可得十萬四千。餘金拓田七萬畝，以助閭里。庶閭里稍得息肩，而遷徙可復。』

兩臺讀其書大詫，以爲菰蘆中安得有此義士？下教褒美之者備至，即敕屬縣具得如義士指，且請於天子官爲大官署丞。

杜史氏曰：莊生有云：『鼠壤有餘蔬而弃妹。』人情未有不屯其膏者。今夫富人口厭粱肉，身厭紈綺，自以爲素封。然不過能輦諸金張之室，以乞餘靈；又或揮諸聲色之場，以爲豪舉。間有親故以急相抵，不以無爲辭，則令門者謝絶，未聞落其一毛者。乃光禄君獨能揮數萬金於通都，不少顰，此乃豪舉耳。善乎光禄君之言曰：『吾不忍梓里之流亡，庶以是息其肩。』夫親故之不有，而何有於不識長短黑白之里人哉？此可謂爲善于鄉者。太史公之傳貨殖也，序其摩擘累貲，自程鄭以至巴寡婦〔三〕清，蓋詳哉乎其言之矣。然不過千則役，萬則僕，以自雄于行財家。所謂振人之急甚于己，則反出于貲不中中產如朱家、郭解輩。吾聞光禄君嘗舉子錢，歲出息于人無慮數千。顧能爲人所不能爲，則又何必曰『侯之門，仁義存』？蓋其天性然矣。而或者以爲啖名。夫以實出之而以虛收之，嬰兒之智不爲也。嬰兒不以摶黍易千金，豈摶黍之不如千金乎？則摶黍之於嬰兒，實也。且今之家擅銅陵者亦不乏矣。何遽靳一摶黍，不啖名之甚耶？

邑凡若干田，各以役輕重受田。大都里役二萬四千九百有奇，銀收五千六百有奇，糧收損五之一。漕解三千六百有奇，布解視漕解奇之數而贏。濟荒三千二百有奇，城内坊廂七百有奇，附城者復四百有奇。城外關廂視附城者之數。城内坊廂踐更者一千二百有奇，城外關廂踐更者八百有奇。極荒圖視城内坊廂之數。次荒圖六百有奇，助葬九百有奇，助族者損助葬者之二。其次以百計者四，其次以數十計者六。凡爲田七萬畝，爲金十萬四千七百。其三萬金則復波及於青溪云。始於萬曆十五年之春，析於三十一年之冬月，終始凡一十七年。

光禄君名正心，餘詳具其所梓《義役田册》中，兹不載。

林太僕義田記

三代之時，田皆井授，故人得世食其百畝之入。自秦廢井田而人鶩兼併，始富者田連阡陌，貧者無卓錐之地矣。嗟乎！一夫挾五口，治田百畝，歲收粟百五十石。然不幸疾病死喪之費，又不幸遇饑饉水旱，粟痛騰躍，猶未免告困，况無卓錐之地乎？則奈何可責曰：『廉者不求，亦復何須得食也。』然人情汗漫，肥瘠不關，亡論悠悠行路，即所謂一本而分者，亦卒無一毛半菽之恭承。則又奈何曰『侯之門，仁義存』也。間有好義之士少分楚國之波，如樓君卿、郇越其人。然不過止於束帛緡錢，僅足資一人之渴吻，而其它不幸疾病死喪之費竟無所仰。吾吴先民文正范公嘗創義田以澹之，紹定間而復有王朝請，此亦有伯玉耻獨之風。至於今可數百年，竟寥寥如寒蟬之響，而吾友太僕林公復振其聲。

林公者，固吾松之文正公也。起家名進士，積官至卿貳，而其宗人大都衣食於末作，不能糊其口。公嘗自念：『五世而上與我何人，而忍坐視其枵然若大瓠？吾即欲聚族而居，而勢有所不能合；欲人人於我乎火，而勢又有所不能周。吾幸竊微禄以有負郭數頃，吾不敢私。』於是仿文正公遺意，置義田如干畝澹之。而受田之法，一視屬疏戚爲多寡，自六十畝以至十畝，而又以二十畝供掃松楸。議既定，上之府縣諸使君。諸使君重嘉公義，裒其事載之方策，而志以守土之符。公之胄子仁甫君復邀余一言，以紀歲月。

余惟管子有云：與其爲善於國也，不如爲善於鄉。而爲善於鄉也，又不如爲善於家。自公之授田，而家復有不果然者乎？疾病死喪，有不能財取爲用者乎？善莫大焉。且公居諫垣，所論列多天下大計，天下固陰受其福。暨公居鄉，與公交臂之雅亦綈袍戀戀，則又豈僅僅爲善於家者乎？憶昔余守柱下，公且不惑矣，而未舉子，嘗語余以爲憂。余謂于公陰德尚當高大里門，何云後乎？未幾果舉胄君，因持羊酒爲公壽。由此舉而觀，則公之爲德寧可既耶？

田凡三百畝，在七保者八十畝有奇，在九保者二百十畝有奇。歲租共三百有奇，以十之四上供，餘爲宗人廩。歲終各以數受米，不得先時，以防奸也。始于萬曆甲辰六月，規制一出於公之擘畫云。

重修關王廟記

故漢將軍關壯繆侯心扶炎漢，既殁，人祀爲神，崇奉有加，即國典不啻數進矣。其褒封自王以至帝，其章服自青幘以至遠游，其地自京師以至天下，其人自王公以至細民。廟貌既隆，祠宇益廣。而上海盤龍里之有侯祠，則始於封僉憲白村侯公。

封公有子曰復吾公者，起家辛未進士，累官藩參。方藩參公之爲青衿弟子也，適當乙卯秋比，封公因祝曰：『即吾子倖歌《鹿鳴》，必建侯祠而香火焉。』乃藩參果以是科舉於鄉。封公驚，以爲侯何盼蠁之甚。遂卜地得於居之左偏，鳩工庀材，創侯廟而塑像其中，左右侍從畢備。既落成，封公具牲醴率子弟祀于祠下，又爲之祝曰：『願藉侯庇子子孫孫，世祀勿替。』先是，侯見夢于封公，實云然，於是每歲以時致祭。凡里中水旱疾疫，皆詣侯禱，禱又輒應。始而福及一家，繼且福及一鄉矣。

既歲久，封公化去，藩參公又游於宦，子弟皆僦居城市。歲時伏臘，惟一二三村老一詣祠下。尸祝既虛，廟貌亦半蝕于風雨。藩參公之子孔鶴輩顧瞻梁棟，慨然咨嗟，以爲此非先封公所經營而示永永者耶？各捐訾新之，因乞余言勒諸貞珉，志其顛末。余惟侯之靈爽甚著，而封公之崇奉者亦甚虔。既廟于鄉，又廟于官，葢藩參公仕楚，嘗建廟于楚云，此豈徒以靈爽之故？亦以侯之忠義足激發千古人心耳。然猶曰侯見夢實然，則何也？封公以爲：『爲忠義而廟，其分似越。吾第以靈爽之故爲侯廟，名曰侯夢是踐，而實崇忠義。』此固封公心也。不然是即蛇穴狐叢，且當付之梁公拆手。封公又何創，而子孫又何新焉？

工始於某月日，畢於某月日。廟不加崇而堊壁丹垣，焕然奪目，則皆孔鶴輩之功，於封公真所謂慈孫也。廟即百世爲魯靈光，無疑矣。

【校勘記】

〔一〕潭故泠然清　『泠』原爲『冷』，據上下文意改。

〔二〕日惟一老蒼頭應門傳刺　『刺』原爲『剌』，據上下文意改。

〔三〕自程鄭以至巴寡婦清　『婦』原爲『歸』，見《史記·貨殖列傳》。

王侍御類稿　卷之九

太原王圻元翰父著
男思義校刻

題蓉山初慶詩册

往玉山封太史圖南顧公嘗授兒子經，余因問士於顧公。公爲余言，其鄉今莒大夫奇士也。於學鮮所不窺，其文詞可執騷壇之耳。躑躅青衿，久不得志，欲謝去，效司馬子長之壯游。余聞公言，爲之色飛，介公請得與大夫一把手。大夫因贄其所爲藝文，余驟讀之，不知其爲今人也。已與商摧風雅，上自兩漢，下至三唐，鮮不該洽。余爲之心折，遂與大夫定交。余齒先大夫數年，因請以弟子事余，余謝不敢當。而適有楚中之役，遂負笈爲三湘七澤之游。時大夫方盛年，雖荷衣蓉裳稱隱士服，而牢騷憤激終不脱英雄本色。既至楚之蘄陽，適與參知月岩顧君伯仲游，相與嘲風弄月。間及藝文，則從横揮霍，陸平原賦之所不能盡者，悉在大夫舌端。又間及博士家言，則其文之離合及作者之高下，又無不言言破的。於是顧君伯仲咸吐舌，以爲吴中固饒佳士，即如君者安得有兩？恨不屬在宗盟。及徐語其世，則派又同也。於是競相勸駕，以爲：『若無謂雖楚有材，晋實用之。陵陽晚爵，固吾鄉盛事。』大夫唯唯不不，已勉就試，果補弟子高等，廪於學宫，入貲爲太學上舍。歲在戊子，登南國賢書，偃蹇春官可五年，以廣文先生司新都教。再徙南雍，出守莒州。甫及報政，而大夫已倦游，遂挂神武之冠。有諷之再出者，大夫捫其腰，笑曰：『此已不勝休文之帶，可堪復折不？』築室城南，偃息其中，焚香煮茗，不問户外事。携酒問奇，言咏終日不倦。如此可數年，而大夫壽已七十矣。

王子曰：『祝大夫壽者皆以爲大夫起巍科，享盛名，聞子聞孫蔭映庭除。此其所以壽，是皆然矣。然余獨知大夫反於甘苦間得之。夫壽固有順而致，亦有拂而得者。終南之鐘籠，托生孤岑，凌冬不凋。然争湍怒瀑動其根者，歲五六而至焉。大夫之境自險而夷，大夫之年亦自少而老。其所嘗者備，而其所取者豐。猶龍公有言：「聖人外其身而身存。」凡大夫之所歷閲者，皆外其身之道也。即今七十猶未足爲大夫壽，由此而八十而九十，至於大齊緩之乎次第奏矣。』

仲春三日爲大夫覽揆之辰，余甥景錫與大夫通家兄弟也，從雲間諸縉紳乞爲詩歌，裝潢成卷，謁大夫薦千秋觴，而屬余一言弁諸簡端。余辱大夫文字之知，故爲陳其概如此。

題斗山遐望卷首

遷崇明李令君，固余視學時所得士也。爲文温醇粹雅如眉山兄弟，余一見賞之。既起家孝廉爲華亭弟子師，一時咀其英而啜其華者，無不手雕龍而腹綉虎，於是廣文之聲稱藉甚。或謂君信文士，然不難吏治乎？而君復善吏治。初攝青篆，諸曹掾咸睥睨君：『此第習皋比耳，安所解司空城旦書？』故以難事嘗君。君輒奏輒解，諸曹掾咸吐舌辟易。

王子曰：『嗟乎！文學之與政事不難兼哉！漢廷司馬、吾丘之屬咸能弄筆墨，而卒不聞以吏治顯。潁川、渤海諸公鉅距摘發如神，而卒不聞嫻於文。若令君，可謂兼之矣。』

初，華士率骩髒鮮下，凌厲之氣往往發於文詞。君以品題寄其轉移，不逾時而士皆變心易行。既攝縣，吏事旁午，君輒以暇鼓鍾而朝其諸生，爲講疑義。蓋君於文學中見政事，又於政事中見文學。經術經世，交相顯設。《詩》云：『左之左之，無不宜之；右之右之，無不有之。』君真其人矣。

君今遷尹崇明，向爲攝而今爲真，既不難於攝，而又何難於真乎！叱馭有期，君之高足文學吴君、張君某某求士大夫詩歌裝潢成卷，納君行李，而乞余一言弁諸首。余故序所稔於君者復二君。俟君入爲臺省，更當序君治崇狀，備傳循良者。

題膠陽崔氏四世同春圖

世人之所甚願者，莫逾于子姓之蕃衍，而又能象賢，而又能齒相逮。不蕃衍則孤，而有一敗群者或隤其家聲，使家不敢名其宗，人不欲名其氏，毋爲貴蕃也。而不能齒相逮，使子若孫徒想聞功德于數世之後，亦于我何有？故曰：『得全全昌。』唐虞之際，元凱十六族尚矣。王謝子弟最稱詔令，然非必出同産。朗陵八龍稱同産矣，然非必孫而又孫，而朗陵稱爲人曾祖也。乃獨於膠東崔君睹其全。

崔自子真著爲《政論》，顯名漢季，自是代有聞人，而明之崔則由君家始大。君之上世置弗論，其諸季群從靡不書仕版，簪裾輻輳。即君宦不得志，亦以經術起家雲間。府端葢有子七人，孫曾三人，雖不逮朗陵之數，而孫曾則已過之。嘗呼丹青貌己像，及子與子之子而又子焉，肅肅雍雍，繞商瞿之膝。計其人則十，而論其世則四。無論子三長者皆餼于庠，浸浸羊角而上，作摩天之游。即孫之長者亦楚楚青衫，建標藝苑矣。子三少者雖文弱乎，然含毫吮墨，耽耽欲作小英雄，而子若孫之少者亦能跳地作虎子狀矣。三少子者，俱受經余友王叔京氏，叔京甚習之。叔京又言其長君之克爲長也，常見其所貽尺蹏，欲君官于官而已家于家，然又不欲其以官之況易家之樂也。此不可以概其忠孝大節哉！

朗陵八龍惟慈明稱無雙，然晚年竟委質于青青之草。其孫文若，何顒以爲王佐才，而亦卒爲曹瞞子房。君之諸雛若孫，雖長幼不倫，而皆矯矯出塵，足世其家聲，賢于八龍遠矣。

君又談詩談禮，分棗分梨，歡然一堂之上；左顧右眄，如入瑶林，盎然春和盡在庭除矣。然特一家之春耳。君仕吾郡，有所聽斷，寧過于仁，毋過于義。法不可詘，雖豪門難奪；情有可原，雖單弱亦假。上官交譽：『安所得崔從事？』閭閻細民亦以爲此真從事中召、杜。斯其春又不與一郡同之耶？至其飲冰嚙鐵之操，又凛乎若秋。夫有春無秋，天道不備。君以嘘爲春而以介爲秋，一身備天道之全，是天之所佑也。

《易》曰：『自天佑之，吉。無不利。』《詩》曰：『保佑命之，自天申之。干禄百福，子孫千億。』余以爲四世未已，行且見自玄而仍，自仍而耳。君摩挲老眼，人爲含飴無算矣。

題陸自齋年丈遺像

此余年丈都使陸公之像耶？憶自甲子待詔公車者，吾郡十有八人，而今安在耶？獨公栖真久視如魯靈光，與余兩人者徜徉文酒二十餘年，非天假之歲月耶？公又弃我而仙去，使余不得登來禧之堂，造膝談情事，而僅僅屬目于丹青，胡天又奪之遽耶？龐眉燦目，儼如夙昔。即之温温，聽之默默。抑有知耶？其無知耶？果無知也，何解襟交臂，形影相射，恍若與我相周旋而不舍耶？果有知也，何謦欬之無聞，徒使我如弧鶴徬徨，瞻遺容而悽惻耶？噫嘻吁！公像我贊，奕世偕藏。子孫寶之，地久天長。

跋全楚祥刑記略

竊按古之刑書往往銘鍾鼎、鏤金石，所以塞奸萌、昭恒憲也。侍御涂公以簡命按楚事竣，將報政於朝。百執事請所讞獄辭爲録，以詔有位。某因得締觀之，撫卷嘆曰：『此豈獨以聽讞稱哉？蓋欽恤之訓而祥刑之旨也。』

頃某備員分臬，嘗得蔽庶獄，稔楚俗焉。楚幅員最廣，其民譎詭好訟，修睚眦怨。無故而啓隙孽，動騁讕詞，桁楊載道，經數歲莫可竟案。非操解牛之神，挾燃犀之識者，能立剖坐照哉？我公通敏博大，不專以懸鉐設距爲能。輶車所至，孜孜問民疾苦。每戒有司毋奉牘觀嚮，致滋冤濫。他如敦風教，儆官邪，諸卓卓所表樹，即緩頰未易數。乃録大辟輒窮晝夜力，覽有司所上牒，振淹出滯，一一摘發若神明。彼終年造佞，頃刻訊之若黑白無銖爽者。獄情既得，且爲慤容曰：『奈何所罹辟鍵不可破耶？』人人率俯默去，無敢喙。至所誣詆株蔓，立論出之，脱梏舉盈庭矣。今詳視公所讞獄，平反者無慮十九。豈非勤宣主上德旨，志空犴狴者哉！何楚人之多幸也。

《刑禮論》不云乎：『禮生于讓，刑生于争。讓非純禮，争非純刑。刑禮俱興，大道乃行。』大抵禮起教於微渺，道化之本，職此焉在，而布憲飾令則所以輔之者也。公章軌貞度，身範物先，雖草纓艾韠，猶足以濟治。矧是編彰明較著乎！

某職忝司教，嘗得事公爲楷模。公拳拳以崇樸敦古相期待，欲令士人回心鄉道，爲齊民倡，則亦古所稱刑禮相成之意也。或言之化隆上業，教清中世，非然哉！非然哉！

天運紹統跋

高唐王岱翁者，我純皇帝三葉天孫也。性嗜探索，白首忘倦，海内稱賢王云。業嘗演真人受命之次，推歷代五德之符，欲仿編年，著爲圖史以詔來許，志斯勤矣。偶見涵虚子所著《天運紹統》書，適會己意，乃遂捐去舊業，重加校梓。大端已見簡首所自序，兹走介命余跋其後，謂余故好讀是書也。余既商訂疑義數條，而復繫之言。

夫君之言群也，爲能群萬物而除其害也。故全體太一之謂帝，法象陰陽之謂皇，開闢四時之謂王。雖稱名不同，要皆命世之真君也。若運季德衰，内迷外荒，綱紀陵夷，宗社殄瘁，名之爲君，不成君矣。彼草莽奸雄，廟朝權䜣，妄意神明之祚，飈起而燼滅者，又何足比數？然總之承襲天統，法不得而遺焉。顧禪代篡弑之迹，曆數修促之期，班班分注下方，自足備觀省而存勸戒。兹王梓刻之微意也，讀者宜三復于斯。

跋文清公讀書全録後〔一〕

文清公少事冥搜，晚趨徑約。窮六籍而見聖心，玩百氏而綜時變。或摭古以喻今，或感今而論古。手著《讀書録》與《讀書續録》，創意敷詞，無非以明理實踐爲主。析群儒之奥指，成一代之緒言。後之學者讀之，可以滌綺靡之陋，臻玄妙之歸。此爲世補，殆不在有宋諸君子下。然《讀書録》久行于世，《續録》〔二〕有刻本，流播未廣。古青冀康川先生偶得善帙，陳之棐几。撫臺汝泉趙公〔三〕一見悦之，乃出先所刻《前録》於楚中者授圻，〔四〕令集學博莊文龍、方文光重加讎校，并鏤諸木，以頒示經生，題曰《讀書全録》。《全録》既出，河津之學昭揭宇内，所以開理教之顓蒙者不在兹乎！

抑是録也，有聖賢之學術，而後能著；有聖賢之識趣，而後能好。彼務炫華腴而略木實者，博之未能泛窺竹素，約之弗能妙契宗源。藉令對此，且目爲陳編散簡，安望其好而思傳〔五〕以垂來裔耶？撫臺秉度率屬，黜華懋實，蓋篤信聖賢而有得者。乃獨于是録好焉傳焉，〔六〕固其學術識趣大過人哉！先達有曰：『義理之學，至淵至微，如空〔七〕尋聲，靡所底止。』旨哉言也。善讀者當自得之。

跋湖廣乙酉科齒録

萬曆歲乙酉，楚既舉雋士于鄉，齒筵載張，朋輩咸集。直指使者喜動眉間，損辱嘉誨志諸簡首，謂余僭長一日，當有言以勖其始。余念操觚搦管，諸士素所辦也。若敦崇樸茂，跐美鄉哲，則簡首已諄諄命之，余復何言？第今夏杪，皇上從庭臣議，令提學官以德行簡汰赴比士。余既奉行不敏，敢演其説申告爾同志。

夫古者族師讀邦書，考士第，必先德行與道，而藝次之。故申俘賈竪，翩翩並資世用，簡牒至今有遺美焉。漢世崇尚推擇，士修潔爲鄉里厭服者，府寺交辟，則猶然古意也。厥後士願得官自效，並試筆札之役，殆僅僅藝耳。取士不以德行與道而以藝，故其進同，其究異，效用去古遠矣。即士而以藝進也，入無祁奚、魏戍之憑，出無胥臣、常何之識。一旦從布韋發聲光于幽仄，行且登奉常之第，策士版而肩治理，當世爭艷慕之。乃不以德行與道高自激昂，而卑卑惟藝是多，奚但負同進與負天下，抑自負生平耳。

方今聖明御宇，嚮意白屋之士，循用往例，特命在庭文學典司衡鑒。士得由此以進，所謂爬羅剔抉，幸而獲選，非耶？顧主司所殿最者藝，而廟廊之所招延，銓品之所斤銖，則在彼不在此也。爾九十士者生同鄉，舉同闈，羔雁同群，於以拔犀擢象，將不人人自挾哉！

藉若相觀以善，相規以過，相磨濯以勛業。無事則游優燕喜，要腹是副；有事則急節赴義，如左右手。無一不稟于德行與道。斯雖淹速奇耦踪迹或不皆齊，而臭味芬若金蘭，志趣堅于膠石；篤契分而無猜，締世講而弗替。兹會不大有榮哉！

脱或身都上第，口哆高説；始進雖同，操術旋異。彼盛氣以凌群，此浮湛以自殖。彼驟爲可喜以求異，此追趨逐嗜以虧名。坐令錯薪之楚均蒙點染，寧非自弃于清世哉！

漢司隸何武常舉士，士有盤辟雅拜者，有司以爲詭衆，竟坐左官。夫盤辟雅拜，非有大戾于德行與道，而漢法尚爾詘之。蓋藻繪之士類難售于綜核之朝。願諸士諗余言若藏罟，無令天下以盤辟譙楚材，則可矣。

跋長水塔院集

三泖爲吾松巨麗，載在往牒，幾與洞庭、彭蠡争奇。而其所秀絶處，尤在長水塔院。院故當谷泖之南，機山之西，宛在水中央，僅如黑子之著面。而即之則佛宇僧寮，周遭布列，一浮屠倚天壁立。當烟波不警，魚龍寂寞，登頂四顧，則澄潭萬頃，光與天接，恍如置此身十洲三島間。乃或風生水涌，則濤聲與梵聲相韻，颷颷瀏瀏，若從泬寥而下。信哉！澤國大觀也。以故探奇客子往往凌陽侯而從之游，而能言之士復淋漓翰墨，或寄逸興于流波，或寫幽襟于法界，咸能發舒江山之勝概。而歲代綿邈，湮没鮮存，識者有遐思焉。

新宇俞先生嗜古博聞，逍遥塵表，而杜笏搜冥之好興復不淺。據梧之暇，因掇拾漢魏以來名人篇什，披金置礫，彙次成帙，付之梓氏，以資卧游。要之塔院以詩文傳，而詩文復以先生傳也。往余輯修青乘，亦嘗取騷墨遺言入藝文志，而塔院所書十不得一。方恨購搜之未廣，今得是編讀之，奚啻遍歷玄池，周覽無極？寰中物外，盡在卷册間。他日翺翔素瀨，栖息靈洲，當與先生剖符共事矣。

跋榮壽圖後

歲乙未之菊月，太僕弘齋林公夫人壽六十，日之十有九爲設帨辰，而適與胄子大婚會。諸縉紳先生各爲題而歌之，至繪爲屏以侈盛舉。余間一披咏，而知夫人之所以壽也。太僕公始被選讀中祕書，已給事黄門，遞遷今官。凡以身當國是者可二十餘載，而一毫無内顧，固已知夫人匡勷功矣。其最鉅者，則尤在能子胄子。方其始娠，則日祝曰：『天乎！其幸而生男。』生而男矣，則沾沾喜曰：『是固纘公之緒者。』撫之無怠時。已出就傅，則又沾沾喜曰：『是固繩公之武者。』撫之無怠日。至于今且加冠矣，而無異曩時。且胄子復受國恩，駸駸乎羽儀王家，與夫人前所稱繩公之武若質左券者。昔晋趙姬之下季隗，第以其子宣子。夫有胄子，固宜有夫人哉！然所以爲夫人者亦甚難矣。藉令魚貫之恩，夫人少有係𠫓，即公之緒尚可虞，又何云武哉？余是知夫人之所以壽在壽林氏，不獨以其身。異日者冑子端章甫，偕新婦跽而觴曰：『微夫人，兒何以生？今幸生且長，又幸偕新婦戲膝前。敬獻夫人觴。』夫人復沾沾喜曰：『我何止以爾長偕而婦之爲喜？將快睹爾之成以纘爾父業，我與爾父共舉千秋觴矣。』夫愛而不忘勖，是爲母也。余故舉其足以風世者識之于屏末。

跋右丘印譜

昔人謂商敦周彝化爲竹根康瓠，始快人意。夫竹根康瓠之爲敦彝者，似也。而敦彝之終不爲竹根康瓠者，真也。故世之好似而不好真哉！蒼頡氏變卦爲爻，鳳羽掌理悉成文字。蓋天然真畫，文之最古者。籒、斯而下如《義雲章》《碧落文》猶覺近真。至唐衛苞易古文爲今文，率從俗便，則失真甚矣。我朝楊升庵氏作《古音略》，惟録漢代以前文字，至晋則略而弗録，殆有志于采真者。誰謂敦彝之不快人也。

新安右丘吴君敏爽多伎能，尤精六書奥義。其所鐫金銀銅石印章，儼然古篆隷家法。其制式紐綬一一摹禀上代，雜之秦璽漢符中莫能甲乙。撫玩浹日，令人有商敦周彝之想。縱令歲月湮久，風雨剥蝕，諒不至與竹根康瓠同朽腐耳。有如王子弁、趙文敏、吾子行諸大雅者出，必將彙而列之《學古編》。將並敦彝流傳斯世，奚必其竹根康瓠之似也。

跋潘衡齋折竹懸楮圖

於乎！我衡齋公之卒也，諸父老既伐石乞余言紀其懿矣。葬之日，又户皆折竹懸楮錢以送之，直與雷陽相埒。公何以得此于民哉？雷陽之于萊公，以遷其勢已難。公使桑梓盡爲雷陽，不益難耶？或謂學憲尊重鄉人，或私于公。是不然。蘇端明有言：『力可以得天下，不可以得匹夫匹婦之心。』脱謂尊重可以致之，彼名位顯赫者豈獨公一人哉！余邑濱海，雅謂民偷。由公而觀，偷不在民矣。

侯瞻白臨右軍真迹跋

婁東王文肅公有家藏右軍真迹四帖，客有持以示余孫倩、侯生瞻白者。瞻白素善書，見之歎詫以爲奇寶，因臨數紙。余獲見之，洵是吴道子寫真手段。昔米元章借人真迹，往往臨摹，即以歸其主，其主不能辨。瞻白伎倆不減元章，然其愛鼎則十倍曹丕矣。

跋沈孺休手書法華經

嘗讀《漢明帝内傳》，言摩騰竺法蘭自西域以白馬馱經至中國，始有八經十二部，而正義度無邊，圓〔八〕教垂無窮。則《法華》又爲十二部之最尊者。故自能仁氏以迄南岳、青原諸禪宗，靡不以此經爲闡法演教第一義。

吾郡孺休沈君早承家學，博綜群籍，雖玄宗釋典靡不究心。壯歲以善書游海内，諸公卿皆折節下之。萬曆甲寅年，值指使偶發菩提心，移居浄室，手寫此經，傳示四方。而庵山上人同心其事，圓成勝果，所冀印證殊勛，同躋壽域。一日持示余，余讀首卷，自與下品諸經虚張兜率之樂，假設阿鼻之苦以誕世惑民者大有徑庭，蹶然起論曰：『是書宜藏之名山，永作僧家祇律，令沙門得所持受，慎無輕以示人。昔南唐應之習柳氏筆法，名冠江左。大德中書《楞嚴》成，上之朝廷。保太中寵賜紫衣使。是經流傳廣布，目者將争致之。君不能如脱空之久住五臺，刺血書經作三薦之靈，公之獲題之舍利矣。』

跋字學指南

古聖王以六藝教萬民，而書居其一。自經生學士以及胥史道梵，靡不遵而用之。惟施用漸廣，注釋浩繁，點畫、邊傍、聲韻之舛錯，何所不有？遂令村師俗究轉相沿習，踵陋仍訛，漸失先賢制字之初意，則何説也？總之，六書之旨廢缺弗講，而人情簡便之趨耳。夫自龍鸞烏薙之書變而篆隸興焉，簡矣。篆隸變而爲八分，簡之簡者也。八分又變而爲楷爲行爲草，各樹一家，古道之存能與有幾？惜哉！方今朝著野外一切崇尚楷正，而文人騷客間用古文，判案移牒多用今文，若闤闠券契又誤用俗文。要皆厭繁複而樂簡便，故浸淫至此極也。

余友槐里朱先生少嫻博士業，與余坎壈詞場者二十餘年。余倖博一第，先生竟以儒官屏迹私門，窮研典籍，一意著述。尤究心于六書之學，《埤倉》《廣雅》《古今字詁》《字統》《字林》《韻海》《韻集》《韻略》及西僧反切諸書，靡不冥搜廣引，據古證今，刊訛削謬，類成一家言，名曰《字學指南》，珍藏家笥。余明農暇日購而讀之，則首之以審音辨體，次之以正訛釋艱，而復分系之二十二韻，以便檢閱。大都體裁以《説文》爲正，反切以梵學爲宗。數百年傅會損益與喉吻轉換之失，悉舉而釐正之，真千古快事也。因以就正于郡侯繩齋許公，復爲指示疑義，重加裁定，遂成一代完書。設有探奇好古之士取而付之梓氏，行之當世，豈惟海内群蒙籍以開闢啓鑰，即倉、沮、史、李諸君子亦賴先生爲忠臣矣。昔之評書者有言：『華人從見入，故長於字，而韻則疏；梵人從聞入，故精於韻，而字則略。』若先生者見聞並進，字韻兩絶，詎不稱華梵一大傑哉！

沈孺休三刻跋

顔行體骨兼總衆妙，又無轍迹可尋，故入書家三昧。柳本師顔，而所書西明寺《金剛經》，又自謂備鍾、王、虞、陸諸家，似亦拘拘摸擬者。今觀孺休《豫章三刻》，海内名公舉稱逼顔、柳之真。詎不以其清遠蕭適，姿格遒勁耶？然余細玩其避就穿插，大得三十六法之閫奥，要不止闖顔、柳之堂而已。昔紫陽氏觀蔡君謨帖而贊之曰：『字字有法度，如端人正士。』余於孺休亦云。

蘭亭序跋〔九〕

昔右軍三十三而草《蘭亭序》，三十七而書《黄庭經》。時空中有神人語曰：『卿書感我，而况人乎！』夫右軍書兼八體，種種超脱，而《禊帖》尤稱最焉。然手迹藐不可尋矣。所幸存者褚河南臨本、李公麟圖像及柳公權增補詩章，古今目爲三絶。傳至宋景文，刻于定武，遂爲世珍。南渡以後竟復失之，今名家所藏真贋俱〔一〇〕不可辨。

余左宦澶淵，嘗于晁翰林家得所遺定武肥瘦二帖，筆畫遒麗，迥異别册。而趙文敏公所摹暨益藩所刻宴圖，又極工緻。適郡伯繩齋許公以嗜古博雅君子表于當代，因持是以質之。公把玩鍾愛，謂當付之貞珉，昭〔一一〕示永久。遂〔一二〕鳩選妙指，摹勒入石，并爲搜訪歷世名賢題跋共三十九章，綴之圖左。庶將來談墨道者知筆踪興廢之由。〔一三〕

跋高士遺言

高士之名，始於齊魯仲連、漢徐孺子、晋辛勉、謝敷數十輩。而獨辛勉目爲真高士，非以其有學有節，感動當時，雖黄門異類亦知推遜耶？吾松一樗李先生者，乃華亭司訓寬之長孫也。寬以金貂貴胄占籍於松，科第蟬聯不絶。而一樗先生能繩祖武，嗜學好修，以文行蜚譽成、弘間，世皆稱爲高士。余與其裔孫孝廉賡明君有姻婭之好，因得悉窺先生所著述。如《示子》一章動以聖賢心法垂訓，而《咏史》諸什於綱常道義三致意焉，則又不當與采山飲泉、柴車菲屨者流相伯仲也。吾鄉顧用衡、張仲圭皆有志無時，取重月旦，一則私謚爲靖夷，一則私謚爲貞孝，而獨先生以貞靖稱，兼用衡、仲圭而有之。此可以占一鄉公評矣。即黄門所命真高士，何以尚兹？

先生諱年，字公年，他所著有《樗翁類稿》《和漁集》《膚贅巷議》《五禮雜俎》《勤學類編》等書數十種行世。

世德頌爲詹使君作

猗與總戎，以啓常山。尉公讓地，誦者迴環。傳於介庵，名德無間。誕降寒泉，少即穎絶。長而受《易》，靡隱不徹。田莊再生，楊何不滅。星子惠政，猶在人舌。爲亂免魚，樹木止決。摧盧剖徐，雪戴解張。綠林就縛，農獲耕桑。仁齊釋麑，廉擬懸魴。官居漢代，行列孔墻。慕媲姚虞，友逾三姜。字孤有恩，事師無方。既已厚施，薄亦不望。天鑒其德，篤生道南。游於賢關，鮮不盍簪。小用司城，滅澤湛酣。倉卒出奇，易若囊探。大璫易披，三尺難骫。群緇就殲，單辭以止。有彼嬖人，托於城狐。移檄豪貴，不作轅駒。若李破柱，似董格奴。九閽可叫，一官奚膻。朝辭丹陛，暮問清泉。絶口世務，惟手簡編。不識不知，壹任其天。書藏二酉，家徒四壁。蒼狗存亡，蕉鹿忻戚。小鳳金聲，大鳳玉擊。人羨平輿，公推先勩。翩翩二鳳，軒軒開府。嘉惠雲間，借侯我撫。玄髫含膏，青衿籍怙。河潤吾曹，寧减庇宇。誰其補衮，行屬山甫。先烈正芬，因侯益溥。我歌世德，以告千古。

毅軒王先生小像贊

生長于帝王之鄉，游藝於文獻之方。身雖履夫盈盛，動必循乎典章。所居而人無忤志，所去而想慕清光。爾襟度兮汪洋，爾眉宇兮端莊。是將羽儀於三晋，詎止稱最于五常。

春樓李先生小像贊

春風花下，夜月樓前。命雙童而登眺，携隻鶴以盤旋。一種襟懷，托交松竹；百年踪迹，寄傲山川。浮雲等其軒冕，終歲樂此林泉。不知者或指爲天涯羈旅，知之者則目爲行地神仙。

魏鶴山先生像贊

先生之學兮洙泗爲宗。先生之心兮比干龍逄。先生之貌兮肅肅雍雍。先生之出兮冥鳳神龍。先生之處兮白鶴青峰。余嘗讀先生之書，而慕其正學，悲其孤悰。今也入先生之鄉，而得其故處，挹其遺容。噫！熙寧以降，横議如蜂。舍先生，吾誰適從？

秦鳳樓小像贊

公貌充盈而質晶英，公抱軒豁而氣和平。學綜百氏之奥，行高汝南之評。出則山摇海沸，處則鳳戢鴻冥。攬雲霧之仙侣，結泉石之芳盟。聞風聲者景慕，挹儀容者心傾。彼繪人能寫公之標格，不能狀公之襟度與神情。欽哉道範，作我後程。

繪陽李先生像贊

先生豐姿偉幹，皓髮蒼眉。識超流俗，學負師資。少游鄉校，蔚乎文詞。北雍肄業，才名四馳。佐岩邑而位不酬志，徙王僚而遄賦歸歟？故能優游于尚齒之朝，保榮盛以介蕃禧。余雖未聆先生之教，而獲瞻先生之像，因知爲有道者之丰儀。

李母符孺人像贊

猗與孺人，貞姿玉色。藐矣女躬，居然士德。翼相夫子，有典有則。載課群嗣，翩翻英特。婦耶姆耶，閨範永式。世世子孫，瞻承罔斁。

唐容成像贊

彼美容成，藝苑遺賢。丰骨峻整，襟宇朗宣。言無夸毗，行進古先。其守伊何？茅屋石田。其業伊何？藜火陳編。肆予陳人，定交晚年。朝斯夕斯，問字譚玄。載瞻道貌，清□□然。

題玄洲喬公小像并序

此余款友玄洲喬公之像也。余與公少同硯席，相與淹抑宫墻者殆二十年。分甘共苦，奉袂成歡。要皆以德業箴規，非若世俗徒以招邀語笑相徵逐者。乃先後奉進士，宦轍分歧幾又二十餘年。已而相繼歸田，情好益篤，方有拄笏登臨之約，而公竟溘先朝露，時軫落月空梁之嘆。一日，公之三郎君持公像示余，不覺悽焉疚心。因攬涕操觚，漫題數語。九原有知，當爲一解頤耳。贊曰：

淵然古心，蒼然古貌。未束髮而游膠庠，當强年而登廊廟。歷州郡與臬藩，舉聲稱其載道。甘守正以忤時，樂幽栖而寄傲。乃其海度風期，冰持雪操。惟莫逆如余者，庶得而知之；彼丹青子能寫公之光儀，而不能測公之偉抱。嗟眉宇之如生，孰千載其同調。

朱節婦贊有引

孫婿唐元常嘗從余稱其舅母朱氏貞操世所罕睹，因懇一言傳之，余未有以應也。會讀徐太史《節婦傳》，始恨操觚之後。蓋孺人才德兩全，稱節婦者，特以其操名耳。太史傳可謂惇史，余無庸復贊，姑贊數語系之傳末，以詔來許。贊曰：

古稱秉節，優於就義。慷慨從容，孰難孰易？有偉節婦，千秋絶異。甫字夫子，溘焉背弃。撫棺辟粒，欲以死繼。重違舅命，《柏舟》自誓。白璧褆躬，嚴霜勵志。立孤已難，今且立季。季非離衷，[一四]己生不啻。嫂而母之，斷機無愧。既亢夫宗，復延舅祀。匪直[一五]義高，抑亦孝至。故有雄貲，族環虎視。管鑰廿年，妒者忘忌。精誠所格，旁及姬侍。亦步亦趨，耦居無二。子即有違，族益敬事。在古寡雙，今豈有二。爰勒彤管，日星昭示。千載流芳，真可風世。

宋君復原更號知非子贊并引

夫是非在我，皎如黑白易知也。第夫人信其是，未必知其非；能知其非，鮮有不幾于是者。復原君清舉方裁，無慚素履，猶自號知非子。惟其知非，所以無非也。先儒有曰：『是是近諛，非非近訕。』君既知己之非，必不非人之非，殆八公所謂立是廢非之賢人也者。諛與訕舉無得而疵之，宜頌言之盈屏也。余因爲之贊〔〕。贊曰：

君之度瀟灑春容，君之德詳慎溫恭。課衾影而孚邦家，爲君自信之學；齊順逆而忘物我，爲君廓大之衷。不知者謂君以知非，而悔其夙昔；知君者謂君托知非，以全其鴻蒙。

重建集賢橋疏

夫河橋居八福田之一，而施捨爲六波羅密之首。斯言本二氏演説，固非儒者所宜道。然王政用民，扛梁是急；上士處世，拯濟宜先。則倡義舉以成勝果，蠲浄貲以度群生，亦仁人君子所不廢也。矧兹集賢橋者，勢據峰泖之上游，地當富林之巽位。經途則九軌皆通，居化則十方輻輳。此九山之關鎖，聳一鎮之巨觀。在昔文獻峥嶸，民庶安阜，未必不由于此。近歲是橋傾圮，漸致闤闠凋零。冠裳遭九陽之厄，杼軸抱二束之憂。水澇災傷洊至，飢疲疫癘相仍。蓋橋之起仆，信與是鎮相爲興替〔一六〕焉者。故里中耆隽某等齊啓善心，興修舊業，爰誓衆以裒財，遂鳩工而伐石。位置一仍乎往昔，規摹期壯於方今。誠不朽之盛事，而千載之良圖也。第工程繁鉅，獨力難完。必神女之投巾，方駕垂空蝃蝀；非神工之鞭石，安成跨海虹蜺。惟是撫世高賢，憫時良士，共發慈悲願，同破歡喜財。片石孤株，儘可隨緣布捨；寸絲斗粟，何妨量力捐施。幸兹貯積之既充，即可經營於不日。金爲柱，玉爲梁，嗣後免褰濡之苦；往者過，來者續，從今荷利涉之恩。了畢善緣，倍增勝概。方内居人轉盛，鎮中賈貨復殷。萬家禔福，七衆垂庥。豈非吉祥善事哉！其首事共事之人，有不勠力虔心秉公持正者，天地爲盟，神人普鑒。

福田庵募化疏文

福田庵者，元至正間僧壽所建也。其基舊在沙洪之北，蓋邑西一大叢林也。厥後毀于兵火者百有餘祀。先王父石泉公權創大士堂於故址，而以其地屬先世父怡默公爲析産，傳之子若孫又二世矣。先大夫怡朴公憫廟貌頹傾，不能庇風雨，遂捐宅東地，去舊基僅半里許，别建紺宇，遷大士像居之。而山門，而法殿，而僧房繚垣，百堵並作，更成薙草開山之業。又三十餘年爲萬曆之壬寅，余解組歸田，卧病雲間。夜夢髯僧傴僂而進曰：『百年故第爲人占却七十年所，爾當爲我復之，不則將有大不利于居者。』余覺而思之，夢中髯僧得非邑誌中所稱僧壽者耶？未幾而世父之孫公私多難，遷居他處，以前地轉售于余。余憶前夢，不敢收爲己産，復傾囊竭力，庀工飭材，舉先大夫所創悉徙還故基。僧徒用命，不逾時而告成。第堂構雖已粗完，像飾全然剥落。既闕莊嚴色相，曷稱弘敞慈城？尚幸四方善信同發菩提，競捨凈財，圖成勝事。或範玉而裝金，或繪圖而列狀。大而森羅七衆，小而拱衛百神。乘此豐穰之歲，畢兹鏤塑之功。庶鹿苑丹青，不獨快一時之瞻眺；而鷲山金碧，咸獲布來世之津梁。功德無邊，何可思議？謹疏。

宗祀議

庚戌孟冬四日，余同倪公方覺、王公俊暘、陸公古塘聽講于漸庵錢先生之日新書院。既至，揖先聖先賢遺像畢，諸徒咸集，遂講《孟子》性善章。諸公反覆論辨，既詳且暢。余因舉《孝經》郊祀章疑義以問。此章既稱后稷配天，而又稱文王配上帝，是天與上帝似有兩義，此其可疑者一。《祭法》有云：『周人禘嚳而郊稷，祖文王而宗武王。』是文王爲不遷之祖，武王爲不遷之宗，乃萬古不易之定論。而《禮經》既稱文王爲祖，《孝經》又稱文王爲宗，此其可疑者二。且自配天、配上帝之説一出，而後世六天與五天帝、五人帝、感生帝之説紛紛起矣。自宗祀之説一出，而孔玄義以之誤唐，則高宗與太宗並配矣。錢嘉會再誤，而睿宗特配矣。禮院以之誤宋，而太祖、太宗與真、仁二宗迭配矣。至嘉靖中，豐坊復以宗祀之説誤世宗，而睿考竟配天祔廟矣。是宗祀二字之關係大禮，良非渺小，誠不可以不辨。

愚意六宗之神爲圜丘配位，在《月令》亦有『孟冬天子祈來年於天宗』之文，蓋天宗即六宗也。想當時圜丘大祀以后稷配，而后稷配位在東方西向，北上與天宗並列，故以配天宗稱。而後世讀者遂以『宗』字讀屬下句。夫文王不稱祖而稱宗，已與《祭法》相悖；而漢儒鄭康成輩遂强以尊祖親宗之説解之，而自注又云：『明堂所祀者五方帝、五人帝及五官神，配以文王、武王，此外不祀他神。』夫以文、武並配而文乃稱宗，則其説又自相矛盾矣。又考賈公彦有言：『以文王配祭五帝，則謂之祖；以武王配祭五神，則謂之宗。祖者，始也。宗者，尊也。』則是祖宗二字在賈、鄭亦各自立門户，而聖經何獨漫無分别耶？迨王肅駁鄭義又曰：『祖有功，宗有德，祖宗自是不易之名。』審如鄭言，則《孝經》當云祖祀文王於明堂，不得言宗祀也。』信斯言也，似亦以宗字爲未妥也。又考宋朝《明禋儀注》云：『明堂大祭止設昊天上帝、皇地祇及太祖、太宗正配四位，並無六宗以下諸神位。而圜丘之祭並列百神，則自天宗以及五天帝、五人帝皆預。』故余思《孝經》意，謂周公南郊祀天，則以后稷配天宗。而明堂之祭但有昊天上帝，故稱祀文王以配上帝。依此解之，則祖宗二字既與《禮經》不相悖馳，而天即上帝，康成等六天諸説亦自覺爲贅辭矣。又考之宋尤袤等議明堂大禮有云，大抵前代儒者多用《孝經》嚴父之説，便謂宗祀專以考配。殊不知周公雖攝政，而主祭則在成王。自周公言之宜曰嚴父，宜以宗稱。自成王言之，安得混稱爲宗乎？又晋紀瞻答秀才策曰：『周制，明堂宗其祖以配上帝，故漢武帝汶上明堂，捨文景而遠取高祖爲配。』又留正謂嚴父莫大於配天，是嚴父專指周公而言。若成王，則其祖也。由斯以觀，則唐宋諸賢亦皆疑宗祀二字爲未安，而曲爲回護。然終未得孔聖要領，敢以質之師席，與諸高第共訂之。

均田均役議

圻丘壑蕘夫，不預肉食之謀者三十餘載。乃兹徼有天幸，得遇徐老公祖秉鉞畿南，首布限田均役大政。且又題著令甲，以杜異議，是誠千載一時，士庶無不稱慶。間有屬下各縣民田隱漏，勢不能盡無，而或借此以訾役法。是意非阻撓而迹似阻撓，又何以裨石畫而舒民困耶？圻嘗伏枕沉思，限田均役之外復有均圖、均甲之説，似亦可祛隱漏積弊。儻蒙仁臺乘此大造黄册機會，并賜查行，即以新編五遞年各役户下田畝分派圖甲。則官田自不能逾制，民田自不容花詭，而聖諭所謂詳慎永久者，亦仰承而不悖矣。願言其詳。

查得華亭一縣田額共一百九十四萬九千七百八十八畝，除公占八千三百四十畝，又除顧署丞役田四萬八百零二畝，實應編役田一百九十萬六百四十六畝。内除優免田三十二萬九千五百二十三畝，尚餘田一百五十七萬五百二十一畝。比時三十八年編審各役二百名，止將官民二甲田六十八萬六千四百畝俱空閑，全不編役，稱係零星小户，理宜存恤。夫田至八十萬畝，幾當縣額之半，豈皆小户之業？其爲豪民分詭無疑。况夫小户自耕自食，不與公家出力者反蒙存恤；乃囤户亦充力役之征，終歲勤動，不得寧家，獨不當存恤乎？官户少小則燈窗辛苦，强壯則中外宣勞，一旦致政歸田，遂與編民一體奔趨。常讀《禮經》，國家待犬馬尚有敝帷敝蓋以爲埋葬，士夫獨不宜存恤乎？

查得《會典》所載，凡各里舊額人户，除故絶并不及一里者許歸并當差，餘剩人户發附近外里輳圖編造，言户則田可知。是均圖均甲原係舊制。又云田多者爲里長，田少者爲甲首，輪年充差。是無一丁不役之人，無一畝不役之田，亦舊制也。以今八十萬餘畝置之安閑之地，而官甲餘田百畝即編糧長一名，役果均乎？抑未均乎？無怪乎冠裳之輩恨不得爲小民，而誤列士君子之林也。况吾松官户與蘇常迥異。嘉、隆以前，官甲不知有催比之苦，而今官甲自催比矣。若圖民之所催比者，乃小户之田糧，而官甲毫釐不累也。今令士夫既自催比官甲銀兩，而又代催小民銀兩，役果均乎？抑未均乎？嘉、隆以前，官甲不知有收倉之苦，而今官甲自收自兑矣。若圖民之所收兑者，乃小民之田糧，而官户顆立〔一七〕不累也。今令士夫既收兑官甲倉米，而又代收代兑小民倉米，役果均乎？抑未均乎？况近年官甲倉糧盡數派兑軍船，而南北運行糧、月糧、三倉輕省等米又奉文輪派各圖小民，而官甲毫不沾惠。官甲户下並無存留餘米在倉，若南北運等糧長所解者乃小民之倉米，與官甲全無累及也。今令士夫既兑官甲倉米，而又代兑運小民倉米，役果均乎？抑未均乎？又按國初分田定賦，有區有圖，而每圖又分爲十甲。百凡差役，輪甲承當，一勞九逸，故公事集而民不稱疲也。邇因催、收、解三色頗號煩苦，法用屢變，遂有二年一編、五年一編之例，不分圖甲，概行僉報。而區中積猾遂視此爲利竇，攬充公正，通融搜括，廣肆誅求。故僉役雖止五年，而需索遍及十甲。因之放富差貧，役日繁而民日困，如之何不花分詭寄以倖逃重役也。迄今分催、塘長、總甲、老人諸役猶然輪甲充當，舊制何嘗不善哉！

况年來正值大造推收之歲，若遵照祖宗限年輪甲舊規，盡去官囤户、民囤户名目，除新例優免縉紳田畝之外，餘田盡數歸各圖，與民田總計一縣畝數，均分各圖。每圖均作十甲，以田多者爲排年，田少者爲甲首。惟此北運布解照依華亭原議，或用官解，或用民兑。其餘催銀、收米、兑運、輕解一應差役，不論官民俱計甲輪兑。如今年編第一甲，即于第一甲排年内僉並，不許干涉他甲；明年輪二甲亦然。周而復始，各不相攙。一年勞費，九年安逸。永久良圖，無逾此矣。若一縣之内田有高下，則以役之輕重爲差。上等圖甲定以重差，中等圖甲定以中差，下等圖甲定以輕差。而荒薄區分圖甲，止令輪充分催、總甲、老人、塘長等役。若北運官布役之最重者，或以數圖朋充，亦無不可。若一甲之内田有多寡，則先儘田多承充，而田少者計畝津貼。或官充而民貼，或民充而官貼，聽其自相推擇，亦無不可。若區圖荒熟等第，即以田價低昂爲高下，則奸民亦無所施其術矣。每年八月踐更之時，各具應役姓名報官，親自僉點，不必再用公正，而需索買放之弊亦可革矣。夫官田既於優免外盡歸圖甲，則限田之法行矣。以一縣之田分圖分甲，毫無隱漏，則田均矣。各役輪甲承當勞逸既同，民力有節，則役均矣。以本甲之田貼本甲充役之人，役者有實惠而吏胥無乾没矣。至是，則里中無重役之苦，甲内無不役之田；而花分無所容其奸，詭寄無所容其巧。真所謂均平之政，真所謂百年永利，而士庶有不俯首帖服者乎！此法行而各縣捐舍之議田、役田，皆可聽作別項開河、賑恤之用，帑藏空虛可少濟也。

第三十八年編審之時，迫于應命，未暇詳慎，故縉紳既有官甲之優，免者又自催、自收、自兑。是一田而二差，非情也。民囤雖皆編役，而囤户之外閑田幾至八十餘萬。是挂一而漏萬，非法也。此非限田之不善，乃因編僉倉猝，未暇永圖，而旁觀者遂緣此指稱限田之不便。是又黴羹而吹齏，非公論也。儻蒙仁臺不弃葑菲，通行各屬再加酌議停妥，另行題覆，立石垂久，以裨盛美萬分之一。士民幸甚，士民世世子若孫幸甚。

復陸中復均田議

圻讀中復君所著《均區平役書》，要以蘇困息民、懲前慮後，上釋兩臺花詭之疑，下杜百姓萋菲之口，意甚盛也。然法有宜於官而不宜於民者，有宜於民而不宜於官者；亦有暫施則似可用，而垂之久遠或窒礙難遵者。此須斟酌停妥，方可持久通行，請借來議而熟籌之。

來議謂均區均圖，畫一可守，其法良善。但華亭田一萬九千五百頃，隆、萬兩次丈量，俱照各圖版籍爲定。舊有二十四保六百八十圖，此二百年來故額也。今以一百六十萬餘畝以分作四十區，又止分作四百圖，則此外二百八十圖故額將遂削去之乎？抑姑存空名乎？且一分一并之間，裒多益寡，取彼附此，書算之弊已不可勝言。至于版籍動摇，關係匪細，事干題請，猝難就緒。此其說之當講者也。

來議謂區圖既分，就地充差，此言極當。但士夫囤户田多之家，有一人而星散數十圖者。責之隨地立户，已不勝其煩苦；行之既久，適啓奸民花分之漸，又將何以預遏之？中間或有軍灶與匠例不分籍者，其所買各圖之田，并之不可，析之不可，又將何以處分之？此其說之當講者也。

來議謂挨區點解，每年止用八區，約計五年一轉，誠爲勞逸適均。然查得華亭一縣南北二運與金花、粗細布、馬價、折麥等項解户動以百計，胡可取辦於八區之中？設或富户不足，又將何以調停之？此其說之當講者也。

來議謂官田、民田混歸圖甲，按月追徵，絶無逋欠，似亦經久可行。然查官甲之立起於嘉末隆初，因言士夫不納錢糧，貽累小民，具呈院道暨府縣分别官民兩甲，各自追科。至今有司以爲便利。設令官民共事，恐將來士夫之家奉法樂輸者固多，而豪門悍僕倚勢拖延，此輩亦難保其必無。行之既久，復致編累小民，能保有司之令必行于豪右乎？此與官甲另徵之法孰便孰不便乎？此其説之當講者也。

來議謂不論官民計産當役，以爲永利。竊恐士夫應役必非親往，多托奴隸親朋。此輩少能體悉主心，或將區中單弱恣意剥削。至輪小民分催，則又高亢不理，笞箠賠貱，若罔聞知。更有朝紳見宦，借口例應優免。時當輪役，推讓不承，反累區民。有司能不論顯晦，一概以法繩之否乎？此其説之當講者也。

夫均區之説既多齟齬，則役終不可平乎？愚謂役之平與不平，亦不係于區圖之均與不均。蓋區圖不必動，官甲不必廢，差法不必更張，而役自可平也。夫今日各縣大役，不過曰催、曰解、曰收三色而已。其餘均徭里甲、練兵貼役，計畝出銀，官與民原無異同也。即如華亭一縣，田總計一百九十萬畝，官甲止占五十餘萬畝，而民甲尚存一百三十餘萬。以官視民，特三之一耳。

以催役言之，官甲既立，則五十萬畝之折銀、倉米、兵役等類一切自催自比；而小民之爲分催者，不過催民甲一百三十萬畝之銀米耳。官甲銀米絶不累及，是催役原無不平也。

以解役言之，官甲六十萬畝之起運倉米，近皆自囤自兑，顆粒派無餘剩。凡行糧、夫船、三倉輕省之米悉在民甲派徵，官甲毫不沾惠；而小民之應南北二運及斗級各役者，不過運解民甲一百三十萬畝之本色米耳。官甲倉米絶不累及，是解役原無不平也。

惟收銀一役尚專責之圖催，想亦官府假借士類，少寓愛禮存羊之意。今若欲一一均平，只將六十萬畝所派折色銀兩，仍令官甲各自收本户；而以官甲所出役銀作爲官甲傾銷津貼之費，勿再干及圖催，是收役亦無不平矣。

三役既平，則官有官差，詭田而差亦不免，又何妨于詭寄？民有民役，田去而役亦隨之，又何辭于官甲？在下者不必起均區之擾，在上者不必費題請之煩。花詭積弊，久自潛消。蔞菲異謀，久自止息。舍此而必欲重定區圖，別立差法，豈惟縉紳議論喧雜不齊，終阻于三難之説？萬一見諸行事，不數十年，小民他日之累更有浮于今日者矣。不識高明以爲何如？

開浚吴淞江議

松江在上海縣北，舊名吴淞江。後以水災去水從松，蓋《禹貢》三江之一也。三江者，北爲婁江，中爲松江，南爲東江，而松江又名松陵江。其源出於震澤，自吴江長橋東流至尹山，北流至甫里，東北流至澱山。北合趙屯浦，東合大盈浦，又東合顧會浦、嵩子浦、盤龍浦，凡五大浦而至宋家橋。東南流與黄浦會而入海，其將入海處别名滬瀆。江東西凡二百六十里。此東南水利之最著者，向與婁江、東江並爲湖流入海之要道。自唐開元元年築捍海塘，起杭州鹽官，抵吴淞江，長一百五十里。沿海港口盡爲堵截，而東江湮没無考矣。東江既塞，婁江界在北境，惟此松江一綫關係蘇、松二郡民生國計，故歷代治迹獨詳于淞江。

宋寶元元年，兩浙都轉運副使葉清臣開盤龍匯以入江。慶曆元年，知華亭縣錢貽範開顧匯浦以入江。嘉祐六年，轉運使李復圭開白鶴匯以入江。元祐三年，常平使者調蘇、湖、常、秀之民浚青龍江。紹聖中，轉運副使毛浙開大盈諸浦以入江。崇寧二年，宗正丞徐確提舉常平，自封家渡古江開淘至大通浦，直徹海口，凡七十四里，上海合嘉定二縣供役。大觀元年十一月，從中書舍人許光凝奏檢校淞江古迹，大加疏導；三年，兩浙監司奏請開淘淞江，復置十二牐。宣和元年，兩浙提舉常平趙霖又開白鶴匯以入江。紹興四年，鹽官丞王玨開華亭海河二百餘里，通浚溉田；十五年，通判曹泳開顧匯浦，又浚鹽鐵塘，更名下沙浦，以入江。乾道二年，轉運副使姜詵開通波大港即顧匯浦以入江，前進士胡恪隨司門員外郎李公傳相度開修三江積水。元至元三十年值霖潦，知水人潘應武與吴伋、張桂榮等承浙東僉院宣慰之命相視合修河渠，即湖田開新港三，闊約三十餘丈，大曹港北新河即新港。及浚趙屯、大盈二浦以入江。大德八年，任仁發言開吴淞江，自上海舊江東抵嘉定石橋浜，迤邐入海，長三十六里，深一十五尺，闊二十五丈，役夫一萬五千，爲工一百六十五萬一千六百有奇，復置牐竇啓閉；十年，開趙屯、大盈、樊浦、白鶴、盤龍、舊江，計長三十七里，其中樊浦爲首，下接新涇、舊江，闊二十丈，其餘不等，又千廟涇以西、盤龍以東開挑水口五處，新涇南北置二水牐。泰定元年，前都水監任仁發董開吴淞、舊江二道，烏泥、大盈二河，其法以户有納苗田一頃五十畝差夫一名，計四萬有奇，每名實支糧三升，中統鈔一兩；三年，任仁發等于上海縣之潘家浜、烏泥涇二處各置二石牐以遏渾潮，使牐内清水衝宣江道深闊。後至元間，又謂牐置乖宜，旱澇交病，由是開復元堰直河。至正元年，撈摝吴淞江南北岸下泥沙，疏浚各河十數，用夫一十九萬八百四十，給糧四千七百四十七石，鈔三千一百六十四錠，各有奇。夫自宋至元，開浚松江無慮數十次，並未聞有以風水之説阻撓者。蓋亦計利害之大而不恤其小也。

逮及國朝永樂二年，命户部尚書夏原吉治水蘇、松，挈崑山、嘉定諸塘浦，引吴淞江水入劉家河，于上海浚范家浜接黄浦達海。正統六年，巡撫工部侍郎周忱修吴淞江，略用邑人杜宗桓議立表江心，盡去壅塞，其沙塗成田，計畝收税以補坍陷。天順四年，巡撫都御史崔恭浚大盈浦以入吴淞江，又鑿江自崑山下界浦至嘉定莊家涇，出舊江一萬三千七百丈，永樂初引松江北入劉家河，江之東段不曾施工。又浚蒲匯等塘及曹家溝呼都臺浦。成化七年，海水溢；八年，設僉事于浙江按察司，專治蘇、松等府水利，僉事吴瑞議修華亭、上海海塘，華亭南自海鹽，上海北自嘉定，各數十萬丈餘。弘治初，僉事伍性浚吴淞江中段及顧匯、趙屯、都臺諸浦；七年，工部侍郎徐貫奉命治水東南，浚吴淞江，自帆歸浦至分莊計七十餘里，府通判郝希賢承檄董工；是年，知縣董綸築西鄉田圍。十二年，府通判原應宿浚嵩塘肇嘉浜。嘉靖元年，巡撫都御史李充嗣奉命用崑山、嘉定、華亭、上海四縣民力相繼開吴淞江。上海分地，初自崑山縣界東至白鶴江，後自嘉定縣界東至吴塘，總四千餘丈，役夫二萬三千有餘，給散銀米八千餘兩石，犒勞旬至。知縣鄭洛書調度，主簿黄明董工。先是，開常熟白茅河，役上海九千餘夫，糜三千餘米。繼以吴淞兩年而三興大工。嗣後撫臣屢議開浚，雖經具題，止因工費浩大，無從措辦，輒復停止。至隆慶四年，巡撫都御史海瑞奮然獨任，借支軍餉及各處發追稻谷贓罰、導河夫無礙等銀，委本府同知黄成樂、蘇州府同知龍宗武、上海知縣張嵿刻期開浚。查勘舊迹，共計長一萬一千五百七十一丈，闊三十餘丈。議半開河面一十五丈，除嘉定應浚外，上海實開長六千五百三十一丈八尺餘，面闊一十五丈，底闊七丈五尺，深一丈五尺六寸餘，共計用工食銀五萬餘兩。不兩月而工告成。是歲大飢，民多思盜。自河工興而畚鍤雲集，盜因以息。自此三十餘年，江流通利，旱澇有資，百姓至今尸祝之。後以吳中水災異常，奏請特設水利道副使許應逵專管江南水利，駐劄松江。其工亦首浚吳淞而次及諸水。工竟無成，而應逵亦以劾去，十萬帑銀付之東流。夫自永樂以及萬曆，開浚松江不下八九次，未聞有以風水之說阻撓者。沿至今日，黄渡以西、宋家橋以東尚皆通流如故，而中段七十餘里遂成平陸。此江既塞，則五大浦及田間水道日漸淺淤。設遇旬日之雨，一望瀰漫，無從瀉出。幸而晴霽數日，則又車戽無資，田疇龜坼，禾苗立見枯槁。有司奉檄追徵，痛恨逋負，而不知逋負之由皆原于此。監司但知東南凋弊，而不知凋弊之由皆原于此。此江之開浚，何可一日不講哉！

然開河之難，難于工費。工費所需，不出于官，則出於民。而今公帑空虛，閭閻匱乏，官民皆莫可搜括，惟有提編一節上下咸稱利便。蓋提編者，即以各州縣新編五遞年解運、催收、里老、塘長各差量其輕重稅糧，徵銀免役以佐河工，而各差之缺即以次年原編人數接充。往歲上海爲修城，曾經提編，一次便可得銀五六千。若以蘇、松二郡通算，便可得七萬餘金。開河之費綽然有餘。在官既無廢事，在民亦樂供需，而河工又可朝奏夕舉。較之往歲請捐内帑、請吊賑贖，其勞逸爲何如也？姑識之以備采擇。

【校勘記】

〔一〕《讀書録》十二卷，明萬曆七年（一五七九）青州府刻本，中國國家圖書館藏。刻本卷尾有王圻《跋文清公讀書全録》，署云：『雲間後學王圻謹跋。』以下以國圖藏刻本爲校本（以下簡稱『刻本』），不同處出校説明。

〔二〕《續録》有刻本　刻本『《續録》』後有『間』字。

〔三〕撫臺汝泉趙公　刻本爲『汝陽趙先生』。

〔四〕乃出先所刻《前録》於楚中者授圻　刻本『乃』字後有『遂』字，『授』後有『之』字。

〔五〕安望其好而思傳以垂來裔耶　『傳』刻本爲『博』，與前文『博之未能泛窺竹素』之『博』字形一致。

〔六〕乃獨于是録好焉傳焉　刻本『録』字後有『而』字，『焉』字後有『而』字。

〔七〕如空尋聲　刻本『空』字後有『谷』字。

〔八〕圓教垂無窮　『圓』原爲『圖』，據上下文意改。

〔九〕『明王圻輯《蘭亭圖卷》』拓本，西泠印社二〇二二年秋季拍賣會，圖片信息參見網址：https://pmgs.kongfz.com/detail/49_1161204/。拓本王圻跋落款題云：『萬曆壬寅歲清和月上海王圻識，吴郡沈幼文摹勒。』鈐印『洪洲之章』。以下以西泠秋拍拓本爲校本（以下簡稱『拓本』），不同處出校説明。

〔一〇〕今名家所藏真贋俱不可辨　『俱』拓本爲『皆』。

〔一一〕昭示永久　拓本「昭」字前有「以」字。

〔一二〕遂鳩選妙指　拓本「遂」字前有「尒」字。

〔一三〕庶將來談墨道者知筆蹤興廢之由　「談」拓本爲「譚」，「由」爲「旨」。

〔一四〕季非離衷　「衷」原爲「裹」，據上下文意改。

〔一五〕匪直義高　「直」原爲「真」，據上下文意改。

〔一六〕信與是鎮相爲興替焉者　「替」原爲「賛」，據上下文意改。

〔一七〕而官户顆立不累也　「立」，據上下文義，似當作「粒」。

王侍御類稿　卷之十

太原王圻元翰父著
男思義校刻

上座師高中玄相公

老師出處係天下憂喜。日者載道而南，天下日伺東山動静，恐遂無意朝廷。兹以夢卜召賚帷幄，人人無不謂社稷之福，以爲媮快。則何止門生故吏沾沾於二天哉！然幸者半而懼者亦半，信者半而疑者亦半。竊意銓閣舉動或有以窺其淺深矣。頃聞道路之言而有疑於老師者，亦頗不自安，圻亦不自信。華亭之執政幾二十年，天下誠不無缺望。然其人豈工爲陰陽，而不可信於士大夫者哉？疑人爲含沙而甘己爲伏莽，此蘇公所由疾暴公也。昔舒公爲相，温公繼之，其勢足以逞。然温公不過亟變舒公之法，至黜我罪我，絶不經懷，故司馬稱爲長者。今華亭心事不侔安石，而老師德宇更過司馬，豈復以昔時介介乎？

夫怨可忘而不可結，韓長孺流譽於宥田，張京兆褫職於論絜，此忘與不忘之明驗也。願老師宏司馬之度，捐溺灰之忿，消弓影之疑，其爲相業光，何啻日月喻之？華亭，鄉人也。老師，成我者也。義豈以鄉人易成我者哉！區區之心不過欲爲老師忠臣耳。如曰樹君適所以自伐，則豈敢聞命？范司業附啓奉達，因渠衙門之人耳。并祈炤入。

答王都諫泉皐

往夏辱以珠璣，佐以筐篚，翰墨未乾，瑶函又從雲墜。翟門寥寂，倏爾生春，施者未厭，復拜朱提。江水雖深，比之淵情更淺矣。門下爲國司直，方今主上聖明，雖無事引裾繫樹，然一片報國丹心，不益切淮陽志乎！

往者不佞承乏柱下，泯泯無酬，故深望於門下耳。承念不佞以中中山之篋爲惜，然此頭上幘亦厭弃久矣。今四時游履，田園不廢，飲酒對名勝，又何知非言者所賜？第邇歲連侵，邑里蕭條，無復曩時鳴瑟吹竽、鬥鷄走狗之盛，竊又過作肉食憂。門下軫意東南，自遣使賑貸而外，凡可造福，尤望百爾爲計。則豈惟不佞一人賴之，江以東盡拜王黄門賜矣。惠念及此，敢悉其衷。

楊使君其善承德意，吴之人嚴霜畏之而冬日就之。郵便草復，不盡。

復王泉皐中丞

足下雄才鉅望出鎮西川，豈當宁將畀以鈞軸之奇，姑假此以嘗經濟宏謨耶？余日望之。圻株守海濱，目睹除書，祗戟手忭舞爲朝廷得人慶，恨未能覓便羽通尺牘。適淄川朱舍親及常熟顧比部二使至，長械大惠翩然並及。足下之念舊甚殷，顧殘朽何以堪之？蜀境民夷雜處，風氣稍異中土，當持之以鎮静，撫之以寬仁，勿遽以規矩繩墨治之，則西北二陲或可晏然長無事矣。杞見如斯，高明幸辱裁之。來役去速，占謝不虔，統惟原亮。

復江院林雲源

承示江防諸法，靡非石畫，隱然東南一保障矣。圻東南人也，敢不拜賜。雖然，其爲千慮之遺者敬搜三事，以備采擇。

長江爲留都天塹，東通京口孟瀆，西抵采石蕪湖，俱百里而遥，號爲險要。邇稍稍有備，差可高枕。第河莊、急港、圌山等處俱係鹽賊出没之地，雖已設官繕卒作控扼計，然承平歲久，官司媮惰。又尺籍雖備而或數多虚冒，信地雖畫而或離次不守，五兵雖陳而或不堪持擊，舳艫雖具而或不任風濤。萬一潢池有警，何恃無虞？是與無兵同也。今宜申諭諸司同心整飭，務獲實效。此來諭所未悉者一。

大江戍守，分布聯絡，緩急似已有賴。而支河歧港防更宜嚴。彼瓜、儀、京口係南北咽喉，不必言矣。他如常熟之福山、丹陽之曲阿、金壇之東霸、常州之桃花港、江陰之黄田港等處尤爲出没蹊徑，亦當嚴保甲，練民勇。無事則彼此會哨，有事則互相策應，是亦當今之急務也。此來諭所未悉者二。

沿江備倭官軍，自國初以來星羅林列，然海寇猝至如入無人之境者，以土兵不練故也。厥後土兵稍稍練習，而倭尋遁矣。土兵之選曰沙島耆民，曰各鄉義勇。耆民編之於沿海，義勇簡之於腹裏。其來亦非一日，但行之既久，不無廢弛。耆民尺籍廢缺不補，浮海沙船脱漏無稽。所募鄉兵非豪門之悍僕，即市井之孱夫，徒費供餉，于緩急無益也。今當嚴督蘇、松、常、鎮四府廉耆民之智勇者與沙船之堪浮海者，籍于官，有故即行僉補。仍戒有司毋得非時調遣，以妨生計。若各鄉應募民壯，務揀强有力而閑于藝者，責令有司，督率諸將嚴程教閱。庶城市村墟率多武備，海濱腹裏具足兵防，而東陲可長無事矣。此來諭所未悉者三。

三事雖皆書生常語，然申之功令，相守無變，則江面肅清，即外户不閉可也。雖然，有李趙郡，則盜不敢竊其界之鹿。使君在事，折又何過計哉？設有警，折江之葦可筥矣。

與李年丈

淮陰奉别，邈若河山。流光迅邁，不覺十餘年，且各苒苒老矣。一在雲之端，一在海之角，欲如曩聚首燒燭論心，可復得耶？老丈經世宏才，非掌絲綸，則資啓沃，此轉特借以爲地耳。弟自楚歸田，日與偃蹇書生挾册相剥啄，冀成一編，藏副名山。然政恐爲蕭恭輩所笑。海夷小醜，朝廷爲之旰食。今雖請貢歸巢，然何如出吾丈腹中君子六千人，一掃而殲之哉！行以俟矣。羽便附布肝膈。奉袂未期，臨椷於邑。

與趙中翁

不肖圻歸田三十餘載，别去十有二年。海曲殘人，心事忞忞，所欲號呼於知己前者何限？顧屏居岑寂之鄉，欲求一羽一鱗之便且不可得。矧雲泥異路，甘自疏遠于大君子，更有可爲於邑也者，想高明必能察而原之。方今東陲多故，中外汹汹，能爲國家建大議、紓大難者，非門下之直亮忠誠，其誰任之？鄙人跧伏草萊，恃此以高枕長卧矣。跂俟跂俟。

與萬安張見翁尚書

不肖圻承乏大方，謬辱知遇。已而備員楚臬，又時得聚首論心。迄今二十餘載，高情雅誼，無日不在左右。第海曲殘人，不敢以污穢姓名塵瀆記室，恃高明必能亮之貸之。恭念門下耆才碩望，朝野共切倚毗。且夷猶南國，蓋亦有年，鈞軸榮遷，諒在旦夕。儻東吴徼有天幸，得借棨戟撫循兹土，則又二天之幸也。不肖圻跧伏海濱，芻牧之暇，無以消磨長日。近《續文獻通考》一書，敢以就正有道。仰望公餘大賜斧削，非不肖没齒之感哉！兹因便附致起居辰下。溽暑方張，萬祈爲國加珍。不宣。

與徐撫臺

不肖圻夙奉龍光，逮今二十有六載。兹幸節鉞撫吴，鴻施再被，闔郡編氓舉得瞻承顏色。獨圻卧病茸城，不能扶藜一叩華墀，東望慈雲，曷勝欽企！圻衰颯無聊，纂述防海遺事彙成一編，不過消磨長日。乃海防朱二府命録之木，以備輶軒使者便覽。然不肖所集者皆三十五年前事，恐新舊條款不同，敢具一帙上之記室，乞賜删改擲下，以便遵守。外更有所禀，實爲桑梓計慮，雖私而亦公也。統冀垂察。萬感。

又

不肖圻自楚歸田，尚獲侍教左右，嗣是飛沉異路，扳望末由。然寤寐仁風，實未嘗旦夕去懷也。憶自法星照臨以來，於今三十年，幾一世矣。舊蔭方穠，新陰又芾，於我雲間實籍二天。且東南半壁而台臺所臨莅者十有七八，雖均之乎并州，而雲間尤筮仕初地，父老之待恩澤者，不啻如雲霓在望矣。輶軒初莅，冠蓋雲集，不肖圻獨以衰病不獲預竹馬之末，負罪負罪。謹勒短狀，代布下衷。地分崇嚴，不敢以筐篚唐突。祇具别後所刻小書四種呈覽，并以就正於有道。伏祈俯賜麾頓。不宣。

又

不肖圻負疴伏枕，不能詣候臺端，時領誨飭，方切悚企。邇接邸報，見兵曹題請禦倭二疏。雖事在浙省，而蘇、松兩郡海防較之浙中猶爲切近。往歲壬子、癸丑之變可鏡也。今天運既已一周，倭奴情形復又顯露，此正思患預防之秋。蓋松郡兩面瀕海，較之蘇州更爲危急，防松即所以防蘇也。頃見仁臺檄下，文武百職非不加意，而沿海官民猶然玩愒。目下道府缺官，朱海防復以計事當行，海上諸務益無統馭。非老公祖節鉞親臨，大加整頓，怠荒舊習未易更張萬一。來春有警，果如兵部所題，必致束手無策。矧雲間係老公祖舊游之地，士民瞻望雲霓，真不啻乳子之望慈保。誠何惜一舉趾之勞，不爲地方預籌畫哉！杞人過計，不揣僭陳，仰冀垂察萬幸。

與許繩齋公祖

天惠松氓，借我公祖撫綏五載，湛恩瀸澤，淪膚浹髓。迄今士民追想，越數年如一日。乃不肖圻沾承德意萬倍恒情者，感慕更可知已。恭念門下湖内之擢，循資量轉，未足酬勞勩之萬一，而當事者尚嘵嘵求多不已。古人嫉讒口，至欲投諸豺虎，非以是哉！儻天日開朗，俾旦夕間開府江南，敝郡遺黎再受二天之庇，是又可拭目俟耳。

別後拙稿稍加訂正，魯亥之訛略去六七，今具一帙上之記室。儻以公餘大加繙閱，中所未妥不吝開心指示，俾得以次續入，則圻之所大願也。恃夙愛敢爲漫布，惟台亮。不宣。

又

奉違嚴範，荏苒數年，清風渥澤，淪洽心髀，未嘗頃刻忘也。竊念商彝周敦自有定價，不必具隻眼者能辨之，亦非懷纖芥者能訾之。而睚眦之夫猶然巧爲飛語，以肆其中傷之計。在門下固視之如浮雲，合郡遺黎競欲食其肉而寢其皮矣。天開林壑，殆不爲我公祖一人。設百萬蒼生懸懸望濟，門下豈能忘情耶？跂俟跂俟。

不肖偃息一丘，挂書牛角以没餘齒，是其夙願。詎意玄冥肆虐，身幾不免。窮愁無聊，搜集古今小説家數種，删其蕪穢，裒成簡册，但可供談笑耳。過蒙諸公祖分俸梓成，不敢不就正門下。乃因陸君便羽，敬具一帙上之記室。儻不覆瓿弃之，幸賜訂定。情長楮短，惟有瞻恋。不宣。

與周撫臺

敝郡守張公祖神明豈弟，自戊申全活百萬以來，茸郡士民被其渥澤澍恩者，殆不勝鎸勒矣。幸台臺特簡膺兹新命，蔀屋編氓實深忭舞。詎意焦勞簿領之餘，復以試事殫厥心力。既屬三邑甄别，復爲覃恩遴選。雖士無留良，而神亦太瘁，遂以步趨蹉跌，動履乖和。今雖醫藥少效，而猶然蹩躠支離。祇以台檄嚴重，感恩如天。既不敢稱病以還家山，又何能强步以當遠涉？所以受命閲月，未遑叩謝。業已釋篆謝事，束裝宵征，將就中道而托迹。某等素沐生全之恩，又何忍不以苦情一瀝於台臺，而忍其露處靡寧也。竊念台臺以人事主，將亦爲主惜人，必欲其得展四體，而後受事。故某等不自揣量，特具負疴之狀合辭上請。伏懇台臺姑寬其期，使之既釋政事，又得閉門静攝於邸第。過此嚴寒之候，稍俟春和體王，即便登途叩謁華墀。然後星夜趨赴池陽，以報特眷。且於台臺寵注似亦有光，仰冀賜允，以遂輿情。

又

自老公祖作鎮南畿，撫循三載，河清海晏，物阜民安，聖天子南顧無憂矣。祇緣某等地方子民不能遵奉德化，以致譴見於天。自今四月以來，晝夜淫雨如注，極目千里，一望洪濤。菜麥萎謝於田間，禾秧腐爛于田底。鄉村斷爨突之烟，市肆絶貿遷之迹。向來水患，唯嘉靖四十年、萬曆十五年爲甚。然四十年猶在禾苗既長之後，高者間有收成；十五年在東作已畢之時，秋來稍有刈穫。豈如今日農務方興，遽遭渰没？東北高原蕩然一壑，花豆雜種纖悉靡遺，誠從來未有之變也。三縣黔黎，携妻挈子入城哀控者填塞道路。會郡縣長吏俱以參謁公出，暫稽申報。非仗台臺繪流民之圖，飛章特達，恐九重萬里，何由悉此時艱？故敢爲百萬生靈請命。蠲停改折雖係恤災常例，當此困極之時，必須大破常格，盡數蠲除，庶有司不煩敲樸，計部亦省督催。舍此而區區賑貸，直驅而之盜耳。至于省刑止訟、薄斂緩徵，一切祈禳諸事，臺下以檄行百屬，無俟多喋。第惟一再申嚴令，以實心行實政，災沴不足弭矣。再惟吴中水厄歲常有之，而今日特甚者，良以吴淞淤塞，浦港墊高。容受之區既皆狹淺，泄瀉之道復又斷流。一旦恒陰久雨，其勢必漲漫泛溢而不可收拾。兹又探本之論也，幸有忠靖、文襄之遺迹在。儻仁臺垂念根本重地，并達天聽，爲一勞永逸之舉，是又杞人過計也。尚圖他日借箸籌之。

又

伏惟台臺節鎮江南，問民疾而祛吏弊。飛鴻、碩鼠不見於謡，實大有造於三吴。功德巍峨，自文襄以後僅見。今日百城士庶皆沐浴膏澤，而不肖圻承恩猶數，佩德猶深，乃無計復留公袞。雖絲綉平原，於三吴萬姓奚裨乎？第冀爲蒼生再起，霖雨四國，俾三吴首戴二天，此日夜尸祝而求者耳。旆旌西指，扳轅卧轍者填咽街衢，而不肖老病侵尋，竟後若耶之步。一念及此，情思黯然，復不覺私衷之歉然也。兹因舍姪婿何爾復走謁，托申下悃附上書扇一事，語雖不工，情見乎詞矣。伏祈不弃輶褻，俯賜置頓。言不宣心，投筆嗚咽。

答張公祖

日來仁臺垂念二陸墳塋，欲圖恢復，意甚盛也。第機、雲入洛被誅，禍遭赤族，考諸傳志，並無返葬之文。舊志止稱陸禕墓在崑山絶巔，而機、雲絶無所見。此不肖修《青浦志》所得於搜索者如此。今共稱崑山下有機、雲墓，蓋必富人挽同寺僧謀奪風水者造爲此説。衆士夫不察，因而附和之耳。又查得《松江舊志》稱士龍爲清河内史，被刑之日，清河門生故吏收其遺骸歸葬清河，則雲墓不在崑山明甚。而機以反叛被讒，或未敢有爲之收葬者，故志止載士龍葬所而不及士衡。若如舊乘所云陸禕墓在絶巔，則禕墓且爲僧人所竊據，亦未可知，又安得山下有機、雲墓也？此一方掌故所係。况聞仁臺有修志之舉，殆不可不考其詳，故敢據實上塵典記。惟台察。不宣。

與羅操院

不肖圻跧伏海濱，追念昔年覆露鴻施，過叨沾被，戴履之感越數年如一日。兹幸聖明軫念東南重地，特簡我公祖持節南巡。并州赤子再托二天之庇，誠振古所希遭也。鈞軸榮遷，霖雨天下，恐南國不得而久私之。跂俟跂俟。圻自楚歸田二十有七載，衰病相侵，不能出户，南望台雲，惟有瞻恋。且地分清嚴，不敢以虚儀溷瀆。謹以舊業數種并窮鄉土物遺貢華墀，聊展野人獻芹之意。伏冀麾茹。不宣。

答南昌喻縣尹

不佞圻頽齡適遇八旬，衰憊殊非故我，似與塵世了不相關，乃辱門下念舊不已。梅君東游，雲箋遠及。伏枕啓讀，不特忞忞闊衷籍以少慰，中間殆有悽然疚心者。門下以瓌異之才，始爲朱衣冥士所愚弄，今復爲造化小兒所頓挫。皇穹有知，何顛倒豪傑〔一〕一至此乎！言之可爲太息。客歲陰沴爲災，寒家薄業盡在水鄉，思欲爲太平温飽之民亦不可得，復何足爲知己者道？大兒以母憂歸里，偶患足疾，恐終不免爲廢人。餘俱謀生不暇，僅有二孫偃蹇膠庠，亦不免爲池中物耳。辱垂念，敢爲漫布。羽便附報，仰祈台照。不宣。

與何崑柱

己酉冬，乘貴門生計偕之便，托楮奉謝，兼具舊業請正。是稿分寄三舍親，而倪舍親以患病不前，幾逸其半。兹因舍甥劉永祚以歲薦謁選，敢再具一帙上之記室，幸賜命入。門下資望並隆，寵眷日渥，大拜非朝伊夕。濱海殘人，苟忍須臾以觀盛事，何幸如之？不肖虚度八十有五，他無足道，尚能篝燈搜閱殘編。邇來妄效王次仲諸君子輯補《周禮》司空之闕，稍加注釋，以便後學誦讀。值臺使者楊弱水災之梨棗，并求正於有道。儻以顧問餘閑大賜斧削，則又没齒之感也。臨緘無任惆悵。

答毛孺初

新春台駕公出，未獲祗領教言，悵怏之甚。病中忽接手諭，如奉眉宇。且别諭爲正學先生訪求遺迹，尤見仁臺爲萬古綱常計，不敢不據實以聞。正學幼子避居華亭，八傳而至教諭采，實居上海。華亭庠生佘繼儒乃采之嗣孫，而忠胄則采之姪孫，亦正派也。不肖圻所聞如此，幸高明再加詳察，餘不敢贅。

答朱節推

不肖圻衰年病肺，遂成痼疾，世味久不關情。再辱遠教，缺于裁答，諒高明能諒其夙昔而原之也。門下栖遲丘壑，澹泊無營，而禪林之建乃能傾囊以率先檀越。盥讀二記，不覺神爽飛動。恨不肖既老而耄，無能飛渡瀟灘，拜謁宇下，更朝夕侍左右，講無生業耳。天禍吴民，横遭洪水，自春徂秋，泛濫益甚。頽齡病骨，際此大侵，欲求爲太平温飽之民不可得。門下亦忍聞之乎？新刻《三才圖會》，乃不肖所籍以消長日者。兒輩續成，遂爾災木。敢就正於門下，伏惟賜頓。幸萬。

與蔡憲副

恭念台駕榮發，適值俗冗紛沓，殊闕餞别之私，負萬罪矣。别後淫潦爲虐，高原下隰，巨浸滔天，至今未退。天之降殃吴民亦甚矣。雖院道極力奏請蠲停，而嗷嗷待哺之民剽竊並作，嚴刑不能禁遏，冬春之交又不知作何狀矣。昨姚後山持朱謹吾侍御書至，詢知道動康佳，邃譽殷殷振江右。鄙人私喜，更復何如。不肖自令清江以至左官東土，受益於侍御公良多。會間乞爲致謝峽江鄭令，亦不肖首選士也。今幸備員屬下，儻蒙推愛提携，感德不在鄭生矣。恃愛并及，惟台察。

與都下親知

某等跧伏丘園，株栖壠畝，日與蕘夫牧丁相倡和。惟籍春耕秋穫，爲太平温飽之民。不意陰沴見虐，侵歲洊臻有如今日之甚者。自四月以來迄於五月，傾注四十六日。晝夜點滴不停，浸灌六百餘里，花稻根株悉腐。追念嘉靖四十年災在禾苗既長之後，高處間有收成；萬曆十五年災在東作已畢之時，秋來稍有刈穫。豈如今農務方興，遽遭浸没？低鄉固已絶望，高阜亦盡瀰漫。近又蛟出鳳凰山嶺，水勢益增泛濫。况松江爲諸郡下流，即今宣、歙、嘉、湖之水東注蘇、常，蘇、常之水又復狂瀾東倒，吾松且爲歸墟之壑。至今出郭一望，千里滔天。小民束手待斃，群然聚衆剽剠，水陸道路幾於梗塞，竟未卜將來作何狀也。即如嘉靖四十年全蠲，萬曆十六七年大賑，松民尚橫骸載道，此門下所目睹而心惻者。近日某等具控院道，求其轉瀆天聽，院道必能馳奏闕下。第念君門萬里，當事諸公未能悉此危急情形。即使有聞，亦或視爲尋常災異，例以改折停緩爲拯救之策。恐啼飢號寒之民不免轉填溝壑，而抛鋤弃笠之衆咸思竄入潢池。東南劇禍，且在旦夕。伏乞門下憐念梓里，勢切剥膚，具以此情轉聞閣部及司計鉅公，求其破格處分。俾百萬生靈蚤受一分之實賜，消災弭變有賴焉。小民幸甚，某等幸甚。

與按院

屬歲天禍，松民受災最慘。非台臺極力拯救，安有今日？第百萬生靈，命脉全繫臺端，而奉行臺端德意以宣布閭閻者，又在賢守令。守如本府張公祖，令如華、上、青三父母，躬行阡陌，宿水餐風，凡平糶發粟、分銀散設錢粥諸務，靡非親爲經理。老幼之垂斃而獲蘇者不知幾千萬口，固皆臺下焦勞之賜。但恐夏末秋初，青黄不接，困窮無告之衆又不知將作何狀。念今計典，届期正官咸當循例入覲。黄童白叟相率傍徨驚懼，而海濱倭報適復交馳。囂然思亂之人心，無異客歲被災之景象。圻等目擊時艱，心思往事。朝覲雖係國家大典，而令甲所載仍開，地方若有重大事情，不妨臨期酌處。今合郡遭侵，僵仆方起，飢疲萌庶未盡輯寧。且一府三縣在在襟江帶海，鹽盗縱横有日，海艘出没無時。一旦有警，飢民且將投入以活須臾。地方之事孰有重大於此者乎？·某等近已勒狀上懇院道，儻蒙仁臺查照舊典，速賜題請，借留一府三縣長吏在任拊循鎮定，別委年深佐貳首領賫册代奏，如三十四年請留蘇、松正官事例。庶荒政藉以始終，奸宄藉以彈壓，良善藉以無恐。而某等栖遲林壑，亦得爲太平含哺之民。感抃何可勝言！不揣勒狀上聞，伏惟台察，幸甚。

與劉與翁

門下倡道中州有年矣，雲箋佳什翩然遠及又凡幾矣。乃不肖圻聲問闕然，非敢自弃于人世。蓋恐罪戾姓名上之記室，或訝其爲不祥耳。門下高才鉅望，每見推於部使者。矧積資既久，遷叙宜在旦夕。若銓曹欲以有司相煩，或且遲之歲月，以需簡注，殆未可知也。弟圻客歲勉襄大事，室幾懸罄。〔二〕幸今海氛暫息，歲事可望，日惟課督芸夫蕘子以畢吾生，他無足爲知己者道。賢郎來索張、秦二老書，愧不能揄揚盛美之萬一，祇能爲門下道實事耳。便中乞叱名致之，餘不敢盡。

復周鹽臺

邇聞老公祖有金壇之行，正擬倩舟馳候。緣念復命在邇，又未敢輕冒清嚴。遲回之際，忽辱款言鴻貺遺自數百里外，且亟問亟饋，下拜有餘慚矣。沈公之變出自意外，終養大疏，固是至情不容已。第恐本院差點乏人，或未肯遽從耳。拙稿命梓，原止覆瓿殘楮。今復蒙賜大章弁之簡首，自是增光不朽，不日亦可完工矣。役旋肅此附謝。西望台雲，惟有悵戀。

與楊侍御

不肖圻譾劣下品，自弃明時，相知猶且按劍。老公祖不以圻爲不類，於編氓中獨加存睠，且以賤名污之奏牘。此情此誼，真可薄層霄而輕九鼎矣。武林去敝郡相隔盈盈一水，乃不能匍匐頓顙華墀，以謝恩渥。非敢自弃于知己，蓋衰齡病足，力不從心耳。惟是公祖秉鑒持衡，憫窮恤匱，種種固結士心。近乃千百爲群，徵辭紀績，勒石膠庠以垂不朽。不肖圻支笻瞻拜，則猶朝夕請業左右也。

圻歸田二十載，芻牧之暇搜輯稗官野史，删繁就簡，彙成一書，名曰《稗史彙編》。前公祖按郡時，曾於席中面告。尋以郡伯蔡晴符、撫臺周懷魯諸公祖從臾，遂付之梓。幸已竣事，敢具一帙，托庠生某上之記史，并就正於有道。伏祈台察俯賜鑒存。圻不勝翹仰之至。

與馮文所

奉違數歲，良切瞻承。屬者榮膺特簡，自楚移越，計必取道茸城，傾倒有日。忽傳台駕從姑蘇徑入臨安，不知何日得領色笑也。東甌括蒼之間，古稱多佳山水。輶軒所至，觸目成文。昔司馬子長之詞賦，非獨天才俊發，而探奇索勝，所取爲多。頃門下越雲夢、渡長江而探禹穴，不啻子長壯游。著述積富，有可爲山樵野牧發新錮者，幸勿吝源源教之。别副有言，并祈崇炤。不備。

與衷洪溪

不肖圻以舊治子民，且叨同官之雅，受知門下有日矣。徒以雲泥異路，不敢時通姓名於記室。然瞻恩奉德之念，真有一日九迴者，惡敢忘？門下文章鉅伯，經濟洪猷，廟廊簡注已非一日，鈞軸榮遷知在旦夕，南國不得而私之。儻荷惓惓留心簪履，推餘波以潤窮鱗，則大幸矣。圻自楚歸田，業與芸夫蕘子相依爲命。時情世味，不挂齒頰間殆六七年，無足爲知厚者道。兹因豚兒初赴南雍，勒此奉候道履辰下。寒氣初嚴，伏冀爲國加珍，以需寵眷。不宣。

與顧益庵

不肖圻衰病相尋，百禮俱廢，即知厚如門下，久不敢以尺素相聞問，他可知已。惟高明以殘人目之，置勿與較，則幸耳。門下宏才邃養，給事承明，著作之富已知爲朝野所倚重。第木天清暇，視草餘閑，或遠窺天人秘奥，或近探昭代典章，爲他日燮和調鼎之地，則固門下餘事，而亦不肖圻願以爲芹曝獻者。不肖歸田幾二十載，伏枕機、雲之里。長日無所事事，妄續貴與氏《文獻通考》。甫脱稿，謬爲院道諸公祖付諸梓人。若本朝典故則十不得一二，謹具一帙呈之掌記。儻以公餘重加删正，且增益其所闕失，則不肖有大願焉。兹因長兒北赴，勒狀布悃，臨風不任於邑。

與曾確庵

圻待罪鄂下，計期無幾，積釁滋深，簿書之役且懼不支。謬叨兹改，非我翁哀窮悼屈，吹枯嘘朽，曷克有此一念感奮，誠何能忘！第圻愚顓殘人，無所比數，而前車之覆漫不知所由來。惟長者爲善後計，不吝開誠指示，俾奉作矩矱。豈惟圻一人之私幸，實全楚青衿之幸。引領以望，□□陳謝無階。肅楮代悃，惟台亮不備。

與李國博

門下登第數年，思欲一承眉宇而不可得。兹幸載道而南，吴松去白下僅數日之程。衰齒殘軀欲携筇一訪，動如天涯徼外，不審相知良晤更在何時何地。南睇雲旌，惟有悵恋。伏惟門下雄才夙望，猶之懸黎結緑，宜與黄鍾大吕並陳東序。而竟栖遲廣文，豈鄙人所期於門下者耶？第英才教育，古人不以天下易此樂。鈞軸之轉，自是有期。清曹冷局，不足介懷也。兹因小孫婿某某肄業來謁，附候起居。薄物侑緘，〔三〕愧不成禮，希鑒入爲荷。

與張玉岡方伯

楚中幸忝同官，每從試事過河北，輒得從容握手，契分何歡狎也。未幾東西分袂，遂至六七年，且各苒苒老矣。撫今思昔，悵惋何如？老丈耆才宿望，倚重朝端，猶之乎懸黎結緑，當與天球玉瓚並陳東序。中州能久淹仙戟耶？弟自楚歸田，日與芸夫蕘子相往還，時情世故久不挂齒頰間。邇來海夷弗靖，東土喧囂，幸有請貢歸朝之議，固非久安長策。然咆哮野獸藉以馴服旦夕，第不知將來作何狀耳。羽便附布肝鬲。奉袂未期，臨緘於邑。

復李會吾憲副

奉違以來，倏焉七載，雲泥異路，音問寂寥。高明垂念夙昔，勿加苛譴，則萬幸矣。去歲校貴郡諸生，初不知賢郎偶列下第。府中言及，初意欲令改置。賢郎不諒此情，拂衣竟歸。不肖辱在故知，不欲養成其虚憍之氣，稍加裁抑，門下得無咎耶？羽便附布區區。

復朱鎮山尚書

圻垢穢殘人，無所比數，猶然不即沉淪，尚延餘息。恩華有自，惡敢忘耶？季春六日，秣馬衡湘，東望龍門，如在咫尺。徒以世事倥偬，未遑遣候茵鼎。忽辱函教，兩頒慰藉，殷勤真若加膝，雖頂踵俱糜，曷以言報？又辱垂訊出處踪迹，敢不以實對。圻叨乏臺端，積釁如山，固宜招尤速累而已。已疏劾馬芳，大爲時宰所忌。既而内江相公掌院謬相許可，忌者乃益銜之。自是而僉閩，而倅邛，而復爲縣令，爲州守，爲府佐，徘徊十有餘載。及自開移青也，則汝全趙老先生、來山何老先生二公左提右挈，不遺餘力，得至今日。然皆門下平日吹噓之賜耳。數年出處大概，不過如此。緬想門下蚤歲督學八閩，至今談持衡者莫敢先焉。圻也年侵學廢，徒膺茲簡，如瞽子索途，倀倀不辨嚮往。門下哀窮悼屈，於不肖素加意念，幸出緒餘以鞭策之。隕陽尚未巡歷，别諭竹山生俟至彼中處分，專力具復。

與臧公祖

不肖圻忝列編萌，百禮廢缺。頃辱垂念世誼，損俸遠頒。雖念尊者之賜强顔下拜，而欹枕殘人受此不報之施，愧汗何可勝言？敝郡襟帶湖海，萑苻時多竊發。伏自老公祖臨莅，防海防江，兼資經畫，東南百邑，在在乂寧。不肖圻得以嬉游泉石，毫髮皆鴻造也。近日承朱少府命纂輯《松江海防志》四册，聊備輶軒使者一覽。然目下更革多端，未暇摭入，先具一帙上之記室。儻乘公暇大賜删削成書，庶一展閱[四]間而堅瑕險阻盡在睫前，無勞聚米矣。不揣僭言，仰惟台察。幸甚。

與許光禄

不肖圻奉違色笑幾二十年，而高懷渥澤，鏤骨銘心，常如一日。惟是跧伏海濱，且又衰年多疾，無由吐露肝鬲。在高明或以陳人曲貰，然寤寐間有餘慚矣。老父母自秣陵揚歷名藩，足迹幾遍宇内。鴻猷駿業，上結主知。樞衡妙簡，知在旦夕。留鄉量擢，殆未足慰士民翹望也。不肖圻歸田幾及一世，自分爲朝暮間人。第故鄉黄童白叟，咸願慈君撫循南國，以丐更生之澤。故勉强偷活須臾，以圖觀盛事。不識聖君賢相肯爲蒼生暫借頃刻否？殘軀不任舟車，遣一介代布闊私。伏冀破格麾存，無任祈懇之至。

與郭明螺侍郎

往不肖圻待罪大方，垢釁山積，有目者將共弃之。獨門下掩瑕藏疾，開示肺腑，真千載奇遘也。糞壤朽株，蚤見擯于明時。門下猶然不我遐遺，於舍親徐宗伯處拜瑤華佳刻之貺。固知人間契誼，不在同堂異室也。銘刻何如？何如？門下載道而南，三山動色，春風化雨，朝野均沾，豈止門墻士類稟奉良規已哉！圻自楚歸田，業與芸夫蕘子相倡和。世味時情久不挂齒頰，無一足爲知厚者道。兹因小孫魯鈍不前，借附援納，令觀辟雍文物之盛。伏乞垂情簪履，少推餘波以潤窮鱗，則大幸矣。辰下溽暑方張，惟冀爲道加珍，以需寵眷。不宣。

與殷海岱

奉違顔色，忽已改歲。門下供奉日邊，弟圻栖遲遠僻，遂致音問疏落，門下固能亮之也。屬者天路清夷，乃正人君子畢志之時。矧門下洪裁鉅識，又執政素所推服者。一舉而陟青冥，樹崇伐，豈特鄉邦之光哉！弟圻以寡陋之資叨改此官，真是力小任重，不啻蚊之負山。惟門下垂念夙昔，開誠指示，庶可少逭訴罪耳。昕夕引領望之。兹值本司差吏赴京公幹，肅啓代候。翹緒萬不展一，統容嗣布不次。

答林震翁年丈

睢陽一晤，奄忽數年，如弟垢罪殘人，自分當與敝帚同弃。遂至訊問疏曠，老丈不加苛討，更蒙存記，感次骨、愧次面矣。貴治爲江右衝劇稱首，旁觀者皆爲難之。然長才妙略，非此何由自見？弟又爲老丈賀矣。楚中學政最難整頓，先是膺此任者，率皆磊磊犖犖之士，且多不能自免，矧弟庸瑣陋劣者哉？老丈密邇郊封，罪過有聞，希不吝郵傳開教，此肝膈之懇也。役還附謝，薄具不腆，少將鄙忱，惟鑒存荷萬。

謝李冲庵憲副

昨道在星河，叨領玄誨。方邵陽竣事，忽得因純老從城陵磯徑泛洞庭之約，遂不及叩闕一謝，罪甚罪甚。茲入省百事倥偬，無暇一遣使奉布下悃，更辱遠遣。不特弟圻慚悚不能當，諸僚寀感戢如出一口。貴屬生徒仗老丈指示，苟完歲事。然不公不明之罪橫播人口，諒必有聞於門下者。惟開誠指教，以備韋弦之訓，則圻所大願也。引領俟之。

賀許潁陽相公入閣

黃樞協贊，昔崇玉鉉之班；紫禁共和，近重金甌之選。恭惟相公閣下上臺耆舊，南國人倫。霖雨鹽梅，特荷宸衷之簡注；祥麟威鳳，允諧朝士之具瞻。豈惟桑梓增輝，實喜蒹葭借色。圻夢游十載，甘萍梗以俱零；遭值二天，寧燼餘之復熾。鴻私莫罄，燕賀有懷。謹遣价以陳詞，冀推心而委照。

請安節推

伏以蓮幕風清，暫借逢於南國；柏臺雲静，蚤振翼於東吴。旌旆光臨，山川動色。恭惟老公祖補天經濟，震世才猷。接洙泗之淵源，文成吐鳳；際雲龍之期會，才裕承蜩。高軒再莅于茸城，勺水宜申於蓬舍。謹詹清和某日，祈展觴豆微忱。委巷停驂，頓使九峰增勝；霏譚吐玉，行看四座回春。望刻期而命駕，敬掃徑以歡迎。某等曷任祈懇之至。

與周懷魯公祖

不肖圻至愚極陋，見擯清朝。時當鬢雪心灰，甘作遺簪弃履。苟延餘景，遑覬其他。幸遇老公祖江右人倫，中朝柱石。折簡而枯荑生華，回眸而涸鱗增潤。詎意丘樊駑品，誤叨剪拂鴻施。收枯桐於爨下，盻睞自天；拾鎩羽于塵中，翺翔無日。振拔豈同於萬彙，銜結何止於三生？兹當移鎮吴江，分宜匍匐稱謝。苦緣衰病，未任奔趋。藉枕馳神，望三台而遥祝；流腸隕首，懷百感以何申。敬托中書，代陳下悃。嘘枯拂朽之德，無路可酬；戴山負海之忱，有言莫罄。儻不即填溝壑，尚期請益門墻。圻臨緘無任悚仄之至。

請何直指

伏以彤墀曳履，清朝推侍從名流；綉斧揚威，南國被巡行渥澤。輶軒戾止，士庶欣瞻。恭惟老公祖臺下西署法星，中山間氣。螭頭執筆，臺閣藉以生風；柱下持囊，權豪因之屏息。奉璽書而監百縣，在在懾白簡雙飛；握天憲以肅群僚，人人羨朱衣獨步。兹觀風竣事之日，適高秋勝會之辰。望鶴蓋以陳詞，冀龍光之下接。摘疏瀹茗，共扳日下仙卿；掃榻焚香，敬迓雲中逸駕。伏願俯鑒野人之芹獻，賁然來思；仰迓長者之高軒，式燕且喜。某等無任欣躍寵荷之至。

請吴湛瑩

恭惟稽寶垂金，序屬告成之候；楓丹舒錦，天開作合之期。良辰喜值乎登龍，嘉會宜修於附鳳。謹占日敬滌罇罍，奉攀騶從。文斗遥臨於綺席，瑞靄凝雲；清商披拂於華裾，歡聲動地。惟俯從而命駕，敢倒屣以□□。

聖人一天人贊化育之道 萬曆庚午〔五〕福建程論

作樂者其有所本乎？得其本而功化神矣。甚矣！樂之爲道難言也。而其所可見者不能有外於聲氣。然聲者其迹也，氣者其幾也。不泥其迹，不滯其幾，而直求夫聲氣之元者，樂之本也。本也者，吾心中和之理是也。以吾心自然之理，而寄諸器數聲容之間，則器數者樂也，而莫非此心之寓也；聲容者樂也，而莫非此心之願也。以吾心之中而感中，以吾心之和而召和，則盈宇宙間皆無有鬱而不通、滯而不宣之情，而位育之化在是矣。其斯以爲一天人、贊化育之道與！請因蔡氏言而論之。

嘗觀之《易》曰：『大哉乾元！萬物資始。至哉坤元！萬物資生。』此天人化育之妙也。樂者，器也。而黄鍾者又樂之一也。執一音而曰可以一天人、贊化育，然則黄鍾與天地齊乎？君子曰：以黄鍾言黄鍾，器數焉耳。安得與天地齊耶？然窮其元，識其情，達其順而究其極，則黄鍾之理，一天地之理也。何也？天地當六陰極剥之時，一陽萌動於地雷之復。自此而歷《臨》《泰》《壯》《夬》至《乾》，爲左行之陽；歷《姤》《遯》《否》《觀》至《坤》，爲右轉之陰。所以妙出入而神闔闢者，《復》之一陽肇之也。其天地中和之心乎！律始黄鍾，作樂者蓋亦以吾心之復準天地之復，而制之中、制之和者也。自此太簇至中吕，爲下生之陽；蕤賓至應鍾，爲上生之陰。上生六而倍之，下生六而損之。其律十二，其調六十，其實一黄鍾也。蓋黄者中之色也。鍾，種也。陽氣潛萌於黄宫，而萬物萌蘖於此也。言中而和也。故在律則稱母，在象則稱君。一黄鍾定而樂之道無餘矣。嗚呼！天地養此微陽以成化育之功，人心養此微陽以成中和之樂。天地也，吾心也，黄鍾也，通一而無二者也。聖人之心與天地陰陽相爲吻合，而或順而喜，或拂而怒，或觸而哀，或感而樂。莫非造化自然之中，而一毫無所乖戾焉。則天人化育之理既已涵蓄於聖人之心，而聲氣之元自我而會其全矣。由是以之候氣而氣應焉，以之調聲而聲和焉。紀之以三，而天人化育之理泄於三也。成之以六，而天人化育之理宣於六也。統之以十二，分之以六十四，而天人化育之理寄於律調也。驗之以二變，輔之以半倍，而天人化育之理有以通其窮、相其不及也，不特此也。由是奏諸廟朝，則天神降、地祇出、庶尹諧，而莫非此心自然之中和感之也。由是乎乎民物，則湮鬱宣、淫慝消、民無札瘥、物無疵癘，而莫非此心自然之中和育之也。由是通乎天地，則日月順軌，雨暘若時，無霜雹之災，無童涸之患，休氣滂流於宇宙，而亦莫非此心自然之中和順之也，不特此也。推此而《大章》《大韶》以贊協和風動之化者，其允執厥中之心爲之，而此心一中和也。推此而《大夏》《大濩》以贊平成允殖之化者，其祗台日躋之心爲之，而此心一中和也。推此而《大武》以贊四海永清之化者，其敬勝義勝之心爲之，而此心一中和也。樂而至是，則乾元之所不能始者，有以發其始；坤元之所不能終者，有以成其終。熏烝透徹，莫非氣也。欣喜歡暢，莫非聲也。渾渾乎，雝雝乎，而昔之所謂率舞來儀者，亦自此而致之矣。而聖人一天人、贊化育者，其孰有外於此心哉？抑于是而知以黍求尺、以尺生律者之謬也。《易》曰：『雷出地奮，豫。先王以作樂崇德。』豫也者，言人心之悦也。孔氏曰：『人而不仁，如樂何？』仁也者，言吾心之正也，此樂之原也。若反之吾心而正，求之民心而悦，而所謂鍾律秬黍之制，雖循器以求之可也，舍器以求之亦可也。否則雖使后夔典音，太師審樂，斷竹飛灰，尺寸矩度絲毫不失古人之舊，而曰：『吾能樂焉。』君子猶以爲德之鏩也。彼妄意郊廟之音、希心參摹之書者，又烏足以語此？

明主内修外治 己卯科山東武舉程論

文武一道也。人君兼用之以理天下，而天下稱明矣。夫文綏太平，武遏亂略，而人〔六〕君所以總持之也。其道不容以偏廢，其理不可以逆施。故宜懷也，而以德洽；宜慴也，而以威加。操之得其要，投之中乎機，則畿甸之下、要荒之遠，既沐聲教，亦慴威靈。不煩措施，不勞劈畫，而皆順吾之所指麾，就吾之所疆理矣。若天下方待德而懷，而吾德不修；天下方待威而慴，而吾威不振。則欲以治内而虞乎其外，欲以治外而虞乎其内。内外異指，威惠失宜，而帝制疏矣。又何以稱明于天下哉？此吴子以内修文德，外治武備，而歸之明主。旨哉言也！夫主何以稱明也？智周遐逖，睿通幽仄，中國戴之，四夷群起而望之，天下共主也。夫既以一身繫天下之共主，則舉天下之含齒戴髮與大荒窮徼之民，靡不鱗集而仰流。故静之而經緯天地，動之而剗削凶殘，邇之而清夷縣宇，遠之而孚格群醜，無非明主事也。奈何晚世之闇于此也！方且錯衡越席，養安于清穆；寢兕持龍，養威于廊廟。惡睹所謂天下之理道而圖之？乃或偏于内者則曰：經營講藝，游息弦歌，天下即此治矣。而張皇六師，非太平之所宜言。偏于外者則曰：銘勛狼胥，濯兵瀚海，天下自此定也。而禮樂教〔七〕化，則罄折未遑焉。噫！治内者廢武，是遺其外而以□日〔八〕當之也。治外者窮兵，是遺其内而以異日當之也。若此者，聲明不足以垂后裔，法令不足以禁齊人，而况申威遐遠、圖制無疆乎！此承桑、有扈二氏所繇家滅國亡爲天下笑，可鑒也。君如堯舜，非古今稱明主乎？雍容揖遜于樸桷素題之中，都俞吁咈于彤車白馬之上。當是時，干舞苗格，何待日尋殳戟爲？而不知徂征之命，則咨之禹、益者諄諄也。周宣撻武，南服荆蠻，北襄玁狁，宜不籍粉滌儀文也。而早朝晏罷，勞來安集，中興之績實有賴焉。則内修外治，自昔兼隆，而明主辨其機矣。超然遠覽，邈然深思。身居九重則憂内，而曰不盡于内之治也。心游四海則憂外，而曰不盡于外之治也。内之憂而文德不修，外之憂而武備不治，是操刀者不割而日中者不彗也。是故明堂辟雍，泰山梁父，非以飾制；騶虞貍首，《菁莪》《棫樸》，非以侈美；表章謨訓，弘奬道德，非以宣聲。搜三代之逸制，補百王之漏典，皆所以爲修文計也。畢弋馳騁，搜苗獮狩，各順其時。金城湯池，戎衣汗馬，各謹其備。步伐止齊，坐作進退，各正其法。無事則振旅合圍而不忌，有事則血兵刓刃而不惜，皆所以爲治武計也。文修也，天下莫不醲醰其耳目而内安，内安而威嚴有地矣。武治也，天下莫不淬厲其心志而外寧，外寧而順治益顯矣。由是湛恩闓澤，離靡廣衍，萬庾咸登，百瑞叠見，六府三事，惟歌惟叙。世運日躋于綦隆極盛，而函夏理矣。由是奸孽屏息，壘塹堙夷；隨意指顧，應時清寧。葱嶺龍堆，降幡貢舶賷相望于山海之外，而戎夷賓矣。由是地不削于鄰國，兵不頓于諸侯。仁掩天紘，義絶坤紀，而明明后之稱敝天壤矣。由是枕籍于堂陛，而無瞑目扼腕嗟唶之患；恬嬉于邊鄙，而無虔劉齧噬陸梁之禍。是遵何德哉！操之有要，投之有序，合内與外而要其成也。籍令君皆有扈也，曰吾何以侈儒紳？吾何以飾俎豆？而文德廢。又君皆承桑也，曰吾何以騷疆埸？吾何以耗軍實？而武備弛。文德廢則元氣索，武備弛則神氣沮，索且沮而大事去矣。其能統一寰宇、整齊人群而隆厥治哉！雖然，内外之勢異，而其機一也；文武之用殊，而其理同也。歧文武而二之者，非也。急於外而緩於内者，尤非也。夫治垣者堂奥穴隙之不繕，而區區勞力於赭堊，焱風暴雨必摧之矣。故井邑丘甸者治，而伍兩卒旅自在也；塾序宫墻者飭，而有勇知方自效也；張仲孝友者立朝宁，而方叔、召虎自至也。内治修而奚外之足憂云？彼不務固本安人之理，而夸冠帶絶域之盛；不謹眉睫蕭墻之釁，而勤遼海崑丘之役者，其施之也悖矣。俄焉風雨驟至，而賁育不及援，戈鋈無所投，噫！亦晚矣。計莫左於此矣。此其機，惟明主爲能辨之，而吴子猶有所未及也。

王者必有股肱羽翼以成威神 壬午科湖廣武舉程論

古帝王所以戢兵經武，使中外震懾而莫敢干紀者，其必有交成之者也。夫人君位極威嚴，智侔神聖，將以開萬世廓清之治。此豈卑卑焉褊心獨見可以規而就哉？蓋王之言往也。神所輸向，人所樂歸，不貴自用也。故必擇當世所號爲勇略寡雙者畀而與之共事，使之總國樞，揚天聲，奉一人之指使，以領廟堂之重寄。已又令其廣延博攬，盡海内一長一藝之士羅而置之幕下，以裨萬全之算。人睹其安邦奠衆，策勛樹烈，以爲英主不世出，大將不恒有。而不知君臣上下之間交相翊贊，所以增主勢而暢皇猷者，非一人之力也。故曰：『王者帥師，必有股肱羽翼以成威神。』旨哉！《六韜》之言矣。嘗謂君人者統皇王之序，據英爽之權，獨運于巍巍之上。夫欲其席怙寵靈，玩近娱而忘遠略乎？抑欲其師心自聽，憑獨智以詘群策乎？殆不然矣。夫梟獍竊發，鯨鯢搶攘，或浮海濟師，或横江誓衆，雖甚盛世，能免之哉？而人主之志往往侈雄心于獨斷，卑勝略于專恣，靡壯圖于任己，而武功終陵夷而不振。間有好武之朝，崇其壇，倒其斧，三推其轂，非不銳意采薇而希聲杕杜也。然而爲之將者負喑嗚叱咤之能，而千人自廢，罕能招延以來，自輔薄伐之勛，尋舉而尋墮，又何也？威名盛而翊贊虧，固未有所以共之者耳。車之爲用也，三十輻共一轂。一軸不輳，則輪不行。斗杓亘于天中，三垣十二坎二十八宿，圓周環轉，共扶天樞。一宿不見，則紫宫精芒不照耀。將者轄衆提杓，權衡萬象，天所授之與吾君共成寧謐之業者也。震天地，蕩陰陽，扃日月，騁古今而奠華戎，豈群執事比哉！天子曰：『吾爲天下擇一將，則吾事畢。』將又曰：『吾爲國家效一軀，則吾事畢。』藉口于獨往獨來之論，而置材若遺。俾斯世之懷瑜握瑾者曾不得效尺寸于廡前。不觀之大鼎焉，足三乃立，缺一則仆。彼軍事者，宗社之輔，萬人之命，于是焉賴。所係豈直一鼎哉！無腹心咨謀耳目之托，則孤。無天文地利兵法通糧之托，則怫。無旗鼓股肱之托，則惕。無通才權術爪牙羽翼之托，則削。無游方法算之托，則散謾而無紀。孤則寡樹，怫則失利，惕則生怯，削則積弱，謾則叢脞。夫王者之道如龍首，高居遠望，尊無上矣。無上則無爲。而爲之將者復不知采納英雄，與之勠力而共理，奚啻輪無軸，斗杓無輔？而天子者詎能一一而馳驟之？故曰：『王者帥師命將，必有股肱羽翼七十二人以應天道。』夫天道一，地道兩，聖人擇一法兩以戡定區宇，和寧黔首。奚必于七十二？又奚僅于七十二？象天數也。是故爲腹心者一，爲謀士者五，知天文地利伏旗鼓者三，曉兵法者九，主通糧奮威者四；而股肱羽翼四之，權士方士三之，耳目七之，爪牙五之，游士八之，通才術士法算二之。此皆非以奴隸指麾勇力懾伏者也。掄之選之，不忌仇怨；羅之網之，不嫌敵國；尊之貴之，不吝爵賞。斯豈天子□□其費而大將故自貶損哉！昔齊侯以唐虞之治問其臣，一人曰：『君之力。』一人曰：『臣之力。』而世並非之。蓋君不能以獨運，臣不能以獨理，共之者也。共之所以易海内也。股肱羽翼非王者所以易海内哉？彼其踐千聖之祚，函億人之算，欲使威伸于宇内，神照乎徼外，非善用人則大事去，况將也哉！故君不自用而用大將者，君事也；大將不自用而備庶職者，臣事也。君行君事，臣行臣事，安邦定國之要也。故吾欲圍棋制勝，飲醑决機，則俾之司腹心耳目謀士者焉；吾欲仰測孤虚，俯窺險易，則俾之司天文地利者焉；吾欲分布奇正，轉輸樵爨，則俾之司兵法通糧者焉；吾建瓴破虜，折箠降王，則俾之司奮威爪牙羽翼者焉；吾抱桴扛鼎，横行百萬，則俾之伏旗鼓、任股肱者焉；吾欲弄丸解鬥，掉舌退師，則俾之司通才、行權術者焉；吾欲偵伺詭秘、療治會計，則俾之司游士方士法算者焉。噫！股者吾知其能行，肱者吾知其能持，羽翼者吾知其能飛。行不能持，持行者又不能飛，病于獨也。兹舉天下之抱微能、挾片善者皆量材而授之任，則既合股肱羽翼之衆通爲一身，而持而行而飛，無觸弗應。猶之天子建九筵之堂，已命之將作大匠，而大匠不自爲也。削墨者呵而左，執斧者呵而右，大匠束手四顧而工俄成者，知所共也。大將能與天下共功，而王者之威神患弗成哉！有腹心咨謀耳目者在，而應卒圖安、聽言視變可恃也。有天文地利者在，而候風揆日、趍平避險可恃也。有兵法通糧者在，而簡徒練士、通道餉軍可恃也。有奮威爪牙羽翼者在，而冒鋭攻堅、讐主弱敵可恃也。有伏旗鼓任股肱者在，而詭符謬命、負難持重可恃也。有通才權術者在，而消患解結、行譎惑衆可恃也。有游士方士法算者在，而伺奸間敵、已疾儲財可恃也。預養于晏然恬然之日，效用于猝然突然之頃。目不貴獨明，而以天下之目爲己目。耳不貴獨聰，而以天下之耳爲己耳。機發而霆馳電擊，兵加而谷塹山堙。九圍之内，六合之外，靡不回面而易嚮，望風而影從。青龍進御，飛黄伏駕，戈迴白日，劍薄雲天，而兵容盛矣。決策九重，定計千里，著籌成算，手畫成圖，而軍謀秘矣。技殫九攻，氣凌三板，偪陽懸布，洴城鑿穴，而攻必勝矣。龍韜密運，鳥陣高張，禽生斬馘，奏凱獻俘，而戰必取矣。由是右翦左屠，犁庭搗穴，地彌天區，界溢海外，而錢谷甲兵之請不至于殿廷矣。乃天下見其乾清坤夷，波塵不動，則曰王者之威何其甚盛；又見其功高破波，力易走丸，則曰王者之神何其不測。而要之皆股肱羽翼之士成之也。雖然，斧鉞盈握，蒲輪賁野，在古今君若臣鮮有不辨此者。然懸金而駿不來，張羅而鳥不至，胡然哉？蓋施、嫫同帷，駑、驥共駕，則士以闒去；三人成虎，十夫揉椎，則士以讒去；名全者缺，身尊者危，權重者傾，賞崇者奪，則士以忌去。闒耶？讒耶？忌耶？何者非妨賢之路，何者非起于此心之蔽！而學也者，要以討古監今而攻其蔽也。明此以爲君，則衡鑒平而人樂用。明此以爲將，則壅遏祛而士争附。不則勇冠韓白，伎殿由基，君子猶目之爲一人敵。小用則小創，大用則大衄，適足損威僨事耳。《易》曰：『豐其蔀，日中見斗。』蔽蓄若是甚哉！此又講武者所當知矣。

三吴水利總論

吴中治水也，自禹决三江，唐築海塘，始見經傳。宋寶元間，内翰葉清臣鑿松江、蟠龍匯號新渠，沈諫議浚顧浦。慶曆中，知縣錢貽範重開顧匯浦即顧浦。嘉祐間，李兵部復圭奏開松江、白鶴匯名新江者，蓋祖蟠龍法也。元祐中，常平使者調蘇、湖、常、秀之人浚青龍江。崇寧中，郟漕使亶；宣和中，趙提舉霖復浚白鶴匯。紹聖中，轉運副使毛漸開大盈諸浦入吴淞江。紹興、乾道又開顧浦。紹興則於華亭之北門依舊基置閘啓閉，浦之東闢行道石梁四十有六，以通東鄉之渟浸。至隆興、乾道間水害，會有言决堰海十八港者，朝命漕使姜詵行視諸港，其勢反高，謂雖有神禹不能導水使上，宜浚通波即顧浦，又即張涇堰傍增庳爲高，築月河，置閘其上，謹視水旱以時啓閉。元至元中，潘應武即湖田開三新港及浚趙屯、大盈二浦。大德中，任仁發開吴淞江，自上海舊江東抵嘉定石橋浜，迤邐入海，復置閘竇啓閉。國朝設都水之官專治水利，初命户部尚書夏原吉浚范家浜，引吴淞入海。正統中，命巡撫周忱修治吴淞。天順中，命巡撫崔恭浚大盈浦，出吴淞。弘治中，設水利僉事，伍性復浚吴淞中段及顧會、趙屯浦。又命工部侍郎徐貫復治吴淞，自帆歸浦至分莊七十餘里。嘉靖元年，巡撫李充嗣用華、上、嘉、崑四縣民力開吴淞江四千餘丈。隆慶四年，巡撫海瑞開從王渡起至宋家橋口七十里。然自吴江長橋垂於澱山湖，築圍成田，以致吴淞江潮沙湮塞，水不通泄。每遇霖潦，諸水所會即成一壑。設旬日不雨，則旱熯爲虐，畎畝龜坼，損田逋課無歲無之。則才智興除之策，朝廷治禦之功，不可一日不講者。

【校勘記】

〔一〕何顛倒豪傑一至此乎　「傑」原爲「倒」，據上下文意改。

〔二〕室幾懸磬　「磬」原爲「罄」，據上下文意改。
〔三〕薄物侑緘　「緘」原爲「慽」，據上下文意改。
〔四〕庶一展閱間而堅瑕險阻盡在睫前　「閱」原爲「間」，據上下文意改。
〔五〕萬曆庚午福建程論　萬曆無庚午年，或爲隆慶四年庚午王圻出爲福建按察使作。
〔六〕而人君所以總持之也　「人」原爲「大」，據上下文意改。
〔七〕而禮樂教化　「樂教」二字原缺，似爲「樂教」，故補。
〔八〕是遺其外而以□日當之也　「以□日」三字原缺，據上下文意補二字。

王侍御類稿　卷之十一

太原王圻元翰父著
男思義校刻

己卯科山東武舉程策

問：自昔元勛名將顯奇功於當代者，往往立言作訓，命曰兵法。彼介夫者用之則勝，違之則敗，可曰：『徒讀父書，無益哉？』然書之存者惟七家，而讀其書不知其世，猶勿讀也。姑述梗概，與諸士商之。《孫子》，兵家之式也。或謂武嘗挾此干吴，吴止於霸。或謂兵流於毒，始自孫武。則是書豈真良將之法耶？不然，左氏何以不載也？《韜》《略》，兵家之祖也。或謂其爲太原宫監所經營，或謂其爲石公所依托。則是書豈果吕望之自著耶？不然，《漢藝文志》何以不列也？吴起，悍將也。而或謂起之書幾乎正。《司馬法》，齊書也。而或謂其書閎廓深遠，雖三代征伐未能竟其義。尉繚之慘刻信矣，而宋大儒乃爲之撰注。《李衛公問對》出於阮逸所附益似矣，而熙寧間又立之學官。豈其書固不可盡廢，其説亦有不可盡用者歟？皇朝仿古設武科策試，以七書爲準。諸生服習韜鈐，折衷百氏，非一日矣，胸中必有耿耿者在。其次第評之，以觀預養之略。

今之譚兵家法者，豈不犁然辨哉！然不可廢者法也，不可泥者亦法也。何則？兵之用也有法有機，法有成畫，機無定形。令人聚不得散，散不得聚；左不得右，右不得左；進不獨前，退不獨後者，法也。若動之上乎九天，潛之下乎九地；深之入乎無象，微之渺乎無聲；若有神以存其間，是則所謂機也，法不得與矣。故兵猶醫也。世之托爲神農言者無慮千百種，然不過寄理于竹帛耳。至倉公、秦越人，世所賴以命修促者，大有出于神聖工巧之外，而非言之拘也。藉令倉公、秦越人亦執方以已疾，而壽者鮮矣。夫韜鈐之業著自尚父，下迄近代，其法七書備矣。或述權謀形勢之變，或志陰陽技巧之微，或談仁義禮讓之道，或詳縱横詭異之術，治兵之要盡于此矣。後之從戎者率而由之，審如中鵠；違而叛之，敗可立致。甚矣！七書不可不講也！

第聞之，事非經國，聖哲不書；理悖典常，學者不覽。則七書之醇駁淆雜，可使澒洞茫昧弗一考核耶？彼談兵者莫詳於孫武，不曰兵家之式乎？然武嘗持此干吴王闔閭，闔閭用之僅以强霸。高氏《子略》謂：『兵流於毒，始自孫武。』則宜敝帚視之矣。何杜牧稱其精粹，魏武親爲注釋，而戰國以來號爲名將者，無一之能出其範圍也？或疑本無是人，而辨士妄相標指，故左氏不載。其説殆未可據也。談兵者托始於《韜》《略》，不曰兵家之祖乎？然周氏謂其爲丹徒布衣、太原宫監所經營，陳氏謂其詞鄙俚，皆世俗所依托，則非太公所自著矣。何《大禮》《明傳》《文啓》諸篇，《龍韜》以下四十三篇，鑿鑿乎皆帝王致治之遠猷；而上中下三略，姬周以來標建勛伐者，無一之能舍其矩矱也？或疑篇中所載六賊、七害、十二節，率不類聖人問答語，故《漢藝文志》不録，是亦一説也。吴子書多機權法制之説，誠悍將也。然其言圖國以和，教民以禮，治兵以信，則庶幾乎湯武仁義之師。故高氏謂：『起之書幾於正。』豈無見耶？《司馬法》

者，齊威王使大夫追論古《司馬法》而附以先齊田穰苴論，誠齊書也。然其論仁本、論天子之義，頗有合於王者討罪之典。故史遷謂其書閎廓深遠，雖三代征伐未能竟其義，豈爲過耶？《尉繚子》主于分本末，别賓主，崇儉節斂，右文左武。周氏以窺見本統稱，似也。然卒章有曰：『善用兵者能殺士卒之半。』此其立論慘刻，較之《戮犯教》《禁逃亡》諸篇殆又甚焉。而宋張横渠嘗爲撰注，詎非以威嚴亦兵事所尚耶？李衛公辨奇正，立陣隊，陰陽術數靡不具術。太宗以不可妄傳稱，似也。然晁、陳二家謂李靖兵法世無全書，出於阮逸家，取杜氏《通典》附益之，故其文詞鄙淺。而宋朱服又言是書未可遽廢。熙寧中立之學宫，列於七書以試士，豈可遂信爲假托者耶？夫七書也，乃上世之遺訓，武事之善經。而論者或美或訾，紛擾若此。以予觀之，敬勝之辨，吐辭爲謨，鷹揚之武，易亂爲治。《韜》《略》不可疵已，其可疵者或後人傅會之過，而非其本旨也。

《孫子》奇矣，而或失之詭。《吴子》正矣，而或失之疏。《司馬法》備矣，而或失之艱深。《尉繚》嚴矣，而或失之苛。《衛公》達矣，而或失之淺。此其得失大較耳。而取其所長，弃其所短，則皆韜鈐之利器也。而兵法亦不盡于此也。兵之大要，不過奇正兩言而已。故曰：『兵不過奇正，奇正之變不可勝窮也。』夫至于不可勝窮，而又豈七書所能概耶？蓋我可以示敵，君可以命將，法制官道按圖較若者正也，所謂法也。我不可以示敵，君不可以命將，轉移變化倏忽無常者奇也，所謂神也。神不可傳而法不可泥也。故多多而善，法也。王翦用之破楚矣，而謝玄則以五千勝。形以無形，法也。孫臏用之襲魏矣，而虞詡則以增灶勝。師久暴者，敗也。李愬以之卒擒元濟而成蔡功。戰背水者，敗也。韓信以之卒縛龍且而平齊地。歸師勿遏，曹操所以敗張綉也。皇甫嵩犯之而三國定。窮寇勿追，趙充國所以緩先零也。唐太宗犯之而仁杲降。它如用詐者勝也，而用信亦勝；用聚者勝也，而分兵亦勝；用速者勝也，而緩攻亦勝；用嚴者勝也，而將寬亦勝；用陣者勝也，而散鬥亦勝；用部伍者勝也，而不用亦勝。要之，用法勝者，與法合也；不用法勝者，超法外也。與法合者歸乎正，超法外者歸乎奇。歸乎正者，醫師聚藥石察寒暑執〔一〕方已疾者也。歸乎奇者，倉公、秦越人之望氣聞聲以神運者也。然用正固法也，用奇亦法也。用奇固神也，用正亦神也。變而通之，存乎其人，不以書也。故當奇而正，則膠執拗固，苟得旋師，倖以不北。當正而奇，則士卒與將領不相攝，耳目與金鼓不相應，倉皇驅率，鮮不仆矣。此惟大將以意消息之耳。故善醫者不執方，善戰者不倚法。醫執方，人不敢托死生矣。將倚法，君不敢寄斧鉞矣。此法所爲不可泥也。

國家以神武定天下，以七書選將材，仿古設科，羅四方驍果異等士。于時桓桓之旅，赳赳之夫，雄呼直盪，賈勇摧堅，未可謂世乏人也。邇來積習漸隳，士氣不振；紈褲之曹墮其家聲，鄙巷之士闒于兵略；聆金鼓則耳奪，睇旌幟則目眩。七書視爲土苴，而能用以禦虜擒敵者蓋罕矣。雖然，上自太公所陳，下逮衛公問對，言猶在目，歷歷皆可指數，則皆我與敵共之者也。此持之以當先，彼執之以角勝，如對奕然，法非我有也。故數敗匈奴者，乃不學兵法之去病；固守睢陽者，又不依古法之張巡。竟安事法也？大抵兵法具於方册，兵機運於一心。持籌算者得一良、平焉，負鎧甲者得一韓、白焉，則出奇無窮，制勝如神。以衛社稷，敵不敢加兵；以鎮邊防，虜不敢近塞。雖焚黃石之編，火《陰符》之策，而成算固在我。彼力不能以擐甲，而托之乎緩帶輕裘；智不足以參戎，而托之乎登樓清嘯。斯乃趙奢之流亞，而當今所謂名將者，吾不知其然與否也。竊又聞焉，藏管、商之法者家有之而國愈貧，談治者衆也，識治者寡也。藏孫、吴之書者家有之而國愈弱，談兵者多，學兵者少也。然則七書果何益哉？患在飾辨説者張空談而罔究實用耳。噫！談何容易。

壬午科湖廣武舉程策

問：昔稱社稷者，安危係于一將。將固社稷之衛也，故必心乎社稷者，而後可以語將。《武經》不云乎：『將有五才而忠爲要，將有八徵而貞居一。』將豈易言哉！它無庸論，願借楚材籌之。柏舉一役，楚不幾危哉？當時稱賴有社稷臣者五，而以武功著者三，莫敖子華所評騭可鏡也。曰有斷脰决腹，一瞑萬世以憂社稷者；曰有蹠穿膝暴，伏哭秦庭以憂社稷者；曰有舍門浮江，反君復國以憂社稷者。之三臣者，奮不顧身，惟公家之急是徇。此與子文、子高功孰與多哉？抑可以當忠貞之選否也。於漢得一人焉，曰向都亭；於宋得一人焉，曰孟忠襄。向也曉暢軍事，捐軀靡惜。孟也撫守荆襄，志圖恢復。較前三大夫者，果僅相頡頏者與？抑别有軒輊于其中與？數千年來，天大貺楚，社稷名將雲蒸霧集，如康武襄之經略中原，屏蔽潼關，不將奴隸春秋而伯仲漢、宋也哉！矧今獻皇肇迹，世廟發祥，今日之楚一且〔二〕與兩都埒，中間豈無忠勇兼資、志安社稷、崛起特出如五六輩者哉？且國家設科登雋暨諸士之擐衣求試，意不在卑卑行間也。將掄攬韜略忠貞之士，以儲它日登壇秉鉞之用。即爾生平所挾負，夫固以天下士自待。茲僅以一方之産相折衷，姑就楚人而譚楚事耳。幸肆言之毋讓。

國家篤生名將，以翼樞宣力贊成一代恬寧之治，非偶然也。總川岳之英，際景隆之運，遭戡定之期，而熊羆不二心之士崛起於其間，期材完而宇固，志篤而行純。其謀猷凝重足以拯世效功，其襟度忠貞足以持危濟蹇。專制疆場之外而節自定，兀立頹波之中而意不靡。此非獨茂建豎、躋通顯爲一時稱首，乃其人品故足重哉！而執事所稱社稷將者，必犖犖若此者矣。瑣猥楚材，誠何足以當之？雖然，亦嘗竊聞長老之緒論矣。楚之有材，非楚故多材也，楚之山川實式靈之。山則衡岳、岷巫嶁以崇，川則雲夢、蒸湘匯以浸，關則銅梁、石户鎖以複。天下所稱形勝者，楚得十二焉。故孕於物則爲壯大豐碩、劼鞏幹固之品，鍾於人則爲弘廓諶詢、純龐闊達之才，理可卜耳。顧其積不久，其發不極。必蜿蜒磅礴之氣蘊隆苞絡，歷千餘祀而後鷹揚豹變之士翩翩出世，軼古駕今，亦理可卜耳。

往楚僻在江、漢、沮、漳之境，當隱、桓、僖、〔三〕閔間，曾不與坎牲圭璧之場。間引領荐食中原，則一二姬姓及姒、子、嬀、姜諸國，朝束錦而好於東，暮載牲而乞於西。紹介之使詎不旁午，而楚何汶汶風馬牛不相及也？方斯時也，天下且夷視之，又安所睹將帥材也？魯宣以降，楚子伐陸渾戎，始得與於上國之好。士之披戈執戟、稱説公卿將相瑰業者履滿方城，而莫敖氏始得以劇論而次第之，楚不恃以張哉！粤考古昔所稱上將者豈眇耶？太白之精，雷泉之靈，名應乎四七，位列乎微垣，其所係誠隆重矣。《淮南子》曰：社稷之命，在將軍身；臨敵必死，無有二心。將不與社稷相輕重耶？故《六韜》之論將也有五才焉：曰勇，曰智，曰仁，曰信，曰忠，而忠實爲五者之基。至其論選將也有八徵焉：曰詳，曰變，曰誠，曰德，曰廉，曰貞，曰勇，曰態，而貞尤爲八者之要。夫何故？蓋忠則不貳，貞則不撓；不貳不撓，屹然如泰山喬岳而不隨世以摇靡。迨乎陪蘭錡，總戎麾；鑿凶而出，獻馘而還；不顧一身之利害，而惟徇國家之危急，則忠貞之發而大將之選也。乃莫敖子華所論五人者，殆皆有取於此耳。曰廉其爵、貧其身以憂社稷者，令尹子文也。曰崇其爵、豐其禄以憂社稷者，葉公子高也。曰斷脰决腹，一暝而萬世不視，不知所益以憂社稷者，莫敖大心也。曰勞其身、愁其思以憂社稷者，棼冒勃蘇也。曰不爲爵勸、不爲禄勉以憂社稷，蒙穀也。夫子文、子高，柄楚者也，國存與存，國亡與亡，分則然耳。彼三臣者何以稱哉？柏舉之役，吴師入郢，社稷岌岌卵累矣。莫敖大心獨撫其御之手，深入吴軍，竟以身殉。棼冒勃蘇陟崇逾深，吟哭於秦庭者七日夜，卒出其援以報吴於濁水之上。蒙穀結鬥於宫唐，甘負離次之顯戮，以保遺孤，至反國掄功，則郤〔四〕珪與田而終老磨山，無悔也。夫三子所效於楚者如此，較彼子文、子高或逃富以恤民，或定難以寧楚，固皆一時之表表，而奇勛偉績迭見於國步艱虞之日，則三臣有足多也。謂之社稷之將，曷少訾焉。然剛腸足以激壯夫，而不能弭吴師于未至；雄略足以定危邦，而不能革僭號於方來。則其功業亦卑卑者耳。此非求多於三臣也。其積未久，其發未極也。

春秋以降數百年，而宜城向寵以將材名于漢。秭歸之敗，營伍獨完；漢嘉之征，糜軀弗惜。孔明稱其『性行均淑，曉暢軍事』，非誠然哉！又數百年而棗陽孟珙以將材名於宋。初知江陵，屢敗金師；繼守襄漢，鋭意恢復。當時謚爲忠襄而廟食百世，名曰威愛，非誠然哉！夫二公之才之德焜燿宇内，當與三臣相伯仲矣。然都亭值昏懦之朝而闇於全身，且爲蠻酋所乘，識者惜其不竟厥緒；忠襄間關百戰，僅僅保有南服，議者以有志未就少之。又非求多於二臣也。其積未久，其發未極也。

高皇帝剖判乾坤，扶輿載淑，一舉篳輅藍縷之陋而新之。於是昔之懸崖峻嶺、盤紆茀鬱者，若增而高；昔之洪流巨浸、淵渚洸瀁者，若增而深；昔之重關叠隘、傑樹竦立者，若增而固。其間驍材猛士如雲如雨，依日月之光順風而呼者肩相摩也。它不具論，若蘄陽康茂才者，視五臣不尤烈哉！慕義來歸，經略中原；從定齊魯，收復汴洛；屏翰秦隴，致位平章；分茅蘄國，卒謚武襄。若而人也，亭亭嶽立，比於碩輔；矯矯鴻騫，躋於上列。用則爲才閫帥，處則爲賢卿大夫；存則流耀簪裾，没則遺榮俎豆。庶幾哉！社稷之將也。譬楩楠豫章、桂椒木蘭，何止楚産也。譬三品之金、熊渠卞民之玩，何止楚珍也。譬鵷鶵孔鸞、騰遠射干、白虎玄豹，何止楚廷實也。造化鬱結以開名世，乾坤煦育以翼泰階。漢、宋二公且將負羈紲而從之，况春秋諸臣哉！此非古今人才相去遠甚，其所積所發異也。

夫天地洪啚激昂之氣闢於三，茂于五。三如初旭，五如方晝。春秋其屯之會乎，漢、宋則日之高春也。胡元混沌，猶長夜也。藝祖創造，鴻濛初啓，不猶三皇乎哉！惟風氣聚而未漓，故傑俊出而空群也。矧今獻皇肇迹，世廟發祥，今之楚非昔之楚矣。光華其再旦乎！則博大蓄碩之徒，瑰瑋倜儻之輩，媲美武襄，繩繩作乂，何疑也。今天子纘圖握宇，注意武功；開市貢以款迤北之酋，裂爵禄以旌遼左之捷。雲龍風虎，比類相從。斯之瓌人望士，應期而出，如《淮南子》所謂社稷將，太公望所稱忠貞士，將不快睹於今日哉！夫社稷，重器也。侍者奉重器，少見欹露，主人必怒而奮叱之，懼傾損耳。社稷之重不啻珍玩，呼吸之間安危所係，不啻傾損，付托可非人耶？必敦《詩》《書》、説禮樂者，而後可以語此。必堅壁細柳、持重金城者，而後可以語此。必威信回紇、保障睢陽者，而後可以語此。必下城不殺、報國盡忠者，而後可以語此。此豈淺中弱植所能辦哉！康武襄公進於是矣。彼五臣者俾操一旅之柄，其功可睹也。籍第令負天下社稷之重，不蹶則仆耳。何者？將非一律，士鮮兼長。受脤建牙、分憂寄命者，重將也。專屯列部、積功累勞者，裨將也。彎弓跨馬、風雲動色者，技將也。拔矢斷膚、血面轉鬥者，勇將也。號令齊明、軍中股栗者，嚴將也。揣敵料勢、發機如神者，智將也。裂纊分醪、慕下感悦者，仁將也。雅歌投壺、文武旁綜者，儒將也。此猶手不能步，足不能握，魚不能飛，鳥不能馳，局於器也。若乃齋壇命信，靈旗指越，精誠發而石開，志意作而虹貫，非有忠貞之將，孰與社稷共存亡哉！

抑又聞焉，上有恢紘廓綱之君，斯下有川涌霧合之臣；内有張仲孝友之相，斯外有方叔召虎之將。感召作率之機，誠有在彼而不在此者。故推轂分閫，臨軒受鉞，不有委之以政者乎？上殿入朝，不趨不名，不有崇之以禮者乎？市租饗市，不從中覆，不有專之以事者乎？幕下轅門，有令無詔，不有假之以權者乎？昔之優重乎帥臣如此，故將士感奮而無二志，令之臨衝赴難，有不孜孜爲國者哉！後世此義不明，名震者謗集，功高者身危，至有請田宅以自固，請監軍以自明者。吁可慨哉！故曰：『必勝之旅，非鼓不前；賈勇之夫，非勸不奮。』則忠貞之將雖其天性所植，要亦有所以作之者焉。乃若譏評今昔，軒輊功能，則旂常鐘鼎所載可鏡也。愚生固《春秋》擯不與坎牲圭璧之士也，烏足以知之？

陳烈女賦 并序

夫八閩靈秀，長樂冠之，蓋乾坤清淑所鍾也。故匪獨士競外刑，而女亦崇内範焉。我御史中丞陳公昔有哲嗣，齒際童烏，聲蜚藝圃。時與大參□□林公同游于越，遂以仲女字之。仲女固女士也，少[五]挺蕙質，長錫荥名。屬翁媪宅憂，未諧鸞卺。忽夫君□難，遽絶鯤弦。藐爾孱軀，甘從隕逝。終焉屏粒，竟即長[六]途。信苦節難爲繼，而没世有餘芳也。昔北海高劉媛之義，南陽多荀女之貞。若裁决從容，舍生完節，方斯殆少讓矣。一時學士大夫靡不爲詩爲歌，頌厥休懿。此非夫嘉德慕誼、逖邇同情者耶？圻也仰柔淑以悽心，誦篇章而動色；念綱常之攸繫，痛貞操之稀遭。僭述短辭，用揚幽烈。其辭曰：

伊坤儀之吐秀兮，啓奥壤之冥符。吻滄溟之噴薄兮，應牛女之上墟。既士族之外曄兮，復壼則之内腴。誕祥發于高門兮，毓貞静之名姝。偕姊娣以好修兮，競容暉而自如。潄玉津以潦目兮，易慈疢而爲娱。□文史以延矚兮，允體禮而嫻儒。遵彤管以嗣徽兮，掩璇閨而靚居。欣鳳占之報協兮，期鸞褵之蚤紆。字有嫣之洪胄兮，紛紃組而鳴琚。儼皇舅之秉憲兮，律驤首于亨衢。諗嘉偶之警慧兮，悟玄理于庭趨。方待年以作嬪兮，胡遘厄而弃余。溘朝露以先零兮，萎謝階之璠璵。憯慈怙之號擗兮，心欲絶而再蘇。進未謁虖廟饗兮，退悽楚于堂隅。矢捐軀而靡他兮，指玄冗以殉夫。裂綺紈而弗御兮，甘佩縞而寢芻。撫玉軫以傷摧兮，聽別鶴而長吁。悼懸蘿之失倚兮，詫泉壤之殊途。驚宿草其載周兮，懟引決之舒徐。殷憂結而疇控兮，髽衡笄而形癯。倏賔貞而喪淑兮，起悲風於旐旟。生絶歡于黼帳兮，歿遺榮於翟褕。緬神氣之可覿兮，怳澄月于空除。藐雙溪之淑德兮，匹螺江之賢姑。溯往代之高踪兮，流史牒之合譽。或截鬟于曹閤兮，或旋魄于陰廬。當陽九之屯難兮，爰方駕而齊驅。肩藍田之雙玉兮，萃洛浦之分珠。謂昊天其垂愛兮，胡爲罹此百荼。謂昊天其降割兮，胡爲完我瑾瑜。彼骨肉之聚散兮，紛同歸于野土。惟遺烈之昭垂兮，振綱常于千古。縱瑶華之剪落兮，貽慶門之逸矩。式歌吟而頌述兮，將懿迹之揚敷。乃鎸金以鏤石兮，麗鳳與篆與龍圖。爾百靈其呵護兮，亘宇宙而弗磨。

示諭全楚諸生條約

竊照六藝登才，三科射士，自昔迨今，率崇茲道。故卧石有戒，璽書有款，由之詢事考言，爍乎備矣，圻復何説？頃皇上命部大臣校察直省，督學使者惓惓以請托、操履二端總核而殿最之。其隆重學政如此，大要欲人澡身軌物，振弊抿私，爲興起斯文計耳。

圻識非鏡鑒，學愧鐘鳴，謬叨銓品之司，殊切負山之懼。乃若冒没猥屑，大醉不醒，自干司敗，圻固能矢諸天日矣。它如昏夜覆刺，白晝造請，則有近例森嚴，前車可戒。賢士大夫自能相體，亦何待戒閽人、嚴騶馭哉！至其結納有司，要獵聲譽，或假論文以求進，或托親故以曲通。若等士人，氣節委薾，品格卑下，異日縱博一第，將安用之？兹實本道素所羞稱，蚤期諸生痛加砥礪。設有違犯生員，定行該學黜退。童生即行府縣，禁錮終身。仍將父兄問罪，追贓備賑。斯盟等于金石，决不食言。

明故大中大夫自齋陸公行狀

歲己酉孟冬十有七日，余年丈自齋陸公以天年終。越庚戌三月，長嗣元震帥諸弟屬余狀公履歷之可書者，將謁良史圖不朽焉。余憶甲子秋與公同領鄉書，屈指四十六年所矣。余視公稍長，齒髮稍與公埒，而吞花吸月神情逌上不逮公遠甚。一旦弃余而去，余感山陽短篴，瞿然若夢；已念枌榆社冷，則又懡然若喪我形影，又烏忍操管爲公狀？顧念知公莫若余，諸年侄所爲重公幽隧者，亦將籍手于余，余何敢辭？

公諱從平，字履素，别號自齋。始祖樸庵公，一傳而爲守愚公，再傳而爲可筠公。公之尊人鶴江公領嘉靖戊子鄉薦，爲京兆理，以公貴，贈水部郎，再贈中大夫。宗伯陸文定先生銘可考也。鶴江公元配黄安人，生贈大夫縝庵公、儀部寶峰公；繼配許淑人，生孝廉玉崑公暨公。公生而朗拔異群兒，弱冠爲諸生，與伯仲先後建旗鼓，里中方之八龍、三鳳。鶴江爲廉司理，産不及中人，命公出贅左山章公。外家距親舍百里而遥，公每念兩尊人，輒徒步歸寧。居無何，兩尊人相繼先朝露。公哭之痛，以不獲從地下爲恨，悉弃所遺産襄大事，浚室若掃矣。自是集生徒授經以資炊汲，遠近執經問字者户滿。雖突恒不黔，而讀書譚道晏如也。服闋，就試。督學使者周觀所奇公文，拔置第一，爲江南北諸士冠。秋闈不售，東海冢孫張汴南延置西塾。講藝之暇，登海雲樓，日草制義七首如場屋，更自淬勵。歲甲子院試，會新例議裁試額，公名在額外，法不得入棘，竟以遺才獲雋，與仲子元量同榜。榜中人指而美之曰：『此雲間二陸也。』

戊辰成進士，令清豐。豐故三輔岩邑，治故號難。公治之寬嚴相濟，不苛不弛，獨稱易。民苦保馬之役，公調停使得息肩。豐民戴若慈母，嘖嘖稱陸令公云。時暘谷王公爲大名守，加意校士，屬公與吴崑麓博士閲卷。若今季司馬霖寰、魏太常崑溟、董吏部太初，皆公所品目士也。三先生俱掄魁，以文章德業顯當世，即元禮之識季賢，韋岫之拔盧儁，曷少讓焉。解令既有年，余左官開州時過豐。豐之父老生祠公與青霞沈先生，儼然同俎豆如一日。非其勞來興罷大孚衆志，何以得此？癸酉應内召，咸謂公且入諫垣，竟遷留都繕部。未幾，出司蕪湖榷。故事，出納在司關，不難染指。公至矢寛矢慎，矢無兩心，由是上供不減額而商舶稱便。有巨賈德公，置金酒罌中爲饋。公揣知其意，正色却之，亡納也。

丁丑，晋水部郎。會今上大婚，御用服器取用不貲。内璫憚公嚴，斂手不敢溢請。大司空暨二少益倚重公。先是，以修祖陵及大内有功，賜鏹增級，婁被異數。庚辰冬，擢守漳州。辛巳大計，適主爵者庇其私人，波及公。公莅漳甫一月，即馬首旋矣。朝士莫不嗟呀稱不平，公絶不介意，倘佯吾松之瑁湖里，即尊人京兆公釣游地也。朝夕觴咏，不通輦上片紙。故事，郡縣長吏赴部方得補。公竟以灤州起自里中，蓋輦上諸君子借此爲公白前冤，維公道也。公守灤，首鋤彊梗，俾不得善類狐鼠，灤氓蒸蒸向風。又增埤浚塹，日謹干掫爲禦虜計。灤有昆季構訟者，公舉蘇明允語判其牘，昆季輒感泣叩首去。甲申，移貳臨江，公謹戢江防，訓飭士伍，令十里無烽警。當路者益才公，數以卓異登薦剡。

丁亥，拜思南守。思南遠牂牁，刀畊火耨，蠻獠雜居，貴竹一大都會也。自公抹馬，次第問民間疾苦，條陳十餘事，如均丁賦、恤里役、禁流徙、懲嚚訟，纚纚切中利病，南中至今尊爲令甲。至禱雨雨應，賑民民蘇，割俸創瞻言樓，聳遠夷觀望；而手梓《維風編》作新髦士，直洗虎場鷄卜之陋習。是時播酋楊應龍方蓄異謀，公度變且起，奏記葉中丞，大都指應龍凶獰不易制，獨黔之安氏足制其死命，應龍素憚黔上官而狎川中。公奉葉中丞檄往戡，度應龍必不至黔，第嚴爲之備，思氓賴以無恐。川中兩臺誤庇應龍，力詆葉中丞好名起釁，並及公。公方解綬歸，禍竟燎原靡救已。語詳余所續《文獻通考》中。

己丑，單車復之任，凡五易寒暑，前後薦剡數十上，堇堇移兩浙轉運使。公聞命嘆曰：『某浮沉朱墨，首幾戴白，無由分藩臬半席，乃爲駔儈子握算耶？仕路不宜於鹽官，鹽官更不宜於陸生。』行且休已。乃浙之兩臺日移檄催赴，而諸婣黨復從旁從臾，遂强治行。至則祛煩剔垢，更新要束，便商不便民者安在，便官不便商者安在，一切振刷無遺。黠胥蠹吏皇怖不敢娓嫿。又請于鹺院兩浙諸司，以課上者官爲封識授主藏吏，商至畀以原封。諸商喜出望外，而藏吏亦罔敢毫髮低昂。煎辦之丁最苦稅入不均，公酌其重輕而差次之，令富者不得巧爲規避，貧者不至仳離無訴。鹺司至今口碑陸使君以實心行實惠，豈虛語哉！夫世所號易染者莫若津吏，又莫若鹽官，公視津吏視鹽官皆姑臧也。赤衷皓表，始終涅之不淄。嘗自慰：『某生平無所建明，猶不失爲清白吏，亡愧我家鬱林太守足矣。』戊戌大計，彼忮懻子欲中公一語不可得，而强以齒邁署公。公欣然曰：『引年吾分也。况吾道自有重，豈獨天飛者榮而泥蟠者辱耶？』先是，公考績，得誥封三世以外銜三品，蒙主恩與京卿等。公自愉快慰人子心，此外遷謫去留，盡餘事矣。故策蹇出都門，有『生來骯髒誰青眼，老去婆娑未白頭』之句。途中又調樂府二十章爲吳儂小令，以遺龍君御，迄今傳頌爲嘉話。懸車後，鍵關謝客，日以文史著述自娛。間拉余輩結真率社，竟日栩栩觴咏間，門外事置不問也。

公性尤嗜書，架頭所藏靡不手自讎校，嘗手録《左》《國》《南華》《離騷》及李、杜諸名家詩。所著有《轂音集》《燕思齋稿》《熬波集》《明農集》，其它副墨未授殺青者尤夥。蓋公以文人兼循吏矣。公孺慕兩尊人，垂老不忘。歲時伏臘，欷歔泣涕如初喪。至改葬張涇新阡，而哀慟傷感如一日，其孝行不在曾、閔下。事長公縝庵如父，撫玉崑遺孤如子，其友于不在姜肱、第五倫下。器猶子君策於未遇時，君策竟魁北闈。晚年携入社飲，每稱我家阿咸，其叔侄相與不在謝東山、阮步兵下。從僚佐善郭青螺，從虎丘、西湖倡和善王百谷、屠長卿、黄白仲，每遇酒人詞客留連杯斝，篇什盈數百，其豪宕不在白太傅、蘇端明下。所至郡邑懸魚啜水，其操行又豈在趙清獻、羊興祖下哉！總之潔以褆身，惠以撫世，誠以率物，儉約以貽後，而孝友一德又躬行而實踐者也。即今平原昆弟玉立，而諸郎君翩翩騕褭驌驦，追風逐電以振雲霄未竟之業，天之厚酬公，顧不在斯乎！公素神王善詼笑，是年秋忽命治木，若有冥契。尋以痰作，翛然長逝。輟瑟之辰，囊中無長物，惟殘編數百卷，公平生操行益可徵已。

公生于嘉靖乙未五月十二日，歿于萬曆己酉十月十七日，享年七十有五。元配章淑人生男女各一。男即元震，由郡庠生入太學，娶兵部主事盧夢錫女。女適張東海孫孝廉張以誠。淑人初多疾，不勝拮据，因過維揚，勸公聘王訓導相女孫爲副室，代理閫攺，爲今王孺人。生男四：元孚，青浦縣學廩生，先娶陳中翰大廷女，繼馮孝廉大受女；元恒，先聘宋太學啓文女，繼郡庠生胡志宏女；萬仞殤；萬齡，華亭縣學生，娶翰林檢討高承祚女。女二：一適董宗伯子太學生玉柱，一適光禄劉承雲子文學劉有綸。側室沈氏生女一，受黄州守潘元和子四知聘。孫男四：肇溥、肇淳，元震出；肇元、肇潤，元孚出；俱幼。孫女二，一字太學生吴之麟子嘉禮，一幼未字，元孚出。章淑人温恭執禮，雖貴盛，不憚瘏瘁以佐夫子澣濯操作，非甚病不輒手，真五茸賢婦也。而中道弃捐，歿于旅邸，宗戚莫不憐之。其碩德懿行載于自齋公所自爲狀，余不復述，姑述公世系宦迹之尤較著者，以上之當代立言君子，錫以鴻篇，永垂來祀，余亦與有光榮焉。謹狀。

誥贈大中大夫廣東布政司右參政近松張公暨配誥封陸太淑人行狀

贈中大夫、廣東右參政近松張公者，吾松華亭人也。其先自南渡徙居郭西之竹竿匯，傳大父瓛，隱而有聞。嘗自言與給諫張白灘曾祖遺庵府君爲同堂伯仲，至今兩族叙家人禮云。瓛生二子，季最賢，即鶴南公宗義也。鶴南從竹竿匯再徙城中悦安橋，以方伯君貴，贈如公官。母沈贈太淑人。鶴南子二，長士弘，號可松，次即公。

公諱士毅，字子强，别號近松。生而恢敏有大度，少同伯兄受學於唐思泉先生。家值中落，膏火或弗給，則曰：『四民皆男事，安所不可見奇，而徒矻矻研席間，令父母拮据爲？太史公有《貨殖傳》在，吾將退而修其意焉。』因請於鶴南公，令伯兄卒博士業，身自服賈佐家費。然亦不事市估規小利，第惟操奇贏取什一耳。太淑人賢有矩矱，又能攻苦食淡相成，自是稍稍具伏臘資矣。會鶴南公捐賓客，一切喪葬諸具靡弗如禮，而橐益空。時公甫束髮即總家政，人猶以孺子易之。迨公矢志澡行，營治勤劇，不數年饒裕視往倍半，衆始多公自樹云。亡何，舉方伯暨兵部二君，皆嶷嶷見頭角，則又謂曰：『丈夫何必行己志哉？曩所爲修業而息之在若屬耳。』遂延禮名師，刻意督課兩君，往往視師言上下爲憂喜。有游黨以論文過從者，日爲延款無倦容。夫婦從屏幛間竊伺之，客與兩君娓娓刺刺論説詩書，未嘗不相視解頤也。太淑人又常丙夜手自篝燈操女紅侑讀，辛楚更愈公焉。兩君學既大成，補邑弟子員，角試遞相甲乙，詘其曹偶。歲戊午，方伯君遂領鄉薦，公與太淑人喜曰：『乃今可出我於賈哉！』越二歲辛酉而公卒。卒之四年，方伯君成進士，以甲次授南宗伯屬。又二年爲隆慶紀元，以廟恩贈公禮部主事，階承德郎。太淑人封安人。又一年而兵部君復舉進士第。又五年而爲今上萬曆之癸酉，方伯君守南天官郎，再贈公吏部郎中，階奉政大夫。太淑人晋宜人。方伯君轉徙藩臬，勛勞懋著。天子修屏翰功，錫三代誥贈以今官，太淑人亦累三命有今封，食報差不薄矣。

近松公爲人依於長厚，起家雖從纖嗇，顧性好施與，振難解急，如在其身。有負錢弗克償者，輒焚券示勿取。宗黨女貧不能嫁，爲選配具裝遣之。蓋期功以上視公有若内庾者。先是，倭夷創禍，村市無寧居。公家城中，親知義故入避者多依焉。公不難分數椽與共，太淑人亦不難親釜鬵以代舉火，至今人稱説不容口。太淑人陸姓，爲雲間右族，性極孝，謹事鶴南翁媪，鮮弗當意處。妯娌間尤歡然無間言。乃其視子若孫，則又嚴整面目，不少假貸。故近松十九在外，而兩君竟彬彬成鉅儒。太淑人不兼有父道哉！太淑人既貴，每稱舉食貧時至歲晏風雨環堵蕭條，輒欷歔泣數行下。痛公蚤世，不逮鼎養，惓惓以奢盈夸詡爲戒。即今子孫都貴顯，咸守儉素如寒畯。太淑人所以貽其後者顧不偉歟！

公生弘治乙丑十二月二十六日，卒嘉靖辛酉六月二十八日，年僅五十有七。太淑人卒於萬曆丙戌五月十一日，距所生弘治乙丑七月八日，享年八十有二。子男二：長即浙江君明正，積官貴州布政司左布政，娶楊，封淑人；次即麗江君明化，官南京兵部郎中，娶葉，封安人。女一，庠生顧有爲子承先，其婿也。孫男四，俱太學生。方伯君出者曰元烈，娶千户金鏡女；曰元勳，娶大理評董志學女。兵部君出者曰元肅，娶方伯蔡汝賢女；曰元良，娶太學生顧可繼女。孫女二：長適封君唐敷錫子文濤，次適京兆馮行可子舉人大受。曾孫爲男者八：長文纘，聘太學生陳大廷女，元勳出；文續、文緒，元良出。曾孫女二：長許聘鄉進士錢良輔子庠生大忠，元烈出；餘尚幼。

太淑人卒之明年四月，方伯君兄弟手苴奉經造予泣曰：『往先中大夫葬北郊二里涇，用處士禮，隧道之石闕如也。兹將奉太淑人柩，啓先中大夫之兆以祔。吾子辱在同登，習知先中大夫與太淑人者宜莫子若。幸爲我述其生平行業，乞銘於當世鉅公。俾有示乎來葉，存殁有大願焉。』余懇辭不獲命，因即二君口授暨所聞於長老者，略爲論次如右。

誥贈太宜人李母程夫人行狀

程太宜人者，贈大夫安吉守李公賢齋之配，大夫登郡丞李公新齋之母，鄉貢進士〔七〕李君玉海之王母也。太宜人以萬曆乙酉六〔八〕月十三日壽終于嘉定南翔里第。又明年丙戌，啓賢齋公之壙祔焉，從今禮也。於是太宜人仲子怡新君、冢孫玉海君具縗絰詣余哭曰：『家太宜人非有瑰意奇行足藉齒録。第新齋府君爲公同年進士，公之仲女又爲府君仲子中芳婦。設太宜人生有片善，盡在公耳。願公詮次爲狀，以乞銘于當代宗工。』余亦泫然泣下，不忍辭，遂稱述所聞，以俟采擇。

按太宜人姓程氏。程故新安右族，其出晋太守元琰忠壯公靈洗者尤號望裔，而歙之槐塘長汗山，休之柵口汊口，則元琰正胄也。太宜人六世祖發祥公自汊口贅歙上北門汪氏，嗣後一徙塘坑，一徙坑稍。居坑稍者凡四五傳而爲福元，爲思振。思振公蓋太宜人考，而胡氏則妣也。太宜人生弘治己未十二月九日，時思振家值中落，幾不欲乳。會感異兆，卒乳之，然亦時時毓外家。少長即以功容著譽，無間五屬。時賢齋父爲兒擇配，謂程氏女早有令聞，長必能亢吾宗，遂納聘焉。比歸年甫十五，已嶄然成婦道。然不逮事其舅賢齋公。又庶子依伯兄立，俱時時賈游於四方；長姒性復嚴猛，把一切門内政。太宜人雖與姒北面奉姑，終凛凛弗敢講鈞禮，至或與僮奴雜作。家尊人有爲不平者，私語之曰：『人皆一姑，汝獨有二姑，云何？』太宜人答曰：『婦嘗聞介婦不敢無禮于冢婦，禮或是也。』族衆以此益多之。後賢齋公僑寓上海之江橋，已徙南翔，又徙嘉定邑中。所至樂善好施，家復大振，一方人争慕尚其賢，因呼爲賢齋居士。太宜人内助實有賴云。太宜人年二十七舉新齋公，無何又舉怡新君。太宜人蓋有子矣。更選飾宜子如鮑孺人者進之弗忌，尋生子男三女一。太宜人視如已出，古所咏《樛木》《螽斯》，豈愧也哉！諸兒纔出襁褓，輒請賢齋公迎師課教，至陰脱簪珥佐百須，諸兒以此多才名。新齋公竟以《春秋》登乙丑進士上第，筮仕浙江安吉，迎侍太宜人與鮑孺人。孺人安其子，不欲行。太宜人流涕推挽曰：『吾與若攻苦食啖有年，今子既貴而忍相捨耶？吾子即而子也。』自是白首相歡，絶無忤色，人以爲難。太宜人好執勤事，篝燈紡績，雖貴且老，不改其初。又好周人急，見寡稚窶不能自存者，輒傾所業贍之。服御必再澣緦，乃屏去家人，有弗能堪者。或風曰：『太宜人豈爲子孫計？何乃自苦爾爾？』則笑而應曰：『吾寧疲筋力爲壯者謀，内職自當如是耳。』新齋公由安吉遷順德，又遷登州。每之官，輒强太宜人偕。太宜人曰：『當官者義不顧私親。奈何以菽水故撓爾官守？爾第往，勿吾念也。』新齋公欲成母志，淬厲修職，竟遘勞疾。則又遺書趣令歸。歸不能起，乃哭曰：『吾有子死國事，更復何憾？』其暢曉大義有士道焉。晚年益嗜澹泊，惟女工拮据如故。暇日進鄰嫗講無生語，對子若孫輒稱引微時事，且曰：『汝曹無以今日忘阿母力作時。』其逮下一任慈惠，與同甘苦。獨持身嚴整，子婦輩舉止稍違越，輒面赤不之禮。是皆平生實行，余所得聞於弱息者。其它懿美，遺漏所聞外亡慮十九。余惟太夫人少無慈保，長不習詩書，乃其相夫爲母動合訓典，即勒之琬琰以詔來許，亦立言君子所不廢也。

太宜人卒，距所生享年八十有七。子男五：長即新齋公，諱汝節，娶程宜人，俱先太宜人卒；次汝簡，亦先卒，娶孫；次即怡新君汝箕，娶楊；次汝筠，娶徐，繼娶陳；次汝笠，娶金。女一，適汪岩桂。汝節、汝箕皆太宜人出，餘皆出鮑孺人。孫男九：長即玉海君，中壬午應天鄉試，標望絶倫，爲先芳；其次爲聯芳，爲太學生中芳，爲生員時芳，爲元芳，爲流芳，爲秀芳，爲傳芳。孫女九：長適金兆登，與玉海君同鄉薦；次受龐某、張某、翁某聘；餘未字。曾孫男二人：長繩之，次某。曾孫女三，俱幼。葬以是歲丙戌十一月某日。賢齋公墓在嘉定第二塘之原。

明誥封奉政大夫湖廣按察司僉事怡朴府君行狀

嗚呼痛哉！吾府君之遘疾也，度不可爲，呼不肖圻囑曰：『吾年登八十，兩被國恩，死復奚憾？第平生泯泯無所聞，死當速葬。葬無過侈，毋勒懸綍石，取世姗嗤。』不肖圻飲泣應諾。今卜兆營宅，葬有日矣。所爲濡遲不欲狀也者，固且遵治命也。然舍是又安所圖不朽？謹垂涕攟摭一二，要以志實，不敢矯舉以誇遺言。

府君姓王氏，世爲蘇之嘉定人。勝國時，始祖士衡公避難徙上海西北境家焉。一傳而爲高祖孟全公璇，再傳而爲曾祖守忠公鈇，守忠生大父槐，里人所稱石泉公也。生二子，長世父爚，季即府君諱熠，字子韜，别號怡朴。生而警敏不群，幼從經師授《詩》，輒通大義。尋坐家累奪業，則又嘆曰：『丈夫舍學士家言，更無他書可讀乎？』凡軒岐、䡈策、甘石諸記傳靡不窺見一斑，以故言動斌斌有儒者風。壯歲挾策游京師，郡守述齋何公、邑令八峰張公召與語，大加眄遇，辟就郡醫學正科，非府君志也。然亦兢兢守職業。

歲乙巳，境内大疫，槥車相望於市。府君捐金調劑以施單民，所全活甚衆。閭右有死而無所瘞者，至蔓草縈骨。府君悽然疚心曰：『埋胔之謂何？』遂起大塚以予貧家葬。吾鄉土瘠民窮，以漕役傾貲者十不遺一，至聚室相泣曰：『安得爲吾儕請命者乎？』府君奮然倡義，帥境中父老訴於兩臺，立罷之，且著爲令。石泉大父性方重，子孫有纖過輒瞑卧不語。府君鵠立床頭待罪，或積至夜分，直俟色怡命退始趨出。晚侍王母朱碩人尤極孝敬，每上食，身自操榼授匕箸。二大人俱以上壽終。府君喪葬儘力所能辦，一髮不以讓伯氏。四時魚菽之祭，必夙戒衣冠，潔供具，悲悽感愴，如親見之。暮年築室祠堂之右，坐卧其中，出入必告，動遵古則。家庭孝友，真可爲子孫世世法。内外姻族無問貧富，遇之若一。有奇窮不能自振者，勿吝割己業以賙之。女弟適劉、適何，俱蚤世，所遺藐孤，府君翼而成之。童爲師，長爲室，視與子等。諸甥亦忘其非子也。

庚戌，□□入掠，所過燔焫殆盡。府君竊計之曰：『賊所欲者貨財耳。貨財固聚塊積埃，吾何愛是而不爲一方謀？』乃簿置衣服布絹諸物於中堂，而列米薪牲酒於厨，扃户而題其上曰：『財貨惟所取，小民廬舍幸勿加災。』翌日寇至，果大滿其欲，不毁一椽而去。府君亦絶口不稱功，但謂不肖曰：『吾所勉爲此者，豈丐人知哉？徒欲積寸分以貽爾。吾即不能袖書待槁，爾其成吾志哉！』初，府君教不肖圻嚴甚：四歲而課之句讀，七歲而課之學《禮》，十歲而令裹糧遠游以充其學。甫成童而爲邑弟子員，屢不得志於棘院，則又進之曰：『此果造化困吾兒哉？亦文不中繩尺耳。』計日程督如成童時。

甲子歲，圻叨舉於鄉縣，登乙丑進士。人蓋多府君善教云。不肖圻既釋褐清江令，府君則戒以平操斷、潔檢守。洎改萬安，又彙古便民利國家之説稱於人人者數數緘示。不肖圻稟奉惟謹，幸逃吏議。隆慶改元，蒙恩拜監察御史，遇登極覃恩例，封文林郎、萬安縣知縣。無何，奉璽書督長蘆鹺政，因疏邊臣欺妄。内江相公掌院，頗見稱許。會江陵與内江交惡，遂并中圻出僉閩臬。新鄭再相，特旨考臺省官，仍以原職謫判邛州。不肖圻歸謝奉教無狀，府君了不色愠，漫應之曰：『兒不骫國法，無虞遷也。』亟令束裝上道。居邛數月，量移進賢，而太宜人訃至矣。復除曹已守開佐青，再陟武昌分巡。今天子尊上兩宫徽號，府君奉詔例晋五品服色。迨不肖圻提督楚學，三載報績，誥封府君奉政大夫、湖廣按察司僉事。天綸申錫至再至三，府君承之若固有，遺榮養素淡如也。不肖凡八遷官，九易地，府君未嘗一日就禄養，恐傷不肖廉也。居必仍先人敝廬，身不御綾文刺綉，又耻從郡邑長有所干謁，自是家益中落。然鄉人謂府君能持大節矣。上世有不腆之田在吴淞上，歲課僮僕習農事。或言：『翁貴人也，何自苦爲？』府君謝曰：『吾兒幸徼天禄，老人力田自食爲太平閑民，良不苦也。』見他舍有青衣林立門外自張者，府君心竊鄙之。塊處委巷，蕭然隻立，至或時乏應門者。庖中非伏臘召客，不二羹胾。或諷之求田問舍，則摇首閉目曰：『吾老矣。』先是，縉紳家多美田宅，巡撫海忠介公有意督過之，聽小民相告訐。衣冠之俗無一不受慘禍者，府君以産薄獨免。一日，忽有悍夫叩門求謁，面府君，則長跽頓顙請曰：『某誠犯封君。然與封君豈有識且間隙哉？第詞非及縉紳不理，故假公銜以動上聽耳。願受撻。』府君笑而遣之，竟不與校。人始知府君胸中無昵嫌者。海公之浚吴淞也，掘地成流，役不逾時，三吴大利。府君曰：『此禹功也，可忘之乎？』率先鄉人創祠江上，貌公像尸祝之。

勝國時，有額建福田寺在舍傍，圮於兵燹。鄉人謀欲新之。府君曰：『糜有用以奉無用，非事也。吾爲爾立五穀神祠，仿古春秋報賽之禮，爲一方祈豐穰；而設祝釐位於其後，爲今天子拜萬壽，可乎？』鄉人各各稱善，遂拓地捐貲，請於邑大夫而後舉。不數月告成，儼然一大叢林。蓋名仍福田之舊，而意實非也。

府君好施樂義，類多爾爾。晚病赤目，廣延化人之能已疾者與理。默存玄語，因究鴻寶甲乙之旨，視勾漏若非遠者。以故府君内强外充，精神爽豁。歲庚寅，壽届八十，三邑士大夫稱觴爲賀。府君危坐陪款，竟日無僛容，望者以爲神仙中人。居三月而痰疾作，又三月爲六月二十八日，巳刻，命兒女輩扶入肩輿，舁至寢門，端然而逝。漏下二鼓始就木，神色不變。府君殆真有所得耶？誠有得，胡不少須而遽舍我去耶？嗚呼痛哉！卒之日，距所生正德辛未正月二日，享春秋八十。配先妣封孺人、晋贈太宜人馬氏，先府君一十九年卒，遺行具潘恭定公誌中，不敢再述。

子男一，即不肖圻，任止陜西布政司右參議。娶陳氏，茶陵州州同南田女，封孺人，晋封宜人。女四：一適太學生劉邦輔，夫婦俱卒；一適何子科，亦卒；一適太學生金太遜；一適庠生張仰。孫男三：思忠，監生，例授鴻臚寺序班，娶嘉定庠生李裕篇女；思義，邑庠生，娶工部正郎楊石南女；思孝，娶張經衛思莊女。孫女二：一適庠生聶聞詩；一適同年進士李新齋子中芳，太學生。俱卒。曾孫男四：思忠出者昌明、昌國、昌言，聘庠生徐泰宇女；思義出者昌會，聘顧光禄青宇女；昌胤則思孝出也。曾孫女九：一適張比部明初子士端，一適沈文學洪宇子念祖，一適張太學生少塘子重遷，一受侯大參復吾子升暘聘，餘未字。

不肖圻卜於今年壬辰春二月十有二日癸卯啓先妣宜人柩，合葬於沙洪之新阡。維時海警喧騰，倉卒襄事，志石尚缺，夙夜疚心。惟當代立言鉅公哀之，賜以片辭，納於幽室，俾來裔永永有徵。不肖圻無任哀籲祈懇之至。

明故文學冲如嚴公墓誌銘

余張甥其胤婿於嚴，嘗爲余言其外父頤静公及公之子冲如君世誼。余雅心慕之，而君之子從禮與余孫昌言又寮婿也，故益習君之爲人。會君以病卒，其孤卜於癸丑歲十二月一日葬君祖塋之穆位，先期持所自爲狀介余孫詣余銘其墓中石，余不忍辭。

按狀，君諱有威，字冲如，世居嘉定之大場里。大父南野公堂，生夢野公銑，弱冠有節概，嘗涅胸以報父冤，殷司馬無美公爲立《孝子傳》。是生頤静公泰，娶陳孺人，實生君。君生有奇相，即與群兒嬉游，絶無凡態。年方舞勺而陳孺人卒，君哀號擗踊如成人。雖爲孺子乎，而已嶄然露頭角。既知嚮學，下帷誦讀，不輟寒暑。歲在甲申，補博士弟子員。

初，頤静公以諸生久次應貢，會病廢，常鬱鬱不得志。君既蔚有文名，及舉茂才，以爲奕世簪纓，藉以接武可立待也。亡何，頤静公病脾，君視湯藥未常去側。走使旁郡訪能已疾者，無不延致。不效，搏顙請代，衣不解帶、目不交睫者累日月，病竟不起。君毁瘠骨立，幾不免于死孝。虔奉頤静公治命，擇明師課訓諸弟。諸弟亦稟稟奉教，先後皆隸廣文，而君以家督獨肩家鉅。且爲人坦易不設城府，而又好施無倦。凡二族之親，交游之好，緩急必與之共，蓋隱然有原嘗之風。至排難解紛，則又似魯連先生矣。自奉甚約，而歲時伏臘及行修召客，不欲以儉嗇爲封殖計也。舍後有隙地，雜蒔花果竹木，結亭其中。客至，焚香啜茗，言談竟日，退則抱一編據梧讀矣。

君素肥白，適以事走吴門，歸，色澤黯闇。君之諸孤多私憂之，然猶以爲于役作苦，不意竟以是夕一蹶而逝。君幼幾殆於痘，幸而得生，而又嗜學爲名士。識者咸謂君宏才大抱，非止決得失於一夫之目，至第甲乙而升司徒，殆可俯而拾也，而竟不克享中壽，以故親知咸爲痛悼。是爲萬曆丙午二月二十九日，距君生癸亥九月四日，得年四十有四。

配沈孺人。子男四人：長從禮，邑庠生，娶徐氏；次從毅，娶周氏；次從謙，邑庠生，娶沈氏；次從平，聘唐氏。女三人：長適顧芝園，次適趙景祉，次未字。孫男七人：爲從禮出者茂愨、茂□，茂愨聘秦氏；爲從毅出者茂思、茂志、茂□；爲從謙出者茂□、茂□。〔九〕孫女五人：從禮出者三，從謙出者二，俱幼未字。

昔柳柳州有言：『道德仁義，志存生人，天則必夭其身。』豈真蒼蒼之無信耶？要之，修短固有定數。而尚馳又言：『死而不朽，反貴於生。』君雖蘭摧玉折，而其炳焕于鄉閭與可傳于後世者，固自有在也。余故誌其概而系之以銘。銘曰：

其學充，其遇窮，其貌豐，其享年如日之方中。豈天道之夢夢，慶流後裔爲麟龍，奚必發於爾躬。古阡鬱鬱氣葱葱，曰冲如君之幽宫。

明迪功郎浙江台州臨海少尹景蓮金公暨配王孺人墓誌銘

迪功公者，余先僉憲公之館甥也。迪功故爲臨海丞，先妹王孺人從焉。未幾卒於丞所，可一年而迪公歸。歸又可五年，而迪功亦卒。卒之三年，其子思稷將啓孺人之窆，合葬於沙洪之新阡。先期手自狀，丐誌銘於余。嗟乎！余何忍銘公哉？然非余則又誰銘公者？

按狀，公金姓，世爲華亭人。七世祖曰雯孫。雯孫生文華。文華生克夫。克夫生梅軒。梅軒生憶梅。金先世多顯者，獨三世隱德弗曜。憶梅生研江。研江起家邑博，生同蓮，則公父也，名憲周，爲諸生有聲，配王氏，實生公。

公名大遜，字謙甫，别號景蓮。仕爲丞，階迪功郎，故稱迪功云。性機警，善調笑，每一發語，座中無不絶倒。十八補博士弟子員，已補太學上舍。需次選人，得浙江之臨海丞。時令臨海者湖廣程君獨才公，一切於公取裁，視公如左右手。公因得發舒其意氣，又持冰檗操，不肯家於官。時郡太守簡公、郡丞祝公以廉名，聞公廉，交相得也。臺使者下教褒美，於是人人知有丞，幾埒於令。公亦自謂可遂爲令。然性骯髒，獨不善媚人以非其道。嘗謂：『丞則丞耳，安能爲所不爲以負丞？』

司理某君嘗屬公冶金，意風公暮夜之獻。而公佯不解，僅如其所冶以上，意不無缺望。已又餉公腰帶，公亦無所報謝，心益銜之。又所部勢家有與民争海中山地者，而山故民山也。勢家多行金錢，司理已陰右之，而先檄公按視，欲借公以直勢家。公按得其實，竟歸之民，由是意大左。而公又先以他事抶其伍伯，雖外嚴憚之，而中實怏怏，以爲丞少余耶？竟以蜚語中公解官歸。公居官廉，歸而垂橐，至無以供伏臘費，然終不肯求田問舍。惟蠹魚殘編斷簡中，以送壯日而已。

公有至性，居同蓮公艱，晨夕哀號，羸然鷄骨僅可支床。值母王孺人艱，亦如之。與人交，善揣人情，人人得其歡。事先僉憲公尤得當其心，故以兒子畜之。初，先僉憲公以余妹字公，固謂公能刑于。而余妹事公亦極奉無違之訓，事父母及公母俱孝。待臧獲有恩，臧獲至今猶思之。操家儉而又不以儉見，歲時賓祭極精腆矣。父即先僉憲怡朴公，母封宜人馬氏。

公自余妹逝後，意慘悽悲懷，更介介有所不樂，遂一病卒。是爲萬曆之癸卯，距其生嘉靖之壬寅，得年六十有二。余妹後公一年生，先公七年卒，得年五十有五。子男一人即思稷，娶太學生萬國彦女。女三人，婿爲張士鑾、顧士珍、沈寧一。墓在上海三十保沙洪之原，與先僉憲公丘隴相望，公先所擇也。余既爲之誌，而復系之銘曰：

爾官則郎，爾項則强，安免羊腸？爾名既芳，爾配亦良，是可不亡。

高太母尹孺人墓誌銘

尹孺人者，奉旨旌表孝行旭崖高公之淑耦，而文學見崖君之令母也。孺人以辛丑歲葬二里涇之新阡。越十三年，而見崖君詣余，哀戚如居廬，手一狀跽請曰：『先君蒙今天子允觀風使者條奏，表厥宅里。則既被異數，而先母壙石尚缺。敢乞一言以納之玄宫，俾我世世子若孫永有述焉。』夫尹孺人之賢，葺城老幼舉能道之。而見崖君之叔子爲余孫婿，則其淑質懿行，又不啻耳而目之，銘安敢辭？

按狀，孺人姓尹氏，父處士柳莊公，母曹孺人，俱望湖涇著姓，實生孺人。孺人幼警敏凝重，不苟訾笑。柳莊公口授古淑女賢媛故事，孺人即欣然領略。母曹教以刺綉、織紝、中饋，無不精辦若素習。柳莊公遇疑事詢及，孺人從容劈畫，咸中肯款。柳莊公夫婦益鍾愛，不忍令去左右，欲擇英兒爲贅婿。而柳莊公故與高南坡公爲世講，夙聞孺人賢，將爲子旭崖公請婚。第以柳莊公欲贅婿爲慮，姑托媒氏往。而柳莊公素聞旭崖公秀艾，喜曰：『得婿如是，即遠嫁猶在室也。』

亟許字焉。由是孺人心知爲高氏婦。會柳莊公之兄素與媒氏有郤，思撓成議，爲其姻黨强委禽。孺人雖閨帷弱質，義形于色，有截鼻割髮之誓。言者咋舌而退。後孺人加恩，内外戚靡不周至，獨與其伯不相往來。其天性嚴整多類此。

姑施孺人暴病，孺人匆遽于歸。甫入門而施孺人長逝，孺人撫棺椎胸曰：『天乎！何奪吾姑之速。使我生不及盡一日婦道。』哀號欲絶者數四。南坡公侍人劉姥抱持慰解。孺人亦自念舅氏春秋高，瀡瀡寒燠何所倚恃，乃强起秉家政。晨昏介劉姥定省南坡公，候其寢食爲憂喜，退而朝夕哭泣，饋奠施孺人如初禮。暇則躬刺綉，督紡織，率先操作。家衆自勝衣以上，毋敢有恬嬉游冶者，自是家用稍贏。則又時時擊鮮烹肥爲南坡公歡。時旭崖公哭母成疾，孺人間以餘貲爲湯藥費。南坡與柳莊皆善飲，孺人手釀醇醪，内以進其舅，而外以遺之父。二尊人均藉以陶陶適餘齡也。至四序烝嘗，粢盛醯醢，必豐必潔，戒執事者毋媟慢，毋先染指。蘋蘩之托，實無負焉。南坡公素食貧，賃屋以居，期滿當遷。施孺人尚在殯，孺人勉佐旭崖公權厝于祖塋，而貸金卜居南浦，家益中落。孺人謂旭崖公曰：『諺稱小富由勤。吾當偕汝共圖之。』外課僮僕，益肆力于耒耜。室中機杼聲不絶耳。拮据數歲，家事復蒸蒸起，而南坡公得優游燕喜者又十有餘年，皆孺人孝養所至。

俄而島夷入寇，烟焰張天，居民鳥獸散。旭崖公奉南坡公避寇他所。或言寇退，父子相携歸省故廬，猝與寇遇，刃且及南坡頸。旭崖公痛哭，腋蔽願以身代。神祇默佑，寇亦心動，兩人並脱虎口。初，有傳旭崖公父子死于寇者，孺人拊心大慟，如不欲生。尋知無恙，儼然歸里。孺人且驚且喜，籲天呼謝，聲動閭左。而南坡公遂病悸。旭崖公故患心疾，旋亦大作。孺人竭力調護，親供湯藥，僅以稍延，而此身疲瘁幾不能支。忽夜夢施孺人帕首呼孺人，授以曆書者七，其一則五月而盡。既寤，以語旭崖公，相與詫異不能解。越七年而南坡公疾陡作，醫謝不治，時正清和節也。孺人泣謂旭崖公曰：『前夢歲止七，月止五，豈竟是耶？』亟治含殮棺衾，甫畢而南坡公易簀矣。孺人與旭崖公竭蹷襄大事，始終一依于禮，四方觀者無不嘖嘖稱嘆。葬畢，徙居郡城。

時諸族多聯姻貴室，競以綺麗相高。孺人布素自如，惟高堂上壽及子女婚嫁，始一御紈縠。又生有至性，識大體。初生一女，或勸置乳母。孺人曰：『省此足佐吾舅一歲旨甘費。』竟自乳之。旭崖公與兄析産，讓腴取瘠，或以爲言。孺人曰：『大丈夫貴自竪立，奚必專藉世資？且失膏腴，孰與失手足歡也。』撫子女慈而能嚴，閫内教以女紅婦德，閫外延師授經，斬斬悉有矩矱。爲子若女亦凜凜稟命，罔敢不虔。諸友以會文至，輒喜動色；間有儇薄少年入門，必敕令絶交乃已。爲見崖君議婚，必求詩禮名族，曰：『如是可無愧高氏素風耳。』及婦至，諄諄訓以《内則》，且拮据彌力，曰：『吾欲以勤劬爲新婦先。』女二人，各歸郡中名家，壹以儉素相規。諸外孫繞膝，必以提躬績學相勉勖，不作煦煦姑息態。念劉姥守志不衰，待之迥出儕輩，歷五十年如一日。此豈凡女子所能哉！

歲壬辰，旭崖公寢疾彌留。孺人扶侍累月，至寢食俱廢，竟不起。孺人哀慕，幾不勝喪。已復黽勉營窀穸事，靡所自愛。於是里中黄口亦知旭崖爲孝子，而孺人爲孝婦矣。越二載，旭崖公以孝行被旌，孺人感怍交集，呼見崖君謂曰：『小子志之。爾其毋忘先德，宜益自奮勵，以報朝廷。』又三載，孺人七十誕辰，内外姻黨争上百歲觴。孺人抆泪謝曰：『夫子歿且八稔，獨享饔飧，猶且不能下咽，忍進巵酒乎！』會兩女適張與蔣者先後不禄，遂煢然疚懷，漸遘脾疾。見崖君迎醫診治，亦手揮之曰：『我疾殆不瘳。我方以得從汝父爲幸，何以醫爲？惟願爾勤儉孝弟，無隤爾祖家聲，還報汝父于地下，我目瞑矣。』越八日，考終正寢，實萬曆庚子十二月二十一日也。距其生嘉靖辛卯正月二十二日，得年七十。

子一，即見崖君振聲，華亭縣庠生。德器天成，文行絶俗，闔郡舉目爲聖人。娶郁氏，文學悟初公女。女二，一適張思聘，一適蔣懷珍，俱先孺人卒。孫男五：長汝識，青浦縣庠生，娶李氏文學芳洲公女；次汝論，亦青浦縣庠生，娶沈氏文學方庵公女；次汝謀，華亭縣庠生，娶余孫女；次汝詣，府庠生，聘俞氏文學雲中公女，未娶而夭；次汝譽，未聘。曾孫男五：懿抱、懿撰，汝識出；懿範、懿則，汝論出；懿禀，汝謀出。曾孫女三，汝識、汝論、汝謀各一。以萬曆辛丑八月十九日，葬二里涇旭崖公之右。

余讀見崖君狀母氏事，蓋詳哉乎其言之也。爲女則女，爲婦則婦，爲母則母，亦既哀然樹閫則，垂式縠矣。乃其待高、尹、曹三族肺切懇至，賑其貧乏，恤其孤嫠，歲時問遺相屬于道，且皆終其身弗替，非人情所難之難哉！若旭崖公榮被錫典，雖其篤行致然，而孺人内佐之力蓋十九也。宜三族宗老咸稱孺人爲女中髯丈夫，是不足以輝彤管而炳女史乎！故樂志其實而系之銘。銘曰：

爾身其勤，爾德惟醇。匪直也身，慶遺嗣人。墓草宿兮，姆範如新。雙玉掩兮，百千萬春。

【校勘記】

〔一〕醫師聚藥石察寒暑執方已疾者也　『執』原爲『埶』，據上下文意改。

〔二〕今日之楚一且與兩都埒　『且』原爲『旦』，據上下文意改。

〔三〕當隱、桓、僖、閔間　『僖』疑爲『莊』，《左傳》魯國前四个君主爲隱、桓、莊、閔。

〔四〕則郤珪與田而終老磨山　『郤』疑爲『却』，拒絶珪與田的賞賜。

〔五〕仲女固女士也，少挺蕙質　『也』『少』二字原缺，據上下文意補。

〔六〕竟即長途　『長』字原缺，據上下文意補。

〔七〕鄉貢進士　『進』字原闕，據上下文義補。

〔八〕太宜人以萬曆乙酉六月十三日壽終于嘉定南翔里第　『乙酉六』三字原缺，『酉』字可見一半。據後文『又明年丙戌』，可推斷爲『乙酉』。『六』字隱約可見，姑録如此。

〔九〕此段文字中『茂』字後爲四空格，當非因底本模糊漫漶所致，乃屬嚴氏四孫年齡尚幼，僅知行輩，故王圻有意留下空格，以便喪家填補。

王侍御類稿　卷之十二

太原王圻元翰父著
男思義校刻

明故待贈果齋胡公暨配陳孺人合葬墓誌銘

余嘗讀《易》損益之義，而知天道嗇於此者必豐於彼，人或詘于身前，必獲信於歿後。蓋挹彼注兹，道固爾也。則于果齋胡公見之。公有子曰文熺，來佐余郡，以余嘗備兵漳南，且與其從兄文燿同舉進士，稔知其家世，因手自爲狀詣余乞銘公墓。公固余太公祖也，義不敢辭。

按狀，公胡姓，諱天球，字弘器，别號果齋，世爲漳郡右族。國初有諱仁卿者，始徙居漳浦之鹿溪橋。仁卿四傳而爲確默公，諱尊賢，生三子，其仲曰子瑞，則公父也。厥配陳孺人數舉子，數不育，最晚始生公。文燿亦以是年舉，其父承德公彌育，則嘗後公父者也。

公生落落，不能與時俯仰，性慷慨負氣節，事關大義，毅然賁育不能奪，果齋所繇號也。公嗜學，讀書非丙夜不休，於諸子百家之學鮮所不窺。常手自鈔書，如我家元禮，不覺筆倦。留心譜學，嘗質先世遺事及世系源流，彙爲家乘，曰：『庶後世子孫無忘瓜瓞。』初與文燿齊名，文燿已第進士，公一衿未青，益發憤下帷。素有杜當陽之疾，嘗應府試，目而笑之。公慚忿歸治，竟以是坳。時太公夫婦幾耋，而侯尚未成童。彌留之際，呼其配陳孺人與訣，曰：『以白髮黃口累汝。』蓋知孺人能成公志也。

孺人爲處士陳宗質女，年十八歸公。婉孌閑婦道，事姑能先意得其歡心，處娣姒以和。每喪祭大事，身先爲倡。歸公十年而寡，泣不欲生，以侯故忍死。然竟絶歸寧，至子弟亦罕見其面。太公夫婦相繼病卒，喪葬皆如禮。嘗侍姑病過瘁，遘危疾幾殆，夢神人飲以漿，吐痰數升，遽起。人皆謂孝感。死喪之後，繼以島寇，饔飧弗給，茹荼萬狀。孺人提三尺之孤，日夕以眼泪洗面。侯稍長，即戒勿嬉戲。既就外傅，朝夕督課，歲時行修，莫不自手指出者。學成，弱冠補弟子員，既廩縣官，屢蹶棘圍。孺人泣曰：『未亡人且老。汝幼，不憶父垂絶之言。吾何以下報逝者？』爲之廢食。侯益自奮。歲丁酉，遂舉於鄉。報至，適值孺人設帨之辰，始沾沾色喜曰：『庶可以報爾父矣。』侯久困南宮，計得及時以禄養孺人，因筮仕德州學博。甫三月餘，而孺人之訃至，竟不克以禄養也。

胡公生卒皆嘉靖，自戊午距其生己丑，得年僅三十。孺人生以嘉靖辛卯，卒萬曆甲辰，得年七十有四。子男二人，長即侯，所謂刺余郡者也。次文燦，先卒。女一人，嫁郡庠生許士選。孫男三人：賓虞、賓庠、賓序。虞、庠俱諸生，與孫女四人俱侯出。曾孫男四人：鍪，賓虞出；銓，賓庠出；鏊、鎜，賓序出。曾孫女六人，俱幼未字。

初，公卒時，適島夷爲警，藁葬鹿山之麓。萬曆壬子，始遷與孺人合葬於八都之紫袍山，禮也。《誌》曰：『公之卒蓋以治癭云。』方公欲治癭，孺人泣諫不從，竟以是殞。此與漢留贊割引其足事正相方，幸則爲贊，不幸則爲仌。當公易簀之時，自傷其不遇，冀得之於侯。侯竟以賢科起家，駸駸嚮用，禄位未艾。黛亦大《易》所謂損益之義與！孺人一嫠婦，備嘗艱辛，卒能成侯，下報夫子，即斷機、畫荻何以逾之？宜侯請旌之疏遂得旨也。是爲銘。銘曰：

吁嗟胡公，志凌長風。胡瘦之攻，遽殞厥躬。遇也雖窮，而學則充。孺人煢煢，苦節丸熊。劍倚崆峒，嗣君登庸。別駕吾松，爲母悲恫。邀恩九重，賁於玄宫。紫袍之封，千載鬱葱。人乎天乎，食報果豐。

誥贈奉直大夫壽州知州徐公墓誌銘

余昔僉楚臬，奉璽書督學政，因得今徐人夫卷，詞氣充秀出等夷，固知其淵源之有自矣。亡何而大夫舉其鄉之乙酉，可二十年而仕爲吾郡丞，因以所自爲狀及幣書遺不佞，曰：『此先大夫遺事也。先大夫雖布衣，而行義實不減古人。黛先生不弃，采而銘諸幽宫，實徐氏存殁之幸。』語云：『不知其父視其子。』余有概於大夫久矣。即不文，何忍辭？

按狀，公徐姓，裔出五代陳建昌侯孝穆之後。本籍越之山陰。孝穆裔孫曰裴者嘗爲廣濟令，因家焉，遂爲湖廣蘄之廣濟人。歷唐、宋、元，簪裾不乏，有樞密院使遷朝公及御史臺萬立公、平章軍國事興公。入皇明，而有七世祖太守公麟及六世祖侍郎公文顯。侍郎公而下曰潛，曰以乾，曰仲嶨，則皆隱德弗耀。至曰文者，復以明經起家均州學訓。爲人沉毅敦篤，以理學自任，人因號爲載道先生，則公父也。

均州公娶於劉，既生子勳；已又娶於袁，生公，蓋季子也。諱黯，字直之，別號砥石。均州公甫得官而卒，卒之時尚九齡，以早失怙，遂依舅氏袁公。迨弱冠，歸受業於從父將仕公謙暨太史公鰲。貧不能卒業，乃弃儒爲農。又困於里徭，箸廢强半，貧益甚。然獨有米汁之好，不能常得，輒從酒家貰飲，飲或弗讎。即大夫稍有脡脯持歸壽公，公趣付酒家矣。

性儻蕩不羈，嘗自謂不能卑論儕俗，與時沉浮，故輕世肆志往往如魯連先生。而又喜客，客至輒留，留輒卜夜。嘗召一貴客，無所得酒，陳宜人脱簪珥貰之，相對爲竟日歡。公雖游於酒人乎，顧其孝友則有大過人者。事劉母如袁母，劉母忘其非己出也。伯兄嘗爲豪家中以法，公挺身爲兄白之，至被桁楊不顧。或謂公：『伯實私均州之遺。』公謝曰：『先均州一老博士，固無貲可遺也。』其友愛不較多類此。伯兄嘗割五斗助公爲伏臘費，公即以歸其子逵若選，曰：『以資膏火也。』里人益多公固窮，且能廣因心之愛云。

公爲人疏節闊目，俯仰古先，意不可一世。雖酷貧，絶不求田問舍。陳宜人嘗從容諷公：『獨不爲一飽計耶？』公笑謂：『復何他須？吾將老於糟丘，安事南山一頃爲哉！』然獨識大義，能斤斤守先世箕裘。有族子午峰嘗以庚午應聘過里居，公與大夫相易衣出揖。大夫意不無快快，公曰：『衣無常主，古人以爲美談。且獨不聞范史雲、尹廷博出入共一單衣乎？而又何嫌於父子也。』居恒誨大夫以敦禮義、衍世澤曰：『吾不試，無所短長於世。兒即服一官，幸無玷清白名。』雖彌留之際，諄諄焉猶申夙語。今大夫奉爲世程，所至有廉能聲，皆公遺訓也。

公生於嘉靖戊子十一月二十八日，卒於萬曆丁亥七月一日，享年凡六十。初贈登仕佐郎、國子監學録，再贈奉直大夫、壽州知州。配即陳氏，茹荼甘蘗，終無怨尤，蓋賢母也。繼配王氏，封贈皆宜人。子一來健，即大夫也，同知蘇州事，娶魯氏。女三，縣學生劉秉録、張輔堪、胡士寧，其婿也，皆名家子。孫男一，甲猷，庠生，娶劉氏，陳宜人出。孫女二：一適饒嘉五，一字張楚偉。外孫六。葬松楊橋國公興之塋，遵治命也。

公生六十年而卒，卒逾月而葬，葬二十二年而始誌其墓，大夫意固有待哉！嗟乎！方均州公之弃公於養也，實在長安邸。均州意獨哀之，垂絶語云：『孺子不知當得長不？』至公雄布衣，好爲德以開大夫，而後均州公瞑可知也。乃顧似有不瞑者，以袁於公有鞠育恩，尚以不得報爲恨耳。嗚呼！是可以概公矣。因爲銘。銘曰：

猗歟封公，士行寡耦。其所托而逃者惟酒，其所聚而樂者惟友。其風節足以承前，其孝弟足以範後。亦有象賢，器爲大受。造士有典有則，佐郡有猷有守。夫孰非燕翼所留？猗與公名，天長地久。

明故隱君張懷耕暨配楊孺人合葬墓誌銘

張隱君與余家三世交，晚締姻好。其卒也，余方爲諸生，嘗臨其喪而哭之，而忘其蓋殯也。越三十有五年，余解官歸。其嗣子孝亭君闇持文學陸君狀，請銘於余以葬。余愴然有感於疇昔，因勉爲之誌。

按狀，隱君姓張氏，諱子雍，字元化。以父味耕公見背，思念不置，因號爲懷耕云。曾大父桂軒公鎮、大父菊泉公清並有潛德，不樂仕進。所謂味耕公者，蓋菊泉之伯子而隱君考也。諱瑜，配袁孺人，實生隱君。狀貌魁梧，標格嚴重，當毁齒時，已負鉅人志，不類凡兒作夸嬉狀。里中長老咸大奇之。味耕公爲課舉子業，不煩趣督，能通一經。尋以數奇弗耦，奉例輸粟，爲中都留守從事，亦弗克赴。惟朝夕庀家政，治滫瀡以娱二尊人。二尊人忘其老也，人以爲孝。既弱冠，慷慨喜立事，大著才名。於是邑侯推擇掌都中賦，洗手奉法，一毫不取羸於民。嘉靖乙巳，旱魃爲災，室如懸罄，而有司督課益急。隱君損己有爲里人代輸，至傾困倒廩無顧惜。餓莩相枕於道，隱君目擊而心惻之，曰：『古有漏澤，恩及泉壤。吾獨不能效萬一耶？』因裂膏腴爲置丘塚，以收白骨之無歸者。其所厚施於鄉黨多類此。味耕公遘疾，隱君迎醫請禱，至廢飧寢，卒弗效。則爲具含殮窆祀，一遵往制。四方觀者以爲知禮。隱君簡重寡言笑，見者咸生畏憚。獨其中坦夷有所包容，遇單弱不以貌慢，下極臧獲待之有恩，故人人稱爲長者。然遇不平事，又奮然抵掌譚曲直，如在其身，絶無依阿態。與人交，有佻巧不當意者，輒屏遠，不以寒暄爲疏密。蓋有道君子哉！初，隱君無子，孝亭君生不逾月，眉目秀整。味耕一見輒喜，謂隱君曰：『是小兒他日能亢吾宗。汝未子，當抱子之。』隱君遂奉命立爲嗣，撫教甚於己出。今孝亭君刻厲自樹，駸駸光大先業，人謂隱君有子云。配楊孺人，出自名族，少具令儀。既笄，歸隱君，虔修婦順，内政斬斬有條，事舅姑尤極恭謹。凡隱君所欲致於親者，孺人已先意承之，終其世靡有缺。

雖隱君孝本天植，而孺人之助爲多。年未四十，輒勸隱君置側室爲似續謀，居然有《樛木》之風焉。已而遭隱君喪，茹荼含悽，鬱鬱不自持。越三載，從隱君於地下。賢哉母也！

隱君生於弘治之十年，卒於嘉靖之三十二年，享春秋五十有七。孺人先一年生，後三年卒，計所享多隱君三年。子一，即孝亭君誾，娶徐氏。孫男三：長守道，次守仁，俱庠生；次守義。守道娶封氏，守仁娶須氏，守義聘朱氏。女一，適太學生萬國鈞。曾孫男女三，俱幼。孝亭君卜是年十月二十一日啓隱君暨孺人殯，合葬于走馬塘祖塋之昭，成先志也。

余觀張氏，本槎溪望裔，而隱君尤張氏之表表者。迹其舉止言動，咸足標準里閭。蓋嘗有慕乎古之豪傑而又色和氣柔，故其生也，一方倚之爲重輕，其殁也，雖行道無知盡款門而哭之，曰：『天何奪我張君之速？今而後將於何質成？』嗚呼！若張君者，非古王義方、陳太丘之流亞與！是宜銘。銘曰：

爾年不修，爾名則留，誰謂非壽？有子似我，家聲不墮，誰謂無後？雙玉同丘，鬱鬱松楸，吁嗟乎不朽。

明鄉飲賓次玉王君暨配楊孺人合葬墓誌銘

王次玉者，曹王生錫恩父也。往余從御史左遷於曹，時錫恩方以邑俊秀就余試，選爲多士冠。已試二千石暨督學使者，靡弗冠也。錫恩名遂大噪，則競指余能相士。雖余亦私念生摶扶搖羊角而上九萬，可期也。暨今可二十年所，而適走使雲間，持其邑子尹孝廉若虛所爲狀丐余銘父墓，則生猶躑躅廣文間。嗟乎！得無以失之肥爲余笑乎？然猶不憚數千里冀余之一言，以余能知生也。不知其父，視其子矣。遂不辭而爲之誌。誌曰：

按狀，君諱珽，次玉其字也，别號蓮塘。父畝，字民耕。先世鉅野人。五世祖成墾田於磚固之東，遂徙籍於曹。歷成而剑，而洪，而智，而畝，俱未有顯者。至君仲父南川公起家德慶州太守，而王氏始顯。君少時，其父所謂畝者嘗遣事邑名士徐松年，期繼德慶公代興。亡何而父見背，遂輟業，流連詩酒。迨有子錫恩，復督令學，又不及視其成以瞑。君常不逮事父，故事母猶竭其力，與兄弟友。兄珙歿無子，所有産悉遺其女，君無私焉。事嫂如事兄。從兄珂以差役侵官錢，籍其産，僞以君地抵之。及珙没，或謂君故地可復，君謝曰：『休矣！即兄在，誼不以是廢懿親，况死邪？且吾不忍其孤。』君慈愛大都類此。爲人不排下而進上，即之恂恂若朱愚，人共呼爲『王佛子』。父畝亦修布衣之行，人謂能世其德云。嘉靖辛酉，河决於曹，君所居悉嚙於河，一望洪濤，竟獲一小舠以免。

王子曰：『余嘗讀稗官，見邵敬墮河事，意頗怪其不經。今觀於次玉，則知長者固自不死。不然匈匈之際，安所得小刀〔一〕乎？佛説衆生能持善念，當必有百靈呵護，次玉其人邪？』

君生於嘉靖戊子九月十八日，卒於萬曆丙申閏八月三日，得年六十有九。嘗以高年賜爵一級，賓諸博士之階矣。配楊氏，狀稱其肅慎温淑，克相於君，先君卒三十五年。繼張氏。子一，即錫恩，楊出也。爲諸生高第，既縣官稟，娶汪氏，歸德衛汪某女。卜以丁酉十一月三日啓楊氏之封而合葬焉，禮也。初，君彌留時，惘惘凉凉與家人訣，有『何時是盡』之語。計君亦無所憾，而猶云云，豈謂錫恩未有以自見，且不足於含飴乎？余憐其意而系以銘。銘曰：

爾之年六十有九，爾之子錦心綉口。不爲非壽，不爲無後，又何憾於啓手？

明故廣西慶遠府教授竹臞余公暨配薛孺人合葬墓誌銘

余爲諸生時，與竹臞公同事廣文先生。已余剖清江之符，稍與公差池。亡何，公分教南昌，以公事會於分宜，歡然道故。亡何而宦轍風馬，與公不□□□[二]幾二十年。意謂當從公於香山緑野之間，則余甫□□[三]而公捐館矣。嗚呼傷哉！公歿二十餘年，而其孫繼儒手録所爲狀，介公婿石阡守三山陸公謁余銘公墓。余即不文，何忍辭？

按狀，公余姓，諱釆，字元亮，別號竹臞。其先浙之天台人，氏方。八世祖孝孺方公，世所謂正學先生，死革除之難者也。初，赤先生之族時，金陵魏尚書澤謫寧海，爲匿一子，令先生所親余學夔携走松江之華亭，依先生門下士俞公祠部允。既長，納爲館甥，遂冒俞姓。已復氏余，念其所自成也。是爲德宗公，居濱海之白沙里。德宗生友直。友直生從仁。從仁娶郭氏，生孟愷。自德宗公以下雖多讀書，然絶不志進取。至孟愷始復修正學之業，稱儒生，是爲公曾王父，生珵及璣。璣字國瑞，以民間秀異應鄉舉，是爲公大王父。生賡，字文博，舉郡諸生，廩於學宫，則公父也。自白沙徙居郡東之北迴塘，以醇謹稱，娶徐孺人，實生公。

公秉道嫉邪，好面折人過，慷慨有風節，遇事敢言。凡係世風植名教者，不難抗顔陳説。至以事丐公一言爲地，輒面發赤。嘗有高足弟子爲大吏視學浙中，客贄金錢願得公一赫蹏居間，公謝不肯。爲諸生時，邑令有所親以司諫謫貳上海，一時諸生咸長跪請見，公獨與講鈞禮。幼有至性，早歲喪母，哀毁如成人。居文博公憂，幾不勝喪。事繼母周氏如事陳孺人。周孺人卒年九十有五，公亦幾八旬矣，不以衰年殺禮。遇二弟篤愛，幼而哺，長而教，壯而室。二弟者，周孺人所出也。人以是益多公孝友。生平嗜義若渴，嘗與婺士黄某同舟，道卒，公割槖裝爲之含殮。會大暑，不可近，從者請易舟。公謂生同載，死而弃之，是欺亡友也。卒不聽，以喪歸其家。旅寓京師，有同寓者攫公金。公知而不問，與其人無間。公穎異絶人，嗜學不厭，通《詩》及《春秋》，所爲制舉義，擅一時聲稱。弱冠屢試高等，廩上海邑庠，遂自北迴塘徙上海家焉。公既家上海，時文裕陸公儼山、學憲唐公龍江以翰藻幂龍藝苑，皆與公善。學憲令子弟師事公，謂公於一第如傴僂丈人承蜩，直掇之耳，然竟躑躅青衫。壬戌，以歲貢需次選人，得司南昌訓。甲子，以司訓應試江西，幾用《春秋》舉上第矣。適有尼之者，竟置不録，因轉一官，教諭晋江。可數年，轉陳州學正。又可數年，轉慶遠之教授。因太孺人春秋高，不便扶養，遂乞休致。

初，公司訓南昌，適詔籍分宜。監司知先生雅望非常，屬司管鑰。公未至，不敢啓鐍。爲憲臣推重如此。已籍唐宋名家丹青，兩大吏持之，或謂宜奏上，或謂此不足塵睿覽。公從容進言：『此皆分宜所賈禍者，宜付之祝融。』卒如公言。廣文官冷，而公於諸生羔雁一切謝絶。廉其貧者給膏火，居之齋廡中。教人勤省試，嚴殿最，士皆激厲，多脱穎去者。屢典教鐸，所得知名無慮數十輩，而中丞尚巖劉公、相君九我李公、觀察紫溪蘇公最著。紫溪公即所謂視學浙中者也。嘗走使上壽問起居狀，兼訂西湖之觀。公以宅憂不敢理，游屐竟不赴，時居太孺人艱云。公熟掌故，善擘畫，凡宦鞅所至，徵文借箸，項背相望。田居二十年，多鍵門牡，結蠹魚緣。爲人持正，雖造次不失。有司嘗請爲鄉飲賓，公固謝不往。有司益禮重公。

公素健無恙，忽一日遘微疾，疾亡何遂卒。遺令毋墮世業，斂以布，祭祀勿用浮圖。時萬曆丙戌四月八日，距其生弘治乙丑七月十九日，得年凡八十有二。配薛孺人，封別駕培桂公女，事翁姑謹。其事公如事翁姑，白首相莊，六十年如一日。後公四年卒，實萬曆辛卯三月之十五日，距其生正德丁卯四月念六日，得年八十有五。子男二：長道東，邑庠生，未娶卒；次道南，青浦縣學生，後公五月卒，娶陸氏，繼沈氏。初，公既歸婺士之骨，因見夢公，願爲公後以當大事。及公喪未幾，而遽下從公於地，豈妖夢是踐耶？女二人：婿通許知縣唐公志，次即石阡守陸公郯。嗣孫一人，即繼儒。嗟乎！正學先生天植忠貞，至不顧湛族燔妻殉故君之難。而其如綫之裔復能侃侃持正，爲濁世中流砥柱，可謂不愧其後矣。是爲銘。銘曰：

非公也而孰敦天常？非公也而孰維人綱？寧骫髈而門，毋伊優而堂。是爲公節義文章。厥配曰薛，偕公以藏。能與公白首無間，不問而知比德於孟光。

明故高孝子旭崖先生墓誌銘

余閑居，妄意著述，嘗紀孝行事，得伯奇、子輿而下可千人。私怪吾鄉未有聞者，則於故老言得馮苦孝、張貞孝二先生。然又怪二先生而外何寥寥也，則又於高太史言得其兄旭崖先生。先生之孝，詳太史狀甚核，余又何能言？然慕先生甚，不敢辭。

按狀，先生自少機鋒峻整，大父謇庵公絶愛之，撫其頂曰：『是兒必非轅下物。』亡何，謇庵暨配張相繼卒。先生哀慕如成人，每念謇庵公語，欲自奮於詩書以成先志。會兄吴泉苦學寢瘵，南坡公鬱鬱至用爲□。〔四〕而先生亦重貽大人憂，遂謝去，勠力耕紝爲滫瀡資。亡何，施孺人暴卒，先生哭之慟，若弗欲生，終其喪不御酒肉，蓋羸然雞骨支床矣。嘗侍南坡公漕長安，偶值公病力。先生日夜泣禱，恍若大士授公刀圭，病遂起。洎歸途，封夷作孽，舟幾不免。先生又獨泣禱，乃克濟。衆咸異，以爲孝感。

歲壬子，倭焰張甚，倉皇奉南坡公走入城，猝與倭遇，迫之以兵。先生延頸請代，倭亦義之，卒父子俱脱虎吻。居恒曲意承南坡公歡，庭栽修竹，旁植繁英，每花時紫緑相映，曰：『以娱公目也。』手蒔嘉蔬，時選而佐匕筯曰：『以娱公口也。』南坡公有所須，先生恒伺得之，亡能不遂，曰：『以娱公志也。』迨南坡公殁，先生喪之，無異喪施孺人。公侍兒劉矢志持節，或疑有所挾，欲彊之改。先生恚曰：『是死吾父乎？異日何以見吾父地下也！』竟禮養之不衰。

先生昦弟三人，仲即吴泉，與嫂俱蚤世，而無三尺之息也。先生傾橐以歸之土。伯兄易庭常苦不給，則分餘恤匱無靳色。婢有許字家奴者，伯欲納之室。先生既已諾之矣，又代爲奴更置婦。亡何，婢生子，接遇如嫂，人以爲難。從子以貧故失父歡，先生力爲排解，至泣下。且時有所遺，令悦親心，歡復如初。其篤於倫類若此。先生於兄弟中最少，然以孝獨當父母心，遂有爲飛語以造釁者。先生大恨，以爲構亂人骨肉。乃厚自絀抑，一切喪葬挺身任之，所析箸惟取其甌脱。故兄弟友愛，卒白首不渝云。

二尊人殁已有年，祭必涕蘇蘇下，蓋自謂見諸父猶吾父。即小燕集，必親祖割酳饋，莊謹無失。嘗代從父南石君徭長安。又南汀君殁，遺孤不任徭，至追呼相迫。先生仗義請行，囊無私焉。先生見苦爲生難，務自嗇縮，雖身不厭監門之養，然人有緩急，輒恃先生如外府。至内外姻黨伏臘問遺，未嘗以耻見也。唐氏姊嫠而貧，先生遇之如在室。痛不逮事施孺人，優厚施氏昆弟，視施孺人存日有加焉。

李一甫以窮歸先生，先生館之幸舍；至有族貴可依，始禮而歸之。塾師吕病不宿，凡含殮之事咸出先生手，而又恤及其孤。君子因比之於德玉。同漕者衛□漕不中程，幾錮諸圜，賴先生倡義以免。又損貲脱曹賓、徐泉於獄也，兩人於先生僅一臂交，郡中益以是多先生。先生爲德甚富，因不自德，故人亦若忘之者。舅氏尹遭疫旅中，即侍者懼不敢邇。先生獨立床頭，手爲調藥，竟藉以亡恙。嘗穿墓得古冢，術家言徙之利。先生謝曰：『然其奈朽者何？』竟不徙。性骯髒，不能隨世俯仰，其於富貴蔑如也。曰：『吾奈何以七尺鬚眉蹋趣若等前？』故生平少所趨謁。或人有謀於先生者，盡智畢力，如在其身。諸所勾當，無問公私細大，咸有石畫。先以輸熟水陸險易，經費煩約，次第彙爲《便漕録》，役者至今藉爲指南。雅善鼓琴彈棋，自文學君解就傅，即屏不御，曰：『恐兒輩尤之效也。』古所稱身爲度者，殆先生乎！

先生名承順，字于理。高贈君以先生多孝行，改字孝卿。旭崖，其别號也。父即南坡公，名節。節父太學生國華。國華父武岡州學正博，舉成化癸卯，事具鉛山費文憲公誌。博父平。平父珙。珙父存善，先世自汴徙華亭之湖橋，由湖橋徙東門。自平始至於先生，五世矣。生以嘉靖乙酉十二月十日，卒以萬曆癸巳正月廿又一日，享春秋六十有九。配尹氏，處士公貞之女，懿淑有聞。子男一，宏祚，縣諸生，娶郁文學文懋女。女二：長適張思聘，先卒；次適蔣懷珍。孫男四：汝識，聘李文學紹文女；汝論，聘沈文學士□女；汝謀、汝諧，俱幼。葬在二里涇之新阡。

王子曰：余再讀太史狀，謂先生口吶吶不能煩稱，而其中則甚辯。辯而能吶，所以爲先生乎！人則不吶，烏所稱辯？賢於人遠矣。又曰：仁心爲質，樸茂不華，殆隱君子之流。夫精誠所格，再紓父厄；倉卒遇虜，義動非類；讒口鴟張，不廢棠棣。且遜於析箸而不遜於襄事，樸茂豈足以盡先生？抑古仁人孝子乎！先生之子文學君復以孝聞，居先生喪，三年如一日。甚矣其似先生也。因系之銘。銘曰：

猗歟孝卿，實副厥聲。聚爾百順，爰格三精。秉德弘義，式重里評。其施不顯，乃顯於名。更千萬祀，斯焉景行。誰克濟美，有子曰宏。死而不死，是爲先生。

明故富峪衛經歷思莊張公暨配曹孺人合葬墓誌銘

嗚呼！此故富峪衛參軍事思莊張公暨配曹孺人之墓，而姻家王子爲之誌且銘者也。公世爲雲間上海人，自道宗公三傳至公父南莊公昌，娶倪孺人，生五子。公出自側室吴，又年最少，起家富峪衛經歷。爲忌者蜚語所中，直走闕下，撾登聞白之，立還公官。亡何，卒長安邸。是爲隆慶之末元。後二十餘年爲萬曆癸巳，公配曹孺人卒。婿方伯喬公、孝廉高公爲視含殮，冢孫堯臣即卜以六月十二日啓公兆同封。然公誌固未備也，因匍匐詣余，口授狀，爲不朽請。余不文，謬與公爲兒女姻，何能辭？

南莊公雄於貲，公獨以幼失怙，分不能與兄等。然素善心計，家遂飈起，不減南莊公時。性倜儻，羞伍流俗，所結交多長者。長者亦自附之，門庭車轍如蝟，倒屣弗給也。然彊直自喜，屬有不平，雖兄弟中必理。理即怡怡如初，竟不以是妨愛。兄南嘗上賦大司農，少不中程，械繫獄。公日橐饘飼之，又脱裝營救，卒以免。兄故少公，至是泣而曰：『吾弟生我。』友念頓至。有墓田如干畝在肇溪上，歲以供松楸費，爲族某所鬻。公慨然曰：『吾不諳書。然吾竊聞古人謹事死，祭器猶重粥之，奈何以祭器所自實者捐諸人耶？』遂損橐中貲求歸。又以歲時費鉅，所入不足以償什一，更爲斥旁畝。族里皆多公。居常以不逮事南莊公爲恨，事吴令人有加，每食必手選而進之。間得脆美物，雖小必先以食母。母意所及，必揣摩中之。曹孺人亦事姑謹。姑寢疾，孺人常侍湯藥，竟日不離。姑亡，哭極哀，謂：『婦不幸不逮事舅，則猶有姑在。今姑復已矣，何以竭菽水之情？』見姑所嘗嗜，未嘗不掩袂也。晚歲誡諸孫曰：『吾少事而祖，而祖不治家産，嘗有錢數緡，吾懷不與。逮而祖苦爲生，吾始出貿産若干。始年不及頃，季年逾二頃。若等無輕墮先人業，吾未嘗須臾忘囊時也。』嗚呼！此不稱爲公婦乎？

子男三人：弘業、弘圖、弘道。弘業太學生，娶郡庠生瞿成文長女。弘圖娶醴陵令顧君文陞次女。俱曹孺人出，後先相芴。弘道先名梗，娶姚，側出。女五人：長適喬公懋敬，與余同第乙丑，官廣西方伯。次適高公洪謨，壬午解元。次適通政艾公可久長子大有，太學生。次適王思孝，余子也，亦曹孺人出。次適博士葛公士麟子日苞，亦側出。孫男五人：堯臣娶邑庠生顧從孝次女，敬臣娶博士劉公邦重長女，明臣娶嘉定庠生黄士熙長女。俱弘業出。藎臣娶沈，一幼，俱弘圖出。孫女四人：一適水部石公應朝子可寶，太學生。一字邑庠生朱禮端子，亦弘業出。一字王嘉言，邑庠生，亦弘圖出。一幼未字，弘道出。曾孫男六人：堯臣出者元忠、元恕、元惠，而國綱、國維、國綸則敬臣出也。曾孫女三人：一字王，餘俱幼。墓在肇溪之陽。公二子俱不克永年，然卒獲報於方伯、孝廉兩公。儻所謂生女勿悲，非邪？才情落落，事無細大立剖，而竟不得一日施諸用。豈行潦注兹，天固將貽公之後乎？孺人，故尚書潘恭定公配曹夫人姪也。父實，母劉。孺人生十六年而歸公，克閑婦道，是宜皆銘。銘曰：

用弗究，才則長。死雖客，葬則鄉。維彼淑媛，伉儷之良。肇水湯湯，有美玄堂。吁嗟乎！其永藏。

明故太學生墨陽高君墓誌銘

君諱伯慎，字敬卿，一字履寅，别號墨陽。其先汴人，再徙爲松之華亭人，則君之始祖存善公也。由存善三傳而爲武岡公博，由武岡再傳而爲南津公位，則君父也。武岡公薦癸卯科學正。武岡有子曰國容，則君之大父也。君生十七年而爲縣諸生，又八年而爲國子生。當君爲諸生時，余猶滯廣文。嘗從班行中望君，白晳而頎，覘知爲華亭高生也，自是遂識君。

君年少美文詞，雖游太學，非其好也。然一時大司成如潁陽許公、儆庵周公皆視偉君，曰：『是子定躍治，不者吾不相士。』君在太學，李曹公慕君，時致款，願講兩龔之好。然第欲來君，而不爲君來。君謂：『是未聞屬前、王前之説邪？』卒俟其來，而後定交。同舍生黄欽嘗給假還閩，而行李之不戒也。君館諸家，逾年歸，賮送復甚厚。秣陵顔生省愚，亦君太學時所識友也。嘗授經華亭，陳某許適有煩言，至不能具禮而歸。君損貲爲治裝，其篤於友類如此。幼有至性，南津公督君嚴，稍不如意，輒加譴呵。君跽，必得其解乃已。退必自咎，以爲奈何失公歡，益思所以當公。公嘗有小疾，君自太學聞之，即倍道馳歸。時有以百金願贄而事君者，君不爲少留。既歸，伏南津公榻前，謝兒子亡狀。公揮手復趣之往，君卒不往。南津公幸亡恙，而母胡孺人忽疾作。君所不甘食者若而日，所不解帶者若而宵；進而侍湯藥，詡詡强笑語；退未嘗不泣涕霑襟也。然不幸先孺人已不能俟河之清矣。嗚呼！傷哉！

君於人絶不秉衡揣纊，於諸高尤不敢不等，曰：『均吾宗也，奈何置輕重於懷抱？』嘗爲婚其不能娶者，喪其不能殮者，白其非罪而縲絏者。它如所待而火、待而葬與歌魚待而給者，又無算也。嘗遇孺子泣欲死，君詢之，曰：『兒貸布，欲免父於拘，行遇盜掠焉。痛無奈父何，故求死耳。』君曰：『孺子休矣！吾爲脱若父。』即剪囊金與之。又嘗以粟質錢數千緡，某子甲遇諸途，爲子錢家所迫窘甚，以告君。君即與以所質錢。其振人之困甚於己如此，而於姻黨益甚。

胡公晚而中落，惘惘涼涼，君館諸別業，一味之甘亦必馳遺。胡公諸子皆一切倚君。胡公者，即胡孺人父也。又撫胡氏之孤若女，不減□□□□□□，其父早世，養其母顧媪如母，殁爲□□，歲時以酒澆之不絶。故太史楊公珙，君五世祖平婦翁也。無子，凡墓田丙舍，悉侵於監奴。君慨然太息曰：『以某之得備於彌甥，至令抔土之不保。皇祖有靈，其弃余也夫！』乃白諸官，悉反侵地。是舉也，高氏固有慕義者，然君之力爲多。大都君居心仁，行己恕，下至臧獲，亦心相推。嘗扁其堂曰『存耕』以自勖。其於人尤好□□□小善，稱許之不置。後進之士皆傾心。君卒，而聞者皆揮涕曰：『誰爲贖君，玉我而穀我也。』嗚呼！夫人死而死耳，孰有死而哀若君者哉！

君善爲日者言，能豫知亡日，遂爲長子冠，遍見内外宗黨，時尚未娶也。因見諸董公，謂曰：『余不逮兒之婚矣，敢以累公。』董公怪其言，以爲是何祥也。亡何而疾作，遂不起。居恒訓玠等以端心術，謹習尚，敦本原，臨訣語尤加切。得年僅四十有一，是爲萬曆乙酉四月十日，距其生嘉靖乙巳十月二十八日。殮以布，遵治命也。配即王氏，太學生政女，多婦德。子男四：秉玠、秉琦。玠聘蜀藩褚司理偁女，娶府學生董見大女，卒。琦先娶縣學生龔大份女，繼娶府學生孫昌道女。其二子殤。適縣學生包弘肅者，是爲君女。孫男二：汝行，娶庠生何爾復女，秉玠出；汝説，娶沈□□女，〔五〕秉琦出。孫女四。曾孫男一，懿奐。

君葬已七年矣，而墓中之石尚虚，玠等以爲請。余故稍詮次其行事而爲之志。志曰：人情亦重視財矣。纖纖嗇嗇，牢不能舍，如小兒之握然。亦有能舍者，又不過續諸五侯之家，耗諸六博之場。視君用以緩急人，何啻厲與西施也。夫能善其舍，必能善其取，此脱蹝於百金之厚乎。

兩大司成相士，俱百不失一，而卒不酬於君。則固以中夭，不然青紫何足道哉！人不可以無年，信矣。乃系之銘。銘曰：

孰與之而孰奪之？能奪其年，不能奪其孝慈。令名無涯，壽於期頤。玉樹蕨蕤，實惟君之所貽。潼涇之湄，埋玉於斯。陵谷可遷，此不可移。以藏者之爲履寅。

明故處士樂耕張君暨配陳孺人合葬墓誌銘

處士名勳，字希武，樂耕其別號也，姓張氏。張氏自司馬瀛峰公以經術起家名進士，青紫不乏，而君世世以隱聞。君高王父曰桂軒君錤。錤生竹泉君浦。浦生南橋君珍，則君父也。幼爲兄懷耕君所奇，育於兄所，故居恒父事懷耕。君資性敏給，遇事剛果。時懷耕君未有嗣，又爲里賦所苦，恒咄咄自叱。君謂：『大人何苦爲？即登天難耳。不然不敢貽大人憂。』由是一切內外事無問細大，咸倚辦君，懷耕君忘其無子也。然獨不事家人生産，惟日逐高陽徒侶，曰：『個中有趣，安能齪齪爲兒曹作馬牛？』又性不喜蘧篨戚施事貴人。至遇兒童，又不以稚少之。胸中空洞無物，故人人以爲可送抱。

初，懷耕富于貲，而君又其所子。然至屬纊之日，君一無所問，惟衰麻哭踊而已。初，君爲懷耕任里賦，嘗出入行馬間，晚而不喜城市，曰：『此布衣之風塵耳。』遂裹足不入城。縣大夫三延爲鄉飲賓，亦不赴，故特加禮焉。君自以學失職，常督課諸孫，咸彬彬有聞。配陳氏，同邑陳翁棠女。母張氏。孺人以□□事君，有簪蒿杖藜之風。君於懷耕君能得其歡心，孺人實啓之。躬織紝，甘苦辛，此君所爲不事生産也。

君卒於萬曆戊子七月念有五日，距其生正德戊辰六月念一日，享年七十九。孺人先君二十五年卒，蓋嘉靖之甲子三月十有八日，距其生正德之庚午三月十有一日，得年僅五十有七。子三人：長仕，丞涇陽驛，娶王氏，余妹也，卒；次在，邑庠生，娶陸氏，皆先君卒；次伸，娶徐氏。女二人：長適邑庠生陸潤，次適曹應龍。孫男四人：爲仕出者承恩，邑庠生，亦先君卒，娶顧氏；承寵，上海廩生，娶朱氏；承聘，二娶皆陳氏。爲伸出者承顔，娶嚴氏。孫女五人：長適陳□；次適余兄子思綸，卒；次適王廷壐；皆在出。餘幼未字。曾孫男七人：鴻翼，娶李氏，繼娶須氏；鴻輝，庠生，娶何氏；士元、貞玉俱爲人後，皆承恩出。鴻磐，聘李氏，承寵出。鴻儀，承聘出。鴻逵，承顔出。曾孫女五人：承寵出者適嚴一麒，承恩出者許字萬世禄，餘俱幼。

誌曰：余觀今之君子一何嗜利而遺義也。競錐刀之末，即父兄之不有。居恒妄意室中之藏，耽耽焉如蟻之慕羶；一旦不諱，擗踊不聞而篋笥是問，至有攘臂其間者。蓋習俗之移人久矣。卓哉！君之于懷耕也，一切畜産、臧獲俱謝不受。夫無論懷耕故子君，即一切内外事咸倚辦君，君不當少有利焉？而卒去之若浼。君固曰：『吾第急鶺鴒耳，豈因以爲利？』千金，厚利也，而不以爲利，又豈欲以空名市重於里閭哉！宜其不應縣大夫之招也。而孺人實克相成，能寬君於貧，俾君益無慕於富，真君配也。是爲銘。銘曰：

孰是肯堂，不私其囊，爾裔則昌。厥配惟良，前無孟光。平圩之傍，爰有崇岡，鬱乎雙玉之藏。

明故張配王孺人墓誌銘

余兩女弟歸兩張君，爲鶴溪、文臺云。兩張君乃同宗兄弟，故兩孺人又娣姒也。後先皃没，余嘗爲文臺君誌女弟墓。亡何，鶴溪君又礱石以所自爲狀謁余爲孺人銘。嗟乎！余復忍銘哉？顧狀稱孺人艱辛備極酸楚，言言實録，則所不朽者在是，故不辭而爲之誌。

孺人王姓，父即余世父怡默公，諱㷍；母張氏。幼失恃，爲先妣馬宜人所鞠。暨長而議婚，時鶴溪大父懷耕君與先王父石泉公厚善，習知孺人賢，因請於怡默公曰：『幸不鄙夷，則此弱息仕敢以備東床。』怡默公許之，遂委禽焉。年十九歸鶴溪君，人謂新婦長者家兒，不諳井臼，而孺人顧能朝而緝以給饔，夕而績以給飧。八口之供，常在車輪間，實家于孺人云。暨鶴溪君以例起家丞涇陽驛，始有微禄得自養。然孺人猶自嗇縮，藿而不肉，即一錢亦不敢闌出。鶴溪君之丞涇陽也，當南北孔道，車馬雜遝，餔資餼牽取給於君如流水，且勾股出入更無毫髮爽，孺人内贊之功實多。事翁樂耕君能承其志。樂耕君杯酒英雄，多召酒人爲投轄之會，孺人日擊鮮不厭。鶴溪君嘗欲分其弟産，意難孺人，孺人從臾獨至。蓋鶴溪難而孺人尤難矣。孺人於諸婦爲冢婦，又諸小郎俱孺人所撫而成。然卒未嘗有所加於諸婦，字二小姑如字二小郎。初，鶴溪君儉於田宅，而里中某某以阿堵售樂耕君，君謝不售。孺人以爲失計，此尸祝而不得者，急脱簪珥市之。鶴溪君於是始有田宅，至今世其業。

誌曰：『人之於兄弟，其天性也。』然至一錢半菽，則雖有兄弟，實應且憎矣。語云：『雖有親兄，安知其不爲狼？』蓋即昆弟猶難脱屣於錐刀之間，况號爲昆弟之婦者乎？善乎孺人之從臾鶴溪君也，即所稱因心之友奚遜焉？彼寸絲尺帛無不自手指出，孺人非不知苦爲生難也。口約腹裁，嗛嗛日不一肉，孺人非不知自愛也。孺人以爲：『凡吾所爲如此者，政以有今日。不然徒守此亦長物耳，而又何自苦爲？』真女中薛包也。傅璣垂珥，固性之恒，而有所不屑，而棟宇饘粥是計。且曰：『此固尸祝而不得者。今不尸祝而得，吾何愛焉？』是其見寧出男子下也。

孺人春秋六十有二，生以嘉靖辛卯之七月二十五日，卒以萬曆之壬辰六月十九日。子男三：承恩、承寵、承聘。恩、寵皆諸生。恩先卒，娶顧氏。寵娶朱氏。聘娶陳氏，繼陳氏。孫男六人：鴻翼，娶李氏，繼娶須氏；鴻輝，邑庠生，娶何氏；士元爲顧氏後，貞玉爲曹氏後，顧其母家，而曹其姑也。俱承恩出。鴻磐聘李氏，承寵出。鴻儀，承聘出。孫女四人，承恩出者許字萬世禄，承寵出者適嚴一麒，餘俱幼。銘曰：

以爾拮居，成彼友于。孰爲之驅，黽勉百須。俾爾子若孫，於焉農，於焉儒。善畫者莫能圖，而孺人能乎。嗚呼！庶幾哉女丈夫。

明故文臺張君配王孺人墓誌銘

王孺人者，不肖圻第六女弟也。余鮮兄弟，惟女弟四人。自爲諸生時，相繼哭歸劉、歸何二女弟，已不勝祝予之痛矣。又二十餘年，而哭歸臨海丞金君景蓮者。又未十年，而哭歸文學張君文臺者。嗟乎！人世幾何？俯仰三十年間而哭妹者四，非有胸無心者誰能遣此！今文學君卜十月初二日，葬孺人於周涇之祖塋，而以所自爲狀來請余銘。余所爲銘也者，則奚忍言？所爲不銘也者，則又奚忍辭？因抆泪而稍誌其事曰：

孺人姓王氏，父即怡朴公，封湖廣按察司僉事；母馬氏，封孺人，贈太宜人。太宜人生女四，孺人即宜人第四乳也。生十八而歸文臺君。甫入門，而文臺君連遭大憂。孺人共爲襄事，不以新婦辭也。文臺君嘗爲世父改齋公後，孺人不以所後者失所生者歡，事其翁小樓公朝夕尚食惟謹。翁嘗畜一侍兒，孺人視之甚善，以故益當翁心。歲時魚菽之祭必敬且戒，疏數豐儉惟力是視，無毫髮失禮也。文臺君不問家人生作，性惟嗜客，供張無虛日，至以此傾家。孺人攻苦食淡，無愠容。其治家能佐有無緩急，不令文臺君知。御臧獲有恩，雖咤叱聲不逾閾〔六〕外。舉五男女，俱躬爲哺乳，時猶富厚也。常謂婚嫁一畢，當屏家事，含飴弄孫。不意兒女之緣未了而婺先殞矣。時萬曆之庚子十二月念一日，距生嘉靖丙午十二月念三日，得年僅五十有五。嗚呼！傷哉！

文臺君槎溪右姓，老於諸生。初，兩家聲相聞，而小樓公與家大人交稔厚。文臺君又幼而穎秀，此孺人所爲歸也。子男二：長其胤，娶嚴氏；次其華，邑庠生，娶范氏。女三：長適徐志伊，府庠生；次適吴之元；次適沈明璋。〔七〕孫男五人：襲彦、襲熙，其胤出；襲和、襲亮、襲中，其華出。孫女三人，俱幼未字。

昔梅聖俞稱其内子謝夫人云：『使吾不以貧賤富貴動其心者，夫人力也。』夫貧賤之能移人也，無論閨閣，〔八〕即烈丈夫亦或難之。葢當其抑菀無聊，固自不能持耳。今孺人澹然於豐嗇泰約之間，又能勤瘁相成，令文臺君亦忘有境外之累，即謝夫人奚讓焉？然余以爲謝夫人猶易，謝夫人之所有，又孺人之所不能有也。或曰：『孺人委順大化，以爲適去者何知不適來。』此猶有靈〔九〕心。孺人直以爲有一男兩女，所不足者非財也。抑似有概於中，雖曰天性然哉，良亦不負先宜人之教矣。是爲銘。銘曰：

嗚呼孺人，而不能家。嗚呼孺人，而乃能家。年之促，命之蹇，誰爲者邪？深山大澤，實生龍蛇。天之報孺人者，奢乎不奢？嗟！嗟！

處士淞南姚公暨配朱孺人合葬墓誌銘

班孟堅志地里，以爲江南卑濕，丈夫多夭。然自隆、萬以來往往多壽耇，逾耄望期。亡論薦紳先生，即山林癯叟亦多有聞者，如余里中淞南姚公亦其一云。公年九十而卒，卒三月而葬。先期，孫文焕介藩參張公所爲狀來謁余銘。文焕爲余甥，銘安忍辭？

按狀，姚之先從宋南渡徙蘇之嘉定，再徙松之上海蓮塘里，世爲農家。至十四世竹莊公而以文名，有《梅花百韻》行於世。竹莊生東墅。東墅生蓮塘。蓮塘起家象山丞，姚氏始稱衣冠之族。象山公生東江，其配韓孺人，是生公。

公名涵，字君含，别號淞南，爲東江伯子。喜任俠，幼嘗學爲文，下筆縱横。舅氏方伯沈公奇之，謂東江是兒不凡，必興姚氏。亡何而東江苦里徭，遂謝去儒，充里賦長。先是，姚世以呰雄里中，至東江而著漸廢。里中人又以大徭相窘，謀跳而匿它所。公笑曰：『何遽不爲□乎？』挺身爲諸賦長先。適有天幸，頓起家千金，廢著稍稍復，稱姚氏中興祭酒。公嶽嶽鮮能下人，雖達官長者不爲所詘。嘗以甌脱數頃與某公角。某公固長者家兒，然必得直而後已。它桀驁亡狀，衆所欲避者，公獨狎之。及單細衆所欲侮者，輒又藉公爲廣厦。以故一鄉皆嚴視公，公亦以是尊重，至不敢與之講鈞禮。其嫉公者因用是中公，公氣益發舒，無所顧。善籌策，揣摩事情往往懸契，無細大咸諮公。公應之如縣鼓之待槌，人皆目爲智囊。公豁達多大節，不效人求田問舍，曰：『世有大耳兒，恐卧我百尺樓下。且我安能纖嗇力作，爲兒曹作牛馬爲？』日惟喜對客，每聞雙扉逼剥，輒尋聲問孰何，趣延入。彈棋浮白，竟日不厭。嘗謂：『「座上客常滿，尊中酒不空。」彼獨何人？乃公不能以在亡爲解，作此寂寂，令北海笑人。』人以急抵，多傾身佐之。即或負公，公亦不屑屑計，故賓客日進。少年皆慕效公，或竊借其名以行，然嗜義弗如也。公嘗師事伯陽何先生，既老猶唯諾必謹，歲時問遺不絶。其諸子俱貧乏，公獨周恤備至。事東江及韓孺人，生盡養，死盡誠。韓孺人後東江丨餘年卒，公事之尤謹，惟恐不得當孺人歡然，一不以煩二三遺孤。韓孺人老，頗於遺孤昵，不無所右。公撫之亦益厚，與遺孤中分其田廬。先是，由公脆起千金，〔十〕復還故業。及是中分之，而又不以遺孤爲解，人益高公義。遺孤者，公弟淳與演之子也。淳死於倭，演死於夭，二弟之死而不死，皆公力也。宗人居桃園里者嘗以後事付公，公視其家不啻如家。諸子舉秀才而俱文弱，然恃公不受人睚眦。其突烟寒者，莫不待公舉火。雅重然諾，一言相許，百喙不易。遇人恭謹，然獨不能籧篨貴人。善談論，稠人廣座，揮麈風生，拾其唾餘猶足奪席。謔浪笑敖，旁若無人。〔八〕亦喜觀書，遠自黃虞，近至當代，其間可裨法戒者靡不漁獵。常爲人道古今成敗，如石季龍聽人讀《漢書》，策酈監門、張留侯得失，毫髮不爽。以此知公料事奇中，非獨天性然也。配朱孺人，亦里中右姓，幼端重，十八歸公。事舅姑曲盡婦道，雖丙夜就寢，然平旦已整容就榻前起居矣。治家勤，常椎布操作而前。當農時，天未明□□□牛脣錢鎛，驅而之南畮。公之所以能不問生産也。公既好客，凡脯胣酒漿，孺人必豫峙以供不時之呼。待婢子有恩，馭僮僕寬不廢嚴。生平絶媮衣鮮食之好，又每事能成公美。公之起姚氏於中落者，孺人之助實多。公年九十，孺人亦八十有二，伉儷六十餘年而卒。公善飲啖，耳聰目明，步履矍鑠，以爲百歲未已。忽於今九月七日夜未央，不疾而徂。遺令勿召僧道及部分家大小事甚悉。余聞釋氏之得道者往往能合眼即化，公豈夙世比丘邪？是爲萬曆之丙午，距其生正德丁丑十二月四日。孺人後公一年生，先公七年卒。子男一，國相，娶王氏，余女弟，卒；繼童氏、管氏。女一，婿張景周。孫男文焕，即余甥也，娶鄒氏；文燭，娶沈氏，繼朱氏；文灼，娶李氏，與女之適張情、朱承哲者皆出自童；文熠，娶張氏，與女之適張伯鰲者皆出自管。曾孫男之爲文焕者曰克仕，聘諸氏；爲文燭者曰仲，娶朱氏。曾孫女之適諸大都、字錢允升、歸士鍈者，二爲文焕，一爲文燭，餘俱幼。墓在吴淞之陽，與其家相望。

誌曰：余蓋於姚公有感焉。夫世所稱説知大義不愧人常，非褒其衣、博其帶者邪？然一競錐刀之末，即骨肉至親且分彼己、較多寡矣。何如公不難以己所復田廬中分乎？且即如東江始議，將兄弟之不相保，何有於田廬？今幸相保，田廬又無恙，寸壤尺椽，誰非公有？而公以爲所不足者非財也。浮薄子弟未謝師門，輒不欲名其師。公皓首猶如執經之日，而又能存其貧乏之子，雖王成義存李燮，亦何足難公？人謂公不詘於達官長者，單細藉公爲廣厦，以爲公豪，此乃真豪耳。而孺人又能成公之美。《玄經》有言：『崔嵬不崩，賴彼峽嶂。』狀稱公負氣好勝人，孺人每從容諷解。此爲公峽嶂，豈可以尺寸計哉？乃爲銘。銘曰：

鼓策播精，廢者復起。公實有家，弗私於己。執義先師，波及厥子。鋤强扶弱，任俠自喜。鄉黨見推，如果中李。天作之合，釐爾女士。以守爲創，與公終始。芝芬蘭茂，由曾逮耳。雙玉永埋，千秋萬祀。過而式者，比於畏壘。

明故處士孟田侯公暨配王孺人合墓墓誌銘

余覽載記，孝行如割股、剔肝諸過中事勿論，它若浣腧、執爨事即甚細，抑何愛其親之至也。然猶爲子耳。至辭榮以就養，則爲人孫矣；約己以厚弟，則爲人兄矣。嗟嗟！孝子慈孫猶爲千里之一士，而况篤友因心者乎？又何望於朋知故舊爲也。今讀文學冲宇周君所爲余姊丈孟田公狀而有感焉。

嘉靖中葉，海上中倭，避寇者襁相屬也。時公祖母春秋高，不任步，公負而趨，踵至流血，不言軼掌。雖蒼皇中，恒市甘旨爲供，且慰之曰：『幸强飯。有兒在，無虞寇也。』寇方旁午四出，竟弗與遭，人皆以爲孝感。父龍田翁襟際恢豁，不屑家人產。公年十七甫受室，即委以家棟曰：『兒好爲之，無慁乃公嘯歌。』公既受命，一以幹蠱自任，遂不遑啓處，經理生事。而貲不中中產，用鮮克給，則捐内子簪珥助之。凡爲龍田翁婚三弟，嫁一妹，人固難之，而嫁妹如嫁女，尤爲人嘖嘖。居恒娛侍龍田翁媪，志體罔不適，絶不與諸弟較盈詘。兩大人亦安於公，忘其有諸子也。母徐孺人晚而喪明，公朝夕扶掖，歿身不怠。然猶自恨無能起其廢，以爲有愧盛翁子云。公歲中連舉三喪，皆如禮，竟亦黽勉獨前，諸弟僅令衰麻備擗踊耳。諸弟口漸繁，所栖幾指掬。公復拓丙舍安之，所析産僅取甌脱，餘悉讓諸弟。仲弟瞽，又家徒壁立。公解衣推食，周恤備至。叔弟少而才，公曰：『此吾家千里也。』擇師課訓益力，猶自程其藝，少不中程，輒加譙讓，後竟名能文學。季弟嘗困於鼠雀，公傾身左右，卒白其寃。亡何季弟夭，惟是楄柎所以藉幹者倚辦於公。其所遺則又歸之叔弟，曰：『留此爲膏火資。』伯父龍川公暨族弟伯愚嘗售公産，公謂：『無田何由得食？』立折券，不責其直。公生平嗜義無諸責，里人以急抵者，常轉爲貸，復代爲償。所嫁妹寡而窶，日夜灑泪撫其孤，曰：『所不玉汝于成者，何顔以見泉下人？』乎翼督誨，不減己子，卒藉成立，有聲嘉庠。如冲宇君所自狀，非溢語也。公自以數奇弗售，日課諸兒業博士家言，不以貧故少懈，卒皆成偉器。素不善借交，雖歲苦里徭，然竟不丐庇於宗達。配王氏，余世父怡默公長女也。性稟貞静，言不逾壼，笄而歸公，猶然荏弱女嬰也。而聰慧倜儻若謫丈夫，事翁媪以孝，事公以别，待娣姒以和，字臧獲以恩。尤能拮据治生，成公之志。且夫婦没齒無間言，大爲族黨所賞羡。

公名士方，别號孟田，故童姓，青浦横漊里人。祖舜臣名烈者，爲侯氏就婿，遂爲其後，因氏侯，家盤龍里，則今公所居也。始祖之奇，明興用人才，徵拜藩伯，後坐事謫簿泰興。靖難師起，弃官毁形，嬰文皇怒，竟終戍所。事載《青浦志》。曾祖葵軒公，祖即舜臣。公父龍田公名卓，性爽朗不群，名蓋于鄉。前後郡邑長數延爲鄉飲賓，公亦相繼賓於鄉。父子濟美，人謂世德罕睹云。

公生嘉靖之丙戌，卒萬曆之甲辰，得年七十有九。孺人生卒皆先公，生嘉靖之乙酉，卒萬曆之癸巳，得年六十有九。丈夫子三：孔學，上海廪生，配張氏，皆早卒；孔時，上海學增廣生，配陳氏；孔中，嘉定庠生，配凌氏。女三：長適儒官姜必遇，次適金機，次適沈傳策。必遇之子雲龍，中丁酉舉人。孫男六：萬里，松江府庠生，孔學出。萬里，〔十一〕嘉定庠生，與萬户、萬程、萬齡、萬祀俱孔中出。孫女二：適姜雲驥者孔學出，適徐禎穗者孔時出，皆閨人家。余觀侯氏自藩伯起家，忠節嗣多以孝友聞，至公益敦樸禔躬，不識世俗儇佼態。此豈其天性然哉？蓋亦有家學焉。不然，何公之後既以文學翩翩鵲起，又無能不孝友也？君子曰：公之有子若孫，所以報公之能爲子能爲孫。夫亦以蒼皇中負祖母而趨，更人情難耳。字吾弟猶以親故，至振人之迫，則疏者也。况轉爲貸而代爲償乎？『侯之門，仁義存』，自古記之矣。乃孺人亦真公配云。當公費不克酬，豈不能以匱乏爲解？而至傾奩以佐。又假令稍見顔色於娣姒間，又何能始終雍雍無間言也。宜爲銘。銘曰：

爲孫則密，爲子則參。兄也伊何，孟嘗比心。緩急必赴，然諾不侵。丘山者義，羽毛者金。嗚呼！是可推衿。孺人同德，一酌一斟。食報爾後，蔚乎詞林。載其風烈，高並雲岑。

明故文學超然李公暨配沈孺人合葬墓誌銘

今世士大夫多修白鹿、鵝湖之會，其好事者不憚數百里赴之，然大都文浮其質。若不出里閈而躬行仁義，厭弃浮薄，此賢於空譚遠矣。則余於文學李公見之。公卒將葬，其子階泰先期持所爲狀詣余，求誌其墓。余與公故兒女姻，何能辭？

按狀，公李姓，諱承順，字理卿，別號裕篇，晚又號超然子。世家嘉定之江灣里，爲右姓。六世祖均瑞公生廷瑾，嘗以輸金廣釁舍復其身，春秋有事於廟則釐焉。是生邳州別駕介庵公。介庵生菊泉。菊泉生雲塘公，以歲薦累任建寧府學博，是爲公父。

學博公生三子，公其季也。少有奇稟，弱冠舉諸生，聲稱籍甚。時學博公方司教姚江，公與其賢豪游，莫不厚期。公竟不遇以老。性孝友，事親多先意承志。十四喪母，哀毁若成人。父疾，朝夕侍湯藥不離側。伯兄羨山君嘗偕公就試荆溪，忽疾疫，公曰：『名與兄孰重輕哉！』即欲輿載同歸，尋以疾愈而止。仲兄羨淵君蚤世，棺殮悉出自公，人以是多公能弟。性好施予，所待而室、待而葬及待而火者，咸不以空乏爲解，而公於財實廉。倭内訌時，其舅槎濱公嘗以阿堵潛匿公所。公得之，知爲舅物，即以歸舅。舅艱於息，既殁，所遺頗不貲。公悉散與沈宗，一錢不私。有妹嫁楊諫議之孫某者，死而無嗣，靡不啜汁者。公第爲之殯，殯畢垂橐而歸。殷中翰海涯君嘗以少子屬公。公保護備至，少子貲可鉅萬，寸絲無所染指。尤不喜操子母權，曰：『瘠人自肥，非仁者事也。』生平持正，不妄造請。巡撫見海翁公嘗親式廬，始一報謝。見海從容訪問，公第舉所知貧而寃者白之，不及其它。梅林胡司馬公以中丞節開閫於越，勢足浮沉天下士。嘗與學博公有夙好，因欲爲公地。公終無所干括。觀風使者甘公嘗以耆德命邑大夫禮請，亦謝不往。晚年一應賓筵之召，然亦不再赴也。自少至老，不苟呰笑，每月朔則以旬日所行事告之祖禰。居恒不見惰容，雖燕處，終日危坐。盛暑不解衣帶，即遇臧獲，必整衣冠而出。且與人絶無町畦城府，故里中悍少年亦往往爲公所誨化。其爲公時雨所栽培者多稱高足。今大同守汪公九華、廣文弟子徐君金和，其最著者也。公嘗謂科第可芥拾，及既不遇，用琴書自娛。尤酷嗜群書，雖陰陽卜筭靡不精討，遂以詩文稱里中祭酒，非獨以其人也。

公故名家子，然世守青氊，家僅可中産。晚遭回禄，益見落莫，然問字至者未嘗不投轄也。居恒循繩墨，不失尺寸；至禮可義起，又不拘拘古文法。嘗見古人支子不祭之説而心非之，因作《支子祭義》，起祠堂，其卓見多類此。配沈孺人，父即學博槎濱公也。幼通《孝經》《關雎》《列女傳》，事公六十餘年，相莊如一日。處娣姒以和，待宗黨以睦，馭臧獲以慈，勤儉孝敬，號稱聖善云。

公生於嘉靖丙戌八月二日，卒以萬曆壬子二月六日，年八十有七。孺人生於嘉靖乙酉十二月十五日，卒以萬曆丙午八月十四日，年八十有二。先葬北浦塋，〔十二〕兹啓其兆合而窆焉，禮也。子一，即階泰縣庠生，娶殷氏。女二：長適張一貫，廩生；次適余子思忠，鴻臚鳴贊。孫男三：康侯，娶郭氏；康伯、康成。孫女二：長適金志道，次適王夢元。玄孫女一。

公雅不佞佛，晚而好釋典，至手録《金剛經》成帙，置之案頭，以消俗慮。至其孝友大節，始終恪守不渝。宣聖所稱『耄期稱道不亂』者，公庶幾近之。余故爲之銘。銘曰：

少而嗜書，耄耋如初，乃困於公車。凛凛德讓，鄉邦之望，卒無人能上。席珍可珍，塵視簪紳，不奪於要津。今之人乎，古之人乎，胡爲乎云殂？膴膴崇原，雙玉掩焉，其世百而年千。

明故孝亭張君暨配徐孺人合葬墓誌銘

孝亭君者，嘉定南翔里人也。居與余謦咳聲相聞，締爲三世交。倭島夷起海上，君適有繕城之役，余亦避兵至邑中，輒以其暇相過從，情甚昵。洎余罥世網，浮沉中外者幾三十年，踪迹稍落莫。然每念，未嘗不在左右也。日者從楚中還，庶其復以舊雨追君杖屨間。未幾而君之子兩文學持余甥君貺狀屬銘君墓。嗟乎！傷哉！即不文，奚忍辭？

按狀，君諱闇，字希閔，孝亭其别號也，姓張氏。高王父桂軒公錤。錤生菊泉公清。清生味耕公瑜。瑜生懷耕公雍，即君所後父也。初，懷耕老無子，君甫生而雙眸炯炯如點漆，懷耕遂奇而子焉。稍長，常坐膝上口授書義，輒能嗚嗚成誦。逮出就傅，與君家先□〔十三〕馬公同事雲囱先生，覺風氣日上。味耕公不欲苦以雕蟲之技，因輟君業。亡何而君有子，因曰：『家世《詩》《書》，此綫綫者兒足任矣。』遂督令綴學，卒成兩子儒，大噪膠庠間，君之教也。君嘗爲邑主進是稱大徭，忌者以中君，君獨勾當了了。又嘗充鄉賦長，民多流亡，不腆斂賦，則無以索，悉傾橐代其輸。屬者連歲大侵，餓莩相望，日治糜以哺，所活無算。邑令聞而嘆曰：『安所得長者斯人乎！』亟下教獎之。初，君之子於懷畊也，多出味畊公意。味畊公與配楊孺人疾，君所侍湯藥者若而日，所不解衣帶者若而宵，歿而哀可知矣。君故善力田，然半爲污邪，歲比不登。君以意裒其高卑，收始歲視腴田，卒藉以供里胥伏臘諸費。性喜客，客至趣呼酒，留連杯斝，無言卜晝矣。與人無分争，脱有犯君，君第以大義立折之，不之官也。故終君身，未嘗以姓名登爰書，是足觀君矣。配徐孺人，邑文學思南君女，亦望族。孺人婉娩貞順，生十八年而嬪君，閫以內肅如也。事翁媪，嘗揣其欲中之，務得其歡心。身自操作以佐滫瀡，且曰：『吾夫子好招尋，設一旦不給於鮮，以簡客，即無論無以稱投轄者意，而令客心語中饋之謂何，則奚不恧焉？』孝亭君乃益恃以來賓從。接姻黨有禮，御臧獲有恩，治家能以節爲縮，劻劻勷勷垂四十載。孝亭君雖數困大徭，而家日以起，多孺人力也。

孺人生卒俱後孝亭君一歲。孝亭君生嘉靖己丑六月十日，卒萬曆癸巳十月二十九日；孺人生以庚寅二十日，卒以甲午八月九日，得年俱六十有五。子男三人，孫男女八人。長縣學生守道，娶封氏，子曰國祥，聘朱氏；女一，受嚴氏聘。次縣學生守仁，娶須氏，子曰國禎，聘甘氏；女餘俱幼。次守義，娶朱氏；女一，適太學生萬國彦。國彦之女許字臨海丞金太遜子思治，則余甥也。

王子曰：余究君行事，見君之緩急能善用也。往者繕城之役，君貲不中中產，然朝受命而夕趨赴，則可謂善用其無。長鄉賦而傾橐代輸，遭大侵而爲糜哺飢，又可謂善用其有。有無相爲用，君洵才者，而又能處己於不競之地。夫惟不競，是以能無競，信矣。而其大者，君以所後子，能令二尊人忘其無子。且徐孺人復能左右之，孝行並著。有孺人，益所以成君乎！宜君之德孺人深也。是爲銘。銘曰：

而文有餘，誰奪而書？雖奪而書，山子璠璵。義媲太丘，孝祝子輿。卓哉孺人，荼苦拮据。匪只拮据，賢與孝俱。掩兹雙玉，千古流譽。

【校勘記】

〔一〕安所得小刀乎　『刀』通『舠』。

〔二〕與公不□□□幾二十年　三字原脱，據上下文意，似當作『相聞問』。

〔三〕則余甫□□而公捐館矣　兩字缺損，然下一字爲『糸』旁，故結合上下文意，似當作『解綬』二字。

〔四〕南坡公鬱鬱至用爲□　此字漫漶，疑當作『戒』字。

〔五〕娶沈□□女　底本原空兩格，依文例，當屬喪家填補者。

〔六〕雖咤叱聲不逾閫外　『閫』字原缺，據上下文意補。

〔七〕次適沈明璋　『璋』字底本模糊，似『璋』故補。

〔八〕無論閨閣　『閨閣』二字底本模糊，似『閨閣』故補。

〔九〕此猶有靈心　『靈』字底本模糊，似『靈』故補。

〔十〕由公脆起千金　『脆』疑當作『頓』。按上文嘗云『適有天幸，頓起家千金』。

〔十一〕萬里　按上文已有一孫名曰『萬里』，係侯孔學之子。而此孫亦名『萬里』，係侯孔中之子。叔伯兄弟不當重名，故兩『里』字必有一誤。

〔十二〕先葬北浦塋　『塋』原作『茔』，顯誤，據上下文意改。

〔十三〕與君家先□馬公　按所脱似爲『司』字。

王侍御類稿　卷之十三

太原王圻元翰父著
男思義校刻

祭衡王文

於惟我王，派衍天潢。瓊枝三葉，世守齊方。忠孝作範，雍肅有常。宗盟輯睦，好樂無荒。佐帝光宅，作屏東疆。職等忝守兹土，獲覯龍光。從容宴笑，於席於堂。曰維帝子，壽考其昌。昊天不憖，〔一〕奄忽舟亡。朱標紫棟，長夜未央。凡厥吏士，心魂飛揚。雲山漠漠，漢水湯湯。遐悲永慕，撫景凄傷。率我僚友，敬爇瓣香。臨風跽酹，左右旁皇。神兮來游，鑒此清觴。

祭徐文貞文

嫠須炳靈，溟渤委粹。挺兹元哲，蔚爲邦瑞。冲夷神授，朗潤天鍾。弘襟朗度，大吕黄鐘。世皇初祀，奮起南服。金管從容，英標孤矗。澤宫倡議，抗顔廷諍。一言忤違，左官惟命。江浙司衡，多士允式。敷教在寬，章程靡激。謍問播宣，玉堂召復。經局蘭臺，羽儀輝燭。虎闈造士，棘院掄材。緋桃玉笋，取次培栽。陟貳吏禮，遂柄文昌。宫詹晋秩，德業逾張。帝曰咨爾，作我保衡。鹽梅舟楫，是倚是憑。惟公承之，克殫厥心。竭忠矢赤，罔或不欽。波靡之會，羔羊自飭。腥穢載途，不脂其室。壬戌而往，公也秉鈞。芳猷亮節，作率臣隣。收録遺賢，保惜言職。白駒不嗟，皂囊生色。禮貌勞臣，撫綏介士。勸罰惟明，疆埸作氣。人材政務，斟酌調停。罔希風旨，以咈群情。世皇中葉，儲位叵測。公夾以飛，黄臺咏息。逮乎晚季，思游潛邸。密疏回天，南巡中止。八駿息駕，萬方色喜。二事非公，疇能了此？鼎革草詔，悲動華夷。光昭先德，孝治無虧。穆廟御宇，風雲適際。中外喁喁，快睹盛世。功高望重，忌隨以盈。言止于玉，有來青蠅。辭榮歸里，實維耆艾。八心怡然，帝眷故在。優爾傳飧，翼以安車。送之里門，榮則誰如。公居吾鄉，疇曰匪政。孝慈友讓，躬帥以正。割腴捐贏，胥沾殘剩。動容自規，言笑皆禮。穆如條風，澹若玄醴。朝而執管，亨泰天衢。遵晦于野，膏潤里閭。顧兹令德，宜壽而康。謂當百歲，厭我輿望。胡遽仙游，翱翔帝傍？於乎！疇福有五，誰遘其全？恩榮終始，公獨備焉。不朽有三，疇克完止？曰德功言，公無愧矣。

某等鄉邦晚進，夙荷眷知。服官江漢，訃至漣洏。匍匐有懷，周道倭遲。天涯爲位，再拜陳辭。展兹芻酤，聊寫衷噫。山頽木壞，匪哭吾私。

祭劉培橘文

嗚呼！滄溟雲渤，震澤烟濤。鍾爲美秀，發爲清標。嗟先生者，誰其鈞陶？冲儀慧質，靈淑所交。

少事淹貫，長感爾遭。軒岐妙悟，有托而逃。履仁蹈誼，身詘名高。縉紳延慕，居然人豪。乃毓賢子，天挺俊髦。蜚聲弱冠，麟章鳳苞。聲華炳蔚，羽儀天朝。出入省闥，矢謨宣勞。載陟楚臬，紀法明昭。芟彼萑苻，静我江皋。撥厥所自，先生之教。惟帝念功，封章蚤耀。賁典方來，翩翩在道。云胡弗憖，遽以訃告。家背典刑，鄉乏元老。嗣子言旋，同寅痛悼。嗚呼哀哉！吴山嶭嵲，楚水迢遥。神銷意沮，曷任悲號。爰潔牲醴，爰酹重醪。侑以蕪辭，寫我心忉。先生有知，鑒此澗毛。

祭桂太府文

嗚呼哀哉！翁在西臺，抗顔直道。白簡青驄，時稱桓鮑。予忝年誼，復厠末班。長安馬首，同鳴珮環。翁莅名邦，棠陰滿路。秋月春雲，時稱召杜。予承下吏，復竊典刑。四知三事，重辱陶成。天假我緣，始終相值。倚玉論心，斷金藉益。豈期不偶，予去齊東。驪歌方賦，翁馭悲風。王事驅人，沐棺無計。回首斜陽，荒林鶴唳。片言叙訣，束帛寄情。憮今追昔，有泪盈盈。

祭張縣令文

吁嗟臨邑，居青之西。昔號富衍，雄視全齊。胡迄於今，民物凋靡。厥咎焉在？曰惟有司。猗與仁公，粹美清夷。才優剸劇，學務濟時。蚤登上第，假令臨淄。待士有禮，撫民惟慈。禁厲罔設，緻察安施。秉篆旬月，吏民宜之。焜炳嘉績，竚足爾期。百年廢墜，興修爾資。某也寡昧，待罪來斯。首覿眉宇，更僕諏咨。沃我啓我，俾我弗迷。言別無何，俄傳病肺。萬頸胥延，祈令復起。彼蒼弗仁，殲我良士。民庶孔悲，余亦悲只。余悲伊何，疇其倚毗。卜兹玄月，歸櫬故里。乃舉清尊，乃率僚吏。再酹陳辭，再拜隕涕。一以悼仁公之永違，一以悼淄民之失恃。

奠耿太老師文

惟師氏之玄胄，鎮江漢之炳靈。早潛心於藝圃，雄楚甸以揚聲。志翱翔以冲舉，竟鎩羽而垂翎。慕雲霄之抗志，循德義以爲經。守古初而厭俗，樹邦國之典刑。浚慶源而發祉，毓希世之鴻卿。備内臺之妙選，主吾道之宗盟。暨新皇之簡注，躋華要於青冥。溯功施之弘普，粤推本乎所生。龍章於焉洊被，庶慰籍乎生平。乃天眷之篤厚，方川至而日增。胡昊天之不憖，遽疢疾之憑陵。乘白雲以遐逝，動遠邇之悲鳴。某本海濱之下士，忝桃李於鯉庭。睇高山而仰止，撫梁木以凄情。恨此身之匏繫，適信使之南征。緘哀辭以寄奠，泪淫淫其雨傾。

祭楊年伯母文

孺人涵柔静之醇姿，秉冲和之懿德。既克持乎婦儀，亦素閑乎母則。相侍御以服官，勵清操於冰蘗。振憲府之風猷，實助成於閫職。啓胤嗣以義方，匪世嫗之姑息。羌孟媛與穆姜，參徽音於古昔。謂褒崇之伊邇，將龍章其顯赫。胡昊天之促影，旋降割於中閨。雲迷迷而改色，日慘慘以無輝。淑齒未登於中壽，貞魂已厭乎帝畿。翬翟在前而不待，芝蘭滿目而奄違。此夫子之所撫膺而隕涕，與友生之所聞訃而欷歔。維暮春之上吉，奉旅櫬以南還。某等悵蕙燈之長晦，悲鸞鞴〔二〕之間闕。酌燕市之芳醑，采春江之清蘩。望雲駢而告奠，聊以盡吊生哭死之誼，而固知仙游之不可援也。

祭潘恭定文

溟海儲珍，笠澤效神。挺生賢佐，樹我人倫。翩翩者鳳，翁有其文。振振者麟，翁有其仁。厥德伊何？粹器冲襟。厥材伊何？博文深沉。出入宣勞，清節奏績。其速其淹，罔介容色。藩臬部院，南北踐更。雍容步驟，乃矩乃繩。賢胤炳朗，争芬兢爽。翺翔帝廷，近世寡兩。翁曰歸哉，連章請老。解組懸車，進退有道。杜門廿載，凝和葆真。蜕迹塵外，韜光海濱。一動一静，軌我後人。彼蒼不憖，殲此元臣。遠近聞訃，悽楚酸辛。矧余小子，年家梓里。誨飭諄諄，言猶在耳。木壞山頹，忽焉大暮。吴楚各天，情同孺慕。爰緘束帛，爰縮清酤。千里遺奠，涕泪如雨。

祭鄧太夫人文

鄧母夫人者，吾上海令鄧公母也。始公爲上海，奉慈教施于有政，邑人莫不賢智其母。居無何，母夫人卒，而上海公遽持服歸，歸則膏澤不竟。邑人悲公去，且悲母也，相與爲別、爲哀、爲思。思者續《鴻鷹》〔三〕之篇，哀者摹《黄鳥》之曲，別者繼《驪駒》之響。獨某等以行役于外，乃今始獲踵薦紳先生之後，而以詞祭母夫人于其廬。蓋亦自附於爲別、爲哀、爲思之義云。詞曰：

江有濫觴，木有根株。厥母惟孟，乃孕鉅儒。雲間凋敝，孰與上海？萬口嗸嗸，誰其主宰？侯拜簡命，起家明經。才匪百里，牛刀出型。任不逾期，弦歌頌聲。母氏遘難，降割自天。侯也踊擗，有泪流泉。祭豐養薄，昔人所憐。眷是邑氓，卧轍扳轅。謂母可起，願贖百身。借寇須臾，活我東人。東人悲慟，若背周親。云誰壽母，俾侯之來。云誰賈母，俾侯之回。民實不穀，亦已焉哉！予等客楚，禮缺祖送。緘詞寄奠，修此賻賵。君爲子傷，予爲民恫。母耶民耶？情曷有窮。

祭侯太夫人文

海沺毓秀，寶婺儲精。幽閑挺質，貞懿蜚聲。胄出名閥，歸于右族。内訓孔良，坤範亶淑。拮据躬親，以相夫子。葆粹含龢，篤生哲嗣。蚤騁虞庠，群豪辟易。南宮獻賦，策名仕籍。由部歷臺，恪慎官箴。齒霜飲蘗，簡在帝心。楚臬分符，江漢比潔。擢鎮湖南，氛銷狐穴。襄樊載陟，穆如清風。峴首永譽，再睹羊公。揆厥所自，杼教如存。視彼尹母，志養孰尊。擬登樞席，勉慰熊丸。有斑者衣，邸第稱歡。龍章寵錫，行且翩翩。云胡弗俟，奄忽上仙。

嗚呼！期頤之壽，霞錦之封。榮深白鶴，慶溢青龍。矧復膝下，奕葉雲仍。振振麟趾，元愷之英。身沉名飛，照映圖籙。生如宜人，歿亦瞑目。某里閈後生，夙欽母德。誼托兼葭，情均休戚。俄焉訃至，神魂悽惻。維冬之孟，維辰之良。轜車戾止，於漢之陽。悲我行役，目斷雲檣。薄采汀芷，酹以椒漿。臨風寄酹，江天茫茫。

祭涂太夫人文

嗚呼！太夫人亦丈夫母哉！纂休明之洪胄，締君子之佳嬪。賦婉娩之淑質，備純茂於一身。既在貴而能降，亦處逸而思勤。信色受而聲應，匪斤斤於組紃。爾慶祐之厚積，發奇英於甫申。秉端嚴以式誨，偉玉岫之嶙峋。俄羽儀於霄漢，標南國之人倫。柄激揚乎楚服，邕汪濊於時巡。肆閨壼之遺澤，彌漢涘與荆津。睠神庥之獨庇，宜遐壽之求臻。胡天心之降戾，忽蕙幰之沉湮，日始旭而掩曜。蘭方曄而零芬，乃嗣君之聞訃。遄韜斧而迴輪。紛震駭乎百屬，睇棨戟以酸辛。矧藩臬之長貳，暨戎閫之私人。夙瞻恩以奉德，今撫景而銷魂。恨職業之匏繫，徒束首以悽神。采靈均之郁芷，絜孺子之清醇。望几筵而遺酹，肅哀誄以上陳。惟慈爽其不昧，鑒千里之芼芹。

祭唐太夫人文

嗚呼！婺次發祥，坤儀毓秀。嗟太夫人，挺生華胄。德幽而静，行肅以貞。惟金惟玉，穆穆厥聲。爰嬪于唐，婦順孔章。乃育哲嗣，功業文章。文章伊何？蜚英天步。功業伊何？西臺南楚。揆厥所原，子以母賢。龍書鳳帔，有來翩翩。種德食報，天道之常。賢哉太母，介福宜長。造化胡爲，降割中閨？帷燈掩耀，娥月無輝。某締交令子，實忝僚誼。訃報俄傳，相視驚悸。此身匏繫，此心皇皇。緘辭走奠，絮酒瓣香。嗚呼哀哉！

祭侯一貞文

嗚呼哀哉！君之尊人，爲大參公。大參家食，君方幼冲。上承家學，矢志研窮。挑燈相課，早列黌宫。試輒高等，命食公廪。虎視詞壇，同盟斂衽。大參既貴，藩臬遨游。經營王事，二十餘秋。憂國奉公，不問田疇。公謂君曰：爾爲家督。非爾尸之，其何能淑。令總庶務，亡論米鹽。有倫有脊，如出大參。二三弱弟，付君提携。耳詔目授，比於嚴師。大參倦游，挂冠神武。君修志養，歡如腰鼓。君少失恃，語及涕零。粤事後母，逾於所生。君性深沉，經權備足。才適於用，猶侵年穀。夙諳經術，勿克經世。躑躅膠庠，晚而需次。未及拜爵，倏遘屯難。彌天之翼，戢於一棺。嗚呼悲夫！大參偉度，坦夷莫比。惟君象賢，能世厥美。曰與通也，毋寧爲拘。不挂汝南，無可瑕瑜。仁者必後，麟趾振振。步武聞祖，益大里門。君也不待，悲愴如何！圻忝世誼，更托蔦蘿。忽聞君訃，黯然魂銷。九原不起，空賦《大招》。爰酌桂醑，薦以江蘋。敬告几筵，聞乎不聞。

祭張清濠文

惟公賦性樸茂，秉德醇誠。挺生世胄，冲静謙平。言靡逸矩，行靡詭程。蚤歲講藝，卓冠諸生。鵬程屢躓，燕翼鍾情。乃毓哲嗣，天植巨卿。綺年淹貫，詞壇擅聲。策名天府，館閣儲英。職授翰檢，著作承明。譽聞上達，封典旋膺。緋衣華紱，奕葉恩榮。吾公承之，非驕非矜。視若固有，浮雲太清。角巾儒服，不改生平。閉門掃軌，絶迹公庭。出屏輿從，食鮮肴胥。飭躬約己，推重鄉評。童顔鶴髮，步履風輕。僉祝吾公，天錫遐齡。俾我鄉國，永賴儀刑。嗣君省覲，萬里歸寧。斑衣戲彩，歡動茸城。二豎不仁，忽苦微眚。厭薄塵世，溘焉上昇。訃聞市井，罷相輟耕。嗚呼哀哉！長松短菌，數總天行。所不朽者，惟德與名。公德既茂，名亦峥嶸。積厚流光，慶貽鯉庭。非久大拜，作帝股肱。龍章追恤，寵渥方興。公雖死矣，死如其生。某等世叨知愛，復締姻盟。小孫受室，尤藉玉成。提携萬狀，曷任鏤銘。山頹木壞，鶴唳猿驚。瞻恩奉德，圖報奚憑。爰酌清酤，爰具薄牲。陳詞几下，泪雨如傾。尚饗！

祭許孺人文

嗚呼！天昏寶婺，忽墮江湄。君子鼓盆，孺人何歸。有淑孺人，出自望族。執禮陳詩，璇閨種玉。始笄待年，作嬪哲士。梟雁興規，甘旨佐瀡。君子未遇，發憤下帷。漁獵六藝，家園不窺。于時孺人，爇脂丙夜。拮据女紅，無問冬夏。已而君子，小試民牧。操比懸魚，愛存留犢。于時孺人，委蛇素絲。相彼錡釜，樂我縞綦。已而君子，爰賦歸來。逍遥日月，鹿門可偕。于時孺人，舉案怡怡。琴瑟静好，晝荻含飴。令妻壽母，燕喜一堂。承歡娱彩，繞膝稱觴。是夫是婦，皆天所授。白首齊年，何福不茂。人曰慈壽，期頤可跨。胡不百年，浸假而化。慨也吾儕，辱知君子。耆英香山，幸卜同里。良辰結社，文酒夷猶。孺人中饋，庖爨綢繆。誼切通家，情深休戚。慶者出廬，吊者入室。寒風朔雪，蕙帷悽其。言悲孺人，執紼陳詞。依依落月，蕭蕭白楊。靈兮如在，鑒此一觴。

祭顧見參文

惟靈鍾三岡之淑秀，彙龍浦之精英。性敦詩而説禮，行履矩而蹈繩。藐楊朱之歧路，階從事以蜚聲。初筮仕於三湘，爰叙還干五嶺。既兼勤之懋著，隨處囊而脱穎。方瓜期之得代，書上考于藩屏。遂捧檄以北赴，期不次之策陞。洎取道而歸里，偶微痾之是膺。乃塵視乎軒冕，甘棋酒以陶情。日課孫而訓子，鄙貽金之滿籝。矢清白以傳後，擅美譽於鄉評。何二豎之作孽，縱醫禱而靡寧。忽朝露之溘逝，乘白雲以上征。余等忝兒女之至戚，締姻好於百齡。忽訃音之倏至，心驚悸以怦怦。痛人琴之俱喪，遽永隔乎幽明。嗚呼傷哉！兩地相去，一水盈盈。令我子姓，陳詞奉牲。臨風告酹，鑒我平生。

祭李超然文

嗚呼吾翁，人中杞梓。蓋自翁生，暨於翁死。其詳難述，其概可紀。翁素負奇，跌宕經史。興至神來，揮毫落紙。若風雨集，當者披靡。亦有時彦，如果中李。翁直易之，曰遼東豕。咸謂翁才，驊騮騄駬。躡電追風，瞬息可俟。個中有鬼，竟艱青紫。謝去青衫，立志自矢。惟文與酒，吾當没齒。一切暄凉，與夫成毁。吾翁視之，猶如流水。家故四壁，中又經毁。天地爲廬，沾沾自喜。性故骯髒，伊優自耻。曰寧無車，不忍舐痔。故人天上，其印纍纍。惠然肯來，無不倒屣。翁不一詣，曰無用彼。埋名匿迹，可四十祀。號曰超然，名不虚矣。翁爲庚桑，人爲畏壘。遽厭塵氛，悲動閭里。雖然，若翁得天，不爲匪厚。年躋大耋，仁者而壽。有子有孫，仁者而後。即夜壑乎，亦足不朽。某忝葭莩，如足如手。擬叩真詮，遽罹陽九。年入桑榆，不堪奔走。聊勒蕪詞，侑以絮酒。爰命兒曹，荐諸左右。苦雨酸風，若悼良友。嗚呼哀哉！

祭陳默庵文

嗚呼！造物叵窺，哲人困躓。或豐其德，乃嗇其位。或靳其年，復綿其嗣。消息盈虚，靡滿人意。恂恂令公，家世潁川。藝林摛藻，理窟精研。俗競奇巧，公闡真詮。名冠多士，旗鼓無前。俗競紛靡，公守寒素。孝友謙恭，飯蔬衣布。歡奉慈闈，周恤親故。惟兹館穀，囊空勿顧。早奮詞場，掄魁南國。連城之寶，方剖爲璧。摩天之鵬，乍展其翼。屢試南宫，日迷五色。言念版輿，愛日難禁。爰有寒泉，資浚猶深。甘脆鮮進，子獨何心。乞恩將母，秉鐸江潯。謝朓青山，李白采石。江魚入饌，北堂喜極。當塗桃李，賴公手植。臺使采風，首揚政績。太母卧病，公泪潸潸。上池莫效，青鳥難攀。匍匐扶櫬，遄歸故山。羸侵鷄骨，無意人間。曰我初心，冀母禄養。母今見背，捧檄奚往？宗黨勸駕，補署阜庠。毛公經席，董幃舊鄉。滹沱之濱，淳風未汩。公日談經，不倦揚扢。櫟卉成林，迷川渡筏。尋釋皋比，謁選銓衡。咸重材品，特簡林城。林慮奥區，跨有洛京。公出閎謨，覆庇蒼赤。雉馴子野，農歌于陌。自冬徂春，呴噢幾何。福星東殞，莫挽陽戈。宓堂輟瑟，鄭錦停梭。嗚呼哀哉！爲公恨者，壽未逾耆，宦未及期，封未賁貤。爲公幸者，處爲名儒，出爲良師，没爲仙吏。亢宗令子，接武雲逵。千秋不朽，有道豐碑。浮生蕉鹿，塵界醯鷄。達人大觀，得喪可齊。某等慕公純孝，重公雅懷。瓣香斗酒，敬薦夜臺。

祭錢母褚太孺人文

詩紀婦順，禮肅嬪容。嗟嗟太母，千載道同。虞山孕秀，作賁仙宗。居然淑媛，慈和惠恭。既配君子，閫範益崇。蘋藻纂組，罔不飭共。噢咻族里，慶積惟豐。藍田日麗，荔浦雲封。肇生珠玉，爲麟爲龍。文高吐鳳，業茂行驄。清裁瀸澤，齊楚並隆。不有太母，式穀奚從？令德食報，宜熾而隆。綸章翟彩，來寵無窮。云胡弗俟，奄忽岱宗。軌提神紀，化往冥鴻。某與令子，同舉南宫。兩臺珥筆，江漢觀風。鸞翩驥步，幸躡高踪。興言隕葵，增我悲恫。身羈夏口，目斷天東。瓣香束帛，寄此哀悰。

祭表兄馬横塘文

嗚呼痛哉！我横塘表兄者，余母舅儒官南塘公之伯子也。少而敏慧，長而能文。伯仲之間，其白眉乎！余以髫年，叨兄教誨，相從試于有司。兄方負時名，蔚然有科第之望，而余特粗知章句耳。余雖淹滯黌宫二十餘年，終僥冒博一官。詎知兄竟老于儒乎！兄雖以儒殁身，有子翩翩，克世家學。庶幾成兄之志，而昌舅氏之祚乎！余自楚中解組。兄享春秋六十有九，猶幸與兄相聚首七八載，尚恨歡會之日少，暌離之日多也。胡爲乎溘然長逝，遂成永夕乎！兄之遘疾也，七日而屬纊，又三日而訃至。生也不得執手言别，死也不及走視含殮。此情此痛，曷有極乎！季春十日，奄及首七。圻弟絜孺子之牲，酌季英之醴，率我諸兒，哭奠於几筵之前。兄誠念弟，能無歆乎！

祭何太淑人文

何母太淑人既考終于家，會宗伯公方侍講幄。訃聞，上賜馳傳，歸襄大事。越在苫次有時矣。某等守官一隅，未遑修禮；而又聞宗伯公屏居，謝絶一切，以故闕然千里之使。至是始敢以絮酒炙鷄，繫以哀詞，敬吊淑人。

淑人蓋名家子也。及笄而字，爲督學公仲子婦，婦而德矣。督學公儼然起梁楚間，以文章甚著聲名，而封宗伯公又以世業顯。督學公有婦而太淑人有舅，封宗伯公有妻而太淑人有夫，豈不足爲太淑人重萬分一者。今天下乃稱太淑人之能母，而以太淑人有子哉！太淑人既通《内則》《孝經》大義，而訓宗伯公若嚴父。既得執經佐明天子日夜光大聖德，高明聖學，稱重臣矣。翰林公踵之成進士，爲清臣，又貴介也。安車迎養京師，宗伯公兄弟得以縣官廪，旦夕自上食太淑人，良食豈不甚樂？第今上壽考作人，諸上卿皤皤華首在廟堂間。其太夫人皆杖履無恙，而太淑人曾不及中壽，生不見宗伯公超遷三孤，受一品命服封以卒。此宗伯公日夜仰天長潸而不特太息者矣。噫嘻！宗伯公且服除，促裝而見天子。天子會謀置相，方熟視重厚達節無如宗伯公者。一日拜孤卿，乃公無太淑人憂，以得安心慰意，委身而輔弼一人，修萬載太平之業，著社稷功。維時百千萬世，皆太淑人之年也，可不朽矣。

若夫以生我爲勞苦，視死者爲歸人。一指一馬，適來適去，皆遺世之孤談，非聖哲之弘論也。太淑人既通《内則》《孝經》，方以忠孝立家法，昭後嗣。某也後生，何敢以此道焉。

祭陳抱真年丈文

憶昔與公，同舉於鄉。愧余菲薄，先公翺翔。公既筮仕，花封出宰。治逾中年，穹碑口載。簪筆内召，將下承明。謇直忤世，折於群輕。廣文偃蹇，復綰縣符。循良美譽，捷於鼓枹。中者未休，尋復賜玦。公亦無尤，自笑宦拙。桑榆收晚，公庶其然。天胡降割，遽殞於遷。嗚呼悲夫！以公之學，學宜上第。乃僅舉鄉，何可言遇？以公之才，才優鼎轄。乃僅星郎，何可言達？雖然，駰止縣長，馬終園令。自古如斯，公亦何病。矧有賢嗣，足世厥家。雖嗇於身，身後無涯。有酒既馨，有肴既崇。我來哭奠，亦以慰公。嗚呼哀哉！

祭曹孺人文

嗚呼！天下之事殆翻覆如滄桑。即觀孺人終始無過七十年，抑何遞興遞廢，不能必其皆臧也。參軍甫十六而孤，孺人未笄而嬪，固已悲造化之不偶。參軍更出自孽，兄不分一錢也。即有美田宅，又攘不與孺人。始生理益窘，至無儲乎升斗。參軍故饒心計，又有天幸，家著因稍稍起，而不至於廢。孺人乃始雍雍綰葳蕤之鑰，而無虞於朝夕。參軍繼以貲爲郎，孺人亦得稱參軍婦，享有其榮。易拮据而宴息，僅四十餘年，而參軍之綆已短，孺人遂稱未亡人。然孺人有子男三，尚亡恙也。孺人猶自慰於彩服之盈前。亡何而孺人之伯子殁，亡何而孺人之仲子又殁。此之爲悲，又何啻殞其天。然孫、曾不乏而業猶素封，孺人猶足安其奉而永天年也。亡何而著盡廢，竟如前食貧時。即欲再起，而辰不逢矣。嗚呼！始之塞也，胡然而通？既通矣，又胡然而塞？是皆幻焉，靡可測識。誰謂天有常乎？雖然，孺人其賢矣。即爲婦少，而人不以少易之，能處約矣。即既豐既殖，而泊然無改於初。其哭參軍也以禮，哭其子也以達。豈其東門之是師？此宜後天而不老，庶幾賓王母以長存，而胡爲乎溘先朝露哉！嗚呼悲夫！命雖不延，賢乃必傳。子即不禄，孫則有穀。季子即出於小星乎，猶孺人子也，又何難于瞑目。余子思孝，固孺人之少婿也。辱葭之戚，忽焉聞訃，奈何不悽然疚心乎？有酒在尊，有肴在俎。魂兮有靈，庶不我吐。

祭張荊泉文

噫嘻荊泉，而今已矣。少握瑾瑜，人推國士。試爲諸生，甫弱冠耳。才則有餘，數也不偶。謝去青衫，流連詩酒。公家惠連，爲龍爲虎。名與相埒，不減第五。世道日漓，人多回德。惟公蹇蹇，人推司直。當公揮麈，枝葉横生。帳中所寶，豈其《論衡》？洎我懸車，時領玉屑。胡厭塵氛，遂爾永訣。始隸學官，叨附驥尾。今忝葭莩，不遺葑菲。情之所鍾，契分獨深。猝聞公計，黯然傷心。炙鷄絮酒，附於高賢。公靈不昧，來鑒微虔。嗚呼哀哉！

祭南京通政使艾恒所文

嗚呼！先正有言，老成可惜。吾邑耆舊，後先削迹。猶喜先生，通籍於朝。胡天不憖，典刑遽凋。嗚呼悲夫！先生壯歲，已握隋侯。奉常掌故，典禮素優。天子曰才，晋列臺端。彈劾不避，白簡霜寒。出綰郡符，人歌杜母。副臬參藩，膚功屢奏。乃擢觀察，實司明刑。小人必得，于公再生。節鎮晋藩，治行尤異。浹歲大□，民恃以餼。尋登三事，行掌樞機。先生不待，跨箕而歸。嗚呼！方今宇内，東西多故。將相之寄，先生是怙。白日忽匿，黄河陡埃。言念公私，何可爲懷。憶昔里選，從公翱翔。我子公子，俱婿於張。金蘭之誼，蔦蘿之情。睠言先生，余心怦怦。酌以絮酒，介以蕪詞。臨風一奠，曷勝悽其。

祭故奉常張公文

嗚呼我公，遽徹春邪？良友既逝，曷勝其嗟。公登三事，於位則崇。公齡七十，於齒則隆。公子麟舉，公孫鳳騫。仁者必後，公後則賢。以此觀公，公無憾矣。吾黨失公，痛何已已。嗚呼！入官以來，公日鞅掌。二三兄弟，亦罥世網。宦轍西東，如風馬牛。幸各抽簪，從公遨游。

交道往還，非公弗列。詩酒流連，非公弗悦。公於吾黨，因心則友。吾黨於公，如足如手。爲歡伊始，公遽如斯。香山寥落，臭味差池。嗚呼悲哉！蘭若須眉，邇猶可即。日日幾何，不可復識。自今以往，長與辭矣。欲見何從，徒托夢耳。豈止亡琴，那堪聞笛。死可贖兮，百身何惜。嗚呼悲哉！絜酒之奠，爰哭我私。公其有靈，彷彿臨之。

祭顧尚寶文

公方髫歲，手握靈蛇。長入膠庠，髦士如麻。試輒高等，曹偶靡譁。既魁南闈，乘時奮庸。筮仕繕部，才望稱雄。簡推關税，孜孜奉公。報成之日，惟帝念功。尋從武選，銓衡介士。公持以平，弗任譽毁。海内熊羆，悉展厥技。令問上逮，改丞尚璽。膴職崇階，跂足可俟。公志丘壑，再疏乞已。今上御極，思念舊臣。詔進品秩，恩渥載新。徜徉八十，南國人倫。天胡弗憖，溘焉上賓。嗚呼！惟公藴籍，直探二酉。翩翩詞翰，淵停岳秀。賡爲詩歌，作者誰右。奕世濟美，振振有後。人誰無死，公死不朽。以此忍哀，敬奠卮酒。

祭顧中翰文

先生大父，起家五馬。厥考御醫，賢豪長者。先生嗣起，家聲益夏。筮仕内翰，稱其官也。臨池特工，右軍流亞。綸綍之出，恒屬先生。尋直文華，益矢其能。天子嘉之，進位廷評。方期大任，忽厭承明。遂解簪紱，烟霞與盟。築館玉泓，壘石其前。中列圖史，古玩闐然。栖遲於此，自謂永年。胡期一疾，奄忽上仙。嗚呼哀哉！先生有子，蘭玉競妍。翱翔文囿，濟美象賢。先生□□，長笑九泉。

祭盛母太安人文

人亦有言，天地不仁。余不謂然，此何所徵？以宜人觀，深可信焉。宜人始笄，歸於封公，壼則克全。既舉憲君，方脱孩抱，封公上仙。人狃於習，咸謂宜人，命何迍邅。至論報施，更相嘆曰：奚可問天。然有憲君，稱憲君者，頌宜人賢。憲君既貴，帝念所自，譽命再宣。將毋興思，憲君解紱，色養惟便。難得者壽，而躋於髦，豈其無年？難得者後，而芝而玉，蔚乎曾玄。始雖若嗇，收於晚者，孰能比旃？嗟嗟宜人，固常含笑，以游重泉。雖然，死者不生，譬諸東流，注而不旋。其在憲君，言念手澤，痛切杯棬。吾黨視母，猶之憲君，能不泪漣？曷伸我私，爰酌秬鬯，薄戒豆籩。旅拜陳詞，魂兮歸來，鑒此微虔。

祭盛母姚夫人文

粵賫須之淪曜，俄懿哲之沉冥。昔太君之奄弃，嘗旅酹于中庭。胡居諸之不俟，忽寒燠其洊更。

兹令子之純孝，將歸櫬於蓉城。當夾鐘之應律，卜期日于三靈。乃癸巳之協吉，奉輀車以啓行。瞻蕙帳之首途，閲蘭宇其淒清。匪幽芬之永閟，實體魄之歸寧。雲霏霏而助慘，日黯黯以收明。杳仙游其何適，謝闤市以遐征。慨泉關之夜扃，掩雙玉于千齡。某叨通家之末誼，欽華閫之典刑。痛逝川之不返，惻風樹之長鳴。爰刲牲而酌醴，遵祖道以陳情。惟太君之有知，鑒賤子之微誠。

祭盛年伯母文

嗟太君之挺生，鍾寶須之靈秀。性貞静以慈良，總四教而咸有。蚤毓德于清門，作君子之嘉耦。既上下其克諧，復躬承夫井臼。痛中道以分幃，勵柏舟而矢守。肆哲嗣之翩翩，儼雲龍其矯首。奉臚唱於大庭，歷三朝之華綬。當先帝之推恩，儷芳聲於孟母。享春秋其八十，舞斑衣於左右。暨闔郡之縉紳，將捧觴而爲壽。胡微疴之忽纏，豈運際乎陽九。聞哀訃而悽辛，信無間於識否。矧契誼如吾儕，敢駿奔之或後。裹炙鷄與生芻，絜南州之醴酒。望筵几以陳詞，惟太君其登受。

祭瞿孺人文

猗與孺人，壼德寡儔。惟分水公，雅意□□。二美作合，譬諸鳴球。陽倡陰和，奉以白頭。

於《詩》有焉，『君子好逑』。分水於時，被褐懷珍。孺人來嬪，嚴事二尊。娣姒之間，人飲以醇。譽者交口，無間疏親。於《詩》有焉，『宜其家人』。歷覽古昔，善妒長蛾。賣荚仰鳩，貽笑實多。孺人治內，雍容而和。下逮姬侍，如潤大河。於《詩》有焉，『小星』『江沱』。化行姻黨，壹似《二南》。鍾祥厥胤，人中楩楠。長君標異，起家孝廉。於《詩》有焉，『則百斯男』。敬通豪士，制於閨帷。伯鸞賃舂，德曜齊眉。談婦道者，輕重可知。孺人操家，五十於兹。爲婦則賢，爲母則慈。於《詩》有焉，『無非無儀』。嗚呼！和風甘雨，正可滋萱。會將禄養，以慰寒泉。二豎爲祟，竟弃杯棬。鶴悵其侣，琴絶其弦。嗚呼哀哉！圻與分水，蚤同庠序。同聽《鹿鳴》，益敦世誼。男孫女孫，復締姻契。玉樹蒹葭，彼此相倚。倏爾聞訃，悲可知矣。潔粢豐盛，明水清泚。申以蕪詞，一拜筵几。雲軿霓旌，庶其戾止。

祭嚴封公文

於惟我公，洵矣達人。達人維何，獨任吾真。比部未貴，門則惟篳。公不希心，其有今日。布帽褐衣，不廢軒渠。第課比部，漁於詩書。比部既貴，封如其官。公則若遺，不忘故冠。第誨比部，恪共爾職。比部奉教，矢殫厥赤。兩令巖邑，煦之以春。惟公教曰：民依於仁。晉佐爽鳩，三尺持平。惟公教曰：寧失不經。出讞于越，一雪覆盆。惟公教曰：多所平反。嗚呼！賤不希貴，貴復思賤。黽勉陳規，無能不善。宜享期頤，爲範鄉邦。胡天降割，奄忽云亡。白日慘淡，玄風悽其。一奠絜酒，知乎不知。

祭陸參伯敬齋文

嗚呼哀哉！人世百年，倏若朝露。其零其晞，天乎曷故。零奚以喜，晞奚以悲。所足慰者，嘉聞永垂。惟公之生，代濟簪纓。清標偉致，少也峥嶸。余等亹歲，左右周旋。掄文藝苑，莫之或先。宗經匠史，實稱鉅賢。鄉薦既膺，連對大廷。並轡燕市，携手承明。余等與公，金石要盟。尋拜司理，月皎冰清。陟守刑曹，曾不終朝。帝眷爾屬，柏署遷喬。銜命按廣，肅肅風裁。部院奏績，擢參藩臺。自藩徙臬，益著全材。湖東分轄，回禄召災。目悸心驚，積憂成疾。手足幾孿，因之解職。初入里門，神猶爽王。會飲諧談，居然無恙。問安視劑，能幾何時。中天莫返，長夜爲期。嗚呼哀哉！闃闃華堂，誰其笑語？藐藐諸孤，誰其煦嫗？温温粹容，誰其瞻溯？茫茫泉途，誰其仇侶？嗚呼哀哉！柳州有言，善不必壽。一日爲老，百稔猶幼。公身雖亡，名則不朽。彭耶殤耶？孰論近久。指此酹公，公目瞑否？

祭喬純所方伯文

事或詘此，旋復申彼。言觀於公，云胡弗爾。余等鄉會，兩附驥尾。公守比部，聲問蔚起。

理漕于淮，官民帖服。備兵閩南，海氛載肅。歷參兩楚，遂掌湖臬。譽命上逮，簡牧西粵。恩與威俱，民夷胥悦。晋擢管樞，游刃有餘。單辭倏中，中路懸車。公襟曠達，付命于天。酣經嗽史，餐霞弄烟。逍遥塵外，可十餘年。綉魚未長，雪嶺未成。故竹忽摧，高梧驟傾。嗚呼哀哉！位不酬才，庶幾其壽。年纔耳順，壽復何有？絀申爽恒，蓋謂是耳。人定勝天，亦何爲矣。吾鄉同榜，半屬凋殘。莫逆如公，奄亦丘山。臭味差池，香山零落。百年契分，今將誰托？人傷公者，死生之間。吾所悼公，黯然難言。嗚呼悲夫！編藤爲俎，刳椰爲杯。昔以道故，今以寫哀。嗚呼悲夫！

又祭喬年丈文

嗚呼吾丈，今已矣耶？誰爲豐丈之才，而不究厥施耶？胡既嗇丈之施，而復奪其年耶？天耶人耶？丈何罹此酷耶？人知丈之生也有綰犀之榮，卒也有輟舂之哀，以爲無憾。而不知丈之所不瞑者，不在是耶？嗚呼！謂天不仁，其果然耶？某少忝同庠，長而同榜，壯而同官且同署。爾唱我和，爾歌我舞，而今何可得耶？試展故笥，手書盈積。詞旨墨痕，鮮新可即。而今竟絶筆耶？賤息某以通家子爲丈僚婿，受圭璧之愛，至忘其寒暑。而今可復恃耶？嗚呼哀哉！皓魄頹光，曷再圓耶？赫曦銜山，幾復旦耶？百折不迴，真逝川耶？朱弦絶響，獨琴口耶？爰酌清酤，爰摘澗毛。臨風一奠，丈其知耶？抑不知耶？

祭顧保御與竹文

數有所窮，盛德曷免。公之生平，閉門樂善。孝隆後母，差必致腆。爰有兄弟，友愛不淺。急難赴義，於力必勉。行慕古先，而薄才辯。策挾計然，而恥耀衒。濟水燕山，風程客傳。公也好游，亹亹忘倦。仁壽有徵，期頤在眼。天胡弗憖，乘雲自便。鄉國聞之，靡弗悲泫。嗚呼哀哉！公年幾耋，年亦不鮮。負荷者子，子皆瑚璉。公雖奄化，抑又何戀。某辱在葭莩，私衷曷展？敬潔豆觴，臨風告奠。魂兮有知，監此芹薦。

祭陳母孺人文

孺人少淑，重與論婚。已獲隱君，嬪於德門。咄咄隱君，布衣之雄。少喜任俠，聞於諸公。季心然諾，魯連排解。人資隱君，如挹渤澥。嗚惟孺人，我何知乎。不知孺人，則視其夫。亦既有子，而子伊誰？曰伯與仲，其姿葳蕤。口屑珠璣，筆織纂組。大兒文舉，小兒德祖。於惟孺人，我何知矣。不知孺人，則視其子。嗚呼！老可以偕，彩可以娱。胡數之奇，奄歸黄壚。某視孺人，猶之丘嫂。忽爾聞訃，惄焉如擣。既載清酤，佐以澗蘋。一奠孺人，聞乎不聞。

祭憲副喬公文

吁嗟我公，竟至此邪？良友奄逝，曷勝其嗟。悲夫悲夫！淳風不還，朋情無狀。五交孔多，三益罕望。態有萬千，法武難述。絣公與余，古道是率。余齒稍後，公以弟畜。公明戴聖，余亦私淑。疑義叩公，公若倒囊。亡何鄉舉，先余翱翔。公不色喜，悲我鎩翰。已余解褐，公則彈冠。歲在戊辰，公對大廷。公守故郭，余侍承明。地雖風馬，情猶膠漆。余爍衆口，旅遭三黜。移書相慰，豈老逐臣。亮公私恨，推轂無因。洎公備代，余亦莅楚。余謬校文，而公閱武。奉此簡書，各走其官。尋余懸車，公乃陟藩。余爲公喜，而公解組。相見握手，不勝抃舞。謂余今日，幸返初服。更尋舊游，於焉可卜。會宅之考，余郡公邑。詩酒之會，歲不得十。馬首而東，余爲公留。馬首而西，公亦余投。自賤而貴，自始而今。所易者地，所一者心。期柱中流，溘矣捐館。公私所痛，寧余氣短。公之質行，在建慶先。公之春秋，在中上間。公之子孫，如雲中鶴。公之名位，差亦不薄。有一於兹，亦可以死。備是□□，死何憾矣。香山零落，流水寂寥。人琴之感，云何可銷。春時覯公，形神小惡。約公過余，一尋丘壑。公因呼酒，水陸前陳。余頗怪之，豈其失真。不意此酒，竟成永别。不意斯盟，遂作永訣。嗚呼悲夫！中郎不作，似有虎賁。并此無有，痛何可云？崇肉以俎，載酒以卮。臨風一奠，涕泪漣洏。

祭青浦卓大尹文

劍浦潺湲，鳳山蜿蜒，乃毓大賢。經明夏侯，翺翔文苑，所向無前。二六鼓篋，奄及四七，雲翼高騫。廬江奉檄，爲親而詘，試手烹鮮。邑當新造，且值侵歲，村眇突烟。咸曰庶其，煦以春風，惠我顛連。我侯莅止，去其疾苦，歡若解懸。訟者造侯，伸枉而止，牘曰舍旃。諸上賦者，僅取平衡，秏羨都捐。日饍一篕，出之衙齋，不擾市廛。干旄所過，不飾厨傳，禮亦無愆。希古循良，蒲鞭而化，耻事鷹鸇。文教四敷，澤國百里，户誦家弦。士遜於業，商安於賈，農力於田。以莫不曰，侯實生我，婾快二天。屬者上計，治行高等，□旨崇遷。皇天降割，歸席未温，奄忽上仙。傷哉我侯，皃栖何處，鶴返何年？《九招》可賦，百身難贖，泣涕漣漣。黄童白叟，哭聲載道，豈私是憐。萬有同盡，何論殤子，何論彭籛。所滅者形，不滅者名，侯則其然。人死死耳，侯死不死，奚恨重泉。黄腸既啓，白馬悲嘶，奚以告虔。澗溪之毛，行潦之水，侯無吐焉。

祭李怡新文

吁嗟乎！公之死也。夫傳所稱季心、劇孟者流，任俠負氣，其所恃者遠矣。而孰如公之不□而剛，施于世者雄而釀于己者厚也。公性倜儻，幼嫻觚翰，長涉騷雅。其豪激磊落之度，足以咤叱風雲，而軒駟塵榮視如蠐蛪。雖伯兄猶子相繼簪纓，名聲赫奕，而獨不有其貴。蓋遠志小草，各行所願矣。高堂垂白，兄之禄養不克終其大年。而惟公以志養，斑襴膝下，春風彩戲終始如一日也。爲人立義，不侵然諾，一言苟合，揮金如屑。而族屬，而比閭，排難解紛，抵掌有餘，真博浪可椎、聊城可矢者矣。每届懸弧之辰，四方賓從執爵升堂，非不位而以德尊、不名而以義揚者乎？年逾七袠，猶酷嗜聲律，棋局酒杯，歡呼謔笑，不減年少時。僉謂襟度如公，積慶如公，天之所以厚公者固未艾也。□□造物降殃，忽焉永逝。得毋公也，慷慨悲歌，英爽之氣，將隨白雲而游帝鄉也耶？嗟乎！生無不足，死亦何憾？公年逾七，有子岐嶷。丹山彩鷟，可卜翔霄。渥水神駒，終期汗血。公其不死矣。某也既附年誼，復徼姻聯，一朝聞訃，舉族悲傷。余甥昌五，幼荷煦息。方報德之未遑，竟撫棺之長慟。絜酒陳詞，惟靈不昧，庶或饗之。

祭顧天宇文

嗚呼哀哉！梗楠杞梓，挺生窮谷，曾不得以棟清廟，柱明堂，然不害其爲良木；緑耳飛黄，崛産異域，曾不得以驂玉輅，騁康莊，然不失其爲驥足。先生之德，鎔金削玉。先生之义，蟠胸注腹。乃偃蹇鄉闈者四十餘年，終不免于齊門之瑟、楚庭之璞。知先生者，惜其爲滄海之遺珠。不知先生者，第目爲雲間之書簏。頃負笈以南游，仍壯心其彌篤。思破釜之沉船，益疲精於誦讀。遘脾疾而遄歸，竟仙游其不復。嗚呼哀哉！先生不可作矣，而卓行高風，足以範俗。胡爲乎運遭乎百六？『彼蒼者天，殲我良淑。』昔也何淹之久，而今也何奪之速。彼停春而罷市，將哀動乎鄉曲。矧蒹葭之末誼，痛百身其難贖。兹孟冬之吉辰，奉輴車以登陸。望几席以陳辭，假生芻以獻曝。慨音容之日隔，寄悲風于宰木。嗚呼哀哉！

祭盛醇庵年丈文

嗚呼傷哉！川竭谷虚，淵實丘夷。死生旦暮，振古如斯。聖達不免，於公奚悲？公第臚傳，筮仕大理。歲中改玉，天曹是徙。出分楚臬，急流旋止。徜徉林皋，壽逾六紀。天之厚公，疇克有此。公既兼有，悲復何爲？惟我兄弟，誼視連枝。披肝析膽，百歲相期。二豎作孽，一旦負兹。撫今追昔，能不歔欷？言念爾我，少同鄉試。挾策公車，再同甲第。長安並馬，翕於塤箎。又不服官中外，人各天涯。念載分睽，迹遠心馳。洎乎末路，懸車歸里。殁者存者，殆相半耳。又不數年，相繼摧萎。風晨月夕，詩酒招携。屈指在座，三人而已。公今長逝，弃我如遺。閬顛瀛島，仙侣攸居。公往從之，其樂熙熙。獨余二人，冷落凄其。朝而把臂，暮已分歧。談笑咳唾，化爲涕洟。心酸目慘，日暝風凄。此情此景，痛何如之？所可慰者，公雖已矣。有子鳳毛，有孫麟趾。奕世象賢，公死不死。黯黯九泉，茫茫二儀。招魂何所，奉袂無時。憑雲駕霧，聽我陳辭。薦蘋几下，泪雨交頤。

祭郭芳庭文

頃德星之遥聚，猗峰泖其增光。胡昊天之不憖，忽哲士其云亡。斯茸城之黎庶，咸聞訃而傍徨。矧通家之賤子，能不撫景而悲傷？昔張負之在漢，拔曲逆于摧藏。暨侯高之處士，識昌黎于文章。世之品燕人倫者，不曰二公之德業無負于東床，則曰兩翁之玄鑒萬出于尋常。嗟哉芳庭，眉宇軒昂。曉暢經術，混迹滄浪。卜鏡臺之佳偶，屬稀世之丰璋。爰撫孤而課藝，蚤通籍于岩廊。既筮仕乎華邑，遂並駕而來翔。期禄養以酬報，何短曆之遭殃。遽壤泉之永隔，慨冰玉其分張。兹輀車之夙駕，返游旆於故鄉。某等忝世講之末契，痛長夜之冥茫。向空筵而灑泪，總百感以酸腸。睹烟雲之慘淡，聽簫鼓而凄凉。悵儀形之漸遠，奠桂醑與椒漿。覽逝川而長嘆，終懷德以難忘。

祭張隱君文

富貴功名，世所共趋。於惟隱君，甘老于儒。寄身丘壑，陶情書史。塵垢紛華，此心如水。問君奚友？净几素編。問君奚須？白石清泉。嗚呼隱君，孰可與儔？方之往古，大澤羊裘。隱君好吟，風晨月夕。對景舒毫，詞壇辟易。余賦遂初，惠我大篇。可諷可誦，墨迹猶鮮。曾幾何時，奄忽徂落。遺章如在，音容不作。嗟乎傷哉！人難必者，莫難於壽。於惟隱君，獨享胡耉。

人難必者，莫難於子。於惟隱君，獨繁哲嗣。卓哉臨江，有聲循良。翩翩子姓，玉潤蘭香。有後有年，世所共詫。於惟隱君，又何怛化。某忝姻好，聞訃悽其。匍匐往哭，薦以江蘺。隱君有靈，庶勿我吐。傷往悼今，曷勝酸楚。

祭姚龍石年嫂文

嗟我龍石，文藻推先。鄉闈同薦，爾獨少年。公車數上，矢志益堅。抱才弗雋，鄉國共憐。睦翊贊者誰？孺人之賢。其賢惟何？質禀自天。温恭貞静，女德克全。既嬪于姚，婦順罔愆。睦爾宗黨，内政斬然。龍石乏嗣，臨訣遺言。吾兄有子，吾何憾焉。孺人聞命，奉以周旋。彼垂涎者，捃摭百千。孺人則曰：婦道無專。遺言在耳，胡敢變遷。衆議稍却，箕裘有傳。孺人曰吁，夫也余天。夫亡與亡，胡忍苟全。頃緣家難，晷刻稍延。事今且定，萬慮都捐。從夫地下，曷後曷前。夙疾陡作，遄駕雲軿。是夫是婦，含笑重泉。余等忝辱年誼，聞訃洏漣。生芻絮酒，聊以告虔。嗚呼哀哉！瑶池月朗，寶婺雲連。生爲淑媛，殁爲上仙。清風高節，日月雙懸。

祭大中丞懷魯周老公祖文

哀哉吾公！何一旦仙逝而弃我遺黎？疾威上帝，何奪吾公之速而使我輩失所倚毗？嗟嗟吾公，臨汝鍾奇。筮仕海邑，簪筆彤墀。持斧秉鐸，何試弗宜。擁旄開府，旬宣保釐。嗟嗟南國，實藉撫綏。天作淫雨，害我菑畬。老弱溝壑，鴻雁仳離。請蠲請賑，朝疏夕俞。勸分勸貸，設策哺糜。通商廣糴，粟菽有資。公費焦勞，民忘其飢。農桑不廢，盜寢潢池。懷襄方息，又苦肥蝪。吾公虔禱，天意潛移。轉災爲福，無損於粢。百萬生靈，仆而復蘇。何異白骨，起而肉之？吾公德澤，泰華與齊。士庶蒙恩，浹髓淪肌。謀于有衆，爰創祟祠。春秋俎豆，且祝而尸。□日再朗，賜環可期。云何不幸，殲此麟兒。仁者有後，天豈無知？降割未已，公亦騎箕。訃音忽至，且愕且疑。百身難贖，氣短聲嘶。或捧瓣香，或采江蘺。風檣雨楫，萬里奔馳。某等老疾，不克追隨。衷炙漬絮，授我盧兒。一叩几筵，鑒此芹私。

祭自齋陸年丈文

嗚呼哀哉！以天合者，莫如同氣。其在同榜，異姓兄弟。況某與公，情尤倍萬。一日千古，豈勝永嘆。惟公華胄，本自機雲。上溯遜抗，允武允文。迨唐敬輿，勛業無前。我公挺生，濟美象賢。三品崇階，八命隆恩。鳴珂佩玉，鼎盛德門。公之立朝，恪謹官常。筮仕豐邑，花滿河陽。持衡水部，握蘭含香。貴竹剖符，春行五馬。兩浙司計，肅清群下。共擬超擢，揚歷省臺。秋風蓴菜，遽賦歸來。公之歸林，東山北斗。望係蒼生，情怡文酒。方爲更老，惇史乞言。方爲平格，壽媲彭籛。胡然傳說，還爲列星。玉樓召記，安車止徵。峰泖收靈，海天色動。玉樹沉埋，誰不悲痛？惟圻菲劣，幸叨附驥。藥石箴規，實承至誼。宦游南北，暫隔山川。同心之好，不間各天。及吾解組，公亦懸車。遂連白社，共樂琴書。尤幸里居，炊烟相望。昕夕過從，往來酬唱。同榜兄弟，萎謝幾空。華首交臂，惟我及公。歲寒松柏，差可比同。寤言在耳，哀訃忽傳。人皆悼惜，我何堪焉？淒凉榆景，獨鶴孤騫。倏忽今古，茫茫九泉。何以抒情？臨風慟哭。何以侑卮？落英秋菊。嗚呼哀哉！

祭林太僕文

嗚呼悲哉！公弃人間，奄逾二旬。誰謂吾公，享弗長春。公神素王，一旦先秋。老成有幾，而不憖留。嗚呼悲哉！惟公之生，清淑攸鍾。庚寅以降，正則攸同。余徼天幸，生亦庚寅。長試有司，復同采芹。公奮餘勇，旗鼓先登。余執鞭弭，兩地齊聲。荏苒年華，歲在作噩。公薦賢書，余猶落魄。亡何甲子，亦上公車。先後成名，釋屩離蔬。余分邑竹，公抽中秘。公也龍驤，余尚蟲臂。公尋簪筆，給事黄門。余叨柱下，並轡承恩。公曰勉旃，無負人倫。尋余去國，浮沉藩臬。公望日隆，揚歷九列。雲泥既異，風馬亦殊。公敦夙好，時結雙魚。余苦宦拙，蚤屏田間。世路險巇，公亦挂冠。昔同萍梗，今共林泉。香山洛社，時集高賢。花前月下，文酒盤旋。晨露未晞，色笑遽捐。風凄日□，冥途漠漠。爰喪人琴，百身奚贖。嗚呼悲哉！紆青拖紫，公官非小。壽逾稀齡，公年非夭。難必者子，鳳毛在池。繩爾祖武，繁有孫枝。古稱不朽，首德與功。銘旂勒鼎，名崇昊穹。人誰不死？公死猶生。第後死者，何以爲情。爰戒觴豆，一寫余哀。生平知己，今安在哉！

祭顧光禄文

於惟我公，閥閲名家。昔在參知，於越建牙。伯兄中翰，縹組叢臺。仲兄太學，六館徘徊。公衡其間，猶之第五。即家拜官，實出異數。公故豪爽，不事纖嗇。甲第干雲，膏腴連陌。園圃之勝，甲於三吴。公則好禮，視有若無。惟侯之門，仁義存焉。飢者哺之，寒則衣旃。病者施藥，殁者施櫬。以急抵者，公靡不振。吾松賦煩，役者疾首。公貿義産，計役給畝。文正爲德，不過五服。何如我公，一郡蒙福。性喜賓客，彈鋏輻輳。築窟市義，惟公奔走。少同經生，治舉子言。操觚之彦，槖筆誰先？數奇弗偶，靳公朱衣。授子一經，仡倏雄飛。胡天不吊，奪公鳳毛。天未厭禍，公亦解弢。嗚呼哀哉！大《易》有云，豚魚可孚。彼被德者，宜共歡呼。乃觀輿論，好莠自口。信者什一，疑者什九。人情一錢，捫之汗流。揮金數萬，委若牛溲。既不任德，而反任怨。將爲善者，其何以勸。豈戴頭面，不若豚魚。抑亦忌盈，并及儲胥。雖然，人則難知，天猶可必。二妙葳蕤，譬諸萬鎰。毋論承家，且當鵲起。竟公未竟，翹首可伺。某等或托姻黨，或附金蘭。倏爾聞訃，鼻爲加酸。剪非烹葵，酌此清酤。□涕陳詞，魂兮歸乎。

祭唐分水文

世稱交情，孰如年誼？惟公與余，居□□氣。憶昔甲子，余附驥尾。挾策計偕，同檣其濟。中途患目，誓無去志。公不我舍，矢同行止。力疾追隨，倉皇入試。駑馬先之，公無慍意。古貌古心，未易屈指。余頃八十，公爲余喜。長篇妙什，言猶在耳。曾不移時，訃音忽至。蒼蒼彼天，奪公何易。感今追昨，憂心如醉。余始歸農，公方筮仕。秉鐸苕溪，擢令分水。譽問正隆，飄然解組。闔門養痾，絶迹公府。案有殘編，囊無阿堵。逍遥獨樂，鶉衣環堵。公雖已矣，名重海宇。况有哲嗣，爲鳳爲麟。翱翔雲路，待次楓宸。追榮異典，指日駢臻。誰謂公歿？雖歿猶存。嗚呼哀哉！吾邑同榜，一舉六人。四公不憖，早謝昌辰。惟余與公，猶作遺民。公復仙游，孑然余身。汀鳧失偶，衡雁離群。凄凉榆景，慘淡茸雲。嗚呼哀哉！一旦萬古，物理常然。白首相弃，余何堪焉？率我子姓，陳詞几前。生芻村釀，聊以告虔。嗚呼哀哉！

祭史太夫人文

天將生碩輔以毗皇國，必配之以鷄鳴之賢婦。天將啓哲嗣以弘世澤，必開之以斷機之令母。是則氣運所關之大，而歷可以燭照數計者也。故婦人無儀，曷徵其素？惟即夫子之勛名暨嗣人之揚歷，庶足以概其平生之所竪。嗟太母之柔貞，允靈淑之鍾聚。卜名家以來嬪，式訓典以矩矱。既相夫子，官聯八座。參密議於樞曹，顯奇猷於末路。載毓賢嗣，翊登鴛鷺。矢公秉介，郎官子部。或守專城，或司藩務。猶結綠與懸黎，爰光芒其時露。圻等並澤國之駑駘，籍九方之青顧。遂長價於百千，躡天閑之驥步。信惟令子之玉成，敢云非太母之貽謀。猗與太母，天弗爾負。鸞章早受，良亦罕遇。壽考晚臻，又匪恒睹。惟坤輿之淑氣，與陰教之懿純，一朝掩浮雲而化寶婺。斯固門生之所以望繐帷而隕涕，陳蕪詞而酹清酤也。

祭張封君文

粵青齋之故墟，當少陽之中土。吻渤海之洪濤，距泰岱之靈府。惟先生之挺英，鍾清淑于名字。完樸茂以居貞，守冲夷而執矩。業詩書而弗曜，托經綸於嗣武。攬威鳳之翽躚，儀青冥之六羽。試□掣於花邑，封瑣庭之文組。膺綸綍之貤恩，際當世之榮遇。乃義訓其彌虔，培清朝之碩柱。羌洊登於九列，握天都之璽組。迨臚卿之簡陟，荷鸞封之載睹。暨授鉞以分旄，指虔南而按部。謂鼎養其方隆，需將來之異數。胡慶吊之靡常，忽靈椿之萎露。朝燕喜於華除，夕遘屯於二豎。悵人瑞之凋殘，悲慶門之失怙。某也辱令子之交知，篤生平之舊雨。俄哀訃之遥傳，念帷堂之永慕。心結想於雲山，身羈栖於南浦。馳炙絮以見情，願明靈其勿吐。

祭張恭人文

坤靈婺采，彙爲元醇。挺生淑懿，實惟太君。太君之族，華盛而殷。攻苦食淡，身若窶人。事爾夫子，莊肅如賓。虔爾禋祀，滌濯必親。婦則姆範，刑於六姻。篤生明胤，玉峙蘭芬。焜燿盛世，爲鳳爲麟。太君之澤，流被九垠。厥聲上逮，有赫寵綸。龍章袨服，以酬華勛。便蕃渥祉，洊至方臻。忽焉大暮，行路酸辛。虞淵慘日，宰樹悽雲。嘉平之月，車墩之濱。佳城鬱鬱，以厝鸞輴。某也交游誼篤，骨肉情均。兹將永奠，瞻奉無因。敬就筵几，蘋藻薦陳。太君有知，鑒我微芹。

祭喬年伯母文

賢哉伯母，貞惠柔慈。既嫻婦德，母教克持。詎止爲家之典則，實樹乎鄉之表儀。蚤相封伯，節縮辛劬。歷官閩廣，不涅不緇。誰能爲此？我太君實佐翊之。封伯捐館，外侮内艱。家值旁落，拮据以支。誰能爲此？我太君實總承之。挺生哲嗣，敏幹英資。且育且教，身兼父師。聯登上第，揚歷崇司。踐更藩臬，譽問四馳。誰能爲此？我太君實課成之。綸褒該至，寵秩洊貤。履盈思約，處貴不居。誰能爲此？我太君實率先之。太君而存，九族恬愉。太君而殁，行道悽其。矧余父子，辱締姻私。情深骨肉，誼切倚毗。悵徽音之漸遠，痛封窆之有期。敬沛清醴，侑以炙鷄。爰就几筵，旅拜陳詞。英英泉爽，豈曰無知。

祭顧母文

猗與孺人，産自名宗。其嬪伊何，曰光禄公。伉儷之間，有古人風。不以婉孌，而廢肅恭。善於操家，惟力是僇。私而蚕績，公而錢穀。不問鉅細，壹由伸縮。握算從横，手自削牘。毫髪錙銖，莫售其欺。光禄公者，晨夕何爲？壘高爲山，穿下爲池。高陽之侣，選□□巵。天禍虎頭，光禄奄弃。太學尚孩，知歸知寄。内外上下，心懷同異。一女子乎，潛移其鷙。三十而嫠，七十而老。寂寞閨庭，花落不掃。晚謝塵緣，遂參大道。疑未西歸，忽抛煩惱。嗚呼！一人之身，辛酸畢受。二十以往，稱爲人婦。三十以來，稱爲人母。七十餘年，强半孀守。繞膝承顔，宜有後矣。深山大澤，龍蛇所止。秀而文者，孰非孫子。何憾於亡，可以没齒。某等夙忝葭莩，復添瓜葛。驟失母師，我心如割。奚以告虔，一蘋百末。日慘不馳，雲行欲遏。嗚呼哀哉！

祭景蓮妹丈文

嗚呼景蓮！遽爾死邪？嗚呼景蓮！其真死邪？爾□□□，筆研追隨。花前月下，相對酒巵。誼分婉孌，協於塤箎。余幸釋屩，君喜可知。既羈世網，莫恤我私。藉君鎖鑰，余任所之。

雖先封公，洎我先慈。亦恃君在，家食是怡。自矢與君，不敢差池。余性不善，突悌滑稽。浮沉銅墨，二十餘期。一觴一咏，遂與君違。既而歸田，復尋舊游。芳尊北海，明月南樓。以樂餘齒，期訪丹丘。胡君松柏，倏爾先秋。暮年所寄，意赴東流。嗚呼哀哉！君嘗爲丞，不負其官。骯髒不偶，一朝挂冠。囊無長物，花石一肩。栽花掃石，于焉盤桓。藤帽芒鞋，將謂永年。云胡一疾，遂掩重泉。廿日之内，執手留連。弦望未更，邈矣河山。嗚呼哀哉！君宦不達，君壽不修。婚嫁雖畢，蘭枝未抽。瞑乎不瞑，泪下不收。炙鷄絮酒，薦君几筵。魂兮何之，來乎翩翩。嗚呼哀哉！

祭侯孟田文

公少負奇，不爲後人。牢落詩書，衣褐懷珍。弗竟於躬，乃試厥子。謝氏鳳毛，翩翩鵲起。豈惟燕翼，併及孫謀。青衫楚楚，醞藉風流。爲人樸茂，羲皇以前。不飾白日，不墮淵蜎。作人如此，可不富貴。吾聞斯語，真公之謂。冀公難老，以備五更。胡天不佑，棟折榱崩。追惟女兄，裘褐事公。蔦蘿繾綣，良切因宗。余罥世網，遂同風馬。比歲田居，復親杯斝。謂公無恙，可結香山。云胡奄忽，戢翼一棺。頃聞足疾，爲公惘然。繼聞杖履，不廢少年。意謂自今，劫灰已過。何知修短，竟有定數。嗚呼哀哉！爰采溪毛，爰酌黄污。一寫哀腸，眼欲爲枯。

祭顧圖南文

於惟我公，少負茂才。墳典丘索，公咸取裁。博雅之名，不脛而走。主盟吴中，斯文祭酒。有朋自遠，户屨相錯。如飲於河，了無贏縮。數試數前，奚知後人。金紫何有，氣薄秋旻。奈天蒼茫，劉蕡用老。趹踶不前，款段馳道。公乃嘆曰：何爲自苦？後有興者，豈必在我。豐水有芑，以燕翼子。載筆木天，爲名太史。嗟嗟驃騎，適駿有聲。藉藉第五，何減其名。嗚呼！以公之才，僅一逢掖。貽於公嗣，爲國柱石。以公之學，止於道尊。貽於公嗣，遂爲立言。以公之業，僅及身後。貽於公嗣，遂爲不朽。豐於公也，孰與嗣豐？二者之間，何去何從？憶公往日，傳經兒輩。暨于余甥，咸承三昧。丁帷既暇，嘗問酒船。歌喉相角，其樂陶然。十餘年來，踪迹山河。然尚聞公，酒因境多。胡刹那間，忽爾蓋棺。言尋往事，皆成悲端。嗚呼哀哉！恭集薄祭，可勝酸楚。公其有知，幸勿我吐。

祭錢抑庵文

哉生明後，聞與世辭。是耶非耶？曷任悽其。公貌魁梧，才亦不羈。結社騷壇，牛耳是持。試輒高等，有雄無雌。嘗坐皋比，稱爲人師。質疑義者，滿絳紗帷。甲子之役，水擊天池。躑躅公車，荏苒數期。試手烹鮮，尹何子奇。人方彈冠，公已遁思。杜門掃軌，揮麈鼓棋。酒人博徒，聽雨飛卮。既無輪奐，亦鮮菑畬。公都不問，惟擁鴟夷。爲人任真，不設町畦。每笑世人，喔咿嚅呪。禄位雖薄，名壽不庳。公且有子，如熊如羆。爲國虎臣，定傾持危。且比化者，略無負兹。所謂至人，非公而誰？某昔附驥，相與心期。暱城谷水，不克追隨。狎主烟霞，討术尋芝。儻公在者，尚未可知。何意幽明，遽隔須臾。同籍蚤歲，已盡丘墟。在嘉惟公，在松惟予。公又舍我，我將安居？老病相侵，扶服不前。俾我犬子，戒我豆籩。訃往人到，灑泪告虔。嗚呼哀哉！

祭李慰亭文

悲乎！公之逝也。公達不展才，年不配德。非獨親知痛絶，直令歲星無色矣。昔雲亭翁得公，景值桑榆。見公岐嶷不類凡兒，遂訢訢色喜，謂吾之有神駒也。迨出就傳，青燈夜雨。凌雲屬草，聲隆隆起。既游辟雍，麟經擅美。多爲巨公賞識，有句落吴楓、夢添江筆之比。時雖公車數奏，長鋏空歸，而豐城劍鍔，楚璞含奇。寠愈甚而氣愈不靡，因自呼曰慰亭李子。蓋將矢志以無墮雲亭翁之素期也。未幾天籙果占神駒之望，已慰泉扃。方期彤陛蜚聲，踐承明著作之庭，舉雲亭所未竟者取償于一鳴。孰意旻穹不吊，劍化延津。既嗇其遇，而復靳其齡哉！

嗟乎！賢愚者人，修短者數。何羨容彭，何嫌殤子。公事雲亭，率禮無愆。公字若季，雍雍棠棣。人謂天倫羽翼，家庭杞梓。且爻言象嘿，慈良愷易。接遇推誠，必罄底裏。無問傾蓋故知，莫不慕公之春陽，飲公之醇醴。矧玉樹瓊芝，森森濟濟。祖武芳踪，以續以似。褒崇恤典，又可翹足而俟。故不知公者，惜其年不登於中壽。知公之深者，爭羡其嘉言懿行將爲奕乎千祀也。某係姻知，聞訃心怦。且哭且唁，以慰公靈。毛采澗沚，酹愧金巠。音容儼若，歆此微誠。

祭六妹文

嗚呼傷哉！哀我父母，凡五舉子。男一即余，女弟有四。二妹四妹，蚤年溘逝。五妹稍延，亦殞于仕。白頭相看，維我與爾。我今歸田，哀齡暮齒。冀爾遐享，理我後事。云胡暴疾，忽焉訃至。余卧葦城，爾終故里。蓋棺之日，弗獲躬視。嗚呼傷哉！死也爲歸，生也若寄。長曜短晷，總如一指。年逾知命，不爲夭矣。承歡膝下，有兒有女。尚平將畢，亦足没齒。所可悲者，家當中否。拮据徒勞，力難振起。二竪忽纏，賫志以死。嗚呼傷哉！寶婺光埋，金蘭色萎。聚首無期，肝腸如毁。爰潔牲牢，載陳明水。且拜且哭，薦之靈几。我妹有知，乘雲歆止。

祭三妹王孺人文

嗟嗟女弟，少稟貞姿。内慧外順，女誡是師。髫歲失怙，荼苦凄其。先太宜人，鞠之育之。長嬪華族，式慎閫儀。經營拮据，家政允毗。載啓厥胤，濟濟麟兒。爲婦爲母，以莫不宜。賢哉女弟！作我門楣。余長爾齒，三日有奇。縱余衰落，猶足自持。云胡爾疾，一蹶不支。驟聞凶問，驚悸且疑。今果已矣，泉壤分歧。撫今追昔，悲乎不悲。維兹秋孟，二七届期。載牲以俎，挹酒以卮。臨筵沃酹，涕泪漣洏。

祭陸孫婿文

夫匣玉不歸山，握珠不返泉，昔人蓋有是言也，而胡今日之不然？婿也天資穎異，德器純全。負清和温粹之質，稱承家濟美之賢。允矣靈蛇之入掌，誠哉荆璞之當前。余以金蘭之夙契，結二姓之新歡。匪止誇玉樹于一時，方期托絲蘿于百年。胡彼蒼之不仁，忽微疾之糾纏。竟禱醫其弗效，撫昌辰而弃捐。是何異良玉復歸于丹穴，而寶珠遄返于重淵。固造化之有定，將人事之多愆。豈骨重黄金，遂見收于九地？抑樓成白玉，蚤冲舉乎三天？悵百身之莫贖，思再覿而無緣。迥幽明之永隔，目慘淡乎風烟。逝水東流而不返，肝腸摧折于空筵。爰酌清醴，載飭豆籩。臨風一酹，有泪洏漣。

祭男思孝文

萬曆四十二年七月八日，汝父遣汝季子昌祖祭告于亡兒思孝之靈，曰：汝今年五十有六，吾年八十有五。養生送死，皆汝之事，而汝竟一疾不起。吾之生耶死耶？汝茫然何所知耶？但汝一女未嫁，一子未婚。家業凋零，百負咸集。膝下孤孫，徬徨無措。汝其知之否耶？汝以六月廿四日辭世，忽逾二七。女之未嫁，男之未婚，倉卒苟完，汝亦稍可瞑目泉下矣。興言及此，良可痛心。汝其鑒之。

祭高太母尹孺人文

於惟孺人，閨中英俊。鍾婺之秀，稟坤之順。出者爲誰？曰郡名宗。歸者爲誰？曰旭崖公。惟旭崖公，善承高堂。亦有孺人，風木不忘。惟旭崖公，能敦《棠棣》。亦有孺人，友愛弗貳。惟旭崖公，能急王孫。亦有孺人，而仁義存。惟旭崖公，聞于一鄉。亦有孺人，其名益張。若旭崖公，不減龐德。若孺人者，何減潦室。孺人有子，文行芳菲。是孰成之？實唯斷機。亦有聞孫，冀群可空。又孰成之？實惟丸熊。宜食厚報，溘先朝露。二豎作孽，妖躔寶婺。七十即壽，豈無百年。胡弗臻此，倏矣游仙。嗚呼悲夫！某親聯姻婭，休戚是同。嗟此弱息，未聆音容。乃酌行潦，乃薦溪毛。臨風一奠，寫我鬱陶。

曹令人誄并叙

余昔左官曹南，嘗讀曹乘，至春秋僖負羈妻與國朝趙巧雲、王淑善事，深嘆靈秀所鍾非專在士行，雖女德亦有徵焉。以今觀於曹令人，不益信然哉！曹令人者，曹南郭文學丕顯繼室也。無論孝敬大節足追德□而方禮修，即其字黃女無異己女，雖程穆姬何以過之？黃固文學前室也。令人年二十三而舉子，二十九而短逝。方所舉子始殤，遄謀爲文學置簉。嗟乎！此豈盛年女子所易能哉？文學所爲扼腕於世之妒婦也，彼其感令人深矣。文學走使數百里，持所爲曹淑宜傳來乞言，亦欲百世之下知有令人也。余故泚筆爲誄，以備史氏之采擇。誄曰：

三□孕靈，昔啓姬姜。僖妻振響，王趙嗣芳。於維令人，今古頡頏。少嫻姆訓，大義孔章。事夫以別，奉姑以莊。躬親薪水，口厭糟糠。黃女我女，存不忘亡。節儉自守，孝慈相匡。無所負者，人紀天綱。嗟嗟丈夫，此道已荒。詎謂斯理，完自帷房。天弗爾慭，中道凋傷。雲歸巫峽，月黯瀟湘。奉倩匪私，盛美宜彰。爰迹懿行，勒諸素常。千秋萬祀，彤管輝煌。

【校勘記】

〔一〕昊天不慭　「慭」原爲「憖」，據上下文意改。後文「憖」皆徑改爲「慭」。

〔二〕悲鸞輴之間關　「輴」原爲「䡱」，據上下文意改。

〔三〕思者續《鴻鷹》之篇　「鷹」似爲「雁」之誤。

王侍御類稿　卷之十四

太原王圻元翰父著
男思義校刻

五言古詩

送程孟孺

玉山程孟孺少好書畫，長益工妙。余聞其名久矣。茲因北上，寓於鄂渚，余始得狎其爲人。且縱觀鴻裁麗染，儘可當古之作者。挾此北游，余知其必有遇也。書之以爲左券云。

矯矯清暉子，邂逅及芳辰。修能出世表，染翰良入神。芬響振崇宇，然諾動飛塵。落筆具靈詭，造化由陶鈞。所至每驚座，珍重逾璘珣。請纓事京闕，鄂渚旋脂輪。意氣自豪舉，孤鋏瑩霜釿。朝辭雲夢澤，夕問黄河津。翺翔安所止，整翮摶秋旻。九衢麗風日，傾蓋多華紳。功名在咳吐，未愁行路貧。

大澤山吟

少好汗漫游，問奇東海角。岧嶢大澤山，幽深此栖托。叠巘掩天維，群松亘地絡。風穴起飀飀，寒泉噴飛瀑。怪石虎豹蹲，或作虬龍躍。靈奇不可狀，疑有神斧削。捫蘿陟其巔，心目舉恢廓。俄驚仙侶來，遠赴登眺約。隔澗傳笙歌，共聆鈞天樂。遂將榮利心，虚恬委秋壑。徘徊復踟躕，恍然異今昨。何時乞閑身，乘鸞任漂泊。

荊河口阻風

驅車荊河口，欲渡岳陽城。相望衣帶水，戒橈待平明。朔風起昏黑，浪觸沙飛鳴。顛狂六晝夜，津吏希將迎。榜人縮如蝟，仰天但呼晴。驚濤揚宿槳，衝猋射寒檠。喧聒不成寐，永漏良凄清。攬衣中宵作，推蓬聽江聲。馮夷怒未已，周遭吼鼉鯨。

觀忠惠祠録有感

傑哉龍陽尉，忠義今所希。民瘼一憤激，抗疏干天威。手持登聞筳，口叫閶闔扉。但念流亡苦，豈惜軀命微。雉經悟明主，捐生視如歸。歲額減過半，始願終不違。皇恩與士節，千古同光輝。春秋薦蘋藻，英爽此永依。遺迹炳簡策，身沉名自飛。願爾賢達裔，奕世延清暉。

過魏塘李太史見亭出餞江干寄謝

緑蟻琉璃鍾，秋江駕飛艟。綢繆奉歡宴，一醑斗酒空。慷慨發君興，鬱紓傷我衷。昔年燕山市，揚鞭並青驄。俄爾罷朝請，萍踪各西東。兹辰一捧袂，肝膈生清風。逐客萬里別，鼓枻嗟有知己，豈論蠖與龍。

飛蓬。紅顔忽驚改，白璧詎能蒙。但願美人去，早侍明光宫。毋云借顰笑，逢人問途窮。壯士

赴蜀别諸子

朝發闔閭城，暮宿毘陵市。踪迹似驚鴻，孤騫靡所止。嗟哉蜀道難，遠游豈吾志？堂上白髮親，堂下青衿子。一顧一迴腸，涕流每浹趾。大郎弱冠過，文字殊鄙俚。二郎年十七，試弄墨與紙。稚兒僅成童，經卷不挂齒。白日本無情，西飛疾如矢。補拙貴以勤，奚但惜寸晷。少小懶學問，長大徒已矣。猛令蛇作龍，勿俾橘化枳。叮嚀復叮嚀，直可銘净几。

錫山行

昔爲有錫縣，今爲無錫城。錫山不改色，邑名胡洊更？秦初産鉛錫，漢代錫不生。所以古石銘，無錫天下清。我常一登眺，徙倚山巔亭。亭前湖萬頃，亭畔草青青。慧嶺列右障，膠峰開左屏。歸來尋石蹬，六月松風清。山川具靈詭，終古垂令名。有錫與無錫，詎兹繫重輕？

寧陵李中南招飲因賦四章寄謝

口銜商丘杯，心醉宜城酒。攬衣起鷄鳴，迢迢官道柳。市近柳陰多，郵籤報清晝。弦歌滿山城，停驂訪杜母。入門問高堂，一步一握手。未論世路新，且理長安舊。金鑾獻賦初，天街並馬首。捧檄久分歧，兹逢信希遘。黯然坐銷魂，呼童治滫瀡。喜極翻悲鳴，對酌黄金酎。一酹

拂裾塵，再酹滌腸垢。三酹罄交歡，爲爾傾百斗。斜日催王程，驚起命四牡。相送古道傍，含情掩雙袖。我瞻甘露峰，君看峨眉岫。山頭月娟娟，兩地照空牖。

首陽山

峨峨首陽嶺，鬱鬱首陽林。青丘掩雙玉，寧比古蕩陰。紂德天既厭，列侯奉周琛。傷哉孤竹子，獨秉堅貞心。扣馬陳大義，烈烈金石音。惟知綱常重，豈顧斧鉞臨。九鼎還遷洛，志士聲嗚瘖。敷天盡周土，高蹈乃入深。鉅橋罄商粟，飽薇西山岑。終宴不改節，殞落固所任。蕨草有榮瘁，清名無古今。漢筆草魏檄，昔人鄙陳琳。一身事四姓，此道更陸沉。我來首陽市，按迹費追尋。岧嶢指雲際，夕陽下寒禽。吊古一灑翰，潸然泪沾襟。

鷄頭關

七盤山上路，蜿蜒如游龍。山巔突巨石，中有隙影通。峨冠聳蒼翠，始識鷄頭峰。崇關自兹闢，削治非人工。下臨百尺壑，上摩千層空。一户限南北，萬夫失其雄。古牢與函谷，岩嶺安能同。咸言此山下，有洞真玲瓏。幽尋未能遍，遥望徒冥濛。凌風出谷口，回頭愧鷄翁。

鄭子真釣處

躍馬鷄頭嶺，蹀躞褒河濱。悠然見豐碣，高摽鄭子真。炎精尚暉赫，黄霧迷四垠。達士了先機，寧作漢逸民。五侯眄不起，淺瀨浮寒綸。朝披盤谷雪，暮煮谷口鳞。惟耽烟霞舊，不知國號新。漢家草玄客，揮毫談劇秦。哀哉宗室子，符命競修陳。身名兩虧損，青史紛評論。何如磯上叟，千古揚清塵。

贈汪雙墩七衺

皇路方夷曠，百六遘兹辰。中岳孕清淑，千年鍾至人。軒冕非所適，河海希采真。朝披烟霞徑，夕漱沆瀣津。朱光任倏忽，緑鬢完元神。餘慶發丹穴，翩翩多鳳麟。佇看振六翮，刷羽凌秋旻。高門介蕃祉，不數冥靈椿。

鷄鳴篇

鷄鳴在郊坰，歷亂不可聽。長叫漏欲歇，沉寐何未醒。醒來旋復寐，甘作韝上鷹。力盡終弃置，擊搏空摧翎。寐醒總未已，又如汲井瓴。十舉九殘缺，終久無完形。達人悟昏曉，高卧休休亭。不醒亦不寐，榮枯任蕘蓂。

題節婦

白髮伴丹心，握符始靡忒。上壽届天禧，高風遺嬪則。蘭玉森中庭，冰霜範南國。名教信有關，豈負旂常勒？

贈姚封公

皇風正沕穆，謹爲持天鈞。中岳孕奇秀，應期生至人。淵中秉茂德，振纓適昌辰。中外任揚歷，勞績超群倫。清暉時照耀，百屬皆還淳。眷命佐銓政，舉朝賴陶甄。俄爾厭軒冕，辭榮采元真。朝披烟霞徑，夕飲沆瀣津。餘慶發丹穴，鳳苞日以新。轉眼奮六翮，翔鸞止秋旻。達人縱大觀，視此同纖塵。揮袂脱世網，齋心問三身。逍遥介蕃祉，長嘯瑶池春。

楊節婦

雲英楊家女，賦性貞且良。作合固不偶，蚤歲許字唐。皇天忽降割，鴛侣中道傷。聞訃誓欲殉，孤雁不再雙。蹇修闡大義，委禽列中堂。母氏亦不諒，激動貞烈腸。從容思就義，抗節遽懸梁。悲號動閭里，褒檄盈膠庠。茂宰親吊臨，飛章丐旌揚。豈意小聚落，生此節義娘。一死重泰華，萬古振綱常。回視偷生輩，鷄鶩與鳳凰。衰軀不能往，卧賦《薤露》章。

贈沈孝子

陳君慎許可，每道沈子賢。刲股療親疾，譽望始哀然。里閭增景慕，矢歌盈大篇。乃知陳君語，的的非浪傳。孝本百善長，感通徹重玄。在天降仙媛，在地涌醴泉。神貺且猶爾，胡但延親年。此道久淪喪，滔滔成逝川。我今續斯咏，慚愧青瑶鐫。

題唐烈女碑

昔代封卓妻，殉夫秉芳節。高允作詩草，千載著鴻烈。嗟哉唐氏女，禀性自高潔。弱齡嬪陳生，操行勵冰雪。燕婉未及終，良人忽夭折。譬彼失群鳥，孤鳴更悲咽。不願生各天，惟願死同穴。毁容以全身，沉憂日盈結。櫬歸甫有期，從容遂裁决。一生伉儷心，付之三尺纈。清風激萬代，天壤盡昭揭。市罷春絶歌，泫然悼淑哲。乃有丈夫者，天命罕曉徹。偷令軀體完，忍顧綱常缺。讀此貞婦篇，顔面永慚熱。雙玉掩重泉，身隕名不滅。誰鎸金石文，樹以千丈碣。坐使行路人，徘徊謾評説。

五言律

懷三湘臺長用來韻

稚子功名薄，明公德望先。廟廊流落劍，湖海逗遛船。獨泪三湘鶴，雙啼五月鵑。懷人不可得，遥賦紫騮篇。

過滸墅東户部王介石

年年學叩關，滄海一衰顔。細雨迷秋墅，輕烟隔暮山。千金緣客盡，雙鬢爲愁斑。病卧思君子，其如造請難。

陳東墓

木落渚烟浮，傷心陌上丘。氣凌朝貴膽，血灑諫臣頭。南渡衣冠徙，中原豺虎游。獨令韋布士，千載抱遺憂。

京口寄謝沈虹臺太史

握手意綢繆，臨歧更百憂。昔年燕市月，今日楚江秋。斗北雙仙履，川西一敝裘。春帆歸及早，祇恐隔瀛洲。

大店驛和壁間韻

驛路西風早，多吹落莫身。間關千里渡，荏苒九畿塵。朝發連城市，宵歸斷港濱。寒郊少落木，十月暖如春。

早發連城店王莊驛北

茅店似吾廬，村鷄午夜啼。驚回南國夢，催上澮河堤。固鎮驛西。報曙星初没，清塵雨欲迷。

土莊稅應薄，四望亦蓬藜。

早發睢陽驛 宿州

扶病趨王命，携書過帝鄉。市門朝籟寂，城角曙烟蒼。寧戚今荒塚，符離古戰場。停車問踪迹，凄切欲沾裳。

睢陽道中見菊和晴原韻

南國分歧處，黄花解語時。寒城宜有托，野徑若爲期。露下芳妍早，霜前萎謝遲。清樽謾臨賞，翻動故園思。

來雁

避寒多接翼，失侣獨哀音。夜渡驚南浦，晨飛顧上林。寧無霄漢意，爲有稻粱心。目斷衡陽月，蘆花滿地陰。

永城道中

捧檄衝寒路，俄經古太丘。永城驛名。鷄傳酇市午，雁報薊門秋。蕭相臺何在？陳君德尚留。

入疆無所有，桑棗滿枝頭。

早發會亭驛

氣肅九陽天，清朝滯錦韉。喜迎陽谷日，愁帶會亭烟。野菊當車發，園桃入饌鮮。坦途遺世慮，作客可長年。

商丘早行遇雪

雲暗高辛野，天連葛伯城。懷人宵不寐，奔命雪仍行。黄葉和烟起，瑶華帶雨傾。貂裘寒欲透，客泪洒塵纓。

過許州

地與雍丘接，杞縣舊名。天疑尉氏連。引旌惟古樹，寓目即平阡。野遍青蕎麥，家盈白木棉。明時多樂土，不數汴梁年。

陜石道中積雪

滕六迴車久，餘威滿四封。盈盈依絶澗，點點戀危峰。不睹飄揚思，猶瞻雅淡容。山陰貧卧者，應未起高春。

將登華峰暫憩玉泉院

欲上最高峰，停驂憩法宫。有仙栖古洞，石洞中有希夷卧像。無路策青驄。風勢掀蒼壁，泉聲咽翠空。石瘤容足處，步步躡仙踪。

三岔道中晚行

策馬入三岔，村稀少市譁。馬從風嶺度，日向武都斜。散牧歸寒穸，前旌逐暮鴉。短輿循閣道，行避石如牙。

紫柏山觀雪用雲字韻

一壑起寒雲，千林掩夕曛。遠峰青失色，枯柏紫無文。低合迷山岫，回翔亂鳥群。卷舒非有意，浮白自紛紛。

過七盤山

早發青橋嶺，還愁度七盤。孤峰連日表，危石倚雲端。水向重泉聽，天從一罅看。三千飛閣道，獨此骨毛寒。

過龍潭驛

晚從梅嶺度，陰雨滿前溪。霧重昏人眼，泥深没馬蹄。後車迷野店，前席聽山鷄。半百龍灘路，時時步石梯。

中江道中

寒飇薦客裳，淺瀨度朝霜。秣馬飛烏市，披襟玄武堂。停杯歌白雪，撫劍憶青陽。羃眺千山盡，應憐落羽長。

妾薄命 春行蒲江道中作

青帝本無私，紅顔數自奇。暖閣東風早，寒閨夜漏遲。寶鈿羞獨理，金縷惜雙垂。倚盡房櫳暮，承恩在阿誰？

隆慶庚午秋九月以臺官分臬漳南留宿王臺逾時左遷復經於此有感而賦

瘴嶺方遲節，河亭再舉觴。清風迎去蓋，落日送回檣。□計心如水，誰憐鬢欲霜？石田茆屋在，猶足老馮唐。

雲間一鶴贈夏學博

獨鶴羽翩躚，清音徹海天。吐辭驚白鳳，校士得青錢。楚國棠陰舊，吴宫杏雨偏。相逢論往事，撫掌各嫣然。

歸雁

馬上逢春早，天邊過雁多。影憐燕署客，聲動漢宫娥。南望思菰米，高翔顧畢羅。皇郊草應緑，何必楚江莎？

送馮萬峰游匡廬武夷二山

檇李問何之，匡廬更武夷。五峰三楚勝，九曲八閩奇。立馬清秋路，行歌浩月時。故人西蜀遠，好寄萬山詩。

題隱溪

别有濠梁想，蕭然結水游。徑深偏得月，心散不驚鷗。啓户時垂釣，臨風漫濯流。却憐朝市者，輸爾任夷猶。

壽芳林葉先生

寶弧開瑞氣，物候正朱明。袖舞天香散，觴浮玉液清。無心探大藥，有籙注長生。獻罷岡陵頌，朝陽聽鳳鳴。

題村居讀書圖

選勝開衡宇，深居避俗情。溪雲浮几席，山色到檐楹。握管空千古，攤書擁百城。知君玄草就，大器晚須成。

壽孫侍洲七十

紫氣明幽徑，黄眉隱密林。共瞻高士宅，獨契古人心。鉛槧流風遠，藤蘿繞屋陰。式廬知有日，玉樹更森森。

贈馬嵴寺僧

行滿三千界，功歸丈六身。傳經開覺路，説法啓迷津。出水蓮無染，飛空錫不群。定時諸念寂，一衲自長春。

題群仙獻瑞圖

異卉繞風前，冰肌玉骨仙。枝枝呈瑞馥，燁燁吐祥烟。日麗籛鏗宅，雲開閬苑天。群芳應不老，春色自年年。

壽俞紫江七衺

紫江俞先生之六衺也，范太卿作詩以壽之。洎今歷春秋又十載，而眉蒼神王，來算殆不可量。余因次太卿韻以佐觴。

七衺神愈工，飄然見道真。文章三世業，詩酒百年身。早結青雲契，今看白髮新。容顔自仙品，何必問喬椿。

鹿門純嘏

聖代崇遺逸，居然太古風。衣冠張鉅鹿，詮訣授崆峒。幼視蕉間鹿，冥期弋外鴻。即今燕趙士，屈指讓龐公。

又

羨爾簪蒿客，幽栖傍鹿門。象賢多令子，濟美復聞孫。風雨憐人急，絲綸沐帝恩。斗南私湛露，慶澤裕蘭蓀。

五言排律

題毛四府祖母册

祖德竟誰知，文孫永慕思。猰貐千載恨，風木百年悲。家落心愈壯，身孤行不緇。未終題柱業，遽咏《柏舟》詩。接武開麟趾，承芳樂燕貽。亢宗惟節孝，令尹有遺詞。

題毛四府尊公册

天啓熙朝彦，人推鄉曲英。文章千古重，軒冕一鴻輕。蘭桂當庭發，簪裾繞膝盈。褒嘉先一命，眷倚待三旌。願謝夔龍侶，甘從鹿豕盟。燃藜繙白簡，滴露點《玄經》。身荷絲綸貴，心惟薜荔清。有書消歲月，無夢揖公卿。豈訝聲華晚，都忘寵辱驚。栖遲蓬閬宅，逃世亦逃名。

贈朱郡丞

斗北樞光燦，勾東淑氣全。發祥當聖代，應運毓名賢。早檢岣嶁秘，還窺委宛編。揮毫誇吐鳳，通籍羡登仙。已奏澄江績，旋提宴海權。貔貅歸控制，士庶荷陶甄。操比冰壺潔，明同寶鑒懸。餘才分視篆，岩邑賴烹鮮。斥鹵流新化，凶頑易舊弦。精誠能格帝，氛祲直回天。旱魃消千里，甘霖沛八埏。同頭看蔀屋，戟手慶豐年。野德謳歌溢，人思琬琰鎸。神君今再見，循吏昔同傳。經畫堪調鼎，謨謀足濟川。御屏書善政，殊擢寄旬宣。

繩齋許公祖祈晴有應

霪澍彌旬月，哀號動四荒。倚燈愁夜霤，匿曜對朝陽。郡長躬虔禱，皇祇鲞降康。飛廉驅積翳，丹穴吐晴光。日映秧針緑，雲翻麥浪黄。豐穰占斥鹵，忠赤感穹蒼。百縣憂方釋，三農喜欲狂。弭災原有道，何必問堯湯。

馮咸甫示我園稿漫賦短章以廣其意

玉樹上瑶天，名園旁遠廛。款途迎薜荔，捲幔入雲烟。嘯咏高軒子，栖遲傲世賢。龍門欣接武，鳳堞喜當前。麗館迂遷磴，澄潭漾百泉。俗囂塵外隔，藜火静中燃。獨樂追先哲，承歡閲大年。一丘聊自足，客語任嫣然。

贈董司理考績雙封

聖代崇三事，天章沛九重。風雲開曙色，川嶽耀春容。昔奉群鸞會，今看一鶴衝。廟廊書異績，綸綍煥雙封。青簡標鴻駿，丹麻勒鼎鏞。文辭華上國，德業振元龍。報草心方壯，酬恩志未慵。願攄經濟術，千載慶遭逢。

贈于谷峰宗伯

高秋開灝景，東郡耀文昌。光岳瞻生甫，甘霖再佐商。金門初曳履，玉署早迴翔。班馬陪鴛列，夔龍接雁行。燃藜分太乙，簪筆侍明光。桃李需甄育，參苓備秘藏。談經傾日觀，掞藻煥天襄。洊歷南宫秩，蜚聲北斗傍。鴻冥探四履，豹霧隱重岡。健躡蒼苔屐，閑吟白雪堂。問年新甲子，起舞舊斑裳。色映蘭菰秀，香流沆瀣漿。彩弧聯寶帨，白首並霞觴。吐哺思調鼎，垂綸憶釣璜。蒼生占出處，當寧倚劻勷。暫憩扶摇力，終呈夢卜祥。東山求舊詔，指日下岩廊。

張郡侯祈晴即應賦此志喜

蒼穹不可詰，陰沴浹爲災。四月農方作，彌旬雨可哀。噸蛾停杼軸，愁眼盻污萊。幸藉龔黄守，遄分節鉞來。矢心誅黑蜧，齋志禱黔雷。一旦精靈格，千郊宿霧開。陽和回蔀屋，霽景轉春臺。共仰排雲手，應歸取日才。天心如響答，民命喜重培。佇看登三事，仁風遍九垓。

送撫臺周懷魯

熙朝豐沛地，鍾阜鎮陪京。勝撼三江險，雄徵七萃兵。軍儲嚴鎖鑰，國課倚畸贏。河岳鍾元氣，冠裳誕巨卿。金川開昴宿，華蓋啓長庚。覽涉三墳秘，奇搜二酉精。鵬騫高蕊牓，牛耳握詞盟。簡命乘軺重，甸宣攬轡清。東南勞保障，吳會仰干城。淫潦災方降，懷襄勢莫平。批鱗陳沴疏，呴噢起疲民。斷杼機仍續，荒丘耒復耕。棠森召伯署，日朗亞夫營。鐵筆秦官貴，玄圭禹績成。龍驤閑玉勒，鯨島怖紅旌。像祝十家俎，碑傳萬口聲。絳侯終拜相，道祖暫辭榮。綉斧明離席，臺烏繞去程。橐霜鶉火避，星駕鷺群驚。屐想東山步，杯思北海傾。難忘是明主，高卧奈蒼生。櫟質叨噓拂，榆光借品評。皇襄塵引鶚，蠹木濫遷鶯。貫感山公啓，虚培竪子名。鵲飛占紫綬，鴻漸祝金莖。舉國扳熊軾，行驄擁鳳笙。舜衣須補袞，商鼎望調羹。環賜天街事，休堅勇退情。

贈蔡虚臺憲使

文圃呈天秀，嘉禾啓地靈。哲人鍾懿淑，弱冠早蜚聲。簪笏承先德，儀刑啓後程。華章懸錦肆，聲價動連城。廉愛真民幹，忠誠信國禎。宸衷憂重地，使節遂南征。品藻持金鑒，鈞調秉玉衡。彈壓驚百職，卵翼撫群萌。湛露迴陰沴，春陽起仆氓。司勛書駿伐，新命出華清。晋秩榮三世，加銜愜衆情。黔黎欣岵恃，寮采荷裁成。河海重清宴，旂常載勒銘。酬勛應未已，朝首踐三旌。

贈宋復吾母子同壽

賢聲光世閥，瑞靄溢芳筵。壽母期初届，仙郎曆正旋。瑶光南極麗，紫氣北堂偏。輿向潘園繞，心常魏闕懸。共傾天下士，獨羨女中仙。萱莩凌寒茂，宫葩映日妍。恩榮承五色，慈訓本三遷。珠露方雙掌，霞觴獻百年。雲謡時隱隱，彩影日翩翩。况有瓊枝秀，仍從玉樹聯。歲當騈祉集，天賜壽祺全。試詢司籌者，方來復幾千？

贈徐司訓

瑞慶鍾盱邑，禎圖啓合江。文章華北極，冠蓋侈南邦。厭武心仍壯，傳經志未降。蜀滇留舊澤，峰泖試微衝。簡擢超儕輩，師模絶等雙。世懸朱墨綬，家謝碧油幢。燕翼無他事，藜燈照夜窗。

壽陳母尹孺人

賢哉陳思母，風操擅偉奇。鶴齡方駐世，鳳侣夙分岐。守以貞心固，顔隨苦節移。瑶池增壽紀，瓊樹長芳姿。待報三春草，迎歡五色芝。褒榮正有日，且獻紫霞巵。

送熊成吾入賀

簇仗河庭外，臨歧思不禁。壯年同射策，試吏各鳴琴。坎坷淹周道，栖遲息漢陰。論心推管鮑，分首更商參。鸞鳳靡寧翼，鷹鸇有便林。百壺燕市酒，三叠渭城吟。旅拜祈堯算，群趨致舜琛。人隨雙舄遠，花發五茸深。齟齬甘方枘，超騰愧直尋。撫時留一劍，酬己却兼金。老我仍丘壑，多君借肺襟。九霄分雁影，四海斷鴻音。颯矣馮唐鬢，淒其宋玉心。憑誰憐落羽，何處覓遺簪？白日同千里，青雲隔萬岑。漢朝推寇長，澤國俟商霖。歸旆應秋早，無令朔吹侵。

蘇孔隣憲副再燕岳陽樓

飛閣跨層城，重游恣芳眺。窗含夢澤雲，座入湘山嶢。幻景呈仙靈，微風發天嘯。昔參良夜游，今赴佳晨召。離席還促樽，高歌復清嘯。拔劍理舊歡，彈珠憶同調。但恐玉漏催，不惜金巵釂。願延宵燭光，挹此清暉照。

壽姜封君

仁里蓬巒接，高齋斗氣浮。齒登同甲會，業謝采真游。皓髮勝冠豸，朱顏恰杖鳩。經綸應有托，軒冕自無求。卷幔閑中適，懸車象外幽。寵章三命渥，耆德五朝留。冉冉關門騎，差差海嶠籌。蓂舒堯殿日，桃薦漢宮秋。華節逢山甫，斑裳妒石榴。仙漿鸚鵡杓，天樂鳳凰樓。瑞靄牽珠箔，祥風起玉鈎。躋攀聯綬珮，介祝引芳洲。絳帳叨春育，青萍愧晚收。有心瞻岱色，無計獻齊謳。一曲南飛鶴，從風寄遠郵。

姚又軒方伯三膺錫典賦贈

皇仁褒顯迹，世美煥温綸。業擅簪纓舊，恩沾日月新。阿翁鍾間氣，令子奮昌辰。課奏天曹最，榮頒帝制頻。翩翩三錫寵，燁燁五花紋。騫舉今稀遘，蟬聯古絶塵。承家羨申甫，驚代睹祥麟。不數雲中竇，誰論日下荀？金門期聽履，玉節俟調鈞。徇國心方壯，酬親意更真。延暉思報草，慈幄正長春。

恩覃海甸

福曜臨吴甸，仁風播隼旟。鵁鶄明自遠，肺石枉能舒。德厚常弛網，刑清不廢書。江城初視篆，甘雨即隨車。鋤梗扶單弱，寬征裕國儲。窮黎欣撫瘵，多士藉連茹。瑞應潁川鳳，廉懸羊續魚。茂績隨椽筆，褒綸降玉除。行看需内召，捧日斗牛墟。

題寵賁玄扃卷贈許封翁諭祭

帝眷隆名世，恩波逮所生。頒綸占後寵，遺奠愜深情。恤典彤庭出，哀詞翰苑成。酒分仙掌瑞，肴出大官烹。奔走衣冠集，松楸雨露盈。雲駢來就饗，含笑向瑶京。

題百鹿圖壽羅柱宇大中丞

玉質挺金精，斑龍昔擅名。七星標漢代，九草記胡生。玄白因年化，兒孫接武行。呦呦陪御燕，濯濯表王靈。環角栖偏穩，隨車性不驚。呼朋眠紫陌，將子覓青萍。壽鶴堪爲侶，仙猿豈足評。銜花歸上苑，馴擾動皇情。

五言絶句

望夷宮

涇原築望夷，欲覘邊塵起。詎知亡國胡，生長祈年裏。

喬中舍水心夜話

燒燭論時事，銜杯憶故人。獨憐燕市月，千里轉相親。

清風亭和陳泰岩韻

淺壑懸飛瀑，疏林護小橋。乘閑一登眺，絶勝立清朝。

四時即事

荒徑雲常住，閑窗日正遲。夜來新雨過，花發幾多枝？
碧蘚沿階老，清陰繞舍栽。不妨朱户冷，雙燕去還來。
家家桐葉雨，處處蓼花風。何事悲摇落，榮枯總化工。
木脱村容瘦，庭寒鳥迹稀。豈須吹暖律，春到自生輝。

黔陽道中

朝度鷄翁山，暮宿酉陽市。敢憚車馬勞，但愁歲月駛。

端陽口占

家家懸艾虎，院院列蒲觴。野外啼飢者，無緣請發棠。

七言古詩

登太和山行

太和苞結迴靈異，名峰環聳七十二。泉潭岩澗事事幽，天柱峻嶒玉虛位。掀裾攜杖試躋攀，朗風翛然助羽翰。嵩岑屺岵開隙徑，五丁剜鑿非人刓。有時緣蘿度絶巘，有時捫壁凌飛湍。飛湍噴激散旭澍，丹丘白石今如故。須臾雲氣騰山腰，慘淡接眼迷四顧。仙闍法宇重復重，一登一眺一悸怖。舁兒且喜歷紫霄，六天開朗晴空遥。混元廓落隔凡迹，叢林游鳥相喧囂。載循鐵鎖上絶磴，十步百喘真岧嶢。頂巔羽衣出石罅，手携簫管相遲迓。且行且説古道場，元君丹成此身化。路傍酌我蘮林茶，引入精城就精舍。坐令沃盥具衣裳，相將追躡禮上方。焚香九頓啓玄户，鑄銅爲殿金爲裝。竦然心畏貌增肅，靈威閃爍神彷徨。周遭縱步眼境豁，清都日覲手堪掇。三公五老拱至尊，俯瞰浮甍接飛闥。飛闥浮甍倚墜崖，何異危巢托木末。神基創劈古如兹，佇立踟蹰轉忉怛。道人請從下壇路，丫宫萬觀斜陽暮。言旋解袂清泠齋，息機凝坐差成悟。夜寢形安神亦安，恍有真詮夢中遇。黄庭内外理分明，翩翩俗諦皆沉痼。重樓雙闕自坦途，赤坂龍堆世争赴。陽轡西飛豈復東，古來榮猝等朝露。勉我長生久視方，我欲從兹駕烟霧。啞喔天鷄雲外啼，兩聲三聲忽驚寤。起床披髮仰太清，北斗横天天月吐。

衡山吟

衡山高高不可極，一瞬千里窮目力。七十二岫蜿蜒分，南嶺西岷辨支脉。蒸雲吐霧澤炎方，孕英毓秀佐王國。南巡柴望肇重華，奕代歲祀亶修飾。飛峦絶巘難狀名，五峰崒嵂易摽識。雲密紫蓋干層霄，石廩占年兆豐嗇。天柱有室窈以冥，祝融直與清都逼。飄飄輕舉若有神，騰陵巑岏跨險仄。琪花龍樹繞道旁，亦有荆榛斬未得。半山仰睇閶闔低，星橋日觀恍可即。登巔忽覺鴻洞開，霓蓋雲旌杳難測。乃知上界即清暉，詎有丹梯任升陟。翻思欲控白玉驪，乘虚恣騁黄金勒。不然駕鳳驂青鸞，冷然兩肘生羽翼。招尋往古采藥儔，仙岩凈宇相偃息。遨游八表舒鬱紆，沆瀣爲飲芝爲食。手探天穴歸故途，削盡柔蘿與惡棘。瞀裾往還無罣留，始信天衢本平直。

過黑龍江在武關驛

黑龍江上西風惡，吹着山柯青葉落。武關暗度朝烟低，瞑聽奔泉聲霍霍。棧中諸水白且清，一入松林雙目驚。澄潭徹底紫金色，蒼龍倒卧千山坑。兜鍪特立江之干，將軍夜度擢金冠。別有石盆名白玉，朝朝暮暮承飛湍。飛湍蝕路路彌窄，青崖夾立幾千尺。黑龍江盡地始平，行人遥望鷄頭石。

題龍濱圖

山環水繞孟博溪，溪濱有龍龍亦奇。雷收雨散天霽朗，騰驤不挂豫且網。飢餐五花渴飲泉，晨游北海宵南溟。丈夫意氣固應爾，那問飛潜天與淵。

憩仙人洞

天開靈洞山之崥，怪石滿眼泉更奇。飛瓊滴翠千古意，燃犀拄笏平生期。洞中已無仙迹在，洞口但有樵人窺。行探坐玩不能去，陰風瑟瑟砭孱肌。

華山行

華山之高高接天，仞計豈直盈五千。燃犀柱笏看不足，瓊梁玉界相盤旋。秦虢爲左臂，二綉爲右肩。南瞰乎太白，北俯乎甘泉。嵩衡岱岳争伯仲，靈根遥與崑崙連。穿岩歷塊幾千步，鳴騶逼側行如蟓。層峦複嶂夾以立，中有一綫通雲烟。落花啼鳥杳然静，惟聞山腰奔溜聲闐闐。希夷古峽玄更玄，靈斧削出藏仙骿。仙骿一動神鬼震，風號雨泣乾坤顛。路入青柯轉寂歷，谽谺崒嵂偏紆延。手扳鐵鎖千百尺，猿愁鳥駭心迴邅。雙岩對聳分日月，恍然天鏡當空懸。目斷黎溝徑，胆落清泠淵。芙蓉明星及玉女，三峰鼎立差後先。凌空峭壁難着履，鑿龕種橛臨深淀。一登一覽一跲蹋，九節之杖安可緣。初昇西峰揖鎮岳，石馬却立玉女前。祠前五盆大如臼，洗頭殘水常涓涓。南峰玉井深且圓，井中時吐千葉蓮。喬松玉粒長不老，餐之羽化爲彭籛。彭籛一去仙掌在，巨靈劈破非偶然。岩幽可避天子詔，希夷手畫留千年。水簾飛瀑三千丈，濺沫不洗徐凝篇。白雲宫擁東峰側，唐皇結構栖金仙。王刁古洞亦奇絶，洞中居者偓與佺。烟峦雪巘不可以名狀，琪花瓊草紛芊芊。雲臺畔，玉柱巔。瞻漢畤，拂唐鐫。芒鞋草靸罕能到，冥堆怪狀難窮研。縹緲獨立最高處，鷄頭龍首皆一卷。黄河萬里繞其足，微茫滉瀁真蜿蜒。璇空玉斗舉頭近，擎天捧日誰能便。韓公叫慟不得下，衛叔駕鹿何翩翩。塵踪仙迹迴自别，此生胡爾輕弃捐。蒼龍嶺，黑龍潭，追尋往迹猶驚瘨。捫參歷井吁可憐，華山之高高接天。

贈華亭學訓

先生載道東南游，丰姿鶴立顔春柔。胸中八斗羅天球，詞源倒瀉三峽流。苜盤臯席風颼颼，横經講藝多薪櫝。摳衣立雪皆楊游，斯文一變追前修。梗楠杞梓時兼收，五茸桃李争芳楙。蘇湖模範真寡儔，鴻聲駿譽徹宸旒。六館俊乂方勤搜，一朝除目來星郵。吾師捧檄青衿愁，王程迫促難扳留。我今爲爾發短謳，河橋三唱寬離憂。

送趙寧宇巡撫

金戈玉勒揚天聲，海氛消盡千山明。野人未識趙開府，但説年來好巡撫。增兵添餉民弗知，鸞鳳喜舞鷹鸇悲。願公此去早柄用，萬方同獻賢臣頌。

題教子乘龍圖

太乙神駅來飛黄，頂生獨角非尋常。乘者獲壽三千霜，黄金爲絡青絲繮。麟兒雙鬌紅錦裳，據鞍初籍人扶將。挾轡跨鐙習騰驤，追風漸解馳康莊。他時乘雲游帝旁，龍媒驥子同翱翔。下遍八極上霄房，肯與幽并年少相頡頏。

余薄游二十年泰華衡三山諸勝已皆經覽獨恒嵩二嶽未到遂爲廿年欠事聞元陽山人有五嶽之游不覺有概於中因賦短歌以壯其行

山人不願游天京，疏豪復厭交冠纓。少小去家栖禹穴，邂逅真侣忘姓名。摳衣委心稱弟子，爾師當是浮丘生。師言骨相汝彭錢，至道心授非言傳。傳得黄庭密秘訣，坐解先天與後天。一朝忽起向平念，辭師跨鶴三山還。三山足迹探尋遍，游情汗漫方未倦。又聞五岳多靈奇，琪花瑶草堪餐玩。乘虚御風此一過，屈指三山未足多。更有安期羡門輩，紛紛把臂舞且歌。歌言人生不學道，試觀陵谷今如何。引向瓊田茹玉芝，諸仙遞進瑶池巵。山人俄憶九載約，歸來爲報爾師知。爾師此别復幾年，相期同陟閬峰巔。安得肅肅雙羽翰，從君行坐祛塵緣。

華陽洞天歌贈姚華麓西湖别業

逃名習隱華陽子，素髮翛翛佩蘭芷。貂冠早挂東都門，鹿裘高卧機雲里。九三幽勝看不足，栖真别向吴山曲。吴山佳氣鬱嵸巃，鐵冶崖前翠黛重。峰點千家春樹眇，湖開一派天光溶。瑞石嶙峋如砥柱，紫洞森沉陰欲雨。寶阿甑嶺相因依，南控龍川北鳳舞。樓臺掩映崖之巔，泉石膏肓不記年。閬游野鶴訪靈迹，一笻一履相周旋。滿壑松濤侵榻冷，茗椀南華消日永。清流洗耳碧澗深，白玉岩前延落景。時携短劍吊胥臺，蕭蕭四野酸風來。先生卜築真悠哉，誅茅鑿磴山靈猜。世途鞅掌亦云棘，咄咄塵機何所息。睢盱不念鱸魚肥，床頭久冷柯亭笛。君不聞五陵荒草寒烟平，千秋弘景垂鴻名。

張太府蠲賑有方作歌以記

玄冥肆虐災東吴，膏腴極目成長湖。穜稑白種化菰蘆，寒童餓叟聲號呼。九重一顧流民圖，立簡循良剖郡符。朝令秣馬夕首途，民飢民溺皆已辜。上承德意蠲田租，下檄裔邑寬公逋。尚方發帑拯焦枯，因緣乾没愁胥徒。襜帷不恤巡郊衢，櫛沐風露甘泥途。饘粥親嘗屏行厨，一盂一杓均沾濡。官鏹散盡心鬱紆，歸搜月俸市青鈇。計口手給先鰥孤，憫窮尤急章句儒。青衿畢賑由來無，古稱鄭公知益都。又聞文正守名區，活人百萬歌來蘇。我侯救荒事豈殊，山癯慕誼爲操觚。期登青史留良模。

壽王後陽七十

五茸文社七十翁，丹山碧水羅心胸。壯年射策步飛熊，翺翔中外聲施隆。慈雲目斷江之東，辭榮侍彩娱春風。朝爲老萊暮赤松，羶途幻境皆冰融。稀齡緑鬢炯雙瞳，采真茹龢貌還童。何時問道廣成公，飡霞□鹿游崆峒。

贈臨江别駕

吴山高高衆所傾，邑之名士朝之英。臨江别駕揚芳聲，元配拮据佐官清。秋風解組栖蓬衡，足迹不踐言游庭。優游耄耋天所矜，璠璵雙掩依先靈。子孫千億其永寧。

題松隱圖壽文臺妹丈七袠

長松千丈勢巀嵲，樛枝四匝如椎結。盤旋虬幹欲干霄，清標勁節淩寒雪。從來閲世億千秋，徂徠岱岳同森列。松陰怪石亦嵯峨，蒼然雲氣相蕩摩。茯苓琥珀堪服餌，靈芝異草紛何多。栖遲宛似游偃蓋，山名。耳畔隱隱聞天籟。林間坐卧一仙翁，崆峒訪道尋方外。蓬萊弱水多琳宫，海屋籌添經幾代。蔦蘿依攀緣不淺，堯蓂舜莢環復轉。芝童常拂朱絲琴，玉女頻斟紫霞盞。

軒冕榮華總不知，緑眼惟將畫圖展。澗潟菁葱歲月長，再看新枝生碧蘚。

題貞靖周先生崇祀録

誰言叔世人不古，直道今還未盡腐。不見貞靖周先生，里中尸祝如嚴祖。卓哉先生真大賢，名登仕版廿餘年。政成能下潁川鳳，操潔堪投渭水錢。仕能易地心不易，到處穹碑口欲鐫。强年正爾好牽絲，先生忽與烟霞期。一朝拋却半通印，扁舟遂問五湖湄。漁獵只知搜琬琰，逢迎寧解學嚅唲。即今久作岱宗游，猶從吾黨見清修。斗山何處追韓愈，俎豆秖應配蓐收。昔年余草青溪志，曾爲先生摭遺事。今看畏壘居人情，始信余言有所試。

題宋孝子傳

史稱盛彦敦天經，爲母號駢盲復明。懿迹寥寥幾千載，駢溪老叟追芳聲。冲年孝友若神授，青陽曾子推鄉評。夢傳方藥終療母，口代父誦人尤驚。二親沉疴灑然愈，始知靈貺通三精。高堂供奉寧娶長，豈爾忍欲違人情。睦弟課兒世亦有，恋親辭養真完名。芝耕芸卧自調適，脱去聲利談無生。天助純孝亦不薄，八十四載歌昇平。令子雄飛上青瑣，恬然不懾亦不盈。清夷曠達諧里族，云是洛中玩世之耆英。我昔附驥亦年籍，神交影慕懸心旌。一朝披讀孝子傳，不覺欣艷肝腸傾。太史陳詩恐無據，勉賦河間長短青。

七言絶句

早朝侍班

鳳樓鐘定錦屏開，豸綉分班侍玉階。三奏銀臺無闕事，朝來章草不須裁。

吴江長橋

澄江浩渺接秋空，千尺晴波鎖玉龍。如畫石闌三百六，至今人過問垂虹。橋故有垂虹亭，今廢。

瓜步

瓜州土壤帶維楊，緑酒西風滿市香。不道六朝零落後，繁華猶似舊隋唐。

大柳驛次明臺向侍御韻

豪華飄謝似秋英，異物猶存後代名。柳在柳亡安足問，玉驄無主月空明。

題仙人對奕圖

蒼松白鹿滿青山，兩兩□童亦駐顔。莫是道人心未了，機關猶在一枰間。

睢河懷古

漢將功高白骨多，血流□水水無波。京東古道紅塵下，猶有横骸枕鐵戈。

蘭蕙鋪

王路馳驅日未斜，待炊郵吏報停車。閑亭新築人稀杳，白白黄黄滿砌花。

永城公館

蓮花池在學宫前。冷净無蓮，路入東京别有天。一夜狂風吹未了，斷雲殘靄滿車前。

睢陽

巒妾糜軀烈士腸，天留完節待睢陽。假令救至先三日，終古身名兩不妨。

宿白沙鋪

圃田飛渡夕陽斜，匹馬何妨駐白沙。好水好山看欲遍，故教遷客走天涯。

汜水

逶迤周道隱山阿，水落城頭長緑莎。穴處野人常皺目，半愁車馬半愁河。

三鱣堂

曙烟初散郭西莊，門掩楊公舊講堂。魚骨已隨塵土盡，一庭松竹自蒼蒼。

閿鄉縣閿亭

秦山山色接西秦，秣馬閿亭更問津。一望寒烟衰柳地，偏多來往叩關人。

桃林坪

興至探奇信步行，間關五里出桃坪。三峰隔斷千山外，惟有松聲雜水聲。

將至渭南憶養齋兑隅二侍御

使君持節出金鑾，綉斧雙飛六月寒。龍首山前雲樹隔，五更殘夢繞長安。

渭南懷古二首

渭城烟柳近安西，陵麓真能變谷溪。赤水渡頭三里阜，廿年前是華山堤。

涇河西渡入咸陽，漢代陵多接建章。昭穆帝王無以辨，野蒿鼯穴滿玄堂。

馬嵬坡

狼籍花容掩翠坰，荒丘野草自青青。歸魂怕見霓裳影，飛入蒲城繞泰陵。玄宗陵在蒲城縣。

御愛山

峰巒蒼翠樹青葱，帝子何年駕六龍。愛國愛山俱是夢，斷碑凄楚夕陽中。唐德宗蒙塵時幸此。宋王素有『吾王高拱岩廊上，只愛生靈不愛山』之句，故云。

松林驛

松林無復見松株，日落閑亭走漢繻。門外野烟飛欲盡，嘯猿啼鳥滿山隅。

周坪庵在鳳縣，歲久傾圮。僧人請題始末，口占付之

鳳州原即古周坪，佛舍僧堂幾洊更。祇樹久荒今復合，依然鐘鼓梵王城。

滴水崖

磷磷石壁綴珠璣，不斷清泉滴翠微。天到峽中晴亦雨，緑苺蒼蘚半山肥。

過七盤山在寧羌州南廣縣，乃秦蜀之分路

淩兢重過七盤山，劍北秦南第一關。高閣倚雲天欲暝，無人登此不愁顔。

朝天嶺

山勢孤高震蜀川，諸峰齊壓氣微前。行人隔斷青松外，何日驂虬覲九天。

槐樹驛

鐵鎖千尋接上方，共傳開迹自隋唐。舉頭尺五黄金闕，無計淩風似鷫鸘。

謁武公祠

入境已無淇水竹，度關猶見武公祠。斜陽古道催行役，何日重過薦一巵。

車騎關次陳年丈韻

重關複鎖幾千年，薊日燕雲在眼前。柳緑荒城刁斗静，秋風車馬自翩翩。

秋飲龍潭口占二絶

酸風初動荻初秋，逐客何緣侍勝游。把酒不知身落魄，且將浮世寄滄洲。

偶携仙侣坐江亭，亭下風凄水色平。曲罷酒闌天欲暝，宜人烟草自青青。

萬丘澤吴止庵諸公夜集澶州書用丘澤韻

酒入豪腸不厭多，中庭浮白更商歌。今朝喜得高軒過，應爲寒門掃雀羅。

入臨淄偶占

挾策東西習浪游，馬蹄茨棘半菅丘。牛山四眺今非昔，但有清淄曉夜流。

聞過雁有感

黄蘆白月滿瀟湘，夜度無心憶稻粱。秋老上林栖不穩，水雲千里自翱翔。

移青自述

天恩薄譴任西東，何幸移官在歲中。菲劣久慚新鎖鑰，願從青海問梁鴻。

别開州僚友

一杯分袂草堂中，君自西歸我自東。莫道出門成遠别，碧流紅葉總隨風。

别開州諸生

桃李盈盈滿路歧，日融風細蕊初宜。看花客子緣何淺，恰到開時便別離。

别開州士大夫

席上花前笑語和，那堪千里奏勞歌。澶淵古道頻回望，雲樹重重馬首多。

開州耆老數十輩之青問候詩以遣之

五馬郊游事已陳，何勞千里往來頻。昔年彭澤思陶令，今日廉頗憶趙人。

行勞山口占

千年安枕鎮東膠，猶自逢人說大勞。堪笑半生湖海客，馬蹄蹀躞鬢蕭蕭。

衡山開霽

雲擁山腰失萬岑，俄然開朗見晴林。岳靈有意憐遷客，慣吐清暉照赤心。

憩兜率寺

乞得公餘學問禪，水心雲性兩茫然。何如習静空齋裏，絶勝當年兜率天。

湘陰道中憶會城寮友

驛柳嬌垂折未堪，客情離思滿湘南。何時得奉簪纓會，玉麈高揮理舊談。

贈近泉

獨爾談天奪化工，昔年曾此問窮通。而今解組東歸日，白首相看似夢中。

贈雪泉上人

澄心説法萬緣空，三竺吟殘憩五茸。看盡江山無著相，馬耆衣鉢是宗風。

題山茶

緑葉紅姿散曉霞，精神着雪更堪誇。玉堂仙種誰爲伴，并作春前第一花。

題牡丹

折來猶帶露華新，一朵葩菲萬斛春。噴日濃香方入座，倚風嬌態更宜人。

題秋葵

向日丹心百不回，鵝黄新縷自天裁。多君懶學趨炎態，留待西風次第開。

題木筆

二月東風拂紫苞，參差彤管任輕摇。先春爲怕英容亂，故着胭脂點素綃。

題梅

歲晚孤芳莫厭遲，昨宵和雪試春姿。江南消息憑誰寄？須探河橋第一枝。

慰唐陽台喪子

稚子仙游未足哀，掌中明月返珠胎。麟兒天上知無數，抱送還從釋氏來。

贈柳莊

黄金萬縷繞荆扉，昔日柔柯盡十圍。爲報東君好封植，半村烟景世應稀。

題雁洲圖

凉風華月滿滄洲，栖穩江南葦荻秋。野性尚餘霄漢意，閑心不挂網羅憂。

贈振羽

丹山彩翮養初齊，九就苞文日色迷。萬里圖南期一息，肯隨斥鷃事卑栖。

登獨聳峰峰在五老峰之右壁立千仞游者罕登披荆榛二里方憩其下羽士邵敬庵言唐末有寇據此峰鑿石爲井穴洞爲廪官軍不能平縱火焚之至今尚存燼粒余訝且疑焉令舁夫數人魚貫登巔搜石洞沙中果得勺許尚雜糠粃始信言之不妄因口占識異

獨聳危峰接紫虚，洞天爲廪石爲渠。千年秬黍依然在，信有明靈護帝居。

别汪省元

山城邂逅事多奇，况復銜杯話舊知。君北我南今别去，再逢何地更何時。

贈詹錬師

翠竹蒼松護法筵，小庵虚朗傍壺天。游人分得瀟湘意，甘作山中避世仙。

香爐峰

太素宫前第一崗，孤峰兀立樹青蒼。朝朝暮暮烟雲起，并作仙壇一瓣香。

天門

平臺絶壁倚雲開，地軸遥連二目來。空洞天扉無鍵閉，烟霞叠叠鎖三台。

羅漢洞

誰分鰲足柱中天，廣洞飛欄稱祝延。靈宅不堪供俗眺，且看石虎浸清泉。

五老峰

石磴沿溪草欲迷，遠瞻五老與雲齊。文昌閣上南風急，吹落山禽下竹西。

小壺天

步入壺天石徑深，蒼崖翠壁晝陰陰。苔痕半掩還丹竈，坐聽剛風起隔林。

題宜川

日朗天清葦岸頭，宜春宜夏亦宜秋。有時木落溪乾處，添我詩懷一段幽。

題小橋

蒼龍百尺杳難論，烏鵲千年事已塵。獨木浮空斜引徑，此中應有避喧人。

贈友人北上

健筆清詞意氣豪，半生琴劍習風濤。長安卿相多延攬，野鶴群飛向碧桃。

題紫岡

東溟潮勢擁三岡，佳氣遥瞻紫復蒼。林卧道人忘世味，開軒常挹九霞觴。

題紫岡新竹圖

勁節虚心世所奇，春雷忽喜長新枝。依墻傍户俱相得，移植高岡景更宜。

題梅竹蘭花圖

疏梅叢竹間幽蘭，勁節芳心耐歲寒。錦帳不須加保護，含風帶雨更宜看。

贈臺江隱者

臺江處士厭浮華，市遠纖塵不到家。澗月溪風瀟散久，文章猶自帶烟霞。

勉學一首

歲月如馳去不留，願從王粲早登樓。功名莫待嗟遲暮，我昔少年今白頭。

老竹嶺憩佛堂

山名老竹竹漫山，宣歙東南第一關。野殿有神香篆冷，洞扉無鎖夕陽間。

留俞太府二絶

恒陰初散復恒陽，五馬行春撫字忙。當代循良誰比數？古來惟有漢龔黄。

□□紫綬鬢猶蒼，獨抱憂民萬結腸。故國雲山尋入夢，吾鄉凋瘵肯相忘。

賀段檢校梧岡生日

幕府風清海霧收，玉觴群舉紫霞流。年年此日逢初度，一葉高岡報早秋。

臨安邑中

臨安百里半平田，烟樹連堤水滿川。客路芳菲消不盡，馬頭隨處麥秋天。

久雨傷稼忽讀許太卿二絶不覺凄然有感因即原韻和答

十日農天九日霾，祈晴得雨五行乖。千村萬灶鳴蛙鼓，愁絶寒燈坐小齋。

雨過梅黄復二旬，妨農傷稼兩相因。當今誰是補天手，總有娥皇技莫伸。

癸丑秋九日與元常同涉此園甲寅歲歸鄉復值重陽佳節再拉華松侄輩登臨半餉步履如舊喜而有作

去年登眺正兹辰，叢竹疏梅兩徑分。行坐笑談多勝侶，何須方外更尋真。

禱雨有應喜極口占

恒暘爲虐軫民情，虔禱精忠格上清。霖雨應期誰得似？異時惟有束先生。

又

才睹襜帷禮法宫，四郊甘澍灑枯叢。憂民萬結腸方解，老稚歡呼拜舞同。

偶成

八十七年駒隙過，流光鏡裏成虚度。含飴弄孫有餘閑，手把殘編驅宿蠹。

淺紅牡丹

謝却繁紅試淺紅，婠妍不與衆芳同。催妝乞得春暉力，日日酡容對曉風。

白牡丹

綽約娉亭玉滿枝，懶將濃艷鬥芳時。嬌姿映月誰能見，清馥淩風我自知。

黄牡丹

淡白輕黄着淺霞，靚妝嘗入富豪家。争知不是姚黄品，也作江南第一花。

紫牡丹

緑葉紅苞色未闌，一枝和露占春顔。當時若見唐天子，應入楊家百寶欄。

送洪學博擢尹宣平

丹鳳文章白鶴姿，河陽桃李屬經師。津亭一曲人千里，越水吴山重繫思。

黄石洞

古洞谽砑古木疏，雲烟吞吐護仙居。河橋指點文成後，誰見人間不見書。

王侍御類稿　卷之十五

太原王圻元翰父著
男思義校刻

七言律詩

欽賞大紅豸羅衣

金門曳履散朝回，頒賞傳呼内史來。雙豸綉紋慚未稱，六雲珍襲愧叨陪。玉街高奉當中出，金剪輕施稱意裁。盛世袞衣明日月，章縫無計補涓埃。

大閱奉旨分校將士

御墨淋漓遣從臣，西廳分閲慎評論。偏師氣盛長楊館，萬馬聲低細柳屯。簡練一朝增氣象，張皇此日靖風塵。軍容整肅強人意，何事車攻侈洛濱。

文華殿侍班

朝罷龍墀卓午天，紫雲飛蓋向經筵。宫僚引避金屏後，法從分趨玉几前。帝子藏修宜别殿，儒臣啓沃在遺編。牙籤却合千官散，共識皇心了聖詮。

再侍經筵賜酒飯

師臣進講當天心，酒飯親傳吐玉音。席布左廡分上下，饌供光禄總壬林。空階九頓聲仍寂，巨罍三行醉不禁。終始禮成無缺失，迴波誰作趙生吟。

游天馬山

黄柑緑橘正清秋，征旆閑臨野徑幽。天馬寺深雲寂寂，細林仙去水悠悠。群僧似狎重游客，嘉樹猶存六代丘。欲向如來分半榻，夕陽鶯唱釣歸舟。

姑蘇懷古

千尺高臺漫插空，眼前無復見鄰烽。〔一〕錦帆綉纜迷春渚，白堊珠襦怨曉風。百里平蕪新獵苑，五更啼鳥舊娃宫。雄圖二八今何在？海涌山頭夕照紅。

舟過虎丘和晴原韻

青松鬱鬱寺峨峨，舟發斜陽奈爾何。花鼓畫船秋寂寞，玉題銀畫畫摩挲。遥聞絶壑陰風起，想見空崖積水多。登眺恐縈懷古恨，片帆飛渡且長歌。

季子祠

城隅松柏緑參差，路入延陵季子祠。耿耿孤忠懸日月，悠悠清譽滿華夷。千家南浦分茅日，獨暮西風挂劍時。聖代嘉賢崇俎豆，春秋應不愧陳辭。

北固

北固山前北固樓，仰摩雲漢俯滄洲。碧霞散影暮天曉，白露飄空春嶺秋。曙色每從雲外啓，潮聲時向日邊浮。憑欄試望揚州渡，愁殺衝波一葉舟。

宿儀真别院次黄侍御韻兼柬林工部

湖海襟期劍氣冲，豈隨摇落怨清宫。五更鐘鼓驚長樂，十載琴樽寄短篷。澤國蘋花方送白，真州楓葉又飄紅。星霜容易催人老，祗有丹心少壯同。

渡揚子江

曙光催集問津人，江北江南謾自論。逐櫓浮沉真泛泛，乘槎來去故頻頻。烟波影裏千家市，雪浪聲中一劍身。信有桃花清淺渡，客帆何事恋風塵。

中都紀勝

鳳凰池上鳳凰游，誰識當年王氣浮？二祖陵前山鬼遁，三牛城下水靈愁。重來玉帛諸侯會，再聽秋風帝子謳。漢沛周岐何處是？太平鄉北鼓鐘樓。

晚行歸德道中

遥望商丘近轂丘，白沙黄葉點征裘。雲栖野廟雙忠恨，雪掩平臺兩漢愁。尋櫪馬嘶秋草徑，倚窗人掩夕陽樓。羊腸鴨觜男兒路，滄海何妨不繫舟。

過杞縣偶值新尹至

匹馬逡巡杞國過，偶停鞭策問民疴。城中甲第連雲盛，野外蒿萊舉目多。扶杖叟看新令尹，倚碑人憶舊弦歌。漢家循吏推劉矩，舊雍丘令。青史于今迹未磨。

中牟和院壁韻

雙足天涯此漫巡，黄沙白草不成春。鷄聲斷續林烟迥，鶴蓋連翩客馬頻。秋到圃田隋柳腿，臺空官渡鄴榆新。孤城日落暮雲起，愁絶寒燈半爲民。

偃師道中

渡頭黑石倚長堤，落水西過即偃師。山徑高低迷後乘，河流迴繞失前麾。壁亡空掩莨弘冢，鶴去惟餘子晉池。地近洛陽終不惡，千園花木子離離。

洛陽懷古

廿年魂夢憶周京，却喜天風送羽旌。太室烟含南岳紫，閟宫雲鎖北邙青。故家池館春無賴，別代歌鐘夜有聲。月滿皋關從客度，愧無雄筆賦西征。

過函谷關

身經百險出平丘，又上重關望獨游。山名。令尹昔年占紫氣，異人何日渡青牛。山臨谷口雙峰起，水入弘農兩派流。獨有寶符鍾間秀，天朝文獻甲中州。

長安懷古

華山高處眺關河，千里金城竟若何。秦苑靚深無輦路，漢宫牢落有樵歌。西風黄葉堆凝碧，夜月青莎動影娥。惆悵幾朝歌舞地，纍纍荒寢夕陽多。

寶鷄道中夜行

北山隱隱護陳倉，寶鷄縣舊名，今爲驛。暗度寒郊客子忙。遠樹高低村失影，淡雲來去月分光。析薪爲火瞻磻石，即太公釣石。疊木成橋渡渭陽。渭橋在縣南，長百尺許。曙色未分燈欲盡，石鷄寶鷄山舊有石鷄辰鳴。三唱曉扶桑。

過益關至東河驛

驅車朝度益門關，猶是終南萬里山。峻坂風迴黄葉起，陰潭日轉白鷗還。煎茶人去坪猶在，瀑布泉高路更難。山中有煎茶坪、瀑布泉。遥望東河停馬處，平田一點莽蒼間。

草凉道中即事

東河南下半平岡，晴雪飛花點緑裳。馬渡故鄉山閣穩，客投新店酒家忙。千岩風怒猿聲沓，六月雲深草色凉。惆悵唐皇登覽處，高樓蕪没幾星霜。唐時有草凉樓，玄宗登此。

張果老洞

千年鶴去幾時歸？洞口寒霞閒夕霏。白石清泉終不老，山中有不老泉。唐元宋曆已都非。蓬壺夜夜來青鳥，鸑鷟年年鎖翠微。果老夏居豆積山，冬居鸑鷟山。我欲從兹尋遁迹，題其山爲遁迹山。琪花瑶草自芳菲。

過棧道次鍾古原韻

萬里秦山接蜀山，馬蹄行慣不知難。高低木閣浮雲上，濃淡林扉落照間。驛路裁詩聊寄興，河亭把酒强支顔。霜天暗度南飛雁，一夜愁添兩鬢班。

鳳縣紀勝

鳳城天接漢川悠，自古秦南第一州。御爱山前峰不斷，嘉陵江上水常流。長松紫柏仙人宅，吸月看花學士游。縣舊有吸月亭，蘇子常游飲杏花下。東望散關稱險絶，岧嶢壁立幾千秋。

雲岩寺

紫柏山高接上台，千年雄刹久荒臺。鹿園虚明依青岫，龍樹參差點翠苔。净土昔時經幾劫，化城今日喜重開。俄看結構連雲漢，采藥還應去復來。

九峰寺

太華嵯峨列九峰，千年祇樹静山容。法筵雲靄春常住，紺宇嵐深晝亦封。澗草菲菲眠白鹿，岩松鬱鬱卧蒼龍。懸知釋子傳燈苦，夜半遥聞起梵鐘。

紫柏山觀雪用雪字韻

彤雲密布千峰缺，旋作飛花沾紫碣。乍封山果老猿愁，滿積空林孤鳥没。藍關暗阻逐臣鞭，北海寒迷天漢節。何處遥聞摧拉聲，老龍倒壓松梢折。

紫柏山卧病

馬擁紫關雪已深，病中感慨自難禁。世醫誰復經三折，絶頂應須受一針。衰病幾遭風雨妒，貞心多耐歲寒侵。空門雲浄宜留藥，忽起人間不住心。

下紫柏山宿安山驛

紫柏雲多晝欲昏，《楞嚴》讀罷下山門。座間我欲成三昧，馬上誰能具六根？啄粒鳥歸殘雪嶺，荷檐人赴夕陽村。塵襟試向燈前拂，猶帶禪床宿火温。

趙寧宇會青橋驛

獨携青劍走荒山，何幸龍光得再攀。驄馬偶隨仙仗改，綉衣猶帶御香還。非疏直諫推三輔，爲假雄才鎮百蠻。蕉鹿夢回旋又夢，惝余飄泊老朱顔。

出棧道至沔縣

閣道三千不計程，黑龍江盡馬蹄平。春歸寂寂嘉魚穴，日落蕭蕭石馬城。賦就三都山更重，兵銷八陣地還靈。兹游觸我烟霞興，甘作明時老謫星。

沔陽謁諸葛祠

古樹蒼蒼漢水湄，秦南何處武侯祠？定軍山下風雲陣，石馬城邊鳥獸旗。誓欲一麾還故鼎，豈知三出老全師。千年不盡英雄恨，落日荒城自咏詩。

鹽亭東謝蔣大尹

桑柘青黄滿石堤，更逢晴日照斜溪。花村昔有祥麟見，梓谷今看彩鳳栖。董叔山緣循吏重，嚴公橋與德星齊。江鄉風物行行異，劍嶺猶隨逐客西。

入臨邛境

邛來之水滿邛川，夕照蒼黄媚遠天。仙嶺塞霞迷白鶴，琴臺荒草没朱弦。寒旌落落三峨外，殘夢依依五鳳前。浩蕩皇恩何以答？閑繙彈草憶堯年。

彭山道中夜行

驅車東上武陽城，寶劍神燈相映明。霧起江鄉迷象耳，風摇潭水起龍腥。旌旗引渡星河亂，金鼓穿林虎豹驚。昏夜叩關嘶浪迹，孤城寒漏正三更。

張斗陽招飲彭山官舍

西川西去更誰鄰？馬首風光日日新。古渡朝烟昏似夜，深岩寒草緑於春。山深但可容狂子，天盡何期有故人。萬里笑談緣不淺，一樽飄泊共芳辰。

謁鶴山書院

采蘋無計酹青卮，儒雅冠裳百世師。荒宇背城寒寂寂，□碑臨砌草離離。簽書江上來何速，作客湖南召更遲。自古大賢多不試，斯文終賴挹旌麾。

登鶴山讀書臺

陰廊曲曲半莓苔，獨客從風萬里來。雲擁千山歸野寺，日移雙桂上荒臺。琴書自與青松狎，去住何妨白鶴猜。謾説端平曾召對，白頭空抱濟時才。

邛州江上别趙介石諸公

日高山閣霧初收，錯落旌旗古渡頭。滿地烟霞虚白鶴，半生風雪老滄洲。樽前緑酒驚新别，江上清歌唤舊愁。雲樹幾行迴首隔，且憑飛夢到邛州。

洪雅王明府邀飲月珠樓

高閣千尋倚北山，偶從舄履共躋攀。蒼松影落朱闌外，吴拍聲傳蜀調間。十里暮烟開瓦屋，半江寒月透天關。興來携手看詩碣，潦倒風前一破顔。

陳吏部寅齋留飲

一樽相對憶華年，醉魄伶俜不自憐。出宰共看南浦月，趨朝同拜未央天。馮生已落三千後，越女誰當十二前？浮滿不辭應有意，事朝湖海各風烟。

迎春夾江東郊偶成

應律東風吹漢家，孤臣行處識年華。蒼烟和日臨城起，彩勝將春向户斜。萬里客心天外柳，一叢羈思鬢邊花。昨宵青帝傳新雨，應有豐登遍九涯。

疊前韻贈毛太史青城

爲愛東山薜荔嘉，不緣金馬逐浮華。青城淑氣當春發，緑野高齋背郭斜。遠去漢廷因拜草，早辭唐主豈迷花。緣知昭代文章伯，更有勛名紀海涯。

春日同峨眉令楊一庵憩寶陀寺

山城明媚弄春光，杖履追隨草徑長。峨嶺雲開瞻翠蓋，夾江波净見滄浪。僧厨野簌淹佳客，岩錦閑花笑夕陽。景物漸撩鄉國思，新筠垂緑柳垂黄。

再過蘆溪

行過蘆溪日未斜，水光山色間流霞。片雲北去誰爲侣？匹馬南來半是家。足下高低千尺磴，眼前開落七香花。東風不斷行春令，西客何時泛海槎？

同王確齋陳夢崖王成宇飲萬壽觀

仙宫高並九峰青，石磴侵雲客履輕。壇樹參差迷野眺，檐花開落動春情。沙黄郭外連天闕，酒綠燈前對友生。萬景不殊樓閣換，且將愁鬢識蓬瀛。

楊峨眉王洪雅張滎縣揚犍爲諸君邀同王成宇游凌雲寺用胡盧山韻

烟蘿雨蘚碧差差，官裏尋春去較遲。峨嶺浮雲空寄眺，墨池荒草豈傳疑。乘風飛瀑天邊下，傍水懸崖鏡裏垂。綠酒青山人共我，滿懷幽賞托仙芝。

李成都金嵩招飲城西草堂

官路風高白苧寒，草堂依寺瞰江干。天涯勝迹隨緣到，客裏羈愁對景寬。雲影乍開垂釣檻，松聲長和浣花湍。朱甍畫棟笙歌地，可是當年大雅壇。

憩成都大慈寺

偶入珠林解珮環，小庭深鎖老苔斑。塵空幻國三千界，月缺虛樓十二闌。僧定不妨燈火市，官閑如坐涅槃關。十年流轉江河夢，又到寰中第一山。

游鶴鳴觀

紫府朱堂倚翠微，半天鐘鼓出岩扉。山屏四起隨雲合，水縠雙懸帶雨飛。孤館野花終歲發，九宫靈鶴幾時歸？真人昔有朝天路，我欲從兹問羽衣。

次新津寄别王上舍諸君

却望邛州即并州，河橋官柳再經秋。寒雲隔嶺心千折，古木摇風泪兩流。何處世間非白眼，直歸林下是丹丘。看君刷羽青冥上，海曲還應訪舊游。

夷陵道中贈曹荔溪給諫

蕭颯清風蚤戒途，喜從傾蓋識華裾。晨懷諫草趨東掖，夕捧除書下直廬。汗血神駒終爾屬，朝陽鳴鳳有誰如？乾州自古風霜地，好爲蒼生護起居。

絳桃千葉

奇種初傳禁苑中，不隨秦隱笑岩叢。芳菲豈在含朝露，摇落何須恨晚風。寶髻曉妝雲叠叠，玉闌春鎖錦重重。相宜更有燈前賞，遠勝凡桃淺淡紅。

江南初夏

旅窗蕭瑟苧袍凉，别院清和午漏長。細雨欲催梅子熟，薰風初送楝花香。不妨紅樹銷江路，自有清陰占野塘。欹枕偶回鄉國夢，吾廬新竹已成行。

贈中府吴松川

金戈玉勒意安閑，談笑風生虎帳邊。萬里壯猷銅柱外，九朝遺澤未央前。勛名自昔傳南粤，籌畫于今重北燕。將略不須論世胄，再看洪伐紀凌烟。

永陵哀感

當年策士御金鑾，分得天風試羽翰。纔捧玉書馳萬里，忽驚龍馭失千官。春歸香殿金襦暖，月落佳城玉匣寒。悵望松楸泪如雨，幾應黄土化爲丹。

香山紀勝

步入蒼岩野徑長，石爐依舊不聞香。千崖松柏新屏障，萬壑烟霞古道場。曲磴陰陰猶積雪，迴廊寂寂自斜陽。攀躋直上藤蘿頂，惟有流雲來去忙。

殘月似新月

殘月纖纖倚漢津，影斜光細似初旬。蛾眉半掩憐今夕，粉面微匀憶向辰。共指瑶盤圓又碎，誰知冰鑒缺如新。自來出没分天際，同有餘輝映廣輪。

壽瞿母王孺人

龍江佳瑞接蓬萊，仙母乘鑾駐玉臺。百歲鉛華雙白鬢，高堂供奉一清齋。黄花不逐春容老，青鳥時將淑氣來。報草寸心知不負，兒曹多抱濟時材。

别顧日岩大參

何處西風吹客旌？澗泉山鳥半離聲。乍回烟柳江東夢，俄憶鳧鷗海上盟。白馬青袍明主意，石田茅屋故園情。蘄陽杳杳三山外，莫惜臨歧酒易傾。

酌莫中江園亭

蒼樹青筠掩碧灣，偶從仙吏問玄關。玉樓烟合千家暝，金谷林深六月寒。過眼浮雲多變幻，忘機野鳥自安閑。停杯謾語人間事，便欲乘風跨紫鸞。

題思耕圖

懸知丘壑有遺民，羞向人間學問津。習懶漸遺軒冕貴，忘機偏與鷺鷗親。荒村細雨迷耕舍，隔岸輕烟隱釣綸。乞得一官歸去也，白雲深處共閑身。

除夕宿建寧官舍元日立春有感

節物俄驚冬復春，半生踪迹半風塵。懷人不斷三山夢，去國猶羈萬里身。柳眼慣窺青鬢客，椒花思媚白頭親。從來意氣輕流放，過處江山即故人。

發汀州寄謝郡縣諸公

不才知自負明時，一劍漂蓬任所之。嶺海古來多逐客，江山行處是吾廬。封章數上慚愚昧，斧鉞全寬荷聖慈。朱紫繞朝非不羡，玉堂清几有神祇。

送朱鎮山南還

秋江雲净起微風，驚見旌麾引上公。一代持衡唐學士，十年憂國漢司空。暫教緑鬢遲裴野，終使清朝念禹功。幕下郎官頭半白，憐才今日有誰同？

閩闈中秋夜宴

良宵何幸侍群公，皓月當庭劍氣衝。座上鸕鷀浮玉露，筵前蟋蟀動金風。寒侵緑鬢霜威近，光射朱堂鑒影空。漏下已傳三燭盡，文聲猶送宇西東。

送楊參峰侍御調外

二月東風吹柳青，故將新眼送芳旌。江州却爲才名重，海曲當令去就輕。驛路雲低山萬疊，河橋日落酒三行。兹游好辦蒼生計，坐看虛前召賈生。

中秋夜集東闈作

青藜仙子集閑庭，寂寂重堂爛五星。海嶺雲開金鏡涌，井梧風定玉珠零。蘭漿滿引□光動，鳳臘高張劍氣熒。節物豈知延賞意，數聲啾唧繞秋櫨。

薄暮同白吉軒張玉吾姜浦汀少憩蓮亭口占用齊東陳尉韻

南北飄蓬愧獨游，偶隨仙侣事尋幽。凄凄烟雨紅蓮静，曲曲池塘碧草稠。身世半懸天鏡裏，詩懷多寄晚湖頭。眼前無限江東意，一葉西風報早秋。

過滁陽東謝僕卿王見峰

獨劍西風事遠行，雲霄舊識眼終青。笑談何處來仙史，俎席無缘侍上卿。緑酒閑亭千古意，曉鐘寒漏十年情。征人回首多惆悵，惟向金門聽履聲。

自曹之開謝郡縣諸公

客裏從游教益深，簡書催别意難禁。天涯畫鼓夕陽急，驛路綉裳秋氣侵。琴劍一生慚盛世，《驪駒》三奏負知音。非關古道多離恨，轉眼浮雲隔遠岑。

滋陽王大尹招飲賦謝

山公佳會勝高陽，漏轉寒樓笑語長。盤徹水晶來白玉，杯傳金縷發清商。十年湖海看花客，四壁笙歌製錦堂。酩酊不辭銀燭盡，夜床風雨更何妨。

柬謝朱見海

太傅當年出漢庭，至今直節動公卿。緣知闕下多田叔，肯使樽前老穆生。盛世自來宣室召，少年何負洛陽名？異鄉同作風波客，留取襟期握手傾。

除夕偶占時尹曹縣

飄泊江湖老逐臣，新年殘臘總風塵。飛金走玉人間世，把劍挑燈客裏身。朔雪五更斑鬢子，南雲千里白頭親。九重天上春歸早，應有陽和到海濱。

紫山甬東方石三社長夜話用紫山韻

緑眉相見愧如新，猶喜同堂燕笑頻。珠玉滿懷三逸士，江湖千里一閑身。臨觴舉白能遺世，就燭看詩更可人。冠蓋風塵君莫訝，海鷗村老意俱真。

游靈岩

飛錫開山不計年，舊碑殘剥有唐鎸。五峰縹緲今仙宅，萬刹參差古洞天。肺病久宜甘露飲，心閑能解辟支詮。何時跨鹿從雲路，長嘯雲岩第一巔。

庚辰夏渡楊子

曉魚吹浪起江風，十渡津頭愧棹工。紅日白雲千嶺外，碧莎青柳半帆中。凌波自得滄洲意，障海誰收砥柱功？穩泛却忘漂泊久，短蓬長鋏任西東。

王麗岡寅丈赴蔚州

秋風憐别薦新凉，匹馬蕭蕭去路長。東國朱弦成獨奏，西堂瑶草向誰芳？丈夫意氣輕吴越，壯士功名豈定襄。吾老不堪追驥步，斗南台北永相望。

游雲門

曉嵐消盡郭南山，登覽偏宜夏日閑。信足不妨緣石棧，舉頭時欲叫天關。清歌斷續行雲外，飛蓋留連落照間。客興未闌烟欲暝，野人忙趁馬蹄還。

游王氏山莊

紆迴山徑好追游，蒙密林居意轉幽。心境浄來渾赤甲，塵根消去即丹丘。風摇翠篠鶯交語，日漾清漪魚亂浮。别有小橋深静處，也宜春色也宜秋。

哭第四兒是兒生，偶值公出，今亡亦然，時萬曆己卯秋八月廿二日也

兒病還能强自延，忽看哀報泪潸然。三旬絶粒終難療，一月離懷倍可憐。敝屣在庭人不見，塗鴉滿案墨猶鮮。生亡兩值吾公出，負却當年父子緣。

答萬元城用來韻

寶鴨烟消凝暗香，客襟初解動微凉。杯浮新釀分銀甕，調轉清商出畫廊。得句幽閑真妙

絶，賡歌遲澀愧中央。用封士章故事。醉來偶感江南事，嫩竹青青柳欲黄。

别大名諸寮友

逃名湖海未歸人，客眼相看去住頻。劍氣上干銀漢曉，襟期中貯玉壺春。兼金不惜床頭盡，彩筆常隨馬首新。今日樽前一携手，溪山千里各風塵。

九日王雲麓招陪李見宇魏雲門游雲門山

翩翩仙侣盡高懷，之子何緣得侍陪。千雉雄城從背出，萬峰佳氣自南來。崔巍石磴凌雲上，澒洞天門對日開。愁筆不堪書勝賞，登高作賦有群才。

送蔣元軒司理揚州

星郎才望冠名流，合領東南第一州。玉陛旅辭雲拂曙，金科懸照水澄秋。雙旌曜日延華蓋，隻馬嘶風賦遠游。衰老送君無所贈，願看新政列鳴球。

送韓貞齋令寶應

緑綬青袍映鐵驪，使君才譽斗山齊。金牛城下水聲漫，白馬湖前草色迷。邑里久凋須保障，廟廊新令重招携。廣陵自古繁華地，光復何嫌枳棘栖。

宿勞山次許静峰韻

冥搜多屬浪游人，眼底山光取次新。萬籟消沉捐旅夢，諸天寥闃净浮塵。雲飛谷口能移日，松老峰頭不計春。靈秀萬年鍾間氣，朝爲鸞鳳野爲麟。

立春偶作 青州

青帝回翔正此辰，華幡彩仗更宜人。條風應節銀澌潤，殘雪留春玉宇新。千里羈臣思獻曝，廿年游子欲傷春。漢家寬大書頒早，并作陽和到海濱。

除夕 時在青州

天鷄咿喔漏聲殘，轉眼春光去復還。孱品久妨朱墨案，同袍多列鼎台班。三江的的南雲外，五鳳明明北斗間。廊廟丘園俱未得，半生漂泊愧朱顔。

登蓬萊閣

蓬萊高閣倚蒼瀛，歲暮登臨共友生。東去皇圖猶浩渺，南來天塹自分明。雲將蜃氣吞三島，浪挾鯨音撼百城。紀勝愧無坡老筆，且憑杯斝寫生平。

吊屈賈二公祠

湘沉鵩去幾千秋，祠像依然爽氣浮。終古未消秦國恨，少年空負漢庭憂。歌殘些調魂何在，讀罷《新書》涕欲流。遷子放臣踪迹異，離懷并作楚天愁。

蘇孔鄰憲副招飲岳陽樓

恍朗嵬樓儼摘星，晋唐開迹倚重溟。洞庭春漲侵天碧，熊耳秋嵐入幔青。十里湘雲迷故鼎，千年陵草帶殘腥。登臨剩有烟霞意，留向君山訪巨靈。

春日同駱纘亭憲副游赤壁次韻

嵯峨靈宇古江邊，雙舄飛騰羽騎連。玉盞迴波移白日，銀缸帶雨吐青烟。沙沉赤鼻迷吴迹，兵繞烏林憶漢年。磯石是非今莫問，山川增勝在名賢。

早發大龍驛次壁間韻

踏遍荒崖鬢已蓬，乾坤滿眼一孤踪。翩躚清晝多威鳳，寂寞深山少卧龍。有分短檠消夜漏，無緣長樂聽晨鐘。堪嗟世路今非昔，枳棘藤花幾萬重。

題石鼓書院

名山結構自元和，篆墨荒殘費揣摩。孤嶼峻嶒真砥柱，雙流迴合似盤渦。虚堂夜静明藜火，古洞春深鎖薜蘿。神鼓萬年聲寂寂，定占天府久韜戈。誌云：石鼓鳴則兵動。

黔陽道中次中河橋館壁間韻

日朗黔城宿霧收，征軺寂寂路幽幽。喜看折阪留鴻爪，愁聽連錢絡馬頭。萬巘攢青皆北拱，百泉飛白盡東流。羊腸鴨觜經行遍，并作平生汗漫游。

郎陽校士事竣和壁間毛中丞韻

世運還淳士習移，郎山郎水復鍾奇。藜光照耀朱堂近，斗炁迴旋碧漢低。讀倦手編看燕舞，坐殘更漏聽烏啼。辛勞難補才疏拙，且假公餘和壁詩。

洪山懷古

慈忍宗風不可攀，元和開創古名山。祇園草合埋新徑，寶相苔侵點舊斑。七佛西還香積泠，二龍南徙碧湫間。宋唐遺事今休問，襄郢依然指顧間。

九日閫司招飲楚城南樓

雉樓高峙楚江東，此日登臨處處同。四面河山秋檻外，萬家燈火暮烟中。歌喧錦席宫商換，饌入金盤水陸空。菊蕊萸房未成賞，滿城疏雨逐歸風。

秋日憲長李見衡憲副駱纘亭賈弘庵閫帥馬向葵吴龍溪同邀張太史春臺李祠部晴原登晴川樓

千年古閣依晴川，我游風雨何凄然。鯨波滿耳江作塹，蜃氣漫空山吐烟。隔城弄調少仙笛，傍檻飛檣多估船。把盞相看浦口暗，漁歌嚮咽來遠天。

贈張二府兩考奏績

佐郡焦勞已六年，楚江吴水盡廉泉。襟期滿貯茸城月，籌畫全消渤海烟。報政九重仍上考，策勛千古冠遺編。閑民自幸沾恩久，愁見徵書下目前。

贈耿叔臺操院

翩然獨鶴下雲中，百縣春迴斗柄東。腰綰金魚頭上黑，手提玉斧氣如虹。歸朝莫訝蘇公晚，作客應憐季子窮。江海晏清千載事，老農何幸被仁風。

壽隱君七十

寶弧佳節正清秋，幾見稀齡未白頭。天際老人明北極，寰中高士冠南州。封人共致千年祝，萊子偏承五福疇。愧我衰殘何所贈，林泉同作采真游。

西池華月賀林恭人雙壽

清秋華月挂文楹，壽母承恩自帝京。何處玄霜傳玉兔，滿前仙醴瀉金罍。瑶臺近闢長春閣，銀漢遥連不夜城。羡爾元卿與元配，龐眉鶴髮眼雙明。

賀繩齋許老公祖榮擢河南臬使

仗鉞今看萬里游，河陽飛蓋接鳴球。懸知紫閣名先重，莫訝青萍價晚收。秋老蒹葭愁失倚，春深蘭茝喜相投。他年捧袂知何地，唱徹陽關意未酬。

燕集次陸元量韻

翩然理舊復談新，玉樹蒹葭意自親。四座清商移永日，一庭凉雨薦芳辰。浮觥月下襟期放，促膝燈前笑語真。廿載離腸澆欲盡，衰殘何幸侍車塵。

題玉蘭花

異卉芬芳薜荔居，天然標格有誰如？新枝綴雪隨風軟，老萼含瓊借日舒。肯假濃姿供俗眼，祇留清馥襲華裾。瑶臺仙子平章後，名筆名花兩不如。

送友人沈懷莪

少年聲價動連城，不分窮經老穆生。氣吐龍光騰寶匣，手揮鴻筆爛瓊英。才高自昔憐馮藻，賦就當時識李程。懷想蓼莪他日事，孝廉功業待司衡。

壽姚淞南七袠

吴淞南望隱侯家，咫尺蓬壺即海涯。繞砌祥烟蘭玉秀，半江晴晃桔槔斜。采真閑弄三山月，駐景時餐五色霞。更喜嘉平開壽旦，壠頭梅已獻瑶華。

壽張葵陽

少年才望壓群英，此際行堪老伏生。琪樹瑶花同麗景，清燈寒雨課殘更。華堂日照翻萊彩，綺席風高送履聲。三世傳經誰得侶？鳳苞今已爛蓬瀛。

送韓晶宇父母入覲

漢闕雙鳧返使星，甘霖飛灑遍滄溟。家庭空午夜惟鳴鶴，座滿春風盡執經。東海政成宣舜澤，南山芝吐映堯蓂。青城皂蓋神仙吏，應有芳名上御屏。

壽喬玄洲六十

道貌玄襟駐世姿，彩弧門綰日遲遲。五雲佳氣連瑤島，四座華風薦玉巵。鶴嶺笙歌移舊隱，鯉庭桃李盛新枝。圖南未盡滄溟技，白髮丹心總自知。

壽戴芳洲八十

誰能八十鬢猶蒼？況復英兒列雁行。爛熳玉階翻彩袂，翩躚朱履薦霞觴。廿年不接燈前語，百歲常懸肘後方。更喜清和初度日，寶弧庭院正舒長。

題海甸春融圖贈詹太府

贏得陽和到海邦，循良不數漢龔黄。恢弘宇度陵當世，爽朗才名冠四方。五馬共扳青錦帳，九街時獻紫霞觴。欲留春色常爲主，須上君王借寇章。

題桃李含春圖贈詹太府

此日青陽布法宫，滿城春色鬥芳叢。文芒筆彩干三象，斗炁奎光燦五茸。手奉尊罍傾北海，眼看桃李笑東風。天弧昨夜明南極，魯國諸生忭舞同。

棠蔭遺愛爲詹太府擢山東憲副作

甘棠南國喜春回，忽報徵書擢外臺。解郡總思何武去，匡時欲借寇恂來。茸城桃李帆前出，海甸風烟馬上開。當寧正懸舟楫望，知君獨有濟川才。

慈壽重榮壽詹太府尊堂作

駐顔何必羨仙家，七十猶聞鬢未華。寶婺光聯瑶島月，彩衣暉映赤城霞。階前玉樹棲雙鳳，日下丹書燦五花。壽母豈須憐歲晚，天恩優渥正無涯。

和林弘齋月下泛泖

澄光千頃浸閣浮，高閣虚涼六月秋。蜃氣曉從天鏡吐，鯨音晚趁海濤收。樽前極目魚龍窟，檻外連檣烟雨舟。到此塵根銷欲盡，豈須函谷問青牛。

朱明初麗爲項東鰲作

彩弧庭院日初長，滿眼朱明喜發祥。瑶島獨傳青鳥信，瓊巵遥獻紫霞觴。甘棠日轉連華谷，鶴矧星馳接建章。聖主謾勞前席問，雲間桃李正芬芳。

送項東鰲應召

宣綸初下九重城，童叟歡呼夾道迎。化笑江鄉春色遠，月當華谷海氛清。金甌耀日三旌動，皂蓋凌風匹馬輕。聖主定虚前席問，且將民瘼獻葵誠。

棠蔭清和送項東鰲

棠陰稠密午風輕，況復清和景物明。政肅不聞群吏語，訟平能使萬人驚。當年琴鶴高清獻，此地弦歌謝武城。坐享豐穰何以報，瑶階蓂莢願千齡。

大江秋月送燕鴻洲郡丞

茸城華月轉西川，遂有清光遍大千。寶劍夜澄滄海氣，玉壺秋徹紫微躔。片雲將雨迷堯甸，萬騎追風籲楚天。相送河橋共凄切，且將公道付離筵。

別李仰城

多君籌畫解糾紛，口若懸河貌有文。自古忠誠能貫日，于今塵網欲排雲。尊前談笑劘勍敵，帳下威稜策首勛。非是臨歧重分袂，恐教羈旅惜空群。

贈徐山泉七袠

玉宇金風爽氣浮，喜君初度正清秋。投鞭早謝繁華夢，解組因尋爛熳游。二斗台符明北郭，五雲佳靄擁南州。瓊枝錦樹春何限，展慶無勞問海籌。

送徐司訓陟掌教

牙檣畫舫五茸川，何事諸生悵別筵。澤國文章方改色，石城桃李復爭妍。少年才調應逢世，半壁圖書不售錢。水急風驚天欲暝，攀留無計各凄然。

壽唐晉陽七十

五茸城北采芝翁，健筆清詞意自雄。瑶島烟霞栖物外，玉壺風露貯胸中。翩躚彩袂翻椿苑，爛熳瓊枝長桂叢。衰颯老鄰無以祝，一巵聊助笑顔紅。

壽悟川陳太親家

羡君栖息近蓬瀛，緑鬢蒼髯碧眼明。瑞日暄妍連玉樹，香風疏淡泛金罍。驂鸞跨鶴群仙宅，命酒傳燈不夜城。愧我衰殘無以祝，丘園同樂泰階平。

孟秋廿日徐太卿携酒同唐憲伯盛憲僉游小崑山作

蘋江清淺駕飛艟，載酒携花坐碧空。杯影涵秋浮玉露，棹聲振浪起金風。仙壇隔樹環三泖，密荔穿雲鎖二龍。此日招尋多勝侶，醉歸譙漏已三通。

題方朔獻桃圖壽朱望河

君家西望接澄河，瀟灑襟期美丈夫。白髮稀齡真幻世，青囊仙侶是吾徒。華堂日暖鳴雙鳳，綺席春風薦百壺。林下老人無所贈，願陪朱履祝天弧。

詩贈張海樵

早向龍門狎海濤，晚將踪迹寄芸蕘。青藜彩筆心猶壯，碧眼黄眉齒未摇。好景祇尋同甲會，幽栖應薄小山招。閑中自得長生訣，何事陵虚問紫霄。

朱司理與江袁二大尹招飲賦謝

楝花香細雨初收，客路相依總舊游。鶴蓋雲旌今健吏，楚山吴縣古雄州。館娃春發千門曙，渤澥風高萬屋愁。願爾早膺宣室召，折衝樽俎慰離憂。

趙中丞招飲賦謝

榜中年少盡公卿，誰問滄江老伏生。狂子白頭甘擯弃，故人青眼更分明。東山久繫朝紳望，南國尤關聖主情。肯爲秋風思命駕，御屏知己疏才名。

丹陽道中書懷

負笈投鞭已廿年，馬頭風景故依然。紅塵白髮重游客，紫陌黄雲五月天。舊館坐談知昨夢，野花迎笑是前緣。時來謝却河橋路，滿地江河祇自憐。

題句曲崇明寺玉帶樓

腰懸白璧價連城，欲報名山意自輕。插漢浮屠宜重鎮，倚雲嵬閣稱芳名。瑶光散彩諸天喜，寶氣開函百怪驚。讀罷大篇看梵畫，護持千載藉靈明。

別古建吾丁衡岳彭曦陽三丈

碧樹青溪引使車，玉人相遇惜蒹葭。來尋蓬島三山勝，還看河陽滿縣花。分俸有懷憐逆旅，瞻雲無計滯浮槎。殷勤投轄情何限，孤艇斜陽謾自嗟。

謁玄天太素宫

自岳淩霄紫氣衝，躡霞飛步御晨風。仙靈隱映高峰上，金碧參差夕照中。丹鼎烟消虚石室，寶壇雲起擁玄宫。平空削出栖真地，不是天工即鬼工。

送劉著泉北上

黄龍江上樹重重，祖帳仙郎跨玉驄。日下喜瞻舄履近，江南應惜驥群空。揚鞭正及梳桐月，簪筆應追折檻風。去住倉皇情不盡，河亭　曲酒千鍾。

送龍楚畹西歸

少把青萍欲倚天，韜光十載尚誰憐？衡門此日來仙馭，詞苑當年憶大篇。玉斝數行酬客況，金風千里急歸船。湘南故舊如相訊，爲道山翁雪滿顛。

又

錦綉胸襟海鶴姿，謝庭今喜接瓊枝。自來落筆驚人早，誰訝看花去馬遲。霄漢扶摇真盛事，風雲遭遇在清時。河橋相送無多語，好賦《甘泉》奏玉墀。

送匡松岩二府北上

使君飛舄返丹霄，山斗聲名日益高。佐郡但持三尺法，垂簾能伏五陵豪。百年父老稱鸞鳳，四履河山静斗刁。此去清朝公論在，東南翹首望旌旄。

贈岡卿潘少東年丈

屈指分携二十年，隴雲吴月共堯天。酬知肯情千金璧，報主甘投萬里鞭。塞外指揮輕破虜，朝端籌畫重開邊。濟時好展經綸手，莫遣勛名獨燕然。

壽吴母管孺人六衮

二月柔風動錦堂，翩翩春履薦霞觴。華階舞袂翻雲起，喬柏貞姿引歲長。共睹瑶臺明紫霧，無勞仙侶寄玄霜。年年此日逢初度，壽母依然鬢未蒼。

題竹溪

爲嗜人間水竹居，滄江深處結蘧廬。忘機久狎松梢鶴，展慶時停花下車。愛日共翻萊子袂，起家應有鄴侯書。歲寒姿色烟霞趣，萬樺芳菲總不如。

贈司訓榮遷

十分華月照西川，瑞彩東移色倍妍。寶劍夜澄青海氣，晴暉朝朗紫薇躔。片雲將雨迷堯日，萬口隨風叫楚天。相送河橋重分手，莫將時事付離筵。

壽劉雲萊

耆社逢君説舊游，而今相看雪盈頭。星懸南斗弧光燦，雲擁東溟海氣浮。老去行藏憑石枕，閑中今古寄丹丘。爲君試奏南飛曲，長向瑤池薦碧流。

贈劉熙峰

翛然一鶴滯雲中，讀《易》忘年意自雄。楚璧三投非衒寶，吴鈎百鍊是良工。先登獨負馮生愧，晚遇誰憐季子窮。同學少年多白髮，臨觴莫惜醑春風。

懷蔡念所大參

並馬聯紳憶壯游，廿年湖海半離愁。襟期自昔披風露，勛伐于今上斗牛。羡爾丹心能耐歲，慚余雙鬢已先秋。苕山霅水空懷望，暫假郵筒作蹇修。

過小孤山漫述

萬里奔流孰敢當，潯陽東下有孤崗。江吞九派浮槎急，潮帶三湘赴海忙。玉柱插空連地軸，銀濤映日舞天驤。山靈未厭窮游客，舒憤高吟酹夕陽。

甘棠遺愛

使君才譽壓班行，緑鬢腰懸太守章。風静烟雲澄海右，春深桃李笑河陽。喜迎慈馭歸東郡，愁見遷書出上方。當代循良誰得似，異時惟有《召南》棠。

慈壽重榮

寶婺分輝爛錦堂，九天綸誥迓重光。華裾從此歌三壽，彩袂于今識二方。東去蓬壺瞻瑞節，西來王母授玄霜。春暉報草應何限，願爾千秋慶未央。

賀張受所八袠

歲星昨夜度闕前，鳩杖春風不問年。帝代疏屏存古澤，賢書籌策重新篇。蓬壺地接仙槎影，花鳥情參幻世緣。綺席敬從歡勝事，饒聞鶴語和遥天。

薇垣補衮贈弘齋

當年聯步玉堂仙，瑣署逶迤五鳳前。三歷薇垣因遇主，獨持冰鑒爲搜賢。垂紳内禁分天仗，拜草西清滿御筵。盛世更逢求舊日，肯容耆俊老林泉。

壽陸自齋年丈七袠

長生何必問蓬丘，君政仙家第一流。奕代文詞傳二陸，炫人丰采動三騶。寰中宦迹留青史，海上閑情□白鷗。緑鬢朱顔終不改，百年蓂莢是春秋。

壽唐封公七十

盛世何緣老伏生，肯將韋布易簪纓。名高處士占天象，興入高陽命酒兵。不用大丹還緑髮，衹留餘慶任玄成。絲綸有日來新寵，訪道先須備五更。

贈張衢所大尹

一曲驪音下九峰，星郎年少湛秋蓉。雲山叠叠迷征節，桃李翩翩壯客容。署裏朱弦調別鶴，殿中青瑣候飛龍。年來世誼多推許，忍聽長安五夜鐘。

送沈青浦入覲

峰泖環圍風月清，翩翩仙吏急王程。風披草色河陽秀，月吐珠光合浦明。北望雙鳧標異采，南還獨鶴聽希聲。驪駒百和尊前別，不盡登樓賦遠情。

題湛露濃恩爲徐大尹封君作

海國天高玉露零，垂條綴葉燦椿庭。九重瓊液來仙掌，百里瑶華滿泰寧。壽考總歸黄髮老，史占應動少微星。朱堂客履叨陪日，共祝容成八百齡。

詩寄姚工侍

昔年持節總干城，奉詔回翔歲洊更。冀北烟花頻入夢，江南風物幾關情。雲霄舊雨多青眼，草澤閑民苦横征。天爲國家新景運，伫看黄髮秉鈞衡。

贈周東華

余昔秣馬承天，夙聞東華高士名，徒以校藝，倉皇不獲禮於其廬。乃今歸田十載，會仲君以別駕莅茸城，始知東華仙逝歲久。撫今追昔，不覺愴然有懷，因賦此以傷之。

春風春酒共追攀，喜睹虹光映壽顔。瑞靄輝輝騰紫户，元精炯炯聚玄關。詞壇早謝心猶赤，花甲重逢鬢未斑。盛滿不居遺世慮，高標應在古人間。

又

西望新州即并州，懷人千里不勝愁。昔年山斗聞三楚，今日松梧掩一丘。東海老農慚世誼，清時雙鳳喜同游。空齋九轉神猶在，挾此應栖十二樓。

賀弘齋得孫

彩衣庭院喜優游，忽報孫枝發早秋。肯使謝宗誇鳳翮，直教員俶擅詞頭。雲連月闕金莖近，日轉風軒玉樹柔。聳壑昂霄俄頃事，老余還待豁雙眸。

贈聶父母入計

雲護雙鳧入帝城，五茸仙令久知名。河亭祖帳人千里，畫鷁圖書水一泓。撫瘵心勞恩浩蕩，剸繁才大譽峥嶸。天朝報政應推首，獨聽朝陽彩鳳鳴。

贈陸自齋三世榮封

天章璀璨九重春，誰似君家雨露頻。襲紫傳緋依化日，攄丹抱赤耿秋旻。兩朝遭際雲霄近，八命淋漓翰墨新。當此寵榮何以報，世修忠悃答昌辰。

壽守耕弟

花甲纔周又一旬，懸弧更喜值芳辰。雙瞳射日原非老，猶子承顔不是貧。笑傲頻隨江上月，生涯常寄隴頭春。聊題三壽談玄句，付與兒曹祝大椿。

挽陸自齋年丈

烟雲慘淡五茸山，鶴舞青冥竟不還。自昔詞章輕海内，于今勛業重人間。碑題有道真無愧，賦就招魂莫可攀。洛社風流誰倡和，幾回聞笛泪潸潸。

七十九歲自述

虛度稀齡復九年，谷城春色轉華天。解鬟臨鏡□新髮，呵手翻書怯舊氊。從吏懷鉛今老矣，相知按劍古猶然。庭柯又遇柔風動，幾樹籠葱凝紫烟。

壽某孺人

鳳策天開正一周，況逢烟柳弄春柔。瑶池捲幔紅雲繞，錦帨褰幃紫氣浮。獨鶴蹁躚萊彩動，雙虹隱映渚華流。當庭珠履稱觴後，寶婺餘輝爛未收。

曹南立春日

條風將暖應芳辰，轉眼江鄉序節新。夾道樓臺浮淑景，滿城簫鼓擁嘉賓。羞持彩勝羸雙鬢，喜薦青絲當五辛。何事郎君多浪迹，年年迎送異鄉春。

壽孺初毛公祖

錦苞威鳳下丹霄，遂有聲名動市朝。雅志但持三尺法，吐辭能伏五陵豪。星懸南極聯弧矢，月上東瀛並斗杓。歲歲小春初度日，紫霞珠履奏雲韶。

壽丘封君

吴山越水兩鍾英，人傑居然表地靈。槜李傳經推世業，臨汀尸祝播清聲。不因軒冕淹鵬路，遂取經綸屬鯉庭。此日懸弧方六袠，載看新莢長堯蓂。

壽聶井愚父母

日下方推卓異才，福星何幸照蒿萊。稱觴幾欲來青鳥，啜水無勞進緑醅。風送冰弦聞鶴下，雲移仙舄見鳧來。老農未解華封祝，惟望弧光映上台。

壽高太母尹孺人七十

端月柔風動錦堂，盈庭珠履薦春觴。蹁躚彩袂翻雲麗，綽約仙姿引歲長。正喜瑶池開綺席，無勞玉女寄玄霜。年年此日逢初度，壽母依然鬢未蒼。

贈徐處士七十

谷水城西隱士居，江楓堤柳護籧廬。清襟不染塵中鞅，短徑時迴長者車。軒冕峥嶸非爾願，烟霞瀟洒有誰知。小春庭院懸弧節，文子文孫舞翠裾。

游峨眉

仙宫高並九霄青，石磴侵雲客履輕。壇樹參差迷野眺，檐花開落動春情。沙黄郭外連天闕，酒緑樽前對友生。萬景不殊樓閣異，且將愁鬢識蓬瀛。

送王浩吾父母

官亭相送發驪歌，况復澄江正碧波。傾蓋獨嗟知遇晚，扳輿誰惜挽留多。千村桑柘遺芳蔭，滿眼雲山隔畫舸。勁節丹心終不改，青蠅白璧竟如何？

壽張龍陽七衮

玉宇金風拂慶筵，碧瞳青鬢是稀年。五花璀璨承綸寵，四壁蕭疏守石田。正爾孫枝發丹穴，猶然子夜課韋編。長春何必尋方外，洛社還推第一仙。

吊劉著泉父母

御屏循吏蚤書名，傾蓋交知愧老氓。桃李滿城成獨恨，松筠千載自孤清。黄金臺際聲方振，白玉樓中夢已醒。懷舊感恩俱不淺，浦雲江月盡悽情。

壽李方城六袠

强年解組賦歸來，三徑棲遲老石苔。墨苑久推居士筆，詞壇仍讓謫仙才。嘉辰莢吐千齡瑞，閏月觴携兩度開。不獨彩衣星五色，天弧分影燭三台。

題桃蘭圖壽唐後坡

仙實仙葩手自携，天然標格占華墀。應知蓬島能增算，不獨商山可療飢。色映紫霞陪玉液，香依青鳥夢瑶池。他年看遍長安市，還屬春宮第一枝。

賀許繩齋考績

夾轂清風獨鶴隨，最書飛奏上彤帷。政覃霖雨從民望，身湛冰壺結主知。冕露山城瞻瑞日，波澄滄海慶明時。自從蜀郡歌廉後，當代循良更屬誰？

賀李郡丞考績

天爲澤國起瘡痍，妙簡循良共一時。刺史飲冰忘世味，郡丞茹檗畏人知。喜瞻使節還珠浦，愁見除書下玉墀。河海晏清宜久借，莫教童叟待褰帷。

賀孫郡理考績

年少星郎早著鞭，斗南司理屬才賢。詞雄兩漢方推轂，治卓三吴始識年。豈獨片言驚宿吏，惟持三尺試廉泉。只今臺省多虚席，佇看飛騰到日邊。

賀沈大尹考績

羡爾詞壇養望深，清風百里試鳴琴。山連九疊神仙宅，花覆千家雨露心。合浦珠還騰夜色，甘棠枝長盛春陰。誰能兩邑推循牧，四海争須作傅霖。

壽何效川七十

七十猶看舄履輕，參差庭樹動瑶英。君今卧適烟霞性，我亦歸依鷗鷺盟。共向衡門尋勝樂，謾隨仙侣學長生。壺天碧海知何處，一曲南飛頌太平。

吊陳節婦祠

閫流奇節世多傳，陳氏孤嫠更挺然。百代綱常終爾屬，三旬飢餓有誰憐？吞金擲玉驚千古，表宅崇祠賁九泉。洒泪揮毫無限意，《柏舟》從此續遺編。

挽王留庵大尹

一夕凄風萬木號，東郊無復見人豪。中牟百里棠陰茂，澤國千秋劍氣韜。喜有鳳毛傳世業，謾將鵬鳥賦前朝。平生清白今方信，留得鄉評付紫毫。

挽王留老

獨抱貞心太古風，豈期浮世見鴻蒙。辭官雅合陶元亮，範俗真同陳仲弓。倏爾驂鸞飛漢外，翩然雛鳳起河東。千秋屈指香山社，齒德何人更似公。

題榮貴修齡圖

仙翁卜築谷城湄，曲徑疏林事事宜。獨鶴飛鳴誰管攝，閑雲來去自恬愉。樽前稚子供瑶草，眼底蘭孫並玉枝。避世逃名俱未得，恩榮壽考日遲遲。

壽陳封公

長生何必問仙槎，誰似稀齡鬢未華。文斗氣凌閩海日，德星輝映練川霞。天南玉樹翔丹鳳，闕下金書燦五花。此去豈須嗟晚暮，榮恩取次出天家。

送熊際華父母應召

翩翩鳧舄上楓宸，到此襟期始見真。簡淡交情如一日，孤高風節表群紳。持籌已見經邦略，借劍何難許國身。短什未酬攀卧意，棠陰滿地自千春。

謝許惺所和韻

手題紈扇寄衰翁，健筆凌雲藻思雄。卿月幸分千里共，詩盟遥借一帆通。銀臺霞彩占鳴鳳，柏府霜威想畫熊。欲報瓊瑶慚蹇拙，願從霄漢挹仁風。

壽嚴隱溪

葺城南望隱侯家，咫尺蓬壺路不遐。繞户祥烟翻彩袂，半庭春雨茁蘭芽。采真閑玩三山月，駐景時餐五色霞。正喜新秋初度日，一卮聊爲薦瑶華。

贈隆陽社長暨王夫人八袠雙壽

小住人間八十秋，椿容萱色兩盈眸。筵開錦綉瑶池畔，寵荷絲綸渭水頭。繞膝斑衣皆國秀，滿堂朱舄盡仙流。今朝寶婺祥光照，又見天弧紫氣浮。

雪後郊行口占

雪霽江天未盡銷，偶携長鋏御春軺。纖雲浄捲數峰出，古木飢栖獨鳥曉。秦嶺有人迷故國，梁園何日續風騷。村檐亦有無衣者，懶我重幃擁午貂。

壽馬述岩表弟六十

清商應節露華濃，喜值天弧耀碧空。鷗鷺忘機栖海畔，烟霞結侣笑寰中。方瞻萊彩翻雙袂，更睹孫枝發異叢。蓂莢一周今復始，年年携酒慶華封。

壽郁悟初

介壽筵開薦碧流，小春風景正和柔。弧懸南斗祥光現，雲擁東溟紫氣浮。石室丹房娱歲月，謝庭玉樹慰箕裘。與翁同學商山隱，仙筆年年進海籌。

瓜州阻風

凄清烟雨慣敲蓬，扶雪乘雲掩太空。帆影怯開揚子渡，濤聲雄帶楚王風。升沉已了十年事，去住猶憑一葉功。却笑世途多類此，謾將淹速論窮通。

賀孫母八衮

鱣堂講藝冠東吴，令母于今啓壽圖。苜蓿承歡翻錦袂，宫墻飛彩接蓬壺。條風拂帨朱顔動，寶婺褰帷紫氣符。此日芹堂開綺燕，百年長算屬仙姝。

壬辰暮春萬竹園牡丹盛開義兒邀往觀之口占一律

何事名葩怯早春，耻隨桃李門鮮新。凌風高舉瓊枝軟，浥露低垂玉瓣匀。醉後徙床延月影，興來呼盞酎花神。江村寂静園容淡，喜有芳叢薦錦茵。

挽倪覺老

一夜秋風一夜吹，老成凋謝可勝悲。江山是處皆册侣，鉛槧隨緣費品題。廿載游從真莫逆，一朝仙逝獨凄其。白頭携手誰知己，落月空梁泪滿頤。

喜晴

積雨初收正淑辰，容顔初破九農欣。雲開滿目天容秀，霧斂當庭物色新。未見花心如笑日，且舒柳眼欲窺人。東風四座吹嘘遍，更有銀蟾照酒樽。

送李侍御北上

河橋□色□干旌，争羡三年試一鳴。海右栽花方爛熳，螭頭落筆更瑽琤。輶軒行部寒群胆，綉斧趨朝壓衆英。此去聖明虚席問，東南凋弊肯忘情。

送徐中翰還朝

少年持節向神京，紫氣祥光擁使旌。挂劍歸吴今季子，捧書開蜀古長卿。金鑾舊澤星河近，玉樹新枝雨露清。聖代自來崇世賞，好輸忠悃答昇平。

中秋無月

□□凉雨滴秋桐，轉眼浮雲掩碧空。是處樓臺瞻玉兔，滿城歌管咽金風。南樓此夜誰長嘯？天柱何人上絶峰。豈是素娥憎俗眼，故將紈扇障修容。

送許太府

滿城桃李笑春叢，却硯懸魚苦節同。五伯敢妨桑柘日，九農安享桔槔風。凶殘禁伏街衢静，聽斷寬平犴狴空。期月政成追往哲，喜聆輿頌遍江東。

壽鶴溪妹丈八衮

緑髮蒼顔白鶴姿，彩弧庭院晝遲遲。蚩辭塵鞅栖三徑，日理遺編啓八慈。綺席稱觴多舊雨，碧梧承露長新枝。爲君更製南飛曲，留待期頤進壽巵。

長洲胡令君母夫人七十

高堂紫氣接丹霄，捧檄仙郎總鳳毛。頌擬千秋慈範遠，慶逢雙壽德星高。瓊筵並進麻姑饌，瑶島還傳曼倩桃。更喜稱觴逢紫誥，霞裾燁燁映宫袍。

壽陸平翁詩并序

公年八十，神采愈王，壽考蓋未艾也。自齋陸公繪《九如圖》以稱觴，而雪居孫公又手寫仙芝一幅以再致無疆之祝，故末聯及之。

南極分輝射五茸，寶弧懸處動秋容。論文自慶趨陪早，解組誰令笑語同。簪笏盈床留世澤，烟霞滿眼稱仙風。九如不盡南飛祝，更看芝英發桂叢。

送熊父母入覲

六年撫字有誰同，前漢童恢後魯恭。百里烽烟清海徼，千官桃李笑春叢。儘留循迹光青史，終見芳名勒景鐘。宣室若咨南國事，水衡錢穀遍堯封。
賢侯攬轡向楓宸，萬姓長謳挽去輪。耀日雄旌催客路，倚天長劍净游塵。憂時白簡看三獻，報國丹衷任一身。病叟不堪攀畫戟，擁旌持節望南巡。

豈弟同聲

幾年劇邑藉分符，寒谷枯叢喜再蘇。共指循良追漢吏，獨留汪濊入吴歈。青春百里占花縣，絳闕雙飛識彩鳬。猶恐九重徵異績，馭風難挽紫霞裾。

壽周慎齋六十

春秋六十鬢猶青，丰骨癯然舄履輕。心薄賈區栖鄭谷，齒隨花甲度堯蓂。於今誰識高人里，異日應占處士星。豈必蓬壺問仙子，百年真訣在三庭。

賀仰林尊舅七袠初度

南極大垂五色紋，稀齡初度慶方殷。朱軒群赴瑶池宴，綺席遥連碧漢雲。風入彩衣霞影動，日臨仙莢露華芬。白頭相聚情何限，百歲觥籌更屬君。

七言排律

謁林太僕社祠

白公池館俯城闉，曲徑丹青遺像新。一自勛名高殿省，每驚紫氣上星辰。兩朝諫草黃扉日，午夜仙班彩仗春。帝許應圖求駿馬，大留碩德領儒紳。共誇忠孝堪垂範，不獨文章早致身。愧我孤踪栖澗壑，賴公廿載伴松筠。但知榆景流光適，詎信鈞天廣樂陳。路入西州腸欲折，堂開南郭貌仍真。栽移二陸祠前柳，薦擬三秋泖上蓴。隴坂只看揮泪士，鳳毛争羡肯堂人。依然松柏成幽徑，不睹儀容獨愴神。

贈鹺使楊侍御弱水公二十韻

燥髮期君命世英，雄姿偉抱萬人驚。地靈居自仙源卜，公居桃源。才傑天應間氣生。筆潤三湘干斗象，書探二酉格星精。乘風旋振雲鵬翼，奏賦争誇綉虎名。秦嶺栽花稱保障，公起家陝西西安縣知縣。燕臺列柏晋台衡。熬波利惜編氓擅，煮海籌須直指營。豸出神京威赫奕，驄臨吳越地澄清。諏謀已極勤王略，登陟難忘選勝盟。華嵿日邊攀葛上，石橋天半踏空行。烟霞得句陽春滿，竹素冥搜宛委傾。敷政東南完使命，避□峰泖候秋聲。已知鐘鼎垂勛績，何幸林泉借寵榮。志慕千秋耽故業，儒推一代辱佳評。喜看此日題門意，深慰當時識玉明。老遇旌旄叨異數，特垂盻睞感殊情。關西夙有公卿兆，上苑重看鵷鳳鳴。望重霜臺沾雨露，經傳國學近蓬瀛。

令子庚戌進士，今爲國博。主恩久荷如川至，家慶方欣似月盈。父子同朝經濟展，君臣賡咏泰階平。佇看飛蓋東都日，鈞軸繫天宦始成。

詞調

賀唐漁溪新河成暨都臺榮獎詞并序

伏以河翕千齡，挺元精於間值；波恬萬里，懋底定於無前。永鎮坤垠，弘裨國計。瞻爾鴻猷之孔固，宜斯駿命之方來。恭惟先生淵源粹養，浩瀚長才。總丹河王屋之醇龢，靈資上徹；探玉牘金繩之秘典，道奥先登。虎帳横經，藹春風於南國；棠林聽政，播化雨於雄州。即所至而威惠兼施，隨所施而謳歌並作。彙四海八荒之傾注，遍三駿五丈以沾濡。忠誠貫格於馮夷，寧須沉璧？摹度遠超乎賈讓，奚藉負薪？土鑿崑丘，順金堤而割派；流分積石，乘仙幹以尋源。殺怒浪之奔衝，壯長墉之固護。非夫高標遠覽，詎能劃地開天？影浸乾坤，不獨潤歸九里；聲吞漢瀆，佇看衽奠全曹。褒檄翩馳，旌書幅至。信當紀伐珍珉，宜倏書勛彝鼎。圻昔叨裔邑，幸接清芬。今守畿方，每屢休問。乃曹人戴德彌深，慨口碑之莫既；顧開吏景行雖久，慚手筆之無從。多士首途，三薰心而命簡；群氓接踵，九頓顙以徵言。謂政事必托文章，斯信今而傳後；而父母能知公祖，當因親以及尊。揚希聲而耀今編，誰其作者？述盛美以光來牒，非曰能之。猥存毫素之推，敢效窮愁之諉。勉陳里什，用代街談。匪止答博士弟子之勤求，抑且備輶軒使者之采擇。詞曰：

河上仙流，誰道世間稀有？憶當年、春風俎豆，而今五馬争馳驟。帝念蒼生，借寇真非偶。向河陽駐節，舊游回首。巧侔大禹功旋奏。總秋霖、夏澇何愁？怕除書早下，奪我經綸手。

右調《錦纏道》

送幕僚李少峰

烟横翠嶠，雲栖碧草，秋色滿芳皋。柬國征輪，河橋畫鼓，目斷緑楊梢。而今别去，滄洲何處？還憶舊功曹。千里邊城，少年游子，早向試吹毛。

右調《少年游》

謝匡松岩年丈

客裏相逢意若何？都來歡聚少，别離多。十年琴劍共風波。驚還定，恰似水中皃。立馬問前途，丹心隨緑鬢，半消磨。一樽留剩待重過。津亭暮，把酒奏勞歌。

右調《小重山》

和硤石壁間許默齋司馬韻時次張茅遞運所

華夷論絶險，屈指首崤函。六代興亡反掌，川岳也增慚。還憶建炎君子，坐看兩河吞據，如□□春蠶。英雄懷積耻，廊廟守空談。

誤邦臣，猾夏虜，儘心甘。洛陽橋畔，從教胡馬影鬖鬖。細算當時失策，只爲和戎一字，舉國總沉酣。欲銷千古恨，須勒舊燕然。

右《水調歌頭》

宿州道中有懷

游子道，偏稱朔風如搗。飛霜掃盡黄塵草，轉眼青山老。較是三巴路杳，無數名溪仙島。不煖不寒光景好，漫愁雙鬢縞。

右調《謁金門》

四景題辭和許納言韻

萬國轉仁風。遍園林，桃李濃。王孫公子争嬉弄，青陽再中。東君肯容。任朱欄綉幕、相邀奉，少年叢。金韉玉勒，馳驟五雲東。

時序屬朱陽。篆烟銷，日正長。湘江吊古龍舟放，歌聲繞梁。濃陰滿塘。北征人賭勝、棋枰上。好追凉。驅炎無計，展簟就松篁。

暑退喜商飈。柳驚霜，葉自飄。枯枝泣露寒蟬叶，傷秋賦豪。觀濤興高。庾樓人對景、堪歡嘯。謾悲號。挂冠歸樂，釀秫又持螯。

朔雪任風吹。擁紅爐，面煖灰。向陽門巷偏晴霽，驅寒酒宜。探梅景奇。縱丹青妙指、難

右調《黄鶯兒》

描繪。掩重扉。椒觴柏葉，相守百年期。

【校勘記】

〔一〕眼前無復見鄰烽　『烽』，據上下文義，似當作『峰』。

王侍御類稿　卷之十六

太原王圻元翰父著
男思義校刻

茸城倡和集

清和念三日赴紫霞社飲呈謝

白苧初裁赴社筵，輕雲微雨揀花天。何時太史占三象，此日衡門聚七賢。笑咏客多塵外侣，獻酬人似酒中仙。兹游不讓香山會，只欠如蘭一老禪。香山之會，白傅有詩云：『七人五百七十歲。』想是日止七人在座，而如蘭亦偶不與會故云。

王圻具

日來兀坐小閣洗研寫經絶似老禪萬慮俱寂因讀佳章聊復賡和瓦缶之音難爲嚮耳

新句裁成驚四筵，自慚管見敢窺天。虚懷齊物忘卑幼，雅量銜杯樂聖賢。世路但知天上客，席間惟識地行仙。步趨典則無他訣，閉閣焚香學老禪。

沈文系

赴洪紫霞年丈席有感和韻呈覽

倪甫英

君家社飲下開筵，正值清和麥浪天。杖履追隨拚一醉，詩歌賡唱遜諸賢。但教修繕無他擾，不服刀圭即是仙。撫景懷人腸欲斷，舉杯抆泪且談禪。

清和念三日陪同王老先生赴紫霞丈社飲有賦下投次韻酬謝

何三畏

招携朋輩集芳筵，正是清和四月天。耆碩公推洛社長，迂疏吾愧竹林賢。祇應高唱尋詩伴，獨對深杯似酒仙。飲罷歸來惟宴坐，不妨靜者共談禪。

洪紫霞社飲次韻

王明時

洛中高會敞初筵，疏雨晴開和煦天。旨酒從來清比聖，浮觴更許濁如賢。忘懷一醉堪同調，聚首七人不羨仙。獨有病夫常避席，此心非是愛逃禪。

仲春六日之集少酬前會社期尚有待也日暮觴政方行旱久忽雨坐客群起歡呼一嚼遂別主情爲之悵然因賡伯生韻呈謝并祈覽正

王圻

花情客思雨冥冥，草舍應慚頓有亭。豪飲正須浮太白，高歌無計覓秦青。滿城疏雨真甘雨，回座文星半酒星。歡伯未闌人兢散，楚臣猶恐笑皆醒。

仲春六日集王洪老齋頭席上瓶梅爛然奪目客醉欲散喜雨復集予病不能飲勉一浮白次韻奉謝

沈文系

曖靉蒸雲白晝冥，群賢似集舊蘭亭。穠形倚玉腰偏瘦，白首論心眼自青。楚服帶來霖作雨，翁曾督學三楚。香山聚處德爲星。酒闌躡屐仍還席，飛盡千觴醉忍醒。

又

陽春雅調入高冥，喜雨坡仙況有亭。滿座玉梅香細細，梅已折，故免雨所標落。入簾芳草故青青。非關天上能留客，遮莫尊前好聚星。多病沈郎兼病酒，敢云皆醉獨能醒。

春城二月雨冥冥，洛社相歡問字亭。澤潤階前梅吐白，雲深簾外柳含青。象筵款款留長日，鶴髮皤皤聚德星。妙舞嬌歌且行樂，醉來番笑楚臣醒。

王明時

奉和社集喜雨韻

春城花事欲冥冥，載酒聞開問字亭。愧伏衡茅頭總白，憶從樽俎眼偏青。檐前共喜逢膏雨，天際誰當問客星。但使高陽來入坐，四筵安得獨成醒。

唐繼冲

仲春六日辱洪翁寵招得預諸大老席末時正歡呼浮白聲色陸離忽逢甘霖於久霽後伯生倡喜雨詩以慶豐兆智不揣巴里勉效顰次韻

自入春來霽不冥，忽逢霖澤潤江亭。農夫望慰杯浮緑，客舍甘飛柳欲青。喜雨未書新建扁，醉盟先愜聚奎星。豐年只此徵佳瑞，洛社呼觴肯獨醒。

唐良智

夏日叨洪翁老先生社飲病餘缺然報謝乃辱大篇下投不揣和韻呈正

何三畏

白社追隨愜素懷，新詩欲就雨初催。不禁病思憐人倦，無奈歡情强自陪。盡道天空晴日好，争看檐際宿雲開。主翁愛客能投轄，酩酊樽前酒百杯。

季夏十有一日叨擾過腆俚言呈謝是日天不甚暑午後忽陰豈惟旨酒頻斟珍肴叠出抑且一鶴獨舞百卉迎歡洵〔一〕可樂也

倪甫英

大雨時行不爲詩，昨朝社飲黑雲催。炊金饌玉違初約，衰柳枯枝亦借培。獨鶴傍人隨意舞，群花迎客欲顔開。諸公不赴辜良會，鸜鵒頻斟罰百杯。

春日赴王學憲元翰先生社飲時久晴得雨命家僮演新曲共作喜雨詩即席漫賦呈正

張希曾唯卿甫

青陽滋物待甘霖，喜見今宵雨色深。乍點寒梅輕潤玉，微沾新柳盡舒金。共看妙舞春情艷，莫訝酡顔鬢雪侵。坐有耆英高洛社，風流不數謝嵇林。

辛亥首春何園飲社　王明時後陽

竹邊梅萼水邊鷗，濠上亭臺面面幽。滿院燈光門新月，元宵樂事此中收。

春雪

春城飛雪白皚皚，時過應難作瑞猜。于耜疲農望和燠，寒威從此不須來。

何繩武山亭社飲次王後陽韻

喜傍群仙賦海鷗，軒亭徙倚轉深幽。隔溪烟火連天照，午夜熒煌爛未收。

和後陽春雪韻　王圻

飛瓊積玉總皚皚，宜臘宜春漫自猜。但願長安少貧者，六花疏密任天來。

春日承教謹次韻奉酬

往年春事少持平，欲掃繁華俗尚驚。借問何賢回古道，直令返樸起循聲。土牛勸稼惟三擊，簫鼓無煩遍一城。從此人心同歲稔，欣承柏酒爲公傾。

倪甫英

春日赴徐賓夫社飲洪洲老先生有賦見投次韻酬謝

相逢額手賀昇平，昨夜其如雷雨驚。春事東郊迎暖氣，寒威南陌斷歌聲。花香早送屠蘇酒，雪色還留白苧城。幸有耆英詩社在，一時風雅爲誰傾。

何三畏

辛亥除夕書懷

來朝虛度八旬三，白雪盈節兩鬢鬖。老去未消朱墨怨，不肖叨宦二十三年，四爲邑令，兩爲州官，一爲郡佐，皆朱墨吏也。故云。夢回猶負廟廊慚。芸龕故業幾成癖，梓里新愁總不堪。幸有香山舊歡狎，且耽風月正清酣。

王圻

奉和雅韻録呈台覽幸賜郢正

古來推重達尊三，公備三才髮未鬖。幾處河陽花尚滿，數封霜簡學何慚。是翁矍鑠非空老，如彼風波共不堪。辛侍香山一杯酒，薰風草木且婪酣。

倪甫英

曩承佳藻敬步前韻然鄙俚祇供大方家一笑耳

澤國奇觀雄九三，養高耆彥鬢毛鬖。浮名何似林泉好，真樂應無俯仰慚。洛社雲深歡正密，清樽日暮興猶堪。閑來塵慮消鎔盡，高枕芸窗午夢酣。

王明時

承惠教勉和二律請正

人倫冠冕達尊三，天寵非熊鬢木鬖。「卷手裁周孔思，一詞誰贊夏游慚。節高暮夜當年震，仁蕩陽春到處堪。海屋添籌看晝永，芝蘭香滿酒初酣。

又

何日衡門徑有三，凄凄廡下鬢鬖鬖。丁時骯髒心先折，撫景徘徊影自慚。身遇窮途偏易老，笑非開口總難堪。明朝且喜陽和轉，覓得梅花對酒酣。

李廷對

次學憲王洪老韻

沈文系

歸來荒徑尚閑三，種得門前柳自鬖。木闊偏宜東海釣，林深可洗北山慚。淵明委運杯還盡，淵明《責子》詩云：『天運苟如此，且盡杯中物。』予以次子赴試不録，故云。沈約郊居陋亦堪。春社近來多懶赴，爲貪午夢睡方酣。

壬子穀日承洪翁見示除夕咏懷之作次韻

孫自修

行年五十且逾三，華髮蕭蕭鬢已鬖。委質總無涓滴效，靡瞻惟有《蓼莪》慚。時平巷遇猶能展，志適齋居正可堪。改歲喜從蓮社侶，好將詩酒學清酣。

奉和柱史先生除夕感懷之作次元韻

何爾復

忠信生平不二三，何妨黄髮獨毵毵。金魚作佩知無忝，銀管題名總不慚。彩筆凌雲玄已就，老年立極力還堪。春深上苑啼鶯處，携酒聽鶯興更酣。

和參憲洪翁老年伯除夕作

唐國士

通藉金閨歷主三，歸來華髮已鬖鬖。鳴琴花縣恩常滿，奏簡蘭臺直不慚。鳩杖懶扶神自王，芸編細檢力還堪。獨憐聖代虛熊夢，歲歲椒觴祗自酣。

奉和太翁除夕作

柏臺功業已參三，常切憂時兩鬢鬖。砥柱江湖方有賴，立言大小總無慚。廿年龍卧名逾振，一日鷹揚力尚堪。莫問風塵斟歲酒，長春未艾好沉酣。

次韻感懷

孫婿唐陳彝

病淹歲月忽逾三，憔悴朱顏鬢似鬖。令節每增思母泪，敝裘常抱讀書慚。流光荏苒真難挽，生事蕭條總不堪。幾處笙歌開夜宴，獨余對酒懶成酣。

春日晴霽有作録呈覽正

青帝來朝布令新，更逢人日朗羲輪。宫花試暖回三象，彩仗祛寒動八垠。雪積深崖猶應

臘，烟籠遠柳乍摇春。喜從五馬郊迎後，頓有陽和散海濱。　王圻

人日逢春承洪翁識喜之咏奈白雪難和且春事擾擾奉酬不前愧矣俚言呈覽幸賜郢正

山中歲月不知新，坎坎河脣獨伐輪。守拙未諳投世局，了緣無意達天垠。雪花飄臘多稱瑞，人日凝和勝去春。從此江南安枕否，雲霓早晚慰東濱。　倪甫英

春日晴霽承洪翁王老先生有賦見投不揣次韻

序屬青祇氣候新，莫訝光景似奔輪。雪飛殘臘呈天瑞，風暖陽和轉地垠。華勝遺來人是日，彩花剪就帖宜春。芳辰喜讀鮮雲賦，萬片流霞映九濱。　何三畏

壬子除夕守歲口占

凄風纖雨乍紛披，獨守寒燈鼓角遲。四序光陰流水盡，一腔心事短檠知。白頭爆竹驅殘

臘，碧眼翻書憶壯時。今夕來朝何足問，椒花柏葉自春熙。

王圻

奉和守歲佳咏

歲宴風清雲霧披，紛紛爆竹漏聲遲。明朝淑氣開新景，今夕殘更是舊知。日月如流老難壯，浮名若夢幾多時。酒杯棋局林泉事，且向韶光樂世熙。

王明時

和王學憲先生除夕詩

門掩清溪報漏遲，寒風慄慄雨絲絲。狂奴老去青樽洽，空谷春回白草知。盤薦五辛仍送臘，詩成一榻半憂時。相將幸有耆英社，何地看花不可期。

陸應陽

癸丑除夕自嘆因呈社中諸友

八十虛延復五年，長卿多病豈耽眠。談玄故舊雲霞外，乞果曾玄枕榻前。數畝石田供暮景，半窗藜火伴朝烟。里人笑我生涯拙，白首青氈手一編。

王圻

和韻

陸應陽

鷹揚方羡釣璜年，豈學邊生習晝眠。門映歲星窺斗下，觴飛春酒及花前。杖頭色借青藜火，林際晴開緑野烟。我欲問奇忘老大，從君乞取舊殘編。

次除夕韻

王明時

心遠神和不記年，希夷得道愛高眠。萬卷夜深藜火後，一觴春在舞衣前。林皋晴暖青陽日，盤谷風和緑野烟。海上安期時訊問，瑶池寶訣薦鴻編。

元日辱洪洲王老先生示除夕詩次韻

何三畏

使君宿德又耆年，猶自耽書枕上眠。晝永弄孫娱膝下，春明把酒醉花前。舄飛太史雙鳧影，口吐真人五色烟。每嘆星霜垂耄耋，從今次第勒瑶編。

奉和除夕韻

守歲提燈祝大年，興來得句夜忘眠。南枝梅信占春後，北斗文光照酒前。戲綵家庭欣愛日，著書勛業勝凌烟。香山耆社堪酬和，娱老時開架上編。

孫婿唐陳彝

奉和除夕原韻

柱史由來善養年，著書耽向白雲眠。持椒飲在申公後，拜闕行居綺皓前。抗迹人龍曾作雨，全身玄豹慣藏烟。外臺删述君家事，國史三朝定擬編。

唐汝詢

甲寅元日洪翁惠教除夕詩次韻請正

甲子仙家不記年，春陽正助日高眠。風標劉阮堪爲侶，才望楊盧總讓前。花繞辟疆林外景，錦燃天禄杖頭烟。紛紛宦海沉冥者，誰似晴窗檢舊編。

張希曾

再用韻和先生除夕之作

正是非熊渭水年，晝長企脚北窗眠。文章不在淵雲後，人品還居事業前。身爲逃名焚諫草，心元甘隱薄凌烟。三朝遺老今猶健，日日佃漁架上編

晚學何爾復

甲辰元日王洪老先生惠教除夕詩次韻

張希曾具草

老去逢時喜遇春，林泉幾見髮如銀。乘閑載酒須行樂，對景看花正及辰。霏玉片言摩詰句，調羹千里季鷹蒪。銜杯幸結耆英社，歲歲新年醉舊人。

甲寅九日同元常孫婿登高一首

王圻

老來躡屐上層丘，健足無煩倚杖鳩。滿目烟霞非舊日，故園風物又高秋。龍山栗里今何在，紫菊黄萸尚可收。莫訝白衣人未至，待留明歲更綢繆。

和太翁韻

孫婿唐陳彝

消摇同上最高丘，不向榆枋笑鷽鳩。宿靄浮烟千嶂曉，碧雲黄葉萬家秋。携尊再舉龍山會，和曲欣將郢雪收。聖世耆英堪屈指，幾人白首樂綢繆。

甲寅仲春十有二日沈幼漁招飲西河別業賦此呈謝

汨鶴灘頭古瑁湖，湖光亭畔肅行厨。慚無内史新詞客，幸有高陽舊酒徒。鸜鵒滿斟拚酩酊，梟盧百擲競歡呼。東皇未會東人意，瞬息樽前日已晡。

王圻

和學憲洪翁韻

沈文系

勝日耆英過琄湖，盤餐粗糲愧郇厨。應知洛社多詞客，亦有烟波一釣徒。劇飲豈因澆磊塊，雄譚足使罷酣呼。春光如歲猶嫌速，花影墻頭日已晡。

次王學憲韻

王明時

憶昔城西泪鶴湖，幽人選勝肅庖厨。寂寥舊迹空流水，來往扁舟見釣徒。談笑怡情忘既醉，梟盧博飲共傳呼。傷心莫問平原事，只恐樽前日欲晡。

擾沈幼漁次王學憲韻呈謝

倪甫英

陸氏當年傍琄湖，網魚供客肅庖厨。于今水面皆徵税，誰許游人作釣徒？郢曲欲賡無好句，瓊漿既醉任歡呼。香山勝會慚非侶，潦倒歸來日未晡。

次王學憲韻

張希曾

喜得閑身傲五湖，花間竹裏醉行厨。漫誇洛社無狂客，争識烟波有釣徒。檻外芳菲應共惜，世間牛馬任人呼。夕陽無限風光好，莫訝桑榆日易晡。

沈幼漁丈招同洪洲王老先生社飲不肖偶以抱痾不赴辱先生有賦下投次韻酬謝

何三畏

別業湖光似鑑湖，隱侯從此飾郇厨。座中冠履皆詞客，門外烟波有釣徒。不道病夫聊偃息，漫勞長者費招呼。投來新句春風裏，把讀荒亭日已晡。

甲寅仲春沈幼漁招飲瑁湖精舍承王洪老有作見示依韻和謝且以美之

孫自修

城曲西湖接瑁湖，隱侯高館步兵厨。千杯風月無攖汝，一棹烟波有釣徒。常日人閑花寂静，暫時客鬧鳥驚呼。春郊此會偏宜久，病眼猶忘駒影晡。

八旬初度自述奉謝稱觴諸丈

王圻

攬鏡其如短髮何，從衰入白更無多。駐顔淺泛宜春釀，撥悶高吟《子夜歌》。岐伯不傳醫老藥，魯陽曾有挽天戈。一觴珍重蓬瀛侣，管領東風到薜蘿。

壽洪翁學憲次韻

年弟陸從平具草

夷吾江左姓名香，忽返丘園記醉鄉。講學龍門耽著述，談玄麈尾足徜徉。吹笙好接緱山迹，飛舄偏傳葉令芳。况説青箱多濟美，三槐重見晋公堂。

早從雲壑謝浮榮，八十消遥渭水清。北闕舊推驄馬吏，東方原是歲星精。杖携三島烟霞興，文擅千秋著述名。試問當年游宦侣，幾人杯酒説長生。

潘元和

歲華初轉動青陽，南極遥分綺席光。日麗綉衣霞作彩，杯承仙掌液爲觴。文昌望重星辰燦，玉樹栽培雨露香。老我追隨朱履後，百年耆社共徜徉。

晚輩倪甫英

春開南極見華星，黄髮丹顔屬上齡。賦就歸田輕廌綉，詩成招隱狎鴻冥。朝簪不負千鍾禄，庭玉還看萬葉青。柱笏南山稱國老，會僅綸眷賁雲扃。

年家晚輩陸萬言

江左名高王長公，斯文山斗世稱雄。九天諫草權豪肅，三楚傳經桃李叢。道隱河汾見威鳳，忺游洛社夜冥鴻。清時黄髮推人瑞，出獵還期滄海東。

又

東風庭伴肇春明，梅柳含菲始向榮。光動蓬弧來瑞靄，祥開嵩岳燁長庚。山中日月天倪永，海上烟霞繁祉盈。不羡香山有元爽，直須瑶島軼方平。

社弟王明時

葉縣飛凫令，緱山控鶴儒。鄴侯三萬軸，柱史五千言。岳降王正候，時逢令節前。梅花爭雪艷，玉樹鬥春妍。樂奏南飛曲，尊開北海筵。阿翁方躩躒，令子正騰騫。社似香山日，人同渭水年。蒲輪倘徵召，恐礙五龍眠。

馮大受

曾陪柱下列仙班，緑鬢辭榮賦小山。昨見歲星行地上，始知方朔在人間。千秋字挾風霜老，三徑春留日月閒。旦晚後車勞夢卜，磻溪莫問舞衣斑。

後學陸應陽

國老扶鳩入上庠，驚看丰采動鷹揚。苞符抒吐皆天藻，杞梓材成盡國良。高卧氣猶吞夢澤，懸書字亦挾風霜。清朝不數如熊略，自有祈招獻上方。

張以誠

大業峥嶸一壑間，新函萬卷入名山。門高《七略》諸家外，道總三才有象間。曾領文儒過楚澤，忽收雲氣卧江關。漢庭禮樂思轅固，遺老原從柱下還。

徐三重

春暖扶桑曙色披，瑶階芳樹鬱參差。青枝日傍孤松起，玄圃休論五桂奇。露浥金莖流綺席，雲和瑞靄映瓊巵。君家况有槐陰在，奕葉摩天氣陸離。

張鼐

九峰蒼翠映瑶池，高卧林中日月遲。仙草拾來輝諫草，孫枝發處傍虬枝。争誇歲晚冰霜節，猶繫朝懸枉石思。漢寵秦封何足問，八千惟與大椿期。

錢龍錫

屈指三朝侍從臣，天留難老望諸紳。何年海岳鍾元氣，此日星占接紫宸。玉樹香雲迴舞袖，琅函寶笈護長春。年年笑隱方平宅，曾見扶桑日影塵。

張翼軫

春回玉曆日初妍，藜杖雕弧曙色聯。綉豸霜華燕市曉，畫熊藻鏡楚江懸。翠薇岩鎖憐朱草，緑野堂開廠玳筵。聖主即今勤夢卜，蒲輪重到渭溪邊。

吴爾成

清時高卧任徜羊，陸地真仙幾頡頏。自是箕山宜豹隱，不從渭水問鷹揚。佳辰正際梅舒玉，瑞色遥占嶽降祥。大業千秋貽不朽，承家世世有青箱。

張希曾唯卿甫

又

安車遥望賁江城，聖主思賢重老成。烏府名高真御史，公門春遍楚諸生。千秋渭水經綸壯，一卷青山著述精。元日春回天啓瑞，佳辰忺洽慶耆英。

張希曾

東山高卧意如何，其奈蒼生繫望多。大耋又開新日月，小山仍擁舊笙歌。久隨豹隱忘簪筆，豈爲鷹揚憶止戈。欲識著書常閉户，試看列柏映垂蘿。

鵠立曾如鳳舉何，山林鐘鼎竟誰多。青牛人共占真氣，白雪誰能和郢歌。閉户萬言皆玉笈，揮時片語即金戈。年年何用稱春酒，仙露常堪醉薜蘿。

唐繼冲

曹縣平賦碑記

曹邑治兖之南鄙，當宋、衛、齊、魯之逵道，蓋地薄民貧，自古記之矣。今宇縣爲一，所在蕃殖，曹亦稍安業，堇堇更費。然其物力不能當壯縣之什一，而更繇租賦大抵稱劇焉。縣官以馬少牧之民間，歲入其駒于冏寺，而邑有馬課。異時河决，輿人徒塞之，薪菱楗石仰給無算；又綰轂漕道，常出夫役以佐漕，而邑有堤徭。冠蓋之使相望，車争轅而馬接迹，而邑有傳給。其諸轉輸供億之費不與是。蓋賦役之煩如此。

先是，計籍紛紛，追呼百出，吏因緣爲奸，民困益甚。前侍御王侯圻來令兹邑，始至惻然傷之。既拊循其疾苦，搜隱剔蠹，則慨然曰：『嘻！夫瘠土而多斂，罷民而重役之，司牧謂何？凡民所以困，繇徵令雜而吏弊滋也。安民之道，地著爲本，則壤定賦，弊安從生？吾知所以恤之矣。』乃條便宜若干事以請於巡撫都御史李公世達、巡按御史商公爲正、麻公永吉、孫公成名、晏公士翹、左布政使方公攸績、按察使龍公光、曹濮兵備副使王公元敬、分守參議周公舜岳、分巡僉事蘇公民牧、知府周公標，並是其議。乃度一縣之地與百役之需，量出制入，凡徵令咸視其丁畝。凡賦與役皆入銀于官，以其羡當轉輸之費，凡雜徭應募者授直焉。計邑中之地與丁若干，徵銀若干，命之曰『平賦法』。其籍定，故徵斂有經；其法簡，故追求無擾。民大稱便。侯之憂公思職，孳孳得民，如此其大較也。

余嘗覽觀成周之際，司徒以五物九等制天下之地征，亦已備矣。而鄉師、遂人、五鄙、四郊之吏又各稽其田野夫家衆寡，以歲時入其數，三年而大均，何哉？先王知天時有贏詘，物力有登耗，法之所以不能齊也，而弊乘之。故貢賦力征，一視其田野夫家，要于均平齊一而止。當其時，上不爲苟且一切之政，而下無并兼掊克之私，民有餘蓄而日以殷阜。蓋至晚近世，而王制之闕久矣。良有司緣俗爲治，不能純用古法。然編户生齒，廬井相望，猶古之田野夫家，而吏于土者固古鄉師、遂人之職也。今不務明先王之意而溺其職，賦籍民版、贏詘登耗之不知而苛細刻深，苟務趣辦以赴期會。閭里騷擾而相奉，胥史漁利以巧法，則賦役日以不均而民之困極矣。侯乃能洞悉民艱，度其所甚便而致行之，以合于先王均平齊一之意，可不謂卓然志古之道者哉！曩侯居臺中，昌言民隱國計，具有指畫，乃其效睹之邑中。推此法也，雖以安利天下可也。

余與侯同鄉而雅從曹人士游，樂聞其政。于是司城王元登以曹父老之意來請，遂書其事于石。時萬曆四年歲次丙子冬十二月既望，賜進士及第、中順大夫、詹事府少詹事兼翰林院侍讀學士掌院事、經筵日講官、國史會典副總裁、知起居注、修校玉牒吴郡申時行撰。

開州知州上海王公生祠記

上海王公之爲開州守也，蓋堇堇一年所，而擢拜青州丞以去。命下，開父老子弟皇皇奔走相告曰：『吾父母也，獨奈何驟得之而驟失之哉？』謀所以枳其車者，而是時青州民已迎之界上矣。則聚訟界上，爲開者曰：『還我王公！』爲青者曰：『天子業以王公予青州，我王公也。』

於是開父老子弟惘然而失，愀然而思，群然而爲尸祝計。其小人躬埏瓦畚土，負木曳石，其君子競造酒饌以食役人，不旬日而祠成。祠成若干月而告於今守新添丘君，願有以詔來者，世世尸祝勿變也。

而會二守金華胡君來京師，丘君則介胡君抵不佞曰：『某實幸辱王公後云。蔽芾之樹，民則勿伐，某則得坐而休。是王公之有大造於開，而有大造於某也。唯是王公治行，某不敢蔽。夫今之所謂遷客也者，例傳舍其官，萍梗其民。人幸旦暮且去，以俟後之君子。王公否否。公以名御史中謫，籍一再徙而爲開州。公無以開州偃也，憂公思職，孳孳得民。居一年所，不啻規百年。開曩稱巖郡，邇凋疲甚矣。公下車問所疾苦，凡民所以困，徵令雜而吏弊滋也。乃爲條編法，首白于上，著爲令。其法絜一郡之地、百役之需，量出制入，畝與賦、賦與役參相得也，而總輸于官。百姓便之，始得完所賦，而社臘從妻子飲矣。開古稱澶州陂，秋霖時至，毋慮數萬畝委田水也。民不具半菽，公胼胝拊循之，賑恤之，已力請于上蠲豁之，於是民無以災故轉徙矣。開故非孔道也，客利橫索者迂而問涂，爲害甚。公曰：「吾不能以百姓饗過客。且與得罪百姓，毋寧得罪過客。爾裁之客且止矣。」胥隸之疇曩盛氣叫號以溷鄉民，一切罷勿遣，當攝者區長受攝牘往。民欣然就訊，而公之吏不識民、民不識吏矣。諸少年亡賴習爲任俠，恣睢暴橫。公探得其主名，痛繩之不爲貸。俗論財相嫁娶，誇侈矜高。公一示之以禮，開俗駸駸近古矣。至於興學造士，則天性然哉。居一年所，既新州庠就圮者，庠故有三賢祠居大成殿側，非制也。復買地改拓之，爲明道書院，而時時與學官弟子談說先王，課文藝，亹亹不休。諸學官弟子員居有廬，執有業；而貧不能自給者食有餼，肄有書，與起彬彬茂也。督學使者至，稱善士惡在乎？舍開而首矣。公之憂公思職，孳孳得民，皆此類也。夫民之於守也，德則其牧也，不德則其讎也。其不然而處於德不德之間，旆未反而置之若忘矣。夫非民忘守，守自可忘。乃公之有德於開也，其又可忘。某聞之，龍之爲靈也，泥蟠則潤江河，天行則爲霖雨。公以名御史之重而服在州郡，此亦泥蟠之秋也。而江河潤矣，幸吾子惠記之。』

嗟乎！君之言王公治行也，則既賅矣，則既聞命矣。不佞復何記哉？獨不佞少好誦説太史公書，其傳《滑稽》《貨殖》《游俠》，信奇甚，顧獨不傳循良吏，何也？當是時，吴公治行爲天下第一，史至無能舉其名。吴公是嘗薦賈生矣。生號能言，顧獨無能論著。吴公所以稱第一狀，史無從采焉，而令後世泯泯歎恨哉！不佞，公所薦士也。公前後四爲邑，一倅州，一守州，具以循良著。猥云吴公，乃不佞受公知，則賈生不啻矣。不佞故不自揣，欲有所論著以永永公名，而無令後世歎恨於斯時也。因稍綴丘君語爲記，俾勒之石以俟采風者采焉，而亦以答開父老子弟意。

王公名圻，字元翰。丘君名東昌，字泗源。胡君名頌，字宗祐。丘君修王公之政亦一年，所以民德之如王公也。胡君則及與王公和衷而理者，法得書。賜進士出身、翰林院庶吉士晋江莊履豐撰文。

曹侯王公德政記

曹侯王公之去曹也，而民歌思之不忘。其父老有泣下者，曰：『公實庇我，而奈何弃我？』

則相與謀像公而生祠公。而會有詔，郡國二千石以下無得輒聽民立祠，事乃寢。而父老愈益泣，則又謀即不得祠公，其竟能忘公？盍且次第其政碑之，庶幾乎異日。於是伐石，樹之邑東關堤内，而司城王君元登來請記。

余披覽圖志，則曹在兖之西南，故號沃壤，非大侵不困。而自嘉隆間河數決，決即無所不潰壞，化田里爲沮洳。而又前是征斂無法，一切役民力無休已時。吏因緣爲奸，追呼百出。其强有力者得以其械揣摩重輕之間，而其弱者至不勝窘，往往竄去。公至，則與百姓約：『自今定賦，其務以畝。畝務以美惡量出錢與官而爲度支焉。』不至勤民，民大稱便，願世世無易。語具中學士先生所爲記中。公又精搜其畝之闌入鄰邑者，使畢來受賦，『無得匿，匿，病吾赤子』。而以歲時按行田間，招田父勞苦之百方。『幸不有徵發，胡以令有不稼地？』自是邑絶無不稼地者。及秋，禾黍相望焉，殷殷蒸蒸，邑以漸盈。遷人復負版無算，則公舉所謂鄉約，約有長，長有貳。其法淑有旌，慝有别，大指在於修明高皇帝《大訓》而益廣衍之，無所悖。而公自以月朔燕見諸生，考德問業，雍雍如也，矩矩如也。間拔其雋，親爲臨校其藝，切磋究之，而士有起家偕計吏者矣。

公雖寬然長者乎，然特加嚴於敝民，刑奸禁淫，一以律勿貸，曰：『吾不欲以稂莠敗嘉穀也。』革斥訟師幾盡，曰：『是能亂白黑，吾不欲以俗蠹也。』即居平，豪里中與名爲善訐者不寒而栗，而懦夫庸豎願得衽席於和風甘雨之中，而常即安。蓋公之斌斌質有其文咸如此。昔子産相鄭，政本之乎嚴，孔子歎之，稱爲『古之遺愛』。公豈不亦然耶？今夫程功能、計日月之吏，固不得與君子之政較久邇也。彼其沾沾煦煦，務以嘔哺其民，而民亦見以爲德我，是上下皆苟於目前也而已矣。公傷民之疾苦，遐思深覽而後設爲畫一之法，嘉與民更始。此其慮良遠，豈以徼一時之效乎？而竟用此蘇邑之凋瘵，終以成化去。而民哭泣，思之不忘，亦其理也。夫公則可謂君子之政矣。人或言今之民不可以三代之治治，非然哉！非然哉！

公名圻，松江上海人，嘉靖乙丑進士。嘗爲御史，有直聲，以遷去。

昔在神禹，制兗之賦。作十三年，乃同於裕。矧兹曹國，實惟兗附。湯湯河水，是決是注。土高爲萊，卑者成污。民亦勞止，而役是赴。嗟我王公，來何以暮。按籍第畝，按畝第數。出錢於官，公爲顧募。豪絶伏税，胥寡宵賂。雲霓斯興，霖雨旋澍。流移歸來，曰有五袴。有如不信，以問道路。田蔚禾黍，野饒積聚。公曰可教，申約於鄉。丕昭大訓，示以周行。殫惡有典，表善有章。風行四垂，勇且知方。載厲學官，爰新厥庠。傑閣峨峨，中祠文昌。豈直爲觀，亦匪用穰。德業是程，鼓鍾以將。髫髦彙起，賓興於王。遠近來觀，人文復光。嚴益輔寬，文不廢武。孰湜於衢，投我之釜。孰蠱我師，戍爾於伍。霜威稜稜，尚視綉斧。其在弱寡，相慶莫侮。我命不易，生者召杜。嗟公爲政，實師古人。飢溺由己，痌瘝在身。於民兹母，於國貞臣。國以常富，民亦不貧。公何人哉，其殆爲神。『蔽芾甘棠，勿剪勿伐。』巖巖兹石，勿泐勿碕。莽決東土，霈澤竭蹶。公其來綏，麟袍象笏。

萬曆十七年冬十一月，賜進士及第、翰林院國史修撰、儒林郎、《大明會典》纂修官句吴孫繼皋頓首拜撰。

明故朝列大夫陜西布政使司右參議洪洲王公暨配誥封宜人陳氏合葬墓誌銘

萬曆乙卯之閏八月十有四日，致仕陜西右參議、前監察御史洪洲王公無疾卒，年八十六矣。而鄉之薦紳、諸生、吏民環顧太息，不勝公私之痛，曰：『天乎！何不令公百歲乎！』而配陳宜人先公九年卒，且既葬矣。至是冬十二月，其孤思忠、思義將奉公而合焉，手其戚大參張公所爲公、陳宜人狀，苴杖匍匐以請曰：『昔我先大夫之幸交吾師先太史先生，而以不肖兄弟執經從也。前後凡十餘年，通家之誼終身如一日也。今先大夫之葬，敢徼惠吾子。吾子其以吾師之餘寵，光先大夫而賜之言，死且不朽。其又以先大夫之餘而及先宜人，亦死且不朽。』不佞改容謝：『主臣！公故先君生平之石交，不佞所束髮而侍丈人行也。安敢辭？』

按狀，圻，公諱也。初名堰，字公石。某學使者爲改今名，故更字元翰。洪洲，别號也。其先蘇之嘉定人，勝國時有士衡者避難徙上海，遂爲上海人。高祖璇，曾祖鈇，祖槐，世以本富號素封。父怡朴公熠，封奉政大夫、湖廣按察司僉事。母贈宜人，以公貴也。公生四歲，輒善讀書。七歲，受戴氏《禮》。十歲，負笈百里，從郡如川先生學。十四舉秀才，十六廩于庠。其夙慧也。

讀書務根柢，經傳、子史、百家之言及《性理》《綱目》諸書，經生學士白首未嘗竟者，無所不淹貫，以故試輒冠其伍。邦君大夫延爲子弟師，尊禮甚至。而公攻苦益力，受徭邑中，徒步行四十往返，必腹構三義以爲恒。其篤學也。

嘉靖甲子，舉于鄉。明年，登進士第，釋褐而得清江。俄劇萬安，以治行高等，徵爲侍御史，視鹺長蘆。未及往，以忤權相旨，出僉閩臬。復謫倅邛州，稍遷進賢令。丁馬宜人艱，歸。再補曹縣，已擢守開州。未幾遷爲青州貳，已僉楚臬，備武昌兵。尋改督其學政，再遷陝西少參政，致仕。公宦迹也。

初令清江，屬有度田之役，單車行阡陌間。時一有所摘，從車中屈指立得其虧盈，里胥皇恐，莫敢隱尺寸。至萬曆初，下令大度田，海内紛擾。邑獨以公所已度，不復能增損，第移文報成事而已。其民至今德之。又旁邑侵其境中田，争久不决。公至盡奪以歸民，民益用德，故移萬安。兩邑争之境上，若潘懷縣。及既去，清江之民爲創生祠祀之，又若吕荆州也。而其爲萬安，因有殺人投尸垣外，訊不伏者。搜其家，血殷一矮几。詰之，則曰：『小人故屠者，几屠血耳。』公置几庭中，時時熟察之。一日，令隸覆几視其下，左右血迹交抱，兩手宛然。公引囚示之：『若雖屠，安得血指及几腹？此若投尸垣外，抱是几藉足耳。』因叩頭引服。徽賈夜大亡其資。獲盜，乃一婦人共一小孺子，訊亦不伏，曰：『寧有婦孺而能胠篋者乎？』人皆以爲冤。公獨察其真盗也。索其家不得，又索之，得一小銅權于爨下積土中，則賈物也。婦乃吐實，故宿偷，童子蓋以抉扃。闔邑驚其神。又俗負販都，婦人往往借行汲爲東門之會。公下令禁之，肅然頓革。大司空朱公稱爲『循良第一』，比于西門豹之投巫，故去而民祀之如清江矣。而其在曹平傜役，均賦税，祀之復如萬安。守開，開苦賦無度，率以二緡輸一緡之額。公立條鞭法，所減凡萬餘緡。士有貧者，則養之學宫，推衙㕑之需以佐讀，遂相繼起家爲大官。蓋未去而民尸祝之，去且數十年而使使起居公者不絶也。逾年有青州之命，開人遮留之不得，争之兩臺，又不得；乃走數百人京師，直哄大冢宰前，至有引刀自刺者。冢宰王公國光且駭且羨，顧業有成命，温詞諭遣之曰：『不久當以監司莅爾土，令福爾一方民耳。』開人號泣以去。及貳青，守善病，常行守事，咸願得公爲真。屬令缺，又數行令事，還郡之日，遮馬首而泣送者足聲如雷。公政事之概也。

其爲御史，當穆皇帝御極，一監大閱，冉侍經筵，彈劾不避權倖。嘗疏璫孟冲、聱昶諸不法及論邊臣廠衛欺誣狀。又嘗疏留致政之冢宰，救被斥之言官，請復召問午朝之舊典，尤爲時論所韙。時内江以揆臣掌院，亟稱于衆曰：『臺中有王御史，乃不負臺哉！』會江陵與内江交惡，風公使攻之。公謂：『内江當世賢者，吾不能曲意爲媚人事。』江陵由此大恚。而新鄭者，公南宫座師，素與華亭有郤。公奏記願廣德意，弃前惡。新鄭陽納而心恨之，謂私其鄉人。二憾側目，遂出公于閩，且冉謫矣，而公不爲動。居久之，清操峻望，屢騰薦剡。江陵度不能掩，欲引出其門，遂有楚命。然終江陵之世，未嘗通掌大赫蹏謝。公風節也。

僉閩時，直指屬公典闈事。時簾以外爲政，所得知名士特多。貳青，復典山東闈，試録程義多出公手，讀者以爲是科冠。時直指山東者爲海虞錢公岱，江陵謂爲錢作。他日入見，大加稱賞。錢謝不敢掠人美，實前御史、今青州丞王某筆也。江陵不覺心折，由是再轉而督其鄉學。公之督楚學也，楚士善夤緣。公一切屏絶，勢人無所容其喙。又工作奸，奸乃繇諸役。公試日止留兩吏唱題，一庖人執爨，積弊若洗。又皆務帖括以苟青紫，一經而外，茫無所知。公試必首論策表而次及經義，士始尚閎覽，風雅復興。今之登玉堂名臺省者，皆向所識拔。公文教也。

公雖儒者乎，而雅善韜鈐。僉閩，閩有朗村賊聚黨數千人，亂且十餘歲。公下車，撫流亡，賑單赤，乃多設方略，分兵襲之。渠魁授首，俘斬百計，餘黨千人皆就縛。公按法當悉誅，而念此無知之赤子爲脇從者耳。下令軍中各去其一指，旋解而遣之，積寇盡平。法當得優叙，新鄭以故憾格不録。久之，僅有白金之賞。其在青也，嘗以所注《武經七書》上中丞直指臺。兩臺善之，命即部勒郡内良家子教以兵法。一時材官騎士人人盡知兵矣。備兵武昌，境故多湖寇，枹鼓時起。至則干掫勤飭，一路晏然。公武略也。

生平無他嗜，獨嗜書，所輯有《續文獻通考》二百八十九卷、《稗史彙編》二百二十卷、《兩浙鹺志》二十四卷、《古今考》二十卷、《洗冤録》十卷。所注有《周禮》十六卷、《武經》十卷。所著有《青浦志》《海防志》各八卷、《吴淞江議》一卷、《洪洲類稿》四卷，行于世；《水利考》十六卷、《明農稿》八卷，藏于家。公著述也。

性孝友，自以馬宜人卒，不及視含殮爲恨；念奉政公老，遂謝分陝歸。朝夕匕箸，又五年而奉政公壽八十，賓筵無虚日。亡何奉政公殁，易戚備至。時公已六十，哀號擗踊，不以年爲解。視從父如父，從兄弟如兄弟，從兄弟子如其子。族有孤者，撫而教之；能文者爲緩頰當事而録之；貧自鬻者贖之；嫂寡不二庭者，上其事載之邑乘以表之。從弟死，婦不能自存，月爲之廪以養之。即甚疏族，歲暮必置酒一會，春祭則歸脤焉。友愛諸妹，厚待其存者而恤其夭者，卵翼諸妹之子若婿猶子婿。推馬宜人之愛愛其諸舅及諸舅之子，猶族子。姑有女，虐使其婢以死，力言之縣得免；没爲擇地以葬，歲必一省其墓。公之篤三族也。

所事盛先生死無子，迎養其夫人，殁，經紀其喪葬。又爲置守冢，令耕墓旁地以供祭，且請縣給牒，以防兼併。又文學姚君，所事姚先生子也。老而貧，無所歸，爲之下榻，相依如兄弟。他若葬其友之不克葬者，婚其友人子之壯未室者，嫁其戚董氏女之孤者。公之厚親舊也。

與鄉人處，雖褐博必與鈞禮。過故廬，存問戚黨，雖閨帷卑幼必致慇懃。歲首交拜其族，必徒步。公之德盛而禮恭也。

卒之日，距其生嘉靖庚寅正月之二十有一日，享年八十有六。公壽也。

公晚年雖有痰疾，然步履視聽不衰，文酒之社浮白立飲，移時清言諧謔，丙夜不倦。卒之日，猶以其孫昌會登賢書出拜賀客，入未及飯而瞑。公蓋以仙去也。墓在吴淞江北之原奉政公之昭位，公葬也。

陳宜人，公配也。初以公萬安考滿封孺人，繼又封宜人也。父同知茶陵州南田公，母彭氏宜人，所自出也。年十九歸公。馬宜人姓嚴重，多愛女，而宜人事之鮮不當意。馬宜人治家勤，蚤夜課紡織，宜人與婦女雜作無少怠。既貴，不廢鷄豚字畜，纖累而息之。顧時爲戚屬假丐，卒併没其母。又三被大竊，所蓄幾盡，故老益好治生。獨其佐公爲德于内外者，與公無二也。爲公生三男子、女二。思忠，南京鴻臚寺鳴贊，娶于李，其長也。思義，太學生，娶于楊，其次也。思孝，娶于張，夫婦俱先卒，其三也。長女適岳州府通判聶聞詩，次適廣寧衛經歷李傳芳，亦俱先卒。孫男七：昌言，邑諸生，娶于徐；昌明，邑諸生，娶于張。思忠出也。昌會，乙卯舉人，娶于顧；昌紀，邑諸生，娶于吳。思義出也。昌胤，太學生，娶于郁；昌祚，娶于包；昌祖，娶于劉。思孝出也。孫女十二：思忠出者五。一適太學生張汝端；一適諸生沈念祖，一適諸生沈憲祖，適沈者俱卒；一適建昌簿張重遷，亦卒；一適高汝翼。思義出者二。一適侯孔鶴，一適唐陳彝。思孝出者五。一適諸生李商霖，一適太學生張雲翼，一適諸生高汝謀，一適高汝舟，一適蔡天植。曾孫男七：爾叙、爾賓，昌言出；爾咨、爾錫、爾度，昌明出；餘幼未名。曾孫女二，亦幼，昌明出。公子姓婚姻氏族也。

大參又曰：公學不標知行，而見解實踐直登孔孟之堂；文不鶩鈎棘，而博大渾融，獨窺班馬之奥；心不好黄老，而恬澹虚静，妙于玄門；口不談西方，而忍儉慈悲，深于禪理。貞不爲異，和不爲同；真品真才，實心實行。雖勛業未竟，名位未酬，而就其所至，固一代偉人也哉！世尤以爲知言者也。是宜銘。銘曰：

有達尊三，有不朽三。吁嗟公其又何慚。世所或惜，位止少參。厥德維四，厥福維五。吁嗟宜人，其疇與伍。公乎同歸，永藏樂土。黄浦之陽，松柏卷然。永永萬年，以爾子孫之賢。

賜進士出身、通議大夫、禮部右侍郎兼翰林院侍讀學士、協理詹事府事、教習庶吉士、前右春坊掌坊事、右庶子、國史編修、記注起居管理、誥敕玉峰制、通家眷晚生顧秉謙稽顙拜。

明故參議洪洲王公暨元配陳宜人行狀

參知王公諱圻，字元翰，號洪洲。生而穎敏，四歲能句讀，十四補邑庠生，十六食廩，即慨然希古通儒，黽勉肄千秋業。博綜邃討，精詣淹通。志弗以素封損，功弗以數徭間，意氣弗以屢躓阻。績學組文，更事閱變，積二十餘年始成名通籍。識者覘公用大致遠，有餘地矣。

筮宰清江，躬巡陌阡，度田定則，利農氓永永。復返侵地于鄰，嚚㑹滯訟，解錯紛治，辨聲大起，而萬安乃獲以劇幸借公矣。公至，日拊循其柔良，而剔摘其黠隱。若刺得沙中沉尸，驗几上血指迹，抉爨下藏器還主，而殺人兩凶暨行竊婦孺始噤口服厥辜。凡三讞安而民志大畏，奸暴衰止。公又申令戢役婦女入市行汲而會東門者，淆俗若洗，政成化行，遂用治行高第，徵入拜西臺侍御史。公感遇激昂，數露章論列，如劾中官孟冲、鞏祉罪狀，請復召對午朝舊典疏，止廠衛密訪，咸讜亮剴切。及閱《皇明大政紀書》，公彈邊帥馬芳假公黨私事。竊意史館纂修莊皇《實録》，載公疏辭必不止此，公且不朽。居無何，出公僉閩臬，至輒計剿汀之巨寇張文欽等，殲渠魁，馘級百計，農若黨千計，功奏中格。旋謫判邛。夫公名御史，問謫何以？以靖寇功高。問格何以？總之以上書忤新鄭故。問書云何？大指以鄉先達文貞公被齮齕，公爲婉諷調解故。夫如是，即格謫榮矣。及自邛量移進賢，未任，歸守馬太宜人制。服闋，補曹，均役平賦，民德之至今。旋擢守開，首行條鞭法，以蘇民之疲于倍輸者。往例榷居日枚豖，而剥其脂自肥也。公悉推之佐諸士膏火費，以故士民戴公若父師然。聞公貳青報，匍匐走輦下留公，乃至不愛頸血濺之銓部堂皇，以感動太宰，何激切也！借公不得，歸而祠公，總計清江、萬安暨曹，祠公于生者四，其所至得民如此。及至青，代病守治，名貳也，實守也。勞勩貳也，鍰守也。是年己卯，直指秀峰錢公典東省試，檄公分校而陰藉公屬程式文録上。江陵大賞服，卒以直指歸美公，故至釋舊卻，用公備兵，復改督學于其鄉。公故宿儒，好古樂，得楚才而教育之，崇行誼，峻坊表，端模範，嚴規條。公校讎試，必先策論表以覘厥養。多士咸順風應響，化雨沾濡，英俊彬彬，碩彦接武于中外，伊誰功哉！已晋參陝藩而計典及矣。嗟嗟平津，東閣中人，未聞以暫延終擯者。況公未嘗一日濡迹也。何至假此擠公？公既退，怡然以著書娱老，若曰：『予固知虞卿藉此優游卒歲，顧安所得窮愁哉！』公撰注纂輯若《周禮》《武經》《續文獻通考》《稗史彙編》《古今考》《浙鹺志》《青浦志》《海防志》《水利志》《類稿》《家乘》《明農稿》，凡七百卷，富矣！夫公注《周禮》，官序依注疏，章句仍本經，訓釋宗鄭、賈，且折衷諸儒，多所發明。復摭五官所載有關邦土者彙爲《冬官》，列《考工記》于其後。六典罔缺，此經始完。又宋馬貴與《通考》續唐杜氏《通典》而作也。其所會萃故實，迄宋嘉定而止。公又續之，復益以《道學》《節義》《氏族》《六書》《謚法》《方外》諸考，爲貴與補遺。包舉逮于金元，臚列詳于昭代。自皇虞迄今，人代遼遠，徵文獻者以三書爲金鑒，厥功偉矣。

公博大疏通，善計畫，饒精力，好推己急人。若宗黨姻連、師友故舊，人人藉公賑助存慰、擁右援引以資厥生，以濟厥務，以延厥裔，以妥厥魄者，未易枚數。此固公之餘事，而拮据贊襄于閫以内，佐公行德者，元配陳宜人功也。宜人少侍嚴姑，以孝順聞。仰尊懿範，儉勤莊密，即貴且老，閲五十年如一日也。入操家秉，出隨宦邸，壼奥肅然。公始終無内顧憂。女德、女紅、婦順、母儀，宜人罔弗具云。故茶陵守南田公，宜人父也。既殁，宜人喪之盡禮；無嗣，宜人以少子嗣之。數躬掃其墓，復周其女弟之歸沈無子而貧者。又推及沈氏之外孫女而勤恤無倦也。宜人好行德，配公無忝矣。

公始祖士衡公自嘉定徙上海，遂占藉焉。傳至孟全公某，爲公高祖，生守忠公某。守忠生石泉公某，當公四歲時，即以科名期公。石泉生怡朴公某，娶于馬，生公。以公貴，封奉政大夫暨太宜人。公于嘉靖庚寅生，今萬曆乙卯卒，享壽八十有六。宜人生于壬辰，卒于丁未，壽七十有四。子三人：長鳴贊思忠，娶李氏；次太學生思義，娶工部郎楊公女；次思孝，娶衛經歷張公女，夫婦俱先卒。女二：長適岳州通判聶公聞詩，次適衛經歷李傳芳，俱卒。孫男七：昌言，娶選貢徐公女；昌明，娶臨江通判張公孫女。俱庠生，思忠出。昌會，即今登賢書者，娶署正顧公女；昌紀，庠生，娶太學生吴公女。俱思義出。昌胤，太學生，娶孝廉郁公女；昌祚，娶文學包公女；昌祖，娶貢士劉公女。俱思孝出。孫女十二：一適張汝端，予長子，太學生。一適庠生沈念祖。一適庠生沈憲祖。適沈者俱卒。一適建昌簿張重遷，亦卒。一適高汝翼。俱思忠出。一適侯孔鶴。一適唐陳彝。俱思義出。一適庠生李商霖。一適太學生張雲翼。一適庠生高汝謀。一適高汝舟。一適蔡天植。俱思孝出。曾孫男六：昌言出者爾叙、爾賓，昌明出者爾咨、爾錫，餘俱幼。曾孫女二，亦幼。

公具文武才，間關九折坂，倏起忽蹶，履之等康莊，弗以介意。蓄大用小，中道而廢，無悶也。天假公三十年，俾一志專精，探摭宇宙間若夢若覺、若存若亡、或散或闕之鴻猷大典、奧旨微言，而裒輯表章之。其紹明素勛，方之晳貴上榮孰多？矧公晦而彌彰，老而彌康，孫枝菀茂，而其一甫舉于鄉。聞捷浹旬，公有喜勿藥，酬應起居如故。晨出午還，不移晷而脱然往矣。嗚呼！解耶？化耶？

恒蕪淺，且衰年奉病母，潦倒不支，强起自策厲，覓扶持之隙，解方寸百結而貌公以言，難乎肖矣。謹狀。賜進士出身、太〔一〕中大夫、江西布政使司右參政予告養親眷晚生張恒拜撰。

明故朝列大夫陝西布政使司右參議洪洲王公暨配誥封宜人陳氏行實

歲在乙卯，故御史陝西行省參知洪洲王公考終正寢。嗚呼！哲人萎矣。公私之痛，其何可云？二孤卜於是冬葬公於奉政公之昭位，將圖所以不朽公者。以余小子辱公知愛，先期命詮次公之行事。嗚呼！爾復素侍公於筆研，常願潤飾鴻業，安忍於公身後泚筆，差次生前事哉？且又未嘗從公於宦，不能悉公吏事，聊舉世次及出處崖略爲公行實。

公王姓，諱圻，字元翰。洪洲，公别號也。初名堰，字公石，某宗師爲公改今名。父怡朴公諱熠，以公貴，封湖廣按察使司僉事，所謂奉政公也。母太宜人馬氏。自奉政公而上則爲石泉公槐、守忠公鈇、孟全公璇。璇爲公高王大父，世蘇之嘉定人。勝國時，始祖士衡公避難徙上海西北境，遂爲上海人。

公自幼穎異，生四歲即課之句讀。大父石泉公有人倫鑒，嘗摩公頂謂曰：『是兒定科甲中人。若不類外氏，台鼎何難哉！』太宜人諸兄弟頗短小，公故云。七歲，課之學禮。十歲，令裹糧走郡中，事如川盛先生。十四舉秀才。十六既廩學官。公少務實學，凡《性理大全》、紫陽《綱目》、諸子百家，經生學士白首所未嘗窺者，公皆淹貫。以故試輒魁其曹耦，守令皆傾心慕之。貳守潘公天泉嘗延爲經師，尊禮甚至。石泉公家號素封，歲有里徭。公以諸生往役，去邑四十里，還往必拈三題，且行且構，比到而文亦成矣。其攻苦如此。偃蹇諸生二十餘年，甲子始以《禮經》舉於鄉，連第乙丑進士，釋褐清江令。未幾而有度田之事，公循行阡陌間，摘其一從輿中屈指計之，盈縮立見。人咸謂公指掌中有勾股法，毫髮不敢欺。萬曆初，復下度田之令。先是，諸邑紛紛，惟清江士民競謂已經王公度，尺寸不能增損，一仍舊貫，第移文報成事而已。清江與鄰邑有虞芮之争，歷年未决。公以幅員計之，卒歸侵田，民益用德。以能理劇移公萬安。兩邑之民相争境上，清江之民曰：『此故吾父母也。汝安得奪之？』萬安之民曰：『今則吾父母也。汝安得終有之？』業有成命，遮馬首泣别，相率創祠，肖像祀公。公在萬安，有囚殺人投尸垣外，久訊不承。血染一矮几，公指几謂囚：『非若手刃，几血何爲哉？』囚謂：『小人故屠者，此屠血所染耳。』公度不能困以辭，且繫囚於獄，置几中庭，暇則熟察之。一日，令隸覆几，則兩手血指宛然相抱。公即呼囚訊曰：『若雖屠，然安得兩手指血及几腹？若投尸垣外，抱是几藉足耳。』因則叩首承。徽賈嘗被竊不貲，所獲盜乃一婦人與孺子，訊亦不承，曰：『一婦人與三尺之童，能胠篋乎？』公心是之，因令尉大索其家。家徒四壁，無所得。令再索，從爨下積土中獲小銅權。徽賈謂：『此吾家物也。』因呼婦訊之，立承。蓋婦係宿偷，而孺子則用以抉扃。闔邑稱爲『神君』。公之明察類如此。其俗都役婦人，市中凡有井泉處，往往借行汲以爲東門之會。公曰：『男女別途之謂何？』下令嚴禁，不逾時而俗改。大司空鎮山朱公指爲『循良第一』，事比於西門豹之投巫。以治行高等徵爲雲南道監察御史，生祠公如清江。公居臺，屬穆皇御極，嘗一監大閱，再侍經筵，彈劾不避權倖。其最著者，如疏中官孟冲之不法，鞏昶之罪狀，及論列邊臣欺罔以持國法，止行廠衛密訪以全善類。至于留致政之冢宰，爭被斥之言官，及請復召問午朝舊典，尤爲時論所韙。時内江相公以揆臣掌院，見公疏，揚言於衆曰：『臺中有王御史，方成衙門。』其見重如此。會江陵與内江交惡，令人風公攻之。公謂：『内江當世賢者，攻之何名？吾不能殺人媚人。』江陵由此恚公。新鄭繼相，素與華亭相公有郤。公以華亭爲鄉先達，而新鄭又爲乙丑南宮座師，上書願廣德意，弃前惡。新鄭陽浮嘉之，而心實恨公，謂公私其鄉人。二憾側目，公遂一日不能立朝矣。時方奉璽書督長蘆鹺政，未按部而出公僉閩臬。再用特旨考臺省官，以御史故秩謫判邛州。公僉閩屬值秋比，直指使使數輩趣公典闈事。時簾以外爲政，公所得知名士特多。所轄汀州之連城縣，有朗村賊張文欽、陳文岱等聚衆數千，焚劫鄉里。先自嘉靖四十年集兵剿捕，費逾萬而不獲一人，因以招安羈縻之，養成賊勢，愈擾害地方矣。公至，先招撫流移，賑濟單弱；後乃多設方略，分兵四襲，一戰而殲其渠魁，俘斬百計。既安集無辜，所生獲賊黨有千餘人，法皆應誅。公念赤子無知，偶淪反側，宜有以生全之。下令軍中各去一指，旋解縛散之田間，卒得再生爲良民，而數年之積寇始平。凱奏，於功令宜優叙，因新鄭不喜，格公功不録。久之，僅有白金之賞。時公正倅邛，數月量移進賢，未莅任，丁太宜人艱。服闋，補曹。在曹平徭役，均賦税，曹人至今蒙公利。已擢守開州，曹人思公，生祠公如萬安。公之刺開，開賦素無度，應輸一緡者常輸二緡，開人苦之。公爲條鞭法，所減緡錢萬，歡呼載道，未去開，固已家尸而户祝矣。開士有貧而不給於膏火者，公養於學舍。故事，屠家日屠一豕，輸錢六文，歲可得數百緡，例以給守衙厨之費。公悉推佐貧士讀，至相繼起家大官人，咸德之。王公登才嘗鎮偏頭，不遠數千里遣萬户起居公於家，其德公如此。治開甫一期，即徙貳青州。開人扳留不得，争之于兩臺，又不得，則聚數百人直走京師，哄于大冢宰前。其爲首數人引刀自剄曰：『奪我父母，何用生爲？』從人亟救，已血殷堂皇。冢宰王公國光駭而且羡：『何開州守感人如此！』奈有成命，勢難反汗，因勉慰之曰：『姑令福此青州民，旋當以監司臨爾地。若輩蒙庥無窮也。』開人始解散去，猶啼號不已，仍生祠公如曹。公貳青，值守善病，常行守事，民不知非守也。守所居舍云有物，公以己舍舍之。及守輿疾歸，公所積贖鍰五六百緡，悉推以予守，曰：『以佐公道里及藥餌費。』屬令缺，公又行令事，民不知非令也。既解印，未嘗不遮馬首泣留。己卯，公復典山東闈，所得知名士如閩試。録成程義多出公手，讀者歎服，推爲是科京省第一。公文武兼資，嘗注《武經七書》，兩院即令公教授良家子弟，一時材官人人知韜略。佐青四年，循良舄奕，數騰薦剡，選人屢以公名上。時江陵秉鈞，屢寢不報，則猶以前嫌。後閱

《山東録》稱善，以爲錢侍御秀峰公撰造也。他日見而亟賞之，錢謝不敢掠人美，實前御史今二青州王某筆也。江陵不覺心折。又公之清風亮節，所在翕然，江陵不能終異公論。久之，擢僉楚臬，備兵武昌。武昌一路俱屬水鄉，往往多盜藪。公干掫勤飭，枹鼓不聞。亡何改督學政，當時江陵私厚桑梓，大都以黨人官于其鄉。公獨以素相冰炭者連得之，殊弗色喜，且慮薰蕕相雜，意欲謝去。顧念奉政公僅徼一命，所爲顯揚者未至，因勉就職。後果再錫龍章，晋奉政之秩。乃江陵敗，宦楚者俱去官，而公亦不免餘波之及矣。蓋公之屢躓于仕，實由江陵宿憾。兹者稍得遷轉，原迫于輿情，顧又因之淹抑。知者咸爲公扼腕，公則怡然，嘗曰：『吾生平無掌大赫蹏通于江陵，可以自信。何慮人投杼乎？』厥後海内亦無不知公冤者。然公之爲督學，真前此所未有也。楚士工奔競，又善作奸，真材反多不售。公一切禁止，雖善居間者，無所用其關說。當考校之日，常役一切不用，止令兩吏傳題，一庖人供爨，積弊若洗。隆、萬以來，士鮮閎覽，自一經而外，目不窺隻字。即試之論策，茫然不知置筆。公謂此係高皇功令，每考校，先之以論或策表。不逾年，士皆含今茹古。雖楚有材，公實啓之矣。至今儲相玉堂及稱名給諫、名御史、循良吏者彙征而起，皆公所識拔士也。乙酉，有分陝之命，去引年甚遠，即謝政不往。時奉政公正無恙，公謂：『古人嘗恨忠孝不能兩全。吾獨得侍太公匕箸，抑又何憾？』居五年而爲庚寅，乃奉政公八袠初度，賀客踵至，賓筵無虚日。亡何而丁奉政公艱。先是，太宜人卒，公以不獲視含殮爲恨。至是喪之如禮，不以年爲解也。公忠孝大節類如此。

視從父如父，視從兄弟如兄弟，視從子如子。族子思賢少無父母，公撫而育之，又延師教之。其能文足進取者，每遇選士，必緩頰於當路。從弟重死，其婦不能自存，公養以月廩。有貧而自賣者，以貲贖之。從嫂張中年而寡，公事之如兄，上其貞操於邑，載之邑乘。族之疏遠者每歲暮張筵一會，春祭則歸賑焉，曰：『聊以當行葦耳。』公終鮮兄弟，有妹四人。其二早夭。其二存者，公備極友愛，既卒，贈賻皆極厚。視諸妹之子如子，即公歿，遺命猶分産若干。二夭妹之子卵翼猶至，雖其子若婿，猶公子婿也。推太宜人之兄若弟，又暨其兄弟之子若孫，凡獄訟緩急，有求未嘗不應。間有能文者，不靳館穀，選士爲之汲引如子姓。每春墓祭，未嘗不及太宜人之族。有姑之女歸孫者，嘗虐使一婢，致不得其死。公爲争之於邑，令即重拂令公，公亦不顧。及無子而没，公擇地葬之，每歲必一省其墓。所事盛先生死而無子，公時迎其夫人養之，没，爲之殯。遺僕夫二人，公令其守冢，即耕冢旁餘田，歲輸税之外，以供四時享祀。勒石樹於墓，又請於縣，給其僕牒，曰：『庶不爲有力者所併也。』姚文學墨池公亦公所事師之子，老嘗歸公。公爲下榻，依依如兄弟。文學鑒泉朱公、雲萊劉公俱與公爲丱角交。朱公死時，其孤尚少，一棺栖室十餘年。公爲營葬，又嘗周旋其孤。劉公孽子長未有室，公以宜人從妹字之，凡結褵之禮悉出公貲。又嘗嫁董氏一孤女。公篤於故舊類如此。

公於尊稱三達，然待人未嘗置輕重於懷抱。每遇鄉黨，無小大，無敢慢。雖其人敝緼袍，必引坐與講鈞禮。性寬仁大度，生平無疾言遽色，未嘗記人之過，有善則汲汲揚之。不肖嘗謂公有五能：能怯，能退，能忍，能容，能久。又皆質任自然，無少緣飾。蓋名位勳業，猶或讓人，若碩德重望，未有逾公者也。

配陳氏，封宜人，同知茶陵州南田公元女，母彭氏，年十九歸公。太宜人性嚴，又多愛女。宜人處其間，鮮不當太宜人意。太宜人治家勤，蚤夜課紡織。宜人與婦女雜作，無少怠。既貴，猶守太宜人成法不廢。善操家，好畜鷄豚，累纖積微而息之。然往往爲親戚假貸，至多不讎所畜。侍婢多漏卮，又三被大竊，平生所蓄幾盡。故雖老，好治生益甚。南田公有四女，無子，既殁，宜人喪之甚易。以少子爲之嗣，每春必躬埽其墓。其女之歸沈者貧甚，宜人周之無倦色。所謂董氏女，即沈之外孫女也。親親之誼，宜人與公無二云。宜人先以公萬安滿考封孺人，繼封今稱。凡爲公生三男子、二女子，以裘褐事公者幾二十年，以宜人事公者幾三十年。初，公宦游所至，必宜人與俱。既投老，宜人則解家務，與公相見如賓。馭僮僕有恩，治家壹用寬典，雖貴不改，皆天性然也。公善酒，少時能飲二斗，晚苦痰嗽，家居遂絶飲。然留客必欲盡興，每丙夜不休。至于聚鄉先達爲社飲，或花前竹徑，又往往轟飲無算。且能浮大白立飲移時，清言諧謔，略無頽唐態。近世士大夫冠服皆爲簡易，公獨服品服，冠梁冠，不以忤俗爲非。存問親故，雖老不懈。每過故廬，必肩輿至其家，即閨帷卑幼，必面致慇勤。客至必延款，迎送惟謹。嘗村居三年，每歲首必徒步偕族人交相慶賀，雖後生不如也。公既居郡，凡親故之赴郡者，視公如酒肉之肆，户外之屨恒滿。每遇郡試，日費千錢，未嘗嚬眉。歲時饋遺親故不絶，雨前，驚雷，午日角黍，七夕茨[三]，中元胡餅，長至及除夕餈，率以爲常。而宜人亦有公風，則刑于之化也。公性簡率，嘗從郡至邑，忘携茗，午飯罷，即沃焦釜飲之。衾褥先從陸往，夜卧即曲肱假寐，怡然不以介意。雖極細行，然非他貴人可能也。公起家甲子，至今乙卯，五十餘年未有嗣，人常苦門户無繼。適一孫登賢書報至，而公喜可知也。甫十四日，忽無疾而卒。凡與公同輩若而人，忘年若而人，先後化去，獨公巋然爲魯靈光。人謂百歲可至，竟奄忽徂落。嗚呼哀哉！訃聞，親知哀號，縉紳先生皆謂典刑靡寄，不勝云亡之感。是爲萬曆乙卯閏八月十有四日，距公生嘉靖庚寅正月二十有一日，享年八十有六。宜人後公生二年，先公卒九年，是爲萬曆丁未四月十二日，距其生嘉靖壬辰十二月初七日，享年七十有四。丈夫子三人：思忠，鴻臚寺鳴贊，娶李，庠生李公次女；次思義，太學生，娶楊，工部郎楊公幼女，卒；次思孝，娶張，富峪衛經歷張公幼女，夫婦俱先卒。女二人：長適岳州府通判聶聞詩，卒；次適廣寧衛經歷李傳芳，亦卒。孫男七人：昌言，庠生，娶選貢徐端履女；昌明，庠生，娶儒士張秉仁女。俱思忠出。昌會，即登賢書者，娶光禄寺署正顧正心女；昌紀，庠生，娶太學生吴煒女。俱思義出。昌胤，太學生，娶故孝廉郁纘綸女；昌祚，娶文學包弘肅女；昌祖，娶貢生劉永祚女。俱思孝出。孫女十二人：一適太學生張汝端；一適庠生沈念祖，一適庠生沈憲祖，適沈者俱卒；一適建昌簿張重遷，亦卒；一適高汝翼。亦思忠出。一適侯孔鶴，一適唐陳彝，俱思義出。一適庠生李商霖，一適太學生張雲翼，一適庠生高汝謀，一適高汝舟，一適蔡天植，思孝出。曾孫男六人：昌言出者爾叙、爾賓，昌明出者爾咨，餘俱幼。曾孫女一人，亦幼。

公生平無他嗜好，晨夕惟抱一編，以此終。公身喜著述，所輯有《續文獻通考》二百八十九卷、《稗史彙編》二百二十卷、《兩浙鹾志》二十四卷、《古今考》二十卷、《洗冤録》十卷，所注有《周禮》十六卷、《武經》十卷，所著有《青浦志》八卷、《海防志》八卷、《水利考》十六卷、《吴淞江議》一卷、《洪洲類稿》十六卷、《明農稿》四卷。《明農稿》與《水利考》未梓，餘皆行於世。

公學不標知行，而見解實踐即孔孟真傳；文不騖鈎棘，而渾融博大一班馬遺法；心不慕道，而澹泊寧静妙於玄門；口不談佛，而坎止流行深於禪理。貞不爲異，和不爲比。實心實行，真品真才。雖禄位未酬，設施未究，而就公所至，固一代偉人也。爾復非才，不足以知公，姑撰次如右，以供秉如椽者埽除之役。

晚學表姪婿何爾復謹次。

附

五學公呈并兩院薦疏

松江府五學生員等呈，爲公舉名世鴻儒，懇賜薦疏，以廣風勵事。

竊惟匡扶世教，功無大于著書；激勸鄉紳，義莫高于薦鶚。兹有本郡原任督學參議王公圻者，天民先覺，聖世真儒。自龍榜蜚英，早副弃繻之志；追花封製錦，遠追馴雉之風。晋陟西臺，咸快五花之驄馬；提衡南楚，悉收三郢之英雄。麟鳳貯衷，盡江之右、山之東、川之西，聽鳴琴而沾膏澤；甲兵笥腹，隨閩以南、陜以西、漢以北，瞻授鉞而仰風稜。清聲遍徹于名區，宦迹永垂諸青史。抽簪引退，雅志立言。撰著如《海防誌》《稗史類稿》諸編，倚馬揮毫，洵可當夫作者。纂修如《續通考》《周禮》《武經》數種，汗牛充棟，亦何愧於述而。囊資已罄於鐫書，姱修益堅于晚節。且也孤標尚友澹臺，望隆山斗；清白允符萬石，操凛冰霜。推恩宗黨，而寒士藉以蘇生；加澤故交，而窮閻頓爲改色。如此懿行，實難枚舉。是誠巍漸鴻儀，而爲鄉邦矜式者也。

先蒙按院楊薦舉内開本宦芝眉映玉，綉口明霞，瀟疏領袖烟蘿，著述輝煌奎璧。又蒙撫院周薦舉内開本宦黄鍾調古，白雪才高，文起八代之衰，業擅千秋之券。近蒙鎮江府推官王揭稱本宦學海窮源，早遂題橋壯志；花封製錦，益流奏最芳聲。威名丕震於西臺，雅化普垂于南楚。典謨抉未發之藏，不惟政輝當年，而且澤綿來祀；韜略闡久湮之藴，寧第身維文教，而且慮及武功。矧雅度清標，筮仕與宦成一律；更流膏沛澤，朝居與野處同方。德業兼優，褒嘉宜亟。

隨蒙按院薛批府行學查結，蒙府學具揭本宦甲子舉人，乙丑進士。初任清江萬安，江右擅循良之績；繼選燕臺柱史，螭頭著勁直之風。乘臬憲於漳泉，而連城之巢穴盡掃；職海防於青郡，而通省之田額悉平。衡文全楚，大興《棫樸》之歌；遷任闗南，方上奏留之疏。忽被中傷閑住，朝紳扼腕不平；及乎解組歸田，惟事杜門著述。繼往開來，儼斯文之宗主；摛藻啓秀，振木鐸之弘聲。麟之仁，鳳之德，恩膏浹於内外；玉愈潔，冰愈清，休稱洽乎初終。此□□□□茂，朝野胥賴者也。

先是撫按交薦，緣類題數衆，詮部未見施行；而孤標世寡，士類益切瞻依。前後呈詞，毫非緣飾。仰祈破格薦揚，庶足表儀鄉國。備文申府，隨蒙本府申文，內稱本宦實心實政，令德令儀。治邑登臺，最績與直聲並懋；臬閩衡楚，文經偕武緯齊稱。迨讒以忌而見投，乃退以義而自決。著述共推作者，通天地人而儒始真；纂修允翼斯文，立功德言而道愈顯。仰堪顧問，俯樹羽儀，合應薦舉。等因茲者恭遇太宗師老大人按臨，以前由上塵台覽。方今時事倥傯之秋，正切將相運籌之略。其才堪八面，或起原職以藩屏宣猷；其學富五車，或推秘苑以纂修贊治。庶於憲典有光，縉紳知勸。有此連名具呈，須至呈者。

鄉賢公移

松江府爲公舉道高德粹、著述名賢，懇崇祀典，以勵風教事。

據具呈，生員孫民表、陳獻可、莊元禎、孫明琦、張銘猷等呈詞。呈稱：竊有本郡已故陝西布政司參議、前湖廣按察司提督學校副使王圻，明經高第，赤幟詞林。初宰清江，懋著河陽之化；繼令萬安，聿追卓魯之勛。未幾奏最銓曹，帝心簡在；遂乃望隆烏府，臣節彌敦。白簡霜清，貴游懾伏；柏臺冰凛，閣部生風。侍經筵而補衮忠勤，劾閹寺而闕廷聲振。上書新鄭，經常與直節俱培；視鹺長蘆，儒術與紀綱互運。輕裘緩帶，按部弭叵測之山戎；樽俎折衝，方略具無形之保障。削平閩寇，宜晋崇階；而政府猜嫌，左遷邛判。官途若此，益勵忠貞。州郡屢遷，愈堅冰蘗。棠蔭永垂於齊邑，藉藉口碑；棘圍握憲於八閩，蒸蒸髦譽。兩入南昌之省選，化洽菁莪；復與東魯之賓興，士歸鑪冶。既而分巡楚甸，旋柄文衡。表章六經，如日月之長明；陶成多士，若春風之鼓鑄。用是章縫矜式，黌校維新；凡經品題，俱作佳彥。然素心玄澹，性嗜林泉；甫拜少參，遽興高蹈。挂冠解綬，柴桑翁之松菊寄情；閉户草玄，仲長統之丘園樂志。嘉惠後進，則纂《稗史彙編》三百卷、《續文獻通考》五百卷，何慚博雅之張華；裨益地方，則海防水利之巨政有編，鹽務洗冤之利弊有議，奚啻治安之賈傅。如考訂字書，則有《字學指南》；闡明詩律，則有《詩林廣記》。究心天人，而《三才圖會》以定；接統經傳，而《續定周禮》以成。是真業炳千秋，功待來學。所以鄉飲推賓，學使之褒崇可驗；干旌謁贄，憲司之諏訪良慇。今雖桂萼一枝，崢嶸秀起；乃圖書四壁，環堵蕭然。斯誠惠介夷清，得名得壽。卓哉昭代仁賢，洵矣鄉邦師表。允宜俎豆之列，用誌山斗之瞻。伏乞遠稽祀典，近采鄉評，準行崇祀，以協輿情，以勵風化。

等情據經備行府學及原籍上海縣查勘去後，隨據本府儒學申稱就經行，準本學訓導馮上梅等，及據廩增附生員李淩霄等從公查得參議王圻，雲間華胄，海上鉅工。早掇巍科，抒濟時之宏抱；歷登仙署，彰司憲之能聲。雅操濯冰霜而並潔，膏澤霈江海以同流。立仗一鳴，志不同於摧折；朝陽孤響，節愈砥於危疑。東山恋謝傅，共羡雲龍風虎之盟；洛社起温公，咸誦《菁莪》《棫樸》之化。以至居鄉恂厚，善譽宏多。孝友夙著於鄉閭，仁讓允孚於里黨。一經教子，數卷傳家。璠璵森列，門多席珍之賢；文彩交輝，庭有新騰之鳳。月旦已定於賓筵，崇禮宜優於祠禴。以光大典，以勵世風。各另具結前來。參照得本宦胸蟠經緯，學貫天人。勁節丹心，想見立朝豐采；端言矩行，居然往哲儀型。接濂洛關閩之傳，道不隆地；搜墳典丘索之秘，文其在兹。實昭代之鴻儒，允千古之懿範。宜祀賢祠，以昭盛典。

等因又據上海縣申稱遵經行，據本宦該管總催里鄰錢洪、朱儒等勘結，得本區故宦原任參議致仕王圻，早掇巍科，歷升膴仕。矢心不改其蹇，猶然謙約儒生。莅州邑仁澤旁流，繫人思於永永；秉天憲直聲丕振，厲風節之稜稜。知貢舉衡鑒無爽，議鹺政石畫不刊。平閩寇，戢山戎，奇勛匡翊王室；返初衣，廣著述，淵思闡繹聖經。素厭紛華，夙敦儉朴。薄田不以宦游而增置，里役不以顯貴而委人。年逾耄耋，峙高標儼威鳳祥麟；身教鄉邦，接休光若和風朗月。所以賓筵之請屢屢，輶軒之謁殷殷。行完已見流芳，德明故宜昌後。四方輿頌，允爲鄉賢。亟當從祀黌宫，以慰士民之望。

等情前來該本府署縣事同知黄，參看得本宦心源澄澈，性地昭融。擢上第而歷宰花封，域中藹如冬日；蜚賢聲而晋登柏府，朝端凛若秋霜。董鹺而弊絶風清，督學而教行俗美。班班政迹，何啻列眉；在在繫思，未易屈指。却迹丘中，著述富酉陽之穴；游身塵外，軌儀齊洛社之英。里役自等編氓，田産不逮中户。年逾大耋，望重賓筵。若本宦者，有學有守，不激不隨。在郡邑稱神君，在邦家爲司直，在鄉黨爲祭酒，在聖門稱醇儒。允宜祀之，以翼名教。等因各另備由回申到府，據此案查，先奉《欽定督學教條》内開鄉賢名宦有祀，至鉅典也。近日屢厪申飭，嚴核冒濫，所司猶視爲末務，漫不經心。非通顯有位先賢，不得入祠。若保勘失真，請求有迹，師生首議者罷黜；或子孫自行陳乞，及概申請别衙門希圖倖準者，一體查革究治等因，遵行在卷。今據前情，該本府署印推官吴，參看得故宦參議王圻，直節醇修，朴衷質行。得三光五嶽未分之氣，不琢不雕；讀八索九丘以來之書，既精既博。筮仕巖邑，則四境流蟹匡蠶綏之歌；執法霜臺，而一時仰鳴鳳問豺之概。衡文擢士，杞梓爲之發聲；拂衣懸車，泉石於焉作主。至其老而好學，窮而著書。紫箎青緗，雖及子夜，不輟咿吾之業；金題玉躞，可藏酉山，以待後世之知。且文不求工于詞章，學直欲施于經濟。開吴淞之議，固海防之條，鑿鑿堪稱嘉謀；《三才圖會》之編，《文獻通考》之續，種種有裨實用。壽逾八袠，可方申公、伏生之流；望重三朝，足繼洛社、香山之躅。生而優禮于賓席，執爵執醬之大典攸崇；殁而尸祝于澤宫，魚魚雅雅之多士有式。月旦公評久定，絶無異同；夜臺幽懿宜揚，允非冒濫者也。緣係崇祀鄉賢，事理未敢擅便。擬合請詳，爲此一申。

蘇松道高今將前由合行具申狀，乞照詳轉達施行。兵道尹爲公舉道高德粹等事，蒙欽差督學御史駱批，該前道呈詳故宦洪洲王公崇祀鄉賢緣由，蒙批。故學憲王公名圻者，學窮二酉，業富千秋。讀八索九丘以來之書，抽百家諸子未泄之秘。本院之所以知公者止此。通天地人曰儒，則如公者，可以祀矣。準涓吉立主，送入賢祠，繳。蒙此，案照先據松江府申詳前來，該前道看得本宦，人物三代，文章擅宇宙之雄；德業兩京，節概毓山河之秀。初則花封試驥，雉幾馴于桑田；尋以柏府按麟，鳳高鳴于楓陛。鹺策修而足儲足國，薪槱廣而作士作□。□金鉉鼎鼐之才，當歷試而懷卷；抉石室經綸之祕，茹千古以立言。閉户著書，多博綜于天人今古之奥；吁衡持議，每發抒其劻勷幹濟之猷。宜安蒲而聘伏生，遽乘箕而爲傅説。蓋棺既定，列俎允宜。所據府縣儒學勘結，具申前來，相應轉呈，合候詳示行府，準其製主擇吉，送入賢祠崇祀等因。具由通詳奉欽差巡撫都御史王批，開本宦標世羽儀，爲鄉領袖。當日芳聲已著，没後輿論愈明，允宜俎豆如儀。行仍候學院詳示。繳。候行蒙批，前因擬合併行爲此牌。仰本府官吏照牌事理，即便轉行該縣將本宦涓吉立主，送入賢祠崇祀，施行須至牌者。

【校勘記】

〔一〕抑且一鶴獨舞百卉迎歡洵可樂也　「洵」原作「詢」，據上下文意改。

〔二〕太中大夫　「太」原爲「大」，據上下文意改。

〔三〕七夕茨　「茨」疑當作「芰」，即菱，江南七夕時令食品。

附録　書目著録

《千頃堂書目》卷二四　［清］黄虞稷

王圻《洪洲類稿》十卷。字元翰，上海人。

《明史》卷九九　［清］張廷玉

王圻《鴻洲類稿》十卷。

《欽定四庫全書總目》卷一七八　［清］永瑢等

《洪洲類稿》四卷浙江汪啓淑家藏本。

明王圻撰。圻有《東吴水利考》，已著録。是集凡詩一卷，文三卷，乃其提學湖廣時所自編，其孫謨又爲重刻。圻所著述如《續文獻通考》《三才圖會》《稗史類編》諸書，皆篇帙浩繁，動至一二百卷，雖龐雜割裂，利鈍互陳，其采輯編排，用力亦云勤篤，計其平日，殆無時不考古研今。其於詩文殆以餘事視之，故寥寥如此，存而不論可矣。

《四庫存目標注》卷五三　杜澤遜

《洪洲類稿》四卷　明王圻撰

浙江汪啓淑家藏本（總目）。○《浙江省第四次汪啓淑家呈送書目》：「《洪洲類稿》四卷，明王圻著，二本。」○《浙江采集遺書總録》：「《洪洲類稿》四卷，刊本，明陝西布政使參議上海王圻撰。」○《提要》云：「是集凡詩一卷、文三卷，乃其提學湖廣時所自編，其孫謨又爲重刻。」○《王侍御類稿》十六卷，原北平圖書館藏明萬曆四十八年王思義刻本十六册。題「太原王圻元翰父著，男思義校刻」。半葉九行，行二十字，白口，四周單邊或四周雙邊。有郭正域序，萬曆十三年吴國倫序，皆爲《洪洲類稿》作。又萬曆四十八年庚申陸應陽《續刻王侍御先生類稿序》。又王思義《續刻先侍御類稿引》云：「因搜故簏，尚存殘剩，命小史録出，鋟諸梨棗，併前《類稿》共爲一集，題曰《王侍御類稿》，爲卷凡十有六。」知《洪洲類稿》即在其中，唯十六卷本已經重編耳。是書現存臺北「故宫」，北圖有膠卷，《存目叢書》據以影印。

王圻全集附録

傳記

《明史》卷二八六『陸深傳』附　［清］張廷玉等

同邑有王圻者，字元翰。嘉靖四十四年進士。除清江知縣，調萬安。擢御史，忤時相，出爲福建按察僉事，謫邛州判官。兩知進賢、曹縣，遷開州知州。歷官陝西布政參議，乞養歸，築室淞江之濱，種梅萬樹，目曰『梅花源』。以著書爲事，年逾耄耋，猶篝燈帳中，丙夜不輟。所撰《續文獻通考》諸書行世。

初，圻以奏議爲趙貞吉所推。張居正與貞吉交惡，諷圻攻之，不應。高拱爲圻座主，時方修隙徐階，又以圻爲私其鄉人不助己，不能無恚，遂摭拾之。

天啓《雲間志略》卷十八『王參知洪洲公傳』　［明］何三畏

王圻字元翰，號洪洲，上海人也。公生三歲能辨字，四歲能讀書，七歲受戴氏《禮》，十四爲博士，十六而廩于官。凡經傳子史百家言及《性理》《綱目》諸書，無不貫串淹通，試輒爲諸生冠。公家故素封，嘗受徭邑中，徒步閱四十里往返，間必構腹稿三篇，歸而書之紙，輒成帙。海上令部公文川、黄公景雲皆亟稱之。而甲子歲，楚中耿恭定公爲督學使，亦賞識公文，裦然舉首，而公即以是年舉于鄉。明年，登進士高第矣。

釋褐得清江令，俄而轉劇萬安，並以治行異等拜侍御史，視鹽長蘆。未任，以忤時相意，出僉臬閩。中復謫邛州倅，已稍遷進賢令。丁内艱歸，再補曹縣，旋擢守開州。未幾，爲貳青州，復遷楚臬，備兵武昌。尋改督學，再遷陜西公參，致仕。蓋公之浮沉宦途，歷歷可數；而公之經營吏迹，亦娓娓可稱者。

其在清江，會有度田之役，公單車行阡陌間，舉盈虧之數，從車中暗計之，無不洞燭，若公指掌有勾股法者，以此吏毫髮無敢欺。已而復令度田，諸邑紛紛藉藉，獨清江士民謂經王公所度者，不能復爲增損，第移文報成而已。他邑有侵其境上田者，訟久不決。公至則質厥成，卒歸侵田，翕然有神明之頌。

其在萬安，按殺人投尸垣外者，則以几上血指驗之；按行賈被劫途次者，則以爨下銅器決之；而一凶徒、一婦人、一豎子皆伏其辜，噤口不敢辯。俗故多婦女入市中，往往借汲泉爲東門之會。公下令嚴禁，而自是男女别于途矣。

其在臺中，當穆皇帝御極之初，嘗一監大閲，兩侍經筵，多所論列，露章不避權貴。如糾邊帥之黨私，止廠衛之密訪，疏中宦孟冲、鞏鉬之不法罪狀，請復召對午朝之舊章，争被斥之言官，留致政之冢宰，此其最大者也。

其在閩臬，汀之巨盗有張文欽、陳文岱等聚衆劫掠者，頻年以來，擾害地方不小。公則先招流移，賑單弱，而後乃設方略，分兵四襲之，殲其魁三四人，斬俘百餘人。而所生獲賊黨千餘人者，公又不忍加誅，下令軍中各去一指，解縛散之田間，卒得再生爲良民，皆公賜矣。

其在曹縣，平徭役，均賦税，曹之人至今德之。

其在開州，則首行條鞭法，以蘇民之疲于倍輸者。減緡錢以萬計，而又養貧士于學宫，推所輸屠家例納數百緡，以佐其膏火之費。非公不以脂膏自污，寧詎有此？

其在青州，守病不視事，而公嘗代守爲政，民不知其非守也。及屬令缺，公又代令爲政，而民亦不知其非令也。所得贖鍰，皆以充公費，而不以潤私囊。

其在武昌，公計水鄉多盜藪，輒勤飭干掫以戢桴鼓，而民是以無緑林潢池之虞。其爲學使者，則崇行誼，峻坊表，端軌範，嚴規條，試士必先論、策、表而後經書。蓋因隆萬以來，楚雖有材，博覽竑肆者蓋眇。一經外，叩以谹議綺語及經濟之務，茫然。故公以高皇功令申示，不逾年而士皆含今茹古，公實啓之。且楚士多奔競，亦多作奸，而公一切禁止。考試之日，止令兩吏傳題，一庖供爨，曩年積弊，至公而盡掃除矣。

公自仕宦以來，清江、萬安兩邑人争之境上，而青州數百人留之兩臺前，且奔訴之闕下。併曹與開，户祝家尸而立生祠祀之者凡五。公何以得此聲于齊、魯、閩、楚間哉！公一典閩闈試，所得知名士特多；再典山東試，録多出公手，朝議評爲京省第一。至御史不敢掠美，而直言之江陵。江陵亦不能掩公才，而嘖嘖稱賞，則公之文學可知。公嘗注《武經七書》，上之直指，中丞即屬公勒授。一時材官騎士亦復知兵，且稍諳韜略，則公之武事可知。公以奏議爲内江所推，而江陵與内江交惡，風公使攻之，公不應，以此輒有嫌。新鄭爲公座主，時方修郤于文貞，又以公爲私其鄉人，不助己也，而亦不能無恚憤意。以故公于宦再起再蹶，則公之節氣又可知。夫以文學如公、武事如公、節氣如公者，縉紳中指不多屈，而堇堇以少參終也。柄國是者然乎？否耶？

公里居，掃軌著書，謝絶户以外事，而至民間利病，則于撫按監司、郡邑守令不惜苦口言之。其所爲德于鄉，舉三族六親靡不沾公惠、沐公恩者，未易更僕數。而時與同儕林太僕、陸運長諸老結詩酒盟。余以小生後輩，亦得追隨杖履，爲倡和笑談歡，一言一動，固居然先進典刑也。故余謂公于作述爲宗公鉅匠，于齒德爲達尊，而于社會爲祭酒。善哉乎！張大參恒之狀公者曰：『公學不標知行，而見解實踐直登孔孟之堂；文不騖鉤棘，而博大渾融獨窺馬班之奥；心不好黄老，而静虚恬澹妙于玄門；口不譚西方，而忍儉慈悲深于禪理。實心實行，真品真才，和不爲同，貞不爲異，一代偉人也。』知言哉！

公雖老而精神强旺，飲酒賦詩，無異少壯，望者謂爲神仙中人。而享年八十有五，一日竟以無疾考終，想當仙去。公居恒敎其子孫，嚴義方之訓，而諸子思忠、思義輩恂恂有萬石家風。其諸孫皆賢，而孝廉昌會負名世才，將起而嗣公之服，且光大之。天之報施善人爲不爽矣。

所輯有《續文獻通考》《稗史彙編》《兩浙鹺志》《古今考》《洗冤録》，所注有《周禮》《武經》，所著有《青浦志》《海防志》《吴淞江議》《洪洲類稿》行于世，《水利考》《明農稿》藏于家。

崇禎《清江縣志》卷五『王圻』［明］秦鏞

圻字元翰，上海人，嘉靖乙丑進士。筮令清江，見邑田糧欺隱積弊，遂出令丈量通縣。先期與吏民約法，至日，單車履畝，雖窮陬僻壤靡遺，尤不貸豪貴。公精勾股之法，人不能測，吏民無敢作奸。圖册既成，遂爲百世永利，後之規賦役者必取衷焉。尤加意黌序，置學田，增號舍，鑄祭器，又刊布《繩尺論》，以訓多士。其他興除諸政，悉稱是。竟以調繁萬安去任，其後宦迹甚盛，不能悉著云。

《静志居詩話》卷十三『王圻』［清］朱彝尊

王圻字元翰，上海人。嘉靖乙丑進士，除清江知縣，調萬安，擢雲南道御史，出爲福建按察僉事，謫邛州判官，兩知進賢、曹縣，遷開州知州，歷官湖廣提學僉事，陞陜西布政司參議。有《洪州類稿》。

洪州拜分陜之命，即請告終養。既歸淞江之濱，種梅萬樹，目曰『梅花源』。仰屋梁著書，門閫皆安席硯。所撰《續文獻通考》《謚法通考》《兩浙鹽志》《海防志》《三吴水利考》《稗史彙編》，雖舛漏尚多，體例未當，要亦留心有用之學者。《觀忠惠祠有感》云：『傑哉龍陽尉，忠義今所希。民瘼一憤激，抗疏干天威。手持登聞莛，口叫閶闔扉。但念流亡苦，豈惜軀命微。雉經悟明主，捐生視如歸。歲額減過半，始願終不違。皇恩與士節，千古同光輝。《春秋》薦蘋藻，英爽此永依。遺迹炳簡策，身沉名自飛。願爾賢達裔，奕世延清暉。』

康熙《嘉定縣誌》卷十五『王圻』〔清〕趙昕修，〔清〕蘇淵纂

王圻字元翰，嘉靖乙丑進士。令清江，移劇萬安，擢爲御史。劾中官罪狀，論邊臣欺罔，前後與江陵、新鄭俱枘鑿，遂謫判邛州。尋遷曹縣，擢守開州，皆有惠政，所在立祠。守開者向有『開十萬』之號，公廉潔自守，不名一錢。遷貳青州，旋擢楚臬，督學政，屏絶干請，凡所拔多知名士。晋秩陝藩，年未五十，遽請歸養。所居上海三十保，田最污下，懇上臺援嘉定例改折，且請散己官甲以代本圖當差，同圖之民不知徭役者五十年。天性孝友，三黨之親，喪不能葬、壯不能娶、孤寡不能養者，俱仰給焉。爲園栽竹前後，梅花數十里，讀書其中，今之所稱王庵是也。生平所輯有《續文獻通考》二百九十八卷，《稗史彙編》二百二十卷，《兩浙鹺志》二十四卷，《古今考》二十卷，《洗冤録》十卷；注《周禮》十六卷，《武經》十卷；《青浦志》《海防志》各八卷，《吴淞江議》一卷，《洪洲類稿》四卷，行於世；《水利考》十六卷，《明農稿》八卷，藏於家。年九十五卒，〔一〕祀鄉賢。

乾隆《上海縣志》卷十『王圻』〔清〕李文耀修，〔清〕葉承纂

王圻字元翰，嘉靖乙丑進士。授清江令，調劇萬安，入拜御史。峭直敢言，卒忤時相，出爲福建僉事。時巨盗張文欽等聚衆剽掠積年，圻設方畧殲之，餘黨解散。而忌者復構他事，謫補曹縣，量移開州。尋備兵武昌，改督學，典福建、山東鄉試，所奬拔多爲名臣。遷陝西參議，致政歸。

初，圻以奏議爲内江相趙貞吉所推，江陵張居正與内江交惡，諷使攻之，不應。新鄭高拱，圻座師也，時方修隙徐文貞公階，又疑爲私其鄉人，不助己，恚甚，遂摧抑之。里居著書，至老不倦，卒年八十五。所撰有《續文獻通考》《稗史會編》諸書，見《藝文志》，皆經世大著作云。

嘉慶《松江府志》卷五三『王圻』 ［清］宋如林修，［清］莫晋纂

王圻字元翰，上海人，居諸翟，嘉靖四十四年進士。授清江令，調萬安，拜御史。穆宗時，糾邊帥黨私，止廠衛密訪，疏論中官孟冲、鞏鉏等不法罪狀。又其時言官被斥，冢宰謝政，圻皆力争之，卒忤時相，出僉閩中。中忌者以他事謫補曹縣，擢守開州，均徭平賦，行條鞭法便民。特遷楚臬，備兵武昌，改督學，典福建、山東兩試，所獎拔先後皆爲名臣，遷陜西少參。

初，圻以奏議爲内江所推，江陵與内江交惡，諷圻攻之，不應。新鄭爲圻座師，時方修隙文貞，又以爲私其鄉人，不助己，不能無恚，遂摭拾之。里居著書，至年逾耄耋，猶篝燈帳中，老而靡倦，年八十五。所撰諸書載《藝文》，皆經世巨儒之學。

嘉慶《開州志》卷四『王圻』 ［清］李符清修，［清］沈樂善纂

王圻字元翰，上海人，進士。萬曆初以御史謫知曹縣，尋升知州事。首變兩税爲四季條鞭，至冬季積前三季所餘者爲民輸納，省民税十分之一。選才俊五十人，使課于明道書院，月兩試之，優者獎勵，給膏火資，使專誦讀，沐其澤者多成名士。開人爲立生祠。歷官陜西布政使，祀

名宦。

道光《蘇州府志》卷一〇八『王圻』［清］宋如林修，［清］石韞玉纂

王圻字元翰，上海人。舉嘉靖四十四年進士，除清江知縣，調萬安，擢御史。忤時相，出爲福建僉事，歷官陝西參議，乞養歸。築室松江之濱，種梅萬樹，目曰『梅花源』。杜門著述，耄而不倦。《明史》。

圻爲都穆東坦，自上海卜居吴門，與婦翁商訂文史，因著《稗史彙編》，記吴中瑣事。然其書紕繆不少，如中使孫隆目爲官中之俠，滕尚書德懋以盗用軍儲見誅，皆不足信，疑爲贋本。其餘著撰别見《藝文》。《補乘》。

同治《上海縣志》卷十九『王圻』［清］應寶時修，［清］俞樾纂

王圻字元翰，號洪洲。父熠，號怡樸。性孝友，爲醫學正。歲大疫，捐金調劑以活人，割地爲義冢。民苦漕役，訴上臺罷之。年至八十，卒。圻嘉靖四十四年進士，授清江令，調劇萬安，擢御史。峭直敢言，穆宗時，糾邊帥之黨私，止廠衛之密訪，又疏中官孟冲、鞏鉏不法。忤時相，出爲福建僉事。巨盗張文欽、陳文岱等聚衆剽掠，圻設方略殲之，餘黨解散。而忌者復構他事，謫邛州判官。兩知進賢縣，遷開州，尋備兵武昌。改督學，典福建、山東鄉試，其所奬拔，後多爲名臣。遷陝西參議，致仕。

初，圻以奏議爲趙貞吉所推，張居正與貞吉交惡，諷圻攻之，不應。高拱，其座師也，時方修隙徐階，又疑私其鄉人，不助己，恚甚，遂摭拾之。圻既歸，築室吴松之濱，種梅千樹，目曰『梅花源』。以著書爲事，年逾耄耋，猶篝燈帳中，丙夜不輟。卒年八十五，祀鄉賢，《明史》有傳。

前志遺事載王圻守開州，多惠政，去後士民立生祠，肖圻像。越三十年後修祠，見像腰間微有損處，即爲整飭完好，而圻家居適患腰瘺，旋愈。又圻督學楚中，京山縣白日邑有童朱一龍者，雅負文名，府縣試必前列，道試輒不利。圻曰：『且視此次如何。』既而案發，則又落。圻呼朱命呈落卷，乃取録第三人也，因命入學。究書吏割卷之弊，置之法。後朱登進士，司理蘇州。

光緒《曹縣志》卷十『王圻』　［清］陳嗣良修，［清］孟廣來纂

王圻字元翰，號洪洲，上海籍嘉定人，嘉靖乙丑進士。爲御史，劾新鄭，左遷知曹。盡心勤職，愛民如子。邑中糧差不均，代役者額外横索，民不勝其擾。於是爲免役法，名一條編，炤丁地派銀納官，一切糧差盡官顧役。租既有定，而庸調不煩，刊布書册，著爲令甲。此法一行，貧富同聲稱便，到今賴之。公博學善計畫，長於吏治，在曹定條編，合一縣丁户田畝與税糧里甲，合籌多寡，參定緩急，纖悉畢備，皆手自較算，不假胥吏。公廳莅政，手不停批，風發電掣。事畢，詔諸生於穿廊，口授《春秋三傳》。甫逾載，轉知開州，曹民感德，如失慈母，相率赴兩院泣留者三千人。既不能挽，去之日，傾城悲送，歲時如開候問者不絶。後同知青州，不遠千里以瞻仰其風采。未幾擢僉事，督楚學政，陞參議，致仕。家居凡二十年，曹人歲時必往省焉。著述甚富，《續文獻通考》即圻手編，所寄王生維翰《明朝謚考》，其中一卷也。今去思有祠，德政有

碑，入名宦祠。

【校勘記】

〔一〕年九十五卒　此處年齡記載顯誤，未詳何故。

王圻年譜簡編

張超人　編著

明世宗嘉靖九年庚寅（一五三〇）　一歲

王圻，字元翰，號洪洲。初名堰，字公石，後改今名。上海人。

《王侍御類稿》（後簡稱《類稿》）卷十六載明何爾復《明故朝列大夫陝西布政使司右參議洪洲王公暨配誥封宜人陳氏行實》（後簡稱《行實》）云：『公王姓，諱圻，字元翰。洪洲，公别號也。初名堰，字公石，某宗師爲公改今名……勝國時，始祖士衡公避難徙上海西北境，遂爲上海人。』

《類稿》卷十六載明顧秉謙《明故朝列大夫陝西布政使司右參議洪洲王公暨配誥封宜人陳氏合葬墓誌銘》（後簡稱《墓誌銘》）云：『圻，公諱也。初名堰，字公石。某學使者爲改今名，故更字元翰。洪洲，别號也。其先蘇之嘉定人，勝國時有士衡者避難徙上海，遂爲上海人。』

《類稿》卷十六載明張恒《明故參議洪洲王公暨元配陳宜人行狀》（後簡稱《行狀》）云：『參知王公諱圻，字元翰，號洪洲。』

明何三畏《雲間志略》卷十八《王參知洪洲公傳》（後簡稱《洪洲公傳》）云：『王圻字元翰，號洪洲，上海人也。』

《明史》卷二八六《陸深傳》云：『同邑有王圻者，字元翰。』

始祖王士衡本姓陈，明朝初年，爲躲避明太祖移民政策，抱養于母族王仲华家，遂從王姓，後随王家由嘉定徙居上海。仲华無子，竟以士衡爲嗣，是爲上海王氏之始祖。

《類稿》卷五《家乘序》云：『余家自嘉定遷上海，蓋九世矣。始祖士衡公之父姓陳，以資稱雄嘉定。嘉定在勝國時，尚爲州，故邑人呼爲「半州公」，言其産居州之半也。高皇帝定鼎金陵，籍富民以實雲貴，而半州名在籍中。全家遠徙，獨士衡以幼子抱養於母族王仲華氏，得免於行，遂從王姓，而占籍於上海邑西之三十保。自始祖承王之後，而仲華竟絕嗣，豈天將借王氏以啓予族耶？』

《類稿》卷十一《明誥封奉政大夫湖廣按察司僉事怡朴府君行狀》（後簡稱《怡朴府君行狀》）云：『府君姓王氏，世爲蘇之嘉定人。勝國時，始祖士衡公避難徙上海西北境家焉。』

按：王家由嘉定徙居上海縣的時間和原因，《行實》《墓誌銘》（見上條所引）以及《怡朴府君行狀》云是元朝末年因躲避戰亂而遷徙，與《家乘序》不同，本譜以《家乘序》爲準。

士衡以下，爲高祖璇，字孟全；曾祖鈇，字守忠；祖槐，字石泉。王槐雖讀書無成，但善於經營，故家業頗豐；且極重教育，常親自課子孫讀書。

《類稿》卷五《家乘序》云：『始祖生高祖孟璇府君，家漸充拓，人咸稱其有半州風。孟璇生曾祖守忠府君，則又倜儻好修，信義表于鄉邑，然孟璇之業稍衰矣。守忠生祖石泉府君，業儒不就，則以勤苦恢復舊業。且又以詩書課子若孫，而余得面受祖訓；既兼怡朴府君朝夕督課，始克從科第起家，固先世積累忠厚之徵，而祖父貽謀燕翼之功惡可忘也。』

《怡朴府君行狀》云：『一傳而爲高祖孟全公璇，再傳而爲曾祖守忠公鈇，守忠生大父槐，里人所稱石泉公也。』

父熠，字子韜，別號怡朴；母馬氏。父母皆以子貴，王熠封奉政大夫、湖廣按察使司僉事；馬氏封宜人。

《怡朴府君行狀》云：『……里人所稱石泉公也。生二子，長世父爚，季即府君諱熠，字子韜，別號怡朴。』

《行實》云：『父怡朴公，諱熠，以公貴，封湖廣按察使司僉事，所謂奉政公也。母，太宜人馬氏。』

《墓誌銘》云：『父怡朴公熠，封奉政大夫、湖廣按察司僉事；母贈宜人，以公貴也。』

正月二十一日，王圻出生於上海。

《行實》云：『……距公生嘉靖庚寅正月二十有一日，享年八十有六。』

《墓誌銘》云：『卒之日，距其生嘉靖庚寅正月之二十有一日，享年八十有六。』

是年，張子雍三十四歲，余采二十六歲，張上毅二十六歲，張勳二十三歲，姚涵十四歲，李承順五歲，侯士方五歲，徐黯三歲，王珽三歲，胡天球二歲，張閶二歲。

按：張子雍字元化，號懷耕，與王圻家三世而交，《類稿》卷十二有其墓誌銘。余采字元亮，號竹臞，浙江天台人，《類稿》卷十二有其墓誌銘。張士毅字子强，號近松，上海華亭人，《類稿》卷十一有其墓誌銘。張勳字希武，號樂耕，《類稿》卷十二有其墓誌銘。姚涵字君含，號淞南，《類稿》卷十二有其墓誌銘。李承順字理卿，號裕篇，晚又號超然子，《類稿》卷十二有其墓誌銘。侯士方，號孟田，青浦人，爲王圻堂姐之婿，時其堂姐六歲，爲王圻伯父王爚長女，《類稿》卷十二有其墓誌銘。徐黯字直之，號砥石，《類稿》卷十二有其墓誌銘。王斑字次玉，號蓮塘，《類稿》卷十二有其墓誌銘。胡天球字弘器，號果齋，《類稿》卷十二有其墓誌銘。張誾，字希閔，號孝亭，嘉定南翔人，張子雍嗣子，《類稿》卷十二有其墓誌銘。

是年，王九思六十三歲，邊貢五十五歲，徐階二十八歲，歸有光二十四歲，唐順之二十四歲，趙貞吉二十三歲，高拱十八歲，李攀龍十七歲，張居正六歲，王世貞五歲。

嘉靖十年辛卯（一五三一）　二歲

七月二十五日，堂妹出生，自幼由王圻母馬氏撫育。

《類稿》卷十二《明故張配王孺人墓誌銘》云：『孺人王姓，父即余世父怡默公，諱爚；母張氏。幼失恃，爲先妣馬宜人所鞠。』又云：『孺人春秋六十有二，生以嘉靖辛卯之七月二十五日。』

嘉靖十一年壬辰（一五三二）　三歲

始識字。

《洪洲公傳》云：『公生三歲能辨字。』

十二月初七日，夫人陳氏出生。

《行狀》云：『宜人生于壬辰，卒于丁未，壽七十有四。』

《行實》云：『宜人後公生二年，先公卒九年，是爲萬曆丁未四月十三日，距其生嘉靖壬辰十二月初七日，享年七十有四。』

是年，『前七子』之一邊貢卒，卒年五十七歲，有《邊華泉集》。

嘉靖十二年癸巳（一五三三）　四歲

始讀書，展現過人天賦。祖父王槐預測其將來必能中進士，致顯宦。

《行實》云：『公自幼穎異，生四歲即課之句讀。大父石泉公有人倫鑒，嘗摩公頂謂曰：「是兒定科甲中人。若不類外氏，台鼎何難哉！」』

《行狀》云：『生而穎敏，四歲能句讀。』

《墓誌銘》曰：『公生四歲，輒善讀書。』

《怡朴府君行狀》云：『初，府君教不肖圻嚴甚，四歲而課之句讀。』

《洪洲公傳》云：『四歲能讀書。』

嘉靖十四年乙未（一五三五）　六歲

五月十二日，陸從平生。

按：陸從平，字履素，别號自齋。上海華亭人，與王圻爲同鄉兼好友，《類稿》卷十一有《明故中大夫自齋陸公行狀》云：『公生于嘉靖乙未五月十二日，殁于萬曆己酉十月十七日，享年七十有五。』

嘉靖十五年丙申（一五三六）　七歲

始學戴氏《禮》，由其父王熠親自課讀，爲此後以《禮經》中舉人、登進士，編寫《禮記裒言》等打下基礎。

《怡朴府君行狀》云：『七歲而課之學《禮》。』

《洪洲公傳》云：『七歲，受戴氏《禮》。』

《墓誌銘》云：『七歲，受戴氏《禮》。』

嘉靖十八年己亥（一五三九）　十歲

春二月庚子朔，立皇子載壡爲皇太子，封載垕爲裕王，載圳爲景王。

受父命外出求學，裹糧負笈數百里，拜訪郡中盛如川先生。

《怡朴府君行狀》云：『十歲而令裹糧遠游以充其學。』

《墓誌銘》云：『十歲，負笈百里，從郡如川先生學。』

《行實》云：『十歲，令裹糧走郡中，事如川盛先生。』

嘉靖二十一年壬寅（一五四二）　十三歲

夏六月辛巳，世宗以久雨傷禾，切責内閣，兼嚴嵩從中挑動，因發夏言欺謗舞文各罪狀。秋七月己酉朔，日有食之，罷夏言官。八月癸巳，禮部尚書嚴嵩加武英殿大學士，入閣預機務。冬十月丁酉，宫女楊金英等十六人謀縊殺世宗，未遂，皆伏誅。

是年，金大遜生。

按：金大遜字謙甫，號景蓮，上海華亭人。後娶王圻三妹，結爲姻親。《類稿》卷十一有《明迪功郎浙江台州臨海少尹景蓮金公暨配王孺人墓誌銘》云：『公自余妹逝後，意慘凄悲懷，更介介有所不樂，遂一病卒。是爲萬曆之癸卯，距其生嘉靖之壬寅，得年六十有二。』

嘉靖二十二年癸卯（一五四三）　十四歲

春正月丙午朔，日食。二月己亥，方士段朝用下獄，論死。

舉秀才，補邑庠生。

《行狀》云：『十四補邑庠生。』

《墓誌銘》云：『十四舉秀才。』

《洪洲公傳》云：『十四爲博士。』

是年，三妹出生。

《明迪功郎浙江台州臨海少尹景蓮金公暨配王孺人墓誌銘》云：『余妹後公一年生。』

按：王圻爲家中長子，無兄弟，有妹四人。《類稿》卷五《劉伯忠雲間百咏序》云：『余寡兄弟，有妹四。』其三妹夫金大遜生於嘉靖壬寅（見上年），一年後即爲嘉靖癸卯。

嘉靖二十三年甲辰（一五四四）　十五歲

秋八月壬申，西苑嘉禾生一莖雙穗，凡六十有四，世宗以爲修玄之應。禮官因請表賀，許之。甲午，罷翟鑾官。九月丁未，吏部尚書許贊兼任文淵閣大學士，禮部尚書張璧兼任東閣大學士，並預機務。是月，晉嚴嵩兼吏部尚書、謹身殿大學士。

自是年始，王圻屢次應舉不第，其父督之，始終如一。

《怡朴府君行狀》云：『甫成童而爲邑弟子員，屢不得志於棘院，則又進之曰：「此果造化困吾兒哉？亦文不中繩尺耳。」計日程督如成童時。』

是年，『前七子』之一王廷相卒，享年七十一歲，有《王氏家藏集》《内臺集》等。

嘉靖二十四年乙巳（一五四五）　十六歲

春正月乙巳，以抄録皇史宬所藏《列祖御製文集》『四書五經』《性理大全》『二十一史』等書成，自總裁監修官以下俱陞賞有差。二月甲午，兵部侍郎張漢被逮入獄，謫戍鎮西衛。秋八月壬辰，以萬壽節，加嚴嵩少師。九月丁丑，起原大學士夏言復故官。

十月二十八日，王圻同鄉好友高伯慎生。

《類稿》卷十二《明故太學生墨陽高君墓誌銘》云：『君諱伯慎，字敬卿，一字履寅，別號墨陽。其先汴人，再徙爲松之華亭人……是爲萬曆乙酉四月十日，距其生嘉靖乙巳十月二十八日。』

是年，始廪於學官，希慕古通儒之學，讀書益勤苦，凡經史子集、百家之言及《性理》《綱目》等書，無不淹貫，故能出類拔萃，奠定一生學問根基。

《行狀》云：『十六食廪，即慨然希古通儒。』

《墓誌銘》云：『十六廪于庠，其夙慧也。讀書務根柢，經傳、子史、百家之言及《性理》《綱目》諸書，經生學士白首未嘗竟者，無所不淹貫，以故試輒冠其伍。』

《洪洲公傳》云：『十六而廪于官。』

嘉靖二十五年丙午（一五四六）　十七歲

夏四月乙未，以兵部侍郎曾銑總督陝西三邊軍務。五月戊辰，俺答遣使來大同塞求貢，被邊將擅殺，

以首報功。六月甲辰，俺答進犯宣府，千户汪洪戰死。冬十月癸巳，代府奉國將軍朱充灼謀反，伏誅。甲午，殺張皇后兄張延齡。

十二月二十三日，四妹出生，後歸張仰。

《類稿》卷十二《明故文臺張君配王孺人墓誌銘》云：『孺人姓王氏，父即怡朴公，封湖廣按察司僉事；母馬氏，封孺人，贈太宜人。太宜人生女四，孺人即宜人第四乳也。生十八而歸文臺君……時萬曆之庚子十二月念一日，距生嘉靖丙午十二月念三日，得年僅五十有五。』

嘉靖二十八年己酉（一五四九）　二十歲

春二月辛亥，晋南京吏部尚書張治爲禮部尚書兼文淵閣大學士，國子監祭酒李本爲少詹事兼翰林學士，入内閣，並預機務。三月丁亥，皇太子朱載壡薨。

十二月十日，高承順生。

《類稿》卷十二《明故高孝子旭崖先生墓誌銘》云：『先生名承順，字于理。高贈君以先生多孝行，改字孝卿，旭崖，其别號也……生以嘉靖乙酉十二月十日，卒以萬曆癸巳正月廿又一日，享春秋六十有九。』

嘉靖二十九年庚戌（一五五〇）　二十一歲

春三月壬午，賜唐汝楫等進士及第、出身有差。夏五月辛卯，重修《大明會典》成。秋八月丁丑，俺答大舉進犯，攻打古北口，薊鎮兵潰敗。戊寅，寇至通州。詔檄諸鎮兵勤王。壬午，寇薄都城，畿甸大震。上御西苑，召嚴嵩、徐階入議軍事。甲申，寇退。丁亥，仇鸞敗績於昌平。殺兵部尚書丁汝夔、侍郎楊守謙。九月乙未，罷團營，復三大營舊制，設總督京營戎政一員，以仇鸞任之。

是年，娶同知茶陵州南田公長女陳氏，後封贈宜人。

《行實》云：『配陳氏，封宜人，同知茶陵州南田公元女，母彭氏。年十九歸公……宜人後公生二年。』

《墓誌銘》云：『陳宜人，公配也……父同知茶陵州南田公，母彭氏宜人，所自出也。年十九歸公。』

按：王圻較陳氏年長兩歲，故陳氏十九歲嫁給王圻時，王圻二十一歲。

王圻與陳氏宜人育有四子，即長子思忠，次子思義，第三子思孝，第四子早夭，不知其名字。有女兒二人。

《行實》云：『凡爲公生三男子、二女子……丈夫子三人：思忠，鴻臚寺鳴贊，娶李，庠生李公次女；次思義，太學生，娶楊，工部郎楊公幼女，卒；次思孝，娶張，富峪衛經歷張公幼女，夫婦俱先卒。女二人：長適岳州府通判聶聞詩，卒；次適廣寧衛經歷李傳芳，亦卒。』

《行狀》云：『子三人：長鳴贊思忠，娶李氏；次太學生思義，娶工部郎楊公女；次思孝，娶衛經歷張公女，夫婦俱先卒。女二：長適岳州通判聶公聞詩，次適衛經歷李傳芳，俱卒。』

《墓誌銘》云：『爲公生三男子、女二。思忠，南京鴻臚寺鳴贊，娶于李，其長也。思義，太學生，娶于楊，其次也。思孝，娶于張，夫婦俱先卒，其三也。長女適岳州府通判聶聞詩，次適廣寧衛經歷李傳芳，亦俱先卒。』《類稿》卷十五有《哭第四兒》詩，其題注曰：『是兒生，偶值公出，今亡亦然，時萬曆己卯秋八月廿二日也。』

按：王圻第四子於萬曆七年秋夭折，時王圻五十歲。是年王圻典山東武舉，題注中『公出』當指此事。

湯顯祖生。顧秉謙生。

按：顧秉謙，字六吉，號益庵，南直隸蘇州府崑山縣人，萬曆二十三年進士及第，即王圻夫婦合葬墓誌銘之作者。

嘉靖三十年辛亥（一五五一）　二十二歲

春正月辛丑，謫錦衣衛經歷沈鍊於邊。冬，俺答數犯大同。

九月二十五日，許維新生。

按：許維新，字周翰，號繩齋，山東聊城人，萬曆十七年進士。

是年，『前七子』之一王九思卒，享年八十四歲，有《渼陂集》。

嘉靖三十二年癸丑（一五五三）　二十四歲

春正月庚子，下兵部員外郎楊繼盛於獄。二月甲子，倭寇犯温州。閏三月，海賊汪直糾集倭人侵略臨海各郡，並兩次攻破上海。秋七月，俺答大舉入犯，至九月辛酉方退。冬十一月，倭寇自崇明逸至常熟，擾及上海、嘉定等處，凡十九日始去。

是年，長子王思義出生。

按：《類稿》卷十四《赴蜀别諸子》詩云：『大郎弱冠過，文字殊鄙俚。二郎年十七，試弄墨與紙。稚兒僅成童，經卷不挂齒。』可知王思義比二弟思忠大四歲，比三弟思孝大六歲。又考得王思孝生於嘉靖三十八年，故思義應於是年出生。

張子雍卒，卒年五十七歲。

《類稿》卷十二《明故隱君張懷耕暨配楊孺人合葬墓誌銘》云：『隱君生於弘治之十年，卒於嘉靖之三十二年，享春秋五十有七。』

嘉靖三十六年丁巳（一五五七）　二十八歲

春二月，俺答犯大同。夏四月甲午，倭寇犯如皋，官軍追擊，敗之。五月癸丑，倭寇犯揚、徐二州，遂入山東地界。六月乙酉，淮揚兵備副使于德昌擊倭寇於安東縣，敗之。

是年，次子王思忠出生。

嘉靖三十七年戊午（一五五八）　二十九歲

春，倭寇大至，犯浙江台、温等府。夏四月辛巳，倭寇自台、温等府進犯福建之福州、泉州等地。丁亥，總督胡宗憲得白鹿於舟山，獻之。秋七月癸巳，胡宗憲再獲白鹿於齊雲山，獻之。冬十月己未，命郎中唐順之視師浙江，與胡宗憲協謀剿倭。

是年，胡天球卒，年僅三十歲。

《類稿》卷十二《明故待贈果齋胡公暨配陳孺人合葬墓誌銘》云：『胡公生卒皆嘉靖，自戊午距其生己丑，得年僅三十。』

嘉靖三十八年己未（一五五九）　三十歲

春三月癸巳，倭寇犯浙東之象山，海道副使譚綸敗之於馬岡。甲午，逮總兵官俞大猷至京師。夏四月丁未，倭寇犯通州。辛亥，總兵盧鏜敗崇明之倭於三沙。五月辛巳，詔錦衣衛逮總督薊遼右都御史王忬至京師，下鎮撫司拷訊。

是年，第三子王思孝出生。

《類稿》卷十三《祭男思孝文》云：『萬曆四十二年七月八日，汝父遣汝季子昌祖祭告于亡兒思孝之靈，曰：汝今年五十有六。』

按：王圻有孫七人，其中思忠所出者二人：昌言、昌明；思義所出者二人：昌會、昌紀；思孝所出者三人：昌胤、昌祚、昌祖。有孫女十二人。《墓誌銘》云：『孫男七：昌言，邑諸生，娶于徐；昌明，邑諸生，娶于張。思忠出也。昌會，乙卯舉人，娶于顧；昌紀，邑諸生，娶于吴。思義出也。昌胤，太學生，娶于郁；昌祚，娶于包；昌祖，娶于劉。思孝出也。』

是年，楊慎卒，享年七十二歲，有《升庵全集》。

嘉靖四十年辛酉（一五六一）　三十二歲

秋七月庚戌，俺答犯宣府，副總兵馬芳禦却之。冬十一月甲午，加禮部尚書袁煒太子太保，改户部尚書兼武英殿大學士，入内閣，預機務。

六月二十八日，同邑張士毅卒，年僅五十七歲。

《類稿》卷十一《誥贈大中大夫廣東布政司右參政近松張公暨配誥封陸太淑人行狀》云：『贈中大夫、廣東右參政近松張公者，吾松華亭人也……公諱士毅，字子强，别號近松……公生弘治乙丑十二月二十六日，卒嘉靖辛酉六月二十八日，年僅五十有七。』

嘉靖四十二年癸亥（一五六三）　三十四歲

夏四月庚申，倭寇犯福建福清等處，總兵官劉顯、俞大猷合兵將其殲滅。丁卯，副總兵戚繼光率浙兵至，與劉顯、俞大猷合兵，大破倭寇。

九月四日，嚴有威生。

《類稿》卷十一《明故文學冲如嚴公墓誌銘》云：『君諱有威，字冲如，世居嘉定之大場里。』又云：『距君生癸亥九月四日。』又云：『君之子從禮與余孫昌言又寮婿也，故益習君之爲人。』

嘉靖四十三年甲子（一五六四）　三十五歲

春二月戊午，倭寇犯仙游縣，總兵官戚繼光大敗之，福建倭亂平定。夏六月辛卯，倭寇犯海豐縣，總兵俞大猷大破之。

是年，王圻文章獲時任南京學政耿定向賞識，由此通過鄉試，得中舉人。與王圻同年中舉者尚有同鄉陸從平、唐繼賢等。

《怡朴府君行狀》云：『甲子歲，圻叨舉於鄉縣。』

《墓誌銘》云：『嘉靖甲子，舉于鄉。』

《洪洲公傳》云：『甲子歲，楚中耿恭定公爲督學使，亦賞識公文，裒然舉首，而公即以是年舉于鄉。』

《類稿》卷六《壽分水令汾州唐公七衮序》云：『歲在甲子，不佞圻與公同舉於鄉。余時三十有五，公二十有七……圻與公同舉，兒子又與公之伯子爲兒女姻。』

《類稿》卷十一《明故中大夫自齋陸公行狀》云：『余憶甲子秋與公同領鄉書，屈指四十六年所矣。』

是年冬，王圻與唐繼賢一同進京參加次年會試，行至齊魯間，王圻忽患眼疾，不能前行。時行程

逼迫，唐繼賢以言語激勵，王圻遂力疾前行，終如期抵達。

《類稿》卷六《壽分水令汾州唐公七衮序》云：『憶甲子之冬，同公偕計，行至齊魯間，適雙眸作楚，勢既不能前，而投牒之期又迫。余謂：「公幸努力往矣，無煩顧不佞。」公曰：「即君不進，余亦南轅耳。」余奉公言，勉爲公先驅，遂倖冒南宫。』

是歲，與同鄉喬水心等暢游燕地。

《類稿》卷三《送中翰水心喬丈乞假南還序》云：『余與君游燕以甲子歲時，則鄉之人並馬長安者凡若干人。』

嘉靖四十四年乙丑（一五六五）　二十六歲

春正月丁未，景王朱載圳薨。三月辛酉，嚴世蕃逮至京師，伏誅。夏四月庚辰，吏部尚書嚴訥、禮部尚書李春芳並兼武英殿大學士，預機務。冬十月丙戌，逮胡宗憲至京師，下獄，後自殺。

在京參加會試，並進士及第，釋褐授清江知縣。歸有光亦於是年舉進士，得與王圻同年。

《怡朴府君行狀》云：『（圻）登乙丑進士。人蓋多府君善教云。不肖圻既釋褐清江令，府君則戒以平操斷、潔檢守。』

《墓誌銘》云：『嘉靖甲子，舉于鄉，明年，登進士第，釋褐而得清江令。』

《明史》卷二八六《陸深傳》云：『嘉靖四十四年進士，除清江知縣。』

嘉靖四十五年丙寅（一五六六）　三十七歲

春二月癸亥，户部主事海瑞上奏疏，世宗大怒，逮瑞下詔獄。冬十一月己未，世宗不豫。十二月庚子，駕崩，年六十。壬子，裕王朱載垕即位，是爲明穆宗。

王圻在清江知縣任上。是年，朝廷下令丈量田地，王圻駕車行阡陌間，率領清江百姓行朝廷之法，尺寸盈虧，王圻皆了然於心，縉紳、里胥不敢有纖毫隱瞞。因爲王圻一次性將政策落到實處，故萬曆朝又下令丈量田地時，清江縣吏民獨免二次紛擾。有臨邑民侵占清江之田地，兩縣民衆相争不下。王圻親至現場，盡奪被侵之田歸還其民，清江之民由是多感激於圻。

《行狀》云：『筮宰清江，躬巡陌阡，度田定則，利農氓永永。復返侵地于隣，囂疏滯訟，解錯紛治，辨聲大起。』

《行實》云：『釋褐清江令。未幾而有度田之事，公循行阡陌間，摘其一從輿中屈指計之，盈縮立見。人咸謂公指掌中有勾股法，毫髮不敢欺。萬曆初，復下度田之令。諸邑紛紛，惟清江士民競謂已經王公度，尺寸不能增損，一仍舊貫，第移文報成事而已。先是，清江與鄰邑有虞芮之争，歷年未决。公以幅員計之，卒歸侵田，民益用德。』

《墓誌銘》云：『初令清江，屬有度田之役，單車行阡陌間。時一有所摘，從車中屈指立得其虧盈，里胥皇恐，莫敢隱尺寸。至萬曆初，下令大度田，海内紛擾。邑獨以公所已度，不復能增損，第移文報成事而已。其民至今德之。又旁邑侵其境中田，争久不决。公至盡奪以歸民，民益用德。』

按：王圻在清江任上度田還地等事，史傳皆不詳其年月，只知爲其『初令清江』時之事，故暫繫於本年。

在清江縣令任上，受徐爌委托，同吴坤、唐寵等同僚著手編輯新版《繩尺論》，未及完丁，便轉調萬安縣令。

《類稿》卷四《精選繩尺論序》云：『丙寅，叨令清江，適吴内文宗巖泉徐老先生以名御史督學江藩。士經一校第，文輒入彀，然猶謂論之稍外于繩尺也。命余選是編，以課所進諸生。余乃乘案牘之暇，與學博吴君坤、唐君寵，選其文之易於模效、格之近於時製者若干篇，謀廣其傳。事未竟，而改置萬安之報至矣。』

明穆宗隆慶元年丁卯（一五六七）　三十八歲

春正月乙亥，上大行皇帝尊謚曰『肅皇帝』，廟號『世宗』。二月乙未，册妃陳氏爲皇后。以吏部侍郎陳以勤爲禮部尚書兼文淵閣大學士，禮部侍郎張居正爲吏部左侍郎兼東閣大學士，預機務。三月壬申，葬肅皇帝於永陵。壬午，册妃李氏爲貴妃，神宗之母也。夏四月，重録《永樂大典》書成，晉高拱、張居正等官。五月丁丑，高拱罷。秋八月，刑部郎中王世貞與弟世懋，伏闕爲父王忬訟冤。大學士徐階助之，詔復忬官。

是年，王圻從清江知縣任上轉調爲萬安縣令。清江民衆感戴王圻政德，不願其離去，與萬安民衆争之不得，乃爲其立生祠。自清江至萬安途中，王圻繼續編寫《精選繩尺論》，並於本年完

工付梓。

《行狀》云：『解錯紛治，辦聲大起，而萬安迺獲以劇幸借公矣。』

《行實》云：『以能理劇移公萬安。兩邑之民相争境上，清江之民曰：「此故吾父母也。汝安得奪之？」萬安之民曰：「今則吾父母也。汝安得終有之？」業有成命，遮馬首泣别，相率創祠，肖像祀公。』

《墓誌銘》云：『明年，登進士第，釋褐而得清江。俄劇萬安……兩邑争之境上，若潘懷縣。及既去，清江之民爲創生祠祀之，又若吕荆州也。』

《類稿》卷四《精選繩尺論序》云：『事未竟，而改置萬安之報至矣。既又携之行笥，以屬司教沈君鰲、蔣君聞禮、熊君濂，重加校正，遂命諸梓。』

隆慶二年戊辰（一五六八）　三十九歲

春三月辛酉，立皇子翊鈞爲皇太子，詔赦天下。秋七月丙寅，徐階致仕。

在萬安任上，查明屠户殺人和徽商失竊兩起案件，邑民譽爲『神君』。

《行實》云：『公在萬安，有囚殺人投尸垣外，久訊不承。血染一矮几，公指几謂囚：「非若手刃，几血何爲哉？」囚謂：「小人故屠者，此屠血所染耳。」公度不能困以辭，且縶囚於獄，置几中庭，暇則熟察之。一日，令隸覆几，則兩手血指宛然相抱。公即呼囚訊曰：「若雖屠，然安得兩手指血及几腹？若投尸垣外，抱是几藉足耳。」囚則叩首承。徽賈嘗被竊不貲，所獲盜乃一婦人與孺子，訊亦不承，曰：「一婦人與三尺之童，能胠篋乎？」公心是之，因令尉大索其家。家徒四壁，無所得。令再索，從爨下積土中獲小銅權。徽賈謂：「此吾家物也。」因呼婦訊之，立承。蓋婦係宿偷，而孺子則用以抉扃。闔邑稱爲「神君」。』

《洪洲公傳》云：『其在萬安，按殺人投尸垣外者，則以几上血指驗之；按行賈被劫途次者，則以爨下銅器決之；而一凶徒、一婦人、豎子皆伏其辜，噤口不敢辯。』

又革除當地不良習俗，工部尚書朱衡譽爲『循良第一』，比於西門豹之治鄴。

《行實》云：『其俗都役婦人，市中凡有井泉處，往往借行汲以爲東門之會。公曰：「男女別途之謂何？」下令嚴禁，不逾時而俗改。大司空鎮山朱公指爲循良第一，事比於西門豹之投巫。』

《墓誌銘》云：『又俗負販都，婦人往往借行汲爲東門之會。公下令禁之，肅然頓革。大司空朱公稱爲「循良第一」，比于西門豹之投巫。』

《洪洲公傳》云：『俗故多婦女入市中，往往借汲泉爲東門之會，公下令嚴禁，而自是男女別于途矣。』

重建雲興書院，並撰《雲興書院記》。

《類稿》卷八載是記文云：『雲興書院何始乎？始于今上踐皇圖之二年也。舊無矣而新建之……』

按：雲興書院在江西萬安，故繫於此。

九月，因王圻在清江、萬安任上政績斐然，擢爲雲南道監察御史，其妻陳氏亦在此時受封孺人，後又封宜人。

《穆宗實録》卷二四云：『九月，召圻爲雲南道監察御史。』

《墓誌銘》云：『以治行高等，徵爲侍御史。』又云：『陳宜人，公配也。初以公萬安考滿封孺人，繼又封宜人也。』

於赴雲南道監察御史途中，校訂《詩林廣記》一書。

《類稿》卷四《重刻詩林廣記序》云：『戊辰春，余以計事覲新天子。奉璽諭，令之復任。于是辭燕山，溯汶、濟，涉清淮，經吴會、武林而之江藩。上下數千餘里，歷覽江山之勝，凡兩越月。暇則坐風檣下，展《韻林》一卷而讀焉。訛者訂之，失次者序之，入治境而繙閲周矣。』

是年，開始著手搜集材料，計劃編纂《續文獻通考》。

《續文獻通考凡例》云：『余嘗從臺臣之後，凡六曹文牒暨諸先賢奏牘，咸口誦手録，得什一于千百。』

温純《續文獻通考序》云：『元翰故同余舉進士，又同應召。余給事禁中，元翰爲西臺御史，日相與聚談今昔典故，乃元翰則慨仲尼説禮，憂杞宋無徵，由文獻不足，以不大用於世。益肆力搜羅，且四十年，遂成此考示余。余卒業而抵掌快之。』

按：温序作於萬曆三十一年，所謂『且四十年』，約舉成數而言。其實王圻於隆慶二年遷監察御史後，纔有機會『嘗從臺臣之後』，搜集有關明代朝章典故的第一手資料。故將編纂《續文獻通考》的起手時間繫於此年。

是年，友人陸從平進士及第，釋褐得清豐縣令。

隆慶三年己巳（一五六九）　四十歲

冬庚申，召高拱復入内閣。

春正月，上《劾總兵馬芳疏》，見《類稿》卷一。

《穆宗實録》卷二八云：『隆慶三年正月癸亥。石州之敗，副總兵田世威、參將劉寶既下獄論死，至是，宣府總兵馬芳有功，廕一子。千户芳上疏言：「世威、寶以千餘弱卒抗數萬方張之虜……願寢臣廕子之命，爲二臣贖罪。」御史王圻因劾芳恃功黨私，無人臣禮。』

三月，王圻、温純等上疏，請求穆宗服孝滿後應勤勉政事，及時批閲奏章，善於向群臣咨詢政事。

《穆宗實録》卷三十云：『三月丙寅，禮科都給事中王之垣、吏科左給事中温純、工科左給事中龍光、雲南道御史王圻等各疏：請當聖孝吉除之日，延問群臣，覽决章奏。』

夏閏六月，上《覆編商人事宜疏》，見《類稿》卷一。

秋七月初二，河决沛縣，自考城、虞城、曹、單、丰、沛抵徐州，俱罹其害。初四，王圻上《修政彌災疏》，見《類稿》卷一。

《穆宗實録》卷三五云：『七月甲申……禮科都給事中王之垣、雲南道御史王圻各請務修省之實，以彌變異。』

七月二十日，上《劾中官聾昶疏》，見《類稿》卷一。

八月壬戌，以禮部尚書趙貞吉兼文淵閣大學士，預機務。

九月二十日，穆宗準備在京營校場檢閱將士，命王圻等人監射。

《穆宗實録》卷三七云：『九月庚寅，命恭順侯吴繼爵、安鄉伯張鉉、吏部左侍郎王本固、户部左侍郎劉自强分閲千把總以下及軍士武藝，御史向程、劉堯卿、王圻、蘇士潤監射。』

冬十月二十六日，上《劾欺弊邊臣疏》，見《類稿》卷一。

十一月十六日，上《請宥言官公疏》，見《類稿》卷一。

十二月，吏部尚書楊博致仕。王圻上《留楊太宰疏》，見《類稿》卷一。己亥，命廠衛刺部院事。

按：《類稿》卷一有《請止廠衛暗訪公疏》，疏中云『臣等於隆慶三年十二月初一日』，疑即針對穆宗此命而發。

隆慶四年庚午（一五七〇）　四十一歲

春二月二十日，上《請釋羈臣疏》，見《類稿》卷一。

三月九日，奉命外出巡視長蘆鹽政，未及往，因此前曾忤權相旨，出爲福建按察使。

《穆宗實録》卷四三云：『隆慶四年三月丙子，陞山西布政使司左參政孫一正爲按察司按察使，山東道御史劉思賢、楊柏爲副使，雲南道御史王圻、陝西道御史周以敬爲僉事……以敬廣東，圻福建。』

《行實》云：『會江陵與内江交惡，令人風公攻之。公謂：「内江當世賢者，攻之何名？吾不能殺人媚人。」江陵由此恚公。新鄭繼相，素與華亭相公有郤。公以華亭爲鄉先達，而新鄭又爲乙丑南宮座師，上書願廣德意，弃前惡。新鄭陽浮嘉之，而心實恨公，謂公私其鄉人。二憾側目，公遂一日不能立朝矣。時方奉璽書督長蘆鹺政，未按部而出公僉閩臬。』

《墓誌銘》云：『視鹺長蘆。未及往，以忤權相旨，出僉閩臬，復謫倅邛州。』

《明史》卷二八六《陸深傳》云：『初，圻以奏議爲趙貞吉所推。張居正與貞吉交惡，諷圻攻之，不應。高拱爲圻座主，時方修隙徐階，又以圻爲私其鄉人不助己，不能無恚，遂摭拾之。』

按：王圻因正直不阿，爲高拱和張居正所不容，故遭排擠出朝廷。《類稿》卷十有《上座師高中玄相公》，當作於此時。

出僉閩臬時，所轄汀州連城縣有賊張文欽、陳文岱等，聚衆作亂已有十年之久。王圻到任伊始，設計平定之，梟賊首以明正法，並遣散賊衆，使其歸農。

《洪洲公傳》云：『其在閩臬，汀之巨盗有張文欽、陳文岱等聚衆劫掠者，頻年以來，擾害地方不小。公則先招流移，賑單弱，而後乃設方略，分兵四襲之，殲其魁三四人，斬俘百餘人。而所生獲賊黨千餘人者，公又不忍加誅，下令軍中各去一指，解縛散之田間，卒得再生爲良民，皆公賜矣。』

作《聖人一天人贊化育之道》，見《類稿》卷十。

按：本篇題注云：『萬曆庚午福建程論。』查萬曆無庚午年，推測應爲王圻任福建按察使期間作，因繫於本年。

卜官爵所至，做夢有所應。

明吴履震《五茸志逸》卷七：『王洪洲僉閩時，走人祈官爵所至。夢人言：「官與城隍廟隔壁。」既寤，不省何謂。已浮沈幾二十年，督楚學政，其公署正逼城隍廟。雖遷轉秦中，竟以此挂冠，夢亦神矣。』

十月，以御史故秩謫爲邛州判官。

冬十一月乙酉，趙貞吉罷。

按：本年，王圻所作奏疏尚有《擬馬政疏》《先上分營議》和《後上分營議》三篇，皆不著具體月日。考其於本年春出京巡視長蘆，尋又出僉閩臬，十月已被貶爲邛州判官。故此三篇當作於本年春夏間。

是年，『後七子』領袖李攀龍卒，卒年五十七歲，有《滄溟先生集》。

隆慶五年辛未（一五七一）　四十二歲

在邛州判官任上。

春二月甲午，**廷臣及朝覲官謁皇太子於文華門。三月，起復楊博爲兵部尚書。**

是年，歸有光卒，卒年六十五歲，有《震川先生集》。

隆慶六年壬申（一五七二）　四十三歲

夏五月己酉，穆宗病危，召大學士高拱、張居正、高儀入，受顧命。庚戌，帝崩於乾清宮，卒年三十六歲。遺詔以馮寶掌司禮監。

夏，攝夾江，倡建名宦祠。

光緒《夾江縣志》卷十一載陳邦寶《名宦祠告文》：『隆慶六年壬申夏四月二十三日……雲間侍御王洪洲謫判臨邛，委攝是邑。視學時，見而傷之，乃搜求邑乘，得李公百藥等十人，請於督學使坪石屠公，允而行之，命立木主專祠於孔廟之側。』

游覽鶴鳴山與霧中山，撰《游鶴霧二山總記》

《類稿》卷八載是記文云：『歲隆慶壬申之夏，會余以公事入其邑。邑侯胡心谷君知余素有登臨之興。』

遷進賢縣令，適母馬氏宜人病逝，丁母憂而歸。

《怡朴府君行狀》云：『卒之日，距所生正德辛未正月二日，享春秋八十。配先妣封孺人、晉贈太宜人馬氏，先府君一十九年卒。』

《行狀》云：『及自邛量移進賢，未任，歸守馬太宜人制。』

《行實》云：『數月量移進賢，未莅任，丁太宜人艱。』

《墓誌銘》云：『稍遷進賢令。丁馬宜人艱，歸。』

按：王圻之父卒於萬曆十八年，故知其母當卒於本年，其遷進賢令亦當在本年。

明神宗萬曆元年癸酉（一五七三）　四十四歲

是年，赴四川游歷，有《赴蜀别諸子》詩。

按：《類稿》卷十四載此詩，有『稚兒僅成童，經卷不挂齒』之句，知是其第三子思孝初成童時作，考思孝生於嘉靖三十八年，十五歲時當是萬曆元年。

赴蜀期間，另作有《將至渭南憶養齋兑隅二侍御》《渭南懷古二首》《馬嵬坡》《御愛山》《松林驛》《周坪庵》《滴水崖》《過七盤山》《朝天嶺》《槐樹驛》《謁武公祠》等詩，俱見《類稿》卷十四。

萬曆三年乙亥（一五七五）　四十六歲

秋八月丙子，以禮部侍郎張四維爲禮部尚書兼東閣大學士，預機務。

是年，王圻丁母憂服闋，補曹縣令。在任上推行條鞭之法，民德之，爲立生祠。

《行實》云：『服闋，補曹。在曹平徭役，均賦税，曹人至今蒙公利。』

《行狀》云：『補曹，均役平賦，民德之至今。』

《墓誌銘》云：『稍遷進賢令。丁馬宜人艱，歸。再補曹縣。』

作《除夕偶占時尹曹縣》詩，見《類稿》卷十五。

『後七子』之一謝榛卒，享年八十一歲，有《四溟集》。

萬曆四年丙子（一五七六）　四十七歲

從曹縣任上離去，擢爲開州守。在開州任上推行一條鞭法，改革賦税，設法資助貧寒學子，開州人德之。

《行實》云：『擢守開州，曹人思公，生祠公如萬安。公之刺開，開賦素無度，應輸一緡者常輸二緡，開人苦之。公爲條鞭法，所減緡錢萬，歡呼載道，未去開，固已家尸而户祝矣。開士有貧而不給於膏火者，公養於學舍。故事，屠家日屠一豕，輸錢六文，歲可得數百緡，例以給守衙厨之費。公悉推佐貧士讀，至相繼起家大官人，咸德之。』

《行狀》云：『旋擢守開，首行條鞭法，以蘇民之疲于倍輸者，往例榷屠日枚豕，而剥其脂自肥也。公悉推之，佐諸士膏火費，以故士民戴公若父師然。』

《墓誌銘》云：『再補曹縣，已擢守開州。』

《洪洲公傳》云：『其在開州，則首行條鞭法，以蘇民之疲于倍輸者。減緡錢以萬計，而又養貧士于學宫，推所輸屠家例納數百緡，以佐其膏火之費。』

修葺明道書院，並撰《重修明道書院碑記》，見《類稿》卷八。

按：明道書院在開州，王圻在開州僅一年，此文當於本年撰成。

萬曆五年丁丑（一五七七）　四十八歲

春三月乙巳，賜沈懋學等進士及第、出身有差。夏四月，兵部尚書譚綸卒。

自開州調任青州，任青州同知。去開之日，開民苦留，不能得。至青，時青州守有疾，不能視事，賴王圻代理其職，青人咸願其即真。

《行實》云：『治開甫一期，即徙貳青州。開人扳留不得，爭之于兩臺，又不得，則聚數百人直走京師，哄于大冢宰前。其爲首數人引刀自剄曰：「奪我父母，何用生爲？」從人亟救，已血殷堂皇。冢宰王公國光駭而且羨：「何開州守感人如此！」奈有成命，勢難反汗，因勉慰之曰：「姑令福此青州民，旋當以監司臨爾地。若輩蒙庥無窮也。」開人始解散去，猶啼號不已。』

《行狀》云：『及至青，代病守治，名貳也，實守也。』

《墓誌銘》云：『逾年有青州之命，開人遮留之不得，爭之兩臺，又不得；乃走數百人京師，直哄大冢宰前，至有引刀自刺者。冢宰王公國光且駭且羨，顧業有成命，温詞諭遣之曰：「不久當以監司莅爾土，令福爾一方民耳。」開人號泣以去。及貳青，守善病，常行守事，咸願得公爲真。』

莊履豐《開州知州上海王公生祠記》云：『上海王公之爲開州守也，蓋堇堇一年所，而擢拜青州丞以去。』

是年，有《移青自述》《別開州僚友》《別開州諸生》《別開州士大夫》《開州耆老數十輩之青問候詩以遺之》等詩，俱載《類稿》卷十四。

萬曆七年己卯（一五七九）　五十歲

在青州同知任上。

春正月戊辰，下詔毀全國書院。夏五月，蘇、松大水。

秋八月，奉詔提典己卯科山東武舉，作《己卯科山東武舉程策》（見《類稿》卷十一）和《明主内修外治己卯科山東武舉程論》（見《類稿》卷十），得張居正好評，前嫌頓釋。

《行狀》云：『是年己卯，直指秀峰錢公典東省試，檄公分校而陰藉公屬程式文録上。江陵大賞服，卒以直指歸美公，故至釋舊郤。』

二十二日，王圻第四子夭折，時圻在山東，因作《哭第四兒》詩遥祭之。

《類稿》卷十五《哭第四兒》，題注云：『是兒生，偶值公出，今亡亦然，時萬曆己卯秋八月廿二日也。』

是年，山東巡撫趙賢囑王圻校刻《讀書全録》，書成，王圻作跋。

《類稿》卷九《跋文清公讀書全録後》云：『然《讀書録》久行于世，《續録》有刻本，流播未廣。古青冀康川先生偶得善帙，陳之棐几。撫臺汝泉趙公一見悦之，乃出先所刻《前録》於楚中者授圻，令集學博莊文龍、方文光重加讎校，并鏤諸木，以頒示經生，題曰《讀書全録》。』

萬曆八年庚辰（一五八〇）　五十一歲

春三月丁卯，賜張懋修等進士及第、出身有差。秋七月，俞大猷卒。

是年，王圻以政績優良，朝議評爲京省第一，故擢僉楚臬，備兵武昌。赴楚途中，作《庚辰夏渡楊子》詩，見《類稿》卷十五。

《行實》云：『程義多出公手，讀者歎服，推爲是科京省第一。公文武兼資，嘗注《武經七書》，兩院即令公教授良家子弟，一時材官人人知韜略。佐青四年，循良舄奕，數騰薦剡，選人屢以公名上。時江陵秉鈞，屢寢不報，則猶以前嫌。後閲《山東録》稱善，以爲錢侍御秀峰公撰造也。他日見而亟賞之，錢謝不敢掠人美，實前御史今二青州王某筆也。江陵不覺心折。又公之清風亮節，所在翕然，江陵不能終異公論。久之，擢僉楚臬，備兵武昌。』

按：王圻於萬曆五年任青州同知，『佐青四年』，可知是年即離青赴楚。

在青州期間所作詩文尚有《立春偶作》《除夕》《丹陽道中書懷》等。

萬曆九年辛巳（一五八一）　五十二歲

在武昌兵備任上。

冬十一月己巳，由武昌兵備改任湖廣按察司僉事。

《類稿》卷二《贈憲長沈玉陽擢山西岳伯序》云：『公萬曆辛巳歲官參政，總楚糧儲。余適來治武漢兵巡事……已余改視學政，公由大參擢觀察使。』

《神宗實録》卷一一八云：『萬曆九年十一月己巳，陞……山東青州府同知王圻爲湖廣按察司僉事。』

《墓誌銘》云：『已僉楚臬，備武昌兵，尋改督其學政。』

是年，《洗冤集覽》脱稿，並親自作序。

《類稿》卷四《洗冤集覽序》云：『余筮仕一十六載，爲邑者四，爲州者二，爲御史、爲臬僉者各一，然皆有刑章之寄焉。故嘗搜輯古今圖説，及當代令甲，凡有裨於檢勘者，次第筆之。久而成帙，因摽其端曰《洗冤集覽》。』

按：王圻於嘉靖四十四年步入仕途，十六年之後當爲萬曆九年，故繫是書於此。

萬曆十年壬午（一五八二）　五十三歲

夏六月乙巳，加張居正太師，丙午，張居正卒。

九月甲戌，由湖廣按察司僉事改任提督湖北學政。督楚學政期間，王圻應當地士子請求，開始留意自己積年所作詩文，準備編訂文集。

《神宗實録》卷一二八云：『萬曆十年九月甲戌，調湖廣武昌兵備僉事王圻提督學政。』

郭正域《王侍御類稿序》云：『王先生來督楚學……於是二三子從諸縉紳先生以請曰：「夫子之文章可得而聞也。」』

因侍御史錢岱推薦，典壬午科湖廣武舉，並作《壬午科湖廣武舉程策》（見《類稿》卷十一）《王者必有股肱羽翼以成威神壬午科湖廣武舉程論》（見《類稿》卷十）及《湖廣武舉鄉試録後序》。

《類稿》卷四《湖廣武舉鄉試録後序》云：『萬曆壬午，例當大比文武士于鄉。侍御錢公既推選秀異，録獻闕下。無何，以内艱行少司馬。督撫陳公祇奉會典，舉楚材官士。圻督學吏，濫典監試之役。録成，司馬授簡，令綴言于末。』

爲革新楚地學風，作《示諭全楚諸生條約》，見《類稿》卷十一。

按：此文不署年月，然考其内容，必爲督楚學政時所作，故繫於此。

《洪洲公傳》云：『其爲學使者，則崇行誼，峻坊表，端軌範，嚴規條，試士必先論、策、表而後經書。蓋因隆萬以來，楚雖有材，博覽竑肆者蓋眇。一經外，叩以絃議綺語及經濟之務，茫然。故公以高皇功令申示，不逾年而士皆含今茹古，公實啓之。且楚士多奔競，亦多作奸，而公一切禁止。考試之日，止令兩吏傳題，一庖供爨，曩年積弊，至公而盡掃除矣。』

徐階八十壽辰，作《壽太師存翁徐相公八十序》。

《類稿》卷六載是序文云：『萬曆踐圖之十載，實少師存齋徐公八袠壽辰……某方濫竽楚臯，恭閲邸報，不覺離次長跽……』

十月，潘恩卒，爲之撰《祭潘恭定文》，見《類稿》卷十三。

萬曆十一年癸未（一五八三）　五十四歲

在楚中湖廣提學僉事任上。

春閏二月，徐階卒，享年八十一歲。王圻撰《祭徐文貞文》，見《類稿》卷十三。

三月甲申，追奪張居正官階。

秋，喬懋敬陞任廣西布政司參政，王圻爲其作《送觀察喬純所擢廣西藩伯序》。

《類稿》卷二載是序文云：『萬曆癸未秋，觀察喬公以參知俸與恩典會，得加封三代，壽太夫人於臬邸。世以爲榮，諸大夫以文屬余，嘗爲之侈其事矣。未幾有詔，擢公爲廣西右藩。』

按：喬懋敬，字允德，號純所，上海人。嘉靖四十四年進士。著名將領兼書法家喬一琦之父。

作《黃庭内外景經洎五臟圖說序》。

序末署云：『萬曆癸未十有一載秋八月既望日，吴人王圻書。』

按：《類稿》卷四所載是文無署名及年月，此據日本公文書館内閣文庫藏明萬曆十一年程應魁刻本《太上黃庭内景經》附《太上黃庭外景經》《黃庭内景五臟六腑圖說》。

是年，父王熠被封爲奉政大夫、湖廣按察司僉事。

《怡朴府君行狀》云：『迨不肖圻提督楚學，三載報績，誥封府君奉政大夫、湖廣按察司僉事。』

萬曆十二年甲申（一五八四）　五十五歲

夏四月乙卯，籍張居正家。秋八月丙辰，盡削張居正官，奪璽書、誥命。

是年秋，王圻奉命往湖南督學，遇李天植。二人皆爲《戴禮》科進士，故一見相知。時李天植有哀集《禮經》群言之志，遂將所搜集資料授王圻，王圻因組織學者開始編訂《禮記哀言》。

《類稿》卷四《禮記哀言序》云：『甲申秋，余奉新命校衡、永士，道出長沙，會臬副李冲涵公亦以《戴禮》成進士，往欲裒集群言，發明宗旨，未有屬也。間與余語，欣然當心，遂出所貯時說數十種，臚列示余；且屬之芟繁證謬，成一家言，俾學者定厥嚮往。余因選取學官博士弟子員，分卷編輯，參互考訂，稿凡數易，始克成編……因名之曰《禮記裒言》云。』

按：李天植，字性甫，號冲涵。《禮記裒言》於甲申秋著手編訂，次年春即告成。

冬十一月，校訂並刊行《古今考》，作《古今考序》。

《跋古今考》文末署名云：『萬曆歲次甲申冬十一月朔吴人王圻撰。』

按：《類稿》卷四所載《古今考序》無署名及年月，此據中國臺灣圖書館藏明萬曆甲申上海王圻校刊本《古今考》。

作《贈大參馮崑峰擢浙江憲使序》。

《類稿》卷二載是序文云：『今歲甲申秋，崑峰馮公以入賀行，行間得新命，擢浙之按察使。』

萬曆十三年乙酉（一五八五）　五十六歲

春三月，作《禮記裒言序》。

序末署云：『萬曆歲次乙酉春三月朔旦，湖廣提督學校吴人王圻書。』

按：《類稿》卷四所載《禮記裒言序》無署名及年月，此據中國國家圖書館藏明萬曆十三年刻本《新刊禮記裒言》。

夏四月，高伯慎卒，年僅四十一歲。王圻撰《明故太學生墨陽高君墓誌銘》。

《類稿》卷十二載是文云：『得年僅四十有一，是爲萬曆乙酉四月十日，距其生嘉靖乙巳十月二十八日。』

五月，爲耿定向《黄安初乘》作序。

序末署云：『萬曆歲次乙酉夏五月朔，賜進士、奉政大夫、湖廣提督學校上海王圻撰。』

按：《類稿》卷四載是文，題云《黄安志小序》，且無署名及年月，此據中國國家圖書館藏清康熙四年刻本《黄安初乘》。

編訂並刊刻《洪洲類稿》四卷。

吴國倫《王侍御類稿序》云：『今公居楚且四年，所樹士多上國所材，亦既有成教矣。始出其《類稿》若干卷，以示内翰郭美命。美命大稱善，以爲可傳傳之，因寓書屬予序。予受而卒業焉……時萬曆十有三年，歲在乙酉，甔甀洞叟吴國倫撰。』

作《跋湖廣乙酉科齒録》。

《類稿》卷九載是文云：『萬曆歲乙酉，楚既舉隽士于鄉，齒筵載張，朋輩咸集。直指使者喜動眉間，損辱嘉誨志諸簡首，謂余僭長一日，當有言以勖其始。』

作《贈管憲副慕雲擢廣右大參序》。

《類稿》卷二載是序文云：『今天子御極之十有一祀，更置賢相，慎簡銓宰……楚臬副慕雲管公建節衡永間，越二年，所譽命上逮，晋參大政于廣右。』

秋九月，作《重刻兩城靳公文集序》。

序末署云：『萬曆歲次乙酉秋九月朔旦，賜進士、奉政大夫、湖廣提督學校僉事、舊治上海王圻頓首識。』

按：《類稿》卷五所載是序文無署名及年月，此據哈佛大學哈佛燕京圖書館藏明萬曆十七年刻本《鞆兩城先生集》。

十月，遷陝西布政司參議。王圻念父年老，且志在著述，遂上疏請辭，乞歸養。

《神宗實録》卷一六七云：『萬曆十三年十月……陞……王圻爲陝西參議。』

《行實》云：『乙酉，有分陝之命，去引年甚遠，即謝政不往。』

《墓誌銘》云：『再遷陝西少參政，致仕。』又：『自以馬宜人卒，不及視含殮爲恨，念奉政公老，遂謝分陝歸。』

郭正域作《送督學王洪洲分陝詩》。

郭正域《合併黄離草》卷七載是詩云：『奈何抱孤蹇，坎凜十二霜。一朝被簡命，秦嶺阻且長。』

萬曆十四年丙戌（一五八六）　五十七歲

致仕歸里，築室淞江之濱，種梅萬樹，目曰『梅花源』。自此隱居上海，以讀書著述爲娱。

《類稿》卷六《壽梧守趙鳳宇先生七衮序》云：『余不佞歲在丙戌，蒙上恩獲歸田間。』

《明史》卷二八六《陸深傳》云：『乞養歸，築室淞江之濱，種梅萬樹，目曰「梅花源」。』

春正月，撰《續文獻通考凡例》。

凡例末署云：『萬曆歲次丙戌春正月朔，上海王圻書。』

開始編撰《道統考》。

《類稿》卷四《魏水洲先生集序》云：『自楚歸里，以蕘牧之暇輯《道統考》一書。』

作《誥贈大中大夫廣東布政使司右參政近松張公暨配誥封陸太淑人行狀》。

《類稿》卷十一載是文云：『太淑人卒於萬曆丙戌五月十一日，距所生弘治乙丑七月八日，享年八十有二。』

余采卒，享年八十二歲。

《類稿》卷十二《明故廣西慶遠府教授竹臞余公暨配薛孺人合葬墓誌銘》云：『時萬曆丙戌四月八日，距其生弘治乙丑七月十九日，得年凡八十有二。』

作《誥贈太宜人李母程夫人行狀》。

《類稿》卷十一載是文云：『太宜人以萬曆乙酉六月十三日壽終于嘉定南翔里第。又明年丙戌，啓賢齋公之壙祔焉，從今禮也。』

按：程夫人爲李汝節之母，李汝節之子娶王圻仲女，李汝節與王圻爲親家。

萬曆十五年丁亥（一五八七）　五十八歲

七月一日，徐黯卒，卒年六十歲。

《類稿》卷十二《誥贈奉直大夫壽州知州徐公墓誌銘》云：『公生於嘉靖戊子十一月二十八日，

卒於萬曆丁亥七月一日，享年凡六十。』

萬曆十六年戊子（一五八八）　五十九歲

作《**甘澍來蘇序**》。

《類稿》卷五載是序文云：『歲在丁亥，愁霖害稼，民鮮生氣。戊子之春，農田甫播，旱魃爲殃。』

作《**明故處士樂耕張君暨配陳孺人合葬墓誌銘**》。

《類稿》卷十二載是文云：『君卒於萬曆戊子七月念有五日，距其生正德戊辰六月念一日，享年七十九。』

作《**明故隱君張懷耕暨配楊孺人合葬墓誌銘**》。

《類稿》卷十二載是文云：『張隱君與余家三世交，晚締姻好。其卒也，余方爲諸生，嘗臨其喪而哭之，而忘其蓋殯也。越三十有五年，余解官歸。其嗣子孝亭君闓持文學陸君狀，請銘於余以葬……隱君生於弘治之十年，卒於嘉靖之三十二年，享春秋五十有七。』

萬曆十七年己丑（一五八九）　六十歲

春三月乙丑，賜焦竑等進士及第、出身有差。

秋冬間，作《故陝西提學副使衡齋潘公遺愛碑記》。

《類稿》卷八載是文云：『萬曆己丑秋，提學副使衡齋潘公卒。逾時里中父老某某數十輩摭公遺事，相率詣余乞言銘之石。』

按：潘允哲，左都御史潘恩子，字伯明，號衡齋，王圻鄉、會試同年。

作《壽扈遇橋八十序》。

《類稿》卷七載是文云：『明歲庚寅十一月爲君攬揆之辰。』

是年，許維新中進士。

《類稿》卷八《郡侯繩齋許公去思碑記》云：『侯名維新，字周翰，己丑進士。』

萬曆十八年庚寅（一五九〇）　六十一歲

春正月，爲父王熠賀八十壽辰。夏六月二十八日，王熠卒。

《怡朴府君行狀》云：『歲庚寅，壽届八十，三邑士大夫稱觴爲賀。府君危坐陪款，竟日無僊容……居三月而痰疾作，又三月爲六月二十八日，巳刻，命兒女輩扶入肩輿，舁至寢門，端然而逝。』

《墓誌銘》云：『又五年而奉政公壽八十，賓筵無虚日。亡何奉政公殁，易戚備至。時公已六十，哀號擗踊，不以年爲解。』

按：《墓誌銘》所云六十，乃取整數而言，是年王圻實已六十一歲。

萬曆二十年壬辰（一五九二）　六十三歲

春二月十二日，將父母合葬一處。

《怡朴府君行狀》云：『不肖圻卜於今年壬辰春二月十有二日癸卯啓先妣宜人柩，合葬於沙洪之新阡。』

暮春之際，同兒子思義往萬竹園觀賞牡丹，作《壬辰暮春萬竹園牡丹盛開義兒邀往觀之口占一律》，見《類稿》卷十五。

六月十九日，堂妹卒，撰《明故張配王孺人墓誌銘》。

《類稿》卷十二載是文云：『孺人春秋六十有二，生以嘉靖辛卯之七月二十五日，卒以萬曆之壬辰六月十九日。』

萬曆二十一年癸巳（一五九三）　六十四歲

春正月，高承順卒，卒年六十九歲。

《類稿》卷十二《明故高孝子旭崖先生墓誌銘》云：『生以嘉靖乙酉十二月十日，卒以萬曆癸巳正月二十有一日，享春秋六十有九。』

夏六月，作《明故富峪衛經歷思莊張公暨配曹孺人合葬墓誌銘》。

《類稿》卷十二載是文云：『亡何，卒長安邸。是爲隆慶之末元。後二十餘年爲萬曆癸巳，公配曹孺人卒。婿方伯喬公、孝廉高公爲視含殮，冢孫堯臣即卜以六月十二日啓公兆同封。然公誌固未備也，因匍匐詣余，口授狀，爲不朽請。』

按：王思孝娶張思莊第四女，張思莊與王圻爲親家。《類稿》卷十三有《祭曹孺人文》。

是年，堂姐卒，卒年六十九歲。

《類稿》卷十一《明故處士孟田侯公暨配王孺人合墓墓誌銘》云：『生嘉靖之乙酉，卒萬曆之癸巳，得年六十有九。』

萬曆二十二年甲午（一五九四）　六十五歲

秋八月，作《明故孝亭張君暨配徐孺人合葬墓誌銘》。

《類稿》卷十二載是文云：『孝亭君生嘉靖己丑六月十日，卒萬曆癸巳十月二十九日；孺人生以庚寅二十日，卒以甲午八月九日，得年俱六十有五。』

萬曆二十三年乙未（一五九五）　六十六歲

秋九月，作《跋榮壽圖後》。

《類稿》卷九載是文云：『歲乙未之菊月，太僕弘齋林公夫人壽六十，日之十有九爲設帨辰。』

萬曆二十四年丙申（一五九六）　六十七歲

閏八月，王珽卒，卒年六十九歲。

《類稿》卷十二《明鄉飲賓次玉王君暨配楊孺人合葬墓誌銘》云：『君生於嘉靖戊子九月十八日，卒於萬曆丙申閏八月三日，得年六十有九。』

是年，《續文獻通考》已頗具規模，王圻抽取其中『謚法考』單獨刊行，是爲《謚法通考》。

《謚法通考凡例》云：『余續《文獻通考》，嘗益《謚法》一目，以補馬貴與之缺，例仍舊貫，未及皇朝。今據《實録》所書，野史所記，輯附其後，别爲一種，庶不至遠希上古，近遺昭代。』

趙可懷《謚法通考序》云：『元翰于書無所不讀，以臺史歷楚督學使。歸田後，日杜門著述，輯有《續文獻通考》，凡若干卷，就其中抽「謚法」一種另梓云。』

按：趙序作於萬曆二十四年初夏，故是書應刊刻於此年。

作《贈周東華》詩。

《類稿》卷十五載是詩並序云：『余昔秣馬承天，夙聞東華高士名，徒以校藝，倉皇不獲禮於其廬。乃今歸田十載……』

是年，耿定向卒，王圻作《奠耿太老師文》，見《類稿》卷十三。

約在本年，與同鄉陸從平等耆老在上海結真率社。

《類稿》卷六《壽都鹺使自齋陸公七袠序》云：『余初與公同舉於鄉，幸前公三年登仕籍。然以拙宦，又前公十年而歸。歸可十餘年，而公亦謝事，因相與聯香山之社。』

《類稿》卷十一《明故大中大夫自齋陸公行狀》云：『懸車後，鍵關謝客，日以文史著述自娛。間拉余輩結真率社，竟日栩栩觴咏間，門外事置不問也。』

萬曆二十五年丁酉（一五九七）　六十八歲

是年，朱勳舉於鄉。

按：朱勳，字定國，號華陽，浙江鄞縣人。

秋，三妹卒，卒年五十五歲，作《祭三妹王孺人文》以奠之。

《類稿》卷十三載是文云：『維兹秋孟，二七届期。載牲以俎，挹酒以巵。』

《類稿》卷十一《明迪功郎浙江台州臨海少尹景蓮金公暨配王孺人墓誌銘》云：『公自余妹逝後，意慘悽悲懷，更介介有所不樂，遂一病卒。是爲萬曆之癸卯，距其生嘉靖之壬寅，得年六十有二。余妹後公一年生，先公七年卒，得年五十有五。』

《青浦縣誌》修纂完畢，並爲之作序。

序末署名云：『時萬曆歲次丁酉冬十一月朔旦，賜進士、朝列大夫、陝西布政司右參議、前雲南道監察御史、奉敕提督湖廣學政上海王圻撰。』

按：《類稿》卷四所載《青浦縣誌序》無署名及年月日期，此據日本公文書館内閣文庫藏明萬曆二十六年萬曆《青浦縣誌》。

冬十一月，撰《明鄉飲賓次玉王君暨配楊孺人合葬墓誌銘》。

《類稿》卷十二載是文云：『君生於嘉靖戊子九月十八日，卒於萬曆丙申閏八月三日，得年六十有九……卜以丁酉十一月三日啓楊氏之封而合葬焉，禮也。』

萬曆二十六年戊戌（一五九八）　六十九歲

作《壽梧守趙鳳宇先生七袠序》。

《類稿》卷六載是文云：『始余之隸於廣文也，實從先生後云。先生故長余一歲，余恒兄事先生，情甚昵。』

許維新被授命爲松江知府，開始與王圻交游。

蔡增譽中進士。

按：蔡增譽，字宏耀，號晴符，福建晉江人。

萬曆二十八年庚子（一六〇〇）　七十一歲

秋，四妹卒，作《明故文臺張君配王孺人墓誌銘》。

《類稿》卷十二載是文云：『今文學君卜十月初二日，葬孺人於周涇之祖塋，而以所自爲狀來請余銘……時萬曆之庚子十二月念一日，距生嘉靖丙午十二月念三日，得年僅五十有五。』

萬曆三十年壬寅（一六〇二）　七十三歲

夏四月，作《蘭亭序跋》。

《蘭亭序跋》署云：『萬曆壬寅歲清和月，上海王圻識。』

按：《類稿》卷九所載《蘭亭序跋》無署名及年月，此據西泠印社二〇二二年秋季拍賣會

『明王圻輯《蘭亭圖卷》』拓本。

《續文獻通考》脱稿，並請周家棟爲之作序。

按：周家棟序文所署時間爲『萬曆壬寅季夏朔』，且《續文獻通考》所記最晚爲萬曆三十年間之事，可知此書在萬曆三十年上半年已完成。

開始編纂《稗史彙編》。

周孔教《稗史彙編序》云：『上海王公元翰，雅意著述，嘗續《文獻通考》，出入古今，爲藝苑隋和。殺青甫畢，又泛濫諸家小説，簸揚淘汰，裒其可傳者，分門析目，匯爲成書，凡可百卷。』

作《賀封文林郎思筠姚先生序》。

《類稿》卷三載是文云：『未報政而調令永嘉。歲壬寅春，已滿虞廷考，則賚閥閱上考功氏，考功氏疏以聞。天子益心嘉之，復賜璽書，階文林郎，所以褒寵者備至。』

重修福田庵，作《福田庵募化疏文》。

《類稿》卷九載是文云：『又三十餘年爲萬曆之壬寅，余解組歸田，卧病雲間……未幾而世父之孫公私多難，遷居他處，以前地轉售于余。余憶前夢，不敢收爲己産，復傾囊竭力，庀工飭材，舉先大夫所創悉徙還故基。僧徒用命，不逾時而告成。』

萬曆三十一年癸卯（一六〇三）　七十四歲

《續文獻通考》付梓，並請温純、許維新爲之作序。

按：温純序署曰『萬曆癸卯孟春上浣』，許維新序署曰『萬曆癸卯五月朔』。

作《與許繩齋公祖》其一。

《類稿》卷十載是書信云：『天惠松氓，借我公祖撫綏五載……别後拙稿稍加訂正，魯亥之訛略去六七，今具一帙上之記室。儻以公餘大加翻閱，中所未妥不吝開心指示，俾得以次續入，則圻之所大願也。』

按：《類稿》收録王圻與許維新的書信共計兩封，此爲第一封，主要致謝許維新資助刊刻《續文獻通考》之舉。

作《郡侯繩齋許公德政碑記》，稍後另作《郡侯繩齋許公去思碑記》。

《類稿》卷八載前文云：『繩齋許公治松五載，政通人和，垂髫戴白罔不謳歌。乃以吏行高等遷河南臬憲……歲癸卯，侯當行，正值大比。』

三妹夫金大遜卒，卒年六十二歲。

《類稿》卷十一《明迪功郎浙江台州臨海少尹景蓮金公暨配王孺人墓誌銘》云：『公自余妹逝後，意慘悽悲懷，更介介有所不樂，遂一病卒。是爲萬曆之癸卯，距其生嘉靖之壬寅，得年六十有二。』

按：《類稿》卷十三有《祭景蓮妹丈文》，應作於此時。

冬，撰有《顧氏義田記》。

《類稿》卷八載是文云：『始於萬曆十五年之春，析於三十一年之冬月，終始凡一十七年。』

萬曆三十二年甲辰（一六〇四）　七十五歲

林景晹助華亭縣學田，其子請王圻作《林太僕義田記》。

《類稿》卷八載是文云：『公之冑子仁甫君復邀余一言，以紀歲月……始于萬曆甲辰六月，規制一出於公之擘畫云。』

蔡增譽接替許維新出任松江知府，開始與王圻交游。

毛一鷺中進士，釋褐得松江府司理，開始與王圻交游。

按：毛一鷺，字序卿，號孺初，浙江遂安人。

楊鶴中進士。

按：楊鶴，字修齡，號弱水，湖南武陵人。

完成修訂《輟耕録》，並作《重修輟耕録引》。

《類稿》卷七《重修輟耕録引》云：『蓋自元至正之丙午，迄皇明萬曆之甲辰，幾二百五十餘祀。歲月既深，木受蠹而字磨滅者十蓋八九。余因訪求善本，重加考訂，新其蠹而補其缺，復爲全書。』

作《壽都鹺使自齋陸公七袠序》《壽陸自齋年丈七袠》。

《類稿》卷六載是文云：『余初與公同舉於鄉，幸前公三年登仕籍。然以拙宦，又前公十年而歸。歸可十餘年，而公亦謝事，因相與聯香山之社。社中凡五六輩，惟犬馬齒則視公加五旬。』詩載《類稿》卷十五。

堂姊夫侯士方卒，享年七十九歲，王圻爲其夫婦撰《明故處士孟田侯公暨配王孺人合墓墓誌銘》。

《類稿》卷十二載是文云：『公生嘉靖之丙戌，卒萬曆之甲辰，得年七十有九。』

按：《類稿》卷十三有《祭侯孟田文》，應作於此時。

萬曆三十三年乙巳（一六〇五）　七十六歲

爲其次子王思義所輯《香雪林集》作序。

《香雪林集序》署云：『時皇明萬曆歲在乙巳，春正月既望，洪洲散人王圻撰。』

按：《類稿》卷四作《香雪園集序》，且無署名及年月，此據《四庫存目叢書》影印北京圖書館藏明萬曆三十三年刻本《香雪林集》。

秋七月，撰《明故中大夫南京太僕寺卿弘齋林公行狀》。

林景暘《玉恩堂集》卷十載是文云：『萬曆歲次乙巳秋七月朔，賜進士、朝列大夫、陝西承宣布政使司右參議、前侍經筵雲南道監察御史、奉敕提督湖廣學政眷侍生王圻頓首拜狀。』

與顧秉謙通信，請重新删正《續文獻通考》。

《類稿》卷十《與顧益庵》云：『不肖歸田幾二十載，伏枕機、雲之里。長日無所事事，妄續貴與氏《文獻通考》。甫脱稿，謬爲院道諸公祖付諸梓人。若本朝典故則十不得一二，謹具一帙呈之掌記。儻以公餘重加删正，且增益其所闕失，則不肖有大願焉。』

萬曆三十四年丙午（一六〇六）　七十七歲

蔡增譽奉旨入覲，王圻與鄉里縉紳爲蔡增譽送行，作《贈郡侯蔡晴符入覲序》。

《類稿》卷三載是文云：『今天子在宥三十有四年，嘉平之月，天下計吏遵故事入覲，而松郡侯晴符蔡公緋駕將發。』

春二月，嚴有威卒，卒年四十四歲。

《類稿》卷十一《明故文學冲如嚴公墓誌銘》云：『是爲萬曆丙午二月二十九日，距君生癸亥九月四日，得年四十有四。』

秋九月，姚涵卒，享年九十歲。冬十一月，王圻爲其夫婦作《處士淞南姚公暨配朱孺人合葬墓誌銘》。

《類稿》卷十二載是文云：『公年九十而卒，卒三月而葬。先期，孫文煥介籓參張公所爲狀來謁余銘……公善飲啖，耳聰目明，步履矍鑠，以爲百歲未已。忽於今九月七日夜未央，不疾而徂。遺令勿召僧道及部分家大小事甚悉。余聞釋氏之得道者往往能合眼即化，公豈夙世比丘邪？是爲萬曆之丙午，距其生正德丁丑十二月四日。』

作《明迪功郎浙江台州臨海少尹景蓮金公暨配王孺人墓誌銘》。

《類稿》卷十一《明迪功郎浙江台州臨海少尹景蓮金公暨配王孺人墓誌銘》云：『未幾卒於丞所，可一年而迪公歸。歸又可五年，而迪功亦卒。卒之三年，其子思稷將啓孺人之窆，合葬於沙洪之新阡。先期手自狀，丐誌銘於余。』

作《董與書稿題辭》。

《類稿》卷四《董與叔稿題辭》云：『亡何而舉甲午秀才，凡十餘年，爲今丙午而舉南國。』

萬曆三十五年丁未（一六〇七）　七十八歲

春，《稗史彙編》脱稿，並付梓。

王圻《稗史彙編引》署云：『萬曆歲次丁未孟春朔日，上海王圻謹識。』

蔡增譽《稗史彙編序》署云：『丁未之冬十一月，温陵蔡增譽題於松署。』

《三才圖會》脱稿，並爲之作序。

王圻《三才圖會引》署云：『萬曆丁未仲春洪洲王圻撰，孫婿蘄州侯孔鶴書。』

按：是書爲王圻與其長子思義合著。《類稿》卷七所載《三才圖會引》無署名及年月，此據《續修四庫全書》影印明萬曆三十七年刻本。

夏四月十三日，夫人陳氏卒，享年七十四歲。

《行實》云：『宜人後公生二年，先公卒九年，是爲萬曆丁未四月十三日，距其生嘉靖壬辰十二月初七日，享年七十有四。』

《行狀》云：『宜人生于壬辰，卒于丁未，壽七十有四。』

冬，作《壽分水令汾州唐公七袠序》。

《類稿》卷六載是文云：『歲在甲子，不佞圻與公同舉於鄉。余時三十有五，公二十有七。荏苒歲月，犬馬之齒不覺幾耋，公亦老而傳矣。仲冬八日，時維長至，適公縣弧之辰。邑中諸縉紳先生欲以言侑千秋觴，而屬筆不佞圻。』

朱勳於本年任松江府同知，開始與王圻交游。

《雲間海防志》脱稿，並付梓。

《類稿》卷十《與徐撫臺》云：『圻衰颯無聊，纂述防海遺事彙成一編，不過消磨長日。乃海防朱二府命鋟之木，以備輶軒使者便覽。然不肖所集者皆三十五年前事，恐新舊條款不同，敢具一帙上之記室，乞賜删改擲下，以便遵守。』

同卷《與臧公祖》云：『近日承朱少府命纂輯《松江海防志》四册，聊備輶軒使者一覽。然目下更革多端，未暇摭入，先具一帙上之記室。』

按：兩信中之『朱二府』『朱少府』皆指朱勳，可知《海防志》乃朱勳到任後請王圻編纂並出資刊刻者，書中内容即截止於本年。

是年，熊劍化出任華亭縣令，開始與王圻交游，並請王圻爲其所編《魏水洲先生集》作序。王圻請熊劍化爲《三才圖會》作序。

《類稿》卷四《魏水洲先生集序》云：『歲丁未，豐城熊際華公來令我華亭，偶以南雍劉司成雲嶠公、溧水徐令君岩谷公所裒輯先生遺言示余。』

熊劍化《三才圖會序》署云：『萬曆丁未秋八月，華亭令豐城熊劍化神阿父題于舟中。』

按：魏水洲即魏良弼，字師説，一作師悦，號水洲，江西南昌人，曾受教于王守仁。《類稿》卷七有《魏水洲先生小傳》，亦應作於此時。

萬曆三十六年戊申（一六〇八）　七十九歲

《稗史彙編》刻成。

毛一鷺《序稗史彙編》署云：『戊申秋仲，嚴陵毛一鷺書於此靜齋。』

周孔教《稗史彙編序》署云：『萬曆歲次戊申嘉平之吉，賜進士第中憲大夫都察院右僉都御史奉敕總理糧儲提督軍務兼巡撫應天等府地方臨川周孔教撰。』

張九德出任松江知府，開始與王圻交游。

著手編纂《東吳水利考》。

張宗衡《東吳水利考叙》云：『自戊子以達戊申，二十年中三見水旱，臨變而思便宜，豈復有安集之鴻雁哉？王公生長水鄉，目擊艱苦，故纂集斯編。』

熊劍化陞任監察御史，王圻作《送熊際華父母應召》詩以贈行，見《類稿》卷十五。

作《七十九歲自述》詩，見《類稿》卷十五。

萬曆三十七年己酉（一六〇九）　八十歲

春正月二十一日，八十壽誕，作《八旬初度自述奉謝稱觴諸丈》詩，陸從平、潘元和、倪甫英等作詩次韻，見《類稿》卷十六。

按：作壽詩者尚有陸萬言、王明時、馮大受、陸應陽、張以誠、徐三重、張鼒、錢龍錫、張翼軫、吴爾成、張希曾、唐繼冲。

《王氏家乘》編成，作《家乘序》，並以付梓。

《類稿》卷五《家乘序》云：『余今春秋八十，懸弧之旦在王正二十有一日，合族尊卑，皆來觴祝。自吾兄弟而下，遂有能貌而不能名者，亦有并其貌而未嘗接目者。余恐歷世滋久，子姓繩繩漸衆，將有散軼不收之患，故即洪宇二弟所常手録，授之吾兒思忠、思義、思孝，重加訪葺，補其遺漏，正其謬訛，以付梓人。刻完，人給一册，傳之綿遠。』

十月十七日，陸從平卒，享年七十五歲。

《類稿》卷十一《明故中大夫自齋陸公行狀》云：『歲己酉孟冬十有七日，余年丈自齋陸公以天年終。』

按：王圻此後又作《題陸自齋年丈遺像》《挽陸自齋年丈》等詩文以表紀念。

《三才圖會》刻成，顧秉謙、陳繼儒、周孔教爲其作序。

顧秉謙《三才圖會序》云：『刻成，因寄一帙，示余於都下，且緘尺蹄曰：「願籍子一言爲玄晏。」』

陳繼儒《三才圖會序》云：『學憲洪洲王公與其仲子太學君思義博討群書，纂《三才圖會》，以問序陳子。』

周孔教《三才圖會序》署云：『萬曆歲次己酉嘉平之吉。』

朱勳三年任滿，赴京考績，王圻爲作《贈陽華朱公祖考績序》。

《類稿》卷三載是文云：『……擢公防雲間海。可三年，於功令滿考，將上績考功氏。』

張九德入覲，王圻爲作《奉贈曙海張太公祖入覲序》《贈曙海張太公祖入覲序》。

《類稿》卷三載前文云：『來歲庚戌，皇上負扆而朝岳牧，吾郡張公祖率屬聽考闕下。』同卷載後文云：『我郡侯曙海張公莅官兩期月，政阜人和。來歲庚戌，復當輯瑞之期，遵制戒行。』

作《送邑侯鵬翁韓老父母入計序》。

《類稿》卷三載是文云：『今上御皇圖之三十有七祀，坐明堂而弊群吏，蓋十有二舉矣。歲庚戌，復當萬國輯瑞之期，青浦邑侯韓公例當行……仲冬之朔，侯且脂車從郡長吏北上。』

按：入覲日期在明年庚戌，官員一般需提前數月出發，故以上四文應作於今年己酉。

作《答南昌喻縣尹》。

《類稿》卷十載是札云：『不佞圻頽齡適遇八旬，衰憊殊非故我，似與塵世了不相關。』

請朱勳參閱《三才图会》，並談及家鄉水災。

《類稿》卷十《答朱節推》云：『天禍吴民，横遭洪水，自春徂秋，泛濫益甚。頽齡病骨，際此大侵，欲求爲太平温飽之民不可得。門下亦忍聞之乎？新刻《三才圖會》，乃不肖所籍以消長日者。兒輩續成，遂爾災木。敢就正於門下。』

作《誥贈奉直大夫壽州知州徐公墓誌銘》。

《類稿》卷十二載是文云：『公生於嘉靖戊子十一月二十八日，卒於萬曆丁亥七月一日，享年凡六十……公生六十年而卒，卒逾月而葬，葬二十二年而始誌其墓，大夫意固有待哉！』

萬曆三十八年庚戌（一六一〇）　八十一歲

毛一鷺離任松江府司理，王圻爲作《贈大郡理孺初毛老公祖榮膺内召序》，見《類稿》卷二。

三月，作《奉壽陸母蔡淑人七袠序》。

《類稿》卷六載是文云：『萬曆歲在庚戌，同年陸大參敬齋公元配蔡淑人壽七十。三月之望，實惟帨辰，一時親賓共擬稱觴爲慶，而徵言於余。』

五月，許維新爲《稗史彙編》作序。

許維新《稗史彙編序》署云：『萬曆三十八年五月朔，前進士松江府知府東郡舊治民許維新頓首書。』

五月，作《壽歸太恭人暨長公參伯明初序》。

《類稿》卷六載是文云：『歲庚戌，仲夏七日，爲予告參伯張公六袠懸弧節；又數日，而爲其母歸太恭人八袠設帨之辰。』

十月初四日，與倪甫英、王明時、陸應陽等友人聽講於日新書院，並撰《宗祀議》。

《類稿》卷九載是文云：『庚戌孟冬四日，余同倪公方覺、王公後暘、陸公古塘聽講于漸庵錢先生之日新書院。』

按：日新書院爲錢大復所創。大復字肇陽，號漸庵，上海人。萬曆七年中舉，選山東蓬萊知縣。致仕後創建日新書院，故此處『庚戌』應是萬曆三十八年，不是嘉靖二十九年。

萬曆三十九年辛亥（一六一一）　八十二歲

春，王圻同張希曾、倪甫英、王明時等人在何三畏園中結詩社，並相互唱和。

按：《類稿》卷十六有王明時所作《辛亥首春何園飲社》詩，並有王圻等人的和作。

張九德松江知府任滿，擢徽寧兵憲，王圻爲作《賀大郡伯曙海張老公祖榮擢徽寧兵憲序》，見《類稿》卷二。

《雲間志略》卷六《郡侯曙海張公傳》云：『三年政成，將以治平第一，入爲公卿，出爲藩臬。』

華亭民衆感念知縣聶紹昌作《仁聲揚影詩册》，王圻爲作序。

《類稿》卷五《仁聲揚影詩册序》云：『辛亥季夏，我華亭聶侯將報政於朝。吾黨二三耆舊徵文惇史，揭諸罘罳，亦既美且愛，愛且傳已。』

作《辛亥除夕書懷》詩，倪甫英、王明時、李廷對、沈文系等次韻，見《類稿》卷十六。

按：正月初八日，孫自修次韻，何爾復、唐國士、唐陳彝亦有詩唱和。

是年，張鴻磐來依王圻。

明張鴻磐《西州合譜》『梅花莊』云：『余辛亥困於鼠牙，往依侍御，與元常定交。』

按：張鴻磐，字子石，嘉定人，崇禎朝諸生。元常，即唐陳彝，字元常，王圻孫婿。張鴻磐《西州合譜》『梅花莊』云：『唐元常，爲王洪洲侍御館甥，少即力於古文，詞慷慨尚意氣。先人緩急，有烈丈夫之風。侍御愛其才，館穀之於家。凡所著述，多商略焉……已而侍御分淞村宅，榜梅竹十畝，爲元常卜居。』

萬曆四十年壬子（一六一二）　八十三歲

正月初七，喜春日晴霽，作《春日晴霽有作録呈覽正》，倪甫英、何三畏次韻，見《類稿》卷十六。

春二月，李承順卒，享年八十七歲，王圻爲作《明故文學超然李公暨配沈孺人合葬墓誌銘》。

《類稿》卷十二載是文：『公卒將葬，其子階泰先期持所爲狀詣余，求誌其墓。余與公故兒女姻……公生於嘉靖丙戌八月二日，卒以萬曆壬子二月六日，年八十有七。』

按：王思忠娶李承順次女，李承順與王圻爲親家。《類稿》卷十三有《祭李超然文》。

作《與羅操院》。

《類稿》卷十載是札云：『圻自楚歸田二十有七載，衰病相侵，不能出户，南望台雲，惟有瞻恋。』

作《明故待贈果齋胡公暨配陳孺人合葬墓誌銘》。

《類稿》卷十二載是文云：『孺人生以嘉靖辛卯，卒萬曆甲辰，得年七十有四……初，公卒時，適島夷爲警，藁葬鹿山之麓。萬曆壬子，始遷與孺人合葬於八都之紫袍山，禮也。』

作《壬子除夕守歲口占》，王明時、陸應陽有和詩，見《類稿》卷十六。

萬曆四十一年癸丑（一六一三）　八十四歲

三月，《新定周禮全經集注》脱稿。是年，楊鶴出任兩浙巡鹽御史，至上海巡視地方鹽政，偶讀王圻所著《續定周禮全經集注》，認爲可以『信今傳後』，遂命有司進行刊刻。請錢龍錫作序。

王圻《續定周禮全經集注引》云：『弱水楊老公祖奉命來按兩浙，偶閲是編，謂足以信今傳後，因屬有司付之剞劂氏。』署云：『萬曆癸丑春三月朔，上海王圻謹識。』

錢龍錫《新定周禮全經集注序》云：『維時楊弱水公祖以名御史奉璽書巡視兩浙鹺政，首讀是編，大加稱賞，他務未遑，尋即命工綉梓以開示來學。』

四月，朱勳爲《新定周禮全經集注》作序。

朱勳《新定周禮全經集注序》署云：『萬曆癸丑孟夏，甬東朱勳頓首拜撰。』

冬，作《明故文學冲如嚴公墓誌銘》。

《類稿》卷十一載是文云：『會君以病卒，其孤卜於癸丑歲十二月一日葬君祖塋之穆位，先期持所自爲狀介余孫詣余銘其墓中石，余不忍辭。』

作《高太母尹孺人墓誌銘》。

《類稿》卷十一載是文云：『孺人以辛丑歲葬二里涇之新阡。越十三年，而見崖君詣余，哀戚如居廬，手一狀跽請曰……』

按：《類稿》卷十三《祭高太母尹孺人文》應作於此時。

作《癸丑除夕自嘆因呈社中諸友》詩，陸應陽、王明時次韻，見《類稿》卷十六。

萬曆四十二年甲寅（一六一四）　八十五歲

正月初一日，示除夕詩，何三畏、唐陳彝、唐汝詢、張希曾、何爾復次韻，見《類稿》卷十六。

正月初九日，同唐陳彝登高，步履矯健，作《甲寅九日同元常孫婿登高一首》，唐陳彝和韻。

《類稿》卷十六《甲寅九日同元常孫婿登高一首》：『老來躡屐上層丘，健足無煩倚杖鳩。』同卷唐陳彝《和太翁韻》。

二月十二日，小集沈文系瑁湖西湖別業，與王明時、倪甫英、張希曾、何三畏、孫自修唱和。

《類稿》卷十六載《甲寅仲春十有二日沈幼漁招飲西河別業賦此呈謝》《和學憲洪翁韻》等詩。其中沈文系《和學憲洪翁韻》詩亦見《松風餘韻》卷四十，詩題爲《甲寅仲春十有二日西湖別業小集和洪洲先生韻》。

按：沈文系，原名可系，字公緒，號幼漁，華亭小西湖里人。萬曆二十二年府學選貢，新寧知縣。傳見《松風餘韻》卷四十。

六月二十四日，王圻第三子王思孝卒，時年五十六歲。二七後，作《祭男思孝文》。

《類稿》卷十三載是文云：『萬曆四十二年七月八日，汝父遣汝季子昌祖祭告于亡兒思孝之靈，曰：汝今年五十有六，吾年八十有五……汝以六月廿四日辭世，忽逾二七。』

九月九日，與子侄輩登高，重游梅花園，有《癸丑秋九日與元常同涉此園甲寅歲歸鄉復值重陽佳節再拉華松侄輩登臨半餉步履如舊喜而有作》詩，見《類稿》卷十四。

增補《續定周禮全經集注》，並稍加汻釋。

《類稿》卷十《與何崑柱》云：『不肖虚度八十有五，他無足道，尚能篝燈搜閱殘編。邇來妄效王次仲諸君子輯補《周禮》司空之闕，稍加注釋，以便後學誦讀。』

受楊鶴之邀，重修《兩浙鹺志》。四月十六日，脱稿並撰引。

王圻《重修兩浙鹺志引》云：『兩浙舊有志，然創於嘉靖戊戌，至今已七十餘禩。歲久因革損益，漫漶不可考……余不佞雅意欲續貂，而利弊未鏡，捉筆輒止。歲在甲寅，會武陵弱水楊公祖來視鹽政，釐正舊典，爬梳積滯，爰詢掌故，慨焉未備，因出舊志及三書俾余纂輯，以備參考。余遂采其要約，綴入各款，而題之曰《重修兩浙鹺志》，成弱水公祖意也。』署云：『萬曆歲次甲寅清和既望，賜進士、朝列大夫、陝西布政使司右參議、前侍經筵雲南道監察御史、奉敕提督湖廣學政雲間王圻撰。』

作《壽封安人姚母陳太夫人八袠序》。

《類稿》卷六載是文云：『歲甲寅如月之四日，爲給諫姚君太夫人八袠設帨之辰。其姻家别駕潘君、中翰喬君、孝廉顧君擬薦千秋觴，而以侑觴之詞屬余。』

作《跋沈孺休手書法華經》。

《類稿》卷九載是文云：『萬曆甲寅年，值指使偶發菩提心，移居浄室，手寫此經，傳示四方。』

按：沈紹文，字孺休，華亭人。《類稿》卷九有《沈孺休三刻跋》。

萬曆四十三年乙卯（一六一五）　八十六歲

作《均田均役議》。

《類稿》卷九載是文云：『圻丘壑蕘夫，不預肉食之謀者三十餘載。』

作《與趙中翁》。

《類稿》卷十載是札云：『不肖圻歸田三十餘載，别去十有二年。』

秋八月，《東吴水利考》脱稿，並撰自序。

王圻《東吴水利考自序》署云：『萬曆歲次乙卯八月朔旦，賜進士朝列大夫、陝西布政使司右參議、前雲南道監察御史、奉敕提督湖廣學政上海王圻撰。』

閏八月十四日，王圻卒於上海，享年八十六歲。冬十二月，長子思忠、次子思義將其與陳氏合葬。

《行狀》云：『公于嘉靖庚寅生，今萬曆乙卯卒，享壽八十有六。』

《墓誌銘》云：『萬曆乙卯之閏八月十有四日，致仕陝西右參議、前監察御史洪洲王公無疾卒，年八十六矣。而鄉之薦紳、諸生、吏民環顧太息，不勝公私之痛，曰：「天乎！何不令公百歲乎！」而配陳宜人先公九年卒且既葬矣，至是冬十二月，其孤思忠、思義將奉公而合焉。』

圖書在版編目(CIP)數據

王侍御類稿 / (明) 王圻撰 ; 張超人點校. -- 上海 : 上海書店出版社, 2024. 12. -- (王圻全集 / 顧宏義, 黄純艷, 張劍光主編). -- ISBN 978-7-5458-2425-4

Ⅰ. I214.82

中國國家版本館 CIP 數據核字第 2024NC4075 號

出版統籌 楊英姿
特約編輯 解永健
責任編輯 趙 婧 俞芝悦
裝幀設計 汪 昊

· 王圻全集 ·
王侍御類稿
(明)王圻 撰
顧宏義 黄純艷 張劍光 主編
張超人 點校

出　版 上海書店出版社
(201101 上海市閔行區號景路 159 弄 C 座)
發　行 上海人民出版社發行中心
印　刷 蘇州市越洋印刷有限公司
開　本 710×1000 1/16
印　張 50
版　次 2024 年 12 月第 1 版
印　次 2024 年 12 月第 1 次印刷
ISBN 978-7-5458-2425-4/I·588
定　價 258.00 圓